# 애정소설과 가치교육

황혜진

지식과교양

# 머리말

　이야기나 소설에서 재미를 느끼는 부분은 각기 다르겠지만 저는 무엇보다 주제적 차원의 가치 갈등이 흥미롭습니다. 사람도 자기 삶의 서사를 완성하는 궁극적인 가치 목표를 가지고 있고, 그것을 추구하는 인간이 매력적입니다. 화법이나 서술도 개성과 주관이 뚜렷이 드러나는 것을 좋아합니다.

　그래서 저는 도대체 뭔 얘기를 하고자 하는 것인지 잘 알 수 없는 이야기의 결말을 좋아하지 않으며, 특정 가치를 선택하지 않는 인간은 아무리 뛰어난 사유 능력을 가졌다 할지라도 졸렬하다고 여기고, 자신의 인식 관심과 이데올로기를 드러내지 않는 중립적 담론을 오히려 더 이데올로기적이라 생각합니다.

　물론 이는 내 편견일 것입니다. 또 편견을 편견일 뿐이라고 하면서 정당화하는 것도 위험한 자기애라는 것도 압니다. 그러나 그 편견 때문에 가치 갈등의 승패를 분명히 보여주고, 윤리적 영웅들이 등장하며, 사태에 끼어들어 '주제넘게' 가치 평가를 내리는 시술자가 있는 고전소설을 좋아합니다.

　어떤 종류의 서사를 좋아하느냐 하는 것과 실제로 그렇게 사느냐 하는 것은 다른 문제입니다. 제 글은 요점이 분명하지 않으며, 저는 세속의 가치에 따라 휘둘리며 남의 눈치를 많이 보는 속물입니다. 신념이라 믿었던 가치들에 근거했던 말이나 행위들도 시간이 지나면 너무 부끄러워집니다.

　이런 내가 감히 가치교육을 운위할 자격이 있는지 모르겠습니다. 그리고 고전소설이 제안하는 가치들이 이 시대에도 여전히 형형한 별

빛처럼 우리의 삶을 이끌어주는 것도 아니지요. 더욱이 교육이라는 사회화 제도로 특정 가치를 전수하는 것도 어찌 보면 비윤리적일 수 있겠습니다.

그렇지만 이 연구에서 말하는 소설의 가치란 그 주제적 의미에 한정되는 것은 아닙니다. 소설이 서사적으로 가치 갈등을 발견하고 탐구하는 방식, 인물을 통해 인간화된 가치를 제시하며 가치에 대한 공감을 이끌어내는 방식, 특정 가치에 대한 수용자의 태도를 조절하는 서술 전략, 가치 갈등에 대한 판단을 내리고 있는 결말 등 역시 가치교육의 내용이 될 수 있습니다.

그래서 저는 교육적으로 유의미한 가치를 두 가지로 설정하였습니다. 하나는 '좋은 삶'의 지표가 되는 교훈을 문학에서 발견하여 내면화한 것이고, 다른 하나는 '좋은 삶'을 살기 위한 '기술(art)'을 문학 작품에서 구하여 자기화한 것입니다. '좋은 삶'은 좋은 가치를 삶의 道로 삼는 것뿐만 아니라 가치를 발견하고, 탐구하며, 판단할 수 있는 삶의 道도 필요로 하기 때문입니다.

희랍어인 'eudaimonia【좋은 삶】'는 영어로 웰빙(well-being)으로 번역되기도 합니다. 우리는 건강과 여가 생활을 중시하는 라이프스타일을 지칭하는 용어로 웰빙이라는 단어를 사용합니다. 그러나 원래 '좋은 삶'은 이성과 도덕성이라는 인간 고유의 본성을 실현하는 삶입니다. 그러니 이 연구의 주제는 현명하고 덕이 있는 좋은 삶, 즉 웰빙을 위한 소설교육이라고 할 수 있을 것입니다.

필자인 저는 마음속에 뛰놀고 있는 천 마리의 원숭이들을 제어할 만한 힘과 기술을 가지고 있지 못한 존재입니다. 그럼에도 소설의 가치를 경험해 보라는 제안을 하는 까닭은 서사가 가치에 대해 생각하고 느끼는 법을 알려주며, 내가 주인공이 되는 삶의 서사를 구성하는 방식을 가르쳐준다는 경험적 깨달음이 있기 때문입니다. 저보다는 소설의 가치를 믿고 읽어주길 바랍니다.

이 책은 필자의 박사학위 논문인 「가치경험을 위한 소설교육내용 연구」를 단행본으로 엮은 것입니다. 이 책이 나오기까지 소중한 가르침과 인연이 있었습니다.

학문적 엄정함과 인간적 자애로움을 지니셔서 꿈에도 나타나서 논문의 방향을 잡아주신 김대행 선생님, 문학을 연구하며 인간을 교육하는 게 얼마나 어려운지 그러나 얼마나 가치 있는 일인지 몸소 가르쳐주신 박인기 선생님, 문학 작품을 해석하고 의미를 발견하는 심오한 경지와 문학을 사랑하는 인간상을 보여주신 박일용 선생님, 이 논문의 주된 아이디어를 제공해 주시고 가치에 대한 관심을 이끌어주신 우한용 선생님.

이 분들을 비롯하여, 감격스러울 정도의 사랑을 베푸시는 이상익 선생님과 사모님, 게으르고 무능한 제자를 끝없이 견뎌주시며 불안하고 아슬아슬한 초학자의 학문적 줄타기를 지켜봐주셨던 지도교수님이신 김송철 선생님께 진심어린 감사와 존경을 표합니다.

그리고 언제나 학문적 가르침과 인간적 감화를 주시는 건국대학교 국어국문학과 교수님들께도 감사드립니다. 이분들과 함께 연구하고 일하고 있음을 문득 떠올릴 때마다 새삼 가슴이 뜁니다.

이 시대, 아이를 둔 여성이 10년이 넘도록 학업을 할 수 있다는 것은 대단한 행운입니다. 그러나 저에게는 행운일지언정 주변 사람들은 고스란히 그 짐을 떠맡아야 했습니다.

출가했는데도 친정에 얹혀살며 애를 낳아놓고 키우지 않는 이상한 딸을 데리고 있어주시는 부모님, 논문 쓴답시고 사람 구실을 못하는 며느리를 참아주셨던, 이제는 고인이 되신 시아버님과 며느리에게 타박을 아끼시느라 속병마저 드신 시어머님. 나보다 나를 더 사랑해주는 남편, 젖은 걸레 같은 기분도 금세 뽀송뽀송한 빨래로 바꿔주는 기쁨의 원천인 딸. 이들에 대한 미안함과 고마움은 나를 살게 하는 힘입니다.

여기에 이루 다 이르지 못한 무수한 선배님들과 동학들의 얼굴들이 스쳐갑니다. 이들과 함께 하는 학문공동체를 사랑하며 내 자신의 일부로 여깁니다. 특히 고전문학교육학회는 나를 학자로 길러낸 또 하나의 학교나 다름없으며, 대학원의 선후배들은 지적 자극을 주며 아이디어를 함께 형성한 동학들입니다. 이들은 제 존재의 일부를 형성하였으며 앞으로도 저는 이들에 기대어, 이들과 더불어, 이들 덕분에 생각을 하고 글을 쓰게 될 것입니다.

어려운 상황에도 불구하고 책을 펴내주신 지식과교양의 윤석원 사장님과 편집부 직원분들께도 감사드립니다. 윤 사장님의 독려와 기다림이 아니었다면 부끄러운 박사논문을 책으로 낼 엄두도 못했을 것입니다. 문자문화사와 책이라는 매체의 역사에서 저자의 이름보다 '지식과교양'이라는 이름이 더 오래도록 빛날 것임을 확신합니다.

황 혜 진

# 목차

# Ⅲ. 애정소설의 가치 탐구 및 가치 실천 양상

# Ⅳ. 가치경험의 교육내용

# Ⅰ.
# 서론

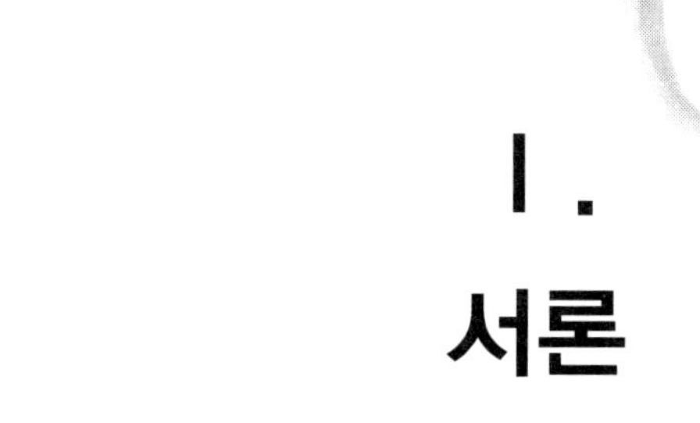

애정소설과 가치교육

# ◎ 1. 연구 목표와 관점

## 1) 연구 목표

이 연구는 가치경험이 소설교육의 주요 교육내용이 되어야 한다고 파악한다. 교육내용이란 '무엇을 가르칠 것인가', 또는 '무엇을 하게 가르칠 것인가'라는 물음에 대한 답변에 해당하는 것으로서 교과교육의 이론과 실천에 가장 중요한 요소이다. 이 연구는 수행, 지식, 태도, 경험 중,[1] 학습지의 경험을 위한 교육내용을 마련하는 성격의 것이며, 경험의 대상으로 '가치'에 초점을 맞추고 있다. 그리고 이 연구에서 해결하려는 주요 과제는 '어떤 가치를 경험하게 할 것인가'가 아니라 '어떻게 가치를 경험하게 할 것인가'이다. 즉, 가치가 경험되는 내용을 당위적으로 규정하기보다는 학습자가 가치를 경험하는 방법에 그 강조점이 있는 것이다. 그러므로 이 연구의 목표는 소설교육에서 가치경험의 방법을 교육내용으로 구안하는 것이라 할 수 있다.

---

[1] 김대행, 「내용론을 위하여」, 『국어교육연구』 10, 서울대 국어교육연구소, 2002.

이 연구에서 논하는 '가치(value)'[2]란 소설의 도덕적 가치와 관련된
다. 가치는 주체가 중요하다고 생각하는 관념으로 대상을 판단하는
데 도움을 주는 것이다. 이렇게 가치가 성립되기 위해서 가치 대상에
주체의 관심이나 흥미가 필수적 구성 요소로 기능한다고 할 때, 문학
작품에서 독자가 가치화할 수 있는 것은 예술가치 뿐만 아니라 실제
적 가치도 포함된다. 독자가 미적 거리를 취하여 문학 작품을 읽으면
서 발견한 예술가치가 있을 수 있듯이 실제적인 삶의 관심을 적용하
여 취한 인식적 가치나 '윤리, 도덕'[3]과 관련된 가치 등도 문학작품에

---

2 본래 '가치(value)'라는 용어는 경제학에서 유래하였지만 현재는 교육학, 철학, 미학 등
의 폭넓은 영역에서 활용되고 있는 용어이기에 그 정의를 내리기 쉽지 않다. 가치 일반
론의 차원에서 볼 때 가치가 어디에 존재하느냐, 즉 가치가 객관 세계에 실재하는 대상
의 속성인지, 주체의 관심과 결부되어서만 해명될 수 있는지에 따라 가치실재론, 가치주
관론으로 나누기도 한다(J. Hessen, *Lehrbuch der Philosophie*, Wertlehre, 1959, 진교
훈 역, 『가치론』, 서광사, 1992). 이를테면, 가치실재론의 대표적인 논자인 셸러(M.
Scheler)는 가치 성질은 색의 성질이나 음의 성질과 똑같이 우리의 마음에는 전혀 의존
하지 않는 선험적인 위계를 이루는 이념적인 대상(Ideales Objekt)이라고 한다(Max
Scheler, *Gesammelte Werke Max Schelers*, 1980(2nd), 35~44면, 이양호, 『막스 셸러
의 철학』, 이문출판사, 1996, 107면 재인용). 그리고 가치주관론에서 가치는 어떤 주체
가 중요하다고 생각하는 관념으로서 특정한 대상을 판단하는 데 도움을 주는 것으로 정
의된다. 가치주관론의 대표적인 논자인 페리는 가치는 대상(Object), 주체의 관심이나
흥미(Interest), 그 둘의 관계(Relation), 즉, 'O-I-R'의 연관 속에서 실현된다고 하였
다(R. B. Perry, *General Theory of Value*, Longmans, Green & Co., 1926). 이 연구에
서는 가치가 주체의 관심과 결부되어야 해명될 수 있는 것이라는 가치주관론의 가치 규
정을 따르겠다.

3 윤리와 도덕의 의미가 명확히 구분되는 것은 아니다. 윤(倫)이란 동료를 의미하는데, 인륜
(人倫)이라고 하면 축생(畜生), 금수(禽獸)의 모습과 대비해서 인간 특유의 공동생활에서
필요한 자세를 의미한다. 그와 같은 인륜의 원리를 의미하는 점에 있어서 도덕은 윤리와
비슷하지만 원리 그 자체보다는 개인적 차원의 체득에 중점을 둔다는 데서 윤리와는 다르
다. 다시 말해서, 도(道)란 인륜을 성립시키는 도리로서 윤리와 대략 같은 뜻이고, 그것을
체득하고 있는 상태를 덕(德)이라고 한다면, 도덕은 윤리와 같은 뜻으로 쓰이면서도 덕이
라는 의미를 강하게 함의한다. 그러나 사회 윤리, 직업 윤리라는 말을 쓰는 것이나 도덕군
자, 도덕적 인간이라고 쓰는 용례로 보아 윤리는 사회적인 관계에서 중시되는 가치이며,
도덕은 개인의 가치 덕목을 지칭하는 것으로 파악된다. 그렇지만 이 연구에서는 윤리와

서 얻을 수 있는 가치가 될 수 있다. 이러한 관점에서 이 연구에서는 '어떻게 좋은 삶을 살 것인가'라는 실제적 관심을 적용하여 예술 작품에서 수용자가 가치화한 결과를 '도덕적 가치'라고 하겠다.

도덕이 결국 '좋은 삶(good life)'[4]을 영위하기 위해 필요한 것이라면, 문학의 도덕적 가치는 다음과 같은 두 가지 의미를 가질 수 있다. 그 하나는 좋은 삶의 지표가 되는 교훈을 문학에서 발견하여 내면화한 것이고, 다른 하나는 좋은 삶을 살기 위한 '기술(art)'을 문학 작품에서 구하여 자기화한 것이다. 일반적으로 문학작품의 도덕적 가치를 논할 때는 그 주제가 가진 교훈성이나 사회적 효용성만을 염두에 두는 경향이 있다. 그러나 '좋은 삶', '도덕적 삶'이란 좋은 가치를 삶의 도(道)로 삼는 것뿐만 아니라 가치를 발견하고, 탐구하며, 판단할 수 있는 삶의 도(道)도 필요로 한다. 이러한 관점에서 볼 때, 문학작품의 내용적 가치뿐만 아니라 문학작품이 가치를 다루는 방식도 도덕적 가치가 될 수 있다. 이 연구에서는 소설의 도덕적 가치를 위와 같이 두 가지 의미에서 이해하고, 이 둘을 포괄하는 방향으로 연구를 진행하도록 하겠다.

---

도덕의 의미를 구분하지 않고, 도덕이라는 용어를 사용하겠다. 도덕이라는 말로 사회적 원리가 되는 가치[道]와 개인적인 품성으로서 가치[德]를 포괄할 수 있기 때문이다.

**4** '좋은 삶'은 희랍어 '유다이모니아(eudaimonia)'의 역어인데, 이 희랍어는 영어로 good life, flourishing life, well-being, happy life 등으로 번역된다. 아리스토텔레스는 좋은 삶을 아레테(arete)와 관련시켰는데, '아레테'는 인간과 사물이 가진 고유한 기능(ergon)을 최고로 발휘하는 탁월성을 의미한다. 도끼의 아레테는 잘 드는 날을 갖는 것이며, 인간의 아레테는 인간의 고유 본성을 최고로 발휘하는 것이다. 아리스토텔레스는 인간만이 가진 고유한 본성을 이성과 도덕성으로 보았다. 그러므로 그가 말하는 좋은 삶은 이성적인 삶인 동시에 덕 있는 삶이라고 할 수 있다(Aristotle, *Nichomachean Ethics(Book X)*, J. E. C. Welldon Trans., Prometheus Books, 1987). 한편, 피터스와 허스트는 좋은 삶을 합리성을 추구하는 삶으로 보고, 합리적인 삶을 위해서 지식의 형식(forms of knowledge)에 입문하여 인간의 마음을 자유롭게 하는 자유교육(liberal education)이 필요함을 역설하였다(유재봉, 『현대교육철학탐구』, 교육과학사, 2002, 1절 참조).

소설의 도덕적 가치는 우선 내용적 차원에서 찾을 수 있다. 소설에서는 주제를 비롯하여 작가의 세계관이나 이념, 등장인물의 가치 지향, 서술자의 태도와 같은 도덕적인 요소들이 매우 중요하게 취급된다.[5] 이렇게 소설의 도덕적 요소는 소설의 재현 대상이자 의미론적인 기초가 되기에 예술적 요소와 명확한 구분이 어렵다. 그리고 전통적으로 문학의 도덕적 가치는 문학의 사회적 효용과 작용력, 나아가 문학의 존재 이유를 설명해주는 주요한 근거가 되어 왔다. 이러한 사실은 문학의 도덕적 요소가 문학 수용에 있어서 얼마나 큰 힘을 발휘하는지 말해준다. '재도지기(載道之器)'라는, 동양의 문(文)의 전통 속에서 조선시대의 소설은 독자에게 미치는 교화적 효과로 인해 그 존재를 인정받을 수 있었다.[6] 그리고 조선시대 소설 비평 자료에는 소설의 교화적 기능이 실로 소설을 읽는 중요한 이유라는 점이 드러나 있다.[7] 서구의 경우에도 플라톤의 '시인추방론'으로부터 시작한 도덕적

---

5 루카치가 설명하기를, 소설 이외의 장르에서 윤리는 하나의 전제조건일 뿐이지만, 소설에서 윤리적인 의도는 "가장 구체적인 내용 안에서 작품 그 자체를 실제로 구성하는 하나의 요소"(G. Lukács, *Die Theorie des Romans*, 1971, 반성완 역, 『소설의 이론』, 심설당, 1993, 92~93면)가 된다고 한다.

6 오춘택, 「한국고소설비평사연구」, 고려대 박사학위논문, 1990, 119~142면 참조.

7 고전소설을 즐겨 읽었던 여성 독자를 대상으로 고전소설의 어떤 점이 재미있었느냐라는 물음을 던졌을 때, 대부분은 충효의 사상, 주인공의 인품과 덕행 등을 그 답으로 들었다. 이들은 소설을 윤리적 준거로 파악하고 덕행의 표준으로 삼아 이를 배우려는 실제적인 목적을 가지고 문학 작품을 대했던 것이다(이원주, 「고전소설 독자의 성향–경북 북부 지역을 중심으로」, 『한국학논집』 3, 계명대한국학연구소, 1980, 12면). 그리고 이들의 답이 어떤 점이 재미있느냐란 질문에 대한 것이기에 더욱 흥미로운데, 이들은 심미적 쾌락과 교훈을 분리하여 생각하고 있지 않기 때문이다. 오히려 이들에게는 교훈적인 내용이 소설을 읽는 가장 큰 이유이며, 즐거움이기도 했다는 것이다. 그리고 소설에 대해 실제적인 관심을 적용하여 도덕적 요소를 가치화하는 태도는 필사본이나 방각본, 구활자본 소설에서 쉽게 확인된다. 옛사람들의 선한 일을 본받고, 악한 일을 경계하라는 내용의 전언(前言)이나 후언(後言)은 비록 작자에 의해 진술된 것이나 작자이기 이전에 독자로서 자신이 절실히 경험한 바를 다른 독자들과 나누고 싶었던 바람이 담긴 것이기에

인 관심은 시드니의 '당의정설'을 거쳐 톨스토이와 사르트르에 이르기까지 문학 수용 전통의 큰 줄기를 형성하였다.[8]

그러나 분명 우리는 도덕적 요소를 추려내기 위해 문학 작품을 읽지는 않으며, 도덕적 가치가 문학 작품의 총체적 가치를 대변한다고 여기지 않는다.[9] 그렇지만 적어도 소설에서는 언어적 형상으로 혼융되어 있는 진선미(眞善美)의 가치를 분리하여 논하기 힘들며, 문학 수용의 전통은 도덕적 요소를 가치화해내는 방식으로 문학을 사회적, 개인적으로 받아들였음을 보여주었다. 이러한 사실은 문학을 도덕적인 관심과 흥미로 대하여 문학 작품의 도덕적인 내용 요소들을 가치화하는 문학 수용의 태도가 현재에도 유의미한 것임을 말해준다. 이에 따라 문학교육은, 문학을 고답적인 예술이기 이전에 삶의 방식이 투영된 언어구조물이자 우리 삶의 진정한 교훈을 담은 결실이자 삶을 경험하게 해주고 살아가는 길을 일러주는 기능을 하는 것으로 보고,[10] 문학 작품의 내용이 갖는 도덕적 의미에 착목할 필요가

---

이 역시 소설을 읽는 도덕적인 관심을 대변하는 것이라 할 수 있다. 졸고, 「독자비평 자료를 통해 본 고전소설의 효용 연구」, 『문학교육학』 15, 한국문학교육학회, 2004.

**8** 여기서는 대표적인 것만을 다루었다. '시인추방론'은 시인이 이데아에서 몇 단계 떨어진 존재라는 의미에서 새로운 국가에서는 시인을 추방해야 한다는 논리를 갖는다. 플라톤은 문학의 도덕적인 효용을 부정하였지만, 도덕적 관점에서 문학을 보았다는 의미에서 일종의 도덕 비평을 행하였다고 볼 수 있다. 시드니의 '당의정설'은 비록 쾌락이라는 당의를 입었기는 하지만 결국에 이는 교훈이라는 쓴 약을 먹기 위한 방편이 되기에 문학의 교훈적 속성을 인정하는 것이다. 그리고 톨스토이는 예술이 삶을 평가하는 기준이 되며, 아름답고 가치 있는 삶을 제시하는 교훈적 역할을 함을 강조하였으며, 사르트르도 시를 쓰는 것은 고통 받는 자의 마음을 위로하며, 자신들이 갖고 있는 순박함, 자유로운 감정, 인류성을 계발할 수 있도록 하는 것이라고 하여 문학에 대한 도덕적인 관점을 드러내었다.

**9** 심미주의 못지않게 지나친 도덕주의도 경계해야 하는 바이다. 도덕주의는 최악의 경우, 편협한 이데올로기의 재생산이거나 지루한 직역주의(Literalism)에 이르게 되고, 반면, 최상의 경우, 예술의 소재로 이용할 수 있는 삶, 풍부한 인간경험을 예술과 밀도 있게 연결해주게 된다(B. Jessup & M. Rader, *Art and Human Values*, Prentice-Hall, 1976, 김광명 역, 『예술과 인간가치』, 이론과 실천, 1990, 288면).

있다.

한편, 문학작품은 언어를 매개로 가치를 발견, 탐구, 판단, 설득하는 고유의 방식을 갖고 있다. 이러한 대상의 속성은 단지 문학의 형식적 특질에만 그치는 것이 아니라 좋은 삶을 위해 필요한 정신적 형식이 될 수 있다. 소설은 구체적이고 감각적인 현실 속에서 보편적인 가치 갈등의 문제를 발견하며, 가치 지향적인 인물을 주인공으로 삼아 가치 갈등 문제와 가치의 실현 가능성을 서사적으로 탐구한 후, 가치 문제에 대한 판단을 결말로 제시한다. 그리고 재현 대상이 되는 서사 세계를 중개하는 서술자는 독자를 감화시키기 위한 전략을 구사하면서 가치를 설득한다. 이렇게 소설은 갈등하는 가치를 다루는 방식, 즉 가치 갈등을 형상적으로 포착하고, 서사적인 실험을 통해 가치를 모색하여 가치 갈등에 대한 스스로의 답변을 마련하는 내적 형식을 갖고 있으며, 독자로 하여금 가치의 세계에 참여하게 하는 서술의 기법을 축적해 온 문화적인 산물이다.

소설은 현실을 재현하는 능력에 의해서가 아니라, 삶에 끊임없이 새로운 조건들을 재창조하고, 삶의 요소들을 재분배하기 위해 삶을 자세히 검토하는 능력에 의해 문학의 다른 장르나 다른 예술과 구별된다고 한다.[11] 가치에 관해서도 마찬가지의 관점이 적용될 수 있을 것이다. 소설은 가치를 재현하는 능력에 의해서가 아니라, 완고한 가치 체계를 가진 현실을 문제시하여 새로운 가치 질서를 창출하기 위해 가치를 심도 있게 탐구하는 능력으로 인해 다른 도덕적 담론과 구별된다. 〈심청전〉에서 효라는 사회적 가치를 다루는 방식을 살펴보자. 〈심청전〉은

---

**10** 김대행, 「청산별곡과 국어교과학」, 『고전문학과 교육』 7, 한국고전문학교육학회, 2004.

**11** M. Robert, *Roman des origines et Origines du roman*, Gallimard, 1972, 김치수·이윤옥 역, 『기원의 소설, 소설의 기원』, 문학과지성사, 1999.

"부모를 위한 자식의 희생은 마땅하다."라는 도덕적인 명제로 유교 사회의 근간이 되는 효 가치를 재생산하여 전달하지는 않는다. 그 대신, "바람직한 부모와 자식 간의 관계는 어떤 것인가, 부모를 위한 자식의 희생은 과연 마땅한가?"라는 문제를 제기한다.[12]

이 가치 문제를 탐구하기 위하여 〈심청전〉은 우선 가치 문제가 불거질 수밖에 없는 조건을 만든다. 심청의 아비는 최대한 불쌍하고 무능한 사람이어야 했기에 장님 홀아비로 설정되었고, 그를 봉양하는 심청은 대단히 착하고 예쁜 효녀여야 했다. 그러한 설정만으로도 한쪽 방향에서만 일방적으로 작용하는 효의 문제성이 드러난다. 그러나 〈심청전〉은 여기서 멈추지 않고, 심청이 아비를 위해 자신의 몸을 팔기로 결정하는 가치 갈등의 극한 상황까지 몰고 간다. 이후, 〈심청전〉은 심청이 죽는 것으로 서사를 진행하여 효 가치의 실천이 올바른 선택임을 보여주지만, 심청이 죽은 뒤, 뺑덕 어미에게 속아 재산을 탕진하거나, 빨래하는 아낙네들에게 수작을 부리는 심 봉사의 형상을 통해, '저런 아비를 위한 심청의 죽음이 과연 가치 있는 것인가?'라는 회의를 드러내기도 한다. 이처럼 소설은 기존의 도덕 원리를 명제적인 형태로 재생산하는 것이 아니라, 기존의 가치를 문제시하며 서사적 탐구를 통해 새로운 가치를 실험하는 장이 된다.

이렇게 문학 작품의 도덕적 가치가 문학 작품의 가치 있는 내용과

---

**12** 이러한 가치 문제를 제기하고 있다는 것이 심청이 효녀라는 사실을 부정하는 것은 아니다. 심청은 작가, 독자, 작중인물들의 눈에 모두 효녀로 비춰지고 그려졌다(성현경, 「심청은 효녀인가」, 장덕순 외, 『한국문학사의 쟁점』, 집문당, 1986). 심청이 인륜적 가치인 효를 실천하려는 인물이며, 심 봉사는 효의 대상인 동시에 그것을 훼손하려는 현실의 횡포가 매개된 인물이라는 관점의 연구는 정운채, 「심청전의 구조적 특성과 심청의 효성에 대한 문화론적 고찰」(이상익 외, 『고전산문교육의 이론』, 집문당, 2000) 및 졸고, 「전승사의 관점에서 본 채만식의 〈沈봉사〉 연구」(『고전문학과 교육』 7, 한국고전문학교육학회, 2004) 등이 있다.

아울러 가치를 탐구하는 방식에서도 발견될 수 있는 것이라면, 도덕적 가치를 주제로 하는 문학교육은 이 둘을 포괄하는 교육내용을 마련해야 할 것이다. 그렇지만 문학의 도덕적 내용과 관련된 교육은 문학교육의 본령이 아닌 것으로 경시되었으며, 문학 작품이 가치를 탐구, 판단하는 방식은 아예 도덕적 가치로도 취급되지 않았다. 그러나 가치를 통한 인간의 정신적 성숙과 가치를 다루는 기술을 통한 인간의 능력 발달은 교육의 궁극적인 목표라고 할 수 있기 때문에 범교과적인 중요성을 갖고 있으며, 특히 가치를 탐구하고 실천하는 문학 작품을 교육의 대상으로 하는 문학교육은 이러한 교육의 목표에 기여할 수 있는 주요 교과가 되어야 할 것이다.

이 연구에서는 국어교육, 특히 소설교육 안에서 가치교육을 설계하되, 학습자로 하여금 어떻게 가치를 경험하게 할 것인가라는 점에 초점을 두어 논한다. 소설은 기존의 가치를 문제시하며 새로운 가치를 제안하는 가치 실천력을 가지지만, 소설의 가치가 그대로 학습자에게 전달되는 것만은 아니다. 가치를 대상과 주체의 관계 속에서 형성되는 것이라고 본다면, 가치의 실천태(實踐態)로서 소설은 독자가 그 안에서, 혹은 그로부터 가치를 발견하거나 재구성하는 '경험'13의 대상

---

13 이 연구에서 '경험'은 '해석학적 경험'과 유사한 개념의 내포를 갖는다. '해석학적 경험(hermeneutical experience)'은 해석학자인 가다머의 개념으로서 대상과 주체 간의 변증법적인 관계를 잘 보여준다. 가다머는 헤겔의 '경험' 개념을 수용하여, 경험이 의식과 대상과의 만남의 산물임을 분명히 하였다. 이 경험은 무엇보다 부정성(negativity), 즉 '아님'을 경험하는 것이다. 대상을 경험하면서 우리는 우리의 가정이 잘못되었음을 깨닫게 되고, 그로 인해 경험 대상은 다른 관점에서 조명된다. 또, 우리 자신도 그 대상을 인식하는 과정에서 변화하게 된다. 이 연구에서도 경험을 텍스트와의 만남을 통해 수용자가 새로운 깨달음을 얻어 자신을 변화시키는 과정이라고 이해하며, 경험의 목적은 완벽한 인성의 완성이나 절대적 지식에 이르는 것이 아니라 관용성의 확장과 지혜의 축적이라고 파악한다(H. G. *Gadamer, Warheit und Methode*, 1960, J. Weinsheimer, D. Marshall(Trans.), *Truth and Method*, The Crossroad Publishing Company, 2002(2nd), 346~362면).

이 되어야 한다. 그리고 도덕적 가치에 대한 교육은 소설의 도덕적 가치를 주입시키는 것이 아니라 학습자로 하여금 도덕적 가치가 될 수 있는 소설의 내용이나 속성을 경험하여 가치화하게 하는 형태가 되어야 할 것이다.

이러한 도덕적 가치에 대한 경험 역시 경험 대상인 도덕적 가치의 성격에 따라 그 방식이 달라질 수 있다. 도덕적인 가치 내용에 대한 경험은 소설의 가치를 발견하여 내면화하는 방식으로 이루어질 수 있으며, 가치에 대한 탐구와 실천의 방식에 대한 경험은 일종의 '형식'14 경험으로서 그에 대한 앎을 바탕으로 형식을 적용하고 훈련하는 과정을 통해 이루어질 수 있다. '경험'이란 대상과의 만남과 교섭을 통한 주체의 변화를 말한다. 이를테면, 소설의 도덕적 주제에 감명 받거나 등장인물을 자기 삶의 모델로 취하려는 생각을 갖게 되거나 소설의 주제나 등장인물을 비판하면서 자신의 가치를 좀더 분명히 깨닫는 것은 주체의 정신적인 내용의 변화를 도모하는 경험이다. 그리고 소설의 가치 탐구 방식을 자신이 접한 현실이나 기호학적 세계의 가치 문제를 다루는 기술로 쓸 수 있게 되는 것도 역시 정신의 형식을 변화시키는 경험이라고 할 수 있다. 교육이 변화를 도모하는 실천이라면, 도덕적 가치에 대한 교육은 곧 도덕적 가치를 경험하게 함으로써 바람직한 방향으로 주체를 변화시키는 교육이 된다.

그러나 이렇게 두 가지 도덕적 가치에 대한 두 경험이 있다고 전제하고 두 방향으로 교육을 설계하는 것은 바람직하지 못하다. 문학의 형식과 내용이 분리될 수 없는 하나인 것처럼, 두 경험 역시 논리상으

---

**14** 여기서 형식(form)은 '우리로 하여금 특정한 방식으로 사물을 접하게 하는 정신의 한 속성'으로 이해하고자 한다(Wladyslaw Tatarkiewicz, *A History of Six Ideas: An Essay In Aesthetics*, 1980, 손효주 역,『미학의 기본 개념사』, 미술문화, 1999, 289면 참조).

로만 구분되는 것일 뿐 각기 따로 경험되는 것은 아니기 때문이다. 따라서 이 연구에서는 이 둘을 단지 포괄하는 것이 아니라 통합해내는 수행적 절차가 필요하다는 견해를 갖는다. 도덕적 가치 내용의 경험은 소설이 가치를 형상화하는 방식을 매개로 삼지 않고는 이루어질 수 없으며, 가치능력도 가치 내용을 경험하는 과정에서만 형성되고 실현될 수 있는 '실천지(實踐知)'[15]이기 때문이다. 이에 따라 이 연구의 최종적인 목표는 두 가지 성격의 가치경험을 하나의 수행적 절차 안에 녹여내는 일이라고 할 수 있다.

## 2) 연구 관점

문학교육은 문학 작품의 도덕적 가치보다는 그 '예술가치'[16]를 강조하였다. 그래서 소설에 대해 도덕적인 관심을 적용하여 도덕적인 요소를 발견하고 이를 가치화함은 문학을 이해하는 아마추어적인 태도로 여겨졌으며, 도덕 비평은 문학을 윤리나 철학의 도구로 전락시킨다는 비판을 받으면서 문학에 대한 비본질적인 주장으로 경시되었다. 이렇게 문학교육에서 도덕적 가치가 소홀히 다루어진 배경에는 문학이라는 교육 대상에 대한 인식을 이끄는 미적 관심과 그로 인해 발견되는 예술가치를 중요하게 여기는 태도가 자리 잡고 있는 것으로 판

---

**15** 실천지 혹은 실천적 지혜는 아리스토텔레스의 프로네시스(phronesis)의 번역어인데, 영어로는 practical wisdom, practical rationality, practical judgement, practical reasoning 등으로 번역된다. 실천지에 대한 자세한 논의는 IV장 2. (1) 참조.

**16** 제섭과 레이더는 가치가 대상의 속성과 주체의 관심이 결합된 결과라는 페리의 가치 정의를 수용하여 이에 따라 예술가치를 밝히는데, 그들에 따르면 예술가치란 미적 관심을 가진 주체가 미적 대상에서 발견한 어떤 것이라고 한다(B. Jessup & M. Rader, 앞의 책).

단된다.

　그러나 문학은 자신의 속성으로 여러 가치를 가지고 있다. 이러한 가치 요소들 중 무엇을 가치화할 것인가 하는 것을 결정하는 것은 바로 문학에 대한 주체의 관심과 흥미라고 할 수 있다. 그래서 성경이 예술적 가치를 가지고 있는 것으로 읽혀지기도 하고, 〈춘향전〉이 기생과 관련된 풍속사적인 사료(史料)로도 취급될 수 있다. 그렇지만 교육 대상이 갖고 있는 고유성을 바탕으로 교과의 자기정체성과 교육의 정당성이 마련되는 분과적 교육 제도 안에서 문학교육은 비미적(非美的) 관심과 미적(美的) 관심을 나누어야 했으며, 문학의 실제적 가치보다는 그 예술가치를 강조해야 했다.

　예술가치를 발견하기 위해서는 미적 관심을 갖는 주체에게 '무관심성(disinterestedness)'의 태도가 요구된다. 이 태도는 관조하기 위한 매혹적인 사물로서 미적 대상에 주의를 집중하는 것을 의미한다.[17] 이렇게 미적 주체가 미적 대상을 무관심한 태도로 관조하여 발견한 예술가치는 근대적 예술 제도를 성립하게 하는 주요 근거가 되었다. 그렇지만 예술가치만을 지나치게 강조하는 것은 예술 작품과 주체가 맺을 수 있는 다양한 관계를 제약한다는 문제점을 지닌다. 예술가치를 발견하기 위해 주체는 도덕적 가치를 포함한 실제적인 가치에 대해 무관심해져야 하는 '삶과의 거리두기'를 해야 하기 때문이

---

**17** 칸트는 미적 판단의 무관심성에 대하여 다음과 같이 설명하였다. "미에 관한 판단에 조금이라도 관심이 섞여 있으면, 그 판단은 매우 편파적이며 또 순수한 취미판단이 아니라고 함은 누구나 승인하지 않으면 안 된다."(I. Kant, *Kritik der Urterilskraft*, 1799, 이양윤 역, 『판단력비판』, 전영사, 1974, 59면) 칸트에 따르면 궁전 건축물에 대한 다음과 같은 반응들은 관심과 결합된 잘못된 미적 판단이다. 아름다운 궁전을 보면서, 나는 단지 입 벌리고 바라보게 만들어진 곳은 좋아하지 않는다고 하든지, 파리에 음식점보다 더 맘에 드는 것은 없다고 하든지, 인민의 고혈을 무용한 것에 낭비하는 제후의 허영을 비판한다면 그것은 미적 판단이 될 수 없다고 한다(I. Kant, 같은 책, 58~59면 참조).

다. 물론 절박한 삶의 문제와 거리를 둠으로써 오히려 현실을 보다 완전하게 하며, 실제적인 동시에 미적인 삶을 살아가게 하는 예술가치의 의의를 부정할 수는 없다.[18] 그러나 문제는 예술가치와 실제적 가치를 나누어 놓고 어느 한 쪽만을 중요한 것으로 취급하는 데 있다고 여겨진다.

근대 예술 제도가 확립된 이후, 예술가치의 편에서는 실제적인 삶의 관심을 적용하는 태도를 예술에 대한 저급한 이해와 질 낮은 취향을 보여주는 것이라고 폄하하였다. 그리고 예술가치는 거리두기의 태도로 예술작품을 향유할 수 있는 사람들과 그렇지 못한 사람들의 구별짓기를 바탕으로 스스로를 정립해갔다.[19] 그러나 이러한 편가르기는 심오한 예술가치의 위상을 높이는 대신 예술 작품을 '심미적 이상의 왕국(der Ideale Reich)'에 가두는 결과를 가져왔다.[20] 또한 전체 문

---

[18] 삶과 거리두기를 통해 발견된 예술가치는 분명 예술작품이 갖는 주요 속성이며, 예술은 현실과의 거리두기를 통해 우회적인 방식으로 현실을 보완할 수 있는 힘을 갖기도 한다. 그리고 우리의 삶은, 물건을 고를 때 실제적 용도뿐만 아니라 디자인도 보는 것처럼 실제적 삶과 미적 삶이 공존하는 형태로 구성된다.

[19] 부르디외는 예술작품에 대한 취향이 계급에 따라 구별됨을 논했는데, 민중계급 사람들은 필요성에 종속되어 형식상의 탐구와 모든 형태의 예술을 위한 예술이 지닌 무상함과 무의미를 거부하면서 기능주의적인 '미학'(강조는 부르디외)에 경도되었다고 설명한 바 있다(P. Bourdieu, *La distinction*, 1979, 『구별짓기』 下, 최종철 역, 새물결, 1996, 627~628면). 여기서 미학이 작은 따옴표로 처리된 것은 이들의 '미학'이 정통의 미학으로 인정받지 못하기 때문이다. 그런데 민중의 '미학'에 대한 가장 강력한 옹호는 톨스토이에 의해 이미 행해진 바 있다. 그에 따르면, 위대한 예술 작품은 그것이 만인에게 받아들여지고 이해되기 때문에 비로소 위대한 것이며, 예술은 교양의 수준에 관계없이 모든 사람에게 작용하는 것이라고 한다(L. N. Tolstoi, *Что такое искусство*, 1897, 이철 역, 『예술이란 무엇인가』(2판), 범우사, 1998, 131면). 김대행 역시 문학은 본디 누구나의 것이었다고 지적하고, 인간답게 성장하는 데 문학이 소용되기 위해서는 무엇보다 문학에 대한 비민주적 편견에서 벗어나야 한다고 강조하였다(김대행, 「인간교육과 문학교육」, 『선청어문』 32, 서울대학교 국어교육과, 2004, 34~35면).

[20] 가다머는 예술 작품이 삶과 분리되어 '심미적 이상의 왕국'에 속하는 '순수예술작품'이 되는 과정을 다음과 같이 설명하였다. "우리가 예술작품이라고 부르고 미적으로 체험하

화의 수준을 높이려는 애초의 기획과는 달리, 그 왕국에 갇혀 있는 '순수예술작품(fine arts)'를 생기 없다고 보는 대중들로 하여금 접근하기 쉽고 말초적 감각을 충족시킬 수 있는 것들을 추구하게 하는 대중문화의 저속화 현상을 초래하였다.[21] 이처럼 예술가치만을 중시하는 것은 문학과 삶을 유리시키고, 일상인들의 미적인 삶의 질을 떨어뜨리는 문제점을 지닌다.

본고는 예술가치 이외에도 문학 작품이 가지고 있는 가치는 다수 있을 수 있다고 판단한다. 이러한 관점에서 문학은 인식적 가치, 치료적 가치, 문화콘텐츠산업적 가치, 종교적 가치, 역사적 가치 등을 구하려는 주체의 다양한 관심에 개방되어야 하며, 문학교육도 주체의 다양한 실제적 관심을 장려하는 방향으로 행해져야 할 것이다. 그럴 때 문학의 가치가 삶으로 파고들어 일상인의 삶의 질을 고양할 수 있다고 한다면, 문학교육은 문학이라는 교육대상을 '끌어안고' 있는 교과가 아니라 '나누어주는' 교과가 되어야 할 것이다. 이 연구에서 소설의 도덕적 가치를 중시하며, 이 가치를 어떻게 경험하게 할 것인가에 하는 교육내용을 구안하고자 하는 것도 이러한 인식관심에서 발로한

---

는 것은 추상 작용의 성과에 기초한다. 한 작품이 근원적인 삶의 연관으로 뿌리내리고 있는 모든 것, 그리고 그 작품이 생성되고 의미를 획득하게 된 종교적이거나 세속적인 모든 기능을 도외시하면, 우리는 그 작품을 '순수예술작품'으로 볼 수 있다."(H. G. Gadamer, *Warheit und Methode*, 1960, 이길우 외 역, 『진리와 방법』 1, 문학동네, 2000, 162면)

**21** 듀이는 예술과 삶이 분리된 현실을 비판하면서 선별된 뛰어난 대상들이 보통의 직업인이 만들어낸 산물과 밀접하게 관련되어 있는 시대야말로 예술에 대한 감상이 가장 충만하고 예민한 시대라고 하였다. 그는 이어서 서로 간의 거리 때문에 교양 있는 사람들에게 순수예술작품으로 인정된 대상들이 일반 대중들에게는 생기가 없어 보일 때, 미적 갈망은 쉽고 저속한 것을 추구하게 된다고 하면서 일상적 삶과 예술의 거리로 인한 문화의 저속화 현상을 간파하였다(John Dewey, *Art as Experience*, 1934, 이재언 역, 『경험으로서의 예술』, 책세상, 2003, 21면).

이론적 실천이다.

도덕적 가치와 관련된 교육은 기존의 용어로 '문학을 통한 가치관 교육(value-view education)'이라고 불린다. 그런데 가치관 교육이라고 하면, 가치를 일방적으로 주입하는 부정적인 교육내용이 상기되기 쉽다. 그 까닭은 가치관 교육이 말 그대로 이미 정형화된 '가치관을' 교육하는 것이라고 여겨지기 때문이다. 그러나 언어로 형상화된 가치를 다루는 문학을 통한 가치관 교육은 충효(忠孝), 정의(正義) 등의 규범적 가치를 교육하는 가치관 교육과는 달라야 한다. 문학교육의 가치관 교육은 가치를 내함한 언어적인 세계에 참여하여 가치를 분석하고, 발견하며, 내면화하여, 자신의 삶으로 흡수할 수 있게 하는 교육이어야 하며, 가치관을 교육하는 것이 아니라 가치관을 형성하게 하는 교육이 되어야 할 것이다.[22] 더욱이, 소설이 가치 문제를 발견하고, 서사적으로 탐구하며, 독자를 향해 가치를 실천하는 방식을 도덕적 가치로 가지고 있다는 시각에서 보자면, 기존의 가치관 교육이라는 용어는 부적절하다고 할 수 있다.

그래서 이 연구에서는 '가치교육(value education)'을 소설교육에 도입하고자 한다. 가치교육은 가치의 발견과 실현을 통해 인간다운 삶, 의미있는 삶, 보람된 삶, 행복한 삶을 살도록 도와주는 교육을 의미하며,[23] 사고력교육이나 정서교육처럼 범교과적인 의제로서 윤리과 교육, 사회과 교육에 한정된 영역은 아니다. 그렇지만 각 교과는 교육

---

**22** 문학교육에서는 '가치'를 "어떤 사람이 어떤 일정한 視點에서 작품을 평가하거나 그것을 통해 자신의 삶의 지향성을 얻는 데 필요한 출발점이자 그 결과"(김동환, 『국어교육학 사전』, 서울대학교 국어교육연구소 편, 대교출판, 1999, 8면)라고 하여, 가치관을 형성하는 주체가 학습자에게 있음을 분명히 한 바, 문학을 통한 가치관 교육이 가치의 일방적 전달과 전수라는 관념은 재고되어야 할 것이다.

**23** 남궁달화, 『가치탐구교육론』, 철학과현실사, 1994, 130면.

대상의 특수성으로 인해 저마다 다른 교육적 설계가 필요하다. 이를 테면, 사회과 교육에서는 공동체에 속한 시민의 자질 함양이라는 목표를 세우고, 시민으로서 갖추어야 할 덕목을 교육하거나, 가치 문제를 스스로 분석하고 판단할 수 있는 자율적인 시민의 능력을 배양하려 하는데,[24] 국어교육에서도 이와 같은 목표와 교육내용을 그대로 가져올 수는 없다는 것이다.

소설교육의 장에서 이루어지는 가치교육은 가치를 전달하고 실천하는 매재(媒材)인 언어를 교육 대상으로 하는 국어교육의 특성에 따라 설계하되, 가치를 통한 사회화와 가치를 다루는 능력의 계발이라는 가치교육의 두 목표를 포괄하여야 할 것이다.[25] 이러한 관점에 따라 본고에서는 소설의 도덕적 가치에 대한 경험을 두 방향으로 설계하고자 한다. 그 하나는 가치를 실천하였던 인간의 정신이 축적된 문학을 통해 가치를 전수 받아 공동체의 전통에 속한 존재로서의 성장을 도우며 공동체 문화 창조에 기여하는 주체를 형성하는 것이고, 다른 하나는 소설이 가치를 사유하고 탐구하는 방식을 개인의 '가치능력'[26]으로 삼도록 하는 것이다. 부언하면, 문학을 비롯한 언어문화를

---

[24] 현행 사회과 교육의 목표는 개인의 발전 및 사회, 국가, 인류의 발전에 기여하는 민주 시민의 자질 함양이다. 이는 '개인의 발전'과 '민주 시민의 자질 형성'이라는 두 목표로 세분화될 수 있는데, 각각 개인의 도덕성 발달과 민주 시민으로서의 사회화라는 두 가지 방향의 가치교육을 고려하여 설정된 것으로 판단된다.

[25] 가치교육은 크게, 가치를 내면화하게 함으로써 인간의 사회적 존재로서의 성장을 도모하게 하는 가치사회화교육과 한 개인이 스스로 자신의 가치를 명료하게 인식하게 하거나 가치에 대한 인지적 추론 능력을 신장시켜 개체의 도덕성 발달을 꾀하는 가치능력발달교육으로 나눌 수 있다. 본고는 전자에 대하여 내용중심 가치교육이라고 하였으며, 후자를 형식중심 가치교육이라고 칭하면서, 두 가지 가치교육의 방향이 소설교육에서의 가치교육에서는 통합적으로 고려되어야 한다는 관점을 갖는다. 이에 대한 자세한 논의는 본고의 Ⅱ장 1절 (2)항 참조.

[26] '가치능력'은 이론적으로 정립된 개념은 아니다. 가치와 관련된 능력이라 할지라도 논

통하여 실천된 가치를 통해 개인의 가치 지평을 수직적으로 확장시켜 개인을 공동체의 전통에 익숙하게 하고, 나아가 가치 창조의 실천력을 갖게 하며, 기호로 구성된 세계와 현실 세계에서 가치를 발견, 탐구, 공감, 성찰, 창조할 수 있는 개체의 능력의 발달을 도모하는 것이라고 할 수 있다.[27]

이렇게 소설교육에서의 가치교육의 주요 방향을 설정할 수 있다고 해도 가치교육은 소설교육 내의 하위 영역으로서 따로 설정될 수 있는 성격의 것은 아니다. 가치를 담고 있는 의미체이자 수용자에게 가치 작용을 하는 담론인 소설을 대상으로 하는 소설교육에서 가치와 관련 없이 교육될 수 있는 내용은 거의 없기 때문이다. 오히려 가치교육은 어떻게 좋은 삶을 살 것인가라는 도덕적 관심으로 소설을 보는 하나의 관점에서 비롯된, 소설교육에 대한 접근법이라고 할 수 있다. 이를테면, 제재, 사건 구성, 인물, 표현, 주제, 감상 등을 중심으로 하는 읽기교육, 비평, 소설 쓰기 등의 쓰기교육 등 소설교육의 주요내용에는 모두 가치교육의 접근법이 적용될 수 있는 것이다.[28] 기존의 소

---

자마다 강조하는 능력이 다르기 때문이다. 따라서 가치능력이라는 용어보다는 '가치 분석 능력', '가치 판단 능력', '가치 감지 능력' 등의 용법으로 사용된다. 이 연구는 가치에 대해 사유하고 느끼며 실천하는 인지적, 정의적 능력을 '가치능력'이라는 용어로 포괄적으로 지칭하고자 한다. 이 연구에서 논하는 가치능력의 범주에 포함되는 것으로는 '도덕적 지혜', '가치 추론 능력', '공감 능력', '가치 문해력', '도덕적 상상력' 등이 있다. 각각의 능력에 대한 자세한 논의는 II장 2절 (2)항 참조.

**27** 앞서 강조했던 것처럼, 목표는 두 가지이지만 그 목표에 이르는 과정은 통합적으로 설계되어야 할 것이다. 사회적 인간과 개체적 인간은 결국 한 사람에 대한 다른 지칭인 것처럼 두 가지 목표는 분리될 수 없다. 사회적으로 바람직한 가치여도 학습자가 스스로 그것을 바람직하다고 여겨야 비로소 학습자의 가치로 내면화되며, 제 아무리 가치 능력이 뛰어난 학습자라 할지라도 그 능력이 사회적으로 의미 있는 방식으로 실현되어야 할 것이기 때문이다.

**28** 예를 들어, 문학의 표현이라는 교육 대상이 있다고 할 때, 이에 대해 현실을 낯설게 보는 미적 감수성을 길러주고, 표현에 담긴 사유 방식과 발상의 원리를 깨닫고 활용하게 하는

설교육에 가치교육이 부가된 관점이자 접근법으로 추가된다고 해서 소설교육의 목표나 전반적 구도가 달라지는 것은 아니다. 가치교육의 접근법은 오히려 하나의 대상을 다르게 볼 수 있는 복안(複眼)의 시야를 확보하게 하여, 궁극적으로는 인간과 세계에 대한 총체적 이해라는 문학교육의 목표에 기여할 수 있기 때문이다.

---

교육내용이 있을 수 있다. 가치교육적 접근법에서는 이 표현이 학습자에게 어떤 가치를 바람직하게 여기도록 조정하는가, 그리고 그렇게 가치 작용을 하는 표현의 전략은 무엇이며, 학습자는 그러한 표현 전략을 활용해 어떻게 가치를 실천할 수 있는가 등을 중심으로 교육내용을 구안할 수 있다.

## ◉ 2. 연구사

이 연구에서 살펴볼 연구사의 영역은 세 가지이다. 첫째, 이 연구는 궁극적인 의미에서 가치교육이라고 할 수 있는데, 가치교육을 통한 인간의 성장과 발달에 이 연구가 어떤 기여를 할 수 있는지 확인하기 위해 범교과적인 의제인 가치교육 연구의 영역을 검토하겠다. 둘째, 이 연구가 대상 자료로 삼고 있는 애정소설과 관련하여 애정소설의 주제나 가치 문제에 착목해 진행된 연구들을 살피겠다. 셋째, 이 연구가 국어교육 연구에서 어떤 위치를 점하고 있으며, 이 연구가 어떠한 지점에서 국어교육의 이론적, 실제적인 실천에 개입할 수 있을 것인지에 대하여 연구의 주제와 관련된 선행 연구들을 정리하면서 가늠해 보도록 하겠다.

가치교육은 크게 사회적 가치를 내면화하게 하는 가치사회화 교육과 자신의 가치를 발견하며 가치를 탐구하는 능력을 신장시키려는 가치명료화 교육으로 대별되는데, '내러티브 접근법'은 두 방향의 가치교육을 비판하면서 등장한 것으로 최근 주목되고 있는 제3의 가치교육 모델이다.[29] 그런데 서사를 활용한 가치교육은 이미 가치사회화

교육에서나 가치명료화 교육에서나 공히 중시되었다고 할 수 있다. 덕목(virtue)을 사회화의 매개로 삼고 있는 가치사회화 교육은 감화적 기능을 하는 서사를 활용하여 사회적으로 합의된 보편 가치를 전달하는 방식을 선호하였는데, 그 대표적인 예로 이솝 우화나 풍부한 서사적 사례로서 도덕을 설파하는 〈효행록〉과 같은 전통적인 전 양식을 들 수 있다.[30] 최근에는 다시 인격교육, 덕교육이 부상하면서 가치의 전수에 있어서 서사의 유용성이 재확인되기도 하였다.[31]

---

**29** 내러티브 접근법의 대표적인 논자는 테편(Tappan)이다. 그는 비고츠키의 사회구성주의 관점을 도입하여 문화의 구성원들이 공유하는 의미를 담고 있는 것으로 이야기(narrative)를 파악하며(M. Tappan, "Language, Culture and Moral Development, a Vygotskian perspective", *Developmental Review*(17), 1990), 개인이 자신의 도덕적 경험을 이야기로 구성하는 활동을 중시한다(M. Tappan & L. Brown, "Stories told and Lessons Learned: Toward a narrative approach to moral education", *Harvard Educational Review*(59), 1989). 테편 외에도 길리건(C. Gillagan, *In a different voice: Psychological theory and women's development*, Harvard University Press, 1982), 호프만(M. J. Hoffman, "The interview as text: Hermeneutics considered as a model for analysing the clinically informed research interview", *Human Development*(30), 1987). 데이(J. M. Day, "Narrative, Psychology, and Moral Education", *American Psychologist*(46), 1991) 등을 중심으로 서사를 활용한 도덕교육 연구가 활발히 진행되었는데 이 성과를 보고한 논문으로는 보차드(N. Bouchard, "A narrative approach to moral experience using dramatic play and writing", *Journal of Moral Education*(31), 2002) 등이 있다.

**30** 우리나라의 도덕교육에서도 1970년대 초반까지 '설화법(說話法)'이라는 이름으로 이야기 지도 기법을 중시하였다(한국교육대학교 도덕교육연구소 편, 『도덕과 교육』, 형설출판사, 1974, 169면).

**31** 인격교육 프로그램은 학습자들에게 요구되는 가치 덕목을 나열하고, 이를 습득하기 위해 필요한 도서 목록을 간단한 줄거리와 함께 제시하는 체재의 안내서를 활용한다. 미국의 경우, 인격교육론자 베넷(William J. Bennett)의 *The Book of Virtues: A Treasury of Great Moral Stories, The Moral Compass: Stories for a Life's Journey, The Children's Book of Heroes* 등의 책이 활용된다. 이야기 속에 담긴 훌륭한 삶의 모델에 대해 학생들이 가치를 발견하고 판단하며, 감화됨으로써 바람직한 인격을 형성한다는 전제를 가진 이인재 등의 연구도 사회의 도덕적 진리가 이야기에 내포되어 있으며, 이러한 진리를 이미 깨닫고 있는 교사가 권위를 통해 학생들에게 이야기의 도덕적 진리를 전수하고 내면화시키는 도덕교육을 제안하고 있다(이인재·윤완근·권충복,「교훈적 이야

한편, 학습자의 가치화 과정을 중시하는 가치명료화 교육의 입장에서도 역시 서사는 유용하게 활용된다. 예를 들면, 콜버그가 가치 발달 단계를 측정하기 위해 쓰는 가치 갈등의 딜레마는 일종의 축약된 서사로서 가치 문제에 집중하게 하고, 도덕성 발달을 촉진하는 자극제 역할을 한다. 최근에는 독서교육에서 도덕적 딜레마를 다룬 소설을 활용할 때, 도덕적 이해력(moral awareness)이 높아지는 등의 도덕적 발달을 이끌 수 있다는 연구 결과가 나오기도 하였다.[32] 이렇게 이 입장에서 서사는 가치 담지체라기보다는 가치를 명료화해주고, 가치 판단 능력을 신장시키기 위한 자극제로서 그 중요성이 부각되는 것이다.

그렇다면 내러티브 접근법이 단지 가치경험의 대상으로서 서사를 표나게 드러낸다는 것만으로는 그 새로움을 논하기 힘들 것이라 판단된다. 그리고 이 접근법이, 서사를 통해 인간 행위의 이해가 가능하다는 전제를 취하며 서사 속에서 삶을 해석하고 의미를 찾는 서사적 자아관을 바탕으로 하고, 풍부한 도덕적 감수성이 도덕적 실천의 중요 동인이 된다는 입장에서 인지와 정서의 통합체인 서사의 중요성을 강조한다고 할지라도, 문학연구나 문학교육연구의 관점에서 보자면 그리 참신한 논의도 아니다. 그러나 서사를 활용한 기존의 가치교육이 가치를 내면화하기 위한 전범이거나 가치 판단을 촉진할 자료로서 서사물의 읽기를 강조했다면, 내러티브 접근법은 학생들의 이야기 생산

---

기를 활용한 수업의 효율과 방안 연구」, 광주교육대학교 초등교육연구소, 『초등교육연구』 14, 1999). 최경희의 연구는 문학 경험이 아동의 가치 형성에 실질적인 영향력이 있음을 실증적으로 밝히기도 하였다(최경희, 「문학 경험이 아동의 가치 형성에 미치는 영향」, 『문학교육학』 14, 한국문학교육학회, 2004). 김대행은 경험의 교육내용을 논하는 자리에서 어떤 의미의 경험을 통해 어떤 태도를 형성하는 것이 바람직한가 하는 논의의 중요성을 강조한 바 있다(김대행, 앞의 글, 2002, 31면).

[32] L. Clare, R. Gallimore, G. Patthey–Chavez, "Using Moral Dilemmas in Children's Literature as Vehicle for moral Education", *Journal of Moral Education*(25), 1996.

으로서 쓰기나 말하기를 강조한다는 특성을 갖는다.[33]

이인재 등은 개인이 실생활에서 직면하는 여러 가지 도덕적 경험을

---

[33] 내러티브 접근법에서 이론적 배경으로 삼는 주장과 논자는 다음과 같이 정리할 수 있다. ① 서사적 사고와 이야기의 통합성: 브루너(J. Bruner)는 인간의 정신 활동이 질적으로 상이한 '명제적 사고(Paradigmatic mode of thought)'와 '서사적 사고(Narrative mode of thought)'로 구분되며, 전자가 논리적 논증과 주로 관련된다면 후자는 인간과 상황을 구체적이며 근원적으로 볼 수 있는 능력과 연관된다고 하였다(Jerome Bruner, *Actual Minds, Possible Worlds*, Harvard University Press, 1986, 11~14면). 그는 또, 이야기에는 도덕성의 요소라고 할 수 있는 인지, 정의, 행위가 분리되지 않고 통합되어 있다고 하였다(J. Bruner, 같은 책, 69면). ② 이야기로 해석되는 경험: 사회심리학자인 사빈(Sarbin)은 이야기를 통해 인간 행위에 대한 이해가 가능해진다고 주장하였다. 비츠는 이에 따라 학생들의 자기 이야기가 도덕교육에 있어서 각별한 의미를 갖는다고 논의하였다(Paul C. Vitz, "The Use of Stories in Moral Development: New Psychological Reasons for an Old Education Method", *American Psychologist*(45), June, 1990, 710~715면). 그리고 이러한 주장에 대표적으로 인용되는 이론가는 맥킨타이어인데, 그는 우리가 이야기적 삶을 살고, 우리의 삶을 이야기들을 토대로 이해하기 때문에 이야기 형식은 다른 사람의 삶과 행위를 이해하는 데 적절한 것이라는 주장을 하였다(A. MacIntyre, *After Virtue*(2nd edition), Notre Dame University Press, 1984, 이진우 역, 『덕의 상실』, 문예출판사, 1997, 300~302면). ③ 이야기를 통한 삶의 의미 추구: 허친스와 아들러는 학습자들로 하여금 인류의 발전 과정에서 축적된 전통과 지혜에 접하며 이를 습득하고 나아가 그것을 바탕으로 이성적으로 사유할 수 있는 능력을 기르는 것을 교육의 목적으로 삼았다. 이들은 그런 일들이 위대한 정신과 위대한 이야기를 만나게 함으로써 가능해진다고 보아 1952년 〈서양의 고전(Great Books of the Western World)〉 54권을 내고(1990년에는 60권으로 늘임), '고전 읽기 운동(the great-books movement)'을 주창하였다. 베텔하임은 분석심리학적 입장에서 민담의 효용을 밝히는데, 그에 따르면 민담은 아동이 겪는 삶의 불안과 갈등에 대한 해결책을 저절로 깨닫게 해주는 효용이 있다고 한다(Bruno Bettelheim, *The Uses of Enchantment: The Meaning and Importance of Fairy Tales*, Vintage Book Editions, 1989, 김옥순·주옥 역, 『옛이야기의 매력 1, 2』, 시공주니어, 1998). ④ 대화적 자아(dialogical self): 허먼과 켐펜은 바흐친의 대화주의를 바탕으로 "개별적인 개인들을 타인들과 서로 대화적 관계 속에서 살아가게 되며, 자아는 이러한 대화적 관계 가운데 형성되는 것"이라고 하였다(H. Hermans & H. Kempen, "The dialogical self; beyond individualism and rationalism", *American Psychologist*(47), 1992, 28면.) 대화적 자아관과 관련하여 도홍찬, 「도덕교육 방법으로서 내러티브 접근법에 관한 연구」(서울대 석사학위논문, 1999, 14~16면) 및 김형철·최용성, 「근대·탈근대적 주체와 이야기적 자아」(이왕주 외, 『서사와 도덕교육』, 부산대학교출판부, 2003) 등을 참조할 수 있다.

반성적으로 숙고하여 청중 앞에 제시하는 방법으로 '도덕이야기하기'를 제안하였으며,[34] 고미숙은 기존의 가설적 딜레마보다는 학생 자신에게 의미 있는 경험에서 교육이 출발해야 한다고 주장하면서 서사적 기법을 활용한 도덕교육을 강조한 바 있다.[35] 그리고 김항인은 도덕이야기를 들려준 후, 학생 자신의 도덕이야기를 구성하도록 함으로써 도덕 가치의 내면화를 촉진시키는 수업 사례를 질적 연구 방법을 통해 분석하였다.[36] 또, 도홍찬의 연구에서 쓰기는 자신이 경험한 도덕적 이야기의 '저자'가 됨으로써 도덕적 권위와 책임감을 강화하는 의의를 갖는 것으로 부각되며,[37] 이소영은 개인의 도덕 경험 이야기하기를 '심성이 아름다워지게 하고 올바른 행동을 유도하는 지름길'로 취급한다.[38]

그러나 쓰기 전략을 강조하는 위 논문들은 학생들의 도덕 경험에 대한 서사 생산이 이전의 소설을 읽은 경험과는 어떤 관련이 있는지, 또는 소설을 읽을 때 어떤 방식으로 읽어야 가치 문제에 민감해지며, 가치와 관련된 사유를 활발하게 할 수 있는지, 그리고 소설이 제안한 가치에 대해 어떤 태도를 취하며 그에 대한 반응은 어떻게 나타내야 하는지 등에 대한 논의는 소략하며, 이에 따라 학생들은 각자의 서사를 생산하는 데 소설의 담론적 특성과 소설의 주제적 내용을 적극적으로 활용하지 못한다. 소설의 주제적 의미와 형상성 및 형식을 모두

---

**34** 이인재·권충복·윤완근, 앞의 글.

**35** 고미숙, 「우리의 삶을 이야기하는 서사적 접근의 도덕교육」, 『교육철학』 24, 2000.

**36** 김항인, 「초등학교 도덕이야기하기 수업의 한 사례 연구」, 『초등도덕교육』 2, 2003.

**37** 도홍찬, 앞의 글; 도홍찬, 「문학교육과 도덕교육의 연계 방안」, 『문학교육학』 14, 한국문학교육학회, 2004.

**38** 이소영, 「중학교 도덕과 교육에서 이야기(Story-telling) 지도기법의 적용에 관한 연구」, 서울대 석사학위논문, 2005. ii 면.

고려하면서 소설교육에서의 가치교육의 교육내용을 마련하려는 이 연구가 충분히 성과를 거둔다면, 훈화(訓話)를 통한 가치의 전수, 도덕적 딜레마를 통한 가치 분석에 치중하였던 기존의 서사를 활용한 가치교육을 보다 세련되게 설계할 수 있는 이론적 기반을 제공할 수 있을 것이며, 읽기와 쓰기를 통합적으로 가치교육에 활용하는 방식을 마련하는 근거가 될 수 있을 것이다.

둘째로 살필 연구사의 영역은 문학연구 중 애정소설과 관련된 것으로, 여기서는 애정소설이 내함하고 있는 가치에 대해 주목한 연구를 위주로 살피겠다. 고전소설이 다루고 있는 애정과 관련된 가치 갈등 중에서 애정과 효의 갈등은 김일렬에 의해 연구된 바 있다. 그는 효를 조선의 사회 질서와 문화를 그 밑바닥에서 지탱해 준 도덕 규범의 핵심이라고 파악하고, 남녀 간의 애정을 시대와 사회의 경계를 초월해서 존재하는 본능적 욕구의 하나로 이해한 후, 사회적 이념과 개인의 욕구가 부딪치는 공간인 〈숙영낭자전〉에 나타난 효와 애정의 대립을 구조적으로 분석하였다.[39] 이처럼 소설을 가치 갈등의 장이라고 파악하고, 소설에서 가치 문제에 대해서 어떤 답변을 마련하고 있는지 살피려는 문제의식은 현실에서 발생한 가치 갈등의 문제를 소설이라는 서사적 양식을 통해 드러내고 탐구하며 해법을 모색하는 가치의 실천태로서 소설을 이해하는 태도에서 비롯되었다. 이 연구에서도 소설이 가치 문제에 대한 탐구와 답변을 행하기 위한 문화적 양식이라는 관점을 취하면서 김일렬의 문제 의식과 구조 분석의 방법론을 따르려 한다.

신분에 따른 차별을 사회의 근간으로 하고 있는 조선시대에서 신분 질서 역시 지배적인 사회적 가치라고 할 수 있다. 박일용은 조선후기

---

39 김일렬, 「조선조 소설에 나타난 효와 애정의 대립—숙영낭자전을 중심으로」, 『조선조 소설의 구조와 의미』, 형설출판사, 1984.

남녀의 애정 갈등을 매개로 하면서 신분 질서의 문제를 제기한 유형의 소설을 기녀신분갈등형 소설이라고 칭하고, 주인공을 기녀로 취급하려는 중세적 신분 제도와 그것을 초월하여 기녀 취급을 당하지 않으려는 인물의 의지 사이에서 빚어지는 갈등과 비극성을 논한 바 있다.[40] 기녀신분갈등형 소설은, 애정 문제를 매개로 신분 질서를 비판하는 유형적 서사 내용을 통하여 신분 질서가 삶의 질곡으로 존재함을 드러내면서 조선 후기의 갈등적 현실을 사실적으로 반영하였다. 이러한 연구 역시 애정소설이 지배적인 가치를 문제 삼고, 새롭게 부상하는 가치를 실험하고 탐구하는 문화적 양식으로서 의미를 지님을 잘 보여주고 있다.

그리고 기녀의 자의식이 양반의 풍류의식이 표출되고 관련되는 양상을 분석한 조광국의 연구에서는 풍류의식을 중세의 지배적 이념과 가치를 형상화하는 문학적 매개항으로 취급하며, 기녀의 자의식을 근대지향적 속성을 지닌 것으로 파악하였다.[41] 이 연구는 신분 질서의 옹호라는 사회적 가치가 소설적 형상을 입은 것으로 풍류의식을 설정하고, 기녀의 가치 지향의 제 양상을 풍류주도의식, 실리추구의식, 애정희구의식, 신분상승의식으로 세분함으로써 소설에서 가치 갈등이 나타나는 양상을 세밀하게 살필 수 있었다. 한편, 애정과 예의 갈등에 대해서는 〈쌍미기봉〉을 대상으로 한 연구가 있다. 〈쌍미기봉〉은 애정을 품은 상대에게 접근하지 못하게 하는 사회적 기제인 예로 인해 곤경에 처한 두 남녀의 애정담인데 예와의 갈등으로 인해 애정 자체가 변화하는 과정을 잘 보여주고 있다.[42]

---

**40** 박일용, 『조선시대의 애정소설』, 집문당, 1993.

**41** 조광국, 「기녀담·기녀등장소설의 기녀 自意識 구현 양상에 관한 연구」, 서울대 박사학위논문, 2000.

앞선 연구들이 밝힌 바대로, 애정소설은 조선 후기, 삶의 질곡으로 존재하였던 유교적 가치와 애정의 갈등을 표상함으로써 이념적 가치를 정의 차원에서 균열시키고, 차별적인 신분 질서와 가부장적 남성의 유희 의식을 비판하면서 부상하는 애정가치를 주장하였다. 그런데 애정가치가 옹호되는 양상은 소설마다 다양한 편차를 갖는다. 김일렬은 〈숙영낭자전〉 분석을 통해 결말을 다르게 처리한 네 가지 계열의 이본을 분류하고, 이 이본들이 가치 갈등에 대한 '응답'임을 강조하였다. 이를테면, 효에 대한 비판과 애정에 대한 태도의 차이, 새로운 문제를 낡은 방식으로 해결하려 한 이본과 비극적 파국이라는 과격하고 충격적인 방법을 택하는 이본 등의 차이를 낳는다는 것이다.[43] 이렇게 가치 문제를 중심으로 이본의 생산자들이 자신이 읽은 텍스트에 논쟁적으로 개입하여 이본의 계열을 분화했다면, 이본의 생산은 가치 문제에 대한 참여이며 가치의 실천이라고 볼 수 있다.

〈숙영낭자전〉처럼 이본이 많은 경우라면 가치 문제를 중심으로 여러 계열의 이본들이 보여주는 가치 실천의 양상을 파악할 수 있겠으나, 이본이 상대적으로 적으며 이본 간의 내용 편차가 크지 않은 경우에는 다른 방식의 집근이 요구된다. 이와 같은 접근법에 있어서도 김일렬의 연구는 훌륭한 사례를 제공하고 있다. 그는 애정과 효의 갈등이 다른 작품에서는 어떤 방식으로 다루어지는지 살피면서, 이는 가치 문제에 대한 태도와 관련된 것임도 아울러 강조하고 있다.[44] 이렇게 한 작품은 다른 작품에 대한 응답으로 쓰여졌다는 상호텍스트적인 관점을 도

---

42 졸고, 「〈雙美奇峰〉에 형상화된 애정의 양상과 의미 연구」, 『고전문학과 교육』 8, 한국
   고전문학교육학회, 2004.

43 김일렬, 앞의 책, 221면.

44 김일렬은 〈숙영낭자전〉의 효와 애정에 대한 태도를 〈서해무릉기〉와 〈채봉감별곡〉 등
   과 비교하였다(김일렬, 위의 책, 236면).

입할 때, 비록 같은 상황에 대해 다른 가치 판단에서 비롯된 서사 내용
이 이본으로 생성되지 않았다고 하더라도, 구조적으로 유사한 가치 갈
등의 사태에 대해 다른 작품들이 어떠한 해법을 제시하는지 살피는 것
도 의미가 있을 것이라 판단된다. 그래서 이 연구에서는 애정과 지배
적 가치와의 갈등을 구조적으로 내포한 작품을 위주로 분석하되, 유사
한 가치 갈등을 내포한 작품을 함께 다루면서 결말 처리에서 주로 나
타나는 가치에 대한 내포작가의 태도를 추출하고 그 차이를 밝히면서
가치 문제에 대한 당대인의 고민의 일단을 살피려 한다.

국어교육에서 가치의 문제는 주로 교육내용 중 '태도(attitude)'와 관
련된 영역에서 다루어졌다. 교육과정에서 사용하고 있는 '태도'라는
용어는 자세, 태도, 습관, 흥미, 동기, 가치 등을 포함하는 일종의 범
주명으로 사용되고 있다.[45] 김정자는 교육과정에서 설정한 태도는 원
활한 의사소통을 원하는 의사소통 참여자라면 누구나 지켜야 할 성실
성일 뿐이라고 지적하였다.[46] 교육과정에서 가치를 다루는 방식도 마
찬가지이다. '독서의 가치', '쓰기의 가치', '문학의 가치'라는 용법으로
주로 쓰이는 가치는 언어 활동 자체의 가치이거나 유적 대상 전체에
대한 가치일 뿐, 언어가 실어 나르며 언어를 통해서 형성되고 실천되
는 의미 차원의 가치는 아니다. 우리는 언어체의 내용과 관련하여 가
치를 느끼고, 태도를 갖게 되는 경우가 대부분이다. 그럼에도 교육과
정에서 내용과 관련된 태도나 가치에 대해서 진지하게 고려하지 않으
며, 태도나 가치를 언어능력과 분리시켜 사고하는 것은 언어를 중립

---

**45** 김정자는 태도라는 용어의 혼란상을 지적하면서 김용래의 논의를 인용하여 가치와 태
　도의 관계를 논하기도 하였다. 그에 따르면, 가치는 태도보다 내적이며, 광범위하고, 영
　구적이며, 개인과 사회에 보다 중요한 것이라고 한다(김정자, 「필자의 표현 태도 연구」,
　서울대 박사학위논문, 2001, 23~24면).

**46** 김정자, 위의 글, 27면.

적인 사물이나 도구로 취급하는 언어관의 영향이라 판단된다. 이러한 언어관 아래에서 가치중립적 도구인 언어를 정확하고, 효율적으로 구사할 수 있는 자율적 주체들의 언어활동 능력을 신장시키는 교과교육의 목표가 중시되며, 그에 따라 태도는 어떤 대상이든 일반적으로 취할 수 있는 성실성, 가치는 어떤 활동을 하든 어떤 대상을 접하든 일반적으로 취할 수 있는 일종의 존중감이 될 뿐이다.

그러나 언어는 주체 외부에 존재하며 주체의 의도에만 봉사하는 단순한 도구만은 아니다. 언어는 일반적인 노동 도구와 같이 주체의 외부 환경을 변화시킬 수 있는 도구이기도 하지만, 그것을 부리는 주체의 인지활동의 도구로 사용되기에 그것을 쓰는 사람마저 변화시키는 속성이 있기 때문이다.[47] 또, 언어는 의미와 가치를 매개하고 형성하는 기능이 있기 때문에 주체가 언어활동을 하는 과정에서 경험한 의미와 가치는 주체에게 일종의 흔적으로 남아서 주체의 정신적 변화와 성장을 도모하게 된다.[48] '필자의 표현 태도'를 연구한 김정자의 연구에서 '내용에 대한 태도'가 태도 형성에 중요한 요인임을 지적한 것은 태도도 주체가 대상에 대해 일방적으로 취하는 것이 아니라 대상에

---

**47** L. S. Vygotsky, Mind in Society: *The development of higher Psychological processes*, M. Cole, V. J. Steiner, S. Scribner & E. Souberman (Eds. & Trans.), Harvard University Press, 1978, 조희숙 외 역, 『사회 속의 정신: 고등심리과정의 발달』, 성원사, 1994, 52~55면.

**48** 김대행은 언어는 의미이며, 의미는 언어를 통해 형성하는 경험이라는 관점을 피력한 바 있다. 그는 여행이라는 쉬운 비유를 들어 이를 설명하는데, 여행이 의미를 지님으로써 새로운 자극이 되어 감각을 형성하듯이 의미 경험을 통해 우리는 자극받고 변화한다는 것이다(김대행, 앞의 글, 2002, 24면). 다른 자리에서 그는 의미 경험을 극기훈련(克己訓鍊)에 비유하여 설명한다. "극기훈련이 육체적 흔적만이 아니라 의식에까지 흔적을 남기고 이를 우리가 경험이라 하듯이 말을 하고 글을 읽는 것은 모두가 경험이 된다. (…) 무엇을 경험하게 하며, 어떻게 경험하게 할 것인가 하는 측면이 국어가 다룰 부분이며 국어교과학의 과제가 된다."(김대행, 「청산별곡과 국어교육」, 2004, 17면)

영향을 받아 '취해지는' 것임을 시사한다고 할 수 있다. 이와 같은 관점에서 본고는 주체의 외부에 존재하는 도구이자 주체에 의해 일방적으로 부림을 당하는 것으로 언어를 바라보는 '사용으로서 언어관'을 비판하는 입장을 취한다.[49]

언어는 의미와 가치를 전달하고 형성하는 속성이 있으며, 문학은 이러한 언어의 속성을 가장 잘 실현시키는 문화적 양식이다. 그래서 문학은 본질적으로 가치지향적인 것,[50] 또는 윤리적 가치를 실천하는 매재(媒材)이며, 궁극적으로 윤리적 가치의 실천지(實踐態)로 간주된다.[51] 이로 인해 문학교육 연구는 교육의 관점에서 문학의 가치 문제에 천착하고, 비교적 다양한 관점에서 논의할 수 있었다.

김중신은 서사 텍스트에 내재된 갈등과 그 해결 과정을 체험함으로써 유발되는 감동의 요인을 규명한 논문에서 독서 체험이 일종의 정서적 충격으로 다가옴을 밝히고, 독자가 자신의 현실 체험과 비교하면서 이를 심미 체험으로 수용하는 양상을 유형화하였다.[52] 이 연구에서는 독서 체험의 중요한 대상이 갈등과 그 해결 과정이라는 것을 밝혔으며, 그에 대한 반응이, 서사 체험 그 자체로 완결되는 것이 아니라 독자의 현실적 삶과 연계되어 형성된다는 점을 분명히 하였다. 이러한 점으로 인하여 김중신의 연구는 가치 문제가 소설의 갈등을

---

**49** 김대행은 사용으로서 언어관의 편협성을 지속적으로 비판하는 대표적인 논자이다. 그는 국어교육을 언어사용이라고 하고, 그것을 기능으로 인식하는 데 그치고 말면 이는 국어를 행위의 수준에서 바라보고 마는 것이 됨을 지적하고, 이러한 언어관에 따라 태도는 그 행위에 대한 태도에 대한 고려를 넘어서기 어려울 것은 당연한 이치라고 하였다(김대행, 위의 글, 2002, 17면). 본고도 같은 맥락에서 가치를 중시하지 않는 사용으로서 언어관을 비판하는 관점을 갖는다.

**50** 김봉군, 「문학교육과 윤리의 문제」, 『문학교육학』 1, 한국문학교육학회, 1997.

**51** 김대행 외, 『문학교육원론』, 서울대출판부, 2000, 207면.

**52** 김중신, 『소설감상방법론 연구』, 서울대출판부, 1995.

통해 첨예하게 드러나 구체적 형상을 얻으며, 문학의 가치가 독자의 삶과 통합되어야 한다는 전제를 가진 본고에 많은 시사를 준다. 그러나 이 연구는 가치의 내용에만 집중했을 뿐, 가치가 제시되는 형식의 문제에 대해서는 언급하지 않았다. 문체(style) 자체가 주장을 만들고, 문학의 형식은 철학적 내용과 분리될 수 없는 일부이며,[53] 문학교육은 일반 가치교육과 달리 '언어로 형상화된 가치'를 다루어야 한다고 할 때,[54] 가치의 내용 자체에만 한정된 논의를 하는 것은 이 연구의 제한점으로 지적할 수 있다.

김중신의 연구가 서사가 재현하고 있는 대상인 인물과 사건에 주로 관련이 있다면, 김상욱의 연구는 소설의 담론과 가치의 문제를 연관 짓고 있어서 주목할 만하다. 그는, 세계에 대한 적극적인 가치평가를 텍스트 내부에 견지함으로써 특정한 이데올로기적 표상을 독자들과 공유하고자 하는 논쟁적인 서사 양식으로서 소설을 파악하고, 구성의 층위와 서술의 층위가 텍스트의 이데올로기 형성에 관여하는 양상을 분석하였다.[55] 이 밖에 황희종의 연구는 서술의 중개성을 중심으로 소설텍스트의 윤리적 이해 방법을 제안하였는데,[56] 이는 가치가 소설의 시사세계에 재현되어 있을 뿐 아니라 그 서사세계를 독자에게 중개하는 서술자도 가치의 주체로서 그 역할을 하고 있음을 밝혔다는 점에서 의미 있는 연구라 할 수 있다.

문학교육에서 가치에 대한 본격적인 논의는 박인기와 우한용에 의

---

53 Martha C. Nussbaum, *Love's Knowledge: Essays on Philosophy and Literature*, Oxford University Press, 1990, Intro.

54 우한용, 「문학교육의 문화론적 기초」, 『문학교육과 문화론』, 서울대출판부, 1998.

55 김상욱, 「소설 담론의 이데올로기 분석 방법 연구」, 서울대 박사학위논문, 1995.

56 황희종, 「소설텍스트의 윤리적 이해 방법에 대한 연구」, 서울대 석사학위논문, 2000.

해 이루어졌다. 박인기는 블룸의 교육 목표 분류에 따라 문학의 가치 내면화 과정의 구체적인 내용을 제안하였으며,[57] 이후 내면화 구조의 새로운 틀짜기를 시도하기도 하였다.[58] 그는 또 '문학능력'의 발달 단계에 상응하는 문학교육과정의 구조를 밝히는 등,[59] 지속적으로 가치와 관련된 내면화의 논의를 확장하고 세련화했다. 이러한 관심은, 문학을 포함한 언어는 인간의 정신과 정서의 산물이기에 국어교육은 인간의 정신과 정서를 이해하고 탐구하는 인문학 교육이 되어야 한다는 입장에서 비롯된 것으로 보인다. 이런 입장에서 박인기는 현행 국어과 교육과정에서 인문성의 본질에 대한 목표 인식이 결여되어 있음을 지적한 바 있다.[60] 그에 의하면, 도구교과로서의 성격이 강조된 결과 국어교육은 인간 사랑과 이념지향성을 근간으로 하는, 인간 정신의 본질에 대한 의미 있는 경험에서 멀어졌다고 한다.[61] 본고의 관심도 이와 맥이 닿아 있으며, 인문학 교육으로서 문학교육의 목표가 보다 분명해져야 한다고 파악한다.

우한용은 가치 문제를 철학적인 수준에서 다루었다. 우한용은 문학의 속성 자체가 윤리적이며, 문학이 도덕, 윤리, 인격 교육을 위해 매우 중요한 수단이자 방법이라는 주장을 하였는데, 이러한 주장은 이 논문의 주요 아이디어가 되었다.[62] 또, 그는 문학의 윤리적인 가치에 대한 평가의 문제,[63] 문화와 가치의 관계[64] 등을 심도 있게 고찰하였으며, 문학의

---

57 박인기, 「문학교육의 목표설정에 관한 연구」, 서울대 석사학위논문, 1985.
58 박인기, 「소설 텍스트 수용의 내면화 구조」, 『청주교대논문집』 29, 1992.
59 박인기, 「문학교육과정의 구조에 관한 연구」, 서울대 박사학위논문, 1994, 107~113면.
60 박인기, 「제7차 국어과 교육과정의 목표에 대한 검토」, 『한국초등국어교육』 16, 2000.
61 박인기, 위의 글, 51면.
62 우한용, 「문학교육의 윤리적 연관성」, 『사대논총』 41, 1999.
63 우한용, 「채만식의 탁류론-민족적 희생제의」, 『탁류 주해』, 서울대출판부, 1997.

형상성에서 비롯되는 형상적 사유와 윤리적 감각이 문학교육에서 담당하여야 할 가치교육의 몫임을 논하였다.[65] 이 밖에 가치 소통의 구심(球心)으로서 소설의 사회문화적 역할을 실증적으로 보여주며 소설교육과 접맥을 시도한 김종철의 연구[66]나 철학과 문학의 경계를 넘어 '도덕적 상상력'을 문학교육에 도입하려 한 정재찬의 연구[67] 등도 문학교육에서 가치교육의 위상을 정립하는 데 기여한 논문이라고 할 수 있다.

이상의 연구사적 흐름으로 볼 때 이 연구의 연구사적 의의를 다음과 같이 정리할 수 있다. 첫째, 이 연구는 가치교육에서 그간 훈화를 통한 감화나 도덕성 발달 정도를 측정하기 위해 도덕적 딜레마를 다루는 수준에서 나아가 본격적으로 소설이 가치교육의 제재로 도입될 때의 효용성을 논하여 가치경험의 대상으로서 소설의 활용가능성을 높이려 한다. 둘째, 이 연구는 애정소설 연구에서 부분적으로 이루어진 가치 갈등에 대한 연구를 종합하여 애정소설을 유형적으로 고찰하며, 가치 갈등을 중심으로 하여 애정소설을 구성적 차원, 문체적 차원, 주제적 차원에서 분석하여 이 군의 작품이 갖는 의미를 총체적으로 드러내려 한다. 그리고 이는 애정소설이라는 실체적 대상을 보다 잘 이해하기 위함이 아니라 애정소설의 교육적 가치를 새롭게 하는 의의를 갖는다. 셋째, 국어교육, 문학교육 논의에서 산발적으로 이루어진 가치에 대한 논의를 가치경험으로 수렴하고, 그 구체적인 교육내용을 구안하려 하는 데에까지 나아가는 데서 이 연구의 의의를 찾을 수 있다.

---

64 우한용, 『문학교육과 문화론』, 서울대출판부, 1998.

65 우한용, 「문학교육과 도덕성 발달의 의미망」, 『문학교육학』 14, 한국문학교육학회, 2004.

66 김종철, 「17세기 소설사의 전환과 소설교육론」, 『한국학보』 25, 1999; 김종철, 「소설의 사회·문화적 위상과 소설교육」, 『국어교육』 101, 2000.

67 정재찬, 「문학교육과 도덕적 상상력」, 『문학교육학』 14, 한국문학교육학회, 2004.

## ◉ 3. 연구 대상

### 1) 가치교육의 제재로서 애정소설

'애정소설'은 고전소설을 주제적 내용에 따라 나눌 때 쓰는 용어로 남녀 주인공의 애정 문제를 핵심적인 주제로 다루고 있는 소설을 지칭하며,[68] 이 군의 소설은 남녀 간의 만남과 사랑, 이별과 시련, 재회의 내용 요소를 공통적으로 갖는다. 이 연구에서는 애정소설을 가치경험의 대상으로 삼으려 하는데, 그 까닭은 무엇보다 애정소설이 가치 갈등을 선명하게 드러낸다는 점에 있다. 가치 갈등의 상황에서 가치에 대한 사유가 가장 활발하게 진행될 수 있기 때문에 애정소설은 가치경험의 자극제로서 그 역할을 할 수 있다고 판단된다. 이하의 내용에서는 왜 애정소설이 분명한 가치 갈등을 담고 있는지 '애정'의 성격에 비추어 설명하고, 조선시대 애정소설을 가치 갈등의 관점에서 개관한 후, 가치경험의 교육 제재로서 애정소설의 의미를 부각시키도

---

68 이승복, 『국어교육학 사전』, 서울대학교 국어교육연구소 편, 대교출판, 1999, 496면.

록 하겠다.

남녀의 애정사를 다룬 소설은 염정소설, 연애소설이라고 불려지기도 하였다.[69] '염정(艶情)'은 성애를 포함한 남녀관계를 특화시킬 수 있으며, '연애(戀愛)'는 남녀 간의 정신적 사랑을 강조할 수 있는 이점이 있기는 하지만, '정을 통하다[通情]'는 말이 있듯이 전통적으로 육체적 사랑(lust)과 정신적 사랑(love)을 구분하지 않았으며, 정신과 육체, 마음과 몸이 분리될 수 있는 것이라는 관념이 널리 받아들여지지 않았던 문화에서 발생한 산물에 대한 적절한 명칭은 아니라고 할 수 있다. 이 연구는 국문학사에서 널리 사용되는 애정소설이라는 용어를 취하여,[70] 통시적으로 존재하되 사회적 환경, 표상 방식과 매체에 따라 변용되는 가치로서 애정을 다루고자 한다.

애정은 두 가지 차원으로 논의될 수 있는데, 그 하나는 애정이 인간의 일곱 가지 인정(人情), 즉 칠정(七情) 가운데 하나인 것으로서 기쁨이나 슬픔처럼 본래 인간이 가지고 있기에 배워 익히지 않고도 자연스럽게 느낄 수 있는 감정이라는 데에서 비롯되는 '본성으로서 애정'이요, 다른 하나는 아무리 본성이라 할지라도 감정은 문화적인 표상

---

**69** 김태준은 『조선소설사』에서 남녀 주인공의 애정 문제를 다루는 소설을 염정소설이라고 칭하였다. 이 용어는 우리어문학회의 『국문학사』에도 이어지며, 조윤재, 정주동, 박성의, 소재영, 정종대, 한국고소설 연구회 등에 의해 답습되었다. 애정을 제재로 한 소설에 '연애소설' 혹은 '연정소설'이라는 명칭을 붙이기도 한 선행 연구물도 존재한다. 우리어문학회의 『국문학사』에서는 염정소설과 더불어 연애소설이라는 용어를 사용하였으며, 박성의의 『한국고대소설론과 사』에서도 연애소설이라는 명칭이 염정소설과 병행되었다. 그리고 김준영은 '연정소설'이란 명칭을 사용한 바 있기도 하다. 김준영의 쓰임을 제외한 다른 경우는 염정소설과 연애소설이 함께 쓰이고 있음을 확인할 수 있는데, 추측건대, 이는 염정소설의 성애적 사랑과는 다른 측면에서 정신적 사랑을 강조하기 위함이다.

**70** 애정소설이라는 명칭을 쓰고 있는 연구물은 다음과 같다. 김기동, 「한국고전소설연구」, 교학연구사, 1983; 조동일, 『한국문학통사』 3, 지식산업사, 1984; 박일용, 앞의 책, 1993; 박태상, 『조선조 애정소설 연구』, 태학사, 1996 등.

형식에 의해 매개되고 형성되며, 사회적인 환경에 따라 애정 실현에 장애를 제공하는 가치나 제도가 달라질 수 있다는 의미를 갖는 '사회적인 애정'이다.[71] 애정소설의 애정에는 이 두 가지 속성이 공존하기 때문에 이하의 논의에서는 이 두 속성을 바탕으로 애정소설의 가치 갈등을 이해하고자 한다.

본성으로서 애정을 주로 논하는 이론은 정신분석학이다. 정신분석학은 애정이 문명화의 과정에서 억압된다는 통찰을 제공한다. 프로이트는 행복은 문화적 가치가 아님을 분명히 하였고, 프로이트의 계승자인 마르쿠제는 인간의 본능적 욕구의 자유로운 충족은 문명 사회와는 양립할 수 없으며 욕망의 완전한 충족을 포기하고 유예하는 것이 진보의 필요조건이라고 하였다.[72] 동양에서도 역시 인간의 본능적 충동과 본성적인 욕구는 예(禮)를 통해 다스려져야 할 것으로 취급되었다.[73] 그럼에도 남녀 간의 애정은 동서고금의 문학에 영원한 주제가

---

[71] 이 틀은 서영채의 논의를 참조하였다. 서영채는 사랑을 두 차원으로 나누어 살폈다. 하나는 한 사람이 다른 사람에게 느끼는 정서적 끌림으로서 '감정적 실체로서의 사랑'이며, 다른 하나는 사랑에 대한 표현과 규제의 특수한 방식으로서 시대나 지역에 따라 다양하게 존재하는 '사회적 코드로서의 사랑'이다. 그는 문학적 글쓰기를 통해 표현되는 사랑의 문법에 관심을 갖기에 후자에 초점을 두어 사랑을 분석한 바 있다(서영채, 「한국 근대소설에 나타난 사랑의 양상과 의미에 관한 연구—이광수, 염상섭, 이상을 중심으로」, 서울대 박사학위논문, 2002).

[72] Herbert Marcuse, Eros and Civilization: *A Philosophical Inquiry into Freud*, The Beacon Press, 1955, 김인환 역, 『에로스와 문명—프로이트 이론의 철학적 탐구』, 나남출판, 2002, 24~25면.

[73] "예(禮)는 어디에서 기원되었는가? 사람은 나면서부터 그 무엇을 하려는 욕구를 가지고 있다. 원하는 욕구가 충족되지 않는다 하여 추구하지 않을 수도 없고, 다투면 혼란해지고, 혼란해지면 자연히 곤궁에 빠져들게 된다. 옛 성왕은 이 혼란을 싫어하였기 때문에 예의를 제정하여 한계를 분명히 하였고, 이에 따라 사람의 욕망을 정도에 맞게 길러주고 또 사람의 욕구를 만족하게 하셨다. 사람의 욕망이 무한한 데도 이를 좇아 욕망의 대상물을 독차지하는 일이 없도록 했고, 대상물이 사람의 무한한 욕망 때문에 고갈되는 일이 없도록 인간의 욕망과 대상물 두 가지를 서로 엇비슷하게 길러나가고자 하였던 것이니

되어 왔다. 정신분석학의 관점에서 볼 때, 이러한 현상은 '예술을 통한 억압된 것의 귀환'이자 '실패한 해방과 배반된 약속에 관한 무의식적 기억'이다.[74] 마르쿠제는 문명의 불필요한 과잉 억압에 대한 저항인 동시에 자유를 추구하는 투쟁으로서 예술이 갖는 '위대한 거절'을 중시하였다.[75] 본성으로서 애정이 반드시 문명보다 더 나은 것은 아니지만 적어도 문명을 비판할 수 있는 대립항으로 역할을 하는 것이라면, 이러한 애정을 주제로 한 애정소설은 애정의 본성에 의해 가치 갈등의 문제를 필연적으로 함축한다고 할 수 있다.

이렇게 애정은 문명에 반하는 것이기 때문에 지역과 사회를 막론하고 지배적인 사회적 가치와 갈등할 수 있는 가능성을 갖고 있다. 그렇지만 남녀 간의 자연스러운 이끌림이라는 애정은 지역과 사회에 따라 특수한 문화적인 속성도 함축한다. 조선시대는 성리학적인 예교주의에 따라 윤리적인 엄숙주의, 금욕주의가 지배적인 시기로 이 시기의 남녀 관계는 '내외법'을 통해 볼 수 있듯이,[76] 남녀의 애정에 대한 제재는 아예 만남을 자체를 통제하는 것으로부터 가해졌다. 혼인을 하는 데 있어서도 당사자의 의사는 그리 중요하지 않았을 뿐더러, 주혼자 없는 혼인은 무효화되거나 심히게는 화간(和奸)이라 하여 간통으

---

이것이 곧 예가 생기게 된 본래의 뜻이다. 그러므로 예라고 하는 것은 사람의 욕망을 알맞게 길러주는 역할을 하는 것이다."(〈荀子〉, 禮論, 第一九, 김학주 역, 을유문화사, 2001) 프로이트와 마르쿠제가 본능과 문명을 이분법적으로 대립시켜 놓은 데 비하여 순자는 사회적 형식으로서 예는 개개인의 욕망을 정도에 맞게 길러주는 것으로 보았다. 그러나 순자 역시, 욕망을 예로 순치하려 하였다는 점으로 미루어 본성과 문명을 이질적인 것으로 취급했음을 알 수 있다.

**74** H. Marcuse, 위의 책, 173면.

**75** H. Marcuse, 위의 책, 178~180면.

**76** 초선 초기 법령인 경제육전의 '내외법(內外法)'에 따르면, 여자가 접촉할 수 있는 남자는 삼촌 이내의 친족으로 한정되어 있었다. 한국여성연구소 편, 『우리 여성의 역사』, 청년사, 170~187면.

로 처벌받기조차 하였다.[77] 그리고 부부 관계에 있어서도 안채와 사랑채를 분리시켜 놓고 남편이 부인에게 가는 일도 점잖지 못한 일로 가르쳤으니 부부애를 기대하기도 힘들었다.[78] 거칠게나마 애정에 대한 조선시대의 공식적인 입장을 정리해보았을 때, 조선은 사회적 형식인 예(禮)로써 욕망을 통제하여 공리적 질서를 유지한다는 명분과, 주자성리학의 인욕(人欲)과 천리(天理)에 대한 이분법적 구분[79]을 바탕으로 남녀 간의 만남과 혼인, 부부 관계에 이르기까지 정교한 방식으로 애정을 금압해 온 특수한 문명 사회라고 이해할 수 있다.

조선시대의 애정소설은 바로 이러한 공식 문화에 반(反)하는 입장에서 향유되었으며, 공식 문화의 제약이 정교하고 세련된 만큼 그에 반하는 애정의 파토스도 열정적이며 절대적으로 표출되었다. 15세기의 산물인 김시습의 〈이생규장전〉과 〈만복사저포기〉로부터 17세기의 〈운영전〉, 〈주생전〉 등으로 이어지는 한문 전기소설은 사랑의 설렘과 안타까움, 사회적 제약과 유명(幽冥)의 한계까지 넘어서는 열정과

---

**77** 장병인은 남녀상열혼(男女相悅婚)을 금기시한 이유에 대하여 상대방의 용모나 사사로운 감정에 끌리기 쉬운 당사자보다는 냉정하게 가문의 지위를 가늠할 수 있는 주혼자가 혼인 상대를 결정하는 것이 가문을 보존하는 보다 안전한 방법이었기 때문일 것이라고 추측하였다(장병인, 「조선초기 혼인제 연구」, 서울대 박사학위논문, 1993, 95~103면).

**78** 정성희, 『조선의 성풍속』, 가람기획, 1998, 제1장 결혼.

**79** 주자는 심(心)을 성(性)과 정(情)으로 나누고, 이(理)는 성, 정 중에서 성뿐이며, 정(그 일탈 상태가 욕(欲))은 여기에 포함되지 않는다고 하였다. 이에 따라 '성즉리(性則理)'와 '존천리(尊天理) 거인욕(去人欲)'이라는 두 명제가 조화롭게 성립된다(島田慶次, 『朱子學と陽明學』, 1967, 김석근·이근우 역, 『주자학과 양명학』, 까치, 1986, 156면). 시마다 겐지는, 생각이 무엇인가를 지향했다는 것만으로도 이미 욕심이 되는 것(只有所向便是欲)이라는 주자의 〈近思錄〉의 한 구절을 들어, 주자는 "인간은 혹은 사람의 마음은 '하늘의 이치와 인간의 욕망이 엇갈려 싸우고 있는' 싸움터로 여겼음을 설명하였다. 그리고 그는 이러한 관념으로 인해 주자성리학을 바탕으로 하는 유교사회에서 인간의 욕망을 멸하고 하늘의 이치를 회복하는 도덕적 엄격주의와 유교의 실제적인 습관이자 관습인 예(禮)를 이(理)로 여기고 행위의 지침으로 따르는 원리주의가 맹위를 떨치게 되었다고 지적하였다(島田慶次, 같은 책, 114~115면).

절대성을 지니고 있다.[80] 〈금오신화〉의 작품들이 최초의 소설이 될 수 있었던 까닭도 자신이 살고 있는 현실에서의 욕망과 가치를 추구하는 것이 무의미하거나 불가능하다는 전제를 갖고 있는 문제적 인물들이 이계(異界) 인물과의 만남과 교섭을 통해서라도 현실에서의 고독을 보상하기 위한 세계와의 관계 맺기를 시도한다는 점으로 인해서이다.[81] 또, 〈운영전〉 등은 애정을 추구하던 주인공들의 비극적인 결말을 그려내는 한편 몽유록 양식을 활용하여 이들이 이계(異界)에서 다시 만난다는 설정을 함으로써, 애정가치의 추구가 현실에서는 이루어질 수 없는 것이지만 죽음을 넘어서라도 긍정되어야 할 절대적인 것임을 주장하였다.

조선 후기로 갈수록 애정소설은 지배적인 가치를 다차원적으로 비판하는 역할을 한다. 이 때 애정소설은 이미 애정전기 소설에서 다루어진 갈등을 심각하게 진행시키기도 하고, 애정과 관련된 새로운 갈등을 추가하면서 인간의 본성을 억압하는 공적 가치가 삶의 질곡이 됨을 고발하고 비판하고 호소하였다. 특히 신분 차별의 가치는, 기생임을 부정하고픈 기생과 정 많은 양반의 애정사라는 전형을 유형적으로 취한 '기녀신분갈등형 애정소설'로 비판되기에 이른다. 이는 정의 차원에서 지배적 가치를 균열시키고, 인간성에 대한 새로운 관점을 제시한 것으로 이해할 수 있다. 그리고 조선 후기의 애정소설은 한글을 표현 매체로 삼았으며, 낭만성을 통해 현실 자체를 초월·부정하기

---

**80** 서영채, 앞의 글, 2002, 4~5면. 이러한 특성은 전기적 인간의 특징으로도 드러난다. 박희병은, 단박에 깊은 사랑에 빠져들 수 있게 하는 고독감, 풍부한 내면성, 섬세하고 여린 감수성(感傷性)에 의한 소극성, 강한 문예 취향 등으로 전기적 인간의 미적 특질을 정리한 바 있다(박희병, 『한국전기소설의 미학』, 돌베개, 1997, 33~55면 참조).

**81** 김종철, 「〈금오신화〉 교육의 몇 국면」, 이상익 외, 『고전소설 어떻게 가르칠 것인가』, 집문당, 1994.

보다는 우연적인 설정을 통해서라도 현실에서 애정가치가 실현될 수 있는 현실적 방안을 모색하여 그것을 사회적 전망으로 제시하였기 때문에 더 큰 사회적 반향을 불러일으킬 수 있었다.

애정이 이렇게 소설의 주요 관심사가 된 까닭은 공적인 가치로 자리 잡은 유교적 가치가 미약해졌기 때문은 아니다. 오히려 조선 후기는 유교적 가치가 사회적으로 확산되어 일반 양민의 삶에도 강력하게 작용하는 시기이다. 모두 다 양반이 되려고 하는 시대의 풍조 속에서 유교적 가치는 더욱 공고해져 갔으며,[82] 천민층에서도 열녀(烈女), 효자(孝子)가 생겨나고, 〈주자가례〉의 보급에 따라 일반 백성들도 예를 갖추어 혼인을 하며 제사를 지냈다.[83] 따라서 조선 후기 애정소설의 사회적 확산이 민중 의식의 각성이나 인간성 실현 의지의 발현 때문이라고 하는 것은 일면적이라고 할 수 있다. 오히려 조선 후기는 유교적 지배 체제가 공고화되고, 애정에 대하여 과잉억압을 하는 사회였기 때문에 애정소설이 흥성(興盛)한 것이라고 이해할 수 있다.

지배 체계가 견고해진다는 것은 그만큼 인간의 삶에 제약이 많아진다는 의미이며, 그로 인해 현실적, 상징적으로 더 많은 저항을 불러올 것을 짐작하게 한다. 애정소설은 개인의 내면에서 가장 소중히 여겨

---

82 조동일, 『소설의 사회사 비교론』 2, 지식산업사, 2001, 65면. 조동일은 지역의 호적 조사 자료를 근거로 조선전기에는 7%에 불과하였던 양반의 수가 조선후기에는 60% 이상으로 늘어났다고 지적하며, 이런 현상은 양반을 허울뿐인 신분으로 만들어 결국 양반이라는 특권층이 없는 '평등 사회'를 만드는 데 일조했다고 한다(조동일, 같은 책, 65~68면). 그렇지만 양반이라는 신분 자체가 갖는 특권이 없어졌을 뿐, 양반의 가치관이 사라졌다고 보기는 힘들 것이다. 오히려 신참자들은 양반임을 과시하기 위해서 양반의 규범을 실체적으로 여기며 무조건적으로 따랐을 것이며, 적어도 양반이 되었으니 최소한 양반가의 격식인 예(禮)를 갖추려 했을 것이기에 유교적인 규범은 사회적으로 더욱 확장되고 견고해졌을 것으로 짐작할 수 있다.

83 박주, 「朝鮮時代의 旌表政策에 대한 연구」, 서울대 박사학위논문, 1989 참조.

지는 사적 가치인 애정을 지배적 가치로 제약하며 사회적 형식인 예(禮)로 순치시키려는 공식 문화를 비판하는 사회적 역할을 수행하였다. 그리고 조선시대의 주자성리학적인 지배 질서가 더욱 견고해질수록 애정소설은 그것을 정의 차원에서 균열시키면서 인간성과 개성이 긍정되는 세계에 대한 지향과 의지를 사회적으로 확산시킬 수 있었다. 애정소설은 예치(禮治)가 생활 깊숙이 스며들던 시대적 풍조 속에서 情을 매개로 지배 질서를 비판하며, 애정이 긍정되는 사회와 새로운 인간관계를 전망하였다. 애정소설이 조선 사회에서 행했던 '위대한 거절'의 의미도 바로 여기서 찾을 수 있다.

애정소설은 본성으로서 애정을 다룸으로써 문명에 반하는 자유를 구가할 수 있었으며, 특히 조선시대의 애정소설은 애정을 금압하는 사회적 환경에서 개성과 인간성을 긍정하려는 사회적 기능을 수행하였기에 당시 사회에서 큰 반향을 일으킬 수 있었다. 그러나 이러한 의미만으로 애정소설이 가치교육의 제재로서 갖는 적합성을 인정받을 수 있는 것은 아니다. 고전문학이 훌륭한 정신적 내용을 갖고 있다거나 그것이 존재하기 때문에 가르친다는 논리는 이미 설득력을 잃고 있기 때문에 교육 제재로서 애정소설의 의의를 별도로 논할 필요가 있다.

조선시대 애정소설은 남녀 간의 순수하고 자발적인 열정을 바탕으로 하는 애정을 주제로 삼고 있다. 이러한 애정의 순수성으로 인해 가문의 권위, 정치 권력, 신분 등의 사회적 관계를 비판할 수 있는 정당성이 확보될 수 있었다. 이렇게 세계와 대결할 수 있는 자아의 근거가 그 내면으로부터 가장 확실하고 진정한 것이라고 여겨지는 애정에 있었기에 애정소설의 주인공들은 애정 실현을 제약하는 사회적 가치들과 대등한 대립 관계를 형성할 수 있었다. 이로 인해 애정소설에는 가치 갈등이 매우 선명하게 그려져 있어 학습자들은 애정소설에서 대립하는 가치와 가치 문제의 쟁점 등을 분명히 파악할 수 있다. 그리고 애정소설은 애정과 사회적 가치의 갈등을 선과 악의 구도로 다루지 않는다. 현실의 가치 문제도 선과 악이 충돌하는 것이 아니라 '선과 선 중 어느 쪽이 우선인가'라는 형태로 우리에게 다가오는 것이라면, 애정소설은 대립하는 두 가치의 경중(輕重)을 분석하고 탐구할 수 있는 대상으로서 학습자의 가치능력 신장에 기여할 수 있다.

조선시대 애정소설과 비교할 때, 현대의 애정소설은 가치 문제를 분명하게 보여주지 못한다는 제한점이 있다. 간접화된 욕망을 다루는 현대소설의 애정은 불순(不純)한 것으로 나타나기 때문이다.[84] 순정한 것이 좋은 것이고, 불순한 것이 나쁘다는 의미가 아니라 현대 애정소설에 대해서는 그만큼 가치의 성격을 파악하는 것도 힘들며, 이에 따라 분명한 가치 갈등의 구도도 찾기 어렵다는 것이다. 가장 전형적인 자료를 통해 훈련하게 한 뒤, 보다 복잡한 대상을 다룰 수 있게 하는 것이 교육을 설계하는 기본 틀이 될 수 있다면, 고전 애정소설은 가치 경험의 기본형으로서 역할을 할 수 있다고 판단된다. 그리고 조선시대 애정소설이 다루고 있는 가치는 현재의 시점에서 볼 때, 어느 정도 역

---

[84] 지라르에 따르면, 허영심 많은 현대인의 욕망은 자신의 진정한 내적 자발성으로부터 발생하는 것이 아니라 산초가 돈키호테를 모방하고, 보바리 부인이 삼류 소설의 주인공들을 모방하는 것처럼 모방 대상이 되는 중개자를 거쳐 생성된 것이라고 한다. 지라르는 이렇게 간접화된 욕망을 '삼각형의 욕망(désir triangulaire)'이라고 부르며 소설의 주인공이 지니고 있는 욕망의 왜곡되고 비진정한 속성을 분석하였다(René Girard, *Mensonge romantique et Vérité romanesque*, 1961, 김치수·송의경 역,『낭만적 거짓과 소설적 진실』, 한길사, 2001 참조). 발생구조주의라는 문학사회학을 시도한 골드만은 지라르의 이론을 토대로 시장경제체제의 자본주의 사회와 소설 사이의 구조적 동질성을 발견하기도 하였다. 그에 따르면, 시장경제체제에서는 대부분의 사람들이 진정한 가치인 사용가치를 추구하는 것이 아니라 비진정한 가치인 교환가치를 추구함으로써 가짜 가치의 지배를 받는다고 한다(김치수,「르네 지라르의 삼각형의 욕망」, René Girard, 같은 책, 22면). 이처럼 현대소설의 애정은 간접화되고 진정한 욕망이 아니라는 점에서 불순(不純)한 것이라 하겠다.

사적 평가가 내려진 것이기에 정태적인 것으로 파악될 수 있다. 이렇게 시간적 거리가 주는 명료한 시각으로 인해 조선시대 애정소설의 가치는 공적인 교육에서 검토될 수 있고 다루어질만한 대상이 된다.


## 2) 분석 대상의 선정

애정소설을 보는 이 연구의 관심은 그 갈등에 초점이 맞춰져 있다. 선행 연구들도 애정소설의 서사세계 내에 존재하는 갈등의 문제를 간과한 것은 아니나,[85] 이들의 연구에서 갈등이 체계적으로 다루어진 것은 아니다. 김일렬의 연구에서는 작품 내에서 갈등이 차지하는 비중에 초점이 맞추어졌을 뿐 갈등의 본격적인 내용이 다루어지지 않았으며, 정종대의 연구에서 갈등은 부권의 횡포에서부터 희언(戱言) 갈등, 남자의 배신 등에까지 펼쳐져 있어 갈등의 층위가 다양하다. 박일용의 연구에서는 갈등 그 자체가 아니라 갈등을 파악하는 '서술시각'을 중점적으로 논하기에 갈등 자체는 '중세적 삶의 질곡'이라고 비교적 추상적으로 다루어진다. 애정이 초월하고자 하는 대상을 '현세', '규범', '이해(利害)'라고 설정한 백완의 연구도 애정과 대립하는 제 사회적 문제를 포괄하는 체계를 갖추었다고 보기 힘들다. 본 연구에서

---

85 애정소설의 갈등 문제에 주목하여 갈등을 다루는 내용적인 비중에 착목한 김일렬의 연구(김일렬, 「서사문학에 나타난 에로티시즘의 전개상」, 『어문학』 28, 경북대 국어국문학과, 1973), 애정의 성취에 장애를 제공하는 대상에 따라 애정소설의 병립 구조를 설정한 정종대의 연구(정종대, 「염정소설 구조 연구」, 고려대 박사학위논문, 1989), 현실적 질곡으로 존재하는 사회적 문제와 이를 극복하려는 전망과 의지에 따라 서술시각이 결정된다는 박일용의 연구(박일용, 앞의 책, 1993), 애정이 극복, 초월하려는 대상에 따라 통시적으로 애정소설을 분류한 백완의 연구(백완, 『애정 고소설의 시간 구조』, 박이정, 2003) 등은 갈등 문제가 애정소설을 파악하는 방법적 핵심이라는 것을 보여주고 있다.

는 애정소설의 가치 갈등을 분류의 기준으로 삼아 애정소설의 하위 유형을 나누고, 가치 갈등을 중심으로 애정소설의 의미 작용을 이해하고자 한다.

이 연구에서 초점을 맞추고 있는 갈등은 소설의 다양한 국면에서 표면적으로 나타나는 갈등이라기보다는 심층의 의미론적 차원에 존재하는 가치 갈등(value conflict)으로 애정소설의 갈등을 이해하는 의의는 다음과 같다.

첫째, 애정소설에 나타나는 갈등을 보다 심층적, 체계적으로 파악할 수 있다. 정종대는 애정소설의 병립구조를 설명하면서 애정 관계에 시련을 가하는 원인, 즉, 갈등을 일으키는 요인으로 정쟁이나 정치권력, 부권의 횡포, 신분 문제, 전쟁, 죽음, 도적의 강탈, 축첩 제도의 양화, 배금주의, 계모의 모략, 남자의 배신 등을 들었다.[86] 이러한 요인들이 모두 남녀가 이합하는 내용을 갖는 애정소설을 매개로 취하여 형상화되었던 당대 삶의 모순이나 현실의 질곡이라고 할 수는 있지만, 현상적으로 문제시된 정치 권력과 부권, 신분 등의 문제가 왜 애정소설이라는 유형적인 소설의 양식으로 다루어졌는지, 그리고 그것이 왜 핵심적인 중세적 질곡이 되는지를 설명하는 데에까지는 이르지 못한다. 즉, 작품 표면의 갈등 상황을 나열하는 것은 단지 '기표'의 문제를 실증적으로 다루는 것일 뿐, 그것이 갖는 심층적인 '기의'를 밝히는 데에 이르지 못한다는 것이다.

둘째, 가치 갈등의 틀은 서사 구조, 인물과 인물 간의 관계, 서술자의 시각 및 문체 등에 이르기까지 총체적으로 소설을 이해하는 방법론이 될 수 있다. 갈등 문제에 주목하여 애정소설을 분류한 기존의 연

---

[86] 정종대, 앞의 글, 1989.

구에서 갈등은 주로 작품의 표면적인 내용에 한정되어 있었다. 즉, 서사 내용에서 두드러지는 극적인 갈등 상황이나 인물의 충돌에 초점을 맞추어 갈등이 다루어졌다는 것이다. 그러나 가치 갈등이라는 틀로 보자면, 이는 가치 갈등이라는 심층적 의미가 서사의 구성과 서술 차원에서 구현된 것일 뿐이다. 그리고 특정한 인물을 이해하고, 인물 간의 관계를 파악하는 데 있어서도 주동인물의 가치 지향이나 가치감을 파악하고, 대립되는 가치를 실천하는 반동인물과의 관계를 이해하는 것이 관건이 된다. 또, 서술자의 시각이나 문체도 가치 갈등에 대해 서술자가 어떤 입장과 태도를 갖느냐에 따라 결정되는 것이다. 이렇게 가치 갈등의 틀은 소설에서 재현하고 있는 서사 내용에만 한정된 것이 아니라 심층의 의미와 구조에서부터 서술적 차원까지 포괄할 수 있게 해주는 이점이 있다.

한편, 교육적 필요와 관점에서 수행되는 이 연구는 학습자가 가치 갈등을 분석하고 실험할 수 있는 대상으로 애정소설을 보고자 한다. 이러한 입장에서 중요한 것은 애정소설이 어떤 가치를 주장하고 있느냐는 것보다 어떤 가치 문제를 어떻게 다루고 있느냐이다. 학습자가 처할 수 있는 다양한 갈등 상황에서 애정소설의 가치 탐구 방식이나 가치 제안이 유효하기 위해서는 애정소설의 갈등을 보다 보편적인 틀에서 다루어야 할 필요가 있다. 따라서 이 연구에서는 갈등의 존재 영역에 따라 공적 영역(public sphere)에서의 갈등과 사적 영역(private sphere)에서의 갈등으로 나누었다.[87] 그리고 공적 영역의 하위 영역을

---

**87** 공적 영역과 사적 영역의 구분은 기든스를 따른다. 기든스는 개인들 간의 인격적인 협상이 벌어지는 친밀성의 영역을 사적 영역이라고 하였다(Giddens, Anthony, *Transformation: Sexuality, Love, and Erotism in Modern Societies*, 1992, 배은미·황정미 역, 『현대사회의 성·사랑·에로티시즘』, 새물결, 1996, 29면 참조), 『사생활의 역사』(Philippe Ariès et Georges Duby eds., *Histoire de la vie privée*(3), 1986, 이영림 역, 『사생활

개인이 속한 제 사회적 범주인 소속 집단(group),[88] 국가[정치체제],[89] 인간 관계의 형식을 조건 짓는 제도를 갖는 사회[90] 등을 기준으로 분류하였으며, 친밀감을 바탕으로 한 사적 영역에는 개인과 개인의 갈등 형태가 있다고 파악하였다. 이렇게 갈등의 영역을 나누어 애정소설의 가치 갈등을 분류하는 것은 학습자가 겪을 수 있는 가치 문제의 구체적인 내용은 다를지라도 개인과 사회, 개인과 개인의 상호작용이 이루어지는 영역에서 갈등의 형태는 유사할 것이라는 판단에 의해서이다. 갈등의 영역에 따라 애정소설의 가치 갈등을 분류하고, 그에 해당하는 작품을 배열하면 다음과 같은 표를 구성할 수 있다.[91]

---

의 역사』, 새물결, 2002)에서는 근대 국가의 확립과 함께 사적 영역이 등장하였다는 관점을 가지고 심성(心性)의 역사를 서술하였으나, 본고에서는 사적 영역을 친밀성을 바탕으로 하는 개인과 개인의 관계 영역으로 이해하겠다. 그래서 애정 관계 내부의 친밀한 개인의 문제는 사적 영역의 갈등으로 다루고, 애정 관계가 외부의 공적인 가치와 충돌하는 경우를 공적 영역의 갈등으로 취급하였다.

**88** 집단의 의미는 다음과 같은 기든스의 규정을 따른다. 정기적으로 서로 상호 작용하는 일련의 사람들을 일컫는 말이다. 이러한 규칙성은 사람들간에 친숙함, 유대감, 그리고 공통의 습관을 가져오게 한다."(Anthony Giddens, *Sociology*, Blackwell, 1989, 김미숙 외 역,『현대사회학』, 을유문화사, 1994, 299면)

**89** 국가는 "일정한 영토를 다스리고, 법적 체계와 자신의 정책을 부과할 수 있도록 폭력을 사용할 능력에 의해 그 권위를 뒷받침하고 있는 정치 기구를 전제로 성립된 것"(Anthony Giddens, 위의 책, 341면)이라는 기든스의 규정을 따라, 이 연구에서는 국가를 유지하는 가장 큰 힘이 권력에 있다고 파악하겠다.

**90** 여기서 말하는 제도란 사회의 대다수 인구가 따르는 사회 활동의 기본 양식들이다. 제도는 대다수 인구가 순응하는 규범과 가치를 포함하며, 이러한 제도는 오랫동안 지속되는 상대적으로 고정된 행동 양식이기 때문에 사회의 초석을 이룬다(Anthony Giddens, 위의 책, 678면). 이러한 제도를 바탕으로 신분사회, 계급사회, 가부장사회라는 표현이 가능하다.

**91** 이 표에서 주로 다루어진 소설은 정종대가 '염정소설'이라고 분류한 작품들을 바탕으로 하였으며(복합적인 애정갈등을 다루는 〈옥원재합기연〉, 〈창란호연록〉 등의 장편은 제외), 조선 후기 애정 단편소설을 더하였다.

| 갈등의 유형 | | 가치 갈등의 형상 | 소설 명 | 범위 | 소설의 존재 형태 |
|---|---|---|---|---|---|
| 공적 영역 에 서 의  갈 등 | 개인과 소속집단의 갈등 | 愛情과 孝 | 숙영낭자전 | 전체적 | 필사본, 목판본, 구활자본 |
| | | | 서해무릉기 | 전체적 | 구활자본 |
| | | | 채봉감별곡 | 전체적 | 구활자본 |
| | | | 양산백전 | 전체적 | 목판본 |
| | | | 이생규장전 | 부분적 | 한문 필사본 |
| | | | 최척전 | 부분적 | 한문 필사본, 한글 필사본 |
| | | | 숙향전 | 부분적 | 한문·국문 필사본, 목판본, 구활자본 |
| | | | 매화전 | 부분적 | 한글 필사본 |
| | | | 백학선전 | 부분적 | 목판본 |
| | | | 옥주호연 | 부분적 | 목판본 |
| | | | 권익중전 | 부분적 | 구활자본 |
| | | | 춘향전 | 부분적 | 한문·국문 필사본, 목판본, 구활자본 |
| | | | 월하선전 | 부분적 | 한글 필사본 |
| | 개인과 정치체제의 갈등 | 愛情과 忠 | 운영전 | 전체적 | 한문 필사본, 구활자본 |
| | | | 영영전 | 전체적 | 한문 필사본, 구활자본 |
| | | | 윤지경전 | 전체적 | 한문·국문 필사본 |
| | | | 권용선전 | 전체적 | 구활자본 |
| | | | 권익중전 | 전체적 | 구활자본 |
| | | | 금향정기 | 부분적 | 목판본, 구활자본 |
| | | | 백학선전 | 부분적 | 목판본 |

| | | | | | |
|---|---|---|---|---|---|
| 공적 영역에서의 갈등 | 개인과 사회제도의 갈등 | 愛情과 身分差別 | 춘향전 | 전체적 | 한문·국문 필사본, 목판본, 구활자본 |
| | | | 부용상사곡 | 전체적 | 구활자본 |
| | | | 월하선전 | 전체적 | 한글 필사본 |
| | | | 왕경룡전 | 전체적 | 한글 필사본, 구활자본, 신문연재 |
| | | | 청년회심곡 | 전체적 | 구활자본 |
| | | | 채봉감별곡 | 부분적 | 구활자본 |
| | | | 옥단춘전 | 부분적 | 구활자본 |
| | | | 이진사전 | 부분적 | 구활자본 |
| 사적 영역에서의 갈등 | 개인과 개인의 갈등 | 愛情과 烈 | 주생전 | 전체적 | 한문·국문 필사본 |
| | | | 포의교집 | 전체적 | 한문 필사본 |
| | | | 절화기담 | 전체적 | 한문 필사본 |
| | | | 심생전 | 전체적 | 한문 필사본 |
| | | | 빙허자몽유록 | 전체적 | 한문 필사본 |
| | | | 이진사전 | 부분적 | 구활자본 |
| | | | 쌍미기봉 | 전체적 | 구활자본 |
| | | 愛情과 禮 | 양산백전 | 부분적 | 구활자본 |

소속집단과 개인의 갈등 문제를 다루는 애정소설이 취한 상징적 형상은 애정과 효의 갈등이다. 조선시대의 혼인은 주로 부모나 가문에 의해 이루어졌기에 양반 사회에서 혼인 전의 남녀가 자유롭게 만나 애정을 느껴 정혼하는 일은 거의 불가능하였다. 이러한 상황에서 부모의 허락 없이, 우연한 계기에 의해 생겨나 남녀 주인공들이 가치화한 애정은 효 가치가 실현되어야 할 대상이자 효를 자식에게 요구하는 부모의 의지와 충돌할 수밖에 없었다. 그래서 〈이생규장전〉, 〈숙

영낭자전〉 등을 비롯한 다수의 애정소설은 애정과 효의 대립을 제재로 취하여 이러한 가치 갈등의 상황에서 바람직한 가치 판단은 무엇인가라는 가치론적 주제를 서사적으로 탐구하였다. 애정은 주인공에게 가장 소중한 가치로 여겨지는 것이며, 효는 유교 사회의 근간을 형성하는 매우 중요한 공적인 가치이기 때문에 이 가치 갈등은 어느 한쪽이 우세할 수 없는 추이로 심각한 상황으로까지 진전된다. 그래서 〈이생규장전〉은 자아와 세계의 팽팽한 대결을 포착해 내어 최초의 소설이 될 수 있었고, 〈숙영낭자전〉은 결말 처리가 달라지는 다수의 이본을 형성하는 가치 논쟁의 구심(求心)이 될 수 있었다.

정치 체제와 개인의 갈등 문제를 다루기 위해 애정소설이 상징적 형상으로 포착한 것은 애정과 충의 갈등이다. 신하된 사람의 덕으로서 충은 군주제 사회를 유지시켜주는 근간이 되는 가치이다. 이 충은 임금과 신하의 관계뿐 아니라 주인과 노예의 관계에까지 확장되어 상명하복(上命下服)의 강력한 이데올로기로서 피치자들의 자발적인 예종(隷從)을 이끌어내었다. 특히 왕이 주는 녹(祿)으로 살아가며, 과거에 급제하여 벼슬을 하지 못하면 신분에 걸맞은 생활을 하기 힘든 양반 집단에 있어서 충은 절대적인 가치였다. 그러나 상전이나 왕의 덕이 결여될 수도 있거니와 잘못된 판단으로 옳지 못한 명령을 내릴 수 있는 가능성은 언제나 존재한다고 할 때, 신자(臣子)가 이러한 가치 갈등의 상황에서 어떤 태도를 취해야 하는 것인가 하는 문제가 발생한다. 그래서 늑혼(勒婚) 모티프를 가진 소설[92]은 애정을 가치화한 주

---

[92] 〈윤지경전〉과 〈권익중전〉, 〈권용선전〉 등의 소설은 이러한 문제를 집중적으로 다루고 있다. 이들 소설은 한 개인의 정당한 의지와 욕구를 희생해서라도 충 가치를 따라야 하는 문화적 곤경을 왕의 사혼(賜婚)이라는 문학적인 형상으로 포착하여, 충이 가진 문제를 간접적으로 드러내는 사회소설이다. 이는 충과 불충을 대립시키지 않으면서도 충을 문제시할 수 있는 가장 효율적인 방법이라고 할 수 있다.

인공에게 왕이 강제로 혼인을 명하는 가치 갈등의 상황을 문제시하면서, 충성스러운 신하로서의 역할을 해야 하는 사회적 규범과 애정가치를 실현하려는 개인적인 욕구 사이에서 어떤 판단과 선택을 해야 하는지 탐구하였다.

또 다른 방식으로 충을 문제 삼은 작품군에는 〈운영전〉, 〈영영전〉 등 궁녀가 등장하는 소설들이 속한다. 이러한 소설은 임금이나 왕족의 절대 권력이 가장 강력하게 작용할 수 있는 궁을 배경으로 하여 개인의 행복 추구와 인간의 본성을 억압하는 권력 자체를 문제시한다. 이는 '임금이 현명하지 못하여도 신하로서 그의 명령에 복종하여야 하며, 그에 대해 충성해야 하는가'라는 문제적 상황에서 한 발 더 나가 있다고 평가할 수 있다. 왜냐하면, 안평대군처럼 능력 있는 사람을 알아주며 여성의 능력을 인정하고, 그 자신은 성리학적 가치를 최대한 구현하는 현군(賢君)이라 할지라도 그의 의지만이 절대적으로 실현되는 세계가 과연 바람직한 것인가하는 문제 제기를 하고 있기 때문이다. 비록 이 소설이 충을 문제시하기 위한 의도에서 쓰여진 것이 아닐지라도 궁녀와 궁 밖 선비와의 사랑은 충의 가치에 대해 회의하고, 절대 권력의 폐해에 대해 고발하는 성격을 지닌다.

조선시대는 신분으로 인간 관계의 형식을 규정한 신분사회이다. 애정소설은 이러한 사회와 그것을 질곡으로 느끼는 개인의 갈등을 애정과 신분 차별의 가치의 갈등 문제로 탐구하였다. 신분 차별의 가치는 신분 사회를 유지하게 해주는 명분이 되는 이데올로기이다. 타고난 分에 따라 인간의 등급이 정해지며, 그 분(分)에 맞게 사는 것이 의(義)라는 신분 차별의 가치는 수직적 신분 질서의 최상위에 속한 집단을 제외하고 그들의 통치 아래에 있던 사람들에게는 삶의 질곡으로 작용하였다. 애정소설은 이 가치의 문제성을 드러내기 위한 문학적인 매개 인물로 기생을 택하였다. 기생은 백정과 함께 노비보다 못한 존재로 분류되던 천민이다. 애정소설은 이 천민으로 하여금 '분에 넘치게' 양반과의 대등한 결합을 꿈꾸게 하고, 그 기생이 겪는 시련을 그리면서 신분 차별의 가치가 얼마나 큰 삶의 질곡인지 보여준다. 이러한 점으로 인하여 〈춘향전〉을 위시하여 기생이 등장하여 자신의 애정가치를 실현시키기 위한 도정에 신분 차별적인 가치와 대결하는 일련의 '기녀신분갈등형' 애정소설은 조선 후기 가장 인기 있었던 소설의 레퍼토리가 될 수 있었다.

갈등은 사적 영역의 친밀한 관계에 놓여 있는 개인들 사이에서도 발생한다. 애정소설은 애정관계 내의 변심(變心)과 항심(恒心)의 문제로 이러한 갈등을 다루었다.[93] 애정이 쉽게 이동할 수도 있고 갑작스레 타오르는 만큼 그 사라짐 또한 갑작스러운 예측불허의 것임을 상기할 때, 변심은 자연스러운 애정의 경로라고 할 수 있다. 문제는 변하기 마련인 정의 흐름을 열(烈)이라는 가치로 제어하고 묶어두려는 데에서 발생한다. 따라서 주인공의 변심에 외부적 가치가 개입되어 있다고 하더라도, 남녀 관계 내부의 관점에서 보자면, 변심의 주체는 애정의 자기 실현 노정을 따른 것이며, 항심의 주체는 열(烈) 가치에 의거하여 변하기 마련인 애정 관계를 고착화하려 하는 것으로 이해할 수 있다. 이 역시 애정 관계에 있어서 곤경이 되기에 변심의 문제를 다룬 소설은 끊임없이 움직이려는 애정과 그것을 영구히 붙들어

---

**93** 이 밖에도 사적인 애정관계 안에서 문제적인 가치로 남녀관계의 사회적 형식을 규정하는 예(禮)가 있다. 예는 자발적으로 정을 느낀 주체를 스스로 번민하게 하는 사회적 가치로서 애정 실현을 위해 적극적인 행동을 하는 데 장애로 작용한다. 〈쌍미기봉〉은 두 남녀가 담 하나를 사이에 두고 예로 인해 서로 만나지 못하는 상황이 수 년 동안 지속되는 기이한 이야기를 제재로 하고 있다. 그러나 이러한 형태는 번안소설의 특수성에서 연유되는 것이라고 사료되는바, 다른 소설에서 예가 주된 장애가 되는 경우는 드물다.

매려는 이념적 가치인 열(烈)의 갈등으로 이를 포착해 내었다. 그 가운데 〈주생전〉은 애정 주체의 애정의 대상이 이동하였으나 과거의 정인(情人)이 열(烈) 가치를 실천하며 그를 놓아주지 않으려는 문제를 다루고 있다.

이렇게 이 연구는 애정가치와 대립적인 가치로 충, 효, 열, 신분 차별의 가치를 설정하고 이 가치 갈등이 가장 분명하며, 전형적으로 나타나는 작품을 택하려 한다. 이러한 관점에 따라 선별한 분석 자료는 다음과 같다.

> ▶ 애정과 효(孝)의 갈등: 〈이생규장전(李生窺墻傳)〉[94]
> ▶ 애정과 충(忠)의 갈등: 〈운영전(雲英傳)〉[95]
> ▶ 애정과 신분 차별(身分 差別)의 갈등: 〈춘향전(春香傳)〉[96]
> ▶ 애정과 열(烈)의 갈등: 〈주생전(周生傳)〉[97]

---

[94] 자료는 1999년에 발견된 《금오신화》의 조선 목판본으로 심경호 역,『매월당 김시습 금오신화』(홍익출판사, 2000)에 실린 텍스트로 한다.

[95] 자료는 국립도서관본 〈柳泳傳 卽 雲英傳〉으로 이상구,『17세기 애정전기소설』(월인, 2002)에 수록된 한문본을 텍스트로 삼는다.

[96] 자료는 완판 84장본인 〈열여춘향수절가〉로 구자균 校註,『춘향전』(민중서관, 1970)에 실린 텍스트로 한다.

[97] 자료는 김구경 소장본 〈周生傳〉으로 이상구,『17세기 애정전기소설』(월인, 2002)에 수록된 한문본으로 한다.

# ◎ 4. 연구 방법 및 절차

이 연구의 목표는 가치교육의 관점에서 소설교육의 교육내용을 마련하는 것이다. 이를 위한 연구의 방법과 절차는 다음과 같다.

이 연구의 주요 방법적 근거가 되는 이론은 가다머의 해석학이다.[98] 연구의 모든 국면에 해석학의 이론이 원용되는 것은 아니지만, 가다머의 해석학은 다음과 같은 측면에서 이 연구의 근본적인 인식관심을 형성한다. 첫째, 가다머의 해석학은 근대적 예술 제도의 형성 과정에 대한 고찰을 통해 근대 이후의 미의식을 비판적으로 성찰할 수 있는 시각을 제공한다. 둘째, '해석학적 대화'로 설명되는 해석학의 '경험'은 '너'로 비유되는 문학 작품과 독자의 물음과 응답의 대화성, 그로 인한 독자의 지혜의 축적과 관용성의 확장을 강조한다. 이 연구에서 논하는 가치경험도 소설의 가치 제안에 대한 독자의 응답과 새로운 물음의 형성을 포괄하는 것으로서 대화적 구조를 가지며, 가치경험은

---

98 H. G. Gadamer, *Warheit und Methode*, 1960, 이길우 외 역, 『진리와 방법』 1, 문학동네, 2000; H. G. Gadamer, *Warheit und Methode*, 1960, Weinsheimer, J., Marshall, D. (Trans.), *Truth and Method*(2nd), The Crossroad Publishing Company, 2002.

주체를 좀더 나은 존재로 변화시키는 교육적 과정이라는 전제를 갖는
다. 셋째, 철학적 해석학은 우리가 이미 전통에 속해 있는 존재이며,
따라서 전통은 어느 정도 우리 정체성의 일부가 되어 있다는 주장을
한다. 이는 고전문학 교육이 문화적 정체성을 가진 존재로서 학습자
의 자아 형성을 도모하는 사회적 실천이라는 시사를 주며 고전문학
교육의 의의를 재조명하게 해준다.[99]

  한편, 이 연구는 가치교육 이론에 근거하여 수행된다. 가치교육은
크게 가치의 내용에 대한 교육과 가치를 다루는 정신적 형식의 교육
으로 나뉜다. 이 중 도덕적인 가치 내용보다 도덕적으로 사유하는 정
신적 형식을 중시하는 형식중심 접근법은 이 연구에서 소설의 가치
사유 방식을 밝히고, 이를 경험하는 교육내용을 구안하는 데 있어서
주요 이론적 근거가 된다. 특히 콜버그 이후, 도덕 원리에 의한 추론
에 대하여 비판적 관점을 가진 이론들은 소설이 가치를 탐구하고 실
천하는 방식도 도덕적 사유 형식이 될 수 있음을 설득력 있게 보여준
다. 예를 들면, 도덕 원리에 대한 지식보다 구체적인 현상 속에서 개
념적인 가치 문제를 발견할 수 있게 하는 키케스의 도덕적 지혜 이
론,[100] 자율적 개인의 합리성보다 친사회적 성향을 중시하는 호프만
의 공감 이론,[101] 원리에 의한 추론보다 상상력에 의한 가치 탐구를
강조하는 존슨의 도덕적 상상력 이론[102] 등은 소설의 가치 탐구 및 실

---

**99** 이 연구는 가다머의 해석학이 제공하는 관점을 바탕으로 서사학과 구조주의 문학이론
  을 수용하기도 하였다. 이들 이론은 서사의 본질이나 문학 작품의 구조적 특성을 이해하
  기 위한 방법론으로 취해진 것이 아니라 가치를 매개하는 소설 고유의 방식을 이해하고,
  소설이 구현하는 가치를 보다 잘 파악하기 위한 방편(方便)으로 끌어온 것이다.

**100** John Kekes, *Moral Wisdom and Good Life*, Cornell University Press, 1995.

**101** M. L. Hoffman, "Development of prosocial motivation: empathy and guilt", N.
  Eisenberg (ed.), *The Development of Prosocial Behavior*, Academic Press,
  1982.

천의 형식을 가치교육적 시각에서 새롭게 볼 수 있게 하는 데 기여한
다. 따라서 이 연구는 주로 콜버그 이후의 가치교육 논의를 바탕으로
소설의 도덕적 가치를 논하도록 하겠다.

그리고 문학의 가치 내용과 가치 사유 형식을 논하는 이 연구는 문
학과 철학의 두 영역에 걸쳐져 있다. 문학과 철학의 경계를 가로지르
며 문학으로 철학하기, 철학으로 문학하기라는 연구 과제를 설정하고
이론을 실천하는 대표적인 연구자로 너스바움을 들 수 있다. 도덕철
학자인 너스바움은 문학 작품에서 철학적 문제를 발견하고, 그러한
문제에 의거하여 문학 작품을 분석한 바 있다.[103] 특히 너스바움은 철
학적 문제를 발견하기 위해 문학 작품이 갖고 있는 고유의 질을 손상
시키지 않는다. 오히려 그녀의 작업에서 철학은 문학 작품을 풍부하
게 읽고 섬세히 반응하기 위해 소용되며, 문학 작품의 고유 형식이나
개성적 문체(style)는 철학적 내용의 일부로 다루어진다. 그래서 너스
바움의 철학적 문학 분석은 단순히 경계를 넘나들었다는 의미에서가
아니라 문학과 철학이 공진화(公進化)할 수 가능성을 보여준다는 점
에서 그 의의를 평가할 수 있을 것이다. 이 연구도 문학교육과 가치교
육이 결합하여 시로를 발전시킬 수 있다는 공동 진학를 모색하기에
너스바움의 작업은 일종의 방법론적 모델이 된다. 한편, 인문학자로
서 너스바움은 고전교육을 강조하는 면모도 아울러 지니고 있다. 과
거에 대한 성찰적 앎을 통해 특정 시공간에 결속된 주체의 유적 인간
으로서 가능성과 자유를 확충한다는 논리를 지닌 너스바움의 고전교

---

**102** Mark Johnson, *Moral Imagination; Implications of Cognitive Science for Ethics*,
University of Chicago Press, 1993.

**103** Martha C. Nussbaum, Love's Knowledge: *Essays on Philosophy and Literature*,
Oxford University Press, 1990.

육 이념은 고전문학을 대상으로 삼는 교육의 유의미한 참조 대상이
된다.104

소설의 학습자가 도덕적 가치를 경험하는 교육내용을 구안하려는
이 연구의 절차는 다음과 같다. 먼저 II장 1절은 이 연구의 핵심적 개
념인 가치경험의 의미를 설명하고, 도덕적 가치를 경험하게 하려는
이 연구가 가치의 내용과 가치 탐구 능력을 통합하려는 목표를 갖고
있음을 밝히겠다. II장 2절은 도덕철학, 가치론, 가치교육의 관점에
서 소설이라는 대상의 도덕적 자질과 속성을 밝히기 위해 마련되었
다. 우선, 도덕과 관련된 제 이론에서 중요한 주제로 다루어지는 '도
덕성(morality)'에 비추어 보았을 때 소설의 가치를 논하였다. 그런데
도덕성이란 개념 자체가 잘 합의되지 않는 사안이기 때문에 '비도덕
성'이라는 개념을 활용하여 소설이 도덕적 의의를 함축하고 있는 대상
임을 논증하겠다(II장 2. (1)).

II장 2. (2)은 이러한 소설의 의의를 가치교육적인 관점에서 보다
구체화하기 위해 마련되었다. 가치교육의 주요 교육내용으로 취급되
거나 다루어져야 할 주제의 관점에서 소설의 속성이 규명될 때, 소설
이 가치를 다루는 방식 자체가 가지고 있는 교육적 정당성이 입증될
수 있기 때문이다. 그리고 이 부분의 논의는 가치교육 이론의 주제들
을 문학교육의 차원에서 재맥락화하는 성격을 갖는다. 따라서 여기서
는 가치교육의 주제들을 문학교육의 관점에서 선택적으로 받아들이
고 재구성하는 논의가 먼저 이루어지며, 이후, 문학교육적으로 재맥
락화된 가치교육의 교육내용의 관점에서 소설의 속성을 규명하는 방
식을 취하도록 하겠다.

---

104 M. C. Nussbaum, *Cultivating Humanity –A Classical Defence of Reform in Liberal
Education*, Harvard University Press, 1997.

　국어교육의 가치교육은 타교과의 가치교육과는 달리 가치를 전달하는 매개이자 가치 형성의 재료인 언어를 교육 대상으로 한다는 특수성이 있다. 이로 인해 국어교육은 가치가 언어로 다루어지며, 언어를 통해 형성되는 방식에 주목해야 할 필요가 있다. 소설교육에서도 중요한 사항은 소설에서 다루는 현실의 가치 자체라기보다는 소설이 가치를 탐구하며 실천하는 방식이자 이를 통해 표상된 가치라고 할 수 있다. 따라서 가치교육적으로 의미가 있는 소설의 속성이라고 할지라도 그것이 텍스트 차원에서 어떻게 실현되는가 하는 것은 소설의 속성에 대한 논의와는 다른 차원에서 재론될 필요가 있다. 이러한 관점에서 마련된 Ⅱ장 2. (2)는 소설이 속성이 텍스트 차원에서 실현되는 방식, 즉 소설의 가치 형상화 방식을 논하겠다.

　이 연구는 경험의 과정을 거쳐 소설의 도덕적인 의미나 속성이 비로소 학습자에게 가치로 전이, 명료화된다고 파악한다. 그래서 가치를 내면화하기 위한 대상, 즉, 가치 탐구 방식을 적용하고 훈련해 볼 대상이 필요하며, 이 연구에서는 그 대상으로서 조선시대 애정소설을 취하였다. Ⅲ장에서는 가치 갈등의 유형과 가치 형상화 방식에 따라 대표적인 작품을 분석하여, 애정소설의 가치 탐구와 가치 실천의 양상을 드러내도록 할 것이다. 가치가 아무리 주관적인 것이라고 해도 그것은 대상으로부터 취해진 것이며, 경험은 대상과의 만남을 통한 주체의 변화이기에 대상 자체가 갖고 있는 가치 내용과 가치 탐구 및 실천 방식은 이 대상으로부터 무엇을 어떻게 경험하게 할 것인가 하는 교육내용을 마련하는 데 관건이 되는 사항이다.

　Ⅳ장에서는 Ⅲ장의 논의를 바탕으로 가치경험의 교육내용과 수행적 절차를 구안하겠다. 애정소설이 아무리 훌륭한 가치를 갖고 있는 의미체이며, 진지하게 가치 문제를 탐구한 담론이라고 할지라도 수용

자에게 경험을 거쳐야만 그 가치가 실현될 수 있다. 따라서 IV장 1.에서는 수용자의 측면에서 애정소설을 가치화하기 위한 정신적 형식을 도야할 수 있는 애정소설 읽기 방식을 교육내용으로 제시하겠다. 이 정신적 형식은 다른 소설을 읽을 때나 현실의 가치 문제를 탐구하고 실천하는 데에도 전이될 수 있는 가치능력이라고 할 수 있다. 그런데 이러한 가치능력은 그것이 운용되고 실행될 때만이 형성, 실현되는 것이라는 실천지적인 성격을 갖고 있다. 따라서 교육은 그것이 어떻게 수행될 수 있을지 안내해야 할 것이다. 덧붙여, 이 연구가 소설 가치의 내용, 소설의 가치 탐구 형식을 모두 가치경험의 대상이라고 상정하고, 이를 통합적으로 교육에 설계하려는 목표를 갖고 있기 때문에 두 경험이 하나의 교육적 프로그램 안에 공존할 수 있는 수행적 절차를 마련하는 일이 필요하다. 따라서 IV장 2.에서는 가치경험의 통합적 모델을 제안하려 한다.

# II.
# 가치경험의 대상으로서 소설의 특성

애정소설과 가치교육

# ◉ 1. 가치경험의 의미와 구조

## 1) 소설을 대상으로 하는 가치경험의 의미

이 연구는 학습자들의 발달과 성장을 도모하기 위한 교육내용으로 '가치경험'을 상정한다. '가치경험'은 이 연구의 목표와 내용을 관통하는 중심 개념이라고 할 수 있는데, 이 절에서는 가치경험의 의미에 대해 상술하고자 한다. 앞서 논하였다시피, 이 연구는 소설의 도덕적 가치를 두 가지 의미로 이해하였다. 하나는 소설의 가치 있는 내용이며, 다른 하나는 소설이 가치를 사유하는 방식이다. 이하 논의에서는 '가치', '경험' 등의 개념을 바탕으로 이 두 도덕적 가치에 대한 경험이 어떤 의미를 가지고 있는지 논하도록 하겠다.

일상적인 용법에서 가치는 값, 값어치, 물건의 사용 가치와 교환 가치 등 경제적인 의미를 갖는 한편, '어떤 사물이 지니고 있는 의의나 중요성'을 의미하기도 한다.[1] 경제적인 가치는 논외로 하더라도

---

[1] 국립국어연구원 편,『표준국어대사전』, 두산동아, 2000.

둘째 의미는 다시 둘로 나누어 고찰할 수 있다. 하나는 대상 자체가 갖는 가치이며, 다른 하나는 대상을 대하는 주체에 의해 가치로 여겨지는 것이다. '가치의 발견'이라는 말은 가치가 대상에 속해있는 것이기는 하지만, 그것이 주체의 발견에 의해 가치화된 것임을 말해준다. 이렇게 대상에 속한 가치와 주체의 관심에 따라 발견되거나 구성되는 가치는 일상적으로 혼용되는데, 이 문제는 가치에 대한 철학적인 담론에서 '가치실재론'과 '가치주관론'으로 쟁점이 되는 바이기도 하다.

서론에서 밝혔다시피, 이 연구는 가치를 어떤 주체가 중요하다고 생각하는 관념으로 특정한 대상을 판단하는 데 도움을 주는 것이라는 가치주관론의 가치 규정을 따른다. 그런데 이러한 관점은 다시 '가치다원주의'라는 비판에 직면할 수 있다. 가치의 위계 질서를 무시하고 공적 가치와 사적 가치를 대등한 것으로 취급할 수 있다는 이유에서이다. 이러한 비판에도 불구하고 가치의 다원성과 주관적 속성을 인정해야 하는 까닭은 다음과 같다. 첫째, 비록 사회적으로 실재하는 가치라고 하더라도 그 사회의 문화와 전통에 따라 다른 구성이나 위계 질서를 갖는다. 이렇게 가치 자체나 그 위계적 체계가 변화될 수 있다는 사실은 가치가 절대적, 보편적이지 않은 속성을 갖고 있음을 설득력 있게 보여준다. 오히려 사회적으로 존재하는 가치도 주관적 가치의 소통을 통해 간주관적으로 구성된 가치로 인식할 필요가 있다. 둘째, 객관적 가치가 아무리 바람직한 것이어도 그것이 주체에게 있어 소중한 가치가 되는 '가치화(valuation)'의 과정을 거쳐야 비로소 주체의 판단과 실천의 원리를 제공하는 실제적 가치가 될 수 있다. 특히 대상의 가치를 스스로 발견, 분별, 탐구, 판단하는 가치의 주관화 경로에 대한 관심은 학습자의 바람직한 변화를 도모하는 교육의 관점에서 요청되는 바이기도 하다.

그렇지만 개인의 우연적이고 자의적인 가치는 국어교육에서 이루어지는 가치교육의 대상은 아니다. 그 이유는 국어교육의 교육 대상은 언어라는 데에서 찾을 수 있다. 언어는 사회적인 규약으로서 가치의 소통을 통해 간주관적 가치를 구성하는 대표적인 매재이다. 따라서 언어를 통해 표상된 가치, 가치를 언어로써 사유하고 실천하는 방식을 다루는 국어교육은 언어의 사회적 속성과 그것을 통해 구성되는 가치의 간주관성으로 인하여 가치주관론이 갖는 과도한 개인성을 극복할 수 있다.[2]

소설이라는 의미체는 사회적 가치를 문제시하는 인물을 매개로 사적 가치의 실현 가능성을 탐색하지만 인물이 추구하는 가치는 어느 정도 공적 성격을 갖는다. 인물의 가치가 공적이지 않다면 자아가 세계와 대등한 우위를 점한 채 대결할 수 있는 정당성을 가질 수도 없었을 것이며, 이로 인해 갈등의 사태가 긴장감 있게 전개되는 서사적 구성도 갖지 못했을 것이기 때문이다. 더욱이, 소설 속 인물의 가치 실현은 단지 소설이 구성한 가상 세계 안에서만 유효한 것이 아니라 소

---

**2** 본고의 관점은 가치의 간주관성을 강조한 헤센의 가치에 대한 관점과 상통한다. 가치가 '그 가치를 획득하기를 원하는 주체의 속성이냐, 아니면 주관과는 상관없이 객관적으로 실재하는 것이냐'라는 가치 논쟁에 개입하여 헤센은 "가치는 항상 어떤 사람에게 있어서의 가치이다. 따라서 가치란 가치를 느끼고 있는 주관과 관계되는 사물의 특성"이라고 가치를 정의하였다. 이 정의만 보자면, 가치란 언제나 누군가의 입장에서만 존재하는 가치 심리주의를 따르고 있는 듯이 보인다. 그러나 헤센은 "주관들은 가치들의 척도가 아니다."라고 설명을 덧붙인다. 즉, 가치는, 주관이라고 할지라도 '주관 일반', 인간이라고 할지라도 '유적 인간'과 관계한다는 것이다. 그렇지만 그의 입장을 가치 실재주의나 가치 존재주의로 규정할 수는 없다. 그는 주관과 객관 세계 사이에 상호주관성으로 이루어진 제3의 영역을 설정하며, 그곳에 가치를 정초하려는 시도를 하고 있기 때문이다(J. Hessen, 앞의 책, 참조). 이 연구에서는 헤센처럼 주체가 느끼는 가치감을 중시하되, 상호주관적으로 합의되고 정돈된 관념적 본질을 지닌 것으로 가치를 규정하도록 하겠다.

설의 소통적 본성의 실현 과정에서 독자를 향한 가치 주장이 되기도
한다. 이로 인해 소설의 주제적인 가치는 작가나 인물의 주관성에 터
하면서도 소통의 질서에 귀속되는 공공적 성격을 갖는다.

그리고 소설이라는 담론은 한 개인의 창조적 발상의 소산이 아니라
문화 공동체가 오랜 시간을 거쳐 만들어낸 문화적 양식이다. 소설이
제재를 취하는 방식, 사건과 인물을 구성하는 방식, 재현 대상이 되는
세계를 독자에게 중개하는 방식, 결말을 처리하는 방식 등은 이야기
를 통해 의미와 가치를 만들어내는 문화 공동의 자산이며, 소설이라
는 언술체의 의미가 사회적으로 소통될 수 있게 하는 기본 형식이다.
작가로서 개인은 이러한 자산을 자신의 의미화 실천에 활용할 뿐이
지, 그 담론 형식 자체를 만들어내는 창조적 존재는 아니다.[3] 따라서
이러한 소설 담론의 속성에 기초한 도덕적 가치 역시 공공성을 가지
고 있다고 할 수 있다.

이처럼 소설의 도덕적 가치가 간주관적이며 공공적 성격을 갖는다
고 하더라도 그것은 대상의 속성일 뿐, 소설이 다루는 간주관적 가치
나 소설이 가치를 다루는 방식이 고스란히 독자에게 도덕적 가치로
옮겨지는 것은 아니다. 내용적 차원에서 보자면, 소설이 주장하는 가
치와 독자가 소설을 읽고 가치화한 결과는 달라질 수 있기 때문이다.
수용미학이나 독자반응이론, 문학소통이론이 착목한 지점도 바로 소
설이라는 대상과 그것을 수용하는 독자의 거리이다.[4] 소통 이론의 관

---

**3** 작가는 소설 담론의 양식을 활용하여 의미화 실천을 하지만, 그러한 과정에서 기존의 담
론 양식을 변형하고, 새로운 기법을 실험하기도 한다. 그러나 이러한 형식 실험이 성취
한 성과는 다시 소설이라는 담론의 양식을 풍부하게 해준다는 점에서 공공성을 갖는다
고 볼 수 있다.

**4** 언어적 실체로서 텍스트와 수용자의 관계에 대해 논하는 이론에서 텍스트는 '허상적 성
격(virtueller Charakter)'의 것으로 독자에 의해 '구체화(Konkretisation)'되어야 할

점에서는 수용소(受容素)가 존재하는 곳으로서 텍스트와, 수용 결과로서의 텍스트를 구분하여 이해하기도 한다.[5] 독자가 해석해내는 작품의 의미에 속하는 가치가 독자에게 수용되는 과정도 이러한 경로를 따른다. 또한, 독자는 소설이 가치를 탐구하고 실천하는 방식을 알되, 작품이 행한 방식과는 다른 경로를 상정해 볼 수 있으며 작품의 의미화 실천 전략을 비판할 수 있다. 그래서 이 연구에서는 문학 작품의 내재적 가치인 '대상 가치'와 그것을 경험한 결과로 수용자가 가치화한 것을 '경험 가치'로 구분하고, 둘의 관련성을 독자의 능동적 가치구성 활동으로 해명하고자 한다.

대상 가치와 수용자에 의해 의미화된 가치를 이어주는 교량적 역할을 하는 것은 바로 '경험'이다. 본고에서는 가다머의 철학적 해석학의 관점에서 경험의 의미를 이해하였다. 해석학적인 경험은 대상과의 만남을 통해 주체와 대상이 동시에 변화하는 변증법적 과정이며, 그것은 해석 대상인 텍스트와 경험 주체와의 대화적인 구조를 갖는다. 이렇게 해석학적 경험은 주체가 대상에 귀속된 채 이루어지거나 대상과 관련 없이 형성되는 주체의 변화가 아니라 대상과 주체의 변증법적이며 대화적인 교섭의 과정이라고 볼 수 있다. 이러한 경험은 여행에 비유되기도 한다.[6] 여행을 통해 우리는 일상적인 환경을 떠나 낯선 대상의 자극을 통해 새로운 감각을 형성한 자기를 발견하며, 이에 따라

---

'빈자리(Leerstelle)'를 가지고 있는 것으로 취급된다. 이에 따라 독자는 텍스트와의 상호작용을 통해 작품의 의미를 구현하는 공동의 의미생산자가 될 수 있으며, 텍스트는 수용 과정에서 독자에 의한 구체화를 거쳐 '수용텍스트'가 된다(권오현, 「문학소통이론 연구」, 서울대 박사학위논문, 1992, 74~75면).

**5** Juurgen Schutte, *Einfuuhrung in die Literaturinterpretation*, 6면(권오현, 위의 글, 78면 재인용).

**6** 김대행, 앞의 글, 2002, 25면.

환경 자체를 달리 볼 수 있는 시각을 가질 수 있다. 이렇게 경험은 대상과 주체를 변증법적으로 변화시키는 과정으로서 대상과의 교섭을 통한 자기 변화 및 대상 구성이라고 이해할 수 있다.

이 연구는 경험의 대상으로서 소설의 도덕적 가치를 상정하였다. 이 도덕적 가치는 의미체로서 소설이 지니는 내용 차원의 도덕적 가치와 담론으로서 소설이 지니는 형식 차원의 도덕적 가치로 나눌 수 있다. 내용 차원의 도덕적 가치에 대한 경험은 작품의 의미와 학습자가 대화적으로 교섭하는 과정을 거쳐 소설이 재현 대상으로 다루는 도덕적 가치가 학습자의 인격과 삶으로 통합되는 과정을 말하며, 형식 차원의 도덕적 가치에 대한 경험은 소설의 재현 대상이 되는 가치를 다루는 방식이 학습자가 가치를 다루는 능력으로 전이되는 과정을 일컫는다. 즉, 이 연구는 도덕적 요인을 가진 대상인 소설과 교섭을 통하여 학습자가 도덕적 가치를 생성하는 일련의 과정을 가치경험이라고 칭하며, 이 경험은 소설의 의미론적 차원의 내용을 자신의 삶과 인격으로 통합하여 가치화하는 경험과, 소설의 가치 형상화 방식을 학습자의 가치 사유 방식으로 가치화하는 경험으로 나누어 이해할 것이다.

경험 대상으로서 소설의 두 도덕적 가치는 서로 밀접한 관련성을 가지고 있다. 내용 차원의 도덕적 가치는 소설의 가치 형상화 방식을 거쳐 소설에 표상된 가치가 될 수 있으며, 형식 차원의 도덕적 가치는 작품의 의미 내용을 생성하기 위해 소용되는 것이기 때문이다. 이 두 도덕적 가치의 상호관련성은 독자와의 소통과 관련하여 보다 잘 해명될 수 있다. 하우저는 소설의 형상성과 형식을 '매개(Vermittlung)'로 이해하였다. 이 매개는 단지 의미내용이 종이 위에 표현되었다는 매체적인 의미가 아니라 독자와 작가를 '생(生)의 의미와 가치'로 이어주는 '해석학적인 매개'를 포함한다.[7] 즉, 소설 담론의 형상성과 형식은 소설 내용에 해당하는 의미와 가치를 독자에게 매개해주는 역할을 하는 것으로서 소설의 의미론적 가치의 존재 형식이자 그 일부가 되기도 한다는 것이다.

하우저는 예술가와 독자의 관계에 대하여 다음과 같이 설명한다.

> 예술가는 生에서 출발하는데, 즉 그는 그 생의 이러저러한 측면들, 문제들 및 모순들로부터 시작하여 그 생으로부터 떨어져 나온 자율적인 작품들을 만들어내는 일로 움직여 나아간다. 그에 반해, 독자는 독립된 작품들로부터 출발하고 그 작품들 속에서 생을 해명하고 깨우쳐주는 것과 자신의 운명에 대해 위안을 주는 것을 찾는다.[8]

생에서 출발하지만 자율적인 작품을 만들어내는 예술가와 독립적인 작품으로부터 생의 의미를 이끌어오는 수용자는 서로 반대되는 방향으로 움직인다고 할 수 있다. 이렇게 서로 엇갈리는 움직임과 둘 사이의 시간적 간격에도 불구하고 작가와 독자를 만날 수 있게 하는 것은 바로 이 둘을 매개하여 '대화'를 나눌 수 있게 해주는 형식언어(Formsprache)이다. 소설의 형상성과 형식은 바로 이러한 형식언어에 해당하는 것으로서 그것은 '일반적으로 이해되고 많은 사람들이 감상할 수 있게끔 옮겨진 고유의 관용어법'이자 '기대 가능한 수용상황을 창작 과정에서 끊임없이 염두에 두면서 독자의 호응을 얻으려는 부단

---

**7** 이 연구에서 '매개(Vermittlung)'는 하우저의 용법으로 사용한다. Arnold Hauser, *Soziologie der Kunst*, 1978, 최성만·이병진 역, 『예술의 사회학』, 한길사, 1983, 27면 참조.

**8** Arnold Hauser, 위의 책, 27면.

한 노력의 결실'이라고 할 수 있다.[9] 이렇게 소통을 가능하게 하는 소설 고유의 형식언어인 형상성과 형식의 매개를 통해 독자는 소설의 '의미와 가치의 세계'에 동참할 수 있으며, 소설이 표상하는 의미와 가치를 자신의 삶으로 이끌어오는 운동을 할 수 있게 된다.

이처럼 소설의 형식언어가 독자와 작자를 의미와 가치로 이어주는 해석학적인 매개를 포함하고 있다고 볼 때, 의미론적 차원의 도덕적 가치는 그것을 다루는 소설의 형식언어라는 매개를 통해 비로소 독자에게로 향할 수 있는 것이며, 소설이 가치를 형상화하며 독자에게 매개하는 방식은 독자를 소설의 '의미와 가치의 세계'로 이끄는 역할을 하는 것으로 이해할 수 있다.

소설은 여러 가치의 다성적인 울림을 만들어 내면서도 한편으로는 그러한 가치의 교향(交響) 속에서도 독자에게 특정 가치를 제안하며 응답을 요청하는 장르이다. 이러한 장르적 속성은 소설이 독자에게 재현 대상이 되는 가치들 중에서 특정 가치를 바람직한 것으로 여기도록 독자의 해석을 조정하는 소설의 가치 형상화 방식으로 실현된다. 따라서 소설의 가치 형상화 방식은 가치를 재현할 뿐 아니라 가치를 실천하는 주요 전략이 된다는 점에서 그 의미 내용의 일부라고도 볼 수 있을 것이다.

이렇게 대상 가치로 존재하는 두 도덕적 가치의 상호관련성은 이러한 가치를 경험하는 과정에서도 고려되어야 할 것이다. 독자가 소설의 내용적 가치를 경험 가치로 생성하는 과정에서 소설의 가치 형상화 방식이 관여한다. 소설의 내용적 가치는 소설의 가치 형상화 방식을 통해서만 표상될 수 있으며, 독자는 가치 형상화 방식의 안내를 받아 소

---

9 Arnold Hauser, 위의 책, 25~40면.

설이 표상하는 가치, 소설이 주제로 하는 가치를 만날 수 있기 때문이다. 그러나 독자는 그러한 과정에서 만나는 내용적인 가치에 대해 스스로 판단하고 느끼는 능동적 가치 주체이기도 한다. 이러한 독자의 능동적인 가치 구성적 활동에도 역시 소설의 가치 형상화 방식이 활용된다. 즉, 독자는 소설의 제재로 다루어지는 가치 문제에 대하여 소설이 서사적으로 탐구하는 과정과는 다른 경로를 상정해 볼 수 있으며, 소설이 공감할 것을 권하지 않는 인물에 대해서도 공감해 볼 수 있다. 그리고 가치를 설득하는 서술자에 대해 비판적 관점을 갖기도 하며, 소설이 가치 탐구의 결과 내린 판단으로서 결말을 자신이 바람직하다고 여기는 결말과 비교해보는 비평적 시각을 적용할 수 있다.

이렇게 가치 형상화 방식은 독자가 소설의 의미론적 차원의 가치와 만날 수 있게 하는 매개적 경로가 되는 동시에, 그것에 대해 거리를 취하면서 능동적인 가치 구성적 활동을 하게 하는 정신적 도구가 된다. 한편, 가치 형상화 방식은 그것이 적용되고 실천되는 과정에서 비로소 학습자의 가치능력으로 전이될 수 있다. 가치 형상화 방식은 소설이라는 실체적 대상을 잘 이해하게 해주는 개념적 지식이 아니라 그것이 운용되는 경험을 통해 학습자의 능력으로 전이될 수 있는 것이기 때문이다. 이렇게 가치 형상화 방식이라는 소설의 도덕적 자질은 소설의 가치 내용을 이해하고, 그것과 대화를 나누며, 판단하기 위해 쓰이는 과정에서만 존재할 수 있는 것으로서 반드시 내용 가치를 담고 있는 대상과, 그로부터 가치를 발견하려는 행위자와 결부되어야 한다. 따라서 본고에서는 두 종류의 가치경험이 상호침투하며 교섭한다는 관점에서 수용자의 가치화 과정을 설계하도록 하겠다.

이상의 논의를 요약하면 다음과 같다. '가치'는 대상의 속성과 주체의 관심이 결합된 결과이며, '경험'은 대상과의 만남과 교섭을 통한 대상과 주체의 변증법적 변화를 의미한다. 그리고 '가치경험'이란 대상 가치와의 만남과 교섭을 통해 주체가 변화되는 일련의 과정을 말한다. 소설이라는 특수한 대상과 관련하여 가치경험은 소설이 가치를 매개하는 고유한 방식으로 인해 형성되는 경험과 소설이 주제로 삼고 있는 가치의 내용에 대한 경험으로 나뉠 수 있다.[10] 전자에서는 소설의 재현 대상이 되는 가치를 비교적 중립적으로 취급하면서 가치를 다루고 분석하며 실천하는 소설의 가치 형상화 방식을 경험하는 데 방점이 놓이며, 후자의 경우 소설이 주장하는 가치를 학습 독자의 삶과 인격으로 이끌어오는 경험이 주가 된다. 이어지는 항에서는 교과 영역의 메타적인 차원에서 이루어지는 가치교육에 대한 입장들을 정리하고, 이 연구에서 취하는 가치교육에 대한 접근법으로서 포괄적 가치교육을 소개하겠다. 이를 바탕으로 소설교육의 장에서 가치교육을 설계할 때 앞서 논한 가치경험이 어떻게 통합적으로 구조화될 수 있을지 살핌으로써 전체 논의의 얼개를 밝히고 그 방향성을 분명히 하겠다.

## 2) 가치경험의 통합적 구조

가치교육은 인간관과 교육의 사회적 기능과 관련된 입장의 차이에 따라 도덕의 내용을 주입 또는 내면화시켜서 도덕적 행동을 이끌어

---

10 이렇게 나누는 것이 이분법적 사고의 산물만은 아니다. 경험적으로 우리는 문학작품이 주장하는 바는 옳으나 형식적 완성도는 미흡한 경우, 그 의미 내용에는 절대로 동의할 수 없으나 형식적인 면에서는 나무랄 데 없는 작품을 목도한다. 따라서 이러한 불일치가 존재한다는 것은 부정할 수 없는 사실이며, 논의의 초점은 이를 어떻게 극복하느냐 하는 것이 되어야 한다.

내고자 하는 내용중심의 가치교육과 주체의 판단과 자율적인 선택에 중점을 두어 도덕적 행동을 의도하는 형식중심의 가치교육으로 대별된다.[11] 윤리교육이나 사회교육에서 쟁점이 되는 의제 중에 하나도 바로 이와 관련된 것이다. 내용중심의 가치교육은 이미 사회적으로 합의된 사항으로서 윤리나 개인의 인성 형성에 필요한 도덕의 전달 및 전수를 중시하고, 형식중심의 가치교육에서는 학습자가 자율적으로 가치를 다루는 능력을 강조한다. 그래서 내용중심 가치교육은 가치사회화교육, 인성교육(인격교육), 가치관교육, 도덕교육, 윤리교육 등으로 불리며, 형식중심 가치교육은 가치탐구교육, 가치명료화교육 등으로 지칭된다.[12]

내용중심의 가치교육은 가치를 사회적 실재로 파악하고, 개인은 자율적 주체이기 이전에 이미 전통 안에 존재하고 있으며, 전통적으로 사회가 유지해 온 가치들을 익히는 사회화 과정을 거쳐야 함을 강조

---

**11** 내용중심의 가치교육은 내면화되어야 할 가치의 '내용'을 중시하며, 형식중심의 가치교육은 가치를 분석하고 평가하는 학습자의 능력, 즉 가치의 내용보다는 그것을 다루는 정신적 '형식'을 강조한다(추정훈, 「가치교육의 단계적 접근」, 『사회와 교육』 26, 한국사회과교육학회, 1998, 229면). A. Gutmann(A. Gutmann, *Democratic education*, Princeton University Press, 1987)은 가치교육의 목표를 도덕적 사회화(moral socialization)에 두는 입장과 개인의 도덕성 발달(moral development)에 두는 입장으로 나누었는데 이 구분은 내용중심과 과정중심으로 나누는 입장과 거의 유사하다고 할 수 있다. 그리고 스트로엔은 도덕교육을 내용의 교수(teaching that)와 방법의 교수(teaching how), 행동의 교수(teaching to)로 나누어 살핀 바 있다(Roger Straughan, *Can We Teach Children to be good?*, Open University Press, 1988, 남궁달화 역, 『도덕철학과 도덕교육: 우리는 아이들을 선하게 가르칠 수 있는가』, 교육과학사, 1998, 120~134면). 이렇게 가치교육을 대별하여 파악하는 논법을 확인할 때 내용중심과 형식중심으로 나누어 이해하는 것이 큰 무리는 없어 보인다.

**12** 이 연구에서 쓰는 '가치교육'이라는 용어는 내용중심과 형식중심 가치교육을 포괄하는 것으로서 가치탐구교육, 가치명료화교육과 같은 내포를 갖는 것은 아니다. 그러나 도덕, 윤리, 인격 등을 비교적 중립적으로 취급한다는 점에서 이러한 가치교육과 유사한 관점을 갖기에 '가치'라는 말을 선호한다.

한다. 이러한 입장의 가치교육은 개체의 합리적 판단을 넘어서는 보편적인 가치에 대한 교육을 통해 학습자에게 공동체적 가치에 대한 확신을 갖게 하는 교육적 실천을 중시한다. 바람직한 가치를 내면화하게 하는 가치사회화 교육이 특정 집단의 가치나 기존 사회의 유지를 위한 강요된 의식을 개인에게 주입시킨다는 비판에 직면하기는 하지만, 이러한 방식의 교육은 한 세대가 다음 세대에게 가치를 전수하고, 가치 문제를 이월하는 실천으로서 교육의 근본적인 관심과 직접적인 연관이 있다고 할 수 있다.

한편, 형식중심의 가치교육에서는 개인에 앞서 존재하는 사회적 윤리, 개인적 도덕 자체보다는 학습자를 우선시한다. 이 입장에서는 자신의 이성을 근거로 가치를 정립하며, 선별하고, 실천하는 주체로 학습자의 위상을 세우고, 이에 따라 가치교육의 목표도 이성적 행위자인 학습자가 여러 가치들을 비교 평가해 보고, 보다 더 합리적인 준거에 의해 지지되는 가치를 판단하는 능력을 함양하는 것으로 설정된다. 사회에 실재하는 가치보다 개인의 관심이나 흥미를 존중하는 형식중심 접근법은 가치를 개인의 선호나 선택으로 보기에 '나'의 가치와 타인의 가치를 합의해 낼 수 있는 근거가 부족하여, 윤리적 상대주의라는 비판을 받기도 한다. 그렇지만 자율적 개체로서 자신의 삶의 가치 문제를 합리적으로 분석하고 해결할 수 있는 시민적 자질의 배양이 근대교육의 목적으로 합의되었기에 가치교육의 주류를 이루고 있다.

두 방향의 가치교육은 각기 장단점을 지니고 있다. 형식중심 가치교육은, 비록 학습자의 이성을 바탕으로 한 자율성과 능동성을 인정하기는 하지만, 개인이 자발적으로 선택하고, 가치화한 결과가 반드시 사회적으로도 가치 있는 것이 아닐 수 있는 가능성과, 공통 윤리에 대한 교육 없이 개인의 자율성만을 강조할 때 생길 수 있는 문제[13]로 인하여 새로운 도전을 맞게 되었다. 그리고 내용중심 가치교육은 교육방법이 유구하고 그 효용이 전통적으로 확인되었다고 하더라도, 오늘날처럼 사회적 변화가 심하고 다양한 가치관들이 공존하는 도덕적 다원주의 사회에서 얼마나 유효할 수 있느냐는 회의나, 학습자를 수동적 존재로만 여기면서 현 사회를 유지하는 지배적 가치들을 보존하는 보수적인 이데올로기를 주입한다는 비판에 직면하게 되었다.

이러한 상황에서 등장한 것이 바로 '포괄적 가치교육(comprehensive values education)'이다. 포괄적 가치교육은 가치의 분석과 추리를 통해 가치를 명료히 하는 능력과 가치 판단력이 요구됨을 인정하면서도 가치를 내면화함으로써 가치 있는 삶을 영위하도록 하는 인격교육이 필요함을 강조한다. 이처럼 포괄적인 가치교육은 극단적인 하나의 방식을 고수하는 것이 아니라 교육의 맥락과 상황에 따라 가치의 내용에 대한 교육, 가치의 탐구와 명료화 과정에 대한 교육이 함께 실행되어야 함을 주장하며 내용중심과 과정중심의 가치교육의 절충을 시도한다. 그래서 현재 가치교육의 지형도에서 포괄적 가치교육은 방법과 내용이 조회된, 기본으로 돌아갈 뿐 아니라 미래로도 향하는, 보수적 모델과 진보적 모델이 조화되는 가치교육으로서 관심을 끌고 있다.[14]

세련된 가치명료화 모형을 설계하였던 커션바움도 개인적 차원의 가치명료화를 보다 사회적인 차원의 도덕성과 결합시키려는 포괄적

---

**13** 예를 들면 다음과 같은 문제가 있을 수 있다. 자본주의의 성립과 함께 대두된 시민 윤리는 합리적인 개인이 자신이나 자기가 속한 집단의 이익을 표출하는 행위도 포함한다. 그래서 개인들의 권리와 이해관계를 존중하면서도 시민들 상호간에 공동체적 유대를 형성해야 하는 도덕교육의 문제가 대두된다(황경식, 「이기적 불신의 비합리성과 시민공동체의 유대」, 『한국의 시민윤리』, 아산사회복지사업재단, 1991, 223면).

**14** 심성보, 『도덕교육의 담론』, 학지사, 2000, 468면.

입장으로 전회(轉回)하였다. 그는 가치교육을 개인적으로 보다 만족스럽고, 사회적으로 건설적인 삶을 살아가도록 하는 데 필요한 기능, 태도, 가치들을 획득하도록 도와주기 위한 의식적인 시도라고 규정하였다. 그가 제안한 가치교육의 목표는 다음과 같다. 우선, 가치교육은 개인에게 의미와 즐거움, 만족을 주어야 한다. 그러나 개인의 만족은 합당한 이유와 근거를 가질 때 참다운 행복으로 이어질 수 있다. 이러한 점으로 인하여 가치교육에 또 다른 목표가 도입된다. 가치교육은 개인으로 하여금 사회적으로 구성된 삶을 보다 건설적으로 살 수 있도록 도와야 한다는 것이다. 이를 위해 포괄적 가치교육은 공동체의 선에 기여하면서 타인과 다른 생명체에 대한 배려와 연민을 가지며, 자신의 합당한 가치를 따르되 타인의 권리를 침해하지 않게 하는 교육적인 실천을 강조한다.[15]

가치교육에 대한 포괄적 관점은 가치를 경험하게 하는 소설교육의 교육내용을 마련하는 데 있어 형식중심과 내용중심의 접근이 공히 요구됨을 시사한다. 형식중심 접근법의 관점에서 볼 때, 소설은 서사적으로 가치를 발견하고 탐구하며 판단하는 모델로서 교육의 제재가 된다. 학습자는 소설이 가치를 다루는 방법을 배우고 익혀 기호적, 현실적 세계에서 일어나는 가치 문제를 다루는 가치능력을 신장시킬 수 있다. 한편, 소설의 소통적 본성으로 인해 독자는 소설이 구성한 의미와 가치의 세계에 참여하여 가치를 구현해내는 공동의 의미생산자이기도 하다. 따라서 소설교육은 학습 독자로 하여금 소설의 구성적, 문체적, 주제적인 국면에 개입하여 대상 가치를 경험하게끔 하는 교육적 방안을 마련해야 한다. 이렇게 형식중심 접근법에서는 언어적 형

---

**15** Howard Kirschenbaum, *100 Ways to Enhence Value and Morality in Schools and Youth Settings*, Allyn & Bacon, 1995, 14면.

상을 통해 가치를 다루는 소설의 가치 형상화 방식에 대한 앎을 바탕으로 가치 주체이기도 한 학습자가 소설의 가치 문제에 참여하여 소설의 가치와 교섭하는 경험의 형식을 교육내용으로 삼을 수 있다.

그러나 교육내용으로서 가치경험의 형식은 학습자가 가치경험의 내용을 구성, 생성해 내기 위해 필요한 실천적 경로이지 그 자체에 대한 앎에 그쳐서는 안 될 것이다. 따라서 가치경험의 방법이 가치 대상에 어떻게 적용되며, 운용될 수 있는지를 보여주고 훈련하게 하는 교육적인 제재가 필요한데, 이 연구에서는 그러한 대상으로 조선시대 애정소설을 상정하였다. 앞서 논하였다시피, 애정소설에는 당대의 지배이념으로 성립된 공적 가치와 개인의 내면에서 가장 소중하게 인식되고 느껴지는 사적 가치인 애정이 각각의 정당성을 가지고 팽팽히 대립하고 있다. 이로 인해 애정소설은 인물과 사건 구성에서 가치 갈등의 추이를 매우 밀도 있게 그려내며, 아직 그 정당성을 추인(追認)받지 못한 애정 가치를 독자에게 설득하기 위해 다양한 서술 전략을 구사한다. 이로 인해 애정소설은 가치 문제를 진지하고 심도 있게 다루는 모델로서 학습자가 가치에 대한 사유 방식을 경험하는 대상이 될 수 있다.

이러한 연구의 관점은 '위대한 정신적 유산'으로서 애정소설을 보는 시각과는 구별된다고 할 수 있다. 이 연구는 애정소설이 주제로 삼는 애정을 그대로 학습자에게 가르치면서 그것이 고전이며 우리의 전통문화이기 때문에 교육의 주요 내용이 되어야 함을 강조하지는 않는다. 그렇지만 애정소설이 학습자가 가치 탐구를 행하는 모델로서만 의미가 있는 것은 아니다. 학습자는 소설의 가치 형상화 방식에 대한 앎과 그러한 방식이 안내하는 가치경험의 결과, 가치의 실천태로서 소설이 주장하는 가치, 곧 소설의 주제적 가치를 만나기 때문이다. 이 지점이 바로 형식중심 접근법과 내용중심 접근법의 통합이 가능한 첫째 지점이다.

고전이 단지 옛 것이거나 그 자체로 위대한 것이 아니라 관계적 가치를 갖고 있기 때문에 그 고전성을 인정받는 것이라면,[16] 애정을 매개로 개인의 자유를 구속하는 공적 가치들을 비판하며 개인과 개인의 평등한 결합을 주창한 애정소설은 자유와 평등이라는 근대의 핵심적인 가치를 전망하고 선취하였기에 그 고전성을 인정할 수 있다. 자유와 평등의 가치가 영원불변하며 보편적인 것은 아닐지라도 적어도 그러한 가치들은 근대 이후의 시대를 살아가는 우리들에게 이미 주어진 것, 혹은 수호해야 하는 전통이 되었기 때문이다. 그리고 애정소설은 일 대 일의 수평적 남녀 관계를 전제로 성과 사랑, 혼인이라는 요소를 결합시켜 근대적인 '낭만적 사랑'의 관념을 사회적으로 확산시키면서 애정 문제에 대한 문화적 전범(典範)을 창출하였다. 이러한 의미에서 애정소설이 주장하는 가치나 그 속에 등장하는 인물들의 덕목을 통해 개별 독자는 문화공동체가 바람직하게 여기는 가치에 익숙해지고 애정소설의 등장인물을 전형적 가치 주체로 여기면서 전통문화에 속한 존재로 사회화될 수 있다.

그렇지만 시간의 흐름에도 불구하고 현재에 유의미한 가치를 담지하고 있어 고전이라고 명명된 작품들이라 할지라도, 소설의 가치 내용이 고스란히 주체의 내면에 자리 잡게 되는 것은 아니다. 소설의 가치는 소통의 과정에서, 독자의 응답을 요청하는 일종의 '제안'으로서 실현되는 운명을 갖고 있기 때문이다. 이에 따라 교육의 이론은 소설이 제안한 가치를 바탕으로 독자가 스스로 판단하여 자기 응답을 마련하는 내면화, 자기화의 과정을 설계할 필요가 있다. 이러한 가치화

---

**16** 이러한 관점은 Antony Easthope, *Literary into Cultural Studies*, Routledge, 1991, 임상훈 역, 『문학에서 문화연구로』, 현대미학사, 1994, 77~79면 참조.

의 과정에는 다시 가치를 탐구하고 사유하는 정신적 형식이 관여하
며, 이 지점에서도 형식중심과 내용중심이 통합의 가능성을 발견할
수 있다. 그리고 독자는 자신이 내면적으로 경험한 가치를 글쓰기를
통해 외화할 수 있는데, 이러한 과정에서도 소설의 가치 형상화 방식
은 학습자가 언어로 가치를 탐구하며 실천하는 형식으로서 중요한 의
의를 지닌다.

이상의 논의 결과를 요약하면 다음과 같다. 이 연구는 형식중심과
내용중심을 포괄하는 가치교육의 관점을 갖는다. 그러나 단지 포괄적
인 교육내용을 구성하여 교육의 맥락과 필요에 따라 취사선택하게 하
는 것은 적어도 소설교육에서는 바람직하지 못하다. 춤추는 사람과
춤을 나눌 수 없는 것처럼 소설이 가치를 탐구하고 실천하는 방식과
그것을 통해 주장하는 가치는 분리될 수 없는 것이기 때문이다. 따라
서 소설교육은 가치교육 이론에서 제안한 포괄적 접근법을 넘어서 통
합적 접근법을 취해야 할 것이다. 내용중심과 형식중심이 통합이 필
요한 이유는 첫째, 소설의 가치는 형식언어로 매개되어 독자에게 전
달된다는 점, 둘째, 독자가 소설이 제안한 가치를 판단하는 데 있어서
도 가치를 사유하는 소설적 방식이 요구되는 동시에 성찰 대상이 된
다는 점, 셋째, 독자가 가치에 대한 제 경험을 글쓰기를 통해 외화하
며 가치를 실천하는 데 있어서도 소설의 가치 형상화 방식이 활용된
다는 점 등이다. 따라서 본고에서는 소설의 가치 형상화 방식을 중심
으로 교육내용을 마련하되, 통합의 원리에 따른 교육방법을 제안할
것이다.

## ◎ 2. 가치교육 제재로서 소설의 의의와 속성

### 1) 도덕성의 측면에서 본 소설의 의의

이 항은 가치교육의 궁극적 목표인 '도덕적 인간 형성'에 왜 소설이 기여할 수 있는지를 밝히기 위해 마련되었다. 이러한 논의는 '소설을 많이 읽으면 과연 도덕적인 인간이 되는가?'에 대한 답변에 해당하는 것으로서 쉽사리 논증될 수 있는 성격의 것은 아니다. 그리고 가치교육에서 말하는 '도덕성'이라는 것도 논자마다 달리 정의할 정도로 합의가 되지 힘든 것이기에 '도덕적 인간'이라는 상부터 재점검해야 하는 어려움이 따른다. 이로 인해 이 연구에서는 이 문제에 대하여 '비도덕성'이라는 관점에서 접근하여 소설이 적어도 비도덕적 인간은 되지 않게 도와준다는 논증을 행할 것이다.

'도덕성(morality)'의 내용에 대해서는 논란이 분분하여 도덕성 발달에 대한 이론들도 상당히 많으며,[17] 다양한 도덕 이론을 통합하는 시

---

17 리치와 드비티스가 정리한 도덕 발달 이론가들만 하여도 프로이트, 아들러, 융, 밴두라, 피아제, 해비거스트, 에릭슨, 패커, 호프만, 제이콥, 치커링, 페리와 히스, 케니스톤, 콜버

도는 "기껏해야 어리석은 일이고, 최악의 경우 현혹시키는 일"[18]이 될 뿐이라고 여겨진다. 이렇게 도덕성에 대한 이론이 많고 그 통합이 어려운 까닭은, 세계 및 인간의 본성의 복잡성, 현상을 위한 그럴듯한 설명의 다양성, 이론가들 사이의 경쟁, 역사적 시기 동안의 관점 변화, 기존 이론들에 의해 적절하게 설명되지 않는 문제들의 발견 등으로 인해서라고 지적되기도 하였다.[19] 그렇지만 도덕성의 내용에 대한 입장 차이를 갖는 이론들이라 할지라도, 적어도 도덕성이 어떤 요소로 구성되어 있는가 하는 데에서는 큰 이견을 갖지 않는다. 도덕의 내용에 대한 앎과 가치에 대한 도덕적 추론 능력 등의 인지적 요소, 도덕적 동기화에 필요한 도덕감과 타인에 대한 공감 등의 정의적 요소, 이러한 요소를 바탕으로 도덕적 행위를 실행하는 행동적 요소 등은 도덕성의 구성 요소로 널리 받아들여지고 있다.

도덕성의 내용을 떠나 소설은 도덕성의 제반 요소를 갖추고 있다. 문학생산의 측면에서 볼 때, 작가는 가치 문제를 발견하여 서사적으로 탐구하며, 공감성의 정도에 따라 인물에 대한 거리를 조정하여 소설을 씀으로써 독자에게 가치 작용을 하는 실천을 행한다. 문학수용의 측면에서 살필 때도 인지와 정의, 행위의 요소가 결합되어 있음을 확인할 수 있다. 소설은 인지와 정의가 결합된 산물이기에 독자는 인지적, 정의적 접근을 통해 소설을 수용할 수 있다. 독자는 텍스트와 함께 서사적 추론을 행하며, 인물의 내밀한 정서에 대해서 공감을 하

---

그, 레빈슨, 파울러, 뢰빙거, 길리건, 카디너와 베리, 커틴스 등 총 22명에 달한다(John M. Rich · Joseph L. DeVitis, *Theories of Moral Development*, 1994, 추병완 역, 『도덕 발달 이론』, 백의, 1999).

**18** Patricia H. Miller, *Theoris of Developmental Psychology*, W. H. Freeman, 1983, 382면.

**19** John M. Rich · Joseph L. DeVitis, 위의 책, 193면.

는 등의 과정을 통해 소설이 다루고 제안하는 가치를 생각하고 느끼게 된다. 그리고 독자는 소설의 가치 주장에 대하여 판단을 내리며, 그 판단을 다른 독자들과 공유하려 하거나 담론화함으로써 가치를 실천하는 행위 주체가 되기도 한다.

그렇지만 이러한 도덕성의 요소가 소설에 고루 존재한다고 하더라도 가치경험의 대상으로서 소설이 갖는 의의가 충분히 밝혀지는 것은 아니다. 논리적으로는 도덕성의 내용과 결부되어야 소설이 가치를 다루는 방식과 소설이 주제로 삼는 가치 내용의 가치교육적 정당성이 입증될 수 있기 때문이다. 그러나 도덕성의 내용을 통합적으로 정리하거나 어느 한 이론에서 이를 규정하는 것도 어렵기 때문에 이 연구에서는 '비도덕성(immorality)'의 관점에서 이를 해명해 보고자 한다. 물론 비도덕성의 개념도 도덕성에 대한 이해를 포괄하고 있다는 점에서 매우 복잡한 것이기는 하지만 기존의 이론들이 도덕성이라고 규정한 것을 제외한 영역을 다루기에 도덕성보다 포괄적이라는 장점을 갖는다.

밀로는 비도덕적 행동들을 세 가지 주요 원인에 따라 분류한 바 있다.[20] 그에 의하면, 나쁜 가치, 타인의 이해 관계에 대한 관심의 결여, 합리적인 자기 통제의 결여가 비도덕적 행동의 주요 원인이라고 한다. 밀로의 비도덕성은 행위의 지침을 제공하는 사회적인 도덕 원리와 밀접한 관련이 있다. 그리하여 나쁜 가치란 도덕 원리가 아니라 개인의 이해와 욕망에 따라 선호하는 가치를 의미하며, 타인에 대한 관심의 결여는 이타적일 것을 요구하는 도덕 원리를 따르지 않는 것을 말하고, 자기 통제의 결여는 도덕 원리에 따라 일관성 있게 행동하지

---

**20** R. D. Milo, *Immorality*, Princeton University Press, 1984.

못하는 것을 이른다. 그런데 소설의 가치는 보편적, 객관적으로 존재하는 도덕 원리와는 그 성격이 다르기 때문에 이를 상정하고 비도덕성을 논하기는 어렵다. 따라서 밀로의 논의를 참조하되, 소설의 특성에 맞게 변형시켜 수용하도록 하겠다.

비도덕성의 첫째 원인과 관련한 소설의 가치교육적인 의의에 대해 논하자면, 소설은 적어도 소통 가능한 공적 가치를 지향한다고 할 수 있다. 소설이 주장하는 가치가 아무리 개인적인 것이라고 할지라도 소설의 가능 세계 내에서 그 가치는 검증받고 정당성을 갖게 된다. 따라서 소설의 서사 진행 과정에서 사적 가치는 어느 정도 공적인 가치로 변형되게 마련이다. 한편, 소설은 비도덕적 가치를 제재로 취하여 탐구할 수도 있다. 그러나 풍자소설처럼 비도덕적 내용을 담은 소설이라 할지라도 그것과 거리를 취하게 만드는 장치로 인하여 소통 과정에서 독자에게 도덕적 기능을 행하기도 한다. 이렇게 서사 양식으로 탐구되고 소통 과정에서 구현되는 소설의 가치는 공공의 합리성에 기초하기에 독자는 소설의 간주관적 가치를 경험함으로써 개체의 한계를 넘어 공적 가치에 접근할 수 있게 된다.[21]

개인의 주관적 가치 편향이나 잘못된 가치 선호를 극복하게 하는 소설의 힘은 무엇보다 타인에 대해 공감을 하게 하는 데에서 찾을 수 있다. 이는 밀로가 말하는 '타인의 이해에 대한 관심의 결여'라는 비도덕성의 원인과 밀접한 관련이 있다. 다음의 보고서는 문학이 타인에 공감하게 함으로써 선한 인간이 되게 한다는 주장을 잘 보여준다.

---

21 그러나 독자가 보기에 '사악한 소설'도 분명히 존재한다. 더욱이, 이러한 '사악한 소설'이 예술적 완성도 측면에서는 높은 평가를 받을 수 있다. 본고에서는 이러한 소설에 대한 비판적 사유도 가치경험에 포함될 수 있다고 보는데, 이에 대한 논의는 IV. 2 참조.

영국에서 문학교육은 개인적이고 도덕적인 성장을 목적으로 하는 전통을 가지고 있다. 그리고 지난 20년 동안에 이러한 강조는 더 커졌다. 이러한 성장은 건전한 것에 기초를 둔 전통으로 영어교육의 강력한 힘이다. 문학은 아이들을 가장 복잡하고 다양한 형식의 언어에 부딪히게 한다. 이러한 복잡성을 통해 독자의 일상적인 의식을 넘어서 그의 세계 밖에 존재하는 사람들의 사고, 경험, 그리고 감정을 보여준다. 그러한 것들을 의식의 범위 속으로 보여주는 과정이 문학의 가장 위대한 가치가 자리 잡고 있는 곳이다. 문학은 다른 사람이 무엇을 느끼고 있는가에 대한 상상적인 통찰을 제공해 준다. 또, 문학은 독자 자신이 만나 보지 못한, 그러나 가능한 인간 경험에 대한 관조를 허용한다. 문학은 쉘리(Shelly)가 '선한 인간이 되기 위해서는 집중적이고 포괄적으로 상상하여야 한다. 자신을 여러 사람의 입장에 놓을 수 있어야 한다. 인류의 고통과 기쁨이 그 자신의 것이 되어야 한다'라고 말할 때, 우리에게 그와 같은 것들에 대한 공감을 계발시키는 힘을 가지고 있다.[22]

이상의 인용문은 문학이 공감을 계발시키는 힘을 가지고 있음을 설득력 있게 보여주며, 그것이 왜 교육적으로 중요한지 비교적 명확히 나타낸다. 인용문에 따르면, 문학은 언어를 매개로 다른 사람의 느낌에 대한 상상적 통찰을 제공하고, 만나보지 못한 타인의 경험에 대한 관조를 가능하게 한다. 이처럼 문학은 공감을 통해 개별 학습자의 자아를 보다 보편적 인간으로 확장시키는 교양교육의 훌륭한 제재가 된다. 위 인용문은 이러한 교양교육에 있어서 중요한 것은 심미적 감식

---

22 Alan Bullock, *A language for life: Report of the Committee of Inquiry appointed by the Secretary of State for Education and Science under the chairmanship of Sir Alan Bullock*, London: HMSO, 1975.

안이 아니라 인류의 고통과 기쁨을 그 자신의 것으로 삼을 수 있는 공감의 능력이라고 함으로써 교양교육으로서 문학교육이 지향해야 할 바를 잘 보여주고 있다.

타자의 이해 관계에 대한 관심과 배려는 타자를 자신과 동등한 이해 관계와 권리를 지닌 존재로 여기는 도덕 원리의 요청에 의해서만이 아니라 타자의 삶 속으로 상상적으로 들어서 그러한 동참과 관련된 정서를 갖게 되는 데서 비롯된다.[23] 그렇다면 소설은 다른 문학의 장르와 마찬가지로 도덕성을 함양하는 기능을 한다고 할 수 있다. 더욱이, 소설은 영웅이 등장하는 서사시와는 달리 현실을 지배하는 법칙과 화해로운 관계를 이루지 못하는 문제적 개인이나 사회적 약자를 주인공으로 삼아 독자의 공감 대상으로 제시하기에, 독자는 사회적 약자의 관점에서 세계를 보고 느낄 수 있는 기회를 갖게 된다. 이를 통해 독자는 사회적인 문제에 책임감을 느끼는 도덕성을 갖게 될 가능성이 크다고 판단된다.

밀로가 마지막으로 든 '합리적 자기 통제의 결여'는 감정과 욕망이 자신의 판단을 왜곡시키는 것을 막는 데 실패하거나 그렇게 되도록 방치하는 경우를 말한다. 앞서 언급한 대로 합리적이며 보편적인 도덕 원리를 중시하는 관점을 가진 밀로는 감정과 욕망이 이성의 기능을 약화시키는 기능을 하는 부정적인 것으로 파악하였다. 그렇지만 도덕적 행위는 감정과 욕망과 같은 정의적 요소로 인해 동기화되며, 스스로를 독립적 가치 주체로 파악하기 위해서는 자신의 감정과 욕망을 가치 징표(indicators)로 삼을 필요가 있다. 따라서 인지적 요소와 정의적 요소가 조화되는 관점이 필요해지는데, '심미적 이성'은 이러

---

23 Martha C. Nussbaum, *Poetic Justice: The Literary Imagination and Public Life*, Beacon Press, 1995, x vi.

한 관점을 제공하는 유의미한 개념이 될 수 있다.

김우창의 개념인 '심미적 이성'은 메를로퐁티에게서 빌려온 것으로 '구체적 보편'처럼 모순되는 두 개념을 연결한 용어이다. 일상적 삶 속에서 끊임없이 부딪치는 구체적 감각적 세계와 이를 통일할 수 있는 보편적 이성적 세계의 통합, 즉 구체적 현실 속에서 보편을 추구하고 이 둘을 통합하는 이성이 바로 '심미적 이성'이라는 것이다.[24] 문학은 구체적이며 감각적인 세계를 보편적이고 이성적인 세계로 통합시킨 심미적 이성의 산물이며, 독자 역시 형상적 세계로부터 형식적 질서와 통합적 의미를 발견하는 심미적 이성의 사유를 작동시킨다. 그래서 소설의 다독(多讀)은 자신의 감정과 욕망을 포함한 구체적이며 감각적인 세계를 이성적으로 질서화하고 통합적으로 의미화하는 정신적 형식을 도야(陶冶)시키는 기능을 행한다고 볼 수 있다. 이렇게 소설은 비록 자기 통제의 직접적인 방법을 제시하는 것은 아니지만 감각적 세계와 이성을 통합시키는 사유를 훈련시킴으로써 스스로를 통제할 수 있는 도덕적 주체로서의 성장을 도모한다고 할 수 있다.

결론적으로, 소설을 비롯한 문학은 독자의 삶에 도덕적인 기능을 행하는 것으로서 그 의의가 인정될 수 있다. 첫째, 소설이 다루고 있는 재제로서의 가치가 특정 행위자에 속한 사적인 것이라 하더라도 그것이 서사적으로 검증받는 과정에서 공적인 성격을 부여받으며, 독자와의 소통 과정에서 간주관적으로 합의된다. 따라서 독자는 이러한 소설의 가치에 익숙해짐으로써 자기중심적 가치를 교정 받게 된다. 둘째, 소설은 타인의 삶에 관심을 기울이게 하며, 타인을 자기와 동등한 인간으로 여기게 하는 공감 능력을 계발시킨다. 이로 인해 소설의

---

24 김우창, 『심미적 이성의 탐구』, 솔, 1992.

독자는 타인의 처지와 이해 관계를 자신의 것 못지않게 중요하게 여기는 역지사지(易地思之)의 도덕적 태도를 갖게 된다. 셋째, 소설은 심미적 이성의 산물로서 독자로 하여금 구체적 형상 속에서 보편적 의미를, 감각의 세계에서 질서와 형식을 사유하게 한다. 이로 인해 독자는 소설을 통해 독자는 자신의 감정과 욕구를 이성적으로 조절할 수 있는 능력을 함양하게 된다.[25]

이 항의 논의가 도덕성과 비도덕성이라는 철학적인 차원에서 이루어졌다면, 이어지는 항에서는 가치교육의 관점에서 중요한 교육내용으로 다루어지는 요소와 관련된 소설의 속성을 점검하려 한다. 도덕성, 좋은 삶(well-being, good life)을 목표로 하는 가치교육은 인지적 영역에서는 '가치 발견 능력', '도덕적 추론 능력', '도덕적 상상력', 정의적 영역에서는 '타인에 대한 공감 능력'과 '가치 문해력' 등을 강조한다.[26] 여기서 제시한 다섯 가지 교육 요소들은 체계적으로 논의되어 정립된 내용들은 아니다. 그렇지만 도덕성은 인지, 정의, 행동의 요소를 갖는다고 할 때 도덕성 발달을 위해서는 세 측면에 대한 고른 고려가 필요하다고 할 수 있다. 그러나 도덕적 행동이란 가치에 대한 인지적, 정의석 교육의 결과로서 학습자에게 기대되는 것이라고 보면, 실제적으로는 도덕적 인지와 정의 영역의 교육을 설계하는 것이 타당하

---

**25** 그러나 이러한 결론은 교육적 신념이자 가능태일 뿐, 실제로 소설을 많이 읽은 독자가 실제로 그렇지 않은 사람보다 더욱 도덕적인가에 대해서는 실증적으로 밝히지는 못하였다.

**26** 그렇지만 공감도 타인의 사회적 처지에 대한 앎을 바탕으로 이루어지며, 언어로 표상된 가치에 대해서 역시 가치 감수성 못지않게 가치에 대한 인지적 비판도 필요하다. 따라서 이러한 능력들이 인지적 영역과 정의적 영역으로 체계적으로 분류되기는 어렵다고 할 수 있다. 그러나 정도의 차이는 있겠지만 각 능력들이 강조점을 두는 부분으로 보자면, 가치 분석 및 판단 능력과 도덕적 상상력은 인지적 영역에, 공감 능력과 가치문해력은 정의적 영역에 가까운 것이라고 할 수 있다.

다고 판단된다. 따라서 이어지는 절에서는 인지적 영역과 정의적 영역으로 나누어 가치교육의 주요 내용인 가치능력을 설명하고, 그러한 관점에서 볼 때 소설이 교육 제재로 어떤 속성을 가지고 있는지 논하겠다.

## 2) 가치교육의 제재로서 소설의 속성

### (1) '도덕적 지혜'에 의한 가치 문제의 발견

도덕을 "각자가 자신의 소양을 발현하면서 주어진 삶을 행복하게 잘 살아내는 것"[27]이라고 이해한다면, 도덕교육, 가치교육은 궁극적으로 학습자로 하여금 '좋은 삶(good life)'을 살게 하는 데 그 목적을 둔다고 할 수 있다.[28] 우리를 행복한 삶, 좋은 삶으로 이끌어주는 것은 무엇인가에 관하여, 내용중심 가치교육은 바람직한 가치를 삶의 지표로 삼을 것을 요청하며, 형식중심 가치교육은 그러한 삶을 살아가기 위해 필요한 주체의 가치능력을 강조한다. 두 접근법이 각각 사회적인 가치, 개인적인 가치를 중시하는 경향이 있다는 점에서는 입장차가 있으나 가치가 행복한 삶의 실현에 있어서 가장 중요한 요소가 된다는 점에서는 공통된 견해를 갖는다. 그렇다면 가치와 가치 문제를 어떻게 발견하게 하는가라는 것은 어떤 가치를 가르칠 것인가,

---

**27** Aristotle, Nichomachean Ethics(Book X), 앞의 책.

**28** 남궁달화는 이러한 가치교육의 상을 다음과 같이 정리하였다. "인간다운 삶, 의미있는 삶, 보람된 삶, 행복한 삶은 가치의 발견과 실현 속에서 비로소 가능하다. 우리는 가치교육에 의해 아동, 학생들에게 이러한 삶을 살 수 있도록 도와줄 수 있다."(남궁달화, 『가치탐구교육론』, 철학과현실사, 1994, 130면)

혹은 어떤 가치능력이 학습자에게 필요한가를 구체적으로 논하기 이전에 수행되어야 할 교육적 과업이라고 할 수 있다.

도덕 원리를 내면화하였거나 자신의 가치를 명료하게 갖고 있는 학습자라고 할지라도 자신이 가치 문제가 발생하는 선택의 岐路에 서 있다는 사실을 깨닫지 못하거나 가치 문제에 직면하여 적극적인 선택 행위를 하는 것을 회피하려 할 수 있다. 이로 인해 가치의 탐구와 판단 자체가 불가능해져, 결국 학습자로 하여금 '좋은 삶'을 살게 하려는 가치교육의 노력은 무색해진다. 아무리 가치 실천을 통해 인간다움을 실현하고자 하는 주체라고 하더라도 가치가 문제가 되는 사태가 자신의 가치 판단을 요구하고 있다는 사실 자체를 파악하지 못한다면, 그는 우연적인 상황과 변덕스러운 기분에 따라 선택을 행하게 될 것이고, 이로 인해 그의 삶은 통합된 의미를 갖는 '좋은 삶'이 아니게 되기 때문이다. 따라서 구체적인 현상 속에서 가치 갈등을 볼 수 있는 능력, 감각적인 현실 세계에서 도덕적 문제를 파악하는 능력은 가치의 탐구와 판단을 가능하게 하는 선결 조건이자 '좋은 삶'을 위한 기초적 요건으로서 가치교육의 가장 중요한 교육내용이 되어야 한다고 할 수 있다.

가치교육에서는 가치의 적용 대상이나 가치에 대한 사유를 촉진하기 위한 자극제로서 가치 갈등의 사례들을 교육적인 제재로 널리 취한다. 그렇지만 그러한 사례들은 학습자가 스스로 발견한 것이 아니라 도덕 원리의 적용이나 가치 탐구의 자료로서 교육자에 의해 고안되거나 발견되어 학습자에게 제시된 것들이 대부분이다. 도덕교육은 '도덕적 문제사태'를 주제로 해야 한다는 주장[29]을 하는 남궁달화도 도덕과 수업을 위해 교사가 해야 할 첫째 과제와 절차로 도덕적 문제

---

[29] 남궁달화, 「도덕 교육의 주제와 도덕적 문제 해결의 절차」, 한국교육학회, 『교육학연구』 27, 1989, 50면.

사태를 제시하는 일을 들었다.[30] 가치 문제를 발견하는 주체는 교사이지 학습자가 아니라는 것이다. 이렇게 가치교육에서 학습자의 가치 문제 발견 과정을 소홀히 하는 까닭은 "우리는 생활 속에서 문제사태를 만나게 된다."[31]라고 진술할 정도로 누구나 일상적으로 가치 문제를 쉽게 접하고 있다고 생각하기 때문이다.

그러나 구체적인 현실은 대단히 복잡미묘하여 우리는 그 속에서 돌출된 갈등이 가치 문제에서 기인한다는 것조차 자각하기 쉽지 않다. 또는, 우리의 도덕적 태만으로 인해 가치 문제에 대해 진지하게 생각하지 않기도 한다. 더욱이, 가치 문제는 단순한 기호(嗜好)에서 이념 차원에 이르기까지 다양한 층위를 갖기에 그 중요도를 분별하여 스스로 선택하고 책임을 져야 하는 가치 문제가 무엇인지를 결정하는 과정도 필요하다. 그렇지만 일상적인 삶은 가치 문제에 대한 발견을 어렵게 하고, 습관적인 행위를 반복하게 하며, 가치 문제를 심각하게 고민하게 하지 않는다.[32] 과거에 비하여 사회적 안전망이 확보된 세계

---

**30** 남궁달화에 따르면, "이(도덕적 문제사태의 제시)를 위해 교사는 도덕적 문제사태를 발굴 또는 구안해야 한다. 문제사태의 제시에 있어서 교사는 가능한 한 두 개 이상의 문제사태를 제시하는 것이 좋다."라고 한다(남궁달화, 『도덕교육론』, 철학과현실사, 1996, 357면).

**31** 남궁달화, 위의 책, 1996, 356면.

**32** 현대의 일상성(quotidienneté)의 문제에 천착한 르페브르는 일상성이 주는 안정감을 옛날과 비교하여 설명한 바 있다. "옛날에는 편협하고 숨막히는 듯한 비참한 인생이 있었다.(…) 역사는 아마도 옛날 사람들이 얼마나 잘못 살았는지, 그러나 얼마나 따뜻하게, 그리고 얼마나 뜨겁게 살았는지를 말해 줄 것이다. 이 그리운 옛 시절 이후 많은 '진보'가 있었다. 일상성이 아무 저속하다고 하더라도 그 누가 일상성 대신 굶주림을 택하고 또한 인도의 민중에게 일상성이 있기를 희구하지 않을 사람이 어디 있겠는가? 비록 몹시 관료적이라 하더라도 고통의 왕국 속에 버려두는 것보다는 '사회보장'이 훨씬 더 좋다고 사람들은 생각할 것이다."(Henry Lefèbvre, *La vie quotidienne dans le monde moderne*, 박정자 역,『현대세계의 일상성』, 세계일보, 1992, 122면) 이렇게 안정감을 심어주며 날마다 반복되는 일상화된 삶은 르페브르가 말한 것처럼 가치 문제를 '뜨겁게' 고민하게 하지 않으며 자신의 일상과 관련된 문제가 아닌 이상, 다른 사람이 처한 가치 문제에 대해서 무관심하게 만든다.

를 사는 우리에게 목숨이 경각에 달린 가치 문제도 그리 많지 않거니
와 남들이 처한 가치 문제에 관심을 갖기에는 개개인의 일상적인 삶
을 꾸려가느라 바쁘기 때문이다. 또한, 우리는 여러 가치 문제를 두고
그 중요도를 파악하기 위해 고심하지도 않는다. 자기의 이익 추구를
최우선으로 가치를 실현하는 것의 합리성과 정당성을 인정받았기에
굳이 보다 보편적인 가치의 관점에서 가치 문제를 분별하려 하지 않
으려 하는 것이다.

이러한 문제 상황에서 요구되는 것이 바로 '도덕적 지혜(moral
wisdom)'이다. 키케스는 '도덕적 지혜'를 "삶을 좀더 나은 것으로 만들
기 위해 특수한 상황에서 무엇을 해야할지 올바르게 판단하는 능력"[33]
이라고 정의한 바 있다. 이렇게 '도덕적 지혜'는 시시각각 변하는 구체
적인 삶의 맥락에서 사려 깊게 가치 문제를 짚어내는 능력을 의미한
다. 이러한 도덕적 지혜는 용기나 절제, 중용과 같은 개별 덕목(virtue)
을 넘어서는 메타적인 능력이자 보다 중요한 덕목이 될 수 있다. 왜냐
하면, 그것은 좋은 행위를 가능하게 하는 선결 조건인 가치 문제를 발
견하며, 평가하고, 판단하는 능력을 포함하고 있기 때문이다.

도덕적 지혜는 다른 모든 덕들보다 가장 중요한 것이다. 다른 덕들은
삶의 특수한 국면에서 행하는 좋은 행위들과 관련된다. 그런데 좋은 행
위는 그러한 특수한 문제에서 있어 무엇이 보편적으로 좋은 것인가, 보
편적인 지식의 관점에서 우리가 맞닥뜨린 특수한 문제를 어떻게 평가할
것인가, 이해하고 평가하기도 힘든 매우 복합적인 상황을 어떻게 판단
할 것인가 등에 대한 앎을 요청한다. 이러한 것들은 분명 도덕적 지혜가

---

[33] John Kekes, *Moral Wisdom and Good Life*, Cornell University Press, 1995, 5면.

주는 능력들이다.[34]

　이처럼 도덕적 지혜는 보편적인 관점에서 특수한 상황을 평가하고, 복합적으로 얽힌 문제 현상을 가치 문제로 판단함으로써 복잡한 도덕적 상황을 단순하게 이해할 수 있게 하는 능력을 포괄한다. 복잡다단한 현상을 보다 간결한 가치 문제로 파악하게 하는 도덕적 지혜를 바탕으로 우리는 현명하고 합리적인 선택을 하게 되며, 나아가 개개인의 구체적인 삶의 맥락에서 필요한 '좋은 행위'를 할 수 있게 된다. 이처럼 특수한 현상 속에서 보편적 가치 문제를 발견하여 그러한 관점에서 다시 현상을 재조명하며 그 특수한 현상에서 필요한 좋은 행위를 산출해내는 도덕적 지혜의 작동 기제는 앞서 논하였던 '심미적 이성'과도 구조적 상동성을 갖는다. 심미적 이성 역시 일상적 삶 속에서 끊임없이 부딪치는 구체적 감각적 세계와 이를 통일할 수 있는 보편적 이성적 세계의 통합, 즉 구체적 현실 속에서 보편을 추구하고 이 둘을 통합하는 합리적 사유를 강조하고 있기 때문이다.

　소설에서 이러한 도덕적 지혜와 심미적 이성의 작용이 구현되는 부분은 제재에 있다. 소설에서 다루어지는 주요 제재로서 갈등은 작가가 도덕적 지혜를 통해 포착해 낸 현실적 문제이며, 심미적 이성을 통해 탐구하려는 가치 문제이다. 작가는 일상적인 삶을 살아가는 대부분의 사람들이 중요한 가치 문제로 인식하지 않았던 갈등을 제재로 취하여, 그것이 서사적 탐구를 행해야 할 만큼 해결하기 어려운 문제이며 우리에게 중요한 것임을 인식시킨다. 그리고 그 문제에 대한 판단이 단지 상황의 긴급한 요구나 개인적 이해 관계에서 이루어지는

---

**34** John Kekes, 위의 책, 205면.

것이 아니라 세계관, 이데올로기 등의 이념적 차원에 바탕을 둔 것임을 전체 서사를 통해 설득력 있게 제시한다. 이렇게 작가는 연속적인 삶의 흐름 속에서 끊임없이 변해가는 상황 중 가치 문제적인 것을 포착해내어 제재로 취하고, 그것을 형상적으로 탐구하여 현실의 독자에게 되돌려 주는 것이다.

실제로 우리의 삶에서 벌어지는 사건들은 가치 문제로 우리에게 다가오지 않는다. 그러나 예측불허한 삶의 연속적 흐름 속에서 우연히 돌출된 것처럼 보이는 현상이 가치 문제를 담고 있는 경우가 허다하다. 도덕적 지혜를 지닌 훌륭한 소설가는 현상에 대한 통찰력을 바탕으로 소설의 제재를 취하여 독자에게 '이 문제가 바로 우리가 함께 탐구해야 할 중요한 가치 문제가 될 수 있다'고 제시한다. 그는 남들이 그냥 넘어갈 만한 사태를 도덕적 지혜를 통해 가치 문제로 인식하고 이를 제재로 삼아 소설을 썼다. 소설뿐만이 아니라 실화를 바탕으로 한 시나리오나 극본 역시 도덕적 지혜가 발휘된 예라고 할 수 있다. 우리가 언론을 통해 같은 정보를 접하고도 가치 문제로서 중요성을 깨닫지 못한 채 흘려보내는 것을 문제적 현상으로 발견하여 수용자들과 공유할 수 있도록 제재화해내는 능력에 있어서 작가의 뛰어남이 있다고 해도 과언이 아니다.

결론적으로, 가치 문제가 될 만한 현상을 분별하여 제재로 삼는 속성으로 인해 소설은 가치 문제를 발견하는 능력과 관련된 도덕적 지혜를 쌓아나가게 하는 가치교육의 효과적인 자료가 될 수 있다. 가치교육의 대상으로서 소설의 독자는 가치 문제를 발견하는 소설 작가의 안목을 배우며, 소설에서 가치 문제로 취급된 제재적인 상황과 유사한 처지에 놓였을 때 그것이 자신의 현명한 선택과 사려 깊은 판단을 요구하는 상황임을 인지할 수 있기 때문이다. 가치 문제의 발견이 좋은 삶을 위한 기초적인 요건이며 좋은 행위를 위한 선결 조건이라고 할 때, 소설이 제재로 취하는 갈등의 문제는 가치교육적인 관점에서 재조명될 필요가 있으며 소설을 자료로 가치를 경험하게 하는 교육내용을 구안하는 이 연구에서 집중적으로 다루어져야 할 성격의 것이다.

## (2) 서사적 추론을 통한 가치 갈등의 탐구

전통적으로 외재적인 가치를 주입하는 도덕교육을 비판하며 등장한 가치명료화 교육은 가치화의 주체인 개인을 부각시킴으로써 가치와 가치 주체와의 관계에 대해 착목하게 하였으며, 도덕발달이론은 가치에 대해 분석과 판단을 행하는 인지적 추론 과정이 가치교육의 중요한 내용임을 시사하였다.[35] 두 이론은 가치의 속성을 상대적인 것으로 규정하느냐, 그렇지 않느냐, 달리 말하면, 궁극적으로 가치가 어디에 존재하느냐라는 점에서는 견해를 달리하지만, 주체의 인지적 활동을 중시한다는 점에서는 의견을 같이 한다. 가치명료화 이론은 인식과 이해를 확대시킬 수 있도록 학습자의 사고를 자극한다는 점에서, 도덕발달 이론은 도덕성을 주로 인지적 추론 능력으로 규정하며 추론 정도에 따라 발달을 측정하고 평가한다는 점에서 인지중심적이

---

[35] 가치명료화 이론의 대표적인 저작으로는 L. E. Raths, M. Harmin, S. B. Simon, *Values and Teaching—Working with Values in Classroom*(A Bell & Howell Company, 1966, 정선심·조성민 역,『가치를 어떻게 가르칠 것인가—가치 명료화 이론과 교수 전략』(철학과현실사, 1994)이 있으며, 도덕발달이론에 대해서는 J. Piaget, *The Moral Judgement of the Child*(The Free Press, 1965) 및 L. Kohlberg, "The development of moral judgement and moral action", L. Kohlberg, *Child psychology and Childhood Education: A cognitive developmental view* (Longman, 1987) 등을 참조할 수 있다.

라고 할 수 있다.

인지적 추론 능력을 신장시키기 위해 가치교육에서 주로 활용하는 교육 자료는 도덕적 딜레마이다. 도덕적 딜레마는 두 개 이상의 가치가 동시에 제시된 딜레마의 상황에서 가치를 분석하고 판단하는 도덕적 추론 능력을 측정하기 위해, 콜버그가 도덕성 발달 실험에 참여한 사람들에게 제시했던 것이다. 그런데 이 도덕적 딜레마는 단지 발달 수준을 반영하는 것뿐만 아니라 발달을 이끌어주는 역할도 하기에 교육적으로도 매우 유용하게 취급된다.[36] 도덕적 딜레마가 교육적인 효과를 갖는 까닭은 그것이 학습자의 도덕적 추론에 인지적 갈등을 일으켜 인지적 평형 상태를 추구하도록 자극하기 때문이라고 추정된다.[37] 다음은 도덕적 딜레마의 대표적인 사례로 널리 알려진 하인즈의 딜레마이다.

유럽 어느 곳에선가 어떤 부인이 암으로 죽어가고 있었다. 그 부인을 살리는 데는 오직 한 가지 약밖에 없었다. 이 약은 같은 마을에 사는 어느 약제사가 발견한 일종의 라듐이었다. 그 약은 재료 원가가 워낙 비싼데다가 약제사가 약값을 원가의 10배나 메겨 놓았다. 라듐을 200달러에 구입하여 만든 그 약 조그만 분량에도 2,000달러의 값을 불렀다. 그 아픈 부인의 남편인 하인즈는 돈을 구하려 아는 사람들을 모두 찾아 다

---

**36** 도덕적 딜레마를 교육에 적용한 블레트는 가상의 딜레마를 집단적으로 토론하게 함으로써 더 상위의 도덕 발달 단계로 진행할 수 있다는 것을 밝히기도 하였다(M. Blatt & L. Kohlberg, "The Effect of Classroom moral discussion upon children's moral judgment", *Journal of Moral Education*(4), 1975). 도덕적 딜레마에 대한 집단 토론의 교육적 효과는 "블래트 효과", "+1 효과" 등으로 명명된다.

**37** D. K. Lapsley, *Moral psychology*, Westview Press, 1996, 문용린 역, 『도덕 심리학』, 중앙적성출판사, 2000, 149면.

넀으나 약값의 절반인 1,000달러밖에 마련할 수 없었다. 남편은 약제사에게 자신 부인이 죽기 직전에 있다는 사정을 설명하고 약을 싸게 팔거나 아니면 외상으로라도 자기에게 팔아달라고 간청한다. 그러나 약제사는 '안 됩니다'라고 대답하였다. 절망을 느낀 하인즈는 마침내 약방을 부수고 들어가 부인을 위하여 약을 훔쳤다.

도덕성이 선택의 순간에 드러나는 것이기에 콜버그는 가치 선택을 유발하는 도덕적 딜레마를 활용하여 도덕성을 측정하였다. 콜버그는 피험자들에게 이 딜레마를 제시하고 하인즈가 한 일은 옳은가 나쁜가를 묻고 그 이유를 답하게 하였다. 하인즈가 한 일을 평가하는 근거로 삼은 도덕 원리와 그 원리를 현상에 적용시키는 추론 능력이 피험자의 도덕성을 보여주는 지표이기 때문이다. 하인즈의 사례의 경우, 그는 법을 어겨서라도 아내를 살려야 하느냐 마느냐 하는 상황에 처해 있다. 이 갈등은 단지 약사와 하인즈 간의 갈등, 하인즈의 내적 갈등이 아니라 법을 지키는 것과 위반하는 것, 인간의 생명을 가장 우선시하는 것과 그렇지 않은 것 등의 가치 갈등을 함축하고 있다.

소설 역시 가치 갈등을 원천으로 삼아 서사세계에서 벌어지는 일들을 이어나가며, 인물 간의 관계를 조정한다. 예를 들어, 〈운영전〉을 살펴보자. 〈운영전〉은 안평대군의 사궁인 수성궁에서 유폐된 생활을 하는 궁녀인 운영과 젊은 선비인 김 진사의 애정사를 다룬 17세기 애정 전기 소설이다. 운영과 김 진사의 사랑이 서술할 만한 제재가 될 수 있는 이유는 궁녀와 아직 혼인하지 않은 젊은 선비와의 애정의 성취가 제도적으로 가능하지 않았으며, 또한 왕실의 소유물이라고도 할 수 있는 궁녀가 왕족이 아닌 다른 이를 사랑하는 사건이나 김 진사가 왕족의 재산인 궁녀를 넘보는 일은 불충(不忠)으로도 여겨질 수 있는 문제적 현상이기 때문이다. 사적인 욕망과 공적 제도와의 갈등, 애정과 충의 갈등 등 이 소설에서 문제시하고 있는 가치 갈등으로부터 운영과 김 진사의 사랑 이야기가 쓸 만한 것이 되며, 주군인 안평대군의 은혜를 배신하고, 그의 명령을 어기면서 자기의 애정을 실현하려는 운영이 가치 갈등의 상황에서 어떤 해법을 마련할 것인지에 대한 서사적 긴장감이 이 소설을 읽는 흥미의 원천이 된다.

그러나 소설로서 〈운영전〉은 도덕적 딜레마와는 다른 방식으로 가치 갈등을 탐구한다. 이를 논증하기 위해 도덕적 딜레마를 통해 가치 갈등을 탐구하는 방식과 비교해 보도록 하겠다. 도덕적 추론(reasoning)은 도덕 원리를 이유로 삼아 사태를 판단하는 과정으로, 현상, 도덕 원리, 현상에 대한 판단이라는 삼단 구성을 갖는다. 도덕적 추론은 (1) 가치의 갈등 상황, (2) 가치 판단의 근거가 되는 보편적 도덕 원리, (3) 이를 바탕으로 한 가치 문제의 해법 마련이라는 구조적 형식을 갖고 있으며, 도덕성은 (2)의 내용이 가진 보편성과 공정성 정도에 따라 측정되는 것이다. 이를테면, 하인즈의 딜레마에 대하여 도덕성의 최고 발달 단계인 '보편적인 도덕 원리의 지향'에 속한 피험자들은 나음과 같은 답을 할 수 있다. 먼저, 옳다고 판단하는 입장에서는 '법을 준수하는 것과 생명을 구하는 것 사이에 선택하라면 약을 훔치더라도 생명을 구해야 하는 것이 더 보편적인 도덕 원리이기 때문'이라는 '이유 대기(reasoning)'를 할 수 있다. 한편, 그르다고 생각하는 입장에서는 '암의 발생률에 비하여 약은 귀하니 모든 사람에게 약이 다 돌아갈 수 없으므로 하인즈가 한 일은 모든 사람에게 보편적으로 호혜적이지 않기 때문'이라는 근거로 그를 비판할 수 있는 것이다.

가치를 탐구하는 방식과 관련해 볼 때, 소설은 이러한 추론 방식을 따르지 않음을 쉽게 확인할 수 있다. 만약 도덕 원리로 사태를 평가하고 말았다면 서사의 진행 자체가 불가능해질 것이다. 소설은 보편타당한 도덕 원리에 따른 추상적 추론이 아니라 특정한 행위자와 구체적인 상황 속에서 가치를 탐색하고 대안을 모색하는 이야기적 추론이나 인간관계적 추론을 행한다.[38] 즉, 소설은 보편타당성이나 합리성을 기준으로 맥락이 없는 가치 자체를 무시간적이며 형이상학적으로 분석하고 판단하는 것이 아니라, 만약 이 사람이 이렇게 행동한다면 누구에게 어떤 결과를 야기할 것인지를 상상하여 서사화하는 방식으로 가치를 탐구한다는 것이다. 도덕 원리에 입각한 추론과 특수한 시공간적 조건과 인간관계의 제약 속에서 행해지는 소설의 서사적 추론은 이처럼 그 성격과 방식이 다르다고 할 수 있다.

이러한 차이는 소설이 도덕 원리에 의한 추론보다 현상의 특수성을 더 많이 고려한다는 데에서 발생하는 것으로 판단된다. 〈운영전〉의 예를 들면, 이 소설은 도덕적 딜레마와는 달리 시공간적 배경이라는 조건을 제시함으로써 가치 갈등의 시공간적 특성을 형상화하고 있다. 하인즈의 딜레마가 시기를 알 수 없는 '유럽의 어느 곳'이라고 배경을 제시한 것과 달리, 이 소설에서는 시공간적 배경이 명시된다. 〈운영전〉의 배경으로 주어진 시간은 조선 전기, 세종대왕의 즉위 기간이며, 공간은 유교적 질서가 이상적으로 구현되는 안평대군의 사궁(私宮)이다. 이러한 소설의 특수한 배경은 그 속에 살고 있는 사람들의 존재 방식이나 사고 방식을 규정한다. 〈운영전〉은 이러한 시공간적 배경이 규정하는 조건과 제약 속에서 가치 갈등의 해법을 모색하는 추론을 행한다. 만약 〈운영전〉이 도덕적 딜레마의 형태를 가진 서사였다면, 개인의 존엄성을 침해하는 부당한 권력에는 저항해야 한다는 도

---

38 John Kekes, *The Morality of Pluralism*, Princeton University Press, 1993, 74~75면.

덕 원리를 근거로 쉽게 결론을 낼 수도 있을 것이다. 그러나 소설로서 〈운영전〉은 쉽사리 결말을 짓지 않고 다양한 인물을 등장시키고, 온갖 사건을 구성하며 서사를 진행시킨다. 시공간에 결박된 삶에서 가치 판단을 내리기 위해서는 세심하게 고려해야 할 점들이 허다하기 때문이다.

그리고 소설에서 형상화하는 가치는 항상 서사세계 속의 누군가에게 속하는 것으로 나타난다. 하인즈는 개성을 가진 개인은 아니다. 그는 단지 가치 갈등의 상황에 처한 보편적인 인간일 뿐이며, 우리는 그가 얼마나 아내를 사랑하는지, 약사의 이기적인 면모에 대해 어떻게 생각하는지, 그의 직업과 인생관이 무엇인지에 대해서 알지 못한다. 도덕적 딜레마는 하인즈를 가치 갈등을 실어 나르는 운반자로 여길 뿐, 그를 한 개인으로 구성하는 사회적 역할이나 인간적인 면모에는 별 관심이 없다. 그래서 이 딜레마에서 반드시 주인공이 하인즈여야 할 필요는 없을 것이다. 그러나 〈운영전〉의 주인공은 운영이 아니면 안 된다. 운영이 처한 궁녀라는 사회적 역할, 그리고 운영이 가진 자유로운 애정 추구의 기질, 안평대군과 김 진사가 모두 사랑할 만하며 궁녀들도 시샘할 정도의 외모, 김 진사와 정을 나눌 수 있게 한 용기와 내밀한 감정을 솔직하고 밀도 있게 드러낼 수 있는 표현 능력 등 운영과 결부된 사회적 역할이나 개성이 운영을 운영답게 만들어주기 때문이다. 이러한 인물을 통해 가치는 순수한 원리적 형태가 아니라 인간화된 것으로 형상화된다. 소설은 이렇게 특수한 인간적 질을 가지고 있는 가치를 다루기에 도덕적 추론 방식과는 다른 가치 탐구의 형식을 갖는 것이다.

이렇게 소설은 사태가 발생한 특수한 시공간적 조건 속에서 행위자와 관련된 인간화된 가치의 질적인 특성을 고려하기에 도덕 원리에 의한 추론이 아니라 서사적 추론을 행하며 가치를 탐구한다. 현실에서 발생하는 가치 문제는 순수한 도덕 원리들의 충돌이나 보편적 도덕 원리와 개인의 이기적 가치 추구의 대립으로만 쉽게 파악해낼 수 없는 질적 특성을 갖고 있다. 그래서 우리는 도덕 원리가 무엇인지 알고 있는 상황에서도 그 현실적 적용을 어려워하는 경우를 접하게 된다. 이 때 필요한 것이 소설의 가치 탐구 형식이다. 소설의 가치 탐구는 도덕 원리에 의한 추론처럼 도덕 원리를 적용할 수 있도록 특수한 것들을 가지쳐내는 것이 아니라 현실의 시공간적 조건과 인간관계적인 제약을 섬세히 고려할 수 있게 해준다. 이러한 가치 탐구의 형식을 갖는 소설의 속성은 가치교육적인 관점에서 새롭게 볼 필요가 있으며, 가치경험의 교육내용을 마련하기 위한 본고의 주요한 연구 대상이 될 수 있다.


## (3) 인물에 대한 공감 유발

어떤 사람이 자기보다 타인을 위하는 마음을 갖거나 그러한 행위를 했다면 우리는 그 사람을 도덕적이라고 평가한다. 이렇게 도덕성이 '타인에 대한 관심'에 있다고 한다면, '공감(empathy)'[39]은 한 개인의 도덕성을 구성하는 중요한 요소가 될 수 있다. 개인으로 하여금 친사

---

**39** 이는 다학문적인 주제이면서 일상어로도 쓰이는 말이기 때문에 그 의미를 확정하기 쉽지 않은 용어이다. 일상어로서 공감은 "남의 생각이나 감정, 느낌에 대하여 자기도 그러하다고 느낌, 또는 그런 감정"(국립국어연구원 편, 『표준국어대사전』)이라는 의미를 갖는다. 개념어로서 'empathy'는 비교적 최근에 생겨난 용어로 관찰자가 물리적인 미적 대상에 자기 자신을 투사하는 경향을 언급할 때 사용된 'Einfühlung'이라는 독일의 미학 심리학 용어를 영어로 번역하는 과정에서 탄생되었다고 한다(E. Wind, *Art and Anarchy*, Faber and Faber, 1963). 그 후, 이 용어는 미학을 비롯하여 상담과 심리치료, 발달심리학, 사회심리학 등 다학문적인 영역에서 널리 활용되어 왔다.

회적, 이타적 행위를 할 수 있게 하는 힘이 바로 공감에 있기 때문이다. 그래서 가치교육은 타인의 처지를 헤아려 알고 그의 정서에 동참하여 그의 눈으로 세계를 보고 느낄 수 있는 공감을 중요한 주제로 다루어왔다. 일상적인 의미에서 공감은 감정적인 것으로 취급되지만, 공감이 인지중심적이냐,[40] 정의중심적이냐[41] 하는 것은 가치교육의 논란거리 중 하나이다. 그러나 두 입장이 서로 대립적인 것만은 아니다. 공감은 결과적으로는 타인의 처지에 맞는 정서적 반응이지만 과정적으로는 타인의 행동에 대한 이해나 타인의 역할, 관점을 취하는 등의 인지적 활동이 요구되기 때문이다. 그래서 이 연구에서는 호프만의 정의에 따라 타인의 처지에 알맞은 정서적 반응으로 공감을 규정하되,[42] 공감적 반응은 타인의 가치 지향, 사회적 역할, 정서적 상

---

**40** 인지적인 반응을 중시하는 입장에서는 공감을 "자신이 다른 사람인 것처럼 일시적으로 가장하고, 자신을 다른 사람의 지각장 속으로 투사하며, 상상적으로 자신을 다른 사람의 입장에 놓아 보도록 하여, 주어진 상황에서 그 사람이 함직한 행동에 대해 통찰을 갖도록 하는 과정"(W. Coutu, "Role-playing vs. Role-taking: An Appeal for Clarification", *American Sociological Review*(16), 1981, 180면), 혹은 "타인의 역할을 취하는 능력과 자기 자신의 관점과는 다른 상대의 관점을 채택하는 능력"(G. H. Mead, *Mind, self, and society from the standpoint of a social behaviorist*, University of Chicago Press, 1934, 27면)이라고 규정한다.

**41** 공감을 정서적 반응으로 파악하는 입장에서 공감은 "다른 개인의 정서와 꼭 동일한 것은 아니더라도, 그에 부합하는 정서를 대리적으로 경험하는 것"(M. Barnett, "Empathy and related responses in children", N. Eisenberg and J. Strayer (Eds.), *Empathy and Its Development*, Cambridge University Press, 1987, 146면), "다른 사람의 정서적 상태나 조건의 이해로 촉발되어 그것과 부합하는 정서적 상태"(N. Eisenberg and J. Strayer (Eds.), *Empathy and Its Development*, Cambridge University Press, 1987, 292면)로 이해된다. 발달심리학에서 공감 이론을 정교하게 논한 호프만도 "자신의 처지보다는 다른 사람의 처지에 더 알맞은 정서적 반응"(M. L. Hoffman, "Development of prosocial motivation: empathy and guilt", N. Eisenberg (Ed.), *The Development of Prosocial Behavior*, Academic Press, 1982, 281면)이라고 하여 공감이 정서적 반응임을 분명히 하였다.

**42** M. L. Hoffman, 위의 글, 281면.

태 등에 대한 앎을 바탕으로 하는 것으로 이해할 것이다.

공감의 중요성을 보여주는 사례로 종종 언급되는 인물은 나치 전범(戰犯) 아이히만(Adolf Eichmann)이다. "최종해결(유태인 대학살)"을 명령받아 실행한 아이히만은 1961년 부에노스아이레스에서 붙잡혀 이스라엘의 법정에 섰다. 그가 문제적 인물인 까닭은 반인류적 범죄를 자행했으면서도 자신을 매우 도덕적인 인간이라고 스스로 변호했기 때문이다. 그는, 자신은 성실한 공무원이자 법을 충실히 따르는 시민으로서 명령에 따라 유대인 학살을 돕고 지원했을 뿐, 유대인을 죽인 일과 무관하다고 말하였다. 게다가 아이히만은 자신이 실천이성의 명령에 따른 삶을 살아왔다고 주장하였다.[43] 또한, 그를 면담한 학자들은 그가 실천이성 개념을 매우 잘 이해하고 있다는 것을 확인하였으며, 그를 진단한 정신과 의사들도 그가 매우 합리적인 사람임을 증명해주었다. 그의 가족이나 이웃마저도 그를 도덕적이라고 평가하였다.

이렇게 비도덕적인 행위를 한 '도덕적'인 인간을 어떻게 볼 것인가 하는 문제는 많은 논란을 야기하였으며, 이에 대해 다양한 해석이 나왔다. 먼저, 아렌트는 그가 괴물처럼 보이는 이유를 칸트의 의무 개념에 따라 평생을 살아왔다는, 자신을 정당화하기 위해 사용한 논리에서 찾았다.[44] 아렌트는 아이히만이 언급한 정언명령의 원천은 실천이성이 아니라 지도자의 의지였음을 밝히면서, 자기 행위가 어떤 결과를 가져올지에 대해 분명히 알고 있으면서도 지도자의 명령을 보편적 법칙이자 양심의 잣대로 생각한 것은 분노할 만한 잘못임을 지적하였

---

**43** 아이히만의 최후 진술서(final plea)는 'http://www.remember.org/eichmann/ownwords.htm'의 영문 번역 참조.

**44** H. Arendt, *Eichmann in Jerusalem*, The Viking Press, 1963, 120면.

다. 바우만은 아이히만의 이야기로부터 악의 합리성(the rationality of evil)을 배울 수 있다고 말했다. 즉, 도덕적인 책임으로 인도되지 않는 합리성 그 자체로는 사회적 악을 막기보다 오히려 악의 효율적인 동력 기관으로 역할을 할 수 있다는 것이다.[45]

그가 철저하게 합리적이지 못했다는 아렌트나 바우만과는 다른 견지에서, 베틀레젠은 아이히만이 생각이 모자란 것이 아니라 무감각(insensitive)하며, 그의 태도에는 타인의 고통에 대한 공감과 감정적 참여(emotional participation)가 결여되었음을 강조하였다.[46] 즉, 공감 능력의 결여가 아이히만이 괴물일 수 있는 가장 중요한 이유라는 것이다. 아이히만에 대한 설득력 있는 해석들이 시사하는 것은, 행위의 대상이 되는 타자를 망각하고 자신의 행위로 인해 그가 입게 될 고통을 헤아리거나 공감하지 못할 때, 칸트의 정언명령도 악을 정당화하는 수단으로 전락하며, 합리성도 악을 효율적으로 실행하는 엔진으로 기능할 가능성이다. 그래서 아이히만이 괴물인 까닭은 자기 식으로 왜곡한 정언명령의 논리와 맹목적인 절차 합리성으로 자신을 정당화하면서, 공감 능력이 없이 타자에 대한 관심과 책임을 철저하게 방기했기 때문이라고 정리할 수 있다.

최근의 가치교육에서도 '타자 중심의 도덕'이 새롭게 부각되고 있다.[47] 기존 윤리학, 도덕철학에서는 주로 행위자에 초점을 맞추어 타자와 타자가 입게 될 해와 고통에 무관심했던 데 비하여, 타자 중심의 도덕은 행위의 대상이 되는 타자가 입게 될 해와 고통에 초점을 맞추

---

**45** Z. Bauman & K. Tester, *Conversations with Zygmunt Bauman*, Polity, 2001, 44~61면.

**46** Z. Bauman, *Life in Fragments: Essay in Postmodern Morality*, BlackWell, 1995, 57면.

**47** 이상인, 「시민의 德으로서 正義: 타자 중심의 윤리를 바탕으로」, 서울대 석사학위논문, 2003.

고 이를 제거하고 막을 것을 요구한다. 이 입장에 서면 사회적 규칙을 위반하는 것만이 '불의(injustice)'가 아니라 타자에게 해와 고통을 주거나 막을 수 있음에도 불구하고 막지 않는 소극적 행동도 불의가 된다. 기존의 행위자 중심의 도덕의 관점에서 본다면, 아이히만도 합리적으로 가치를 분석하고 판단할 수 있는 이성적 존재이자, 자신의 행위를 성찰할 수 있는 보편타당한 원칙을 내면화하고 그 원칙 하에 행동하는 자율적 인간으로 평가될 수 있다. 그러나 도덕의 본래적 관심이 보편타당한 원칙을 추구하고 정당화하는 데 있다기보다는 자신의 행위의 대상이 되는 타인을 어떻게 대할 것인가라는 데에 있다고 했을 때, 아이히만은 타인에 대한 관심과 책임을 저버린 비도덕적 존재가 되는 것이다.[48]

아이히만의 예로 미루어보아, 도덕적 행위를 하는 데에는 가치에 대한 인지적 자각뿐만 아니라 타인과의 공감이나 타인에 대한 보살핌과 연민의 감정이 필수적인 요인으로 작용한다고 할 수 있다. 호프만은 도덕 원리가 "뜨거운 인지(hot cognition)"가 되어야 함을 주장하는데, 그 의미는 추상적으로 학습된 '차가운' 도덕 원리들이 감정과 결합되어 달구어질 필요가 있다는 것이다.[49] 과거의 가치교육에서는 인지적 지각을 보조하는 역할을 하는 것으로 공감 등의 정의적 요소를 취급하였지만, 최근의 가치교육에서는 이를 매우 중요한 도덕성의 구성 요소로 다루고 있다. 나딩스는 진정한 도덕적 삶의 본질은 서로 알게 되고, 상대방이 느끼는 것을 같이 느끼며, 상대방에 의해 영향을 받게

---

**48** 이상인, 위의 글, 23면.

**49** M. Hoffman, "Empathy, social cognition, and moral action", W. M. Kurtines & J. L. Gewirts (Eds.), *Handbook of Moral Behavior and Development*(1), Lawlence Erlbaum, 1991.

되는 것[50]이라고 하는데, 이러한 논의는 도덕 원리에 대한 앎보다 공감 능력이 도덕성에 중요한 구성 요소임을 강조하는 것이다. 이와 같은 경향은 세계 시민의 최소 윤리적 덕목으로서 "타인의 고통에 같이 아파하고, 이들의 고통을 경감시키는 데 책임감을 느끼는"[51] 공감의 능력이 강조되고 있는 현상에서도 잘 나타난다.

본고는 가치에 대한 감정을 익히며 배울 수 있는 문화적 양식은 바로 소설이며, 이 감정은 공감의 경험을 통해 성숙되고 확장될 수 있다는 견해를 갖는다. 전통적인 인성 교육에서 서사를 활용했던 이유도 서사가 공감을 이끌어내며 도덕적 가치들에 대한 감정을 갖게 하는 효용이 있음을 이미 경험적으로 알고 있었기 때문이다. 이하의 논의에서는 효의 원리에 대한 설명과 효행을 실천한 인물을 주인공으로 하는 인물전(人物傳)과 소설을 비교해 보면서 소설이 공감을 통해 도덕 원리를 '뜨거운 인지'로 변모시키는 작용에 대해서 살펴보도록 하겠다.

효에 관한 유교의 전통적 가치에 대한 관념은 한(漢)나라에 오면 〈효경(孝經)〉으로 집약되었는데, 〈효경〉의 첫머리에서 공자는 증자에게 세상을 화순하게 디스리는 근본 원리로서 효를 으뜸으로 가르치면서 다음과 같이 말하였다.

① 仲尼께서 한가로이 계실 때 曾子가 모시고 앉았더니, 孔子께서 말씀하셨다. "參아! 先王들은 至極한 德과 重要한 道가 있으시어 천

---

**50** L. Noddings, "Conversation as Moral education", *Journal of Moral Education*(23), 1994, 9면.

**51** 노찬옥, 「다원주의 사회에서의 세계 시민성과 시민교육적 함의에 관한 연구」, 서울대 박사학위논문, 2003.

하 사람들의 마음을 따라 (다스리니), 백성들이 화목하여 上下간에 원망이 없었느니라. 너는 이것을 아느냐?" 曾子가 避席하여 말하였다. "參이 不敏하니 어찌 그것을 알 수 있겠습니까?" "효는 덕행의 根本이고, 教化가 이로부터 나오는 바이다." ② "자리로 돌아와 앉거라. 내가 너에게 말해 주겠다. 身體髮膚는 父母에게 받은 것이니, 감히 毁損하지 않는 것이 孝의 처음이고, 立身하여 道를 행해서 後世에 이름을 날려 부모를 드러내는 것이 孝의 끝이다. 孝는 어버이를 섬김이 시작이고, 임금을 섬김이 중간이고, 立身(해서 道를 행하는 것)이 끝이다. ③ 어버이를 사랑하는 자는 감히 남을 미워하지 않고, 어버이를 공경하는 자는 감히 남을 업신여기지 않으니, 어버이를 섬기는 데 사랑과 공경을 다하면 德教가 백성들에게 미쳐서 四海의 본보기가 될 것이니, 이는 대개 天子의 孝이다.(…) 孝로 임금을 섬기면 忠誠이고, 敬으로 어른을 섬기면 恭順이니, 충선과 공순을 잃지 않고서 그 윗사람을 섬긴 뒤에야 그 爵位와 俸祿을 보존하여 그 제사를 지킬 수 있으니 이것은 대개 士의 孝이다. 하늘의 道를 이용하고 땅의 이로움을 따라서, 몸을 삼가고 財用을 節約하여 부모를 奉養하니, 이것은 庶人의 孝이다. ④ 그러므로 天子로부터 아래로 庶人에 이르기까지 孝에 終始가 없고서, 몸에 患亂이 미치지 않는 자 있지 않다." (① 仲尼閑居, 曾子侍坐, 子曰, "參, 先王有至德要道, 以順天下, 民用和睦, 上下亡怨, 女知之乎?" 曾子避席曰, "參不敏, 何足以知之?" 子曰, "夫孝德之本也, 教之所由生也." ② "復坐, 吾語女. 身體髮膚, 受之父母, 不敢毁傷, 孝之始也. 立身行道, 揚名於後世, 以顯父母, 孝之終也. ③ 愛親者, 不敢惡於人, 敬親者, 不敢慢於人, 愛敬盡於事親, 而德教加於百姓, 刑於四海, 蓋天子之孝也. (…) 故以孝事君則忠, 以敬事長則順, 忠

順不失, 以事其上 然後, 能保其爵祿, 而守其祭祀, 蓋士之孝也.
用天之道, 因地之理, 謹身節用, 以養父母, 此, 庶人之孝也. ④ 故
自天子以下, 至于庶人, 孝無終始, 而患不及者, 未之有也.)[52]

①에서 공자는 증자에게 선왕(先王)이 세상을 화목하게 다스렸던 원리[道]를 묻고 그것은 효라고 답하면서, 효는 단지 개인적 차원에 국한되는 것이 아니라 사회적 삶의 근원임을 강조한다. 따라서 이 부분에서는 효가 갖는 의의를 설명한 것이라고 이해할 수 있다. ②에서는 실천적인 효의 의미를, 부모로부터 온 자신의 몸을 보존하는 것을 시작으로 하여, 입신행도(立身行道)하여 부모의 이름을 빛나게 하고, 후세에 이름을 떨치는 것으로 제시하였다. ③에서는 효를 구체적으로 행하는 실천은 어떤 것인지에 대해 천자(天子)에서 서민(庶民)에 이르기까지 각 신분으로 나누어 보다 구체적으로 설명하고 있다. ④에서는 효를 행하지 않으면 개인적으로 환란을 당할 것이라면서 효의 실천을 강조한다. 이렇게 공자는 실천적인 덕으로서 효에 대하여, 의의 및 의미, 실천 방법, 실천의 중요성 강조 등의 내용이 포함된 짜임새 있는 언술로 설명하였다. 그러나 이러한 원리적 설명을 통해 효의 개념과 실천 방법에 대한 인지적인 앎에는 이를 수 있을 것이나 이 앎이 즐겨 행하는 실천으로 이어지기는 힘들 것이다.

그래서 동양 전통에서는 문학, 그림 등의 예술적 형상미를 통해 감성에 호소하는 방식을 활용해왔는데, 그 대표적인 예가 중국의 〈이십사효도(二十四孝圖)〉이다. 이 책은 운문, 산문, 회화가 결합된 구성을 가졌으며, 중국과 한국, 일본의 후대 효행전의 효시가 되었다.[53] 중국

---

52 정태현 역주, 懸吐完譯 〈孝經大義〉, 經一章, 23~43면.
53 한국에서는 1346년 권부(權溥)의 일가(一家)인 유경숙(劉敬叔)에 의해 〈이십사효도

은 긴 역사 동안 대표적인 효행자를 뽑아 이것을 '24효 이야기'라고 칭하며 세상의 사표로 삼아서 아동들을 교화하기 위한 자료를 만들었다. 이 책은 부모의 눈병을 고치려고 사슴 가죽을 입고 산에 들어가 사슴의 젖을 구하려했던 주(周)의 섬자 이야기나, 칠순의 노인이 부모 앞에서 어린아이의 흉내를 내며 즐겁게 해드렸다는 주(周)의 노래자 이야기, 어머니의 식사를 위하여 아이를 묻으려 한 한(漢)의 곽거 이야기, 어머니를 위해 연못의 얼음 위에 누워 얼음을 깨고 잉어를 구한 쯤의 왕상 이야기 등 모두 24명의 이야기로 구성되어 있다.[54] 이런 내용의 인물전은 효라는 가치를 사회적으로 확산시키는 데 있어서 유교 경전 못지않은 역할을 했으며, 일상의 문화에 깊숙이 파고들게 하여 개개인의 가치 실천에 준거가 되었다.

인물이 등장한다는 점에서는 인물전과 소설이 다를 바 없으나 등장하는 인물의 형상은 상이하다. 이를 보여주기 위해 〈이십사효도(二十四孝圖)〉의 곽거와 유사한 행적을 보인 〈손순매아(孫順埋兒)〉[55]의 손순과, 〈심청전〉의 심청을 비교해 보도록 하겠다. 〈심청전〉은 효를 주제로 하는 대표적인 고전소설이다. 주지하듯, 이 소설에서는 부친의 눈을 뜨게 하기 위해 자기 목숨을 내 놓는 효녀 심청이 주인공으로 등

---

(二十四孝圖)〉가 편찬되었다. 이 책은 권준(權準)이 중국의 이름난 효자 스물 네 명의 전기를 모아 화공을 시켜 그림을 그리게 하고, 이제현의 찬을 받아 권부에게 올린 것이다. 권부는 여기에 서른 여덟 명을 첨가한 후, 사위 이제현의 찬을 붙여 〈효행록(孝行錄)〉을 편찬하였다. 한국의 대표적인 효자고사집인 〈삼강행실도(三綱行實圖)〉도 회화, 고사, 시·찬의 구성으로 되어 있어 〈이십사효도(二十四孝圖)〉의 영향력을 확인할 수 있다. 일본에서도 이십사효 계통의 효자고사집이 전래되어 후대에 지속적으로 영향을 끼쳤다. 장춘석의 설명에 따르면, 일본에서는 이십사효의 체제와 내용에 영향을 받은 〈이사효회초(二四孝繪抄)〉가 1842년에 편찬되었다고 한다(장춘석, 「한국효자고사집 연구」, 『호남문화연구』 29, 전남대학교 호남문화연구소, 2001, 75~76면).

54 오출세, 「孝의 의미와 실천의 두 모습」, 『동악어문론집』 36, 동악어문학회, 2000.12.

55 일연, 〈삼국유사〉, 제5권, 제9 孝善篇.

장한다. 그런데 효녀 심청이 다른 효자와 다른 점은 갈등하거나 번민한다는 데 있다. 손순은 "아이는 다시 얻을 수가 있지만 어머니는 다시 구하기 어렵소. 그런데 아이가 어머님의 음식을 빼앗아 먹어서 어머님은 굶주림이 심하시니 이 아이를 땅에 묻어서 어머님 배를 부르게 해드려야겠소.(兒可得. 母難再求. 而奪其食. 母飢何甚. 且埋此兒. 以圖母腹之盈.)"[56]라고 하고선 곧바로 아이를 업고 가서 땅을 파 묻으려 하였다. 이처럼 효에 대한 그의 믿음과 실천에는 추호의 망설임이나 주저함도 없었다. 이에 비해 심청은 죽는 순간까지도 자기애와 효 사이에서 갈등한다.

> 심청아 시급ᄒ다 어서 급피 물의 들나 심청이 거동 보쇼 비머리에 나셔 보니 식팔흔 물겨리며 울울울 바람 쇼릭 풍낭이 듸죽ᄒ여 빗젼을 탕탕 치니 심청이 깜쪽 놀닉 뒤로 퍽 쥬즌지며 이고 아버지 다시난 못 보것닉 이 물헤 쌔져씨면 고기밥이 되것쑤나 뮤슈이 통곡싸ㄱ 다시금 일어나셔 바람마진 병신갓치 이리 빗틀 져리 빗틀 치마푹을 물음씨고 압이를 아드득 물고 아고 나 죽닉 쇼릭 ᄒ고 물의 가 풍 쌔젓다 ᄒ되 그리ᄒ어셔야 효녀 쥬엄 될 수 잇ㅏ 두 手을 합장ᄒ고 ᄒㅏ닙견 비난마리 (신재효 56장본)[57]

이본에 따라 정도의 차이는 있으나, 심청은 손순처럼 효 가치를 따르는 것이 옳음을 믿고 있지만 그 가치를 위해 자기 목숨을 내놓아야 한다는 데 있어서는 위 인용문에서처럼 갈등하지 않을 수 없었다.[58]

---

**56** 일연, 〈삼국유사〉, 이재호 역, 솔, 2002(개정판), 420면.

**57** 강한영 校註, 『신재효 판소리사설집』, 이병기·이희승·이숭녕·구자균 편, 민중서관, 1971.

자기 생명이 가장 소중한 인간이 죽음 앞에서 두려워하는 것은 인지 상정(人之常情)이기에 아무리 신념화된 효 가치라도 그것을 과단성 있게 실천하기는 힘들기 때문이다. 내리사랑은 쉬워도 치사랑은 어렵다는 사랑의 속성 상 손순도 어머니를 위해 자식을 죽이는 일에 대해서 번민하지 않았을 리는 없으나, 〈손순매아〉에서는 인물의 내면에서 벌어지는 갈등을 그려내지 않는다. 이 열전(列傳)의 관심은 손순을 효 가치의 표상으로 삼아 전범으로 따르게 하려는 데 있는 것이지 손순을 이해하고 그에 공감하게 하려는 것은 아니었기 때문이다. 그래서 손순의 용감한 가치 실천을 보면서 독자는 '효란 저렇게 절대적인 것이구나'라고 생각할 수 있지만 부모를 위해 자기 자식을 죽이는 손순에 공감하기는 힘든 것이다. 이에 비해 심청은, 아무리 당위적 가치라 할지라도 그것이 자기 희생을 요구하는 상황에서는 갈등을 일으킬 수밖에 없다는 인지상정을 지니고 있다. 이렇게 심청이 도덕적 영웅이 아니라, 인정에 휘둘리는 보통 사람이기 때문에 독자의 공감 대상으로서 유인력이 크게 된다.

이상의 논의를 바탕으로, 같은 효라는 주제가 원리적으로 설명될 경우, 가치표상적 인물로 구현될 경우, 소설의 인물을 통해 그려질 경우의 차이점은 다음과 같이 설명할 수 있다. 소설에서 가치는 도덕 원리나 덕목에 해당하는 효, 열, 우애, 충이 아니라 심청의 효, 춘향의 열, 흥부의 우애, 자라의 충 등으로서 항상 그것을 추구하거나 실천하는 주체와 결부된다. 그리고 소설의 인물들은 전(傳) 문학의 인물과

---

**58** 위 인용문에서는 서술자도 이 문제에 대해 갈등하고 있음을 확인할 수 있다. 비록 서술자가 "그리하여서야 효녀 죽음 될 수 있나"라는 평가적 발언을 하고 있지만, 심청이 죽음을 두려워하는 모습을 자세히 묘사하고 있다는 사실 자체는 서술자 역시 자기 목숨을 버리려 하는 효의 실행에 대해 일말의 회의나 내적 갈등이 있음을 보여준다.

달리 가치를 가장 순수한 형태로 드러내지 않는다. 즉, 소설에서 가치는 추상적인 원리로 존재하는 것이 아니라 주체의 서사적인 삶 속에서 가치에 대한 행위자의 감정과 태도, 그의 심사숙고와 용기 있는 선택 등과 분리될 수 없는 인간화된 것으로 형상화되는 것이다. 그리고 세계와 불화의 관계에 놓인 소설의 인물들은 신이 아니기에 자기 가치를 세계에 주장하고 실천하는 데 어려움을 겪으며, 영웅이 아니기에 이미 문화적으로 정당화된 가치를 추구하는 것도 아니다. 그래서 이들이 겪는 외적인 갈등은 인물 내면으로 파고들어 가치 갈등에 대한 행위자 고유의 번뇌와 망설임 등의 감정을 갖게 한다. 바로 이러한 점으로 인해 소설의 인물은 공감을 통해서만 제대로 이해할 수 있는 대상이 된다.

행위자 중심적인 도덕관에서 볼 때 공감은 타인도 자기처럼 가치 감각을 갖고 풍부한 내면적 삶을 살고 있는 동등한 가치 주체로 여기게 해주며, 타자 중심적인 도덕관에서 볼 때 공감은 타자의 필요와 요구를 파악하게 하며 사회적 약자에 대한 책임감을 가질 수 있게 한다. 이로 인해 공감은 가치교육의 주요한 주제가 된다. 가치교육에서는 이 공감을 선천적인 능력이라고 보았다.[59] 그렇지만 이 연구는 공감 능력은 교육적 훈련을 통해 계발되고 확장될 수 있다는 관점을 갖는다. 이런 관점에서 볼 때, 소설은 공감 능력을 계발하고 훈련할 수 있는 효과적인 가치교육의 제재가 될 수 있다. 왜냐하면 소설은 공감 대상으로서 유인력 있는 인물, 공감을 통해서만 이해할 수 있는 인물을 등장시킴으로써 독자의 공감을 유발하기 때문이다.

---

[59] 호프만은 우리의 공감능력과 그것이 동기화시키는 친사회적 이타주의가 인간본성으로 미리 타고난 반응경향이라고 오랫동안 주장해 왔다(D. K. Lapsley, 앞의 책, 292면).

## (4) 서술을 통한 가치 감화

'가치는 그들의 날개로는 날지 못한다'는 말은 가치가 언어적 형상을 입었을 때야만 비로소 가치로 성립함을 잘 보여주고 있다. 그런데 가치가 어떻게 언어화되는가에 대한 두 가지 다른 입장이 있다. 규범주의와 정서주의가 그것인데, 이 둘은 가치의 판단이 진위의 사실 진술로 이루어지는 것이 아니라는 데에는 의견을 같이 하지만, 도덕의 언어가 어떠한 형식을 갖추어야 하는지에 대해서는 다른 생각을 가지고 있다. 규범주의의 입장에서는 무엇을 해야 하는가, 하지 말아야 하는가에 대한 규범적 답변이 있을 경우를 도덕 언어라고 파악한다.[60] 한편, 정서주의에서는 자신의 호오(好惡)를 드러내면서 타인에게 감화적 기능을 하는 것을 도덕 언어라고 본다.[61]

---

[60] 규범주의의 대표자인 헤어는 『도덕의 언어』(R. M. Hare, *The Language of Morals*, Open University Press, 1952)에서 도덕성을 언어로 이해하는 방법을 제시했다. 그에 따르면, 도덕성은 본질적으로 하나의 언어이기에 도덕의 담론 형식을 연구함으로써 도덕적 의미를 발견할 수 있다고 한다. 그는 규범주의(prescriptivism)로 분류되는데, 그 까닭은 그가 "도덕 언어는 일종의 규범적 언어이다."(R. M. Hare, 앞의 책, 1면)라고 주장하였기 때문이다. 그러한 주장의 의미는 어떤 판단이 도덕적인 것이 되기 위해서는, 어떤 사람에게 무엇을 하라고, 혹은 하지 말라고 말해야 한다는 조건이 있다는 것이다. 예를 들면, '너의 부모를 공경하라, 도둑질하지 말라' 등이 도덕적 판단이 될 수 있다(R. M. Hare, *Freedom and Reason*, Open University Press, 1963, 74면). 도덕적 판단이 담긴 도덕적 언어는 과학적 언어가 시도하는 것처럼 무엇이 진실이고 거짓인가에 대한 기술적 대답을 제공하는 것이 아니라, 무엇을 하여야 하는가에 대한 규범적 답변을 제공하면서 도덕적 실천을 강조한다. 덧붙여 헤어는 도덕적 언어를 올바르게 사용하기 위해서는 그 언어의 사용자가 도덕적 행위자로서 자신뿐만 아니라 비슷한 상황에 있는 사람이라면 누구라도 따라야 하는 원칙에 따라 행동을 해야 한다는 조건을 달았다. 이렇게 규범주의는 언행일치(言行一致)를 강조하는 면모도 함께 갖는다(Roger Straughan, 앞의 책, 1998, 51~55면).

[61] 규범주의가 도덕적 언어의 규범성을 강조하는 데 비하여 정서주의는 언어가 정서적 태도를 전하고, 영향을 끼치고 있음에 주목하였다(A. J. Ayer, *Language, Truth and Logic*, Gollancz, 1936; C. L. Stevenson, *Ethics and Language*, Yale University

규범주의의 관점에서 보면, 소설은 도덕적 언어가 될 수 없다. 왜냐하면, 소설은 보편적인 원칙에 따른 판단을 독자들에게 규범적으로 강요하지 않기 때문이다. 그러나 정서주의의 관점에서 볼 때, 소설은 독자에게 영향을 주려는 감화 작용을 행하기 때문에 도덕 언어가 된다. 본고는 정서주의의 관점을 따라 도덕에는 감정이 깃들어 있다고 보며, 소설이 다른 사람의 감정과 태도에 영향을 주려하기 때문에 도덕적 언어가 될 수 있다고 본다. 정서주의의 태두라고 할 수 있는 흄은 언어에 어떻게 도덕적 감정이 함축되어 있는지 다음과 같이 논하였다.

도덕이라는 개념은 모든 인류에게 공통된 어떤 감정을 함축하고 있는데 이는 동일한 대상을 보편적으로 시인하게끔 권장하는 감정이다. 어떤 사람이 타인을 그의 적, 그의 경쟁자, 그의 반대자, 그의 적대자라고 할 경우, 그는 자기애의 언어를 구사하며 자기에게 특유하고 자신의 특수한 여건과 상황에서 생겨나는 감정을 표명하는 것으로 생각된다. 그

---

Press, 1944). 이 입장에서 볼 때, 도덕적 언어는 가치에 대한 자신의 好惡를 드러내면서 타인에게 감화적 기능을 행한다. 나아가 정서주의는 도덕적 언어는 선호의 표현들, 태도 및 감정의 표현들과 다를 바 없다고 주장한다. 정서주의의 입장에서는 도덕적 판단에 대한 의견의 일치나 동의는 합리적 방법에 의해 보장되지 않는다. 왜냐하면 사실의 진술에서 참, 거짓을 구별하는 합리적 기준과 같은 것이 이 영역에는 존재하지 않기 때문이다. 만약에 일치가 가능하다면, 그것은 서로 다른 의견을 갖고 있는 사람들의 감정 및 태도에 특정한 비합리적 영향을 행사함으로써만 그렇게 될 수 있을 뿐이다(A. MacIntyre, *After Virtue*(2nd edition), Notre Dame University Press, Indiana, 1984, 이진우 역, 『덕의 상실』, 문예출판사, 1997, 32면). 맥킨타이어가 "정서주의의 유일하게 의미 있는 대변자"(A. MacIntyre, 앞의 책, 33면)라고 한 스티븐슨에 따르면, "이것은 좋다"라는 명제는 "나는 이것을 인정한다, 그러니 너도 마찬가지로 그렇게 하여라"와 같은 의미를 가진다고 설명하면서 도덕적 언어가 화자의 태도를 표현하는 기능뿐만 아니라 청자의 태도에 영향을 주려는 기능도 아울러 가지고 있음을 지적하였다(C. L. Stevenson, 위의 책, 2장).

러나 그가 어떤 사람에게 사악하다(vicious), 가증스럽다(odious), 타락했다(depraved)는 등의 형용어를 붙일 때 그는 또 다른 언어를 구사하고 있으며 그의 말을 듣는 모든 사람도 자기와 같은 생각을 할 것으로 기대하는 그러한 감정을 표현한다. 그러므로 여기에서 그는 그의 사적인 특수한 상황으로부터 출발하여 그와 다른 사람에 공통되는 하나의 관점을 선택하는 것이 분명하다.[62]

흄에 따르면 도덕에는 '동일한 대상을 보편적으로 시인하게끔 권장하는 감정'이 함축되어 있다고 한다. 이 감정은 개인의 특수한 여건과 상황에서 생겨나는 감정과 구별된다. 흄은 후자의 예로 타인을 "그의 적"이라고 말하는 경우를 들었는데, 여기에는 타인의 동의를 요청하지 않는 사적인 감정이 표명되어 있다고 하였다. 그러나 만약 "그는 사악하다, 타락했다"고 한다면, 여기에는 다른 사람도 그에 대해 그렇게 생각해주기를 바라는 감정이 함축되어 있다고 할 수 있다. 왜냐하면, 이러한 가치 평가적 표현은 '악덕과 미덕'의 문화적 공통감에 기초하고 있으며, 그러한 언어의 도덕적 '랑그'에 근거하여 다른 사람들도 그렇게 판단하도록 권하기 때문이다. 도덕 언어에 접근하는 흄의 관점은 도덕 언어를 규범성, 보편타당성 등의 특성을 가진 것으로 접근하는 윤리학, 도덕철학에 비해 포괄적이라고 할 수 있다. 그는 가치 평가가 담긴 표현을 모두 도덕 언어로 취급하고 있기 때문이다.

흄이 통찰하였듯이, 언어는 사회적 속성을 가진 것으로서 가치 평가적인 정서의 표명이라고 할지라도 그것은 언중의 공통감에 기초한 간주관성을 갖는다. 이런 까닭에 정서적 언어에도 간주관적 합리성이

---

62 David Hume, *An Enquiry concerning the Principles of Morals*, 1751, Oxford University Press, 1998, IX절 6단락.

깃들어 있다고 할 수 있다. 따라서 정서주의의 도덕 언어가 반드시 모든 가치를 동등한 것으로 여기는 가치상대주의에 함몰되는 것은 아니다. 그리고 맥킨타이어처럼 정서주의로 인해 문화의 상실과 퇴보를 가져오는 도덕의 상실이 야기된 것이라고 보는 것도 무리가 있다.[63] 오히려 가치의 다원주의 시대의 도덕 언어를 보다 잘 이해하기 위한 시도로서 정서주의가 조명을 받은 것이지 그 역은 아니기 때문이다. 또, 도덕적인 심사숙고가 정서주의로 인해 비합리성으로 경도되는 것도 아니다.[64] 도덕 원리를 선명히 파악하기 위해서라도 언어의 가치 감화 작용에 대한 성찰이 필요하기 때문이다.

그리고 무엇보다 정서주의는 적어도 정서가 세계에 대한 우리의 해석과 이해를 표현하며, 도덕적 판단과 결정에는 감정적 요소가 포함되어 있음을 인식하게 해 주는 장점을 지닌다. 그러므로 언어를 통해 표명되어 감화적으로 수용되는 가치에 대해서 보다 민감해지고, 비판적이기 위해서라도 도덕적 언어의 가치 감화적인 효과에 주의를 기울일 필요가 있다는 것이다. 국어과 교육의 관점에서 볼 때, 이러한 정

---

**63** 맥킨타이어는, 정서주의의 이론의 핵심에 있어서, 객관적이고 비인격적인 도덕적 규범들이 존재한다는 모든 주장에 대한 어떤 타당한 합리적 정당화도 있지 않으며, 따라서 그러한 규범들이 존재하지 않는다는 믿음이 있음을 지적하면서 정서주의의 도덕적 상대주의를 비판하였다. 맥킨타이어는 현재 만연한 정서주의로 인하여 한때 도덕이었던 것의 대부분이 사라졌으며, 이는 심각한 문화의 퇴보와 상실이라고 본다(A. MacIntyre, 이진우 역, 앞의 책).

**64** 정서주의에 반대하는 사람들은, 정서적 흥분도를 격앙시키는 것이 아니라 가라앉혀 초연한 상태에서 심사숙고를 통하여 도덕 판단이 이루어진다고 지적하면서 정서주의의 비합리성을 비판하였다. 즉, "'한 사람'의 도덕원리는, 비록 격정의 순간에는 어떠한 일탈의 유혹을 받는다 하더라도, 차분한 시간(cool-hour)에는 결코 신념을 버리지 않을 각오가 되어 있는 그의 행동원리 중의 원리이다."(N. Cooper, "'Oughts and wants' and 'Further thoughts on oughts and wants'", G. W. Mottimore(Ed.), *Weakness of Will*, Macmillan, 1971, 197면)라는 비판은, 스트로앤의 표현을 빌면, "정서주의자들의 심장에 일격을 가한 격" (Roger Straugha, 앞의 책, 53면)이 되는 것이다.

서주의의 언어관은 매우 소중하다. 정서주의는 가치 감화 작용을 하는 언어를 읽고 쓸 수 있게 하는 '가치 문해력(value literacy)'[65]의 필요성을 시사하기 때문이다. 이에 비해 규범주의의 도덕 언어는 국어과에서 다루어질 만한 성격의 것은 아니다. 도덕 언어를 올바르게 쓰는 것은 문해력과는 상관없이 얼마나 보편적인 도덕 원리를 알고 있느냐, 그리고 그것을 실천할 수 있느냐와 관련된 문제이다.[66] 이 관점에서 중요한 교육적 실천은 교사가 실천의 모범되기, 보편적인 도덕 원리 알기 등이 될 것이며, 이는 도덕과 교육의 영역에 속한다. 따라서 본고는 교과의 관심과 필요를 바탕으로 정서주의의 언어관을 수용하도록 하겠다.

정서주의의 언어관 아래, 문학 작품의 가치교육적인 제재로서 유용성을 논할 수 있다. 문학 작품은 가치에 대한 감수성을 훈련할 가장 효과적인 자료가 되는 한편, 가치에 대한 정서적인 설득을 분석하고 비판하는 경험을 줄 수 있는 교육적 제재가 될 수 있다. 그 까닭은 예술

---

65 문해력(literacy)의 특성을 정리한 박인기는 그 특성으로 ① 소통능력 ② 발달적 능력 ③ 특정 맥락에서의 언어의 이해와 표현에 대한 능력 등을 들었다(박인기, 「문화적 문식성의 국어교육적 재개념화」, 『국어교육학』 16, 국어교육학회, 2003). 이러한 논의에 기대어 이 연구에서는 '가치에 대한 텍스트의 의미 작용을 읽고 쓸 수 있는 능력'인 가치 문해력을 가치를 언어적으로 소통하는 능력이자 발달 가능한 개체의 능력이며, 상황맥락에 따른 활용 능력으로 이해하고자 한다.

66 헤어는 규범주의로부터 다음과 같은 도덕교육의 필요조건을 이끌어내기도 하였다. 첫째, 도덕적 판단의 기능이 행동을 안내하기에 도덕교육자는 실천의 모범이 되어야 하며, 둘째, 도덕적 판단이 규정적이기에 도덕교육은 특정한 삶의 방식을 채택하도록 안내하는 원리의 선택이 되어야 하며, 셋째, 도덕 판단이 보편적이기에 도덕교육은 공감과 타인의 역할 채택을 중시해야 하고, 넷째, 보편성의 뜻이 자신을 특별히 취급할 수 없다는 의미를 갖기에 도덕교육은 타인을 사랑하고, 그들의 이익을 존중할 것을 가르쳐야 한다는 것이다(R. M. Hare, "Language and moral education", *New Essays in the Philosophy of Education*, G. Langford and D. J. O'Conner(Eds.), Routledge & Kegan Paul, 1973).

이 사상과 감정을 불러일으키는 일이고, 시위와 실천에로 불러내는 행위이며, 자신 및 세계 사이에 평화조약이 체결되기를 바라는 호소라는 데에서 찾을 수 있다.[67] 하우저는 '불러일으키는 것(das Evokative)' 속에 바로 문학을 포함한 예술작품의 의미와 본질이 들어 있으며, 예술작품은 그것이 도전을 하든, 구애를 하든, 설득을 하든, 아니면 기습을 하든 수용자에게 일종의 말을 건넨다는 형식, 고발 혹은 변호의 형식을 갖고 있음을 강조하였다.[68] 예술작품은 본질적으로 "일종의 물음으로서, 되울리는 가슴에게 거는 말이고 우리의 감정과 정신을 향한 외침"[69]이라는 헤겔의 설명에서도 확인할 수 있듯이 소설은 그 자체가 가치에 대한 응답을 요구하는 요청이자 반응을 기대하면서 울리고 있는 가치 물음이라고 할 수 있다. 이렇게 소설은 그 자체가 가치 감화적인 '주체'로서 수용자의 변화를 요청하는 것이다.

따라서 한 소설의 특정한 표현이나 기법만이 가치감화적인 효과를 갖는다고 하기는 힘들 것이다. 그렇지만 가치를 매개하는 소설 고유의 방식이 있는데, 그것은 곧 소설의 '말 건넴(Ansprache)'을 주도하고 있는 '서술자'라고 할 수 있다.[70] 소설의 서술자는 서술 대상으로서 이야기와 독자를 중개하면서 소설의 가치 제안의 중핵적 역할을 한다. 소설뿐만이 아니라 서술자가 존재하는 모든 서사물에서 서술자의 가치 감화적인 중개성은 독자에게 특정한 가치를 전달하고 형성하는 데

---

67 Arnold Hauser, 최성만, 이병진 역, 앞의 책, 32면.

68 Arnold Hauser, 위의 책, 32면.

69 Hegel, *Ästhetik*, Fr. Bassenge(Eds.), 1955, 109면.

70 바흐친은 서술자의 중요성을 다음과 같이 피력하였다. "소설을 소설로 만들어주며 소설의 문체적 고유성을 보장해주는 근본적인 조건이 바로 말하는 사람과 그의 담론이다." (Mikhail Mikhailovich Bakhtin, *Voprosy literatury i estetiki*, 1975, 전승희 외 역, 『장편소설과 민중언어』, 창작과비평사, 1988, 150면)

매우 중요한 요소이다. 역사도 이야기적인 구성을 가지며 가치 주체인 서술자에 의해 중개된다고 할 때, 역사 서술에 있어서도 서술자는 독자에게 특정한 가치를 전달하며 감화시키는 역할을 한다고 할 수 있다. 여기서는 석탈해 이야기가 〈삼국유사〉와 〈삼국사기〉에서 얼마나 다르게 전달되고 있는지 살펴봄으로써 독자에게 가치를 감화시키는 서술자의 역할을 확인하도록 하겠다.[71]

### 【탈해가 발견됨】

▶ 삼국유사[72]: 그 때 갯가에 한 늙은 할멈이 있었는데, 이름은 아진의선이라 했다. 혁거세왕의 고기잡이 할멈이었다. 배를 바라보고 말했다. "이 바다 가운데에는 본래 바위가 없는데, 어찌된 까닭에 까치가 모여들어 울꼬?" 배를 끌어당겨 찾아보았다. 까치가 배 위에 모여들고 그 배 안에 궤 하나가 있었다. 길이가 스무 자나 되고, 폭이 열석 자나 되었다. 그 배를 끌어다가 어떤 나무숲 밑에 두고 흉할 것인가, 길할 것인가를 몰라서 하늘을 향해 고했다. 조금 있다가 궤를 열어보니 단정한 사내아이와 일곱 가지의 보물과 노비가 그 속에 가득 차 있었다. 그들을 이레 동안이나 대접했더니 이에 사내아이는 말했다.

▶ 삼국사기[73]: 때마침 해변의 노모가 줄로 끌어당기어 해안에 매고 독을 열어보니 작은 아이 하나가 들어 있으므로 그 노모가 데려다 길렀다. 장성하자 신장이 9척이요, 풍신이 빼어나고 지식이 남보다 뛰어났다.

---

71 〈삼국유사〉가 순차적 구성을 취하고 있기에 이를 기준으로 하여 〈삼국사기〉의 내용을 병기하겠다.

72 〈삼국유사〉 제2 기이편 제4대 탈해왕(일연, 〈삼국유사〉, 이재호 역, 앞의 책).

73 〈삼국사기〉 신라 본기 제1 탈해이사금(김부식, 〈삼국사기〉, 최호 역, 홍익문화사, 1994).

**【탈해의 탄생담】**

▶ **삼국유사:** "나는 본래 용성국 사람이오, 우리나라에는 일찍이 28용왕이 있었소. 모두 사람의 태에서 났으며 대여섯 살 때부터 왕위에 올라 만민을 가르쳐 성명을 바르게 했소. 8품의 성골이 있었으나 선택하는 일이 없이 모두 왕위에 올랐소. 그 때 우리 부왕 함달파가 적녀국의 양녀를 맞아서 왕비로 삼았는데, 오래도록 아들이 없으므로 기도하여 아들을 구했더니, 7년 후에 알 한 개를 낳았소. 이에 대왕이 여러 신하를 모아서 묻기를 사람으로서 알을 낳은 일은 고금에 없는 일이니, 아마 좋은 일이 아닐 것이다 하시고 이에 궤를 만들어 나를 그 속에 넣고 일곱 가지 보물과 종들까지 배에 실어 바다에 띄우면서, 인연이 있는 곳에 닿는 대로 나라를 세우고 집을 이루라 축원했소. 문득 붉은 용이 나타나 배를 호위하여 이곳으로 왔소."

▶ **삼국사기:** 탈해는 본래 다파나국 소생인데 그 나라는 왜국의 동북 1,000리 정도 거리에 있었다. 처음에 그 나라의 왕이 여국 왕녀에게 장가들어 태기가 있었는데 7년 만에 큰 알을 낳았다. 왕은 말하기를, "사람으로서 알을 낳았으니 상서롭지 못한지라 버려야 마땅하다." 하였으나 그녀는 차마 못하여서 비단으로 알을 싸고 보물과 함께 독 속에 넣어 바다에 띄워 마음대로 가게 하였다.

**【호공의 집을 빼앗음】**

▶ **삼국유사:** 말을 마치자, 아이는 지팡이를 끌고 두 종을 데리고 토함산 위에 올라가서 돌무덤을 만들었다. 그곳에 이레 동안 머무르면서 성중에 살 만한 곳이 있는가 하고 바라보았다. 마치 초생달 같은 한 산봉우리가 보이는데 지세가 오래 살 만한 곳이었다. 이에 내려와서 그곳을 찾으니 곧 호공의 집이었다. 이에 속이는 꾀를 써서 숫돌과

숯을 몰래 집 주위에 묻고 이튿날 이른 아침에 그 집 문 앞에 가서 말했다. "이것은 우리 조상 때의 집이오." 호공은 그렇지 않다 하고 서로 다투었으나, 결단을 내리지 못하여 이에 관가에 고했다. 관가에서는 동자에게 물었다. "이것이 너의 집이라는 걸 무엇으로 증거를 대겠느냐?" "우리는 본래 대장장이였는데, 잠시 이웃 고을에 나가 있는 동안 다른 사람이 빼앗아 살고 있으니, 땅을 파서 조사해봅시다." 그 말대로 땅을 파보니, 과연 숫돌과 숯이 나왔으므로 이에 그 집을 빼앗아 살게 되었다.

▶ 삼국사기: 탈해는 처음에 고기잡이를 업으로 삼아 어미를 공양하되, 조금도 게을리 하는 기색이 없었다. 어미가 말하기를, "너는 보통 사람이 아니다. 골상이 특수하니 학문에 종사하여서 공명을 세워야 한다." 하였다. 학문에 전력하고 겸하여 지리를 알게 되었는데 양산 아래 호공의 집을 바라보니 길지(吉地)이므로 꾀임수를 써서 빼앗아 살았다. 그 땅이 뒤에 월성이 되었다.


**【탈해의 혼인】**

▶ 삼국유사: 이 때 남해왕은 탈해가 지혜 있는 사람임을 알고 맏공주로 아내를 삼게 하니 이가 아니 부인이었다.

▶ 삼국사기: 남해왕 5년에 이르러 그의 어짊을 듣고 그 딸을 아내로 삼게 하였다. 7년에 등용하여 대보로 삼고 정사를 위촉하였다.


**【이름에 대한 유래】**

▶ 삼국유사: 노례왕이 세상을 떠나니 광무제 중원 2년 정사 6월에 탈해는 왕위에 올랐다. 옛날 내 집이라 해서 남의 집을 빼앗은 까닭으로 성을 석씨라 했는데, 어떤 이는 까치로 말미암아 궤를 열게 되었으므

로 작(鵲)자에 조(鳥)를 떼어버리고 성을 석씨라 했고, 궤를 열고 알을 벗고서 나왔기 때문에 이름을 탈해라 했다 한다.

▶ **삼국사기**: 어떤 이가 말하기를 "이 아이는 성씨를 알 수 없으나 처음 독이 떠내려 올 때, 까치 한 마리가 울며 따랐으니 작(鵲)의 한 편을 생략하여 까치로 성을 삼고, 또 얽어맨 독 안에서 풀려나왔으니 이름을 탈해라 하는 것이 마땅하다." 하였다.

### 【탈해의 죽음과 그 이후】

▶ **삼국유사**: 왕위에 있은 지 23년 만인 건초 4년 기묘에 세상을 떠났다. 소천구에 장사지냈더니 그 후의 신(神)이 명하기를, "내 뼈를 조심해 묻으라" 했다 한다. 파내어보니 그 두골(頭骨)의 둘레는 세 자 두 치나 되고, 신골(身骨)의 길이는 아홉 자 일곱 치나 되고, 이는 엉켜 뭉쳐져 있어 하나로 된 듯하고, 골절은 모두 연이어 맺어져 있었으니 천하에 짝이 없는 力士의 골격이었다. 뼈를 부수어 소상을 만들어 대궐 안에 안치했더니 신이 또 일렀다. "내 뼈를 동악에 안치하라." 그러므로 그곳에 모시게 했다.

▶ **삼국사기**: 24년 가을 8월에 왕이 돌아가니 성 북쪽 양정 언덕에 장사지냈다.

두 텍스트는 모두, 탈해 임금이 외국에서 알로 태어나 버림받아 독이나 궤에 넣어져 배를 타고 신라로 흘러 들어오게 되었으며, 바닷가에서 노파를 만나 도움을 입고 호공을 속인 뒤 그 집을 빼앗아, 남해왕의 사위가 된 후 왕위에 오른다는 공통적인 서사 내용을 갖고 있다. 이러한 서사 내용이 실제 사실이냐 아니냐의 문제는 논외로 하더라도, 이와 같은 내용은 두 텍스트의 서술자가 참조할 수 있었던 역사적 문헌이나 설화에서 공통적으로 인정하는 서사의 골격이라고 할 수 있다. 그런데 이러한 재현 대상을 중개하면서 서술자는 자신의 가치를 드러내고 독자에게 그러한 가치가 전달될 수 있도록 하는 전략을 구사한다.

우선 서사 구성의 차원에서 그 차이를 살피면 다음과 같다. 〈삼국유사〉는 탈해가 붉은 용의 호위로 계림에 왔으며, 계림에 온 지 단 7일만에 노파로부터 독립하였고, 죽은 뒤에도 신이한 행적을 보였다는 것을 재현 대상이 되는 사건으로 다루었다. 이에 비해 〈삼국사기〉에서는 탈해가 탄 배는 정처 없이 흘러가다 우연히 신라에 이르게 되었고, 탈해가 노파를 떠나 곧 독립한 것이 아니라 오랫동안 노파에게 양육되었으며 노파에게 극진한 효를 행했다는 것, 그리고 죽고 난 후로도 신이한 행적은 없었다는 것을 서사 내용으로 삼고 있다. 이렇게 두 텍스트의 서술자는 탈해 이야기의 기본 골격은 유지하되 사건을 선택적으로 구성한다. 이로 인해 탈해는 독자에게 전혀 다른 인물로 수용될 수 있다. 〈삼국유사〉의 탈해가 초현실적 존재에 이끌려 계림에 와서 계속 신이한 행적을 행하는 왕이 되고, 죽고 난 뒤에도 신으로 추대된 신적인 존재인 데 반하여 〈삼국사기〉의 탈해는 버려진 자식으로서 온갖 고생을 다하다가 그 덕성으로 인하여 왕위에 오를 수 있었던 성공한 인간일 뿐이다.[74]

서사세계 내에 공통적으로 존재하는 사건이라고 할지라도 얼마나 긴 분량으로 서술하느냐에 따라서 그 맥락적 중요성이 달라진다. 탈해가 속임수로 호공의 집을 빼앗았다는 것은 두 텍스트의 공통적인

---

[74] 그의 탄생이 기이하다고는 하지만 〈삼국사기〉의 서술자는 왕족으로서 신이한 탄생의 과정을 탈해의 입으로 직접 말하게 하지 않음으로써 그 진실성 여부를 의심하는 태도를 드러내기도 한다.

사건이다. 〈삼국유사〉에서는 그 과정을 매우 밀도 있게 묘사하고 있다. 호공의 집을 탐내게 된 과정, 속임수의 구체적인 내용, 관아에서 판결을 내리는 내용 등을 포함하여 호공과 관련된 일들이 처음, 중간, 끝을 가진 독립적인 일화의 성격을 가질 정도로 자세히 서술하고 있다. 그러나 〈삼국사기〉에는 학문을 통해 지리를 알게 된 탈해가 호공의 집을 사기로 빼앗았다는 내용이 매우 짧게[設詭計 以取而居之] 서술되어 있다.

이러한 서술은 사건과 사건 사이의 의미 연관에도 영향을 끼치게 된다. 〈삼국유사〉에서는 호공과의 일에서 탈해의 지략[智]을 확인한 남해왕이 그를 사위로 맞아들이게 되었다고 하는데, 〈삼국사기〉에서는 남해왕이 탈해를 사위 삼은 까닭을 그의 어짊[仁]에 있는 것으로 설정하고 있다. 이처럼 〈삼국유사〉의 서술자는, 호공과의 일을 자세히 서술함으로써 탈해의 지략을 부각시키고, 그로 인해 왕의 사위가 되었다는 인과 관계를 설정하는 데 비하여, 〈삼국사기〉의 서술자는 호공과의 일이 이미 정설로 굳어졌기 때문에 생략하지는 않았으나, 탈해의 속임수는 지리의 이로움을 안 그가 어쩔 수 없이 행한 일로 취급되며, 탈해는 원래 고기잡는 일과 노모를 공양하는 일을 게을리 하지 않았던 것처럼 성실하고 효성스러운 인자(仁者)였기 때문에 남해왕의 사위가 된 것으로 나타난다.[75]

이렇게 공통된 서사 내용을 다루면서도 서술자가 독자에게 무엇을 보게 하느냐, 사건과 사건의 관계를 어떻게 설정하느냐 등에 따라 독

---

75 덧붙여, 석탈해의 성인 석(昔)에 대해서도 해석이 달라짐을 확인할 수 있는데, 〈삼국유사〉는 호공이 살았던 집을 탈해가 자기 옛날[昔] 집이라 하여 빼앗았기에 그렇게 한 것이라고 해석하고, 까치와 관련된 이름의 유래를 혹자의 의견으로 덧붙였다. 〈삼국사기〉는 호공의 일을 축소하여 독자에게 중개한 것과 같은 맥락에서 석씨의 유래가 속임수에 있다는 견해를 문면에 드러내지 않는다.

자에게 전달되는 가치는 달라진다고 할 수 있다. 〈삼국유사〉의 독자는 초현실적 존재인 탈해와 같은 인물이 세상에 존재할 수 있다고 믿으며 눈에 보이는 현실이 전부가 아니라 초현실적인 세계의 개입을 당연시하고, 초현실적인 출생과 신이한 행적을 보이는 신적인 영웅이 지배자가 되는 것을 가치화할 수 있다. 한편, 〈삼국사기〉의 독자는 버려진 자식이 성공할 수 있었던 배경에는 학문과 덕성이 존재함을 깨닫고 학식 있고 어진 사람이 되기 위해 스스로를 독려할 수 있으며, 지배자는 어진 존재임을 믿을 수 있을 것이다. 이처럼 두 텍스트 모두 서술자가 직접 나서서 논평을 하는 내용은 없지만 독자에게 재현 대상을 중개하면서도 자신의 가치 판단을 드러내고, 독자에게 가치를 전달하며, 나아가 독자에게 가치를 감화시키고 있음을 확인할 수 있다.

탈해의 인생 자체는 사건의 덩어리일 뿐이지만 이렇게 두 텍스트의 서술자는 이를 이야기로 만들면서 가치를 부여하고 의미를 구성할 수 있었다. 이야기는 도덕 언어와 달리 ‘도덕적 행위를 해야 한다’는 당위로 도덕을 강요하지는 않는다. 그렇지만 서술자는 독자에게 재현 대상이 되는 사건을 자신의 가치 판단에 따라 선택적으로 중개하면서 독자의 가치 판단을 정향한다. 여기서 살펴본 것은 역사적인 서사물이지만 소설의 경우도 재현 대상을 서술자의 가치 판단에 의해 선택하고 구성한다는 점은 매한가지이다. 더욱이, 소설의 서술자는 ‘사실을 전한다[述而不作]’는 역사 기록자의 의식에 구애받을 필요가 없기 때문에 사건 자체를 창조해 낼 수 있을 뿐만 아니라, 직접 문면에 나서서 서술자의 가치 판단을 드러내며 독자를 설득하기도 하고, 가치 대상을 미화하며, 특정한 가치를 지향하는 인물에 대해 독자가 공감을 할 수 있도록 하는 등 역사 서술자에 비해 다양한 서술의 전략을 구사할 수 있다.

결론적으로, 소설은 가치 주체인 서술자에 의해 사건이 중개됨으로써 가치 감화적인 기능을 행한다. 도덕 언어를 명제화된 규범의 형태로 표현된 것에 한정하는 것이 아니라, 타인의 동의를 이끌어내며 가치 감화 작용을 하는 모든 언어로 확장시켜 본다면, 특정 가치 내용을 주장, 호소, 설득하는 소설의 언어는 가치 감화적인 도덕적 기능을 행하는 도덕의 언어로 이해할 수 있다. 특히 소설의 서술자는 독자의 감정을 조정하고 심리적 압력을 가하는 권위를 가지고 있으며, 그러한 서술자의 권위는 소설에서 매우 미묘하고 복잡한 방식으로 실현된다. 이처럼 소설은 가치 감화의 다양한 방식을 계발하며 축적해 온 문화적 산물이기에 가치에 대한 민활한 감수 능력을 기르는 유용한 자료이자 가치 감화 작용을 성찰적으로 비판하는 훈련의 자료가 될 수 있으며, 나아가 자신의 가치를 타인에게 설득시키기 위한 참조 자료로서 유의미하다고 할 수 있다.


## (5) '도덕적 상상력'에 의한 가치 판단

'도덕적 상상력(moral imagination)'은 논자마다 다른 의미로 사용되는 모호한 용어이기에 그 용례를 살피면서 이 용어의 외연과 내포를 확인하고, 이 연구에서의 용법을 정리할 필요가 있다. 정재찬이 지적한 바와 같이 '도덕'이라는 의미가 주로 도덕적 추론과 관련된 인지적 활동을 의미하며, '상상력'은 정의적 활동에 속하는 것으로 취급되기에,[76] 도덕과 상상력을 결합시킨 이 용어가 지시하는

---

[76] 정재찬, 앞의 글, 42면.

활동의 성격이 어떠한 것인지 분명하지 않다. 그래서 논자들은 도덕적 상상력을 다양한 용법으로 사용해왔는데, 선행 연구들이 밝힌 도덕적 상상력의 의미와 기능은 다음과 같이 세 가지로 정리할 수 있다.

첫째, 도덕적 상상력은 인간 행동이나 사회 현상 배후의 도덕적 법칙이나 진리를 상상을 통해 파악하는 능력으로, 인간을 인간답게 하고 가치의 혼돈 상황에서 도덕적 법칙과 진실을 감지하게 하며, 그에 따르고자 하는 힘과 도덕적 용기를 배양한다. 이러한 의미의 도덕적 상상력을 옹호하였던 이는 미국 보수주의의 대표적인 석학인 키르크(Russell Kirk, 1918~1994)이다.[77] 그에 따르면, 도덕적 상상력은 인간의 나약함과 죄 많은 본성에도 불구하고 인간을 도덕적 존재로 만들어주는 힘이며, 그것은 결국 인간이 신의 형상으로 창조된 존재임을 깨닫는 것이라고 한다.[78] 기독교적인 보수주의를 표방하는 그의 논의는 도덕적 혼란과 무질서와 야만, 특히 교실에서조차 목숨이 위태로운 현재 미국의 상황에서, 마치 몸에 영양분을 공급하듯이, 진선미(眞善美)에 대해 분별하게 해주는 문학을 마음의 양식으로 읽히는 교육적 실천을 중시하는 인격교육의 주요한 철학적 근거가 되고 있

---

77 '도덕적 상상력'이라는 용어는 키르크가 처음 사용한 것은 아니다. 이 용어는 근대 보수주의의 태두인 에드먼드 버크(Edmund Burke: 1727~1797)에 의해 만들어진 신조어인데, 키르크가 이를 자신의 이론의 핵심 개념으로 차용하였다.(Vigen Guroian, "Moral Imagination, Humane Letters, and the Renewal of Society", Heritage Lecture #636, May 12, 1999, http://www.heritage.org/Research/PoliticalPhilosophy/HL636.cfm) 키르크의 대표적인 저서로, The Conservative Mind(1953), The Roots of American Order(1974) 등이 있으며, 사후에도 그의 영향력은 The Russell Kirk Center for Cultural Renewal(http://www.kirkcenter.org/ Kirk Center)를 통해 지속적으로 확인된다.

78 James E. Person, *Russell Kirk: a critical biography of a conservative mind*, Madison Books, 1999.

다.[79] 인격교육의 유용한 교재를 펴낸 베넷이 미국의 교육부 장관을 역임하였음을 볼 때, 이 의미의 도덕적 상상력이 갖는 위상을 짐작할 수 있다.

둘째, 도덕적 상상력은 도덕 원리를 상상적으로 구체화하여 적용하는 능력으로 정의되며, 추상적인 도덕 원리를 구체적이며 특수한 도덕적 상황에 적용할 수 있게 돕는 기능을 한다. 아무리 보편적인 도덕 원리가 있다고 하더라도 고유의 맥락을 갖고 있는 특수한 상황에서 이 원리는 구체화되어야 적용 가능하다. 이러한 입장에서는 상상력 없는 공허한 이성과, 이성이나 원리에 의해 뒷받침되지 않는 맹목적 상상력을 비판하면서 상황의 특수성에 따라 도덕 원리가 융통성 있게 적용되어야만 도덕적 판단과 행위가 가능해짐을 강조한다. 이러한 의미의 도덕적 상상력은 도덕 원리를 구체화하는 데 필요한, 특수한 상황에 대한 침잠된 앎과 민활한 감수성, 개별 상황에 처한 인간에 대한 공감 능력을 구성 요소로 갖는다. 문학교육에서 도덕적 상상력을 강조하면서, 도덕적 상상력의 목표는 "특정 개인과 그 문화적 맥락 사이에 주고받는 상호 작용에 집중하는 데 있다."[80]라고 설명하는 것도 바로 도덕 원리를 구체적인 상황 맥락에 적용할 때 필요한 도덕적 상상력의 기능에 초점을 맞추고 있는 것이다.

셋째, 도덕적 상상력은 특정한 도덕적 상황에 대해 다양한 가능성

---

[79] William J. Bennett의 *The Book of Virtues: A Treasury of Great Moral Stories, The Moral Compass: Stories for a Life's Journey, The Children's Book of Heroes*라는 제목의 책과 전통적 기독교 휴머니즘에 기대어 도덕적 상상력에 대한 논의를 펼치는 Vigen Guroian의 *Rallying the Really Human Things: The Moral Imagination in Politics, Literature, and Everyday Life*, "Awakening the Moral Imagination: Teaching Virtues Through Fairy Tales." The Intercollegiate Review(fall, 1996)의 책 및 논문이 대표적이다.

[80] 정재찬, 앞의 글, 51면.

들을 상상적으로 구성하는 능력으로서 사려 깊은 가치 판단을 가능하게 한다.[81] 이러한 의미의 도덕적 상상력은 판단을 유예하고 다양한 가능성을 상상적인 차원에서 실험하는 활동(rehearsal), 상황에 적합한 창조적 대안을 창출하는 활동을 의미한다. 존슨이 이러한 의미에서 도덕적 상상력에 대한 논의의 주요 근거가 되고 있지만,[82] 그 연원은 듀이로 거슬러 올라갈 수 있으며, 그에 따라 현재 프래그마티즘 윤리학에서 이 기능이 집중적으로 탐색되고 활용된다.[83] 최근에 다양한 경영, 과학 기술, 의료 등의 영역에서 강조되고 있는 것도 바로 이러한 의미의 도덕적 상상력이다.[84] 경영자나 과학기술자, 의료 종사자 등은 자신이 의도하지 않은 유해한 결과를 초래할 가능성이 있다. 그런데 도덕적 상상력은, 행위자가 연구하고, 의사 결정한 바가 누구에게 어떤 이로움과 해로움을 가져올지 사려 깊게 생각해 볼 수 있게 하며, 자기 앞에 놓여 있는 문제에 대하여 일반화된 법칙이나 수행의 모델을 그대로 따르기보다는 특수한 상황 조건 안에서 새로운 가능성을 발견하고 평가할 수 있게 하기에 전문가들의 의사 결정 과정에 필수

---

**81** 이러한 의미의 도덕적 상상력은 상당 부분 앞서 논의한 '도덕 원리를 상상적으로 구체화하여 도덕적 상황에 적용하는 능력'과 공유하는 영역을 갖는다. 그럼에도 두 용법을 따로 논하는 까닭은 도덕 원리의 확고한 존재성에 대하여 두 입장이 시각을 달리하기 때문이다. 둘째 의미의 도덕적 상상력을 강조하는 입장에서는 도덕 원리나 규범의 실재성에 대한 신념을 갖지만 셋째 의미의 도덕적 상상력에 방점을 두는 입장에서는 보편적 도덕 원리나 사회적으로 실재하는 규범을 선험적인 것으로 간주하지 않고 하나의 가능성으로 여긴다.

**82** 존슨은 도덕적 의사 결정은 도덕적 상상력에서 비롯된다고 한 바 있다(Mark Johnson, *Moral Imagination; Implications of Cognitive Science for Ethics*, University of Chicago Press, 1993, ix~x).

**83** Steven Fesmire, *John Dewey and Moral Imagination: Pragmatism in Ethics*, Indiana University Press, 2003, 4장 참조.

**84** 대표적인 논의로 Patricia H. Werhane, *Moral Imagination and Management Decision-Making* (Oxford University Press, 1999, 90~111면) 참조.

적인 요소라는 것이다.[85]

　이 연구에서는 주로 셋째 의미의 도덕적 상상력의 의미와 기능을 취하여, 도덕적 상상력을 도덕적 문제에 대한 가능한 해법의 가능성을 상상을 통해 모색하고 판단하는 능력이라고 규정하겠다. 이러한 관점의 도덕적 상상력에서 도덕 원리는 선험적으로 전제되지 않는다. 도덕적 상상력은 상황에 의해 주어지거나 수행의 정신적인 모델에 제한 받지 않으며, 규칙 지배적인 관심이나 일련의 규칙에 의해 틀 지워지지 않은 가능성을 발견하고 평가하는 능력이기 때문이다.[86] 이처럼 가치 문제에 대한 상황맥락적이며 창조적인 대안의 창출을 위해 필요한 도덕적 상상력은 도덕 원리를 판단 근거로 삼지 않는다는 점에서 도덕적 추론 과정과 차이를 갖는다. (1) 현상적 가치 문제, (2) 도덕 원리, (3) 가치 판단의 삼단 구성의 논리적 체계를 갖는 도덕적 추론의 과정에는 상상이 개입될 여지가 없다. 예를 들면, '부의 불평등한 분배'라는 문제적 상황이 있다고 할 때, 이에 대한 도덕적 판단은 다음과 같은 추론 과정을 통해 행해질 수 있다. 먼저, 규범주의 윤리학에서는 이를 명제화하여 논증하는 방식으로 접근한다.

　　① 한국의 부는 현재 국민들간에 불평등하게 분배되어 있다.
　　② 따라서 현재 한국의 부의 분배는 도덕적으로 그르다.

---

**85** 윤건영은 정보사회의 윤리교육에서 도덕적 상상력의 함양이 필요하다고 논한 바 있는데, 자신이 취할 수 있는 여러 행위의 결과가 윤리적인 것인지, 비윤리적인 것인지 식별해 내는 능력이라고 도덕적 상상력을 규정하는 그의 논의 역시 이 분류에 해당한다(윤건영, 「정보사회에 윤리교육 목적으로서의 도덕적 상상력」, 『동서철학연구』 20, 한국동서철학회, 2000).

**86** Patricia H. Werhane, 위의 책, 90~93면.

①은 사실적 명제이다. 사실적 명제는 실험, 관찰, 연구에 의해 뒷받침되어 그것이 옳거나 그르다는 것을 증명할 수 있다. ②는 도덕적 기준에 의한 가치 판단을 나타내는 규범적 명제이다.[87] 그런데 도덕철학은 사실적 명제로부터 규범적 명제가 도출될 수 없다고 하며, 규범적 명제에 이르기 위해서 도덕적 원리가 분명히 드러나야 한다고 한다. 위 예에서 도덕적 원리가 될 수 있는 것은 '한 나라의 불평등한 부의 분배는 그르다'라는 명제이다.[88] 이 역시 도덕적 명제이지만 ②의 구체적 상황에 대한 판단에 이르기 위한 도덕적 가정이 되며, ②의 주장을 정당화시키는 논거가 된다. 이에 따라 완전한 도덕적 논증을 만들면 다음과 같다.

> ① 한국의 부는 현재 국민들 간에 불평등하게 분배되어 있다.
> ② 한 나라의 불평등한 부의 분배는 그르다.
> ③ 따라서 현재 한국의 부의 분배는 도덕적으로 그르다.

도덕적 논증 과정에 있어서 가장 중요한 것은 ②와 같이 규범성, 공평성, 우선적 중요성, 권위로부터의 독립성의 특성으로 명제화될 수 있는 도덕적 원리이다. ③과 같은 가치 판단은 이 원리를 바탕으로 논리적으로 도출되는 것으로 취급된다. 따라서 원리 중심적 추론에 있어서 가치 문제의 판단이나 해법의 가능성은 상상을 통해 탐색될 필

---

[87] 사실적 명제와 규범적 명제의 의미와 그 예에 대해서는 C. E. Harris, Jr., *Applying Moral Theories*(Wadsworth Publishing Company, 1986, 김학택·박우현 역, 『도덕이론을 현실문제에 적용시켜보면』, 서광사, 1994, 24면) 참조.

[88] 이러한 도덕적 명제에 동의하거나 동의하지 않을 수 있다. 여기서 논하려 하는 것은 이 명제의 정당성이 아니라 도덕적 논증이 효력을 갖기 위해서는 주장에 함축된 도덕적 가정으로서 이 명제가 전제되어야 한다는 사실이다.

요가 없는 것이다. 존슨은 이러한 원리 중심의 추론과 그것을 통한 가치 문제에 대한 판단을 도덕적 추상주의라고 명하고, 도덕적 추상주의는 인간 이성의 복합적인 상상적 구조를 갖고 있다는 점, 그에 따라 주어진 상황에 대한 각기 다른 유효한 대안적 해석이 존재한다는 점 등을 간과했다고 비판하였다.

존슨은 도덕 원리에 의한 판단이 아니라 그것을 미리 상정하지 않는 도덕적 판단의 상상적 요소들을 중시한다. 그가 논한 상상적 요소들에는 원형적 경험(the prototype structure of concepts), 은유 도식(metaphor), 상황의 틀짜기(framing of situation), 서사(narrative) 등이 있다. 존슨은 이러한 상상력의 작용기제들은 도덕적 문제를 발견하고 해석하며 탐구하고 도덕적 판단을 내리는 데 필수적이라고 한다. 그렇다면 '사회의 경제적 정의'라는 동일한 사안에 대해 도덕적 판단을 내릴 때 이러한 상상적 요소가 어떻게 작용하는지 파악해보도록 하겠다.

존슨은 도덕적 상황에 처했을 때 대부분의 사람들은 추상적인 도덕 원리를 현실 상황에 적용시키는 추론을 행하는 것이 아니라, 자신의 원형적인 경험을 떠올리며 구체적 상황을 이해하는 경향이 있다고 한다. 이를테면, 부모로부터 다른 형제들보다 더 적은 양의 사탕을 받아 억울했던 경험이 사회 정의를 이해하는 원형적 경험이 될 수 있다는 것이다. 또, 우리가 처한 도덕적 상황은 그 자체의 현실로 존재하는 것이 아니라 기존에 우리가 갖고 있는 인지 도식에 의해 개념화되어 받아들여진다. 이처럼 도덕적 상황을 인식가능한 모델로 구성하는 것이 바로 '상황의 틀짜기'이다. 이러한 인지 활동 역시 순수한 이성적 추론에만 근거하는 것이 아니라 상상적 구조를 갖는다. 그리고 우리는 사회의 경제적 정의와 관련된 수많은 은유를 가지고 있다. 예를 들면, '유전무죄 무전유죄(有錢無罪 無錢有罪)'와 같은 상용구나 '가난 구제는 임금도 못 한다'는 속담 등은 경험의 해석을 정향해주는 인지적 도식의 기초가 된다는 것이다. 또, 우리는 공통된 서사적 유산으로서 흥부와 놀부의 이야기를 알고 있다. 가난하지만 착한 흥부가 복 받고, 동생의 재산을 가로채고 약재[제비]를 괴롭히며 부를 축적한 놀부가 벌을 받는다는 인과응보의 서사는 도덕적 판단의 가능성을 예시해줌으로써 도덕적 주장의 가정을 풍부하게 하는 데 기여한다.

이처럼 도덕적 판단은 실천 이성의 요청에 따르는 도덕적 추론만으로 이루어지는 것이 아니라 상상적인 요소를 갖는 인지 방식과 결합되어 행해진다. 그런데 이러한 상상적 요소는 개별 주체의 자의적인 환상과는 구별된다. 원형적 경험, 상황의 틀짜기, 은유 도식, 서사 등의 도덕적 상상력의 요소들은 사회적으로 구성된 것이며, 공동체의 문화적 전통에 기반하고 있는 것이기 때문이다. 따라서 개인의 도덕적 상상에 의해 행해지는 가치 판단도 지나치게 사적이며 상황에 따라 우연적으로 결정되는 것이 아니라 사회적으로 구성된 정신적 구조와 관련되는 것이며, 그에 따라 도덕적 상상력은 개인의 자의적 환상(fantasy)과는 다른 공적인 것이 된다고 할 수 있다.

이렇게 우리의 가치 판단에 상상적인 요소가 개입되어 있으며, 도덕적 상상력이 공동체의 문화에 기초하고 있는 공공적인 것이라고 할 때, 문학의 중요성을 다시 확인할 수 있다. 한 문화공동체가 소유한 문학은 성원들의 도덕적 상상을 가능하게 해주고 확장하게 해주는 역할을 하기 때문이다. 문학은 다양한 삶의 국면의 원형적 경험을 담고 있으며,[89] 풍부한 은유 도식과 방대한 서사를 갖고 있다. 우리의 가치 판단이 이러한 문학을 자원으로 하는 상상력을 통해 이루어진다면,

---

[89] 특히 아동문학의 경우 그러하다. 이러한 관점에서 아동에게 원형적 경험을 제공할 수 있는 아동문학의 역할이 재조명되어야 할 것이다.

문학교육의 중요성은 매우 크다고 할 수 있다. 한 사람이 무엇을 원형적 경험으로 간직하고 있느냐, 어떤 은유 도식을 갖고 있느냐, 어떤 서사를 아느냐 하는 것은 그 사람이 어떤 인생을 사느냐와 매우 긴밀하게 연관되는 사안이기 때문이다.

소설에 한정해 논하자면, 소설은 가치 문제의 창조적인 해법을 제시함으로써 우리의 도덕적 상상력을 확장하는 데 기여한다고 할 수 있다. 서사적 추론을 행하여 가치 문제를 사려 깊게 탐구한 결과, 소설은 현실에 존재하는 가치를 그대로 재생산하여 표상하는 것이 아니라 특수한 인물이 처한 상황에서 비롯된 가치 문제에 대하여 초월적인, 그러나 현실에 존재하는 가치보다 더욱 가치로운 것으로 여겨질 수 있는 해법을 창출하여 결말로 제시한다. 즉, 소설은 기존의 가치체계로는 설명되지 않는 인물이나 그 체계 속에 포함되지 않는 상황을 드러내면서 기존 가치를 문제시하는 한편, 현실의 규범에 따르지 않는 자아와 세계의 새로운 관계를 내함한 가치 판단을 행하는 것이다. 이로 인해 독자는 소설의 가치 판단을 자기 삶의 새로운 가능성으로 수용하며 도덕적 상상력의 지평을 확장시키게 된다.

한편, 소설 자체도 도덕적 상상력의 산물이다. 소설의 판단으로서 결말은 비록 도덕 원리에 의해 정당화되는 것은 아니지만 작가의 환상의 산물이 아니라 공공의 상상적 구조인 서사가 지니는 내적 합리성에 바탕을 두고 있다. 또, 소설은 소통을 그 본질적 속성으로 하기 때문에 독자와 공유할 수 있는 가치를 제안한다. 이러한 점으로 인하여 소설이 사려 깊게 탐구한 가치 문제에 대한 해법은 작가의 독단적이고 자의적인 상상력의 소산이 아니라 공동체의 상상력에 바탕을 두고 있는 것이자 公衆과의 소통을 위한 것이라고 이해할 수 있다. 이처럼 소설의 가치 판단이 갖는 공공적 성격은 소설의 상상력에 '도덕적'

이라는 수식어를 붙일 근거가 된다. 이로 인하여 소설은 '현실의 도덕을 초월하지만 도덕적인' 상상력의 산물이 될 수 있다.

소설이 상상을 통해 가치 문제를 파악하고 탐색하는 목표는 가치 판단을 위해서이다. 따라서 특수한 상황의 행위자에게 닥친 가치 문제에 대한 도덕적 상상력은 결말의 가치 판단을 위해 소용되며, 가치 문제에 대한 사려 깊은 탐구의 자취는 결말 부분에 와서 그 결실을 맺는다. 가치 문제에 대한 상황맥락적이며 창조적인 대안으로서 소설의 결말은 우리 삶의 가능성을 확장시키는 기능을 행한다. 이러한 소설의 상상력은 공동체의 상상적 기제인 서사적 합리성에 바탕을 두고 있으며 소통을 전제한 공적인 것으로서 특정 작가의 창조성을 넘어서는 공공성을 갖는 것으로 이해할 수 있다. 따라서 도덕적 상상력을 중시하는 가치교육적 관점에서 소설은, 우리가 겪을 수 있는 가치 문제를 실험하고 그 해법을 진지하게 탐색한 한 모델이자 우리의 가치 판단의 가능성을 미리 가늠해 볼 수 있는 실험장으로서 취급되어야 할 것이다.


## 3) 소설의 가치 형상화 방식

### (1) 가치 문제의 제재화

이 항의 내용은 도덕적 지혜를 바탕으로 가치 문제를 발견하는 소설의 속성과 관련된다. 앞서 논하였다시피, 소설은 감각적인 현실로부터 개념적인 가치 문제를 취하여 작품에 반영한다. 여기서는 이러한 반영이 어떤 과정을 거쳐 이루어지는지 리얼리즘 문학론에 기대어 논의하고, 반영 과정을 통해 소설에 제재로 형상화된 가치 문제가 구체와 추상, 특수와 보편, 현상과 개념의 통합인 전형적인 상황으로 드러남을 밝히겠다.

소설은 가치 문제를 현실에서 포착하여 언어적 형상을 부여한 후 다시 현실의 독자에게 되돌려준다. 이 구조는 매우 복잡한 것이기 때문에 자세히 고찰해 볼 필요가 있다. 우선 현실적 환경에 속하며 사회적 역할을 수행하는 가치 주체인 작가가 있다. 이 작가는 현실을 살아가면서 자신의 특수한 이데올로기적 관점과 결부된 도덕적 지혜로 현실의 가치 문제를 발견한다. 작가는 이 문제를 거울처럼 작품에 반영하는 것이 아니라 자신의 가치 의식에 따라 굴절시키는 한편, 언어로 형상화하는 과정에서 변형시켜 소설의 가능세계 안에서 유의미한 탐구 대상으로 삼는다. 그리고 이렇게 탐구된 현실의 가치 문제는 독자에게 읽힘으로써 다시 현실 세계로 귀속된다. 이러한 과정에 대해 루카치는 강(江)의 비유를 활용해 설명한 바 있다.

일상생활을 하나의 거대한 강으로 상상해 본다면, 현실을 보다 고차원적으로 수용히고 재생산하는 과하과 예술은 이 강으로부터 갈라져 나와 이 강과 그 성격을 달리하게 되는데, 이것들은 자신의 고유한 목적에 따라 발전해 간다. 그리고 이것들은 사회생활의 필요에 의해 생긴 자신의 특성에 따라서 자신의 순수한 형식을 획득하게 되며, 결국에 가서는 각자 인간생활에 대한 영향이란 방식으로 일상생활의 거대한 강에 다시 합류하게 된다. 인간정신의 가장 탁월한 성취들에 의해 끊임없이 풍부해지는 이 거대한 강은 이것들을 받아들였다가 (…) 또다시 새로운 문제와 요청들의 보다 고차원적인 객관적인 형식들로 분리시킨다.[90]

이 설명은 현실의 가치 문제로부터 시작된 예술이 이 문제를 소설적으로 탐구하여 다시 현실의 가치 문제를 보는 인식틀로 작용하는 과정을 강의 이미지를 동원하여 쉽게 이해시킨다. 그러나 이러한 비유적 설명을 통해 소설의 반영론, 전형 이론, 문학생산이론 등을 단순화시켜 이해하는 것은 분명 한계가 있다. 이러한 과정에는 수많은 논의가 얽혀 있으며 논쟁이 되는 사안도 허다하기 때문이다. 특히 반영론은 이데올로기 주체로서 작가의 문학 생산 과정을 무시한 채 반영 과정을 수동적인 것으로 취급하고, 언어의 매개성을 간과하며, 본질과 현상이라는 형이상학적 이분법에 바탕을 둔 것이라는 비판을 받기도 한다. 본고는 기본적으로 위 인용문이 그려내는 루카치의 시각에 동의하면서 반영론에 대한 비판적 시각을 반영론을 정교하고 풍부하게 하는 계기로 수용하겠다.

'반영(Wierspiegelung)'이 객체를 수동적으로 모사하며 주체의 능동성을 무시하는 것은 아니다. 반영은 "감각에 대한 물질적 세계를 수동적으로 수용하는 것이 아니라 오히려 실천적, 이론적 관심에 의해 인도되는 주체가 감각과 사유를 매개로 하여 특정한 대상을 일정한 목표지향과 선택하에서 정신적으로 획득하여 재생산하는 능동적인 활동"[91]이다. 이처럼 반영 과정에는 주체에 의한 변형 과정이 포함되기에 반영 이론이 문학 생산자의 특수한 의미화 실천 행위의 중요성을 간과하는 것은 아니라고 할 수 있다. 그리고 문학의 반영적 특성에 관심을 기울인 바흐친은 예술 언어로 인한 현실의 변형적 반영을 '이중 반영', '매개적 반영'이라고 파악한 바 있다.[92] 소설은 현실을 반영하

---

**90** G. Lukács, *Die Eigenart des Ästhetischen*, 1963(김현돈, 「미학적 범주로서의 전형성과 총체성」, 『인문학연구』 1, 제주대학교 인문과학연구소, 1995, 244면 재인용).

**91** 김현돈, 앞의 글, 244면.

되, 언어라는 매개(medium)를 통해 반영한다는 것이다. 이러한 시각은 반영과정을 보다 정교하게 이해하게 하는 데 기여한다. 언어가 단지 현실의 가치 문제를 실어 나르는 것이 아니라 미디어로서 메시지적 속성을 갖고 있는 것이라면,[93] 현실은 언어의 매개 과정에서 또 한 번 변형 과정을 겪게 된다는 것이다.

그리고 반영론이 본질과 현상을 분리하는 형이상학적 이분법에 기초한다고 비판하는[94] 이글턴도 "이야기를 구성하는 것은 도덕적 질서를 구성하는 일"[95]이라고 하였다. 이야기 구성이 곧 도덕적 질서의 구성이라는 논리 역시 구체적인 것들로부터 개념적인 것을 만들어낸다는 것을 의미하기에 그 역시 어느 정도 형이상학적인 구분에 의존한다고 볼 수 있다.[96] 구체적인 현실에서 보다 개념적인 문제를

---

**92** 바흐친은 '다양한 사회·이념적 언어들의 예술적 묘사'라는 소설에 대한 개념을 바탕으로 실체로서의 현실에 대한 반영을 이야기하지 않고서도 작품 속에 현실의 생동하는 모습이 담겨져야 할 것임을 암시한다. 그러나 현실의 언어는 소설의 언어[담론]를 통해 예술적인 변형을 겪는다. 바흐친은 현실의 언어가 소설적인 언어형상으로 변형되는 과정을 다음과 같이 설명하였다. "다른 언어의 외부와 내부에서 한편으로는 그 언어에 대해 말하면서 동시에 다른 한편으로는 그 언어로써 말하는 능력을 보유한 채 타인의 말을 묘사할 수 있는 언어의 능력 덕분에, 그리고 묘사의 대상으로 기능하는 동시에 말하는 주체의 위치를 계속 견지할 수 있는 언어의 능력 덕분에 특수하게 소설적인 언어형상을 창조하는 일이 가능해진다."(Mikhail Mikhailovich Bakhtin, 앞의 책, 1988, 180면)

**93** Marshall McLuhan, *Understanding Media: The Extensions of Man*, 1965, 박정규 역, 『미디어의 이해』, 커뮤니케이션북스, 1997 참조.

**94** Terry Eagleton, *Marxism and Literary Criticism*, Methuen, 1976, 44면.

**95** Terry Eagleton, *Criticism and Ideology: A Study in Marxist Literary Theory*, New Left Books, 1976, 137면.

**96** 이글턴이 말하는 도덕적 질서는 "글쓰는 일만큼이나 불안정하고 잠정적인 것"이며, 도덕적 질서를 구성하는 글쓰기는 "이야기라는 미지의 세계로 나아가는 모험이 그 진로를 펼쳐감에 따라 끊임없이 구성되고 해체되는 허약하면서도 위험스러운 작업"이기는 하다(Terry Eagleton, 위의 책, 1976, 같은 면). 이렇게 이글턴이 '보편'이라는 것에 회의를 갖고 있기는 하지만 그 역시 구체적인 것과 개념적인 것의 구분이 전혀 없다고는 할 수 없다는 것이다. 그리고 이글턴의 논리에 따르면, 이야기 구성으로부터 도덕적 질서를

발견하고, 이를 다시 형상으로 변형한 후, 독자에게 통일적인 의미를 갖게 하는 반영론은 개념과 현상이라는 두 항 사이의 왕복 운동과 통합을 강조하였다. 개념을 역사 법칙, 진리, 물적 토대 등과 같이 과도하게 형이상학적인 것으로 설정하지 않는다면, 오히려 반영론은 현상과 의미의 변증법적 운동과 통일을 하게 하는 사유의 틀이 될 수 있다.

문학 작품의 제재는 날재료로 존재하는 현실의 소재와는 달리, 작품에 반영되어 형상화된 것을 말한다. 여기서 반영이란 현실의 객관적 소재가 작가의 의식에 그대로 반영된다거나 그것을 실어 나르는 언어적 재현 행위를 통해 작품에 반영된다는 의미로 이해할 수는 없다. 반영론이 통찰하였듯, 문학의 제재는 가치 주체인 작가가 언어를 매개로 하는 의미화 실천을 행하는 과정에서 주체에 의해, 그리고 언어에 의해 이중적으로 변형되어 의미를 부여받는 것이기 때문이다. 문학 작품을 도덕적 관심으로 대하여 예술 가치보다는 도덕적 가치를 발견하려는 이 연구의 관점에서 볼 때, 소설의 제재는 작가의 탐구 대상인 현실의 가치 문제가 형상을 취하여 문학 작품에 반영된 것으로 이해할 수 있다.

예를 들면, 개체의 욕구나 의지가 소속 집단의 가치와 갈등하는 가치 문제가 현실적으로 존재한다고 해보자. 가치 주체로서 작가는 이

---

형성하는 것은 작가의 이데올로기의 기능이다. 여기서 이데올로기란 "정형화된 신조를 가리키는 것이 아니라 개인이 스스로 체험한 경험에 의해 가지게 되는 정신적 상을 형성하는 모든 재현의 체계"(Terry Eagleton, 위의 책, 69면)를 의미한다. 이글턴은 이데올로기를 "우리가 살고 있는 사회의 권력구조와 권력관계에 관련되어 있다고 우리가 말하고 있는 방식들"(Terry Eagleton, Literary Theory: An Introduction, 김명환 외 역, 『문학이론입문』, 창작과비평사, 1994, 14면)이라고 하는데 이 관점에서 볼 때 개별 문학은 토대나 역사 법칙을 반영하는 것이 아니라 이데올로기 실천물, 의미화 실천이 된다.

를 문제적으로 파악하여 서사적 탐구의 대상으로 삼았다. 그러나 이 가치 문제는 문학 작품에 개념적으로 반영되지 않는다. 문학은 개념들을 모으지 않고 형상들을 모으기 때문이다.[97] 그래서 문학 작품은 가치 주체가 발견하고 재구성한 가치 문제를 〈이생규장전〉처럼 '주체적인 애정의 실현을 바라는 자식과 이를 권위적으로 금압하려는 부모의 갈등'이라는 '전형적 상황'[98]에 담아 낼 수 있었다.

이상의 논의에 따라, 본고에서 애정소설 제재의 가치 문제적 성격을 논할 틀을 마련하면 다음과 같다. 먼저 조선시대 애정소설이 터한 역사적 현실에서 개인과 세계의 불화가 일어날 수 있는 각기 다른 국면의 유형적인 가치 갈등의 문제를 점검하겠다. 작품이 생성된 역사적 현실을 바탕으로 제재의 문제 제기적 성격을 이해할 수 있기 때문에 이와 같은 과정을 반드시 거쳐야 할 것이다. 그런데 역사적 현실을 재구성하는 것은 수월치 않은 작업이다. 그렇지만 과거의 현실은 현재에 비해 비교적 고정된 대상이며, 가치 다원주의 시대인 현재와는

---

**97** Pierre Macherey, *Pour une theorie de la Production Litteraire*, 1966, 배영달 역, 백의, 1994, 73면.

**98** 사회적으로 의미 있는 가치 문제와 결합된 형상은 전형적인 상황이라고 부를 수 있다. 전형은 역시 리얼리즘 문학론의 개념으로 "구체적인 것과 합법칙적인 것이, 항구적–인간적인 것과 역사적으로 결정된 것이 객관적인 것과 사회적–일반적인 것이 통일"(G. Lukács, "EinfÜhrung in die ästhetischen Schriften von Marx und Engels", 김현돈, 앞의 글, 251면 재인용)된 것을 말한다. 그리고 루카치는 모든 위대한 예술의 목표는 현상과 본질, 특수한 상황과 법칙, 직접성과 개념의 대립이 해소되어 양 측면이 예술작품 속에서 자율적인 통일성으로 통합되어 나가고, 수용자에 대해서 분리될 수 없는 통일성을 형성하는 현실의 상을 제시하는 것이라고 하였다. 이 때 보편자는 개별자와 특수자의 특성으로 나타나고 본질은 현상 속에서 파악하고 체험할 수 있게 되며, 법칙은 표현된 개별 경우의 특수한 원인으로 제시된다(김재용, 「전형성을 획득하여 도식성을 극복하자 –80년대 후반 우리 소설의 반성과 90년대의 전망」, 실천문학 편집위원회, 『다시 문제는 리얼리즘이다』, 실천문학사, 1992, 184면). 이러한 전형의 관점에서 볼 때, 특수한 상황으로 문학 작품에 형상화된 제재로서 가치 문제는 이러한 전형의 특성을 갖추고 있다고 할 수 있다.

달리 이상적 가치 척도가 유교 경전(儒敎 經典)의 형태로 존재한다. 이로 인해 당대 현실의 가치 문제를 살피는 데 있어서 가치를 이념적 형태로 제시한 유학서들도 참조하고자 한다. 이를 바탕으로 애정소설의 제재가 구체적이고 특수한 형상이면서도 당대의 가치 문제를 함축하는 전형적인 것임을 드러내도록 하겠다. 덧붙여, 이러한 제재의 전형성에 대한 이해는 특정 작품을 보다 잘 감상하는 데 필요한 지식에 그치지 않는다. 전형성을 깨닫는 것은 구체적인 형상 속에서 개념적 가치 문제를 발견하는 사유의 훈련이기 때문이다.

## (2) 가치 갈등의 사건 구성

이 항의 내용은 가치 문제를 탐구하는 소설의 추론 방식과 관련된다. 앞서 살폈다시피, 소설은 가치 문제의 질적인 차원, 즉, 사건이 벌어지는 시공간적 배경이나 행위자의 조건 등을 고려하기에 가치 문제를 탐구하는 고유의 방식을 갖는다. 소설에서 가치 탐구는 이야기적 추론, 인간관계적 추론을 통해 행해진다. 이와 같은 소설의 가치 탐구 방식은 텍스트 차원에서 플롯과 사건들의 연쇄로 실현된다. 그러므로 이 항에서는 소설의 가치 탐구 방식이라는 관점에서 플롯과 개별 사건들의 연쇄를 검토하고자 한다.

브룩스와 워렌은 문제의 드러냄(exposition), 상황의 분규화(complication), 극점(climax), 대단원(dénouement)으로 플롯의 순차적 구성을 파악하였다.[99] 이렇게 플롯의 구성 요소를 설정한 것은 이들이 갈등을 이야기의 핵심이라고 파악했기 때문이다. 갈등을 중심으로 이해할 때, 이

---

99 Cleanth Brooks & Robert Penn, *Understanding Fiction*, Prentice Hall, 1979, 81면.

야기의 척추에 해당하는 플롯은 갈등 상황을 노출시키고, 이 상황을 좀더 복잡하게 만드는 분규를 진행하다가 갈등의 최고조인 극점에 다다르며, 이 갈등이 해소 혹은 안정되는 대단원에 이르는 과정을 갖는 것이다. 이를테면, 〈춘향전〉에서 신분이 다른 두 남녀의 만남과 사랑으로 인해 일이 벌어지고, 신분의 차이로 인한 이별의 아픔을 겪다가 춘향에게 수청을 강요하는 변 사또로 인해 춘향은 큰 시련을 맞이한다. 그리고 〈춘향전〉의 극점은 춘향이 동헌에서 매를 맞는 장면에 있으며, 대단원은 암행어사가 된 몽룡이 출현하여 춘향을 구해내는 것으로 마무리된다.

이렇게 거시적인 서사 구성의 차원에서 플롯과 가치 갈등을 관련지을 수 있다면, 좀더 미시적인 차원에서도 가치 갈등으로 인한 사건의 연쇄를 논할 수 있다. 소설의 가치 갈등은 두 가치가 대등할 경우에 발생한다. 만약 한 쪽의 가치가 월등히 우세하면 대결은 싱겁게 끝나고 서사는 더 이상 진행되지 못할 것이다. 〈숙영낭자전〉은 마치 탁구공처럼, 대립하는 두 가치 사이를 왕복하는 듯한 서사 진행의 경로를 구성한다. 또한, 이 서사의 경로는 앞서 살핀 거시적 구조에 상응하여 나선형을 그리면서 싱승한다. 효와 애정의 대립이라는 관점에서 이 작품을 분석한 김일렬은 두 가치의 작용을 짝을 지어 설명한 바 있다. 이를 참조하여 두 가치가 작용과 반작용으로써 짝을 이루어 서사를 진행시키는 원리를 이해할 수 있다.

먼저 남자 주인공(백선군)의 부모가 선군의 혼처를 구하고자 한다. (㉠:효 가치의 작용) 그런데 선군은 부모의 만류를 뿌리치고 꿈에 본 여성인 숙영을 찾아가 결혼하고 함께 귀가한다.(㉡: 애정가치의 작용) 선군의 부모는 부모를 영화롭게 하라고 과거를 보게 하였다.(㉠) 그러자 선군은 재산이 많고 숙영과 헤어지기 싫다는 이유로 반대하다가 마지 못해 과거길에 오르지만 숙영이 그리워 이틀 밤이나 부모 몰래 숙영의 방에서 자고 간다.(ⓛ) 아들이 부재한 상태에서 외간 남성의 기척을 느낀 선군의 부모는 숙영을 의심하여 매질을 행하며 자백을 강요한다.(ⓘ) 숙영은 선군이 다녀갔음을 실토했는데도 믿어주지 않자 치욕을 참지 못해 자결한다.(ⓛ) 선군의 부모는 자살 내막을 숨기려고 장례를 치르려 하나 시체가 움직이지 않는다. 또, 숙영에 대한 선군의 정을 끊고자 임 소저와 정혼해 둔다.(ⓘ) 선군은 임 소저와의 혼인을 거절하고, 귀가하여 숙영의 자살 내막을 캐낸 후 숙영을 못 속에 장사 지낸다.(ⓛ) 장례가 끝나자 선군의 부모는 임 소저와 재혼을 강요한다.(ⓘ) 선군은 재혼을 거부하고 낭자만 그리워하다 재생한 낭자와 함께 산다(ⓛ) 이렇게 효 가치의 작용인 ⓘ과 애정가치의 반작용인 ⓛ이 짝을 이루면서 〈숙영낭자〉의 서사가 진행함을 확인할 수 있다. 이처럼 가치 갈등은 사건의 연쇄를 이루는 원리로 작용한다.

이상의 논의를 바탕으로 가치 탐구로서 애정소설의 사건 구성을 검토할 틀은 다음과 같이 구안될 수 있다. 앞서 살폈다시피, 소설의 플롯은 가치 갈등에 대한 물음과 탐구 및 응답의 구조에 상응한다. 따라서 이 연구에서는 거시 구조적 관점에서 가치 갈등의 문제를 제기하는 '만남과 사랑', 가치 갈등 문제를 복잡한 분규의 상황으로 몰아가 결국 극점에 이르게 하는 '이별과 시련', 가치 문제에 대한 판단을 추출할 수 있는 '재회'로 애정소설의 순차적 단계를 나누어 파악하겠다. 그리고 소설의 연쇄된 사건은 갈등하는 가치의 작용과 반작용이라는 짝으로 구성된다. 그래서 이 연구에서는 가치의 작용과 반작용으로 한 짝을 구성하여 가치 갈등이 보다 분명하게 드러나도록 사건을 요약하겠다. 이러한 구조화는 단지 특정 작품의 내용을 보다 정치하게 이해하기 위해 소용되는 것만은 아니다. 사건 구조화의 원리는 곧 소설적인 가치 탐구의 정신적 형식이기 때문이다. 이미 언급했다시피, 이러한 정신적 형식은 학습자의 가치능력으로 전이되어야 할 교육내용이 된다.

### (3) 인물의 기능, 역할, 양태 부여

이 항의 내용은 공감을 유발하는 소설의 속성과 밀접한 관련이 있다. 소설은 인물을 통해 가치를 인간화된 것으로 제시하고 가치 갈등을 하는 인물을 전형적인 상황에 놓아두어 독자로 하여금 작중인물의 사고와 느낌을 가지고 소설 속의 세계를 간접적으로 경험할 수 있게 한다. 이렇게 작중인물을 매개로 허구적인 세계를 살아보도록 하게 하는 것은 소설이 주는 가장 큰 즐거움이기도 하다. 작가는 소설 속의 인물이 독자에게 생생한 인격체로 수용될 수 있도록 인물을 형상화하고, 독자는 작가에 의해 구성된 인물을 공감의 대상인 인격체로 수용한다. 이하의 논의에서는 독자가 작중인물을 인격체로 받아들여 공감할 수 있게 하는 소설의 속성이 텍스트 차원에서 인물을 구성하는 방식으로 실현됨을 논하도록 하겠다.

우리나라 고전소설의 제목은 대부분 주인공인 인물을 중심으로 인물의 일대기를 그린 전기적인 형식으로 되어 있다. 이는 소설의 구성적 특질이 인물을 중심으로 하고 있음을 보여주는 것인 동시에 인물을 중심으로 소설을 읽는 독자의 향유 방식을 드러내는 것이기도 하다. 인물을 중심으로 소설을 구성하며 읽는 관습은 로맹 롤랑의 〈장 크리스토프〉, 디킨즈의 〈올리버 트위스트〉, 헤세의 〈데미안〉 등 서양 소설의 제목에서도 쉽게 확인할 수 있다. 루카치가 주인공의 전기적 형식(biographisch Form)이 소설의 형식[100]이라고 지적한 것도 인물의 중요성을 인식한 결과이다. 소설이 인물에 중점을 두는 인물소설과 사건에 중점을 두는 사건소설로 분류될 수 있다고 해도,[101] 사건들은 스스로 발생하지 않기에 반드시 인물이라는 대행(代行) 기관을 필요로 한다.

소설은 인간화된 가치를 다루고 있으며, 가치 갈등도 논리적으로 모순되는 두 가치의 공존이라는 형태로 추상적으로 제시하는 것이 아니라 특정 가치를 추구하는 인물의 의지와 이를 좌절시키고 자신의 가치를 관철시키려는 인물의 의지가 충돌하는 것으로 구체화된다. 그레마스는 가치 갈등을 중심으로 인물을 파악하는 데 유용한 이론적 근거를 제공한다. 의미론적 과정으로부터 서사 구조의 발생을 서술하려는 시도를 행하는 그레마스는 인물을 행위자, 역할, 연기자의 단계로 파악하였다. 먼저 '행위자(actants)'[102]는 대립하는 의미의 양쪽 항에 자리 잡은 기능적 존재로서, 논리적인 혹은 관념적인 대립들이 논쟁 상태에 머물고 있을 뿐이다. 이것이 시간적으로 발전하게 될 때 이야기가 되는데, 이야기에 의해서 이 행위자들은 사회적인 혹은 문화적인 특성들을 부여받아 행위를 실행하는 역할(rôle)이 된다. 그리고 그 역할에 개체적인 특성이 주어지면 그것은 우리가 일반적으로 '작중인물'이라고 하는 연기자(acteur)가 된다.

행위자는 서사 프로그램을 진행시키기 위한 인물의 서사 행로(parcours narratif)를 제공하는 기능적 존재이다. 그렇지만 주동자로 설정되었다고 하여서 목표를 위한 항해를 곧바로 진행하는 것은 아니다. 주동자

---

100 G. Lukács, 반성완 역, 앞의 책, 66면.

101 김천혜, 『소설 구조의 이론』, 문학과지성사, 1990, 179면.

102 김성도는 이를 행동들의 조작자라는 의미에서 '행동자'라고 번역하기도 한다(김성도, 『구조에서 감성으로』, 생각의나무, 2003, 205면).

에게는 그 목표를 원하고, 당위로 느끼며, 그것을 성취할 능력도 있어
야 하고, 가치화된 대상을 얻기 위해 자신이 어떻게 해야 하는지 알아
야 하는 등의 특성과 자질이 있어야 하기 때문이다. 이러한 특성과 자
질을 인물의 '양태(modalité)'[103]라고 하는데, 이 양태는 그가 추구하는
객체에 대해 주인공이 갖는 가치감과 태도, 가치 실현의 의지와 능력
등을 중심으로 이해할 수 있으며, 이 양태를 갖춤으로써 행위자는 비
로소 연기자가 된다. 기능이나 양태보다 중요한 것은 사회적 역할이
라고 할 수 있다. 인물을 사회적으로 조건 짓는 역할로부터 의미론적
차원의 가치 갈등이 비롯될 수 있기 때문이다.

이를 쉽게 이해하기 위해 예를 들어 설명하면 다음과 같다. 우선,
안평대군은 왕족으로서 자기의 궁을 가지고 유교적 이상 세계를 구현
할 수 있는 권력을 가진 주체이며, 궁녀로서 운영은 안평대군의 소유
물로서 궁 밖 출입을 금지 당한 처지에 놓인 피치자이다. 이러한 사회
적 '역할'에서 나라가 개인에게 요구하는 가치와 개인이 추구하는 가
치의 갈등이 비롯된다. 안평대군과 운영은 의미론적 차원에서 갈등하
는 가치를 운반하는 행위자로서 '기능'을 담당한다. 주인공으로서 운
영은 애정기치, 혹은 애정가치의 대상이 되는 김 진사와의 결합을 추
구한다. 그레마스는 여기에 보조자와 적대자를 설정하는데, 〈운영전〉
의 협조자는 '궁녀'들과 김 진사와 운영의 만남을 주선한 '무당', 전반
부의 '특'이며, 적대자는 운영의 가치 실현의 가장 큰 제약이 되는 '안
평대군'이다.[104] 이렇게 대립적 가치를 지향하는 행위자로서 기능하

---

103 양태(modalité)는 기능을 행하기 위한 주체의 조건에 해당한다. "주체는 필요한 역할을
미리 보유하고 있어야만 수행을 성취할 수 있다. 의지(vouloir), 의무(devoir), 능력
(pouvoir), 知行(savoire-faire)의 양태(modalité)의 총체를 보유하고 있어야 한
다."(Joseph Courté, *Introduction à la Sémiotique Narrative et Discursive*,
Classique Hachette, 1980, 오원교 역, 『기호학 입문』, 신아사, 1992, 30~31면)

는 인물들은 서사가 진행되면서 본격적인 '양태'를 부여받는다. 즉, 역할과 기능에 개체적인 양태가 부여되면, 안평대군은 인간의 정을 섬세하게 읽어낼 수 있는 능력의 소유자이기는 해도 궁녀들의 인정에 대해서는 엄격한 제약을 가하는 존재, 운영은 궁을 탈출할 계획까지 세우는 등 애정가치를 추구하기는 하여도 주군인 안평대군이 베푼 은혜를 고마워하며 가치에 대해 갈등하는 개성적인 존재로 인격화되는 것이다.

그레마스의 인물에 대한 구조적인 분석이 소설의 인물을 이해하는 데 충분히 만족스럽게 적용되는 것은 아니다. 스콜스는 주체와 객체는 결국 시점의 문제이기 때문에 이를 구분하기 어렵다는 점, 행위자의 목록은 무한히 만들어낼 수 있기에 체계화가 어렵다는 점을 들어 그레마스 이론의 한계를 지적하였으며,105 리먼-케넌은 수용자에게는 인격체로 느껴지는 인물을 단지 텍스트의 구조를 실현시키는 기능으로 다룬다는 점을 비판하였다.106 스콜스의 비판은 구조주의적인 관점에서 행해진 것이지만 리먼-케넌의 비판적 견해는 소설의 인물을 '인격체'로 보는 데에서 비롯된 것으로 구조주의적 관점과는 구별된다.

본고는 인물의 행위자적 기능, 역할, 양태에 대한 앎을 바탕으로 인물과 공감을 할 수 있으며, 이를 통해 수용자는 등장인물을 인격체로 수용할 수 있다고 본다. 따라서 구조주의적 분석이 반드시 '인격체'로

---

104 이 밖에 그레마스는 수신자와 발신자를 설정하기도 한다. 예를 들면, 주인공(주체)이 성배(객체)를 찾는 이야기에서 발신자는 신이고, 수신자는 인간이 된다는 것이다.

105 Robert E. Scholes, *Structuralism in Literature: An Introduction*, Yale University Press, 1974. 위미숙 역, 『문학과 구조주의』, 새문사, 1992, 111~113면 참조.

106 Shlomith Rimmon-Kenan, *Narrative Fiction: Contemporary Poetics*, Methuen, 1983.

서 인물을 받아들이는 수용 태도와 배치되는 것은 아니다. 본고의 관점을 정리하면 다음과 같다. 인물의 기능, 역할, 양태 등은 인격체로서 수용자가 인물을 상상적으로 구성할 수 있는 계기에 불과하지만, 이렇게 선택적으로 구성된 기호학적 지표에 대한 앎은 인물을 인격체로서 수용하고, 그에 대해 인간적으로 공감하는 데 필수적이라는 점에서 기호학의 인물 분석을 따르려 한다.

그레마스의 인물 분석이 이 연구에서 유용한 점은 다음과 같이 간추릴 수 있다. 첫째, 행위자의 기능은 의미론적으로 대립하는 힘들이 서사의 발생적 조건이라는 점을 명확히 한다. 즉, 그레마스의 인물론은 행위자가 서 있는 자리가 서술된 텍스트 위가 아니라 심층 의미 차원에 있다고 함으로써, 텍스트 차원에서 인물이 가치 갈등을 대행하고 있다는 관점을 가진 이 연구의 이론적 근거가 된다. 둘째, 가치 중심적으로 소설을 읽기 위해 인물이 추구하는 가치와 가치 대상, 그와 대립하는 인물의 지향 가치 등을 이해하는 것은 필수적이다. 그레마스의 행위자 이론은 이를 구조적으로 파악하게 해준다는 점에서, 인물을 구성하는 원리인 가치 갈등을 이해하는 유용한 틀이 된다. 무엇보다 중요한 점은 그레마스의 인물 분석이 인간을 이해하는 한 형식이 될 수 있다는 것이다. 공감을 위해서든, 혐오를 위해서든 소설 속 인물이나 현실의 타인은 이해되어야 한다. 그가 서 있는 사회적, 문화적 조건 속에서 부여받은 역할은 무엇인지, 그와 관련하여 그는 어떤 가치 지향과 목표를 갖고 있고 있는지, 그리고 가치 주체로서 그의 양태는 어떠한지에 대한 앎은 타인을 이해하기 위해 필요 조건이며 공감의 전제 조건이 되기 때문이다.

이상의 논의를 바탕으로 애정소설의 인물을 분석할 틀에 대해 논하면 다음과 같다. 이 연구는 역할, 기능, 양태의 순으로 인물을 파악할 것을 제안하였다. 인물은 그 사회적 역할로 인하여 비로소 가치 갈등의 관계망 속으로 들어가며, 가치 문제를 느끼는 주체가 되기 때문이다.[107] 본고에서는 애정소설의 인물을 살피는 데 있어, 우선 가치 갈등을 중심으로 주동자, 적대자, 보조자 등의 행위자를 파악하고, 주동자나 적대자가 추구하는 가치나 가치 대상을 드러내려 한다. 그런데 애정소설의 주인공들이 대부분 애정가치를 추구한다 하여도 주인공의 사회적 역할과 개인적 특성 및 자질에 따라 추구 가치의 내용이 달라진다. 가치가 주체의 흥미와 관심에서 비롯되는 것임을 상기한다면, 통칭하여 애정가치라고 하더라도 춘향의 애정가치와 운영의 애정가치는 다를 수 있다. 이렇게 다채로운 방식으로 형상화된 인물들은 특수한 인간 관계와 사회적 조건에 놓여 있으며, 서로 다른 가치감, 가치에 대한 태도, 가치 실현을 위한 능력 등의 양태에서 차이를 보이기에 독자가 공감할 수 있는 다양한 모델이 될 수 있다. 이 때, 인물의 기능, 역할, 양태는 타인을 이해하고 공감하기 위해 필요한 계기이기 때문에 인물을 기호학적 구성물로 파악하기 위한 분석틀로만 취급되어서는 안 된다. 소설의 인물 구성 방식은 곧 독자가 인물을 인격체로 수용하게 하는 매개적 기법이라고 할 수 있으며, 소설의 인물을 알아나가는 방식은 현실 세계의 인물을 파악하는 데도 적용할 수 있는 정신적 형식이 될 수 있기 때문이다.

---

[107] 인물의 사회적 역할은 소설에 형상화되기 이전에 이미 주어져 있기에 분석적으로 논의해야 할 성격의 것은 아니다. 그러나 본고에서는 인물의 기능과 양태를 분석하는 과정에서 역할이 인물의 기능을 결정하고, 양태에 조건을 부여하는 원인이 된다는 시각을 견지하도록 하겠다.

## (4) 가치 감화를 위한 서술 전략의 구사

이 항은 가치의 언어적 표상을 통해 가치 감화 작용을 하는 소설의
속성과 관련된다. 소설은 서술자가 재현되는 대상이 되는 서사세계를
독자에게 중개하는 언술체이다. 모든 서사물에는 서술자가 존재하며
이 서술자가 가치에 대해 갖는 태도는 독자에게 감화 작용을 일으키
는 계기가 된다. 여기서는 텍스트 차원에서 서술자의 가치 감화가 어
떠한 방식으로 실현되는지 살피도록 하겠다.

뉴튼은 서사물이 도덕적인 이유는 그 도덕적인 내용 때문이 아니라
서사물이 사회에서 수행하는 일, 즉 말하는 자와 듣는 자, 재현하는
자와 보는 자, 작자와 독자를 서로 묶어주기 때문이라고 하면서 서사
도덕을 재현적, 서술적, 해석적이라는 세 영역으로 나누어 논하였
다.108 재현의 도덕이란 현실이 이야기로, 실제 인간이 인물로 재현되
면서 발생하는 거리와 관련된 것이며, 서술의 도덕은 서술자가 독자
에게 재현대상을 중개하는 과정에 관련되는 도덕이고, 해석의 도덕은
비평의 도덕적 책임과 연관된다. 뉴튼의 구분에 따라 논하자면, 이 절
에서 집중적으로 다루려는 것은 서술적 영역의 도덕이다. 여기에 해
당하는 것으로 서술자가 재현대상을 독자에게 중개하면서 무엇을 보
게 하는가, 누구의 시각으로 보게 하는가, 독자가 인물과 사건에 대해
갖는 거리를 어떻게 조정하는가 등을 들 수 있다.

리먼-케넌은 서술자가 이야기 밖의 인물인가 안의 인물인가, 또 이
야기에 참여하는가 그렇지 않은가에 따라 서술자의 다양한 범주를 설
정하였다. 본 연구가 서술자의 유형 분류에 관심이 있는 것은 아니지

---

108 Adam. Z. Newton, *Narrative Ethics*, Harvard University Press, 1995, 10~11면.

만, 리먼-케넌이 유형 분류를 위해 살펴 본 서술자의 태도는 서술자의 가치를 알 수 있게 해주는 지표로서 유의미하기에 인용해 보도록 하겠다.

    1. 배경 묘사

    2. 작중인물에 대한 지정

    3. 시간적 요약

    4. 인물에 대한 요약적 설명

    5. 인물이 생각하거나 말하지 않는 것에 대한 보고

    6. 논평-해석, 판단, 일반화[109]

리먼-케넌이 설정한 서술자의 태도는 서술자가 직접 독자에게 말을 걸지 않아도 독자에게 가치를 감화시키기 위해 서술의 다양한 국면에서 활발하게 활동하는 존재임을 잘 보여준다. 배경을 묘사하는 데도 서술자의 판단이 들어 있으며, 누구를 주인공으로 삼고, 누구를 적대자로 설정하여 서사를 진행시키느냐 하는 것도 서술자의 가치 태도를 암시한다. 또, 시간적인 요약을 통해 의미 있는 사건과 그렇지 않은 것을 구별하며, 인물을 어떻게 소개하고 설명하느냐 하는 것도 서술자의 가치 태도와 관련된다. 그리고 인물이 생각하거나 말하지 않는 것을 보고하는 것이 서술자의 역할인데, 여기서 서술자의 태도는 어떤 인물의 내면을 독자에게 보여줄 것인가를 선택하는 데에서부터 드러난다. 또, 사건이나 인물을 해석하고, 판단하고, 일반화시키는 것에서는 서술자의 태도를 쉽게 추출할 수 있다. 이렇게 소설은 서술자를 문

---

109 S. Rimmon-Kenan, 앞의 책, 114면.

면에 내세워 직접 사건이나 인물에 대한 논평을 하게 하는 것뿐만 아니라 인물과 배경에 대한 묘사, 시간의 구성, 초점화된 서술110 등의 국면에서도 독자를 설득한다.

〈춘향전〉을 예로 들자면, 이 작품에서 몽룡과 춘향이 만나는 광한루의 풍경이 아름답게 묘사되는데 여기서부터 청춘 남녀의 만남과 애정을 긍정하는 서술자의 가치 태도가 개입되어 있다. 그리고 온갖 수사적인 비유를 동원하여 춘향의 성품과 외모를 묘사하여 인물에 대한 호감도를 높이는 것도 서술 전략의 일환이다. 몽룡뿐만 아니라 독자도 모두 사랑함직한 존재로 춘향을 부각시켜 독자들로 하여금 춘향의 가치 실현에 동조하게 만들기 때문이다. 또, 〈춘향전〉에서는 춘향의 감정이 자탄조로 드러나는 부분이 많다. 특히 한양에 올라간

---

110 즈네트는 '초점화'라는 개념으로 시점 이론을 재구성할 것을 제안하였다. 그는 초점화의 유형을 '제로 초점화', '내적 초점화', '외적 초점화'로 분류하고, 제로 초점화는 서술자가 등장인물이 알고 있는 것보다 더 많이 이야기하는 전지적 시점의 서술이고, 내적 초점화는 서술자가 등장인물이 알고 있는 것만 말하는 경우이며, 외적 초점화는 서술자가 등장인물이 알고 있는 것보다 적게 말하는 경우에 해당한다고 한다(S. Chatman, *Story and Discourse: Narrative Structure in Fiction and Film*, Cornell University Press, 1978, 김경수 역, 『영화와 소설의 서사구조』, 민음사, 1990). 슈탄젤은 이를 바탕으로 다시 세 가지 서술상황을 구분하였는데, 일인칭 서술상황은 인물이 서술자와 초점자의 역할을 담당하여 내적 초점화가 지배적인 서술상황이며, 작가적 서술상황은 작중인물의 층위 바깥에 있는 서술자에 의해 서술이 중개되어 제로 초점화가 지배적인 서술상황이고, 인물적 서술상황은 서술자와 작중인물의 층위가 구분되며, 내적 초점화가 지배적인 경우로 나누었다(Franz Karl Stanzel, *Theorie des Erzählens*, Vandenhoeck & Ruprecht, 1979, 김정신 역, 『소설의 이론』, 탑출판사, 173~174면). 본 연구에서 초점화의 개념 규정과 초점화의 유형에 관심이 있는 것은 아니지만, 초점화는 서사세계를 누구의 관점으로 조명하는가, 어떤 인물을 중심으로 서사세계가 독자에게 제시되는가를 설명하는 데 유익한 이론이라 판단된다. 우리는 한 사태를 두고도 서로 다른 관점에서 이야기를 하는 상황을 맞을 때가 있다. 이처럼 소설의 상황도 누가 보는 것을 서술자가 우리에게 전달하느냐에 따라 그 사태의 의미가 달리 보이고, 그로 인해 우리의 가치 판단도 달라지게 마련이다. 따라서 초점화는 독자에게 강력한 영향력을 갖는 기법이라고 할 수 있다.

후 소식 없는 몽룡을 그리워하는 춘향의 독백이나 옥중에서 '쑥대머리 귀신 형용'의 꼴로 독백한 부분, 거지꼴로 찾아온 몽룡을 보고 자탄으로 하는 긴 발화는 독자로 하여금 춘향의 슬픔과 비장함에 공감을 하게 한다. 이렇게 인물의 속 깊은 내면을 드러내어 독자에게 측은지심(惻隱之心)을 발동하게 하는 방식 역시 특정 인물의 가치 실현을 바라게 하는 서술의 전략이라고 볼 수 있다. 이처럼 서술자는 다양한 서술 전략을 동원하여 자신의 가치 태도를 드러내고 독자를 설득하는 역할을 한다.

이상의 논의를 바탕으로 가치 감화 작용을 행하는 애정소설의 서술 전략에 대해 다음과 같이 분석하도록 하겠다. 앞서 살폈다시피, 서술 차원에서 가치 감화의 전략은 서술자의 시점이나 시각, 초점화 등으로만은 규정할 수 없는 넓은 영역에 걸쳐서 진행되며, 문면에 드러난 서술자의 존재뿐만 아니라 드러나지 않은 서술자가 다양한 국면에서 행하는 활동까지 포함한다. 따라서 이 연구에서는 서술자가 자신을 직접 드러내는 발화에 한정하여 가치 감화적 표현을 살피기보다, 서술 전략이라는 추상적인 개념을 설정하여 독자에게 특정한 가치감과 가치 태도를 갖게끔 하는 서술적 차원의 기법들을 검토하려 한다. 이러한 서술 전략에 대한 분석은 특정 작품의 개별적 특성을 이해하기 위해 필요한 것만은 아니다. 소설의 다양한 가치 감화 전략은 우리가 가치를 감화시키는 작용을 행하는 '도덕적 언어'에 보다 민감하게 반응하고, 성찰적이 되게 하는 훈련의 교육내용이 될 수 있기 때문이다.

## (5) 내포작가의 가치 판단을 함축한 결말 처리

이 항의 내용은 가치 문제에 대한 창조적이고 대안적인 해법을 마련하는 도덕적 상상력과 관련된다. 이미 확인하였다시피, 소설은 도덕적 추론과는 달리 도덕 원리를 절대적인 판단 근거로 활용하지 않는 상상력을 바탕으로 창조적 대안을 마련한다. 이러한 소설의 속성은 진행되던 서사를 결말짓는 방식이라는 소설의 텍스트성으로 구현된다. 그런데 독자는 결말이 갖는 가치 판단적 의미에 접근하기 위해 누군가에 의해서 판단이 내려지고 결말지어진 것이라는 가정을 해볼 수 있다. 이 항에서는 가치 판단의 주체이자 도덕적 상상력의 소유자를 내포작가 개념에 따라 이해하며, 결말이 내포작가의 가치 판단임을 논하도록 하겠다.

소설은 도덕적 명제로 가치 판단을 드러내는 대신 이야기의 결말을 통해 지금까지 다루었던 가치 문제에 대한 판단을 제시한다. 그런데 판단이란 어떤 주체의 행위이며, 가치가 항상 누군가에게 속한 것이라고 할 때, 이 가치 판단의 주체를 상정해 볼 수 있다. 이 주체가 특정 의도를 갖는 실제 작가는 될 수 없다. 반영론을 검토하면서도 확인하였듯이, 작가의 의도라고 할지라도 언어의 매개에 의한 변형 과정을 반드시 거치기 때문이다. 이처럼 가치 판단의 주체가 실제 작가가 아니라면 과연 누구인가에 대해 부스의 '내포작가'라는 개념은 유용한 해답을 제공한다. 먼저, 부스의 설명을 참조하여 '내포작가(implied author)'의 의미를 파악해 볼 수 있다.

작가가 글을 쓸 때, 그는 단순히 어떤 관념적이고 비개인적인 '일반적인 인간'을 창조하는 것이 아니라, 우리가 다른 사람들의 작품 속에서 만나는 내포작가와는 구별되는 '그 자신'의 내포된 관점을 창조해 내는 것이다. (…) 독자가 이러한 존재의 제시를 통해 포착하는 형상은 그 작가의 가장 두드러진 인상들 중 하나이다. 그가 아무리 개인적이지 않은 척하려 해도, 그의 독자는 불가피하게도 이런 방식으로 글을 쓰는 공적인 작가의 형상을 그려볼 것이다.[111]

부스는 내포작가가 공적인 성격과 사적인 성격을 공히 갖고 있음을 강조하였다. 작가는 글을 쓸 때, 개인적인 가치 주체로서 자신을 그대로 드러내기보다는 독자를 위한 공적 형상을 취한다. 그렇지만 작가가 비개인적인 형상을 취하려 해도 거기에는 작가의 개성적인 자취가 담겨 있기 마련이다. 공적 형상 자체를 구성하는 것도 가치 주체의 의미화 실천의 일부이기 때문이다. 만약 작가가 '인간 일반'의 관점에서 소설을 쓴다면, 모든 소설은 재현 대상은 다르지만 단 하나의 '목소리'를 가질 것이다. 현실의 소설이 다양한 세계관, 이데올로기를 갖는 까닭은 작가마다 작품마다 다른 작가의 공적 형상이 담겨 있기 때문이다. 그리고 우리는 같은 작가의 글을 읽더라도 조금씩 다른 내포작가를 만날 수 있기도 하다. 작가에게는 자신을 어떤 존재로 내보일 것인가를 선택할 수 있는 자유와 권한이 있기 때문이다.

내포작가라는 개념은 서사론에서 미심쩍은 것으로 취급된다.[112] 논자마다 이 개념을 조금씩 다르게 이해하며,[113] 내포작가가 텍스트에

---

111 Wayne C. Booth, *The Rhetoric of fiction*, University of Chicago Press, 1961, 최상규 역, 『소설의 수사학』, 예림기획, 1999, 104면.

112 Michael J. Toolan, *Narrative: A Critical Linguistic Introduction*, Routledge, 1988, 김병욱·오연희 역, 『서사론』, 형설출판사, 1993, 117면 참조.

113 이렇게 부스가 개념화한 내포작가라는 개념은 이후, "우리에게 어떤 것도 이야기해주는 것은 아니지만 전체 구도에서 말없이 독자를 가르치는 존재"(S. Chatman, 앞의 책,

분명히 드러나 객관적으로 확인되는 실체도 아닌 까닭이다. 그러나 서사론의 회의에도 불구하고 내포작가는 소설의 가치 판단을 파악하기 위해 유용한데 다음과 같은 이유에서 그러하다. 가치란 누군가에 속한 것이기에 우리는 가치를 생각할 때에도 그 가치의 소유자와 관련하여 상상하는 경우가 많다. 소설이 구현하는 가치를 추론할 때에도 내포작가를 상정해 두고, 독자가 마음속으로 '당신은 이런 의도로 주인공을 죽게 만들었군요', 혹은 '당신은 이렇게 낭만적이며 불가능한 결말을 통해서라도 주인공을 행복하게 해주고 싶었습니까?'라는 식으로 대화를 나누면서 내포작가의 의도로서 소설의 주제적인 의미를 이해하기 용이하다. 내포작가가 실제 인격체는 아니지만, 인격적인 형상을 갖기 때문에 독자와 내포작가의 대화가 가능해지는 것이다. 덧붙여, 내포작가의 개념에 의하여 독자는 소설이 특정한 가치 주체의 의도와 판단에 의해 기획되고 구성된 산물임을 분명히 인식할 수 있다는 이점도 있다.

고전소설의 경우에는 실제 작가가 규명되지 않았거나, 작가가 알려져 있다고 하더라도 그의 전기적 사실이 충분하지 않기 때문에 작가로부터 출발하여 작품을 이해하기 힘든 경우가 많다. 그리고 〈운영전〉이나 〈주생전〉처럼 누군가로부터 들은 이야기라는 형식으로 작가의 이야기에 대한 조작을 숨기는 구성도 많다. 또, 〈춘향전〉과 같은 작품은 수많은 이본생산자들이 공동의 창작자로 참여해 작자를 논구하는 것 자체가 불가능하기도 하다. 이러한 상황에서 불확실한 작가 의도를 찾으려 하기보다는 내포작가를 추론하는 것이 작품의 이해에 있어서 더욱 요긴한 것으로 보인다. 그리고 실제 작가도 작품에 따라

---

148면)나, "텍스트의 모든 성분들로부터 독자가 추리해내고 끌어 모은 하나의 구성물"(S. Rimmon-Kenan, 앞의 책, 87~88면)이라고 이해되기도 하였다.

다른 형상의 내포작가로 현현하기 때문에 실제 작가의 전기적 사실이나 세계관 등을 규명하는 것만큼이나 내포작가의 의도를 밝히는 것이 중요하다.

앞서 논의하였듯 서술 전략을 구사하는 이는 서술자이지만, 이 서술자를 뒤에서 조종하는 이는 내포작가라고 할 수 있다. 뿐만 아니라 인물이나 사건의 선택적 구성이나 사건의 서사적 전개까지 내포작가는 소설 내의 다양한 국면에 두루 존재한다. 따라서 특정 부분에만 내포작가의 의도와 판단이 나타나는 것은 아니다. 그렇지만 소설의 결말에는 내포작가가 내린 가치 문제에 대한 판단으로서 내포작가의 가치 지향이 집약적으로 드러난다. 〈숙영낭자전〉처럼 이본이 많은 작품들의 내용적 편차가 가장 많은 부분이 결말이라는 사실이나, 〈운영전〉과 〈영영전〉처럼 유형적인 이야기를 다루되 결말을 다르게 처리한 작품들이 다수 존재한다는 것은 내포작가의 가치 판단이 결말에 집중적으로 존재함을 잘 보여준다. 따라서 이 연구에서는 주로 결말 처리에 초점을 맞춰 내포작가의 가치 판단을 추출하고, 이 판단을 선명히 드러내기 위하여 같은 유형에 속한 가치 문제를 다루며 유사한 서사 전개를 갖되, 결말을 달리 처리한 작품과 비교해 보도록 하겠다. 그리고 이 연구에서는 분석되는 작품들의 가치 판단과 〈구운몽〉의 그것을 비교하고자 하는데, 그 까닭은 이 작품이 애정소설의 규범초월적인 도덕적 상상력을 이해하기 위한 준거가 될 수 있기 때문이다.114

---

114 〈구운몽〉의 소유와 팔 선녀들이 만나서 사랑하는 情으로 가득 찬 세계에는 아기자기한 행복과 정으로 충만된 기쁨이 다각적으로 그려져있다(김윤식, 「완결의 형식과 출발의 형식」, 『현대문학』 188, 1970, 8, 337~338면 참조). 그렇지만 애욕을 추구하는 소유의 행로에 가치 갈등의 요소가 전혀 없는 것은 아니다. 단지 충분히 존재할 수 있으며, 자칫 심각한 국면으로 전환될 수 있는 갈등이 천우신조나 관련된 인물들의 德行에

의해 천의무봉하게 봉합될 뿐이다. 그래서 소유의 세계는 허구적이며, 낭만적이라고 할 수 있다. 그러나 이러한 세계는 성진이 꾼 완전한 꿈이기 때문에 그 현실성 여부가 시비꺼리가 되지 않고 타당하게 받아들여질 수 있었다. 그리고 이 작품의 작가 역시 자신의 실제적인 현실 인식과는 거리를 둔 채, 소망하는 가장 이상적인 세계상과 인간을 소유의 세계 속에 그려 넣을 수 있었다. 그래서 소유의 세계는 유교 사회에서 애정 문제가 어떻게 처리되어야 하는지에 대한 규범적인 해법을 담고 있는 것이라 할 수 있다.

# Ⅲ.
# 애정소설의 가치 탐구 및 가치 실천 양상

애정소설과 가치교육

# ◉ 1. 愛情과 孝의 갈등

### 1) 〈李生窺墻傳〉 제재의 전형성

가족은 개인이 속한 가장 '일차적인 집단'이며, 사회의 기초 단위로서 개인을 사회화시키는 역할을 하는 사회적 범주이다. 이 집단은 구성원에게 금기와 제약을 부여하고 개인은 그것에 적응하기도 하고 도전하기도 하면서 점차 사회화되어 간다. 이러한 점에서 가족 집단은 '욕구와 금기의 최초의 조우 장소'이자 '사상과 규범의 실험장'이라고 볼 수 있다.[1] 개인과 가족 집단의 가치 문제는 수평적 관계인 부부 관계와 수직적 관계인 부자 관계로 나누어 파악될 수 있다. 애정을 주고받는 관계인 부부는 수평적 관계에 놓여 있다. 서로 주고받는 상호성을 속성으로 하는 남녀 간의 애정의 힘은 수평적으로 작용하기 때문이다. 그런데 한 남성이 여러 여성들을 취할 수 있도록 허용한 제도는 필연적으로 이 수평적 관계의 균열과 갈등을 유발하게 된다. 한 남성

---

1 김일렬, 「고전소설에 나타난 가족 의식」, 『동양문화연구』 1, 경북대학교 동양문화연구소, 1974, 80면.

을 사이에 둔 애정 관계에 놓인 처와 첩의 수평적 힘이 작용하는 까닭
에 시기와 질투가 자연스럽게 생겨나기 때문이다.[2]

　이 연구에서 개인과 집단의 갈등 문제와 관련해 보다 큰 관심을 갖
는 것은 수직적 관계, 즉 부모와 자식 간의 관계에서 일어날 수 있는
가치 갈등이다. 이 수직적 관계를 규정하는 규범적인 가치는 孝이다.
유교에서는 의(義)로 맺어진 군신의 관계에 비해 효를 절대적인 것으
로 여겼다. 〈맹자(孟子)〉에는 가상적인 가치 딜레마의 상황을 통해
효의 중요성을 역설하는 대목이 있다.[3] 맹자의 한 제자는 맹자에게
"순(舜)이 천자로 있고 고요(皐陶)가 사법관으로 있는데 천자의 부친
인 고수(瞽瞍)가 살인을 하였다면 어떻게 하겠습니까?"라고 묻는다.
제자가 하필 순 임금과 그 아버지 고수를 예로 든 것은 그 부자 사이
가 나쁠 수 있는 충분한 이유가 있기 때문이다. 명법관 고요는 공적인

---

**2** 가부장적 사회는 화친(和親)과 협력(協力)을 도모해야 하는 家라는 공간에서 이와 같은
　감정이 불러올 수 있는 재앙이나 폐해를 알고 있기 때문에 이를 방지하기 위한 다양한
　노력을 행하였다. 처와 첩을 확실히 구분하여 부인들 간의 지위와 서열을 정하는 것도
　노력의 일환이거니와, 부덕(婦德)을 강조하여 투기하는 감정이 생기는 것에 부녀 스스
　로 죄의식을 갖게 만들었을 뿐더러, 투기(妬忌)를 칠거지악(七去之惡)의 하나로 포함시
　켜 투기를 할 경우 부녀의 사회적 기반이자 생존 기반이라고 할 수 있는 가(家)로부터 추
　방한다는 공포심을 유발시키기도 하였다. 그러나 이러한 노력에도 불구하고 '질투하는
　여성'은 존재하기 마련이었고, 이들은 '사나운(悍) 여성'으로 취급되어 야담집에 그 행
　적이 기록되기도 하였다. 그 대표적인 이야기로 남편이 한눈파는 기생을 때려죽이려 한
　부인의 이야기, 계집종의 방에 들어간 남편을 자물쇠로 가둔 이야기, 갓 혼인한 신부가
　남편이 잡은 계집종의 손을 자른 이야기 등이 있다. 질투하는 여성에 대한 설화의 소개
　와 분석으로는 최기숙, 「'사랑'의 담론화 방식과 의미론적 경계: 18·19세기 야담집 소
　재 '사랑 이야기'를 중심으로」(『열상고전연구』 18, 열상고전연구회, 2003) 참조. 그리
　고 이러한 문제는 〈사씨남정기〉를 위시로 한 '가정소설'에서 처첩갈등의 형상을 통해
　서사적으로 탐구되는 주요한 제재가 되기도 하였다. 혼인 전의 애정 문제에 제한된 관심
　을 갖는 이 연구에서는 이를 집중적으로 다루지는 않지만 이 역시 삶의 질곡으로 작용하
　여 가치 갈등을 유발하는 요인임에는 분명하다.

**3** 성백효 譯註, 『孟子集註』, 盡心章句上, 전통문화연구회, 1991, 400~402면.

입장에서 법을 이행해야 하기 때문에 법에 따라 임금의 아비를 체포해서 선왕의 법에 따라 살인자를 사형에 처해야 할 것이다. 그러면 최고 통치자로서 순 임금은 어떻게 해야 하는가가 남은 문제인데, 이에 대해 맹자는 "순 임금은 임금 자리를 헌신짝처럼 버리고 몰래 부친을 업고 도망하여 바닷가를 따라 거처하면서 종신토록 흔쾌히 즐거워하면서 천하를 잊으셨을 것이다."라고 답하였다. 이렇게 원칙적으로 효는 순 임금이 평천하(平天下)하는 자리마저 내놓을 정도로 절대적인 가치이다.

또, 〈예기(禮記)〉에는 "만약 부모가 잘못된 행위를 할 경우, 자식이 세 번을 간청해도 듣지 않으시면 울면서라도 그에 따른다. 그러나 임금에 대해서는 세 번을 간해서 듣지 않으면 그를 떠난다."[4]라는 구절이 있다. 유교 사회가 수신, 제가, 치국, 평천하의 연속적인 관계로써 충과 효를 두 중심으로 하는 타원을 유지하여 왔다지만,[5] 이렇게 충보다 우선시 되는 것은 효라고 할 수 있다. 그런데 부모가 자식을 사랑하고, 자식이 부모를 친애하는 것은 인지상정(人之常情)이라고 할 수 있기 때문에 효 가치는 어느 정도 자연발생적인 면이 있다. 그렇지만 자녀에게 효 가치가 수직적으로 강요받는 힘이라고 느껴지고, 부모도 과도하게 자식에게 자신의 의지를 강요한다면 개인 내부에서도 갈등을 일으키며, 가정 안에서도 분란을 일으킬 소지는 충분히 있다. 더욱이, 효가 친부, 친모에 대해 행해지는 것만이 아니라 종적으로는 조상에 이르며, 횡적으로는 가(家) 집단 전체에까지 확장될 때,[6] 개체의 자

---

**4** 〈禮記〉 曲禮下 第二, 보경문화사, 1990, 60면.

**5** 島田虔次, 『朱子學と陽明學』, 1967, 김석근·이근우 역, 『주자학과 양명학』, 까치, 1986, 38면.

**6** 이승복은 부자 관계를 단순히 아버지와 아들의 관계가 아니라 가부장적 질서를 유지하고 가계 계승을 실현하는 가족의 중심축이라는 의미를 갖는 것으로 규정하고, 이러한 부

기결정성을 제약하고 주체적인 삶을 사는 데에 큰 제약으로 작용할 가능성은 커진다.

애정소설은 효 가치가 가족원, 특히 자식에게 있어서 삶의 질곡으로 작용하는 현실적인 문제를 포착하고, 그러한 문제에 봉착하였을 때 자식과 부모는 과연 어떤 태도를 취해야 하는지에 대해 서사적으로 탐구하였다. 그렇게 할 수 있었던 이유는 애정소설이 대부분 부모의 허락과는 상관없이 시작된 애정을 발단으로 삼아 시작하기 때문이다. 조선시대에 혼인의 절차적인 규범을 제공하는 〈주자가례(朱子家禮)〉에서는 의혼의 과정에서 당사자들의 의사는 묻지 않았으며, 매파를 통한 중매를 거쳐 부모들 간의 합의에 따라 이루어지는 것이 상례라고 규정하였다.[7] 〈맹자(孟子)〉에서도 "부모의 명령과 중매쟁이의 말을 기다리지 않고 구멍을 뚫어 서로 엿보고 담을 넘어 서로 따른다면, 부모와 나라 사람들이 모두 천하게 여길 것"[8]이라고 하였다. 경전은 물론이거니와, 법으로도 주혼자와 중매인이 없는 혼인은 자모화간죄(自謀和姦罪)라고 하여 치죄할 정도였다. 이러한 상황에서 이미 애정 상대를 스스로 택한 자식은, 자식의 배우자를 선택할 의무와 권리를 갖고 있는 부모와 대립 관계에 놓이게 되는 경우가 많았다. 이러한 경우, 자식은 스스로 선택하여 가치화한 애정과 부모와 가문을 위한

---

자 관계를 유지하고 강화하는 기본 이념이 효라고 하였다(이승복, 「화산기봉 고」, 『선청어문』 24, 서울대학교 국어교육과, 1996). 김태길도 "이조 시대의 선비들이 기를 쓰고 벼슬하기를 원한 것은, 자기 한 개인의 영달만을 위한 것이 아니라, 한상 가문 또는 족보에 대한 관념이 앞을 섰다."라고 하여 효의 범위가 가문을 포괄하는 것임을 밝혔다(김태길, 『소설문학에 나타난 한국인의 가치관』, 일지사, 1977, 76면). 그렇다면 효는 가정 내의 자식과 부모와의 관계에만 적용되는 것이 아니라 가계 계승의 종적, 횡적 단위인 가문에까지 확장될 수 있는 것이라 이해할 수 있다.

7 임민혁 역, 〈朱子家禮〉, 예문서원, 1999, 議婚.

8 성백효 譯註, 『孟子集註』, 滕文公下, 전통문화연구회, 1991.

효 사이에서 갈등하게 되는데 다수의 애정소설은 이 문제를 제재로 삼아 서사적으로 검토하였다.

이렇게 자식의 애정 문제는 수직적인 부모와 자식 간의 관계에서 잠재되어 있던 갈등의 문제를 현시화하는 문학적인 계기로 작용하는데, 서사 문학의 전통에서 그 연원은 매우 깊다고 볼 수 있다. 이미 주몽 신화에서 유화는 부모 몰래 정을 통해 임신하여 부친인 하백으로부터 내침을 당하는 수난을 겪었고, 〈수삽석남(首揷石枏)〉의 남주인공은 부모가 애정 상대를 만나지 못하게 하자 상사병으로 죽음에 이르렀다. 그렇지만 삼국시대에는 문희와 김춘추, 서동과 선화 공주의 예에서 볼 수 있듯이 부모의 허락이 없는 자모혼(自謀婚)도 가능했다고 파악된다. 그런데 조선시대의 자모혼은 아예 국법으로도 금지될 정도였으니 배우자 선택을 두고 부모와 자식 간의 갈등 양상이 매우 심각한 국면에 처했을 것임을 짐작할 수 있다. 이 문제를 집중적으로 다루는 〈숙영낭자전〉은 조선의 사회질서와 문화를 그 밑바닥에서 지탱해준 핵심적인 가치로서 효와, 시대와 사회의 경계를 초월하여 존재하는 본능적 욕구로서 애정의 갈등을 심각하게 문제 삼은 대표적인 소설이다.[9]

---

**9** 김일렬, 『조선조 소설의 구조와 의미』, 형설출판사, 1984, 193면 참조. 실로 〈숙영낭자전〉은 부모와 자식의 대립과 효와 애정의 가치 갈등을 심각하게 진행시킨 작품이라고 할 수 있다. 부모는 자식의 혼처를 일방적으로 구하는데 자식은 부모 몰래 결혼하고, 또 부모는 과거를 보아 부모와 가문을 영화롭게 하라는데, 자식은 아내가 보고 싶어 과거를 보러 가다가 돌아올 정도였다. 남편이 부재한 상황에서 남성의 기척이 들리자 부모는 며느리를 의심하고 횡포를 가했는데, 며느리는 이로 인해 자살한다. 또 부모는 돌아온 아들에게 부부의 정을 끊게 하려고 자살의 내막을 감추고 다른 여성과 정혼하였는데, 자식은 재혼을 거부하였다. 이처럼 애정가치를 추구하는 자식의 입장에서 보면, 부모가 자식에게 바라고 기대하는 효의 가치를 강요하는 것은 실로 며느리를 죽음에 이르게 하고 자식으로 하여금 부모와 의절하게도 하는 횡포로 작용한다. 이렇게 〈숙영낭자전〉은 현실적으로 존재하는 효와 애정의 갈등이 얼마나 심각하게 진행될 수 있는 서사적으로 탐구

〈숙영낭자전〉이 매우 심각한 양상으로 효와 애정의 갈등을 몰고 갔다는 데에서 그 의의를 찾을 수 있다면, 《금오신화》에 실린 〈이생규장전〉은 효와 애정의 갈등을 소설적으로 문제 삼은 최초의 작품으로서 의미가 있다. 그리고 작품의 후반부 내용에는 초현실적인 요소가 다분하지만, 문벌이 다른 가문과의 결합 등 양반 사회 내부의 문제가 결합되는 등 애정과 효의 갈등은 매우 현실적으로 그려지며, 효 가치의 작용에 대응하는 주인공의 의지가 적극적인 양상으로 실현된다. 특히 이 작품에서 여성 주인공은 애정가치 실현에 주도적인 역할을 하여 여성에게 효 가치의 작용이 갖는 의미를 풍부하게 추출해 낼 수 있다. 현실적으로 충분히 개연성 있는 사건과 인물들로 구성된 이 작품의 서사는 보편적인 삶의 문제를 적확히 포착해 낸 것이라고 할 수 있다. 이러한 맥락에서 이 연구에서는 〈이생규장전〉을 주 자료로 하여 애정과 효의 갈등을 살펴보겠다.[10]

〈이생규장전〉에 대해서는 총체적인 국면에서 연구가 이루어진 바 있으나,[11] 가치 갈등의 관점에서 제재의 전형성, 서사 구조, 인물 구

---

하며, 그러한 가치 갈등의 상황에서 가치 주체는 어떤 행위를 하는 것이 바람직한 것인 지 그 해법을 모색해 왔다.

**10** 〈이생규장전〉의 인용은 김시습, 『매월당 김시습 금오신화』(심경호 역, 홍익출판사, 2000)에 실린 원문으로 하며, 심경호의 번역을 주로 참조하겠다. 이 책에는 1999년에 발견된 〈금오신화〉의 조선 목판본의 원문이 실려 있다.

**11** 〈이생규장전〉은 초기 소설로서 주목받은 이래, 많은 연구가 이루어졌다. 이 작품의 영향 관계에 대한 논의(〈전등신화〉와의 관련성에 대한 논의는 이석래, 「금오신화는 전등신 화의 모방인가」(『한국문학사의 쟁점』, 집문당, 1986)에 정리되어 있으며, 〈전등신화〉 와의 모티프 비교 연구(이상구, 「이생규장전의 갈등구조와 작가의식」, 『어문연구』 35, 고대어문연구회, 1996; 박일용, 「금오신화와 전등신화에 나타난 애정 모티프 형상화 방 식과 그 의미」, 『민족문화연구』 35, 2001)를 비롯하여, 작가인 김시습의 생애와 사상에 대한 작가론, 창작 및 간행 시기, 사상적 성격, 소설사적 위상 등(이에 대한 연구사는 소 인호, 「금오신화 연구의 성과와 전망」, 『고소설연구사』, 월인, 2002, 54~55면 참조) 총 체적인 국면에서 논쟁적인 연구가 밀도 있게 이루어졌다.

성, 서사 전략, 주제 등을 종합적으로 밝히는 연구는 없었다고 판단된다. 본고에서는 〈이생규장전〉이 소속 집단과 개인의 가치 갈등의 문제를 효와 애정의 갈등이라는 제재로 다루고 있는 작품으로 보고, 이 작품이 제재로 취한 가치 문제의 의미, 가치 문제를 사건 구성으로 탐구하는 방식, 인물 구성의 방식, 가치 감화적 서사 전략, 결말에 나타난 주제 의식 등을 파악하려 한다. 이 작품은 개인이 최초로 조우할 수 있는 사회적 범주인 가족 집단 안에서 발생할 수 있는 가치 갈등, 즉, '가족 집단의 의지가 효라는 가치로 개인에게 강제될 때, 주체적인 삶을 살고자 하는 개인은 행복해질 수 있는가?'라는 문제를 '부모의 허락 없이 이성을 만나는 최랑과 이생의 애정'이라는 형상적 제재로 포착하여 서사적으로 탐구한다. 이어지는 내용에서는 소설이 설정한 가치 문제가 어떻게 탐구되며, 그에 대한 소설적 답변은 무엇인지 살펴보도록 하겠다.

## 2) 사건 구성에 나타난 애정과 효의 갈등

〈이생규장전〉은 그 내용상 두 부분으로 나눠질 수 있는데, 애정과 효의 가치 갈등은 전반부에 집중되어 있기에 이 부분을 중심으로 애정과 효의 가치 갈등으로 구성된 서사를 정리하겠다. 본고는 소설의 서사 구성을 소설이 가치 문제를 탐구하는 방식이라고 이해하였다. 이러한 관점에서 소설의 서사 내용을 검토하고자 한다.

### ▶ 만남과 사랑

(1.1)　　㉠ 이생은 부모의 명에 따라 국학에서 학문을 익히며, 최랑은

집 밖 출입을 하지 않은 채 안채에 거처한다.

ⓛ 이생은 담장을 너머 최랑을 훔쳐보고 최랑이 읊는 시를 듣는다.

(1.2)　㉠ 이생은 어쩔 수 없이 학교에 갔다.

ⓛ 이생은 돌아오는 길에 자신이 쓴 시를 담 안으로 던지고, 최랑은 이에 화답한다.

(1.3)　㉠ 이생은 담이 높아 넘지 못하였다.

ⓛ 최랑은 대바구니를 이용해 이생으로 하여금 담을 넘게 하여 정을 통한다.

(1.4)　㉠ 이생은 비밀스러운 일이 탄로 나게 될 것을 우려한다.

ⓛ 최랑은 자기가 혼자 책임질 것이라며 이생의 우려를 불식시킨다.

### ▸ 이별과 시련

(2.1)　㉠ 이생의 부친은 이생을 멀리 보낸다.

ⓛ 최랑은 상사병에 걸린다.

(2.2)　㉠ 최랑은 부모에게 이생과의 사연을 말하지 못한다.

ⓛ 최랑은 이생과의 사연을 고백하고, 최랑의 부모는 李家에 통혼한다.

(2.3)　㉠ 이생의 부친은 정혼을 거절한다.

ⓛ 최랑의 부모가 이생 부친을 재차 설득한다.

### ▸ 재회

(3.1)　㉠ 이생의 부친은 혼인을 결정하고 나서 아들의 의사를 묻는다.

ⓛ 이생과 최랑은 혼례를 이루고 부부가 되어 화락한다.

먼저 '만남과 사랑'이라는 도입부에는 귀족 남녀가 자유로운 애정을 추구하는 상황이 밀도 있게 그려지는데, 제재가 담고 있는 가치 문제를 논하는 자리에서 이 상황은 특수한 형상일 뿐 아니라 가치 문제를 함축하고 있는 전형적인 성격이 있음을 확인하였다. 제재의 전형성을 파악한다면, 작품의 재현 대상이 되는 사물이나 사건이 단지 서사세계를 구성하기 위한 재료가 아니라 가치 문제와 연관된 상징적인 의미를 가지고 있음을 알고 소재의 의미를 풍부하게 이끌어낼 수 있다. 그리고 제재에 이미 가치 갈등의 요소가 내포되고 있다면, 도입부에서 벌어지는 사건도 가치 갈등의 원리에 따라 구성됨을 확인할 수 있다.

비록 동네 사람들이 모두 최랑과 이생을 알아, 그 재색과 재주를 칭송하였다고는 하지만12 이생과 최랑 사이에는 '담'이 있어 이들의 자유로운 만남은 가능하지 않았다. 이생이 국학에 다닐 때 늘 최씨네 담을 지나갔지만 둘은 서로를 볼 수 없었다. 이 '담'이 우의적인 의미를 갖고 있다고 보기는 힘들지만, 여성들의 문 밖 출입이 자유롭지 못 했던 것이 당대의 현실이라고 할 때, 담을 두고 격한 두 남녀의 거리는 남녀 간의 자유로운 만남의 제약으로 작용한다고 이해할 수 있다. 두 남녀가 애정 관계에 돌입하게 된 계기는, '이생이 담 너머를 엿보다'라는 뜻의 제목이 잘 말해주듯이 담 너머의 최랑을 엿보는 이생의 행위에서 마련되었다. 그렇지만 이생만이 담 너머를 엿본 것은 아니었다. '길 가는 저 이는 어느 댁 서생이신지/ 푸른 깃에 너른 띠 버들 사이에 어른거리네(路上誰家白面郎, 靑衿大帶映垂楊: 257)'라고 시에서 읊었던 것처럼 최랑 역시 담 너머의 남성을 살피고 있었다.

---

12 세상 사람들은 이생과 최랑에 대하여 "풍류재자 이 도령, 요조숙녀 최 낭자, 그 재주 그 모습, 듣기만 해도 주린 창자를 배불린다오.(風流李氏子, 窈窕崔家娘, 才色若可餐, 可以療飢腸: 257)"라고 칭송하였다.

이렇게 담으로 남녀를 분리시켜 놓는 것이 남녀의 자유로운 만남을 제약하는 남녀 간의 예(禮)라고 할 수 있는데, 이는 혼사에 있어서 부모의 결정권을 용이하게 한다는 점에서 부모에게 유리한 점이기도 하였다. (1.1)

이생은 최랑도 자기를 보고 흠모하는 마음을 품고 있다는 것을 알았지만 담이 높고 최랑이 기거하는 안채가 깊숙한 곳에 있기에 서운한 마음으로 국학(國學)에 간다. 담을 너머 최랑을 훔쳐보고 최랑의 마음을 확인한 이생이 다시 학교에 간다는 것은 일상으로 돌아간다는 것을 말한다. 이 일상은 부모와 가문을 빛내는 효를 행하기 위해 국학에 다니면서 과거를 준비하는 것이다. 그러나 이생은 그 날 학교에서 학업에 전념하지 않았다. 그가 시에서 고백하듯이, "좋은 인연이냐 궂은 인연이냐/ 부질없이 시름 앓아 하루가 일년이네(好因緣邪惡因緣, 空把愁腸日抵年: 258)" 하면서 온종일 최랑의 생각만 하였던 것이다. 그리고 이생은 "사마상여가 되어 탁문군을 꾀어내려는 마음속에 품은 생각은 이미 흠씬 깊었도다(相如欲挑卓文君 多少情懷已十分: 257)"라고 한다. 이로 미루어 이생은 진작부터 자신의 의지에 의해 여성을 만나려는 바람을 갖고 있었음을 알 수 있다. 최랑도 여기에 응해 '밤에 만나자(昏以爲期)'는 쪽지를 전한다. (1.2) 이생이 그 말에 따라 최랑의 집을 찾았으나 이생이 최랑에게 갈 수 있는 방도는 월장밖에 없었다. 남녀유별(男女有別)의 예(禮)가 담이라는 형상으로 견고히 버티고 있기 때문이다. 이러한 상황에서 최랑은 복숭아나무에 매어놓은 그네를 넘겨 이생은 그네줄을 잡고 월장할 수 있었다. (1.3)

최랑은 이생을 보자, "桃李 가지에 꽃송이 탐스럽고/ 원앙 베개 위엔 달빛도 고와라(桃李枝間花富貴, 鴛鴦枕上月嬋娟: 258)"라며 만남의 기쁨을 노래하는데, 이생은 "이 다음에 어쩌다가 봄소식 새나간다면/

비바람 무정하니 그 더욱 가련하리(他時漏洩春消息, 風雨無情亦可憐: 258)"라며 불안한 심경을 읊는다. 이에 최랑은 장부의 의기를 가지고 왜 그런 말을 하냐며 책망하고, 일이 누설되더라도 이생을 일에 연루시키지 않고 자기 혼자 책임을 지겠다고 나선다. 그럼에도 이생은 "일을 채 못 이루면 시름이 따를테니/ 함부로 새 곡조 지어 앵무새에게 가르치지 마오.(勝事未了愁必隨, 莫製新詞敎鸚鵡: 259)"라는 신중한 태도를 보인다. 최랑은 이런 이생의 손을 잡아 이끌고, "오늘의 일은 필시 작은 인연이 아니어요. 낭군께서는 부디 제 뒤를 따라 오셔서 두터운 정의를 끝까지 다하소서.(今日之事, 必非小綠, 郎須尾我, 以遂情款: 259)"라며 누각의 다락으로 이끈다. 이후, 이생은 최랑의 누각에서 꿈만 같은 며칠을 보낸다. (1.4)

이처럼 도입부에서 이생과 최랑의 애정에 내재된 가치 갈등의 문제가 서로 다른 태도를 갖는 최랑과 이생의 형상을 통해 드러났다면, 소설의 서사는 이 갈등을 점차 복잡해지는 사건을 통해 본격적으로 탐구하기 시작한다. 이는 애정 관계에 있어서 시련으로 작용하는데, 그 시발은 이생이 부모님이 걱정하실 것을 염려하여 최랑의 집을 떠나는 지점에서부터이다. 이후, 밤마다 최랑을 찾아가는 아들을 보고, 사태의 기미를 눈치 챈 이생의 아버지가 이생을 꾸짖으며 농사나 감독하라고 영남으로 가라고 하고, 그 다음날로 이생은 아버지의 명에 따라 울주로 내려갔다. 엄한 부친 때문이라지만 최랑에게 이별의 말조차 하지 못하고 그대로 부친의 명을 따르는 이생은, 자유로이 인연을 맺었으나 그 관계를 유지하고 지속시킬 용기와 의지가 부족한 소심한 인물이라고 할 수 있다. 이에 비해 최랑은 이생의 소식을 몰라 애태우면서 여러 모로 알아보다가 이생의 떠남을 알고 상사병에 걸린다. (2.1)

상사병으로 죽어가는 최랑의 마음은 가치 갈등이 가장 심각하게 벌어지는 영역이기도 하다. 최랑은 부모에게 고백을 하고 부모의 도움으로 자신의 가치를 실현해야 하는가, 아니면 가문의 청명(淸名)을 위해 홀로 앓다가 죽을 것인가라는 선택항을 두고 번민을 한다. 이 지점은 서사의 극점으로서 독자의 긴장감이 가장 고조되는 곳이기도 하다. 최랑이 병을 앓자 최랑의 부모는 자식에게 관심을 가지고, 자식을 병들게 한 원인을 살피려 하다가 이생의 존재를 알게 된다. 이에 최랑은 부끄러움을 무릅쓰고 이생과의 관계를 밝히고, 부모에게 자기 목숨을 보존하려면 소원을 들어달라고 청한다. 비록 최랑이 목구멍에서 겨우 나오는 소리로 부모에게 이야기하지만, 그 내용은 부모가 원을 들어주면 남은 생을 보존하게 되고, 그렇지 않으면 죽게 될 것(父母如從我願, 終保餘生, 倘違情款, 斃而有已: 262)이라고 부모를 강제하는 것이다. 죽어가는 자식을 살리기 위해서라도 최랑의 부모는 문벌의 차이가 현격한 이생의 집안에 청혼을 한다. 이는 최랑의 애정가치가 부모를 통해 실현된 것이라고 이해할 수 있다.[13] (2.2) 그런데 이생의 부친은 청혼을 거절한다. 자식의 애정가치를 인정하지 않고 현실적인 문벌(門閥)의 차이나 여기서 비롯되는 집안의 자존심만을 생각하는 것이다.[14] 최씨는 중매쟁이를 세 번이나 이생의 집으로 보내 이생의

---

**13** 물론 이는 자식을 사랑하는 부모가 자기의 뜻을 자식에게 관철하려는 의지를 양보하는 자애로움을 바탕으로 한다. 이렇게 애정과 효의 갈등의 문제를 고찰하는 데 있어서 효가 일방적으로만 강요되었다는 시각은 위험할 수 있다. 김태길은 자식에 대해서 부모가 지켜야 할 도리라는 것은 어버이의 끝없는 사랑의 테두리 속에 포함되는 것으로 이해하였으며, 효를 '강자(强者)의 자기중심적 사고'로만은 볼 수 없다고 하였다(김태길, 앞의 책, 78~79면 참조).

**14** 조선 초기까지만 해도 고유의 '처가살이혼'이 보편적이었다고 한다(김두헌, 「조선 가족 제도 연구」, 서울대 박사학위논문, 1952 참조). 그러나 처가에서 산다고 하더라도 남성 쪽에서 맨 몸으로 가는 것이 아니라 노비와 재물을 일종의 혼수로 준비해야 했으니, 문벌과 지위가 비슷한 집안과 혼인을 하게 하거나 이생이 급제한 뒤 혼인시키려는 이생 부친의 생각은 현실적이라고 할 수 있다.

덕과 재모를 칭찬하여 이생 부친의 자존심을 손상시키지 않으면서 실질적으로 혼례를 위한 준비를 담당하겠다고 한다. (2.3)

그제서야 이생 부친은 아들을 불러다 그 뜻을 묻는다. 아무리 아들이 원하는 일을 성사시키기 위한 것이라고는 하지만 이미 자신이 먼저 결정을 내린 상태이기에 이는 형식적인 절차에 불과한 것이라고 이해할 수 있다. 이생은 "은하의 까마귀와 까치들이 아름다운 기약을 도와주었네(天津烏鵲助佳期: 263)", "이제야 월하노인이 붉은 실을 잡아매었네(從今月老纏繩去: 263)"라고 정혼이 성사된 기쁨을 표현한다. 이생이 시골에 내려가 있는 동안, 최랑이 사경을 헤매면서 부모에게 부끄러운 고백을 해야 했으며, 최랑의 부모가 문벌의 차이가 현격한 이생의 집에 몇 차례 머리를 굽히며 찾아가 혼인을 사정해야 했고, 이생의 부친이 벌열 가문과의 혼례에 소요될 비용을 생각하면서 혼자 고민했을 저간의 사정을 모르는 이생에게 있어서 최랑과의 혼인은 그저 '까마귀와 까치의 도움'이거나 '월하노인의 은혜'와 같이 우연한 기적과 같은 것이었다. 이렇게 이생과 최랑이 혼인을 하여 서로 사랑하면서도 공경하는 부부가 되고, 이생이 급제하여 높은 벼슬에 올라 조정에까지 이름을 떨치게 된 것이 그 뒷이야기이다. 이생의 출세는 곧 개인의 영달이기는 하지만 효의 최종 목표이기 때문에 이러한 결말은 애정가치와 함께 효 가치를 실현하는 것이라고 할 수 있다. (3.1)

이처럼 최랑과 이생이 만나 혼인을 하기까지 이 작품의 서사는 가치 갈등을 원리로 하여 구성되어 있으며, 전체적인 흐름에 있어서 도입부는 문제를 제기하고, 전개부는 가치를 분규화시키고 심각한 양상으로 탐구하며, 결말부에서는 이 가치 문제가 어떻게 해결되어야 하는가에 대한 판단을 마련한다. 전개부를 중심으로 논하자면, 이 작품은 여주인공이 상사병으로 죽어가는 극점을 마련해 두고서, 이런 상황에서 주체적인 삶을 살고자 하는 자식은 어떻게 해야 할 것인가, 부모는 이러한 자식을 어떻게 해야 할 것인지를 탐구한다. 이 작품의 서사는 최랑으로 하여금 부모를 설득하는 방법으로 이 극적인 갈등 상황을 돌파한다. 즉, 가치 갈등의 문제를 서사적으로 추론해 본 소설은, '부모 혹은 가문의 뜻과 배리되는 자식의 의지를 어떻게 해야 하는가?'에 대해 자식은 자신의 의지를 실현하려 노력해야 하며, 부모도 자식을 이해하고 그 욕구를 인정하는 방향으로 그 해법이 마련되어야 할 것이라는 가능성을 시사하는 것이다. 결말부에서 이 가능성은 결국 최랑과 이생이 혼인을 하고, 이생이 가문의 명예를 드높이는 인물이 되었다는 것으로 구체화된다.

## 3) 자율성을 추구하는 자식과 집단의 규범을 강조하는 부모

집단과 개인의 갈등이라는 가치 문제를 다루고 있는 이 작품은 가치 갈등의 관계에 놓인 인물로 부모와 자식을 설정하였다. 인물을 이해하고 공감하기 위해서 필요한 가치 지향과 대상, 사회적 역할, 양태를 중심으로 주동자와 적대자인 자식과 부모를 분석해 보도록 하겠다. 최랑은 애정가치를 실현하기 위해 가장 적극적인 역할을 하는 주동자로서 이생과의 결합을 가치 대상으로 삼는다. 그렇지만 최랑은 스스로 중매하지 못하는, 자식이라는 사회적 역할에 묶여 있는 존재이다. 이렇게 최랑은 역할의 제약을 넘어서는 서사적 기능을 하려 하기 때문에 소설의 주인공이 된다. 인물의 양태를 안다는 것은 곧 그가 어떤 정서적 상태에 놓여 있는지, 그에게 벌어진 일에 대해 그는 어떻게 생각하는지를 이해하는 것이기에 공감의 전제 조건이 된다. 여기서는 사회적으로 조건화된 역할이나 서사 구성에서 확인될 수 있는 기능보다는 주로 양태에 초점을 두어 논하도록 하겠다.

가치 갈등에 따라 서사를 재구해 본 앞 절에서 확인하였다시피, 애정가치 실현에 가장 큰 역할을 하는 이는 최랑이다. 최랑은 애정가치를 실현하는 데 있어 주동자 기능을 하지만 사회적 존재로서 최랑의 내면에는 이미 개인보다는 가족집단을 우선시하는 효 가치가 자리잡고 있다. 그래서 앞서 언급하였다시피, 애정가치를 추구하는 최랑의 내면은 곧 가치가 충돌하는 영역이 되기도 한다. 최랑의 양태를 알기 위해 가장 중요한 단서가 되는 것은 상사병이다. 서사 구성에서 상사병은 서사의 극점이자 갈등 해결의 서사적 계기를 갖고 있음을 확인할 수 있었지만, 여기서는 인물 이해를 위한 단서로 보자면, 이 병은 인물의 서사적 기능과 사회적 역할이 어긋났을 때 발생하는 것이라고 할 수 있다. 대다수 애정소설의 주인공들은 한번씩 앓는 상사병은 주인공이 가치화한 자연발생적인 애정의 힘이 주인공을 제약하는 사회적 역할로 인해 그 유로(流路)를 얻지 못하여 다시 그 열정이 자기에게로 향할 수밖에 없는 상태를 의미하기 때문이다.[15] 따라서 이러한 상사병은 애정의 자연발생적인 속성을 보여주어 애정가치의 정당성을 주장하는 자기 표현인 동시에, 자식이라는 역할을 가진 인물에 작

---

[15] 조선시대 애정소설에는 상사병을 앓는 남녀 주인공들이 많이 등장한다. 〈운영전〉의 운영이나 김 진사도 상사병을 앓았으며, 〈양산백전〉의 산백은 상사병으로 인하여 죽었다. 또, 〈쌍미기봉〉의 남녀 주인공들도 격장한 상태에서 서로 만나지 못하여 상사를 앓는다. 그런데 대부분 귀족이나 양반을 주인공으로 한 소설에 상사병에 걸리는 인물이 등장하는 것으로 보아, 상사병은 예를 중시하는 양반 집단의 규범으로 인해 애정의 표현에 제약이 가해지는 사회적 환경과 밀접한 관련이 있는 것으로 추측된다.

용하는 사회적 가치의 지대한 영향력을 보여준다.

상사병을 앓고 있는 최랑의 마음속에 있던 가치 갈등은 최랑이 부모에게 하는 말로서 외화되어 나타난다.

"아버님, 어머님! 저를 길러주신 은혜가 깊어 감히 숨기질 못하겠나이다. 가만히 혼자 생각해보니, 남녀가 서로 사랑을 느낌은 인간의 정리로서 지극히 중대한 일이옵니다. 그러므로 매실이 떨어지기 전에 결혼의 좋은 시기를 잃지 말라는 말이 〈시경〉의 주남(周南)에 노래되었고, 장딴지에 먼저 느껴 경거망동한다면 흉하다는 말이 〈주역〉에 경계되어 있습니다. 저는 버들 같은 가냘픈 몸으로, 상락(桑落)을 노래한 시에서 뽕나무 잎 시들기 전에 시집갔어야 했는데 뒤늦게 시집가서 버림받았던 일은 경계로 삼지 않고서, 길의 이슬에 옷을 적셔서 절개를 지키지 못하여 다른 사람의 비웃음을 받게 되었습니다. 새삼 덩굴이 다른 나무에 의지해서 살 듯이 벌써 창아(娼兒) 같은 짓을 하였으니, 죄가 이미 가득 넘쳐나고 수치가 가문에 미치고 말았습니다."("父親母親, 鞠育恩深, 不能相匿. 竊念男女相感, 人情至重. 是以, 摽梅迨吉, 咏於周南, 咸腓之凶, 刑於羲易. 自將蒲柳之質, 不念桑落之詩, 行露沾衣, 竊被傍人之嗤. 絲蘿托木, 已作渭兒之行. 罪已貫盈, 累及門戶.": 262)

최랑은 처녀로서 정조를 지키지 못한 자신의 잘못을 결국 "집안에까지 누를 끼치는(累及門戶)" 행위로 인식하고 있는 것이다. 이는 애정가치와 효 가치 사이에서 최랑이 번민하고 갈등하고 있었음을 보여준다. 여성이 정조를 지키지 못하는 것을 집안의 수치라고 여기는 것은 자식의 권리나 행복보다 가문과 부모의 명예를 소중히 여기는 효 가치의 또 다른 실현태라고 할 수 있다. 남아의 경우, 출세를 하여 가문과 부모를 빛내는 것이 효를 실현하는 최상의 방법이었던 것에 대응하여, 여아의 경우, 정조를 더럽혀 가문과 부모를 욕되이 하는 것은 효를 훼손하는 최악의 방법이었다. 그래서 〈장화홍련전〉의 배 좌수는 평소에는 외출했다가 돌아오면 부인보다 딸에게 찾아갈 정도로 딸을 사랑했건만, 장화가 정조를 잃었다고 판단하자 아들을 시켜 장화를 죽이라는 명을 직접 내렸으며, 귀신이 된 장화, 홍련을 만난 부사도 배 좌수가 딸이 정조를 지키지 못했다는 말을 하자 친자살해범인 배 좌수를 풀어주었다. 그만큼 정조를 잃은 자식은 조선시대 최고의 가치라고 여겨졌던 효 가치를 훼손하는 존재로서 차라리 죽는 방식으로 집안의 명예를 되살리든지, 그 사실을 숨기기 위해 부모로부터 죽임을 당해도 되는 존재였던 것이다. 그럼에도 최랑은 효 가치를 훼손하면서라도 자신이 원하는 애정가치를 스스로 실현하기 위해 힘든 고백을 하였고, 부모는 이미 결심이 선 자식의 뜻에 따라 주었다.[16]

이렇게 최랑은 효와 애정 사이에 번민하고 고민하는 주체로서 양태를 가지고 있다. 그 고뇌는 상사병이라는 병리적 상태로 드러난다. 그러나 이 상사병은 자기 주장의 계기를 마련해 주기도 한다. 자애로운 부모라면 죽어가는 자식을 그냥 두고 볼 수 없기 때문에 자식이 진정으로 원하는 것은 무엇인지 들어줄 태도를 취하기 때문이다. 이러한 기회를 빌어 최랑은 정조를 잃어 가문의 누를 끼치는 불효를 범했음을 고백하는 한편, 이생과 혼인하지 못한다면 자신을 죽게 될 것이라고 부모에게 주장한다. 이처럼 최랑은 애정가치를 추구하지만 사회적

---

16 최랑의 부모가 최랑의 애정가치에 무조건적으로 감화되었기에 이생과 최랑의 애정을 실현시켜 주기 위해서 문벌의 차이가 많이 나는 이생의 집안과 혼인을 하려 했던 것은 아닐 것이다. 최랑 부모의 입장에서는 실절한 딸과 이생을 혼인시킴으로써 그나마 집안의 명예를 보존할 수 있을 것이라는 판단을 했을 수 있다.

제약에 묶여 있는 존재로서 심적으로 갈등하고 번민하는 주체이다. 그러면서도 최랑은 자기 삶의 서사적 행로를 막는, 자식으로서 역할을 넘어선다. 개인으로 하여금 사회적 역할에 종속된 존재가 아니라 진정한 자기를 찾아나가게 해주는 동력이 되는 것은 내면에서 심각한 가치 갈등을 벌이는 과정과 그러한 갈등 속에서도 자신의 가치 지향을 실현하려는 결단과 용기라고 할 수 있다.

최랑의 애정 실현 의지에 가장 장애를 제공하는 인물은 효의 가치를 자식에게 강요하는 이생의 부친, 그리고 그러한 부친의 명령에 무조건적인 복종을 행하는 이생이다. 이생의 행적을 의심하고 이생을 나무라는 이생 부친의 논리는 다음과 같다.

> "네가 아침에 집을 나갔다가 저물어 돌아오는 것은 옛 성인이 남기신 인의(仁義)의 격언을 배우려는 것이다. 그런데 요사이는 저물녘에 집을 나가 새벽에 돌아오니 이게 어찌된 일이냐? 필시 경박한 놈의 짓을 하여, 남의 집 담장을 넘어가서 단향목(檀香木)이나 꺾고 다니는 것일 테지. 일이 만일 환하게 드러나면, 남들은 내가 자식을 엄히 가르치지 못하였다고 책망할 것이다. 또 만일 네 놈이 만나는 그 아가씨가 지체 높은 집안의 딸이라면, 반드시 네 미친 짓 때문에 저쪽 가문을 더럽혀 남의 집에 누를 끼치게 될 것이야. 어허. 이 일은 작은 일이 아니로다. 빨리 영남으로 내려가서 노복들을 데리고 농사 감독이나 하거라. 그리고 다시 돌아오지 말아라." (汝朝出而暮還者, 將以學先聖仁義之格言, 昏出而曉還, 當爲何事? 必作輕薄子, 踰垣牆, 折樹檀耳. 事如彰露, 人皆謫我敎子之不嚴, 而如其女, 定是高門右族, 則必以爾之狂狡, 穢彼門戶, 獲戾人家, 其事不小, 速去嶺南, 率奴隷監農, 勿得復還.: 262)

이생의 부친은 이미 자식의 행각을 잘 파악하고 있다. 그리고 이생의 잘못된 행실이 자기가 자식을 잘못 키운 불명예가 될 것이며, 나아가 남의 집의 청명(淸名)까지 더럽힐 것임을 지적한다. 유교 사회에서 효는 부모와 자식이라는 혈연 관계의 문제만으로 축소하여 볼 것은 아니다. 효 가치의 실현 영역은 부모를 빛나게 하는 데[洺父母]에서 그치는 것이 아니라 가문의 명예를 드높이고 영달하게 하는 것까지를 포괄한다. 나아가 효는 조상신의 숭배를 위한 제사 의식을 동반하니 가히 종교적인 경지로까지 확장된다. 그렇게 효를 이해할 때, 이생의 부친이 이생에게 명을 내리고 이생이 그 명을 수행하는 것은 물론 효 가치를 따르는 것이지만, 나아가 이생의 부친이 그러한 명을 내리면서 자식을 탓한 내용은 이생의 행위가 불효임을 분명히 하고 있는 것이다.

그렇다면 이생의 부친이 생각하는 효의 가치란 어떤 것인지 살펴볼 필요가 있다. 앞서 지적하였듯이 부모를 욕되게 하지 않고, 집안의 명예를 더럽히지 않는 것이 그가 생각하는 중요한 효의 가치이다. 그리고 이생이 국학에서 열심히 학업을 닦아 급제한 후, 출세하는 것도 효 가치의 실현이다. 이생이 급제하고 출세하는 것을 바라는 이유는 단지 자식의 영달을 보고 기뻐하고자 하는 부모의 마음에서 비롯된 것은 아니다. 아무리 양반이었다고 할지라도 삼 대에 걸쳐 급제자가 없는 경우에 양반 신분이 박탈되고 양민으로 전락할 수 있었기에 급제는 개인에게 영광일 뿐만 아니라 가문의 존속을 위한 필수 조건이었다. 젊었을 때부터 책을 잡고 학문을 닦았지만, 나이 늙도록 성공하지 못하여, 생업이 신통치 못하고 살림이 궁해진 이생의 부친은 이생에게 큰 기대를 걸고 있었다. 이생에 대한 그의 기대는 매파에게 "우리집 아이가 비록 나이가 어려 바람이 났다고 하더라도, 학문에 정통하고 풍채도 보통 사람 정도는 되오. 바라는 바는 조만간 과거에서 장원급제하여 언젠가 세상에 봉황의 울음을 울었으면 하는 거요.(吾家豚犬, 雖年少風狂, 學問精通, 身彩似人. 所冀捷龍頭於異日, 占鳳鳴於他年.: 262)"라고 하는 데에서 드러나기도 한다. 급제하지 못해 궁색한 살림을 꾸려나가는 이생의 부친은 똑똑한 자식을 위해 영남에서 개경으로 올라와 이생을 국학에 보내 학업을 닦게 하는데, 그 궁극적인 목적은 자식이 장원급제 후 성혼하여 자신을 봉양해 주고 가문을 영달시키는 것이다. 이생도 부친의 염원과 가문의 영달을 위해 자신이 담당해야 할 역할을 잘 알고 있었을 것이다. 그래서 이생이 최랑에게 통고조차 하지 않고 부친의 명을 따라 순순히 지방으로 간 것이며, 이는 효 가치가 이생을 매개로 실현된 것이라고 할 수 있다.

이생 부친은 주인공의 애정가치 실현에 적대자로 기능하지만 그는 당대의 규범적 기준에서 볼 때 매우 현실적이며 합리적인 가치 주체라고 할 수 있다. 그가 궁극적으로 바라는 것은 자식의 행복이 아니라 가문의 영달이다. 그는 자식을 독자적인 개인으로 보지 않았다. 이는 그의 독선에서 비롯된 생각이 아니라 당대 사회에서 규범화된 효 가치가 그에게 가르쳐 준 것이다. 자식인 이생에 대해서뿐만 아니라 자신 역시 그렇게 생각하고 사회적 역할을 충실히 따라 행동하였다. 그가 이생을 나무랄 때도 자신이 잘못 가르쳤음을 남들이 욕할 것임을 그 주요 근거로 들었다는 점에서도 이를 확인할 수 있다. 이처럼 부모가 자식을 올바른 길로 이끌어 주어야 하는 존재라는 생각은 효 가치가 규정하는 인간 관계를 가장 적실히 보여준다. 문제는 그 인도가 자율적으로 자신의 가치를 실현하고자 하는 자식의 뜻과 배리되는 특수한 상황에서 발생하는 것이지, 사회적으로 주어진 역할을 충실히 수행하는 이생의 부친에 대해서 선악의 관점으로 평가할 수는 없다.

## 4) 가치 미화적 시와 설득적 발화의 인용

주지하듯, 애정전기소설인 이 작품에는 시가 많이 삽입되어 있다. 삽입시가 이 소설에서 행하는 기능과 역할은 이미 많은 연구가 이루어진 부분이지만, 이 연구에서는 가치 감화 효과라는 관점에서 시의 기능을 재고찰하고자 한다. 이 항에서 우선적으로 주목하는 것은 고도의 상징성으로 응축된 감정을 전달하는 시적 언어로 인해 애정가치나 애정 상대가 미화되어 표현된다는 점이다. 다음의 인용하는 구절에는 비유에서 비롯된 가치 미화적인 표현이 담겨져 있다.

> ① 무산 열 두 봉에 안개가 겹겹인데
>
>   반쯤 드러난 뾰족 봉은 자색빛 비취빛 쌓였구나
>
>   초양왕의 외로운 베갯꿈이 안쓰러워
>
>   선뜻 구름과 비 되어 양대로 내려오려니
>
>   (巫山六六霧重回, 半露尖峰紫翠堆, 惱却襄王孤枕夢, 肯爲雲雨下陽臺)
>
> ② 桃李 가지에 꽃송이 탐스럽고/ 원앙 베개 위엔 달빛도 고와라
>
>   (桃李枝間花富貴, 鴛鴦枕上月嬋娟: 258)
>
> ③ … 달 기울어 꽃 그림자, 방석 위로 들어오고
>
>   긴 가지 함께 당기자 붉은 꽃비 떨어지네.
>
>   바람에 흩어진 청향이 옷 속에 스미누나
>
>   가충의 딸이 봄볕 아래 춤을 추매
>
>   비단 적삼이 해당화 가지를 스쳐

꽃 사이에 자던 앵무새를 깨우도다

(… 月轉花陰入罷麨, 共挽長條落紅雨. 風攪淸香香襲衣, 賈女初
踏春陽舞. 羅衫輕拂海棠枝, 驚起花間宿鸚鵡: 258~259)


①은 이생이 최랑이 거하는 처소와 최랑을 무산(巫山), 선녀(仙女)
라는 문화적 이상(理想)에 빗대어 찬사를 보낸 것이다. 이렇게 이생의
시는 관습적인 비유를 사용하였지만, 자신의 애정과 그 애정의 대상
을 가장 아름답다는 문화적 이상에 견주고, 구름과 비가 화합하는 운
우의 정을 암시함으로써 애정 자체가 아름답게 보이게 하는 효과를
갖는다. 그리고 ②은 최랑이 복숭아나무에 매인 그네줄을 타고 담을
넘어온 이생에게 건넨 유혹의 시이다. 미혼전 남녀들의 애정을 '간
(姦)'이라고 지칭했던 당시 사회적 관습에 비추어, 이 시에서 얼마나
애정가치가 미화되고 있는지 확인할 수 있다. ③에서는 춘정에 달뜬
자신의 상태를 가녀(賈女)에 빗대어 표현하고 있다. 일상적인 말로는
애욕을 추구하는 자신의 마음을 풀어서 말하기도 힘들거니와 말했다
고 하더라도 그것은 애정 관계의 형성과 유지에 그리 큰 도움이 되지
않았을 것이다. 그러나 '햇살 속에 춤추는 봄을 맞은 아가씨'라는 형상
을 통해 직접적인 욕망은 간접화되는 한편, 임을 만난 설렘과 기쁨은
그대로 전달될 수 있었다. 이렇게 이 소설에서 시는, 산문으로 풀어내
면 속된 욕정으로 보일 수 있는 감정을 아름답게 전달하고, 상징과 비
유를 통해 인물의 숨겨진 욕구를 간접적으로 드러낼 수 있게 하는 역
할을 한다.

인물을 검토하면서, 기능과 역할의 불일치로 인해 최랑은 내면으로
부터 번뇌하고 갈등하는 양태를 가지고 있는 존재임을 확인하였다.
여기서는 그러한 양태의 설득적 효과를 서술의 전략이라는 측면에서

논해보도록 하겠다. 최랑은 자신의 행위가 집안을 욕되게 하는 불효에 해당함을 너무나 잘 알고 있기에 죄의식을 느낀다. 그러면서도 사랑하는 대상인 이생에 대한 원망도 절절하다. "저 장난꾸러기 도련님이 한번 가씨 집 향을 훔친 뒤에는, 여경이 교생에 대하여 지녔던 원망이 천 갈래로 생기는(彼狡童兮, 一偸賈香, 千生喬怨: 262)" 번민을 하면서 차라리 괴로움을 참고 혼자 살아야겠다는 결심도 해보았음을 고백한다. 그럼에도 불구하고, 최랑은 저승에서 이생과 함께 노닐지언정 절대로 다른 집안에는 시집가지 않겠다고 하니, 최랑의 부모로서도 최랑에게 마음의 위안만 줄 뿐 그 뜻을 꺾으려 들지 못했다. 최랑이 그렇게 갈등하고 번민한 결과 심사숙고하여 선택한 애정가치를 인정할 수밖에 없었기 때문이다. 최랑의 말이 부모를 설득했듯이, 독자에게도 설득력이 있음을 충분히 짐작할 수 있다. 독자 입장에서 볼 때, 오로지 하나의 가치만을 확신하고, 자신의 가치 실현 행위에 대해서 회의하지 않는 인물보다는 여러 가치를 두고 고민하고, 가치의 경중을 따져서 결단을 내리는 인물에게 공감을 느끼고, 그가 선택한 가치에 동의하기 쉽기 때문이다.

## 5) 주체적 가치 실현의 정당성 주장

앞선 논의에서는 이 소설의 전반부에 한정해 애정가치와 효 가치의 갈등을 살펴보았다. 여기에 이어 이 항에서는 후반부까지 포함시켜 왜 귀신이 된 최랑이 다시 이생과 만나는 설정이 필요했는지, 그리고 그러한 내용이 내포작가의 가치 판단과는 어떤 관련이 있는지 논구해 보도록 한다.[17] 이는 애정가치의 실현을 위해 최랑과 이생을 행복하게 맺어주었던 내포작가가 왜 최랑을 죽게 하고, 그런 최랑을 왜 다시 이승으로 불러냈으며, 이승으로 온 최랑을 왜 또 저승으로 돌려보내야 했던 것인가 라는 물음으로 대체될 수 있다. 내포작가란 독자가 작품 전체를 읽고 추론한 결과이기에 그 판단을 추출하기 위해서는 애정 실현 이후에 벌어지는 일들의 의미까지 파악해야 할 것이다.

이 소설의 전반부, 즉 최랑과 이생이 만나 정을 나누고 이별의 시련을 겪은 후, 다시 재회하여 행복한 결말을 맞는 내용은 애정을 지향하는 인물의 가치 실현이며, 애정가치가 최랑의 부모를 감화시키듯이 독자도 이들의 애정가치에 공감할 것을 요구한다. 따라서 이 부분만 떼어놓고 보자면, 내포작가는 자식이 부모의 명에 무조건 따라야 한다거나, 자식이 가족이나 가문에 종속된 존재가 아님을 역설하고, 그들의 욕구와 그것을 실현하려는 의지를 인정해 주어야 한다는 가치 판단을 행하고 있음을 어렵지 않게 알 수 있다. 한편, 내포작가는 이생 부친의 기대대로 이생이 장원급제하게 만들고, 출세하여 그 이름이 조정에까지 알려지게 되었다고 한다. 즉, 이생은 자신의 애정가치를 실현하되, 효 가치를 근본적으로 부정하지 않으면서 애정가치의 실현 이후에 효 가치를 이행한다. 이로써 내포작가는 애정가치가 소중하되, 그것은 효 가치의 실현에도 도움을 줄 수 있는 것으로서 얼마든지 효 가치와 공존이 가능하다는 가치 제안을 할 수 있었다. 그런데

---

**17** 이 소설을 《전등신화》의 작품들과 비교하여 분석한 이상구(앞의 글)와 박일용(앞의 글)은 이 소설이 두 부분으로 나눠질 수 있는 것이며, 앞부분과 뒷부분의 내용은 각각 《전등신화》 중 〈취취전〉과 〈조생전〉의 모티프의 변용이라고 밝힌 바 있다. 물론 두 연구는 모티프의 변용이 한 작품 안에서 통합적으로 녹아있음을 부정하는 것은 아니다. 본고도 이러한 관점에 입각하여 전반부와 후반부가 의미상 필연적으로 이어져있다고 파악한다.

내포작가는 이들이 오래 오래 행복하였다는 결말로 이 작품을 끝내지
않음으로써 그러한 가치 판단이 뒷부분에도 지속되는지, 아니면 애정
가치의 주장이 다른 가치를 내세우기 위한 수단으로서 의미를 갖는지
결정을 유예하게 만든다.

우선 〈이생규장전〉의 후반부의 경개(梗概)를 살펴보도록 한다.


홍건적이 송도를 점령하였을 때 이생과 최랑은 산골에 숨어 살았다.
그런데 어느 도적이 최랑을 붙잡아 강간하려 하였다. 최랑은 이에 반항
하다가 도적에 의해 죽임을 당했다. 이생은 도적이 물러간 후, 다시 집
을 찾았으나 부모의 집은 불타고, 최랑의 집도 황량하기만 하였다. 그렇
게 슬픔에 젖어 있던 이생에게 귀신이 된 최랑이 찾아왔다. 최랑은 저승
에 있다가 옛 맹세를 지키기 위해 찾아왔노라고 답하였다. 이생은 기뻐
하며 최랑과 함께 인간사를 잊고 살았다. 몇 년이 지난 어느 날, 최랑이
다시 돌아가야 됨을 고했다. 최랑은 자신의 유골을 거두어줄 것을 청하
며, 이생은 최랑의 장사를 지낸 후, 병을 얻어 세상을 떠났다.


이렇게 〈이생규장전〉의 후반부는 애정과 효의 가치 갈등으로 구성된
다른 소설과는 전혀 다른 양상으로 서사가 진행된다. 이 부분의 가치 갈
등을 이해하는 데 관건이 되는 것은 다음과 같은 최랑의 발언이다.


"① 저는 본디 양가의 딸입니다. 어려서부터 어버이의 가르침을 받들
어, 자수와 재봉에 힘쓰고, 시서(詩書)와 인의(仁義)의 방도를 배웠
습니다. 오로지 규문(閨門)의 법도만 알았으니, 규문의 경역 바깥에
서 배워야 할 일들을 어찌 알았겠습니까? 그런데 그대께서 붉은 살
구꽃이 핀 담장 안을 한번 엿보시자 저는 스스로 푸른 바다에서 캐

어 올린 구슬을 드렸지요. 꽃 앞에서 한번 웃고는 평생의 은혜를 맺었고, 휘장 속에서 거듭 만나서는 백년해로한 경우보다 정분이 더하였습니다. 말이 여기에 미치게 되니 너무도 슬프고 너무도 부끄럽군요. 슬픔과 부끄러움을 어이 이기겠습니까!

② 저는 장차 그대와 함께 전원의 거처로 돌아가 백년을 함께 늙으려 하였는데, 어찌 생각이나 했겠습니까, 뜻밖에도 갑자기 꺾여 구렁에 몸뚱이가 구르게 되다니요! 하지만 끝내 이리와 시랑 같은 놈들에게 몸을 내맡기지 않고, 진흙탕에서 육신이 찢김을 스스로 택하였습니다. 그건 정말로 천성이 그렇게 한 것이지, 인정으로는 차마 할 수 있는 일이 아니었지요.

③ 그러나 외진 골짝에서 한번 이별한 이후로, 끝내 짝을 잃고 외따로 날아가는 새의 신세가 된 것이 한스러웠습니다. 집도 없어지고 어버이도 돌아가셔서 고단한 혼백을 의지할 곳 없기에 서글프지만, 절의는 귀중하고 목숨은 가벼우므로 쇠잔한 몸뚱이가 치욕을 면한 것만 다행이라고 여기지요. 누가 조각조각 찢어진 식은 재 같은 제 마음을 불쌍히 여겨 주겠습니까? 잘게 끊어진 썩은 창자를 그저 모아두었을 따름이오라, 해골은 들판에 내던져졌고, 간담은 땅에 버려져 흙먼지를 덮어쓰고 있어요. 가만히 지난날의 즐거움을 헤아려봅니다만, 오늘의 슬픔을 위해 있었던 것 같습니다."

(① 妾本良族, 幼承庭訓, 工刺繡裁縫之事, 學詩書仁義之方, 但識閨門之治, 豈解境外之修. 然而一窺紅杏之墻, 自獻碧海之珠. 花前一笑, 恩結平生, 帳裏重逢, 情愈百年. 言至於此, 悲慙曷勝. ② 將謂偕老而歸居, 豈意橫折而顚溝, 終不委身於豺虎, 自取磔肉於泥沙, 固天性之自然, 匪人情之可忍. ③ 却恨一別於窮崖竟作分飛之匹鳥. 家亡親沒, 傷殲魄之無依, 義重命輕, 幸殘軀之免辱. 誰憐寸寸之灰

心, 徒結斷斷之腐腸, 骨骸暴野, 肝膽塗地. 細料昔時之歡娛, 適爲當
日之愁冤.: 263~264)

①에서 최랑은 소설의 전반부에 있었던 일들을 요약하여 말하고 있
다. 핵심은 자기는 규방의 법도밖에 모르는 정숙한 여성이었는데 이
생을 만나 평생의 가약을 맺었다는 것이다. 그렇지만 최랑의 말은 진
실과 조금 다른 면이 있다. 최랑은 담 너머 자기를 보는 이생을 겨냥
하여 유혹의 시를 읊었으며, 이생에게 황혼에 찾아오라고 쪽지를 건
네기도 하였다. 또, 이생이 담을 쉽게 넘으라고 그네줄을 넘겨줬다.
그리고 최랑의 누각 안에 걸려있던 시에는 이미 임을 그리워하는 마
음이 담겨 있었다. 이렇게 최랑은 애정을 희구하고 있었는데, 여기서
는 자기를 예법에 충실한 규방 여성으로 스스로를 표현하고 있다. 이
렇게 최랑은 사실과는 달리, 자신을 정숙한 규방 처자로서 자신의 면
모를 강조한다. 그러나 '푸른 바다의 구슬을 바침', '휘장 안의 정분'
등으로 이생과의 만남과 사랑을 아름답게 부각시키는 것으로 보아,
자발적인 의지에 의한 애정을 부정하는 것도 아니다. 이렇게 예와 정
을 모두 중시하면서 둘 중에 어느 것을 택할지 몰라 하는 혼란스러움
은, 정을 따르기에 슬프고 예에 비춰볼 때 부끄러운 복합적 감정[悲
慙]으로 나타난다.

②에서 최랑은 자기가 죽은 사정을 말하고 있다. 그러면서 자기가
죽은 까닭은 천성을 저절로 따른 것이지 인정 때문이 아니라고 하였
다. 인정이란 자기 생명을 보존하려는 인간의 자연성을 말하며, 천성
은 윤리적 당위로 내면화한 '제2의 자연'이다.[18] 여기서 최랑은 자기

---

[18] 최랑이 말한 천성과 인정의 구분은 맹자의 '도덕과 행복'의 구분에 대응된다. "어물(魚
物)도 내가 원하는 바요, 웅장(熊掌)도 내가 원하는 바이지만, 이 두 가지를 겸하여 얻을

의 절사를 천성, 즉 '절의'의 실행이라고 하였다. 그러면서도 인정으로는 차마 못하는 일이라고 하는 것이다. 이 말은 이중적인 의미를 갖는다.[19] 하나는 자기는 인정을 극복하고 천성을 실현한 의기 있는 행위를 하였다는 것이고, 다른 하나는 천성이라고 강요된 당위여서 자기는 죽을 수밖에 없었지만, 인정으로 보아 이러한 행위는 매우 안타깝다는 것이다. 이러한 해석은 둘 다 가능하며, 최랑의 진심도 둘 중 어느 하나에 그 비중을 두는 것은 아니다.

③에서는 먼저 절의는 중요하고 목숨은 가벼우며 쇠잔한 몸뚱이일망정 치욕을 면하게 된 것은 다행이라 하였다. 그러면서도 잘게 끊어진 썩은 창자, 들판에 던져진 해골, 땅에 널려진 간과 쓸개라는 매우 구체적인 표현으로 절의를 택한 자신의 선택이 초래한 결과를 비참하게 묘사하였다. ①과 ②에 비할 때, ③의 부분에서는 윤리적인 형식

---

수 없을진댄 어물을 버리고 웅장을 취하겠다. 삶도 내가 원하는 바요, 의(義)도 내가 원하는 바이지만, 이 두 가지를 겸하여 얻을 수 없을진댄 삶을 버리고 의(義)를 취하겠다. 삶도 내가 원하는 바이지만, 원하는 바가 삶보다 심한 것도 있다. 그러므로 삶을 구차히 얻으려고 하지 않는 것이며, 죽음도 내가 싫어하는 바이지만, 싫어하는 바가 죽음보다 심한 것이 있다. 그러므로 환난(患難)을 피하지 않는 바가 있는 것이다. (…) 이 때문에 살 수 있는데도 (그 방법을) 쓰지 않음이 있으며, 이 때문에 禍를 피할 수 있는 데도 하지 않음이 있는 것이다."(성백효 譯註, 〈孟子集註〉, 전통문화연구회, 1991. 告子 上, 331~332면) 여기서 맹자는 불의한 생이나 개인의 안락보다는 의로운 죽음이 나음을 설파하고 있다. 최랑은 맹자가 말한 '구차한 생'과 '의로운 죽음'을 각각 '인정'과 '천성'으로 의미화하여 발언한 것이다.

**19** 이 부분에 대한 엇갈린 해석은 이상구와 박일용의 연구에서 발견할 수 있다. 이상구는 최랑이 현실적 삶의 고통을 감내하기보다는 절의라는 미명 하에 모든 현실의 고통과 현실적 삶을 순간적인 죽음으로써 해결코자 하였다면서 이는 절의를 유가적인 덕목으로 생각하는 유가적 사대부의 태도와 맞닿아 있다고 파악하였다(이상구, 앞의 글). 박일용은 이를 평면적인 해석이라고 지적하고, "절의라는 이념을 위해서 목숨을 버리는 일은 (…) 천성으로 표현된 바 어길 수 없는 당위적 윤리이기 때문에 그것을 행한 것이지 인정으로는 차마 할 수 없는 것이다."라고 해석한다. 즉, 최랑은 "천성과 인정 사이의 극단적 갈등을 통해 중세적 이념과 현실 사이에 야기되는 부조리 그 자체를 부각시키는"(박일용, 앞의 글, 227~228면) 고백을 행하고 있다는 것이다.

인 '예'와 인정의 자연스러운 발현인 애정, 윤리적 당위로 인간에게 강요되는 '천성'과, 인간이라면 누구나 가지고 있는 '인정'이라는 의미로 나뉘어져 둘 중 어느 한 편으로도 기울지 않았던 힘의 균형이 깨지고 있다고 할 수 있다.

이렇게 최랑은 대립적인 의미를 공존시키는 방식으로 말을 해가다가 점차 자신의 가치 지향을 드러내는 방식을 취하고 있다. 이는 효나 열과 같이 천성으로 인간에게 강요되는 사회적 관념을 부정할 수 있을 만한 논리와 확신이 충분히 갖추어지지 않은 상태에서 이에 대한 회의를 드러내는 것이라고 할 수 있다. 그러나 그것이 아무리 회의임에도 불구하고, 끊어진 창자(斷斷之腐腸), 버려진 해골과 간담(骨骸暴野, 肝膽塗地)이라는 구체적인 표현을 얻은 훼손된 육체는 그 존재 자체로 사회적 관념을 고발하는 효과를 지닌다. 그리고 실제로 절사한 여인이 한탄조로 자신의 훼손된 육체를 구체적으로 표현하며, 절행을 회의하는 발화를 하게 하는 설정은, 제3자가 절의를 위해 죽음을 선택하는 행위가 과연 가치 있는가라는 질문을 던지고 이를 논증적으로 풀어가는 방식보다 훨씬 설득력 있다. 이러한 수사적 분석을 통해, 내포작가는 천성보다는 인정을 따르는 것이 개인의 행복을 찾는 길이라 제안하며, 효와 열 같은 사회적 관념이 아무리 소중할지라도 개인의 목숨보다 무거울 수 없음을 판단하고 있다고 추론할 수 있다.

이것이 후반부의 절사와 절사 후 귀신을 등장시키는 의미라면, 이 소설은 전반부에 나타난 효 가치와 애정가치의 갈등을 확장시키는 구조를 갖는다고 할 수 있다. 전반부에서도 효 가치가 단지 자발적인 애정을 제약하는 부모의 횡포로만 의미화되지 않으며, 家라는 집단 전체가 개별 구성원의 자유로운 의지를 구속하는 문제로까지 확장되었다. 이 소설의 후반부에서는 여전히 애정가치를 매개로 하되, 효를 포함하여 인간의 천성이라 강요되는 가치들 전반을 문제적인 것으로 드러낸다. 이를 위해 내포작가는 절사라는 극적인 상황을 끌어왔으며, 절사의 의미를 드러내기 위해 죽은 최랑을 다시 살려내어야 했다. 그러고 나서 '끊어지지 않은 인연'으로 인해 다시 이생과 이승에서 몇 년 동안 화락하는데, 이 시기, 명혼이 된 최랑과 이생의 삶이 구현하는 것은 오직 애정가치이다. 돌아온 최랑과 함께 사는 이생은 "인간사에 게을러졌다. 그래서 비록 친척과 빈객의 吉凶事에 하례하고 조문해야 하는 경우가 있더라도, 문을 걸어 잠그고 밖에 나가지 않았다.(懶於人事, 雖親戚賓客賀弔, 杜門不出: 264)"라고 하기 때문에 이들만의 삶에 다른 사회적 가치가 들어올 여지는 없었다고 볼 수 있다. 이렇게 살았건만 명부에 매어 있는 최랑은 떠날 수밖에 없었고, 삼사 년을 살다 헤어지면서도 아직 미진한 정이 남았던지 둘은 슬픔을 걷잡지 못하였다. 그리고 최랑이 떠나자 이생도 곧 병을 얻어 죽는다. 이 역시 이생이 애정가치라는 개인적 가치 이외에 다른 가치들에 대해서 더 이상 의미를 두고 있지 않음을 보여주면서 애정가치의 절대성을 드러낸다.

그리고 이 소설의 마지막 부분에는 "이 이야기를 들은 사람들은 모두 애처로워하고 슬퍼하여 그들의 절의를 사모하지 않는 이가 없었다.(聞者莫不傷歎, 而慕其義焉: 265)"고 하였다. 사람들이 말하는 절의란 절사를 하였던 최랑의 경우에만 해당하지 않음에 주목할 필요가 있다. 즉, 최랑이 떠난 뒤, 슬픔에 병을 얻어 최랑의 뒤를 따른 이생에 대해서도 아름다운 절의가 있다고 하는 것이라 할 수 있다. 사람들이 말하는 의(義)란 오직 한 사람만을 애정 상대로 여기고, 그 애정가치를 수호하는 것이다. 그렇다면 최랑은 절사로 죽었다는 사실 자체가 의가 아니라 죽음을 초월하여 다시 이생을 찾아온 것이 의가 된다. 이렇게 이 소설의 마지막 부분에서도 내포작가는 사회적 관념이나 죽음마저도 넘어설 수 있는 애정가치의 절대성을 다시 한번 강조하고 있는 것이다.

내포작가는 해석의 결과물이기 때문에 내포작가의 가치 판단이라고 추출한 내용이 관점에 따라 다를 수도 있을 것이다. 그렇지만 이생이 한 번 담 너머 최랑을 훔쳐보는 '규장'의 사단(事端) 이후 벌어진 일들과 그 결말을 볼 때 내포작가는 애정가치의 편에서 사건을 구성하고, 개인적 욕망에 속하는 애정가치 실현의 장애로 작용하는 효 가치를 문제시하며, 나아가 애정가치를 수호하기 위한 방식으로서 절사마저 문제적인 것으로 제시하여 사회적으로 강제되는 가치보다는 인정을 바탕으로 하는 개인적 가치가 더 소중한 것임을 드러낸다.

이 소설 전반부의 담을 엿보는 행위는 많은 소설에서 반복적으로 구현되는데, 이는 담 너머 규수를 훔쳐보는 것 이외에는 달리 규중의 여성을 만날 수 있는 신통한 방법이 없었던 문화적 제약으로 형성된 모티프라고 추정된다. 또, 남성이 담 너머로 엿볼 수 있는 존재는 주로 규방의 여성들이었을 것이기에 이러한 모티프는 귀족끼리의 애정을 다룬 소설에서 많이 발견된다. 〈구운몽〉에서 소유가 사녀(士女)였던 진채봉을 만날 때에도 이 규장의 모티프가 활용되었으며, 〈채봉감별곡〉에서 장필성이 양반집 규수였던 채봉을 만나는 계기를 제공한 것도 이것이다. 규장의 행위는 스스로 중매하는 것이기 때문에 부모의 뜻과 상충될 수 있는 가능성이 존재하며, 따라서 이후 서사에서 효와 애정의 가치 갈등이 전개될 가능성이 크다. 실제로 〈채봉감별곡〉은 이러한 가치 갈등을 부모에 의한 딸의 인신매매로까지 비화시켜 심각하게 문제 삼고 있기도 하다. 이하의 내용에서는 규장 모티프가 활용되는 소설을 검토하면서 효와 애정의 가치 갈등에 대한 내포작가의 가치 판단을 비교해 보려 한다.

〈구운몽〉에서 진채봉은 소유가 처음으로 만난 여성이다. 과거 시험을 보러 가는 도중에 소유는 수양버들이 늘어진 담 너머의 누각에 있는 채봉을 보고 반하게 된다. 진채봉은 최랑처럼 벌열층 외동딸이며, 소유도 이생처럼 아직은 한미한 선비이다. 지위와 문벌이 다른 두 집안의 만남이 이렇게 선비가 담 너머를 엿보는 행위로 시작되는 것은 문화적 전형성을 갖는다. 채봉도 유모를 시켜 주막에 있는 소유에게 정혼의 뜻을 담은 편지를 전하게 할 정도의 적극성을 가지고 있었다. 그렇지만 최랑보다는 애정보다는 예를 중시했기 때문에 황혼에 찾아오겠다는 소유를 만류하고 다음날 대청에서 언약을 맺자고 제안하였다. 그러나 하루를 지체한 사이에 일어난 난리로 인해 두 남녀는 헤어지고, 채봉의 부친은 역적으로 몰려 채봉의 생사나 행적은 알 길이 없었다. 나중에 채봉의 소식을 들은 소유는 채봉을 단념하고, 다른 여성들과의 인연을 맺는 데 바빴다.

이를 통해 보건대, 〈구운몽〉의 내포작가는 담과 같이 남녀의 만남을 제약하는 관습적인 윤리를 문제 삼고 남녀 간에 자연스럽게 생겨날 수 있는 애정을 긍정하기는 하지만, 그것을 유교 사회의 최고 가치인 효와 갈등 관계에 놓으려 하지 않음을 알 수 있다. 만약 소유와 채봉이 급작스럽게 이별하지 않고 혼사가 진행되었더라면, 자식이 스스로 중매한 비례(非禮)에 대하여 그 부모들이 반대했을지도 모르며, 벼슬이 높은 진채봉의 부친은 채봉에게 권세가와 정혼을 강요했을지도 모른다. 그러나 〈구운몽〉에서는 채봉의 부친을 역적으로 몰리게 하고, 소유와 채봉을 헤어지게 하였다. 또, 그럼으로써 소유는 주체적인 의지에 따른 정혼 상대인 진채봉과 부모의 의지에 따른 정혼 상대인 정경패를 두고 내적인 갈등을 겪지 않을 수 있었다. 그리고 무엇보다도 소유의 부친인 양 처사는 소유가 어렸을 적에 세상을 떴음으로 소유와 양 처사가 갈등 관계에 놓일 가능성은 애초에 차단되어 있었다.[20] 이렇게 〈구운몽〉은 효 가치가 애정가치와 상충될 수 가능성을 피해가면서 효 가치 자체를 문제적인 것으로 부각시키지 않았다. 결국, 애정가치를 추구하되, 그것은 효 가치를 훼손시키지 않는 범위 안에서만 가능하다는 것이 〈구운몽〉의 내포작가가 내린 효와 애정의 가치 갈등에 대한 판단이라고 할 수 있다.

〈채봉감별곡〉에서는 부모가 자식의 불효를 준열하게 꾸짖거나 자식이 부모의 면전에서 정면으로 반발하지는 않지만, 자식과 부모가 각각 자신의 의지를 철저히 밀고 나아감으로써 실질적인 갈등은 아주 날카롭게 부각되었다.[21] 채봉의 부친인 김 진사는 사윗감을 구하기 위해 상경하였는데, 채봉은 부모의 허락 없이 장필성과 만나 가연을 맺었다. 김 진사 부부는 딸을 양반의 첩으로 팔아 벼슬을 사고자 하였는데, 채봉은 상경 도중 부모 몰래 달아나 고향으로 갔다. 또, 채봉의 모친이 채봉에게 첩으로 들어가 옥에 갇힌 아버지를 구하라고 하자, 채봉은 필성과 약속을 지키기 위해 기방에 스스로 몸을 팔아 돈을 마련한다. 이렇게 〈채봉감별곡〉의 서사는 효 가치를 당연시 여기며 자식의 인생을 자신의 의지대로 이끌고자 하는 부모와, 애정을 매개로 부모로부터 독립적인 인생을 살고자 하는 의지를 실현하려는 자식 간의 작용과 반작용이 대립적으로 교차되어 구성되어 있다.

---

**20** 한편, 모친과의 관계에서 볼 때, 소유는 효성스러운 아들이다. 신동이라고 일컬어지던 소년 시절, 소유는 고을 태수가 조정에 천거해도 노모를 염려하며 사양하였다. 그러다가 가문을 빛내고 노모의 마음을 위로하기 위해 과거를 보러 가기로 결심하였으며, 정혼에 대한 노모의 의지를 숙모를 통해 간접적으로 실현되었다. 나중에 소유의 노모는 대부인이라는 지위에 올라 2처 6첩의 봉양을 받으며 천수를 누린다.

**21** 김일렬, 앞의 책, 227면.

이 작품에서, 겉으로는 권세가의 첩으로 들어가 호의호식할 딸의 행복 때문이라고는 하지만, 내심으로는 옥에서 풀려나 벼슬을 얻고자 딸에게 첩이 될 것을 강요하는 부모는 효 가치의 부정적인 면모를 잘 보여준다. 이에 대해 채봉은 옥에 갇힌 부친을 구하는 것이 자식된 도리라고 여긴 한편, 필성과의 약속을 반드시 지켜야 한다고 생각했기에 스스로를 사창가(私娼家)에 파는 결단을 행하게 된다. 채봉은 효 가치도 완전히 부정할 수 없었으며, 애정가치도 버릴 수 없었다. 그래서 돈을 마련하고, 첩이 되지 않기 위한 방편으로 기생되기를 결심했던 것이다. 이렇게 이 작품은 효와 애정이 대립할 수 있는 가장 심각한 국면으로 사태를 전개시킴으로써 효 가치의 문제성을 강하게 비판한다. 그 뒤에 채봉은 기방에서 필성을 다시 만나고, 기지로써 정조를 지키며, 평안 감사의 보호 아래 있다가 감사의 도움으로 부친을 풀려나게 하고 이방 노릇을 하고 있는 필성과 다시 만나 결혼한다. 이러한 행복한 결말은 구원자인 평안 감사의 존재 없이는 아예 불가능한 것이었다. 이렇게 결말로 치닫기 위해 모든 문제를 일거에 해결할 구원자를 끌어들인 설정은 그만큼 채봉에게 닥친 문제가 현실적으로 해결하기 힘든 것임을 역설적으로 보여준다. 이 작품에서 내포작가는 근엄한 서술자의 목소리로 효 가치를 직접 비판하는 것은 아니지만, 개인의 노력과 의지로 해결 불가능한 심각한 상황을 연출함으로써 효가 초래할 수 있는 문제의 심각성을 제시하는 것이다.

규장의 모티프를 갖는 다른 소설과 비교할 때, 〈이생규장전〉의 내포작가는, 자연발생적인 애정을 긍정하지만 효와 애정을 대립적인 관계에 놓으려 하지 않은 〈구운몽〉의 내포작가와 달리 애정과 효의 가치 갈등을 정면으로 문제 삼았다. 또한, 애정과 효를 공존시키는 방법을 모색했던 〈이생규장전〉과 달리, 〈채봉감별곡〉의 내포작가는 딸을 팔아 벼슬을 사려는 부친을 통해 효 가치에 대한 심각한 회의를 드러내는 동시에 양반의 신분마저 버리고 이방이나 기생이 된 남녀 주인공들이 우연한 구원자의 출연으로 행복한 결말을 맞도록 함으로써 훼손된 효보다는 진정한 애정이 더 가치로운 것임을 강조하였다. 이렇게 〈이생규장전〉은 〈구운몽〉에 비교해 애정과 효의 갈등을 진지하게 문제 삼았으나, 〈채봉감별곡〉처럼 이 갈등이 개인적인 노력에 의해 해결될 수 없는 것이라고는 판단하지 않았다. 그러나 〈이생규장전〉은 그 갈등 영역을 소속집단으로부터, 백성들의 생명을 보장하지 못하는 정치체제, 절사(節死)를 천성(天性)이라 강요하는 사회로 확장해가며, 개인의 주체적인 가치 실현의 강도를 높여 간다고 할 수 있다.

## ◉ 2. 愛情과 忠의 갈등

### 1) 〈雲英傳〉 제재의 전형성

애정소설의 문제적 개인은 일차 집단인 가족뿐만 아니라 공적 영역인 '국가(國家)'와 갈등을 빚기도 한다. 애정소설은 국가와 개인의 갈등을 유교 국가 유지에 필요한 사회적 가치인 충(忠)과 애정의 갈등이라는 보다 구체적인 상황으로써 포착하였다. 충과 애정이 주요한 가치 갈등으로 취급되고 있는 애정소설은 늑혼(勒婚) 모티브가 담긴 〈윤지경전〉, 〈권용선전〉, 〈권익중전〉 등과 임금이나 왕족의 소유물인 궁녀의 사랑이 발생시킨 문제를 다룬 〈운영전〉, 〈영영전〉 등으로 대별할 수 있다. 전자는 애정을 바탕으로 정혼한 상대가 있는 상태에서 임금의 눈에 들어 강제로 혼인을 하게 되는 시련을 맞은 남성 주인공의 애정 성취 의지를 그렸으며, 후자는 주군 이외의 남성에 대한 애정을 금압 당하는 궁녀가 궁 밖의 선비와 애정 관계를 맺은 뒤 벌어지는 시련과 이를 극복하려는 의지를 주요 내용으로 한다.

공자는 군신 간의 관계에 대해 묻는 질문에 대하여 "신하는 임금을 충으로 섬긴다.(臣事君以忠)”[22]라고 답하였으며, 증자는 “남을 위해 일을 도모하는 데 충성스럽지 않았는가?(爲人謀而不忠乎.)”[23]라면서 자기를 반성한다. 이렇듯 충(忠)이란 아랫사람이 윗사람을 대할 때 가지는 마음가짐으로 특히 신하와 임금의 관계에 필요한 덕(德)이다. 충성스럽기 위해서는 그 마음의 중심이 있어야 하는데, 중(中)과 심(心)이 합쳐져 만들어진 글자의 형상은 충의 의미를 잘 보여준다. 이후, 송대의 학자 한유는 정치적 관계 속에서 충을 다음과 같이 정리하였다.

> 임금은 명령을 하는 사람이다. 신하는 임금의 명령을 행하여 이를 백성에게 이르게 하는 사람이다. 그리고 백성은 곡식, 쌀, 삼베, 실을 생산하고 그릇을 만들고 물품을 유통시켜 그 윗사람을 섬기는 사람이다. (君子, 出令者也. 臣者, 行君之令而致之民者也. 民者, 出粟米麻絲, 作器皿, 通貨財, 以事其上者也.)[24]

윗글에서 한유는 상하의 질서를 임금－신하－백성으로 나누고, 그 질서에 속한 사람들이 행해야 하는 직분을 간명하게 설명하고 있다. 덧붙여서 한유는 “신하가 임금의 명령을 백성들에게 집행하지 않는다면 신하가 되는 이유를 잃는 것이다.(臣不行君之令而致之民, 則失其所以爲臣)”[25]라고 하였다. 이를 다른 말로 하면, 임금의 명을 따르지 않는 신하는 신하로서 자격이 없다는 것이다. 통치 권력의 전횡을 방지할 수 있게 하는 제도를 바람직한 것으로 여기는 현대의 관점에서는

---

22 『論語』, 券3 八佾.

23 『論語』, 券1 學而.

24 韓愈, 〈原道〉, 『唐宋八家百選』, 학민문화사, 2003, 308~309면.

25 韓愈, 앞의 책, 309면.

이렇게 무조건적인 복종을 강요하는 도덕인 충이 불합리해 보이기도 한다. 그렇지만 충의 개념은 생성된 시기의 역사, 사회적인 조건이 반영되어 형성된 것이기 때문에 현대적인 관점만으로 쉽게 판단해 버릴 성질의 것은 아니다.

후대로 가면서 유교 사회가 안정되어 갈수록 충이 절대적인 가치로 자리 잡혀 신분 사회에서 피치자들의 자발적인 예종을 이끌어내는 이데올로기로 기능하였지만, 초기 유교에서 충의 중요성은 다소 떨어진다. 〈예기(禮記)〉에는 "자식은 세 번을 간청해도 듣지 않으시면 울면서라도 부모에 따르지만(子之事親也, 三諫而不聽, 則號泣而隨之)", 임금에 대해서는 "세 번을 간해서 듣지 않으면, 그를 떠난다.(三諫不聽, 則逃之)"라는 구절이 있다.[26] 그 까닭은 부자(父子)는 천합(天合)이며, 군신은 의합(義合)이기 때문이다. 그래서 공자는 "천하에 도가 있으면 나아가고, 도가 없으면 숨는다.(天下有道則見, 天下無道則隱)"[27]라고 하였고, 〈맹자(孟子)〉에도 "의리가 맞지 않으면 가버린다(君臣義合, 不合則去)"[28]라는 설명이 달려 있다. 이렇게 유학에서 충은 사회 윤리로서 주군에 대한 臣民의 복종을 의미하는 한편, 개인적 차원에서는 자신의 가치[道]의 실현을 위해 주군을 떠날 수도 있다는 의미를 내포하고 있었다.

창조리의 일화도 충이 무조건적인 복종만을 의미하지 않음을 잘 보여준다.[29] 그 역사적 일화의 내용은 다음과 같다. 고구려 봉상왕 때 국상(國相)이었던 창조리는 왕이 15세 이상 남자들을 총동원하여 궁

---

26 〈禮記〉, 曲禮下 第二, 보경문화사, 1990, 60면 上.

27 〈論語〉, 泰伯 第8.

28 성백효 譯註, 『孟子集註』, 盡心章句上, 전통문화연구회, 1991, 312면.

29 〈三國史記〉 券 第49, 列傳 第9, 최호 역, 『삼국사기』, 홍익문화사, 1994.

궐을 수리하자, 국내외의 어려운 사정을 들어 중지할 것을 간했다. 그러나 왕은 궁궐이 웅장해야 백성에게 위엄이 있다고 하며 듣지 않고 재상이 백성들에게 아부한다고 비난하며, "재상은 백성을 위해 죽고 싶으냐? 더 말하지 않기를 바란다."라고 하였다. 이에 창조리는 왕의 폐출을 논했는데, 이를 안 왕은 피할 수 없음을 알고 목을 매어 자살했다. 이렇듯 충은 단지 왕의 명령을 백성에게 전하는 것으로 신하의 직분을 행하는 것만이 아니라, 왕의 잘못을 간(諫)하며 바로잡으려는 의지, 백성들의 요구를 왕에게 전달하는 용기, 필요에 따라서는 왕을 바꿀 수도 있는 거역성(拒逆性)까지 포괄하는 것이었다.

그러나 충은 후대로 갈수록 절대적인 가치로 취급되는데, 다음과 같은 〈구운몽〉의 소유의 말을 살펴보자.

> "예로부터 인군과 신하는 부자 같다 하오니 부모의 마음에 비록 미흡한 자식이라도 슬하에 있은 즉 기꺼워하고 밖에 나간 즉 염려하는 법이오니, 신이 업디어 생각하옵건대, 황상 폐하께서 필연 신을 가리켜 늙은 몸이고, 옛 물건이라 불쌍히 여기시어 차마 하루 아침에 물러가지는 못하게 하시겠으나, 사람의 자식으로서 부모를 생각함이 어찌 그 부모가 자식을 사랑함과 다를 수 있사오리까?"

소유가 노후에 천자에게 낸 사직 상서에는 이렇게 군신의 관계가 천합(天合)이라 하는 부자 관계와 등치되고 있음을 잘 보여준다. 또, 소유가 "예로부터 인군과 신하는 부자 같다"라는 말을 하는 것으로 보아 여기에 드러난 생각은 소유만이 아니라 당대의 보편적인 상식이라고 파악된다. 더 나아가, 〈낙성비룡〉에서는 양 승상이 병으로 위독한 상태에서 아들이 내려오자 "불연하다. 신자 몸을 나라에 허하매, 마땅히 부모 처자를 권련(眷戀)치 못하리니, 명일로 발행하야 경성으로 가라."라고 하여 효보다 충을 상위의 것으로 취급하였다. 〈창선감의록〉에서도 주인공이 "사정(私情)으로 군명을 어길 수 없다."라는 말을 그 어머니에게 하기도 하는데, 여기서도 역시 충의 위상을 확인할 수 있다. 그렇지만 〈유충열전〉에는 나라에 대한 충성을 위해서 가족을 희생시키는 것이 과연 옳은 일인가에 대해서 깊은 회의가 표명되어 있기도 하다.[30] 〈유충렬전〉은 충과 효의 가치를 함께 실현하는 결말을 갖지만 적어도 이 작품은 가족애와 자신의 욕구를 희생시키고서도 충의 가치를 따라야 하는가라는 문제를 제기하는 것이다.

충을 직접 문제 삼을 수 있는 가장 효율적인 방법은 불충(不忠)이다. 그러나 강력한 중앙집권적 통치가 행해졌던 조선 사회에서 불충하는 주인공이 등장하는 소설이 독자들에게 호응을 얻기란 어려웠을 것이며, 심지어는 독자를 만날 수 있는 기회조차 갖기 힘들었을 것임을 짐작할 수 있다. 그래서 충과 불충을 의미론적으로 대립시키지 않으면서도 현실적인 삶에 분명한 질곡으로 존재하는 충을 문제 삼기 위해 소설은 애정이라는 제3의 항목을 일종의 방편으로 끌어왔다. 애정을 매개로 주인공과 충의 가치를 현현하거나 강제하는 인물과 갈등하게 하는 소설은 부당한 권력의 횡포를 그 자체로 폭로하고 드러내는 것은 아니지만, 애정을 가치로 내면화한 한 개인에게 권력이 충이라는 당위로 강요하는 가치가 얼마나 심각한 문제를 일으킬 수 있는지 보여준다.

〈운영전〉은 17세기 한문 소설로 궁녀와 궁 밖의 선비와의 애정을 그리면서 절대적인 권력에 맞서서 애정가치를 추구하는 작품이다. 비

---

30 고전소설에서 충에 대한 가치관을 추출한 내용은 김태길, 앞의 책, 117~121면 참조.

극 소설의 정점에 놓인 이 작품에 대해서는 지금까지 많은 논의가 있어 왔으며 그 성과는 연구사를 다룬 논문에서 보고가 된 바 있다.[31] 이 연구에서는 가치 갈등의 관점으로 〈운영전〉을 검토하고자 하는데, 이러한 관점을 가진 대표적인 선행 연구로 김일렬과 박일용의 연구가 있다. 김일렬은 이 작품이 유교 이념 전체에 대한 문제 제기적 성격을 가지고 있음을 논하였고,[32] 박일용은 안평대군이 만들어내는 절대적인 권위를 가진 궁중적 질서를 조선중기 사림파의 성리학적 이념의 형상화로 보았다.[33] 본고에서는 〈운영전〉을 충의 가치와 애정가치의 갈등이라는 관점에서 파악하고자 한다. 유교 가치 전반보다는 충이 가치 갈등을 보다 예각화시킬 수 있으며, 성리학적 이념을 피치자에게 강요하는 것도 지배자의 명령에 복종해야 한다는 충 가치에 의거

---

**31** 성현경, 「운영전」, 『고전소설연구』, 일지사, 1990; 양승민, 「〈운영전〉의 연구 성과와 그 전망」, 『고소설연구사』, 월인, 2002.

**32** 김일렬은 이 작품이 유교적 가치 전반과 애정가치의 갈등을 다룬다고 파악하였다. 안평대군의 의식에는 엄격한 상하질서, 철저한 내외 구별 등의 유교적 사고가 깔려 있고, 운영 또한 부모에게 삼강오륜을 배우고, 그 부모는 대군의 명에 따라 딸을 궁녀로 바쳤으니 충에 어그러짐이 없었고, 운영은 부모의 명에 순응하여 궁녀로 들어감으로써 효를 저버리지 않았다는 데에서 유교적 가치를 발견할 수 있다고 보았다. 이렇게 견고하게 짜여진 유교적 가치가 애정으로 대표되는 자유로운 삶의 의지를 좌절시키려 하는 것을 기본 갈등으로 보는 것이다. 그리고 김일렬은 이 갈등에서 표면적으로는 전자가 승리하였지만 애정의 의지는 지속되고 있기 때문에 파멸이지 패배는 아니며, 오히려 갈등의 심각성을 드러내는 현실 반영이라고 보았다(김일렬, 앞의 책, 78~81면).

**33** 박일용은 안평대군이 궁녀들을 유폐한 까닭은 중세적 윤리를 제외한 어떤 인간적 감정도 혼탁한 욕정으로 보고 궁녀들에게서 그러한 인간적 감정을 강제적으로 제거하기 위해서라고 설명한다. 그리고 그는 이를 조선 중기, 성정의 도야를 위해 정치 현실을 등지고 사림으로 내려갔던 사대부의 성리학적 이념과 유사한 성격을 갖는다고 논하였다. 그런데 문제는 이 이념이 치자의 자기 수련이라는 의미를 벗어나, 보편 또는 본질이라는 이름으로 피치자의 삶을 규제하는 권위 및 강압으로 드러나는 경우에 발생한다. 그래서 이 연구는 운영이 안평대군의 이념에 의해 인간적 본능에 위배되는 성정의 도야를 강요받고, 그것을 벗어나려다가 결국 죽음에까지 이르렀다고 설명하였다(박일용, 앞의 책, 168~183면).

한 것이기 때문이다.

독자가 '이 작품이 무엇에 대해 이야기하는가?'라고 질문하여 구할 수 있는 것이 제재라고 한다면, 이 작품의 제재는 '궁녀인 운영과 궁을 출입하는 선비인 김 진사와의 애정'이라고 할 수 있다. 이 제재가 이야기거리가 되는 이유는 궁녀가 왕족이 아닌 사람을 사랑하는 금기를 범했기 때문이다. 궁녀는 국가의 권력이 가장 직접적으로 작용할 수 있는 대상이다. 궁녀는 왕이나 왕족의 재산처럼 취급되는 인간이었기 때문이다. 그리고 이 작품의 배경은 안평대군의 사궁인 수성궁이다. 국가 전체가 왕이 땅이 아닌 곳은 없으나 궁이라는 공간은 지배자의 권력이 전횡적으로 행해져도 정당한 곳이다. 그런데 궁녀가 궁으로 외간 남성을 끌어들여 사랑을 나누는 일은 내면으로부터 복종을 요구하는 충을 정면으로 거스르는 행위이다. 따라서 〈운영전〉 제재의 형상은 '정치 권력이 충의 가치를 강요하는 사회에서 인간은 자연스러운 본성을 발현하며 행복해질 수 있는가?'라는 가치 문제를 함축하고 있다고 볼 수 있다. 이어서 이 작품이 스스로 제기한 가치 문제를 어떻게 소설적 형상으로 탐구하고 판단을 내리는지 검토해 보겠다.


## 2) 사건 구성에 나타난 애정과 충의 갈등

〈운영전〉을 가치 갈등의 관점에서 서사 단락을 나누어 정리하면 다음과 같다. ㉠은 애정가치를 추구하는 데 있어서 장애가 되는 작용을 하는 것이며, ㉡은 이에 대한 반작용에 해당한다. 그런데 〈운영전〉은 몽유자인 유영이 들은 이야기 속에 운영이 다른 등장인물인 자란에게 하는 말이 삽입되어 있는 이중의 액자 구성으로 되어 있으며, 순차적이지만은 않은 시간 구조를 갖고 있는 독특한 구성 방식을 취하고 있다. 이러한 구성 방식은 작품의 의미를 드러내주는 서술의 전략으로 기능하기는 하지만 가치 갈등의 관점에서 재현된 사건의 움직임을 보려는 이 항의 분석 대상은 아니다. 따라서 이 항에서는 유영이 등장하는 바깥 액자 구성을 제외하고, 운영과 김 진사가 벌였던 애정과 관련된 사건을 순차적으로 정리하고자 한다.[34]

(1)  ㉠ 안평대군은 私宮(수성궁)에 궁녀를 두고 교육을 행하는 한편, 외부인과의 접촉을 막는다.

ㄴ 운영과 김 진사는 서로를 보자 첫눈에 반한다.

(2)  ㉠ 안평대군은 김 진사를 청한 자리에 더 이상 궁녀를 부르지 않는다.

ㄴ 운영과 김 진사는 연모하는 마음을 담은 시를 써서 전한다.

---

(3)  ㉠ 안평대군이 운영의 시에 숨길 수 없는 연정이 담겨 있다고 힐난한다.

ㄴ 운영이 자란에게 자신의 심사를 고백하자 자란이 이에 공감한다.[35]

---

**34** 〈운영전〉은 다른 애정소설처럼 '만남과 사랑', '이별과 시련', '재회'라는 큰 서사적 단락이 잘 나누어지지 않는다. 두 주인공들의 불가능한 사랑은 만남의 순간에서부터 이별과 시련을 함축하고 있으며, 현실에서의 애정 성취가 불가능한 비극적 결말을 갖기에 '재회'의 단락도 없기 때문이다. 따라서 다른 작품들과 달리, 서사적 단락을 구분하지 않고 사건의 연쇄를 위주로 기술하겠다.

**35** 이 부분은 서술 순서상 맨 앞에 위치한다. 그러니까 운영이 자란에게 하는 말 속에 그 전에 있었던 운영과 김 진사의 만남과 편지를 통한 애정의 확인 과정이 담겨 있는 것이다.

(4)　　㉠ 안평대군은 운영을 비롯한 다섯 명의 궁녀를 서궁에 보낸다.

　　　　㉡ 운영이 서궁에 유폐된 자신의 신세를 한탄하자 다른 궁녀들도 공감한다.

(5)　　㉠ 운영을 위해 서궁 궁녀들이 소격서동으로 가자고 하자 남궁 사람들이 반대한다.

　　　　㉡ 자란이 남궁 궁녀들을 설득하여 소격서동으로 가서 운영과 김 진사가 재회한다.

(6)　　㉠ 김 진사가 궁의 담을 넘어 운영에게 가려 하나 담이 높아 집으로 돌아간다.

　　　　㉡ 김 진사는 특의 계책으로 서궁의 담을 넘어 운영과 동침하며, 이후 계속 출입한다.

(7)　　㉠ 운영이 함께 달아나자는 김 진사의 제안에 대해 재물을 두고 갈 수 없다고 망설인다.

　　　　㉡ 김 진사는 특의 도움으로 재물을 빼돌리며 달아날 구체적인 계획을 세운다.

(8)　　㉠ 안평대군이 김 진사의 시를 보고 운영과의 관계를 눈치챘다.

　　　　㉡ 김 진사는 운영에게 가서 당장 달아나자고 한다.

(9)　　㉠ 운영은 자란의 말을 듣고 도주를 포기한다.

　　　　㉡ 운영은 김 진사와의 관계에 대해 추궁을 당하자 죽을 결심을 한다.

(10)　㉠ 특의 발설로 인하여 운영과 김 진사의 관계를 알게 된 안평대군은 서궁의 시녀를 모두 죽이려 한다.

　　　　㉡ 서궁의 시녀들은 대군 앞에서 운영을 변호하여 대군의 화를 누그러뜨린다.

   (11)   ㉠ 안평대군은 운영을 별실에 가둔다.

            ㉡ 운영은 수건으로 목을 매어 자살하고 김 진사도 곡기를 끊어

            자살한다.


    이상이 운영과 김 진사가 말한 바를 통해 재구성한 그들의 애정사이다. 각 부분을 좀더 상세히 논하여 그 관계를 좀더 명확히 드러내보겠다. "시녀가 한 번이라도 궁문을 나가면 그 죄는 죽어 마땅한 것이요, 궁궐 밖의 사람이 궁녀의 이름을 알기만 해도 또한 죽일 것(侍女一出宮門, 則其罪當死, 外人知宮女知名, 其罪亦死: 264)"[36]이라고 이들을 협박하는 안평대군은 궁녀들의 생사를 여탈할 수 있을 권한을 가진 존재로서 궁녀들의 절대적인 복종 대상이다. 궁녀들의 충(忠)은 신자(臣子)된 도리로서 충과 그 성격을 달리한다. 궁녀가 아무리 〈맹자〉를 배웠다고 한들, 주군이 의에 맞지 않으면 떠날 수도 있다는 신하의 명분을 가질 수도 없기 때문이다. 또, 궁녀에게는 왕이나 왕족의 여성이라는 또 다른 굴레가 있는데, 이는 곧 섬기는 주군(主君)이 충의 대상이자 유일하게 정조를 바쳐야 하는 대상이라는 것이다.[37] 안평대군이 자신이 가르친 궁녀들을 성적인 대상으로 삼은 것은 아니었지만

---

**36** 이상구, 『17세기 애정전기소설』, 월인, 2002. 이하의 〈운영전〉의 자료는 이 책에 수록된 원문의 면수를 따라 제시하며 이 책의 번역을 주로 참고한다. 한문 필사본을 원문으로 하여 한문이나 한글로 필사, 번역되었다고 파악되는 이 소설의 이본 상황을 보자면, 한문 필사본 25종과 한글 필사본 8종, 그리고 한글 활자본 1종이 존재한다. 이 중, 이 연구에서 분석의 자료로 택한 것은 국립도서관본 〈柳泳傳 卽 雲英傳〉(이하 〈운영전〉)인데, 이 이본은 오자나 탈자가 거의 보이지 않으며 문장도 정제되어 있어 원본에 가장 가까운 이본으로 평가된다.

**37** 여성의 성(sexuality)이라는 관점에서 〈운영전〉을 살핀 논의로, 이병직, 「운영전의 성 억압과 그 의미」(『한국문학논총』 21, 한국문학회, 1997)과 황윤실, 「17세기 애정전기소설에 나타난 여성주체의 욕망발현 양상」(한양대 박사학위논문, 2001) 등이 있다.

그가 궁녀들에게 허여된 유일한 이성이었음은 분명하다. 이렇게 충 (忠)과 열(烈)의 대상으로서 안평대군은 운영을 포함한 궁녀들에게 무소불위의 권한을 행사할 수 있는 절대적인 존재였다. 그런데 운영은 어느 날 안평대군을 찾아온 젊은 유생, 김 진사를 우연히 보자 첫눈에 반하게 된다. 안평대군과 함께 있는 긴장된 자리에서 이들의 애정은 운영에게 튄 먹점처럼 예고 없이 갑작스럽게 시작되었다. 이들의 만남은 안평대군도 예기치 못한 우연한 계기를 통해 이루어졌으며, 애정을 구하려는 마음의 준비가 이미 되어 있던 운영이나 혈기 넘치는 소년인 김 진사는 이 느슨해진 겨를을 놓치지 않았다. (1)

(1)의 단락은 순차적으로는 맨 앞에 위치하나 〈운영전〉은 이 내용으로부터 시작하지 않는다. 운영과 김 진사의 만남은 안평대군의 시 품평과 운영에 대한 힐난에 이어 운영이 자란에게 하는 말에 담겨 있다. 그러나 이들의 만남과 사랑은 작품의 문제적인 제재로서 의미를 갖는다. 외간 남성이 궁녀의 이름만 알아도 죽일 것이라는 안평대군과 함께 있는 자리에서 눈길을 나누며 시작된 운영과 김 진사의 애정은 가치 갈등의 문제를 첨예하게 드러내기 때문이다. 플롯이 독자의 긴장도와 관련이 있는 것이라고 할 때,[38] 아무리 작품의 제재여도 그것이 가치 갈등의 문제를 너무 극적으로 드러낼 경우 이후 독자의 긴장도가 떨어지기 마련일 것이다. 아마도 이러한 이유로 인하여 김 진사와 운영의 만남은 비교적 긴장도가 낮은 사건 이후에 들어간 것이

---

[38] 스콜즈는 플롯 유형을 연구하면서 플롯을 독자의 긴장도와 관련해 설명한 바 있다. 그에 따르면, 플롯은 우리의 관심을 점진적으로 증대시키다가 마침내 사건이 극점에 이르면 우리의 흥미도 가장 극대화되는 클라이맥스에 도달하며 이후에는 재빨리 끝난다고 한다. 스콜즈는 이것을 '픽션의 오르가즘적 패턴'이라고 부르면서, 그것이 인간의 가장 원초적인 즐거움, 즉 성적인 흥분과 만족의 패턴을 반영하기 때문에 즐거움을 준다고 한다(Robert Scholes, *Fabulation and Metafiction*, University of Illinois Press, 1979).

아닐까 추측된다.

이후 이들은 만날 기회마저 갖지 못하는 비극적인 연인이 된다. 궁녀들을 유폐시키는 데에 있어서 주도면밀한 안평대군으로 인해 이들이 다시 만날 기회는 더 이상 없었다. 처음에는 어린 선비인 김 진사를 만나는 자리에 기왕에 있었던 궁녀들을 물리치지는 않았지만 이후 그를 청한 자리에 다시는 궁녀들을 부르지 않았기 때문이다. 그럼에도 운영은 벽에 구멍을 내어 김 진사를 훔쳐보면서 연모의 정을 키워 간다. 벽 하나를 사이에 두고서도 만나지 못하고 서로의 마음을 확인할 길 없어 안타까워하던 운영은 "매양 주렴 사이로 바라보는데, 어찌하여 월하의 인연을 맺지 못하는가? (…) 끝없이 쌓이는 마음 속의 원망을, 홀로 고개 들어 하늘에 호소하고 싶네.(每從簾間望 何無月下緣 (…) 無限胸中怨 撞頭欲訴天: 272)"라는 시를 쓴다. 이 시를 담은 편지는 벽의 구멍을 통해, 벽 너머 어딘가 자신을 보고 있을 운영을 생각하면서 일부러 구석에 자리를 잡고 있던 김 진사에게 전해진다. 청조를 얻지 못해 안타까워하던 김 진사는 무녀를 통해 겨우 답장을 전한다. 그것도 며칠 동안, 궁의 제사 때 불려가는 과부 무녀 집에 들락거리며 간청해서이다. 김 진사는 자기 입으로 운영과의 일을 얘기하지도 못할 정도로, 궁녀에게 연모의 정을 품는 것은 무녀도 "이치에 맞지 않는 꾀로써 이루기 어려운 계획을 이루려고 하니, 그 뜻을 이루지 못할 뿐만 아니라 채 3년이 못 되어 저 세상 사람이 되리.(以齟齬之策, 欲遂其難成之計, 非但其意不成, 未及三年, 其爲泉下之人哉.: 273)"라고 말할 정도로 엄청난 일이었다. (2)

김 진사의 편지에 써 있듯이 저승에서나 우연히 만나 서로 따를 수 있기를 바랄 정도로 불가능해 보이는 현세의 애정 실현은 안으로 운영의 병을 깊게 하며, 밖으로 바보나 미치광이처럼 보이게 하였다. 이러한 운영이 쓴 "저 멀리 보이는 푸른 구름 고우니/ 아름다운 이는 깁 짜기를 마치었구나./ 바람을 맞으며 홀로 슬퍼하더니/ 날아가 무산에 떨어졌도다(望遠靑烟細, 佳人罷織紈.臨風獨惆悵 飛去落巫山.: 266)"라 는 내용의 시를 보고 안평대군은 쓸쓸히 정인을 그리워하는 뜻을 읽 어내며, 그 사람이 누구냐고 추궁하였다. 운영은 대군 앞에서는 부정 했지만, "여자가 세상에 태어나서 시집가고자 하는 마음은 사람마다 다 있지.(女子生而願爲有嫁之心, 人皆有之: 268)"라고 운을 떼며 지성 으로 자신을 염려하는 자란에게는 김 진사를 연모하게 된 사연을 털 어놓아 공감을 얻는다. (3) 이후, 안평대군은 궁녀를 반으로 나누어 서궁에 거처하게 하는데, 이 서궁은 궁 안의 더욱 유심한 곳이기에 운 영은 "우리는 이미 舍人도 아니고 또 비구니도 아닌데 이처럼 깊은 궁 중에 갇혀 있으니(旣非舍人, 又非僧尼, 而鎖此深宮: 274)"라고 한탄하자 다른 궁녀들도 모두 탄식하며 슬퍼한다. (4)

바깥 구경을 할 수 있는 중추절이 다가오자 운영의 사정을 아는 자 란은 무녀의 거처가 가까운 소격서동에서 완사를 하면 무녀를 만날 수 있을 것이라 제안하며, 남궁의 궁녀들을 설득하였다. 처음에는 "한 집안의 일을 주군이 알지 못하는데 첩들끼리 몰래 의논하는 것은 마 음이 불충한 것(一家之事, 主君不知, 而僕妾密議, 心不忠矣: 276)"이라 든지, 번화한 곳에 가면 운영의 자색으로 인해 눈길을 보낸다면 대군 이 말했던 대로 죽음을 당할 수 있을 것이라는 이유로 남궁의 궁녀들 이 반대했으나, 임을 그리워하며 상사를 앓고 있는 운영의 처지를 짐 작한 남궁의 궁녀들도 소격서동에 갈 것에 결국 동의하여 운영은 무 녀의 집에서 김 진사를 만나게 된다. (5)

운영은 무녀의 집으로 찾아가 편지를 전하고 재차 방문하여 김 진 사를 만나 저녁에 서쪽 담으로 들어와 삼생에 다 못한 인연을 맺자는 제안을 한다. 김 진사는 높고 험준한 담장을 넘어갈 날개가 없어서 그 날 운영을 찾지 못했으나 재주 많은 노비인 특이 휴대용 사다리를 만들고 소리가 나지 않는 덧신을 주어 다음 날 운영을 찾게 되었다. 김 진사와 운영의 정은 날이 갈수록 깊어져, 김 진사는 밤에 운영의 방에 들었다가 새벽이 되면 빠져나가는 밀회를 멈추지 않았다. 열정에 휩싸인 운영과 김 진사는 눈 위로 담장을 넘어온 발자국이 어지럽게 남아 있어 궁녀들 모두 위태롭게 생각하는 지경인데도 앞일을 생각하지 못하였다. (6)

그러던 어느 날, 좋은 일이 끝나면 갑자기 화가 미칠 것을 생각하여 근심하고 있던 김 진사는 운영을 데리고 달아나라는 특의 제안을 받아들인다. 그런데 이를 들은 운영은 주군이 준 재산을 버려두고 갈 수 없을 것이라고 주저한다. 운영은 충의 대가로 말이 열 필이어도 다 실을 수 없을 정도의 재산을 축적하고 있었다. 안평대군의 직접적인 방해는 없었지만, 운영에게는 주군에게 충성을 다했을 때 누릴 수 있는 안락한 생활과 노후에 대해 미련이 있었기 때문에 운영은 떠남을 주저하는 것이다. 이렇게 유일하게 애정을 실현할 수 있는 방안을 앞에 두고도 머뭇거리는 운영은 마음속으로, 애정가치를 실현하지만 어디든 임금의 땅이 아닌 곳이 없는 곳에서 쫓겨 다니며 궁핍하게 사는 미래와 비록 심궁에 갇혀 있기는 하지만 시(詩)와 악(樂)으로 정신적인 만족을 누리며 안락하게 살 수 있는 미래를 저울질하고 있었다. 이러한 갈등과 망설임이 '재산을 두고 떠날 수 없다'로 드러나는 것이다. 운영이 그렇게 하는 까닭은 그 마음속에 충의 가치가 복종만을 강요하는 것이 아니라 그 가치를 벗어나지 않는 삶이 주는 안전함과 안락함을 제공하기도 하기 때문이다. 이러한 충의 보상이 궁녀의 생활 습성으로 체화되고, 스스로도 명확히 의식하지 못할 만큼 내면 깊숙이 자리 잡고 있었기 때문에 운영은 재산을 이유로 도주를 늦추었다. 그렇게 운영이 고민하자 김 진사는 특의 도움을 받아 운영의 재물을 빼돌리는 일을 벌인다. (7)

그 와중에 안평대군은 김 진사가 쓴 시를 보고 운영과의 관계를 의심한다. 이를 간파한 김 진사는 당장 운영에게 달아나자고 한다. (8) 그러나 자란의 설득으로 인해 운영은 김 진사를 따르지 않는다. 운영이 달아나는 일은 지금껏 운영과 김 진사의 사랑을 돕던 자란마저도 "두달 정도 만났으면 충분하지 담을 넘어 도주하려 하다니 어찌 사람이 차마 그렇게 하느냐?(一兩月相交, 亦可足矣, 踰墻逃走, 豈人之所忍爲也: 284)"라며 놀랄 정도로 엄청난 일이다. 특히 자란은, 운영이 떠나지 못하는 첫째 이유로 주군의 사랑을 들면서, 점차 나이 들어 늙게 되면 주군의 은혜와 보살핌이 느슨해 질 것이며, 그 때 고향으로 돌아가 낭군과 백년해로를 하는 것이 낫다고 운영을 설득한다. 그렇지만 자란이 '은혜와 보살핌[恩眷]'이라고 하는 것은 복종을 강요하는 충의 이면일 뿐이다. 은혜롭게 보살피고 사랑하지만 운영과 김 진사가 추구하는 애정가치는 이미 그 충의 가치가 실현되는 영역 안에서는 추구될 수 없기 때문에 은혜와 사랑마저도 애정에 대해서는 장애로 작용하는 것이다.

운영은, 탄식하며 눈물을 머금은 김 진사를 앞에 두고 도주를 포기한다. 운영이 그렇게 한 데에는 앞서 언급하였듯이 이미 충의 가치를 내면화하고 있는 운영이 버려야 할 것들에 대한 미련, 안평대군에 대한 두려움과 죄의식, 도망쳐도 살 길이 없다는 절망과 체념, 자신의 도주로 인해 화가 미칠 부모님이나 다른 궁녀들에 대한 염려 등이 복합적으로 작용하였을 것이라 판단된다. 이후 안평대군은 또다시 시를 짓게 한 후, 운영과 김 진사의 관계를 추궁한다. 이렇게 시는 마치 거짓말 탐지기와 같은 역할을 하면서 마음으로부터의 순전한 복종을 검증하고 확인하는 도구가 되는 것이다. 이렇게 내면까지 지배하려는 충의 횡포에 절망한 운영은 목을 매려 하였지만 운영의 죽음까지 원하지 않던 안평대군은 자란으로 하여금 운영을 구하게 하고, 다시는 김 진사를 궁궐을 출입하지 못하게 한다. (9)

(9) 단락은 이 소설의 극점에 해당한다. 운영과 김 진사의 만남 이후, 이들에게 벌어지는 일들을 서사적으로 추론하면서 점차 복잡하게 이끌어 왔던 사건들은 이 부분에서 가장 극적으로 첨예화된다. 가치 갈등이 가장 선명하게 드러나는 이 부분에는 이제 운영과 김 진사에게는 도주를 하든지, 관계를 끊든지 단 두 가지의 선택만이 있을 뿐이다. 여기에 주인공의 결단과 선택이 필요하며, 독자들도 그것을 간절히 기대한다. 탈궁하려던 운영은 자란의 설득으로 인해 마음이 움직여 도주를 포기한다. 운영은 김 진사에 대한 애정을 거두었기에 그렇게 한 것이 아니라 충의 절대적 영향력 아래에서 애정이 실현될 수 없다는 사실을 깨달았기 때문이다.

이 때 운영은 실제로 목을 매기도 했으며, 찾아온 김 진사에게 삼생의 인연과 백년의 약속이 끝났다는 편지를 건네기도 하였다. 단지 몸을 궁궐 안에 유폐시켜 놓는 것뿐만 아니라 마음조차 감시당하고 있는 절대적인 권력이 김 진사와의 애정의 실현을 불가능하게 하려니와 앞으로 남은 인생에서도 지속적으로 작용하리라는 절망적 인식이 운영으로 하여금 죽음을 선택하게 하였던 것이다. 차라리 안평대군이 폭군이었더라면 운영은 주저하지 않고 김 진사와 함께 진작 도망갈 수 있었을 것이다. 그러나 안평대군이 자애로운 군주이기 때문에 운영은 죄의식을 가지며 왕의 영향력이 미치지 않는 곳이 세상에 없듯이, 마음의 영역에서도 죄의식으로부터 피할 곳이 없음에 절망하였다. 이러한 절망이 이 극점 부분에 가장 잘 나타나 있으며, 이제 운영에게는 궁중에서 죽은 듯 살아가거나 자살이라는 두 가지 행위 가능성이 남아 있을 뿐이다.

이후, 김 진사는 운영을 보쌈하듯이 데리고 나오라는 특의 제안을 물리치고 성심으로 설득하려 하나, 특의 발설로 인하여 운영과 김 진사 간에 있었던 도주 계획의 전모가 안평대군에게 알려지게 된다. 분노한 안평대군은 서궁의 다섯 궁녀를 모두 죽이려 하나 죽기 전에 궁녀들은 심중에 있는 말을 털어 놓겠다고 하면서 남녀의 정욕을 옹호하며, 운영에게 적선을 행할 것을 초사로 호소한다. 운영도 자신은 정절을 지키지 못하였고, 주군에게 진실을 숨겼으며, 자신으로 인해 서궁 사람들이 죄를 짓게 되었으니 자결하겠다며 말미를 달라고 청하였다. 이에 노기가 풀린 안평대군은 운영을 별당에 가두고 나머지 사람들을 풀어준다. 안평대군의 이러한 면모에 대해 자애롭다고도 평가할 수 있다. 그렇지만 사태를 이렇게까지 몰고 가게 만든 근본적인 원인 제공자가 약간의 아량을 보였다고 하여 그의 행위자로서 기능을 재평가할 수는 없는 노릇이다. 그리고 그의 아량은 인간의 정을 이해하는 데에서도 비롯되지만 자란 등의 궁녀가 쓴 초사가 그를 감화시켰기 때문에 생겨난 것이라고도 할 수 있다.[39] 그래서 본고에는 초사를 통해 운영을 옹호하려는 궁녀들의 행위를 충의 가치를 강요하는 대군에 대한 반작용이라고 이해하였다. (10)

---

[39] 정출헌은 탈속을 추구하던 안평대군이 사실상 운영을 용서해 준 진정한 이유는 궁녀들의 항변이나 운영에 대한 사랑 때문이 아니라, 그 역시 심리적 갈등을 겪은 끝에 인간의 애정을 인정했기 때문이라고 설명하였다(정출헌, 「운영전의 중층적 애정갈등과 그 비극적 성격」, 『고전소설사의 구도와 시각』, 소명출판, 1999). 그러나 본고는 이와는 다른 관점에서 안평대군의 이러한 결정에는 자매애적인 연대를 맺는 궁녀들의 힘이 크게 작용하였다고 본다.

　이후, 운영은 극점 부분에서 행위 가능성으로 제시되었던 자살을 결행하고, 김 진사도 운영의 명복과 후세의 인연을 부처님께 빈 뒤, 아무 것도 먹지 않고 지내는 자살 방식으로 운영의 뒤를 따랐다. 죽은 다음에 이들이 선계에서 다시 만났지만 현세의 삶은 비극적이다. 이들이 죽음으로써 권력의 횡포를 고발하려고 의도했던 것은 아니다. 운영이 안평대군을 원망하지 않고 오히려 그에 대해 죄의식을 갖는 것이나, 김 진사도 세상을 탓하지 않고 단지 세상일에 뜻이 없어했기 때문에 적극적인 저항의식을 갖고 있었다고는 보기 힘들다. 그러나 이들의 무력한 선택은 그로 인해 더 큰 반향을 불러일으킨다. 개인의 힘으로는 도저히 어찌해 볼 도리가 없이 숨 막히게 하는 듯 옭죄는 견고한 권력 체계가 이들의 죽음으로 환기되기 때문이다. (11)

　〈운영전〉의 가치 탐구 방식은 다른 소설과는 달리 가치 문제를 제기하는 본격적인 제재가 소설의 첫머리에 놓여 있지 않다는 특성을 갖는다. 이러한 특성은 이 작품이 제기하는 문제가 위력적인 정치조직인 국가의 가치인 충과 밀접한 관련이 있기 때문에 생긴 것으로 이해할 수 있다. 제재가 노출되자마자 서사적 긴장도가 높아질 수밖에 없기에 서술의 순서상 뒤로 배치된 것이다. 금기된 사랑을 하는 주인공들의 위태로운 애정사가 극점을 이루는 부분은 궁중에 있으면 죽을 것 같고, 도주해도 행복해질 수 없을 상황에 있다. 이 지점에서 서사는 운영으로 하여금 절망하게 하고, 운영은 그러한 절망을 자살로 실현하였다. 서사적 추론을 행한 결과, 〈운영전〉은 주인공의 가치를 실현하기 위해 맞서야 하는 가치가 너무 강고(强固)한 것이기에 운영이 파멸될 수밖에 없다는 결말을 낸 것이다.

### 3) 애정 본능을 따르는 궁녀와
### 피치자의 욕망을 부정하는 主君

〈운영전〉의 주동자는 김 진사와 운영이다. 유영에게 이들이 번갈아 말해도 그 서술 시각은 거의 동일할 정도로 둘은 같은 생각을 가지고 있다고 볼 수 있다. 처음에 이들에게 주어진 사회적 역할은 달랐지만 두 사람이 사랑하게 된 이후, 이들에게 궁녀와 사대부라는 신분의 차이는 존재하지 않는다. 왕궁의 재물이자 왕의 여자로서 주군에 대해 충을 다해야 하는 궁녀 운영이나 왕의 재산을 절대 넘봐서는 안 되는 사대부인 김 진사가 애정 관계로 맺어진 이상, 둘은 같은 운명의 배를 타고 있는 것이다. 주동자로서 이들은 애정을 추구한다. 다른 애정소설의 주인공들이 두 남녀의 공식적인 결합인 혼인을 바라는 것에 비하여 이들의 추구 대상은 혼인이 아니라 애정 자체라는 점에 그 특징이 있다.

혼인까지는 감히 바라지도 못하는 이들이 애정을 추구하는 양태는 애정지상주의적이라는 것이다. 운영과 김 진사가 만남에서 자살로 이어지는 기간은 아마도 일년 남짓한 기간이었을 것이다. 김 진사를 본 후, 운영이 여름에 상사병으로 앓고, 그 해 가을 소격서동에서 김 진사를 재회하고, 김 진사가 눈 위에 발자국을 뿌리며 겨울 내내 왕래하였으니 어림잡아 일 년이라는 계산이다. 이렇게 짧은 기간 동안, 그것도 끊어졌다 이어졌다 하면서 지속된 인연은 주위의 다른 사회적 관계나 자신의 역할을 소홀히 하게 만드는 맹목적 열정을 생성하는 것이다. 모든 애정 관계가 같은 경로를 따르는 것은 아니지만, 처음에 열정으로 시작된 사랑은 애정 대상을 미화시키는 결정화의 과정 (crystallization)을 거친 이후에, 이상화된 대상에 대해 어느 정도의 환멸과 새로운 친밀감을 형성한다고 한다.[40] 그러나 운영과 김 진사의 경우, 이렇게 자유로운 두 남녀의 만남이 전제된 통상적인 애정의 경로를 따르지 못하였다. 궁 밖 남성이 궁녀의 이름만 알아도 죽음에 처한다는 공포와 협박 속에서 연정을 품는 것 자체가 절체절명의 선택이었던 만큼 상대방과 사회적 조건에 대해 맹목적이 되지 않고는 아예 애정 관계의 형성 자체가 불가능하였던 것이다.

자연발생적인 애정을 최고의 가치로 여기면서 다른 사회적 가치에 대해서는 맹목적이 되어 버린 연인들과 대척점에 서 있는 적대자는 안평대군이다. 안평대군은 운영과 김 진사가 복종해야 할 충의 대상이다. 그런데 그는 이들에게 복종을 강요하는 것뿐만 아니라 은혜와 사랑을 베푼다. 그는 다른 궁녀들보다 운영을 어여삐 여기고, 그 재주를 사랑하였으며, 김 진사의 문재(文才)를 아낌없이 칭찬하고 격려하였다. 자신을 알아주는 사람을 위해 충성을 다한다는 말이 있는 것처럼 운영과 김 진사는 자신들을 사랑하고, 능력을 알아주는 안평대군을 충성으로 섬겨야만 했다. 그러나 오히려 이러한 은혜와 사랑은 이들로 하여금 애정을 위한 도주를 망설이게 하였다. 즉, 운영의 마음속에 죄의식을 만들어내어 내적 갈등을 유발할 정도로 안평대군이라는 존재 자체가 현현하는 충의 가치는 인물의 내면 깊숙이 자리 잡고 있었던 것이다.

〈운영전〉을 이해하는 데 있어서 안평대군을 어떤 존재로 이해할 것이냐가 관건이 됨은 안평대군을 둘러싸고 논쟁적인 해석이 진행되는 현상을 통해 짐작할 수 있다.[41] 초기 연구에서부터 누차 지적되어

---

**40** Stendhal, De l'amour, 1822, 권오석 역, 『연애론』, 홍신문화사, 1990, 13~16면.

**41** 大谷森繁이 안평대군에 대한 동정적 서술시각을 지적한 후(大谷森繁, 「운영전 소고」(日文), 1966, 「운영전 소고」, 『조선후기소설독자연구』(韓譯), 고려대 민족문화연구소,

왔듯이, 작품 안에서 안평대군은 현명하고 자애로운 존재로 그려지기에 안평대군에 대한 서술시각이 우호적, 동정적임은 부정하기 힘들다. 더구나 그를 인간적인 존재로 따로 떼어 놓고 본다면, 그가 느꼈을 외로움이나 내적 갈등도 충분히 상상할 수 있다. 그렇지만 이 연구에서는 안평대군이 궁녀들의 무조건적인 복종의 대상이며, 주인공들의 애정 관계를 불가능하게 만든 근본 원인이라는 시각을 견지할 것이다. 오히려 안평대군이 피치자의 드러난 행위뿐만 아니라 '현명하고 자애롭게도' 그 마음까지 읽어낼 수 있는 능력의 소유자이기 때문에 운영은 몸도 마음도 숨길 수 없음에 절망했던 것이다. 운영이 느낀 절망감은 그 자신이 인식을 못했을지라도 너무나 견고한 지배 질서에서 비롯된다. 안평대군의 인간적인 면모가 그를 긍정적인 시각에서 볼 수 있게도 하지만 결국 그는 현실보다 더 완전한 유교적 이상 세계인 수성궁의 강력한 지배자일 뿐이다.

그러나 안평대군은 주인공의 서사 행로에 적대자의 기능을 하는 것

---

1985), 소재영은 이를 근거로 작품의 창작 시기를 안평대군이 復位된 이후로 추정한 바 있다(소재영, 「운영전 연구-운영의 비극을 중심으로」, 『아세아연구』 41, 고려대아세아문제연구소, 1972). 한편, 김일렬은 안평대군에 대해 혹독한 비판을 하는데, 그에 따르면, 안평대군은 단지 애정을 방해하는 개인적인 적대자가 아니라 내면적으로 두 남녀를 속박하는 무서운 제도적, 윤리적 현실이라고 하였다(김일렬, 「운영전에 나타난 사랑의 성격과 세계관적 고찰」, 앞의 책, 1984). 유사한 맥락에서 박일용은 안평대군이 인간적 감정을 부정하고, 치자인 자신의 성리학적 이념의 틀에 피치자인 궁녀를 뜯어 맞추려 하였던 것을 비판적으로 평가하였으며, 안평대군을 사림파 학자들의 성리학적 이데올로기가 형상을 취한 것이라 설명하였다(박일용, 「운영전의 비극적 성격과 그 사회적 의미」, 앞의 책, 1993). 최근에는 안평대군에 대한 옹호적인 관점이 두드러지는데, 이상구는 운영에 대한 안평대군의 각별한 감정을 이성적인 사랑으로 이해하여, '짝사랑하는 고독한 남성'의 상을 안평대군에서 찾았으며(이상구, 「운영전의 갈등양상과 작가의식」, 『고소설연구』 5, 한국고소설학회, 1998), 신재홍은 운영을 사이에 두고 김 진사와 안평대군이 연적 관계에 놓이며 이들은 애정 삼각관계를 갖는다고 해석하였다(신재홍, 「운영전의 삼각관계와 숨김의 미학」, 『고전문학과 교육』 8, 한국고전문학교육학회, 2004).

일 뿐, 그는 자신의 사회적 역할을 매우 충실히 이행한 인물이다. 그래서 당대 사회의 가치관으로 보면 그는 주인공들보다 더욱 도덕적인 인물, 유교 사회의 군주의 이상을 구현하는 인물로 평가될 수 있다. 만약 안평대군이 폭군이었다면 운영이 아무런 죄의식을 느끼지 않고 궁을 탈출했을지도 모르며, 운영이 그 권력에 의해 파멸하더라도 권력의 폭력성이 드러났을 것이다. 그러나 이 작품은 안평대군에게 자애롭고 현명하다는 양태를 부여함으로써 폭압적 권력에 대한 항거를 넘어 인간의 자유란 어떤 것인지 생각해 보게 한다. 즉, 아무리 선한 권력이라고 할지라도 그것이 인간의 내면까지 지배하려 들 때, 그것은 자유를 추구하는 인간을 불행하게 하는 위선적인 것이 될 수밖에 없다는 것이다. 그리고 자애롭고 아량 넓은 군주임에도 불구하고 안평대군이 적대자로 기능한다는 것은 충의 이념을 근간으로 하는 정치체제가 한 개인의 덕성으로 인해 극복할 수 없는 근본적인 모순을 갖고 있음을 암시하기도 한다. 바로 이러한 점이 〈운영전〉이 애정소설일 뿐만 아니라 당대 사회의 가장 핵심적인 가치 문제를 내포한 사회소설이 될 수 있게 하는 것이다.

한편, 이 소설에서 보조자는 주동자인 운영과 매우 밀접한 관계에 있다. 앞서 충의 가치에 근거한 작용(㉠)과 애정가치의 실현을 위한 반작용(㉡)을 짝을 지어 논했는데, 운영과 김 진사의 행위가 아닌 내용들도 ㉡에 포함되는 경우가 있었다. 예를 들면, 자란이 운영과 김 진사와의 만남을 돕거나 궁녀들이 운영에 공감하며 안평대군을 설득하는 부분 등이다. 이 행위의 주체는 궁녀들로서, 처음에는 운영에 대한 안평대군의 치우친 애정을 시기하다가, 점차 운영에게 공감을 느끼고 나중에는 운영과 함께 죽는 것도 마다하지 않는다. 그러나 이렇게 궁녀를 통틀어서 논하기에는 이들 모두 강한 개성과 다양한 가치관을 가지고 있다.⁴² 그래서 이들의 논쟁이나 한 사안에 대한 서로 다른 태도는 이본 생산자들도 공을 들여 기술하고 있는 부분이다. 특히 자란이 완사 장소를 결정하는데 소격서동으로 가자며 남궁 궁녀들을 설득할 때 다섯 명 각각 생각이 달라 논쟁이 심화, 확장되며, 안평대군이 운영의 애정 행각의 전모를 파악하고 이를 방조한 서궁 궁녀들을 모두 죽이려 할 때 이들이 대군 앞에 내 놓는 초서에는 운영의 사건에 대한 각기 다른 가치 태도가 존재한다. 그렇지만 이들이 운영을 걱정하고 그의 애정에 대해 호의적이며 깊은 공감을 하는 것은 공통적이다. 또, 운영이 애정가치의 정당성을 얻어 과감하게 김 진사와의 애정 행각을 벌일 수 있게 한 용기도 상당 부분 이들의 공감과 연대에 바탕을 둔다고 할 수 있다.⁴³

그런데 궁녀 중 자란은 보조자군(群)이라고 무리를 지어 논할 수 없을 정도로 특수한 역할을 하기에 자란에 대해서는 좀더 상세히 살필 필요가 있다. 자란은 운영의 심사를 털어놓도록 하였고, 김 진사와 운영이 소격서동에서 다시 만날 수 있게 안을 제안한 후 궁녀들을 설득하였으며, 월장한 김 진사를 운영의 방으로 안내하는 등 운영의 애정 실현에 있어서 없어서는 안 될 역할을 하였다. 그런가 하면, 자란은 도주하려는 운영을 설득하여 결정적인 기회를 놓치게 만들기도 한다. 그러면서도 자란은 대군이 운영을 비롯한 서궁의 궁녀들을 죽이려고 하는 장면에서는 운영을 변호하며 운영 대신 자신이 죽겠다는 내용의 초서를 써서 대군의 마음을 움직이는 데 결정적인 역할을 한다. 이러

---

42 이러한 면모는 이 소설의 앞 부분에 이들이 지은 한시가 하나하나 소개되는 데서부터 파악할 수 있다.

43 이와 같은 시각은 차옥덕, 「여성자매애에 대한 일 고찰─〈운영전〉을 중심으로」(『여성연구논총』 1, 성신여대, 2000)에서도 발견할 수 있다.

한 자란의 말과 행위로 보건대, 자란은 애정가치의 정당성을 깨닫고, 마치 자신의 일처럼 운영의 일을 도모하였던 한편, 충의 가치가 당대 사회에서 갖는 위력을 절감하고 그 안에서의 애정 실현이 가능할 수 있는 방도를 찾는 현실적 판단력의 소유자라고 할 수 있다.

## 4) 공감적 청자 설정과 시를 통한 인물 내면의 조명

〈운영전〉은 한미한 선비인 유영(柳泳)이 수성궁(壽聖宮)에서 취몽 중 들은 운영과 김 진사의 애정 이야기라는 액자 구성으로 이루어져 있다.[44] 이 연구의 관심은 〈운영전〉의 서술 방식 전반을 설명하려는 것에 있는 것이 아니라 운영전의 서술자가 독자에게 가치를 감화시키는 방식에 있기에 이에 초점을 두어 논하려 한다. 소설에서는 가치를 추상적인 것이 아니라 항상 누군가에게 속한 것으로 제시한다. 그래서 소설의 독자는 주로 인물로 형상화된 가치 주체에 반응하게 된다고 한다면, 재현의 대상이 되는 인물 중에서 누구를 더 많이, 더 깊이 보여주는가 하는 것은 일종의 가치를 설득하는 서술의 전략이라고 할 수 있다. 이 항에서는 몽유 형식이라는 독특한 구성 방식이 갖는 가치 설득적인 함의와 시와 편지 등의 삽입이 갖는 가치 감화적 효과에 대해 논하겠다.

이 작품에서 액자 밖의 현실적 인물로 등장하는 이는 유영이다. 유

---

**44** 이러한 구성은 '몽유 형식'이라는 관점에서 설명되었는데, 몽유 형식은 '오래 전에 죽은 인물들의 망령을 꿈에서 만나 기이한 일을 체험하다가 꿈에서 깨는 이야기'를 내용으로 하며, 사대부들이 꿈의 특질을 수용하여 현실에서 이루지 못한 이상을 몽중 세계에서 구현해 보거나 부당한 현실에 대한 비판과 질책을 하는 것을 목적으로 한다(최삼용, 한국 고소설연구회 편, 『한국고소설론』, 아세아문화사, 1991).

영은 스스로는 재주가 뛰어나고, 학식도 유여하며, 인물도 출중하다
고 자부하나 현실적으로는 끼니도 제대로 잇지 못하는 궁색한 처지에
놓여있다. 그는 옷이 남루하고 용모와 안색이 초라하여 놀러 온 사람
들의 웃음거리가 될 것을 스스로 알고 있을 정도로 소심하며, 벼르던
수성궁에 가자마자 후원으로 몸을 숨길 만큼 부끄러워하는 선비이다.
왜 이러한 인물에게 김 진사와 운영의 사랑 이야기를 듣게 한 것인가
에 대해, 선행 연구에서는 비극적인 처지에 있는 유영이 운영과 김 진
사의 비극적 사랑 이야기에 공감하고 그에 담겨 있는 한과 정회에 공
감하고 전해 줄 수 있는 인물로서 적합하다는 의견이 지배적이다.[45]
본고에서도 유영이 운영과 김 진사의 애정 이야기의 청자로서 적합한
인물이라는 데에는 이견이 없다.

　김 진사는 자신을 보자 곧 일어나 맞이하는 유영을 보고, 잠시 만났
을 뿐인데도 오랜 친구 같이 느껴지는[傾盖若舊] 상황이라고 칭하며
뜻하지 않게 가객(佳客)을 만난 기쁨을 표현한다. 유영은 운영의 시에
서 슬프고 처량한 뜻을 읽어 내고는 이내 김 진사의 사연 듣기를 간곡
히 청한다. 이렇게 시에서 마음을 읽고 인간의 정을 공감하고자 하는
다정한 유영으로 인해 김 진사와 운영은 이야기를 시작한다. 이 소설
의 도입부에서는 이처럼 유영과 김 진사 및 운영과의 인연이 소상히
소개되는데 이는 유영이 공감할 수 있는 능력의 소유자임을 보여주기
위해서이다. 유영과 김 진사 등의 공감적 관계를 설정됨으로써 액자
내부의 운영과 김 진사의 이야기는 그 진실성을 보장받는다. 마음을
터놓고 얘기할 만한 지기지우(知己之友)가 이야기를 듣는 상황이라면
숨기고 싶은 비밀이나 꾸미고 싶은 허영이 없을 것임을 예상할 수 있

---

45 박일용, 앞의 책, 183면.

기 때문이다. 이렇게 유영은 이 소설의 실질적인 서사에 개입되는 것은 아니지만 액자 내부 이야기의 청자로서 자신의 이야기를 전하는 운영과 김 진사의 진술 내용을 생산하게 하는 중요한 역할을 한다고 볼 수 있다.

그리고 유영을 앞에 둔 이야기 상황에서 운영과 김 진사는 자신에게 있었던 일을 번갈아 이야기한다. 그래서 액자 안에서는 일인칭 시점이 나타나는데, 이 시점은 독자에게 운영의 깊은 속내나 내밀한 감정을 전달하여 인물에 쉽게 공감할 수 있게 하는 효과를 가진다.[46] 더욱이 운영은 유영에게 이야기하는 속에서 자신이 자란에게 한 이야기를 삽입하여 하고 있다. 청자에 따라 표현 내용 자체가 달라진다고 할 때, 청자로서 자란을 택하여 더욱 내밀한 감정과 생각을 얘기하게 함으로써 이 소설은 독자로 하여금 점층적으로 인물의 내면에 근접하게 하는 표현 효과를 구사하는 것이다. 이는 점입가경의 방식으로 겹겹이 싸여 있는 베일을 벗겨내면서 더 깊은 진실을 발견하게 하고, 발견한 진실을 더욱 소중한 것으로 여기게 하는 서술의 전략이라고 할 수 있다. 비록 '내면'을 직접 묘사하는 표현의 관습은 아직 확립되지 않았을 때 쓰인 소설이지만, 이렇게 〈운영전〉은 화자와 공감할 수 있는 청자를 다중적으로 설정하여 등장인물로 하여금 직접 자신의 내면을 말하게 하는 서술의 전략을 구사하고 있다.[47]

---

**46** 심치열, 「〈운영전〉의 서사 체계와 주제 의식」, 『어문연구』 25, 한국어문교육연구회, 1996, 29~30면.

**47** 신재홍은 이 작품이 액자를 중층적으로 구성(유영의 현실 세계에 유영과 운영 일행이 만난 몽중 세계가 있으며, 그 몽중 세계 안에 운영과 김 진사가 말한 서사세계가 있으며, 운영의 말에는 다시 자란에게 하는 이야기가 들어 있음)하고, 시점을 복합(전지적 작가 시점을 기본으로 하여 3인칭 주인공 시점, 3인칭 관찰자 시점, 1인칭 주인공 시점, 전지적 작가 시점이 적절히 배합됨)시키는 이면에는 사건을 드러내는 데 머뭇거리고 있는 서술자의 심리가 작용하고 있다고 파악하였다. 이어서 그는 이렇게 숨겨진 사건이 조금씩

　이렇게 인물의 가치에 공감할 수 있는 청자의 자리를 설정하고 있는 이 소설에서 인물의 내면을 드러내는 또 다른 방식이 사용되는데, 그것은 바로 시와 편지, 초사 등의 삽입이다. 안평대군이 시를 통해 궁녀들의 성정(性情)을 날카롭게 파악하고 김 진사의 연정을 간파하였으며, 운영의 이야기를 듣고 난 자란이 "시는 성정에서 나오는 것이니 속일 수가 없구나.(詩出於性情, 不可欺也: 274)"라고 탄식하였듯이 시는 인물의 마음을 숨김없이 드러낸다. 운영과 김 진사가 나누는 편지에도 서로에 대한 내밀한 정이 드러나는데 이 역시 정인(情人)이라는 특정한 독자를 대상으로 쓴 글이기 때문이다. 특히 시작(詩作) 능력이 뛰어난 운영과 김 진사는 편지에서도 자신의 정황을 담은 사연을 산문으로 적는 것과 아울러 시를 덧붙여 간접적으로 자신의 마음을 전하였다.48 운영과 함께 죽게 된 궁녀들이 마지막으로 안평대군에게 쓴 초사에도 죽음을 앞두고 내보인 진정어린 심경이 담겨 있다. 이러한 시, 편지, 초사 등을 직접 인용하여 운영과 김 진사가 이야기하는 도중에 배치함으로써 이 작품은 인물의 내밀한 정을 기술할 수 있었다. 이는 독자로 하여금 인물의 말이나 행위로 드러난 가치 지향뿐 아니라, 인물 내면에 담긴 가치에 대한 감정과 태도 등에 공감할

---

드러나는 것이 바로 〈운영전〉이 갖는 '숨김의 미학'이라고 하였으며, 이로 인해 〈운영전〉은 숨어 사는 자의 내면 풍경을 미적으로 그려내는 문학적 성취를 할 수 있었다고 평가하였다(신재홍, 앞의 글). 그러나 본고는 서술의 미학보다는 수용자를 감화시키는 서술의 전략에 관심이 있기 때문에 〈운영전〉의 중층적 액자 구성과 복합적 시점을 '변환되는 청자'를 설정하기 위한 감화적 전략이라고 이해한다.

**48** 시를 매개로 하여 인연을 맺는 것은 〈구운몽〉을 비롯하여 재자가인이 등장하는 대다수 애정소설이 유용하게 활용하는 방식이다. 감정을 노골적으로 드러내는 것보다 시를 통해 우회적으로 전달하는 까닭은 자신의 진심어린 감정이 상대에게 더 큰 울림으로 다가가기를 바라며, 그렇게 되었을 때 비로소 자신의 지음(知音)을 발견했다는 기쁨이 커지기 때문이다.

수 있도록 하는 서술의 전략으로 기능한다.

## 5) 내면성 옹호를 통한 정치 권력 비판

이 소설은 몽유 형식이라는 서술의 방식을 취하고 있기 때문에 독자에 의해 추론된 의도인 내포작가가 어떠한 가치 판단을 하고 있는지 확인하기 위해서는 세 측면을 아울러 살필 필요가 있다. 첫째는 운영과 김 진사의 현세적 사랑 이야기의 결말, 둘째는 운영과 김 진사의 후생의 설정, 셋째는 액자 밖 유영 이야기의 결말이다. 현세에서 운영과 김 진사는 자살이라는 비극적인 방식으로 최후를 맞았다. 이러한 결말은 재현의 대상이 되는 사건 자체에 속한 것일 뿐만 아니라 여러 가지 결말 처리의 가능성 중에서 가치 선택을 한 것이라고 본다면 그 의미가 좀더 분명히 드러날 것이라는 전제에서 이 부분을 다른 작품과 비교해 논할 것이다. 또, 내포작가는 현세적으로 비극을 그렸지만 후세에 이들이 신선으로 다시 살아나 함께 살고 있는 것으로 설정하였다. 따라서 그러한 결말 처리의 의미를 논구해 볼 필요가 있다. 마지막으로, 단지 운영과 김 진사와 만났을 뿐인데도 망연자실하여 침식을 모두 그만 둔 유영의 뒷이야기가 있다. 이러한 결말 역시 내포작가의 가치 판단을 추출하기 위한 분석의 대상이다.

이 연구는 운영과 김 진사의 비극적 최후는 현세에 이룰 수 없는 애정에 대한 절망에서 비롯된 것으로 보는 기존 연구의 시각에 동의한다. 다만 이 액자 안 이야기의 결말 부분에는 특의 횡포와 그에 대한 징치가 매우 자세히 그려지기에 이에 대한 설명을 덧붙이고자 한다. 이 소설에서 악인으로 나오는 김 진사의 노비인 특에 대해 비현실적이라는 평가가 있다.[49] 김 진사가 애정에 대해 맹목적이었기 때문에 누구나 짐작할 수 있는 계략을 눈치 채지 못하여 특의 전횡이 극에 다다르도록 그를 내버려둔 측면이 있지만,[50] 재물을 빼돌리고, 김 진사와 운영의 도주 계획을 발설하고, 청량사에서도 패악을 부릴 정도의 노비는 현실적으로 존재하기 힘들기 때문이다. 그렇다면 왜 조력자 역할을 했던 특을 결말 부분에 이렇게까지 악인으로 그리는지에 대해 생각해 볼 필요가 있다.

이 소설의 남녀 주인공의 애정을 제약하는 근본적인 원인 제공자는 안평대군이다. 그러나 아무리 운영의 애정에 동정적인 작자라고 하더라도 안평대군을 직접적으로 비판하기는 힘들었을 것이다. 즉, 운영이 안평대군에 대한 충의로 인해 도주를 망설이듯이 이 소설의 내포작가도 충의 가치를 훼손하거나 비판하는 데에까지는 이르지 않는 것이다. 그래서 주인공들과 안평대군의 직접적인 대결로 치닫지 않게 하기 위해 특이라는 관계 밖의 인물로 사태의 새로운 국면이 펼쳐지게 한 것은 아닐까 추측해 볼 수 있다. 그렇게 함으로써 안평대군은 운영과 김 진사의 애정의 가장 큰 장애이기는 하지만 악인은 아닌 인

---

49 이상구의 연구에서 이러한 시각이 보이는데 특이 불공을 드리면서도 패악을 저지른다든가 김 진사가 특이 죽도록 부처에게 기원한다는 점을 들어, 이는 사실주의적 서술시각을 포기한 관념적 서술시각이라고 설명하며, 〈운영전〉의 문제해결 과정에는 비현실성이 핵을 이루고 있다고 한다(이상구, 「운영전의 갈등양상과 작가의식」, 『고소설연구』 5, 한국고소설학회, 1998).

50 신경숙은 특의 형상에 대해 노비가 성장해 가는 임병란 이후의 사회적 산물로 지적한 바 있으며, 이상구는 특과 같은 노비계층의 성장에 대한 적대감과 철저히 몰락하여 노비조차 제어할 수 없을 정도로 현실 대응력을 상실한 작가의 사인(士人)적 시각에 의한 형상화라고 주장하였다(신경숙, 「운영전의 반성적 검토」, 『한성어문학』 9, 한성대 국어국문과, 1990; 이상구, 위의 글). 이 두 논의는 성장하는 노비와 노비조차 다루지 못할 정도로 무능한 양반으로 서로 짝을 이룬다고 할 수 있다. 양승민은 이러한 해석들이 오류임을 지적하며, 특은 문제해결의 실마리가 어디에도 없는 비극적 현실을 나타내기 위한 작가의 전략이라고 파악하였다(양승민, 앞의 글, 142면).

물이 될 수 있었다. 이처럼 특의 악행과 그에 대한 징치는 충의 현현(顯現)으로서 안평대군을 직접적으로 비난하지 않도록 하는 장치가 되는 것이다. 한편, 특의 악행은 운영과 김 진사의 사랑을 더욱 비극적으로 보이게 함으로써 독자들이 이들의 슬픈 사랑에 대해 더욱 공감하게 하는 부수적인 효과도 동반하게 된다. 이처럼 결말 부분에서 특이 행하는 패악은 애정가치를 옹호하지만 충의 가치에 대한 직접적인 비판에는 이를 수 없었던 내포작가의 가치 판단이 그 형상을 얻은 것이라고 이해할 수 있다.

〈운영전〉 애정사의 결말은 〈구운몽〉과 〈영영전〉과 비교해 볼 수 있다. 먼저 〈구운몽〉에는 운영과 같은 신분으로 전락한 사녀(士女) 진채봉이 등장한다. 〈구운몽〉에서도 황제는, 안평대군처럼, 여중서(女中書)라 하여 궁녀 열 명을 모아 놓고 글을 가르쳤으며, 예악의 교양을 쌓게 하였다. 원래 사족이었던 채봉은 글을 알기에 황제의 궁녀가 되었으며, 황제가 풍류를 즐기는 자리에 함께 하였다. 채봉은 이 자리에서 옛 정혼자인 소유를 만났는데, 소유는 자기를 알아보지도 못하였다. 운영과 비교할 때 채봉이 처한 상황이 더 나은 것은 아니다. 채봉은 왕자가 아닌 황제에게 속한 궁녀였으며, 처음 보는 사람과 눈으로 사랑을 주고받던 운영과는 달리 그리워하던 정혼자가 아예 자신을 알아보지도 못했기 때문이다. 그러나 난양 공주의 덕성으로 인해 황제는 궁녀였던 채봉을 쉽게 놓아주며 흔쾌히 소유의 부인이 되게 하였다. 이는 개인의 개심(改心)과 덕성(德性)이 현실에 존재하는 모든 문제를 해결하는 근본적인 해결책이라는 내포작가의 가치 판단이라고 할 수 있다. 이에 비해 〈운영전〉에서는 개인의 덕이 문제를 해결하는 데에 별다른 역할을 하지 못한다. 앞서 밝혔듯이, 오히려 안평대군이 인간의 정을 속속들이 파악하며, 은혜와 사랑을 베풀 줄 아는 자애로운 군주이기에 운영은 자살 외에는 다른 선택을 할 수 없었다. 이렇게 충이 강요되는 현실은 개인의 덕으로서 해결될 수 없는 문제이기 때문에 이 작품의 내포작가는 현세의 주인공들의 비극적인 운명을 그려놓은 것이다.

또한, 이렇게 주인공을 죽음으로 내몬 내포작가의 선택은 〈영영전〉과 비교해 고찰해 볼 수 있다.[51] 〈영영전〉에서 역시 왕재[회산군]에게 속한 궁녀인 영영은, 운영과 달리, 김생과 백년해로하는 행복을 누린다. 김생은 영영의 소식이 돈절된 이후, 희망을 잃고 헛되이 몽상에 젖어 있기만 했다. 그러나 온갖 근심 속에서도 3년이 훌쩍 지나가 버리고 "마음이 일에 따라 변하여 (영영에 대한) 생각은 점차 줄어갔다.(情隨事變, 念懷稍弛)"[52] 김생은 다시 학업에 매진하여 장원으로 급제하게 되었다. 김생은 3일 유가(遊街)를 하는 중, 우연히 회산군의 집을 지나다가 말에서 떨어지는 기지를 발휘하여 회산군의 집에 잠시 머물며 영영을 본다. 다시 만난 영영의 얼굴을 보고, 가슴을 울리는 편지를 받은 김생은 불현듯 잊었던 그리움이 되살아나게 된다. 이후 상사병에 들었던 김생은, 친구의 주선으로, 회산군이 이미 세상을

---

51 〈운영전〉에 대해서는 상호텍스트적인 관점의 연구가 많이 이루어졌다. 그 까닭은 이 작품에서 남녀 주인공이 자살로 현세적인 삶을 마감하는 결말이 다른 작품과의 비교를 추동하기 때문이다. 가장 많이 비교되는 작품은 〈英英傳〉이다. 〈영영전〉에서도 왕족인 회산군에 속한 궁녀인 영영이 여주인공으로 등장하여 궁 밖의 남성인 김생과 사랑을 나눈다. 그런데 이 작품은 현세에서 영영과 김생의 애정을 성취시키는 것으로 서사를 진행시킨다. 이렇게 상반된 결말을 가진 두 작품의 주제 의식이나 서술 시각 등을 포괄적으로 비교하는 연구가 행해진 바 있다(소재영, 「운영전 연구」, 『아세아연구』 41, 1971; 배원룡, 「운영전과 영영전의 비교고찰」, 『국제어문』 2, 1981; 박일용, 「운영전과 상사동기의 비극적 성격과 그 사회적 의미」, 『국어국문학』 98, 1987; 김낙효, 「영영전 연구」, 『고전소설과 문학교육』, 박이정, 1996; 김현식, 「수성궁몽유록과 상사동기의 비교연구」, 『홍익어문』 14, 1995; 신동흔, 「운영전에 대한 문학적 반론으로서의 영영전」, 『고전산문의 계보적 연구』, 국학자료원, 2001).

52 이상구 역주, 〈상사동기〉, 앞의 책, 1999, 303면.

떠나 궁녀들을 주재하게 된 회산군 부인의 도움을 받아 영영과 상봉한 뒤 평생을 함께 하며 "이로부터 영원히 공명을 버리고, 끝까지 장가들지 않은 채 영영과 더불어 생애를 마쳤다.(自此永謝功名, 竟不娶妻, 與英英相終)"[53]

신동흔은 이 작품이 〈운영전〉에 대한 문학적인 반론이라고 해석하면서 인물의 형상과 서사적 전개를 비교한 후, 흥미롭게도 〈영영전〉의 내포작가가 〈운영전〉의 작가에게 건네고 싶었음직한 말을 직설적으로 풀어내었다.[54] 그에 따르면, 〈영영전〉은 〈운영전〉에 대하여 "한 순간의 열정에 모든 것을 거는 것이 인생일 수 없다는, 그 열정을 아프게 가슴 속에 묻어둔 채 주어진 현실을 짐져나가는 그것이 인간과 삶의 참모습"이라는 문학적 반론을 행하고 있다는 것이다. 이렇게 반론의 여지가 있다는 것은 〈운영전〉의 내포작가 역시 애정의 결말을 어떻게 처리할까에 대한 여러 선택 가능성을 고민했을 것임을 짐작하게 한다. 〈운영전〉의 서사를 안타깝게 따라가며 읽는 독자 못지않게 작자도 두 연인을 맺어주는 행복한 결말을 기대했을지 모른다. 그러나 진지하게 서사적인 가능성을 탐색하는 과정에서 이들의 애정 가치의 실현이 현실에서는 불가능하다는 판단을 행하여 죽음으로 현세의 삶을 마감하는 결말을 택하였다. 〈운영전〉의 내포작가는 현실

---

**53** 이상구 역주, 〈상사동기〉, 위의 책, 1999, 306면.

**54** "―보라. 그대는 운영과 김 진사를 통하여 가장 운명적이고도 낭만적인, 슬프고도 아름다운 사랑을 그려내고자 하였다. (…) 다른 모든 것을 무색하게 하는 열정적인 애정이 피어오르게 하였다. 그것은 처음부터 비극으로 의도된 것이었다. (…) 그리고 그대는 외치고 있다. '아, 이 세상이 저 고귀한 사랑을 이렇게 저버리는구나!' ―여기, 그대의 운영과 김 진사와 비슷하면서도 또 다른 두 인물이 있다. 나는 이들을 통해 이 세상 속에서 누구나 경험하기 마련인 욕망과 좌절을 그렸다. 그리고 그 굴레 속에서 끝내 진실을 배반하지 않는 영혼들에게 주어지는 축복을 그렸다. 그대 보기는 과연 어떠한가?"(신동흔, 앞의 글)

적으로 존재하는 삶의 문제를 다루기는 하되, 낭만적인 행복한 결말로 인생과 현실에 대한 낙관을 보여줄 수 있었다. 그러나 내포작가는 그것이 낭만적인 거짓말이라는 것을 알기에 충의 가치가 강력하게 실현되는 자장(磁場) 안에서 애정가치의 실현이 불가능하다는 소설적인 진실을 선택한 것이다.

그러면서도 내포작가는 현세에서는 비극적인 최후를 맞은 운영과 김 진사가 천상에서 해후할 수 있는 내세의 결말을 마련하였다. 폐허가 된 수성궁을 찾은 연인은 봄빛은 옛날의 정경을 바꾸지 않았으나 인사(人事)는 변하여 이처럼 바뀌었음을 슬퍼한다. 비록 옛일이 생각나 슬퍼하기는 하지만 이들이 안평대군을 그리워하는 것은 분명히 아니다. 김생은 신선이 되어서도 "바닷물이 마르고 돌이 녹아 없어져도 이 정은 없어지지 않으며, 땅이 늙고 하늘이 거칠어져도 이 한은 삭이기 어렵습니다.(海枯石爛, 此情不泯, 地老天荒, 此恨難消: 290)"라고 과거사를 아프게 간직하고 있다. 운영의 시에 "故宮의 꽃과 버들은 새로이 봄빛을 띠었는데, 호화롭던 오랜 옛일 자꾸만 꿈 속에 드네(故宮柳花帶新春, 千載豪華入夢頻.: 291)"라고 안평대군 시절을 회억(回憶)하는 감회가 보이지만, 그것은 김 진사와의 만남이 있기 전, 아름다운 수성궁의 궁녀로서 정신적으로, 물질적으로 요족(饒足)한 생활을 하던 시기거나 김 진사와 짧은 순간의 밀애를 나누었던 시기일 뿐 안평대군이 현존하던 시기가 이상적이라는 의미를 내포하는 것은 아니다.

<table>
<tr><td>꽃이 지는 궁중에 제비 참새 날아드니</td><td>花落宮中燕雀飛</td></tr>
<tr><td>봄빛은 여전하나 주인은 아니로다</td><td>春光依舊主人非.</td></tr>
<tr><td>밤하늘 달빛은 이렇듯 서늘한데</td><td>中宵月色凉如許</td></tr>
</table>

푸른 이슬은 깃털 옷을 적시지 못하네 　　　　　碧露未沾翠羽衣.

(291)

이 시는 김 진사가 유영에게 자신이 쓴 글을 전하면서 술에 취해 운영에게 몸을 기댄 채 읊은 절구(絶句)이다. 수성궁이 공간적 배경이 되는 이 시에서 승구의 '주인'이 안평대군이 됨은 쉽게 파악할 수 있다. 그의 권세가 드높던 화려한 시절은 자연적인 시간의 흐름을 거역할 수 없다. 그렇지만 신선이 된 운영과 김 진사는 이와는 경우가 다르다. 그들은 서늘한 달빛이 이슬을 내려도 깃털 옷을 적시지 않는다. 즉 시간마저 극복하는 영원한 애정의 승리라고 할 수 있다. 현세의 권세는 시간의 흐름[자연] 앞에 무력하고, 진실한 애정은 시간이 흘러도 변함없으며, 자연마저도 그에 누를 끼치지 못 하는 초월적 영역에 존재한다는 것이다. 결국 이 시는 시간의 흐름 앞에 스러지기 마련인 현세의 권력에 비해 자신들의 진실한 사랑은 자연과 세월마저 이겨낸다는 승리감을 노래한 것이라 할 수 있다. 이처럼 이들이 자기들의 사랑이 세상에 영원히 전해질 것을 바랄 뿐 아니라 그것을 잘못된 무엇, 부끄러운 무엇으로 생각하지 않았으며, 오히려 길이 전해져야 할 떳떳하고도 아름다운 것으로 의식하고 있었다는 점도 내포작가가 애정가치를 현실의 다른 어떤 가치보다 소중하게 여기고 있었음을 방증한다.

마지막으로 내포작가가 몽유자인 유영의 뒷이야기에 대해서 살펴보겠다. 서술적 장치로서 몽유자인 유영이 공감적 청자로서 운영과 김 진사의 이야기를 순조롭게 끌어내는 역할을 하였다면, 이 항에서는 유영의 뒷이야기와 관련한 내포작가의 가치 판단에 대해 논의하겠다. 유영은 운영과 김생의 이야기를 듣고, 김생이 남기고 간 책을 보고도 놀라운 기색 없이 그저 쓸쓸하고 무료한 마음으로 소매에 넣어 들고 왔을 뿐이다. 그런데 어느날 유영은 상자에 넣어 둔 김생의 책을 다시 보고는 망연자실하여 침식을 잊었다고 한다. 그 뒤 그는 명산을 유람하다가 아무도 알 수 없는 곳에서 죽는다. 애정전기소설에서 명혼과의 만남이라는 기이한 체험을 겪고 난 인물들에게 이러한 탈속적인 거취는 공통적이라고 할 수 있다. 〈이생규장전〉의 이생은 죽은 최랑을 그리워하다가 병을 얻어 죽었고, 〈만복사저포기〉의 양생도 지리산에 들어가 약초를 캐면서 일생을 마쳤다. 그리고 〈취유부벽정기〉에서 기자 조선의 공주를 만난 홍생도 곧 죽어 하늘나라로 가며, 〈남염부주지〉의 박생 역시 남염부주의 염라대왕이 되어 갔다. 이렇게 이계의 인물들과의 만남은 현세의 삶에 대한 의지나 미련을 거두어들이는 기능을 하는 면이 있지만 양생과 이생은 명혼과 사랑을 나누었던 신이한 체험을 하였으며, 홍생과 박생은 하늘나라의 지위를 보장받은 후 현세의 생을 마감하였다. 그런데 유영은 단지 운영과 김진사를 만나 그들의 이야기를 들었을 뿐인데도 현실의 삶에 적응하지 못하게 된다는 점이 특이하다고 할 수 있다.

유영은 내향적인 성향의 소심한 선비이다. 벼르던 수성궁에 막상 놀러갔을 때에도 유영은 부끄러움에 곧장 후원으로 향하였다. 유영이 비록 누추한 행색으로 혼자서 수성궁에 갔다고는 하지만 다른 사람들이 정말로 그를 본 사람들마다 서로 돌아보고 손가락질을 하며 비웃음을 지었을 것(躬自佩酒, 獨入宮門, 則觀者相顧, 莫不指笑: 261)으로는 상상하기 힘들다. 오히려 이는 소심하며 부끄러움을 잘 타는 유영 혼자만의 생각일지도 모른다. 이러한 유영의 심리를 분석한 김일렬은 유영에 대해, 원래 내향적인 인물이 가난한 사회적 처지로 인해 그 내향성이 더욱 촉진되어 인간 관계에서 고립되고 우울증과 열등의식에

차 있는 인간형이라고 논하였다. 한편, 그는 애정과 사회적 명망에 대한 본능적인 열망이 강한 인간이기도 하다. 그렇지만 그는 성격이 너무 내향적이기 때문에 무언가 실천해 보려하지도 않고 애정과 사회적 성취가 현실에서는 불가능하다고 체념하여 현실과 유리된 태도를 보인다. 그러니까 그는 현실의 자기 능력을 스스로 높이 평가하지만 다른 사람들이 이를 알아주지 않음을 원망하며, 가난함으로 인해 처지와 행색이 초라하다는 열등의식에 사로 잡혀 있다는 것이다.[55]

김일렬은 이어서 논하기를, 유영이 수성궁에서의 일을 마치 욕망의 백일몽(fantasy)처럼 체험하는데, 이 백일몽은 몽유자 자신이 스스로를 상(傷)한 상태로 보는 '순교백일몽(殉敎白日夢)'이라고 한다. 즉, 수성궁의 김 진사처럼 자신을 극단적 절망과 비애의 화신으로 보이게 함으로써 일시적으로나마 타인으로부터 연민과 동정을 얻으려 한다는 것이다. 이 항의 논의에서 유영의 정신분석에 큰 관심이 있는 것은 아니다. 그래도 적어도 김일렬의 논의는 유영이 김 진사와 운영의 비극적인 이야기에 스스로도 상처받았음을 보여준다. 이는 유영이 자신이 듣는 이야기 자체에 전혀 거리를 두지 않았다는 것을 말해준다. 이로 인해 이야기의 주인공들에게 자신의 욕망을 투영하였던 유영은 그들의 비극적인 결말에 자신도 역시 마음의 상처를 입게 된다. 그래서 그는 곡기를 끊고 자살한 김 진사처럼 침식을 잊고 세상을 버리는 길을 택하였다고 이해할 수 있다.

유영의 행로에 대해 이렇게 이해한다 하더라도, 왜 내포작가는 유영의 결말을 이처럼 그렸던 것일까 하는 것에 대해서는 좀더 다른 차원의 논의가 필요하다. 김 진사의 책을 받아들고 상자에 넣어두었을

---

55 김일렬, 「운영전 攷(1)−주로 심리학적 입장에서」, 『어문논총』 6, 경북대 국어국문과, 1971.

때까지 유영의 일상에는 큰 변화가 없었다. 그런데 어느 날 그 책을 펼쳐보고는 유영은 망연자실한 채 탈속적 행로를 택하였다. 즉, 유영은 지인(知人)으로서 김 진사 일행의 이야기를 들어서가 아니라 김 진사의 애정 기록에 대한 최초의 독자로서 큰 변화를 일으킨 것이다. 내포작가는 유영의 변화를 결구에 덧붙임으로써 운영의 애정 이야기가 주는 진한 감동을 강조한 것으로 보인다. 이 책의 애정가치에 감화되면 세상의 다른 어떤 가치도 버릴 수밖에 없다는 것이다. 이러한 결말 처리는 애정가치에 대한 절대적인 확신과 옹호에서 비롯된 것으로 내포작가의 가치 판단을 분명히 보여주고 있다.

# ◉ 3. 愛情과 身分 差別의 갈등

## 1) 〈春香傳〉 제재의 전형성

한 개인은 일차 집단인 가족의 성원이며, 정치 권력을 갖는 국가의 영향력 아래 놓여 있는 동시에 특수한 인간 관계의 형식을 갖는 사회에 존재한다. 조선시대는 타고난 신분으로 인간의 사고 및 행위, 타인과의 관계 맺음을 규정하였던 신분 사회이다. 신분 차별적인 질서는 이 사회를 제도적 차원에서 유지하고 움직이게 하는 핵심적인 동력이자 수호해야 할 제도적인 가치이다. 한 사회를 일종의 '몸'으로 보았을 때, 누군가가 편하기 위해서는 다른 누군가의 노동력과 육체의 소진을 필요로 한다. 일종의 제로섬으로, 천민은 지배 집단의 '몸'으로는 하기 싫은 성가시고 불유쾌한 일을 행하고, 지배 집단의 '몸'을 소진시키지 않으면서도 쾌락을 얻을 수 있도록 자신의 육체를 제공하였다. 그러나 아무리 천민 집단이 혹독한 사역을 당한다고 하여도 이미 절대값이 정해져 있는 '행복'은 고상하고 근엄한 판단을 통해 또 다른 부류의 인간들을 사역시키고 힘의 우위를 독점할 수 있었던 지배 계급의 몫이었다.[56] 이 특권과 그것이 주는 편안함, 쾌적함을 유지하기 위해 지배 집단은 신분을 체계적으로 나누어 관리하는 한편, 피치자들에게 자발적인 예종을 이끌어내는 통치의 명분을 만들어내었는데, 그것이 바로 상하지분(上下之分), 존비지분(尊卑之分)이라 칭해졌던 신분 차별의 가치이다.[57]

신분 차별의 가치는 피치자에게 복종의 의무를 제도화하고, 정치적으로 이를 정당화하는 데 매우 긴요한 것이었다. 신분 차별의 가치를 통한 지배는 권력의 폭력적인 속성마저 은폐시키는 매우 세련된 통치 기법이기도 하였다. 예를 들면, 노비를 다루는 데 있어서 조선시대의 양반들은 자신들의 편의에 따라, 소유의 차원에서는 매매가 가능한 재산으로서 물질적 성격을 부여하고, 지배―복종의 관계의 차원에서는 인간적인 성격을 부여하였다. 이를테면, 주노(主奴)의 관계도 군신, 부자 등의 다른 강상(綱常) 관계처럼 '천건지설(天建地設)'한 엄연한 것이어서 결코 문란해질 수 없는 것으로 주입시켰다. 그리고 주노의 관계는 군신관계에 준하는 것으로 규정되었기 때문에, 노비가 주인을 섬길 때에도 진심으로 성의를 다하여 주인의 명령에 복종하는 충의로움이 요구되었다.[58] 이처럼 주노 관계는 삼강에도 들어있지 않은데도 강상의 차원으로 규정되었고, 거기에는 대단한 명분이 있는 것처럼 여겨졌는데, 이는 양반 집단의 이데올로기적인 통치[禮治]의 일면이라고 할 수 있다.[59] 이 양반 사회의 공동

---

56 박종성, 『백정과 기생―조선천민사의 두 얼굴』, 서울대출판부, 2003, 85면.

57 이는 지배 집단의 입장에서는 그들에게 만족을 주는 '가치'이지만, 피치자의 관점에서는 허위의식이라는 의미에서 '이데올로기'가 될 수 있다.

58 지승종, 『조선전기노비신분연구』, 일조각, 1997, 377~379면.

59 예치가 남성과 여성의 관계의 국면에 적용된 연구로는 김혜숙, 「조선시대의 권력과 성: 예치 개념을 중심으로」, 여성철학연구모임 편, 『한국여성철학』, 한울, 1995; 이숙인,

자산인 신분 차별의 가치를 활용함으로써 개개의 양반들은 스스로 기획하고 움직이지 않았는데도 그 이상의 효과를 보게 되었으니, 신분 차별의 가치는 신분 사회의 통치와 지배를 수월하게 하는 사회적인 가치라고 할 수 있다.

조선시대의 기생은 백정과 같은 천민으로, 수직적 신분 질서 내에서 노비보다도 못한 존재였다. 기생은 양반 집단 내의 '고귀한' 여성들이 예를 갖추어 혼인하고, 출산할 수 있도록 그들의 '몸'을 보호하고, 자신의 육체를 양반 남성들에게 향응으로 제공하여 그들의 '몸'의 쾌락을 증대시키는 사회적 역할을 담당하였다. 그러면서도 그들은 인간의 범주에도 들지 못하는 존재들이었다. 〈동의보감〉에는 인간을 생식을 할 수 있는 성인과 그렇지 못한 소아로 대별하였다. 여성의 몸을 파악하는 데 있어서도 혈(血)과 자궁을 중시하여, 여성의 성징을 외형적인 데에서 찾는 것이 아니라 눈에 보이지 않는 생식 기관인 자궁에서 찾았다.60 의학적인 범주 규정과 정의가 사회적 관습이나 통념과 밀접하게 연관된다는 관점에서 보자면, 이러한 규정은 여성의 사회적 역할이 출산에 있으며, 출산을 하지 못하는 여성들은 인간의 축에도 끼지 못하는 존재였음을 말해주기도 한다. 이 밖에 인간의 범주에도 들지 못하는 사람들은 성년이 되어도 결혼을 하지 않은 존재들, 아이 없이 늙은 사람들, 아이를 생산할 수 없는 과부와 홀아비들 등 소위 '환과고독(鰥寡孤獨)'으로 분류되어 사회적으로 보호하고 구휼해야 할 일차적인 대상들로 취급되었다. 그러나 보호 관리해야 할 사람들은 양민 이상의 신분에 국한된다. 기생의 경우, 외적인 성징으로는 분명

---

「동양적 여성철학의 모색: 공자의 여자 이야기」, 김혜숙 외, 『여성과 철학』, 철학과현실사, 1999.

**60** 김호, 『허준의 동의보감 연구』, 일지사, 2000, 197~198면 참조.

여성이지만 정상적인 혼인과 출산이 불가능하였기 때문에 인간의 범주에도 들기 힘들었으며, 이들은 천민이기 때문에 사회적 보호의 대상도 되지 못하였다.[61]

기생이 기생답게 자기 직업에 충실하여 보다 많은 남성들을 상대하거나 혹은 성적인 매력을 활용하여 몸값을 올리는 방식으로 재물을 모으면 양반들은 기생들의 절의 없음을 불평하였다. 그러나 그들은 겉으로는 불평하지만, 내심으로는 그것이 천한 기생의 존재 방식이라고 생각하고 기생을 성적 욕망의 배출구로 삼는 것을 당연시 여기면서 도덕적 죄의식을 덜 수 있었다. 그리고 양반들은 육체와 향응을 제공하는 기생들에게 물질적 보상을 해주었다. 그렇지만 "노류장화(路柳墻花)", "해어화(解語花)"라는 비유에서 잘 말해주듯, 인간의 축에도 못 드는 존재가 춘향처럼 기생의 사회적 의무에서 벗어나 수절을 한다고 할 때는 응징과 제재를 가하였다. 물론 겉으로 그런 기생들을 추켜세우기도 하면서 사회적 홍보의 효과를 노렸을 수도 있다. 그러나 변학도와 같이 폭압적인 방법은 아니더라도 생존 기반이 달리 없는 기생이 기생 노릇을 하지 않겠다고 하면 경제적으로 궁핍해지는 상황

---

[61] 그렇지만 기생은 호의호식한다고 하여 다른 천민층의 선망이 되기도 하였다. 그러나 그들의 경제적인 풍요는 육체를 제공하고, 지속적인 성적 담보가 되어주는 것에 대한 대가에 불과했다. 한편, 기생들은 다른 천민 집단과는 달리, 특수한 기예를 익힌 교양 있는 집단으로서의 자존의식도 가지고 있었다. 그러나 양반과 대등한 풍류의 주체로 참여한다는 자의식은 지배 질서에 안주하는 자기를 위한 위안과 변명에 지나지 않는다. 일탈하면 제재 당하고, 복종하면 보상받는 지배의 메커니즘을 통해 구현되는 신분 차별의 가치가 기생에게 "사치노예(奢侈奴隷)"(김동욱, 「이조기녀사서설(사대부와 기녀)」: 이조 사대부와 기녀에 대한 풍속사적 접근」, 숙명여자대학교 아세아여성문제연구소 편, 『아세아여성연구』 5, 1966, 75면)라고 불릴 정도의 물질적 풍요와 풍류 주체라는 정신적 위안을 복종의 대가로 주었을 뿐이다. 따라서 기생이 다른 천민 집단과 다른 면모를 갖고 있다고 하여 신분 차별적인 질서에서 벗어나는 독특한 사회적 위상을 갖고 있는 것이라고 할 수 없을 것이다.

에 처할 수밖에 없는 것[62]도 일종의 제재라고 할 수 있을 것이다. 이렇게 양반 집단은 보상과 제재라는 지배의 기제를 활용하여 기생이라는 천민 집단을 신분 차별의 질서에 예속시켰다.

그러나 모든 양반들이 철저하게 기생을 인간이 아닌 공물(公物)로만 대하는 것은 아니었다. 인간과 인간의 관계에서 비롯된 정리(情理)가 있기 때문에 일부 양반 중에는 몽룡처럼 기생을 사랑하는 사람도 있었으며, 불법적임에도 불구하고 실제로 기생을 첩으로 취하여 가(家)에 편입시키고, 그 기생에게서 자식을 얻는 일도 있었다. 기생을 사랑하는 일이야 개인적인 차원의 문제였으나 기생 소생을 양반 사회에서 어떻게 받아들일 것인가 하는 것은 사회적으로 큰 문제였다. 그래서 양반 사회 내에서는 기생 소생의 속신(贖身)과 종량(從良) 문제에 대해서 많은 논란이 있었다.[63] 그러한 문제를 발생시킨 가장 큰 원인은 양반과 기생이 애정 관계로 맺어질 수 있는 가능성이 있다는 데 있다. 지배 집단은 이런 점을 고려하여 양반에게 규중의 처자와 기생을 다른 성 윤리의 잣대로 대하게 하였으며, 기생을 첩으로 취하는 일을 금지하고, 그 소생에 대해서도 양반과는 다른 취급을 하는 등의 노력을 기울여왔지만 수평적으로 정을 주고받는 애정의 속성으로 인하여 인간을 차별적으로 보지 않는 양반들이 존재하기 마련이었다.

기생 중에는 자기 분(分)에 맞지 않게 한 양반을 진정으로 사랑하기도 하며, 절개와 기개의 운용, ‘나섬’과 ‘들어섬’의 시기 조절, 남성의

---

**62** 관기라도 국가에서 기생의 생계를 보장해주는 것은 아니었으며, 오직 기역(妓役)의 의무만을 부과하였다. 그래서 기녀들은 재색을 내세워 사적으로 실리를 추구할 수밖에 없었다(조광국, 앞의 글, 58면). 이러한 상황에서 기생 노릇을 안 하겠다고 선언하는 것은 생계를 포기하는 것과 마찬가지라고 이해할 수 있다.

**63** 세종 때부터 불거져 성종 연간에 집중적으로 논란이 된 이 문제에 대해서는 박종성, 앞의 책, 281~288면 참조.

강력한 요구를 뿌리칠 수 있는 조절 능력과 인위적 절제의 전략 유지, 기예 집단의 특수성과 성 정치적 매력의 지속 등으로 여성성(feminity)를 정치적으로 활용하여[64] 자기 신분을 벗어나려는 절박한 노력을 하는 이도 있었다. 그래서 신분 차별의 가치를 보다 수평적 애정 관계를 우위에 놓을 수 있었던 양반과 자기 신분을 벗어나고자 하는 기생의 만남은 사회적인 전형성을 갖는다. 따라서 기생과 양반의 애정 문제는 단순한 정사(情事)가 아니라 신분 차별의 제도적 질서와 관념을 문제시 할 수 있는 매개가 되는 것이다. 조선 후기에는 양반 남성 중심의 사회에서 인간적 욕구를 제대로 실현하지 못하는 비천한 신분인 여주인공의 상황과 그것을 극복하려는 주인공의 의지가 주된 갈등을 형성하고 있는 '기녀신분갈등형 애정소설'이 다수 등장하였다.[65] 이러한 소설은 차별적인 신분 질서가 현실 삶이 질곡이 되고 있음을 보여주고, 그러한 질곡을 뛰어넘으려는 의지를 형상화하여 차별적 신분 질서를 현실적 문제로 체감하고 있던 수용자들의 큰 호응을 얻었다.

'기녀신분갈등형 애정소설' 가운데 백미(白眉)인 〈춘향전〉은 애정을 매개로 신분 차별의 가치를 비판할 수 있었던 소설이다. 〈춘향전〉의 주제와 관련한 선행 연구들은 춘향의 애정을 강조한 논의와 저항에 초점을 둔 논의로 대별될 수 있다.[66] 그러나 그 강조점이 조금씩

---

64 박종성, 앞의 책, 274면.

65 박일용, 앞의 책, 1993, 16면.

66 정하영은 춘향전의 주제 연구를 크게 세 가지 방향에서 고찰하였다. 그는 ① 불의한 지배 계급에 대한 서민의 저항 ② 한 남자에 대한 한 여인의 숭고한 사랑 ③ 사랑과 항거의 두 요소를 고려하는 이원적 주제로 춘향전 주제 연구를 분류하였다. ①과 ②의 대표적인 논의로 김태준과 황패강을 예로 들어보면 다음과 같다. 김태준은 "事實 春香은 貞節보담 人格을 主張하였다. 人間的으로 平等 대우를 絶叫하는 것이 個性에 눈뜬 春香, 아니 自由를 찾는 民衆들의 口號이었던 것이다."(김태준, 『조선소설사』, 209~210면)라고 하여 춘향전의 저항적 의미를 강조하였으며, 황패강은 "춘향의 변학도에 대한 항거는

다를 뿐, 사회적 관습과 제도, 통념을 넘어 자기를 실현하려는 의지의 동력이 되는 것이 바로 애정이며, 그러한 애정으로 인해 신분 질서에 대한 저항이 가능해졌다고 할 수 있기 때문에 그 거리가 그리 큰 것은 아니다. 그렇지만 저항의 의미를 지나치게 강조하여 '관민 갈등'으로만 본다든지, 애정의 의미에만 주목하여 신분 질서를 문제시하는 저항적 면모를 놓쳐서도 안 된다는 것은 지금까지 주제 연구가 보여준 교훈이라고 할 수 있다. 이 연구도 이러한 연구의 패러다임에서 크게 벗어나는 것은 아니다. 그러나 애정 때문에 신분 질서가 문제시 될 수 있었으며, 차별적 신분 질서는 수평적 관계를 요구하는 애정으로 인해 그 모순을 극명히 드러낼 수 있었기에 춘향전의 주제가 애정이냐, 신분 질서에 대한 항거냐 하는 것은 분리되어 논할 수 없는 것이라고 판단된다.

〈춘향전〉이 다루고 있는 제재는 '기생인 춘향과 양반인 몽룡의 애정'이다. 이 제재가 문제적일 수 있는 까닭은 애정 관계에 놓인 두 남녀의 신분이 다르기 때문이다. 앞서 논의한 바대로, 기생은 인간의 축에도 들지 못하는 천민으로서 자기 분에 맞게 양반의 향락물로서 살아야했으며, 신분 사회는 이들이 그리한 처지에 안주될 수 있을 만한 보상을 하고 양반 사회에 들어올 경우 불이익을 줌으로써 기생과 양

---

평민과 양반의 대립에서 일어난 문제가 아니라, 애정에 관한 남자와 여자 사이의 대립에서 일어난 문제이다. 본질적으로 춘향의 항거는 양반에 대한 평민의 항거로 보다는 사랑에 충실하고자 하는 여인이 이를 방해하는 다른 남자에 대한 항거로 옮겨질 문제다."(황패강, 「춘향전 연구」, 『동양학』 8, 단국대학교 동양학연구소, 1978), ③에 속하는 대표적인 논의로는, 표면적 주제인 유교적 교훈[烈]과 이면적 주제인 인간성 해방으로 주제를 이원적으로 나누어 파악한 조동일의 연구를 들 수 있다(조동일, 「갈등에서 본 춘향전의 주제」, 『계명논총』 6, 계명대, 1970). 춘향전의 주제에 대한 연구로는 설성경·박태상, 「〈춘향전〉 주제 이해의 방법」, 『고소설의 구조와 의미』, 새문사, 1986; 정하영, 「〈춘향전〉 주제론 재고」, 『춘향전의 종합적 고찰』, 아세아 문화사, 1991; 신동흔, 「〈춘향전〉 주제의식의 변모 양상」, 『고전산문의 계보적 연구』, 국학자료원, 2001 등이 있다.

반의 공식적 결합을 통제하였다. 그러나 춘향은 기생으로서 살아가라고 요구하는 신분 사회의 의지를 거슬러 기생으로 주어진 삶을 거부하면서 양반과 대등한 결합을 소망하였다. 춘향의 이러한 면모로 인하여 이 작품은 '신분 차별의 가치를 강요하는 사회와 자기 신분을 벗어나고 싶어 하는 주체의 갈등'이라는 가치 갈등을 함축하고 있으며, 이는 기생이지만 기생이고 싶지 않았던 춘향과 신분사회를 수호해야 할 양반이지만 신분에 따라 인간을 차별하지 않는 몽룡의 애정이라는 제재로 형상화되는 것이다.

## 2) 사건 구성에 나타난 애정과 신분 차별의 갈등

춘향은 자신이 기생인 사실을 부정하고 싶었던 기생이다. 이는 자기 신분에 대한 부정인 동시에 신분에 따라 생각하고 행동할 것을 강요하는 신분 사회의 차별적 질서에 대한 부정이다. 춘향이 스스로 기생임을 거부하고 싶게 만든 가장 큰 계기는 양반인 몽룡에 대한 애정에 있다. 춘향이 지향하는 애정가치와 그 가치 실현을 가로 막는 신분 차별의 가치 갈등은 이 소설의 서사를 구성하는 근간을 이룬다. 이 연구에서는 〈춘향전〉의 사건이, 기생으로서 신분에 맞는 삶을 강요하는 차별적인 신분 질서의 가치와 신분을 초월하는 애정가치의 갈등으로 구성되어 있다는 관점에서 이 작품의 서사를 분석하고자 한다. 신분 차별적인 가치가 애정가치의 주체에게 작용하는 것은 'ㄱ'으로 애정가치를 실현하려는 주체의 작용은 'ㄴ'으로 하여 가치 갈등의 양상을 다음과 같이 분석할 수 있다.

▶ **만남과 사랑**

(1.1)　　㉠ 단오날 광한루에 나온 몽룡은 춘향의 기생의 딸로 알고 부른다.

　　　　㉡ 춘향은 부름에 응하지 않고 집에 돌아간다.

(1.2)　　㉠ 양반의 부름에 아니 갈 수 없다는 월매의 말로 인해 춘향은 다시 광한루에 간다.

　　　　㉡ 몽룡의 풍채를 잠깐 살핀 춘향에게 흠모하는 마음이 생겨난다.

(1.3)　　㉠ 몽룡이 춘향에게 나이가 같으니 하늘이 짝지어준 것이라는 등의 수작을 부린다.

　　　　㉡ 춘향이 신분이 달라 자신은 결국 버려지게 될 것이라며 거절한다.

(1.4)　　㉠ 몽룡이 그 날 밤 춘향의 집을 방문하여 가연을 맺고자 한다.

　　　　㉡ 월매는 몽룡에게 춘향과 백년언약을 맺는다는 약속을 받아낸 후 춘향을 허락한다.


▶ **이별과 시련**

(2.1)　　㉠ 몽룡은 서울로 올라가는 부친을 따라 가야한다는 엄명을 받고 이별을 슬퍼한다.

　　　　㉡ 춘향이 헤어질 수밖에 없다는 몽룡 앞에서 발악한다.

(2.2)　　㉠ 몽룡이 춘향과 월매의 발악에 당황하여 요여에라도 태우고 가겠다는 엉뚱한 제안을 한다.

　　　　㉡ 춘향이 태도를 바꾸어 몽룡과의 이별을 받아들이고 몽룡을 떠나보낸다.

(2.3)    ㉠ 서울로 올라간 몽룡은 소식을 돈절한다.

         ㉡ 춘향은 몽룡을 그리워하며 탄식으로 세월을 보낸다.

(2.4)    ㉠ 신관 사또가 부임하자마자 기생 점고를 행하며 춘향을 찾
         는다.

         ㉡ 수노가 춘향이 기생이 아니며, 몽룡을 위해 수절한다고 알
         린다.

(2.5)    ㉠ 변학도가 이를 무시하고 춘향을 부른다.

         ㉡ 춘향이 한 남성을 섬기는 열을 본받고자 한다고 하면서 수
         청들기를 거절한다.

(2.6)    ㉠ 변학도가 거역 관장하는 죄를 물어 춘향에게 형을 내린다.

         ㉡ 춘향은 형장에도 굴하지 않고 '십장가'로 자신의 정당성을
         주장한다.

(2.7)    ㉠ 변학도는 춘향을 하옥한다.

         ㉡ 춘향이 옥중에서 꿈에 황릉묘를 다녀온다.


▶ **재회**

(3.1)    ㉠ 어사로 내려온 몽룡이 농부들에게 춘향이 수청 들고 있는
         지 확인한다.

         ㉡ 몽룡은 춘향을 옹호하는 농부들에게 망신을 당하며 방자에
         게 춘향 편지를 건네받아 춘향의 진심을 알게 된다.

(3.2)    ㉠ 몽룡이 어사가 되었음을 숨기고 춘향이 갇힌 옥사를 찾아간다.

         ㉡ 춘향은 거지꼴로 온 춘향을 진심으로 걱정하며 자기를 몽
         룡의 선산에 묻어줄 것을 부탁한다.

(3.3)    ㉠ 어사 출도를 행한 몽룡이 춘향을 불러 수청을 요구한다.

         ㉡ 몽룡과 춘향은 감격의 재회를 한다.

이하의 내용에서는 위에서 정리한 가치 갈등의 양상을 상술하겠다. 몽룡과 춘향의 관계를 중심으로 좀더 상세히 설명하면 다음과 같다. 광한루에서 춘향이 그네 뛰는 양을 본 몽룡은 춘향이 기생인 월매의 딸이라는 말을 듣고, "들은즉 기싱의 쌀이란이 급피 가 불너올라: 22"[67]고 한다. 만약에 춘향이 여염집 처자였다면 몽룡은 함부로 불러오라는 명을 내리지 못했을 것이기에 이는 신분 질서의 가치에 근거하여 행동한 것이라 해석할 수 있다. 그러나 스스로를 기생이 아니라 '여염 사람'으로 여겼던 춘향은 이 부름에 응하지 않고 집에 돌아간다. (1.1) 방자가 춘향 집에 와서 글을 잘 한다 하기로 청하는 것이라 하며, 월매도 꿈얘기를 하며 양반의 부름에는 어쩔 수 없이 가야함을 주장하여 춘향은 다시 광한루로 찾아간다. 아무리 춘향이 여염집 여자이고 싶어도 "양반이 부르시난듸 안이 갈 슈 잇것난야: 26~28"라는 말을 들어야 하는 것이 춘향의 처지인 것이다. 그렇지만 춘향은 몽룡에게 무조건 응종하는 모습을 보이는 것은 아니다. 춘향은 잠깐 사이에 몽룡의 관상을 살피며 "쳔졍이 놉파슨니 소년공명할 거시요 오악이 조귀흐니 보국충신될: 30" 것임을 알아본다. 이처럼 타의에 의해서가 아니라 자신의 애정 상대를 직접 판단하고 선택히는 면모를 보이는 춘향은 주체적인 애징 실현의 의지를 갖고 있다고 할 수 있다. (1.2)

---

[67] 춘향전은 이본들의 내용에 있어서도 큰 차이를 보이기 때문에 어떤 이본을 택하여 분석하느냐 하는 것도 중요한 문제이다. 완판 84장본은 이해조가 정리한 〈옥중화〉와 함께 판소리의 구비전승이 시대의 추이에 조응하여 이루어낸 일정한 도달점에서 특정한 작가와 결부되어 이루어진 것으로서 평가되며 교육의 재제로서 그 의의가 밝혀진 바 있는 텍스트이다(김종철, 「〈춘향전〉 교육의 시각」 1, 『고전문학과 교육』 1, 청관고전문학회(한국고전문학교육학회), 1999). 따라서 본고에서는 구자균 교주본의 완판 84장본인 〈열여춘향수절가〉를 분석 텍스트로 하여 〈춘향전〉이 근대 진입기까지 끌고 가 문제 삼은 신분 차별의 가치와 애정의 갈등의 양상과 판단을 살필 것이다. 자료는 구자균 校註, 『춘향전』(민중서관, 1970)을 취하여, 이 책의 면수를 표기하겠다.

춘향을 만난 몽룡은 춘향의 모습에 반해, "네 연세 드러하니 날과 동갑 이팔이라, 성쯔을 드러보니 천정일시 분명하다. 이성지합 조흔 년분 평싱동낙하여 보자.: 30"라며 수작을 부린다. 동갑이고 이씨와 성씨가 만나면 이성지합이 될 리 만무하고, 기생과 양반이 아무리 천생연분이라 한들 쉽사리 '만년락(萬年樂)'을 이룰 수도 없지만 몽룡은 말장난과 헛된 맹세로 춘향을 유혹하는 것이다. 그러나 춘향은 몽룡의 수작에 쉽게 넘어가진 않는다. 한 번 정을 준 후 버려질 천한 첩으로서 자신의 처지를 이미 잘 알고 있기 때문이다. (1.3) 이러한 춘향에게 수작이 통하지 않는다는 것을 알고 몽룡은 춘향의 위해 집으로 찾아간다. 그러나 '백년가약'을 운운하는 몽룡이 아직 진지하게 춘향을 자신의 배필로 여기는 것은 아니다. 그러한 약속 역시 춘향과 하룻밤을 보내기 위한 수작의 일환이라고 할 수 있다. 젊은 선비의 애욕에 대한 열정을 이미 경험해 보았으며, 그 열정이 쉽게 사그라지는 것도 아는 노련한 월매는 몽룡에게 애정 관계에 대해 진지해 질 것을 요구한다. 월매는 다짜고짜 백년가약을 맺고자 하는 몽룡에게 춘향의 출생 내력부터 얘기하면서 그런 약속은 삼가고 놀다 가라고만 한다. 이런 월매의 야속한 말은 몽룡으로 하여금 "춘향도 미혼젼이요, 나도 미장젼이라 피차 언약이 이러ᄒ고 육예난 못할망졍 양반으 자식이 일구이언을 할 이 잇나: 58"라고 약속하게 하는데, 월매는 또 뜸을 들이며 딸 자랑을 한참 해댄다. 답답한 몽룡은 재차 다짐을 하며 월매의 기대에 부응한다. 이렇게 월매는 몽룡이 함부로 춘향을 대할 수 없도록 하는 마음의 준비를 하게 하는 역할을 하는 것이다. 그후, 몽룡과 춘향은 세상과 절연된 듯한 춘향의 방에서 "이팔이팔 두리 만나 밋친 마음 세월 가는 줄: 88" 모르게 사랑을 나눈다. (1.4)

일상 다반사로 일어나는 기생과 양반의 만남은 가치 문제를 야기하지 않는다. 그러나 춘향과 몽룡의 만남이라는 형상은 가치 문제를 내포하는데, 이들의 만남에서도 춘향을 기생으로 대하는 몽룡과 그렇게 취급받고 싶어 하지 않는 춘향의 의지가 대립하고 있기 때문이다. 이 가치 문제를 드러내기 위해 춘향과 몽룡은 다소 복잡한 만남의 과정을 거쳐야 했다. 그럼으로써 〈춘향전〉 이야기는 한갓 애정사가 아니라 그 경과가 신분 사회 모순의 탐구 과정이 될 수 있는 자격을 얻게 되는 것이다.

이후, 이들은 몽룡 부친의 승차로 인해 헤어지는 상황을 맞이하게 된다. 몽룡은 춘향을 데려가고 싶지만 양반의 자식이 부형을 따라 하행(下行) 왔다가 기생으로 첩을 삼아 데려간다는 말이 앞길에도 영향을 끼치고, 조정에 들어 벼슬도 할 수 없다는 말을 듣고 이별을 결심한다. 몽룡이 비록 춘향과의 이별을 아쉬워하며 울지만, 자신의 이익에 조금이라도 누가 된다면 가차 없이 관계를 끊어버리는 지배 질서의 무자비함이 여기에 드러나는 것이다. 춘향은 믿었던 몽룡의 애정이 결국 신분의 벽을 넘을 수 없음에 절망하며 "존비귀천 원수로다: 96"라고 탄식하며 발악한다. (2.1) 여기에 월매마저 나서서 몽룡이 떠난 이후에 벌어질 비극적 사태에 대해 일장 언설을 하며 "못하지요, 몃 사람 신셰을 맛치랴고 안이 다려가오. 도련임 되가리가 둘돗 소. 이고 무서라. 이 쇠씽씽아: 102"라고 하자, 몽룡은 조상의 신주를 모시는 요여에라도 춘향을 데려가겠다는 치졸하고 경망스러운 약속을 한다. 몽룡이 이러한 말을 하는 까닭은 그만큼 춘향이 양반 사회에 편입하는 것이 불가능하다는 의미를 가지기에 이는 신분 차별 가치의 작용에 해당한다. 이 말을 들은 춘향은 그렇게 하는 것도 애초에 불가능하려니와 억지로 서울로 따라가더라도 몽룡과 지속적인 애정 관계를 유지하는 것이 힘들 것이라는 사리(事理)를 판단하고는 몽룡을 떠나보낸다. 이는 현상적으로는 몽룡과 헤어지는 것이지만 실은 더 안정적이고 지속적인 관계를 형성하기 위한 결단이기 때문에 애정가치의 반작용이라고 볼 수 있다. (2.2)

몽룡은 "소식 듯기 걱정 마라.: 110"라고 그토록 다짐했지만 서울로 올라가서는 소식을 돈절한다. 비록 완판 84장본의 서술자는 몽룡이 하루라도 빨리 춘향을 만나기 위해 일구월심 마음을 굳게 먹고 글공부에 전념한다고 하였지만, 춘향의 편에서 볼 때 몽룡은 약속을 지키지 않는 무심한 양반일 뿐이다. 양반과 기녀의 헤어짐은 그 이별의 의식조차 관행으로 자리 잡았을 만큼 당연한 것이었다. 남원에 있을 때 춘향에게 일부러 거짓말을 한 것은 아니었지만, 양반 남성 집단에서 볼 때, 몽룡이 이미 헤어진 기생과 소식을 끊는 것은 자연스럽고 바람직한 일이었다. 그러나 춘향은 "근원 흘너 물이 되고 집고 집고 다시 집고 사랑 뫼와 뫼가 되야 놉고 놉고 다시 놉파 씬어질 줄 모로거던 무어질 줄 어이 알이.: 114"라며 변치 않는 사랑을 간직한다. (2.3)

이후 춘향에게 닥친 가장 큰 시련은 신관 사또인 변학도가 춘향에게 수청을 들라고 하는 것이다. 수노(首奴) 등이 춘향의 편에서 기생이 아니며 몽룡을 위해 수절하는 중이라고 그 처지를 알렸지만, (2.4) 변 사또의 입장에서 볼 때, '엄부시하의 미장전' 도령이 기생과 백년가약을 맺었다는 것을 입에 올리는 것만 해도 양반을 욕되게 하는 죄에 해당하는 것이다. 창기 주제에 수절, 정절을 운운할 수 없다는 말을 듣고, 춘향은 절개 높은 기생들을 나열하면서 "충효열여 상하 잇소: 136"라고 항변한다. 여기서 춘향이 주장하는 열(烈)은 애정가치를 수호하기 위한 수단적 가치로서 의미가 있다.[68] 여기서 더 나아가 춘향은 자신의 절개를 백이, 숙제에 비유하고 변 사또에 대해 나라를 잇고 임금을 배반한다[妄國負主]고 하여 그의 화를 돋운다. (2.5) 이에 변학도는 모반대역, 조롱관장, 거역관장의 죄를 물으며 협박하는데, 춘향은 끝내 기생임을 인정하지 않고 "유부 겁탈하난 거슨 죄 안이고 무어시요: 149"라며 발악하며, 형장에도 굴하지 않고 몽룡을 향한 자신의 일편단심을 십장가로 풀어낸다. (2.6)

  동헌에서 춘향이 몰매를 맞는 부분은 가치 갈등이 가장 고조된 극점에 해당한다. 〈춘향전〉의 서사는 가치 갈등을 극적으로 몰고 가기 위해 춘향을 여기까지 끌고 온 것이다. 가령, 춘향이 수절의 논리를 동헌에서 주장하지 않고, 홀로 몽룡을 기다리며 수절을 하였다면 양반 사회에서는 이를 긍정적으로 받아들였을 것이다. 처음에 몽룡을 위해 수절한다고 하자, 변 사또가 칭찬했듯이, 기생의 수절은 '천민인 기생도 수절을 한다'는 맥락에서 양반 남성 집단이 피치자를 위한 좋은 홍보물이라고 여겼을 것임을 짐작할 수 있다.[69] 그러나 춘향의 수절은 애정가치를 추구, 유지하려는 개인적인 결심에서 비롯되었지만,

---

**68** 열(烈)과 관련된 선행 연구로는, 이상택, 「춘향전 연구」, 서울대 석사학위논문, 1966; 조동일, 「갈등에서 본 춘향선의 주제」, 『계명논총』 6, 계명대, 1970; 박희병, 「춘향전의 역사적 성격 분석」, 『전환기의 동아시아 문학』, 창작과비평사, 1985; 성현경, 「남원고사본 춘향전의 구조와 의미」, 『고전소설연구의 방향』, 새문사, 1985 등이 있다. 이상택은 열을 "방어동기이며 수단적 가치"라고 파악하였고, 조동일은 "표면적 주제"로 이해하였다. 박희병은 "합목적이고 쌍방의 사랑, 약속, 신뢰에 기반하여 자발적으로 성립되는 새로운 이념"이라고 하여 춘향의 열(烈)에 근대적 의미를 부여하였다.

**69** 이러한 의미에서 권태연은 기생의 수절을 '순응'의 방식이라고 이해하였다. 기생이었던 춘향이 기생다울 것을 강요하는 신분 사회에서 택할 수 있는 길은 두 가지였다. 하나는 기생이면서도 치자에 의해 인간의 보편적인 윤리로 제시되는 열(烈)을 행하여 일편단심한 남성만을 섬기는 길을 택하든지, 아니면 기생으로서 직업에 충실하여 강한 성적 매력을 발휘하여 남성을 조정하거나 이를 통해 재산을 축적하는 길을 따르는 것이다. 권태연은 전자에 대해 '순응', 후자를 '저항'이라고 파악하였다(권태연, 「조선시대 기녀의 사회적 존재양태와 섹슈얼리티 연구」, 박용옥 편, 『여성: 역사와 현재』, 국학자료원, 2001).

공적인 장소인 동헌에서 대사회적으로 주장되었다. 그리고 이에 대해 "기생이 수절하면, 양반 마님은 요절"이라는 유희로 대응하다가, 그 논리가 궁해지자 기껏해야 관장의 명에는 무조건 따르지 않았다든지[拒逆官長], 관청에서 큰소리를 내었다[官廷發惡]는 죄목으로 매질을 행하는 변 사또는 권력의 비합리적 폭력성을 스스로 폭로한다. 이는 권위의 실현이 아니라 자기모순에 의한 권력의 자멸로서, 십장가 대목의 통쾌함은 여기서 연유하는 것이다.

이후, 변학도는 아무리 형장을 쳐도 굴복하지 않는 춘향을 옥에 가둔다. 변학도가 형장으로 춘향을 징벌하는 것에 만족하고 풀어줄 수도 있었을 것이다. 그러나 자신의 신분을 부정하고 사또의 권위에 전혀 굴복하지 않는 일개 천민에 대해 그것만으로는 분이 풀리지 않는 것이다. 춘향은 옥중에서도 전혀 애정가치에 대해 회의하지 않는다. 오히려 옥중 꿈에서 황릉묘에 가서 천고의 열녀들을 만나 칭송을 들은 뒤, 기생의 신분인 자신도 그들과 같은 반열에 놓일 수 있다는 강한 자기 확신을 갖는다. 이제 춘향에게 애정가치는 사적인 욕망의 범주를 넘어서 이념[烈]으로 자리 잡게 되는 것이다. (2.7)

한편, 춘향의 상황을 모르는 몽룡은 어사가 되어 남원에 내려오는 길에 옛날에 자신과 정분을 맺었던 춘향의 소식이 궁금해 농부들에게, "이 골 춘향니가 본관의 수청 드러 뇌물을 만이 바더묵고 민정의 작폐한단 말이 올흔지: 180"라고 묻는다. 그러다가 몽룡은 면박만 실컷 듣는다.[70] 농부들에게 묻는 말로 보건대, 몽룡은 아무리 자기와 정

---

[70] "게난 눈콩알 귀꿍알리 업나. 지금 춘향이를 수청아니든다 하고 형장 맛고 갓쳐쓰니 창가의 그런 열여 셰상의 드문지라. 옥결갓튼 춘향몸의 자늬갓턴 동낭치가 누설을 지치다는 비러먹도 못ᄒ고 굴머 뒤여지리. 올나간 이도령인지 삼도령인지 그놈의 자식은 일거 후 무소식하니 인사가 그러코는 벼살은 컨이와 늬좃도 못하졔.: 180"

이 깊었다지만, 춘향이 기생인 이상 그렇게 밖에 살 수 없을 것이라고 생각하였다. 자신이 양반이며, 출세를 해야 했기 때문에 춘향과 이별해야 했던 것처럼 춘향도 기생이며, 양반의 요구에 응할 수밖에 없기에 관장의 수청을 드는 것이 당연하다고 여겼던 것이다. 그것이 신분 사회에서 요구되는 삶이기 때문이다. 그러나 춘향은 자신의 신분을 인정하기보다는 몽룡과의 언약을 소중히 여겼고, 목숨이 위태로운 지경인데도 몽룡에 대한 신의를 지켰다. (3.1)

춘향집에 들른 후, 옥사를 방문한 몽룡은 춘향에게도 암행어사라는 자신의 지위를 숨긴 채 춘향의 진심을 떠본다. 여기서 춘향은 자기 재산을 내어주며 몽룡의 옷과 찬을 마련해 달라고 모친에게 부탁하며, 자신이 죽은 후에 "북망산천 차져갈졔 압남산 뒤남산 다 바리고 한양으로 올여다가 선산발치의 무더주고 비문의 식기기를 수졀 원사 춘향 지묘라 야달자: 200"를 새겨달라고 청하여 몽룡의 감동을 자아낸다. 자신이 죽더라도 몽룡의 집 귀신이 되겠다는 강렬한 의지의 표명이다. (3.2) 다음 날, 어사 출도를 하여 변 사또를 징치한 몽룡은 춘향을 불러내어 "너만 연이 수절한다고 관정에 포악하여쓰니 살기을 바리소나. 죽어 맛당하되 늬 수청도 거역할가.: 212)"라며 묻는다. 이 때 몽룡이 춘향을 시험하고 있는 것이라고는 볼 수 없을 것이다. 이미 몽룡은 자기를 향한 춘향의 애정과 신의를 충분히 알고 있기 때문이다. 이는 대단원의 여흥(餘興)으로서 더 의미가 있다. 그러나 어사의 발언은 춘향이 하고 싶었던 신분 제도의 실체를 환기시켜 준다는 의미에서 신분 차별의 가치의 작용이라고 보았다. 이에 춘향은 죽을 각오로 거절하며 몽룡을 찾는다. 이러한 마지막 긴장 후에 춘향과 몽룡은 더욱 극적인 재회를 하며, 이후 춘향은 정열 부인으로 봉해져 정식으로 몽룡과 일부일처의 관계를 이루게 된다. (3.3)

〈춘향전〉의 도입부는 기생 춘향과 양반 몽룡의 사랑을 그리면서 '차별적 신분 질서가 엄연히 존재하는 현실에서 신분이 다른 두 남녀의 결합은 과연 가능한가?'라는 가치 문제를 드러낸다. 이후 이 문제를 좀더 복잡하게 탐구하는데, 〈춘향전〉에서는 분규화된 문제 상황을 그리기 위해 몽룡의 부친이 내지 승차하게 만들고, 변학도라는 호색한 관료가 춘향에게 수청을 들도록 요구하게 하였다. 그렇게 함으로써 신분 차별의 가치와 애정가치의 갈등은 점점 더 심각해지는 국면으로 치닫는다. 이 분규가 가장 극적으로 드러나는 장면이 극점이라고 할 수 있는데 이 부분에서는 대립하는 양 가치의 힘이 팽팽하게 맞서 어느 한 쪽이 우세하면 다른 한 쪽이 패할 수밖에 없는 상황이 연출된다. 〈춘향전〉에서 가치 갈등이 가장 첨예하게 드러나는 극점 부분은 '십장가 대목'으로 양쪽 가치 주장이 가장 선명해지며 대립 지점이 분명해진다. 이 팽팽한 가치 갈등의 긴장이 해소되는 부분은 암행어사가 출두하는 대단원으로서, 여기서는 진행되어 오던 가치 갈등의 문제에 대한 판단이 내려져 가치 갈등의 문제가 일단락된다.

## 3) 신분을 부정하는 기생과 신분 질서를 옹호하는 지배층

춘향도 여느 애정소설의 주인공들처럼 자신이 사랑하는 사람과 혼인, 혹은 안정적이며 지속적인 관계를 갖기를 소망하였다. 그런데 문제는 양반인 몽룡을 사랑하는 춘향의 신분이 기생이라는 데에서 발생한다. 당시에 기생과 양반이 서로 사랑하는 일은 다반사였다. 남녀가 내외하는 법도를 엄격하게 만들어서 부부일지라도 내외가 함께 있는 경우를 집안의 다른 사람들이 보아서는 안 되며, 안채와 사랑채라는 분리된 구조의 가옥에서 생활하며 안채에 자주 드나드는 것을 점잖지 못한 일로 여겼던[71] 양반들은 기생 집단을 애욕의 출구로 삼는 한편, 문학적, 음악적 교양을 갖춘 기생과 정신적인 교감을 나누기도 하였다. 즉, 기생은 양반들의 성적인 향락의 대상이자 풍류의 동반자로서, '성(sex)'과 '사랑(love)'[72]의 욕구를 충족시켜 줄 수 있는 대상이었다. 그러나 이러한 사랑이 안정적으로 지속될 수 있는 여지는 별로 없었다. 원칙적으로는, 公物인 기생을 첩으로 삼아도 안 되는 상황에서 기생을 취하여 첩으로 얻는 것도 힘든 일이었거니와 신분이 다른 사람과 정식적인 혼인을 한다는 것은 불가능한 일이었기 때문이다. 이렇게 춘향은 자신의 사회적 역할을 거스르는 가치를 추구하는 서사의 주동자가 됨으로써 문제적 개인이 될 수 있다.

결과적으로 춘향은 몽룡과 정식적인 혼인을 할 수 있었지만, 춘향이 처음부터 이를 기대한 것은 아니다. 신분의 차별이 엄연한 유교 사회에서 기생과 양반이 정식으로 혼인하는 것을 감히 기대한다는 것은 '발칙한' 일이었기 때문이다. 춘향은 기생으로서 자기 신분의 한계를 이미 알고 있었다. 몽룡과 처음 만난 자리에서 아무리 몽룡에게 매혹을 느꼈다 하더라도 춘향은 "도련임은 귀공자요, 손녀는 천첩이라, 한번 탁정한 연후의 인하야 바리시면 일편단심 이 닉 마음 독슉공방 홀노 누워 우는: 30" 신세가 될 것임을 말하였으니, 자기의 분을 이미 깨닫고 있었다고 할 것이다.[73] 그리고 몽룡이 아무리 '백년가약'을 다

---

**71** 정성희, 앞의 책, 63면.

**72** 여기서 '사랑'은 정신적인 사랑, 즉 '연애'를 의미하는 것으로서 애정 전반을 통칭하는 것은 아니다.

**73** 표면적으로는 분수를 깨닫고 있는 것이라고 할 수 있지만 몽룡이 자기를 기생으로 취급하지 않게 만들고자 하는 타산적인 의도를 가지고 몽룡의 의중을 떠보는 것이라고 파악

짐하였고, 춘향이 '不忘記'를 받으며 그 징표를 얻었다고 하여도 기껏해야 그것은 정실부인을 얻은 뒤에 첩으로 맞겠다는 약속이었을 뿐이다.

그럼에도 불구하고, 춘향은 자신을 몽룡과 대등한 관계에 있는 듯한, 일종의 '착각'을 하게 된다. 그 계기는 애정으로, 진탕하게 사랑 놀음을 벌이는 두 사람 사이에 신분의 문제는 끼어들 틈이 없었던 데에서 마련된다. 그러다가 몽룡이 떠난다고 하자, 춘향은 치마를 찢고 세간을 던지며 몽룡에게 패악을 부리면서 '존귀비천이 원수'라고 하였다. 아무리 자신을 사랑하는 양반이어도 양반 집단끼리의 규칙을 따름으로써 자기 집단의 이익을 훼손하지 않으려하는 견고한 신분 차별의 가치를 재확인했기 때문이다. 몽룡은 자신과 대등한 결합을 이루게 해 줄 구원자가 아니라, 기생을 데리고 가면 안 되겠느냐고 모친에게 사정할 만큼 양반 집단의 규칙에 익숙하지 않았으며, 부친이 무서워 그런 말도 꺼내지 못할 정도로 엄한 부친의 권위에 예속된 데다가, 조상의 위패를 모시는 가마에 춘향을 태워갈 생각을 할 만큼 양반 사회의 법도를 진지하게 생각하지 않는 존재였을 뿐이다. 자기를 진정으로 사랑하는 몽룡이라면 신분도 개의치 않고 대등하게 대해줄 것이며, 그 능력으로 자신과의 애정을 이어나갈 방도를 구할 것이라는 기대가 깨진 것이다.

현실적인 춘향은 차라리 몽룡을 보낸 뒤, 그가 출세하기를 기다려 자신을 잊지 말고 첩으로 삼을 것을 차선으로 택하였다. 떠나면서 몽룡은 "장원급제 출신하야 너를 다려 갈 거시니: 110"라고 후기약을 단

---

할 수 있다. 이렇게 "자신의 신분적 자의식을 수용하는 사람을 사랑한다는 점"에서 춘향은 매우 세속적인 인물이라고 평가되기도 한다(유준경, 「한문본 〈춘향전〉의 작품 세계와 문학사적 위상」, 서울대 박사학위논문, 2003, 253면).

단히 하고, 춘향도 자신은 "정절 독수공방 수절: 112"할 것을 다짐하였다. 이러한 춘향의 수절은 현실로서가 아닌 이념이나 신념 상태라도 지금까지 누려왔던 가치를 지속시키고자 하는 것으로서 현실적으로는 변화를 맞았지만 심리적으로는 무변화의 상태로 설명된다.[74] 즉, 춘향의 수절은 보편 윤리로 강요되는 '열'이 아니라 애정가치를 지속하기 위한 보조적인 수단으로서 의미를 갖는 것이다. 몽룡과 안정적이며 지속적으로 결합하기를 바라는 춘향의 마음은 거지 행색으로 옥중에 찾아온 몽룡을 보고 자신이 다음날 죽을 것을 예상한 춘향은 몽룡에게 자신의 시신을 부탁하며, "압남산 뒤남산 다 바리고 한양으로 올여다가 선산발치의 무더: 200" 줄 것을 부탁하는 데에 잘 드러나 있다. 춘향은 죽어서라도 몽룡 가문의 선산에 묻혀 그 집 귀신이 되고 싶은 것이다.

춘향은 소위 '낭만적 사랑' 즉, 성과 사랑, 혼인이 삼위일체적으로 결합한 애정 관계를 바랐다. 춘향은 기생이기 때문에 비교적 자유롭게 애정 상대를 만나 그를 육체적으로도, 정신적으로도 사랑할 수 있었다. 그런데 춘향은 여기서 그치지 않고, 안정적이며 지속적인 애정 관계를 소밍하였다. 그것은 헌새의 일반적인 사회에서라면 혼인으로써 제도적인 보장을 받는다. 그러나 차등적인 신분 질서가 엄연히 존재하여 그 안에서 혼인이 이루어지며, 개인보다 가문이 우선시되어 혼인 문제에서도 개인의 결정권이 없는 사회에서는 거의 불가능한 일이었다.[75] 그래서 춘향은 첩의 지위에서라도 몽룡과 애정 관계를 유

---

**74** 김대행, 「인간의 두 얼굴과 문학적 흥미」, 『시가 시학 연구』, 이대출판부, 1991, 261면.

**75** 서구의 봉건제 사회에서도 마찬가지였다. 서구의 귀족 사회에도 결혼과 성, 연애는 전혀 별개의 것으로서 남편과 아내의 관계는 냉랭하기 일쑤였다고 한다. 그들은 큰 저택에 살면서 남편과 아내가 각자의 침실을 쓰고, 각자의 하인을 부리면서 둘만 따로 만나는 경우는 매우 적었다. 귀족이건 서민이건 결혼에 대한 결정은 가족에 의해 내려졌고, 본인

지하기를 원하였고,[76] 그렇게 되기 위해 몽룡을 위해 수절한 것이다.

몽룡이 부모의 뜻에 따라 부인을 얻고 첩을 거느릴 정도로 출세하고 난 뒤, 춘향을 못 잊어서 첩으로 삼기 위해 남원에 내려올 수도 있었을 것이다. 그렇게 된다고 하더라도 사랑하는 사람과 가족 제도 내에서 관계를 지속하기를 바라는 춘향의 바람이 어느 정도 충족될 수 있었다. 천첩이라는 지위로 인해 일대일 남녀 간의 수평적이고 대등한 애정 관계가 훼손되는 측면을 감안하더라도 몽룡이 자신을 초취(初取)처럼 여기고 처음 만났을 때처럼 사랑해준다면 춘향은 첩이라도 사양하지 않았을 것이다. 이렇게 이 연구에서는 춘향을 저항적 인물로 파악하기보다는 애정을 추구하며, 애정이 안정적으로 실현될 수 있는 제도 안으로의 편입을 희구하는 존재로 본다. 그러나 그 애정이 신분 차별의 가치가 지배하고 있는 사회에서는 불가능하였기에 춘향이 분에 맞지 않게 애정가치를 지향한다는 것 자체가 저항적인 요소를 갖고 있는 것이다.

안정적인 애정 관계를 추구하는 춘향의 서사 행로에 적대자 기능을 하는 이는 변 사또이다. 변 사또는 신분 차별의 가치를 대변자인

---

은 자신의 결혼 문제에 대해 발언권이 거의 없다시피 하였다고 한다(Anthony Giddens, 김미숙 외 역, 앞의 책, 1994, 35면).

76 당시의 양반이 기생을 취하여 첩으로 삼는 경우가 많았다고 하더라도 규범상 이는 처벌 대상이었으며, 실제로 〈춘향전〉의 배경으로 설정된 숙종 연간만 하더라도 국자감장은 기생을 대동하고 공무를 수행하였다고 하여 정배에 취해졌으며(肅宗 6年 7月 3日, 『조선왕조실록』 38, 461면), 환관이 관기와 간통하였다고 처벌되기도 하였다(肅宗 8年 4月 23日, 『조선왕조실록』 38, 587면). 또, 병조판서는 기생을 첩으로 삼았다는 이유로 고발되었으며(肅宗 30年 12月 15日, 『조선왕조실록』 40, 122면), 무주의 부사는 고을 기녀를 대동하고 속리산을 유람하여 파직이 될 정도였다(肅宗 39年 5月 26日, 『조선왕조실록』 40, 500면). 이 내용들은 실록에 나온 사실이기는 하지만 다른 정치적인 이유도 그 배경에 있었을 것이라 짐작된다. 그렇지만 원칙적으로 기생과의 관계는 처벌의 대상이었음을 확인할 수 있다. 그래서 춘향이 몽룡의 첩이 되기도 사실 어려운 일이었다고 할 수 있다.

동시에 그 인격적 상징이다. 변학도는 신분 차별의 가치를 수호해야 할 양반으로서 자신의 사회적 역할을 충실히 이행한다. 다음과 같은 장면에서도 그가 얼마나 자신의 역할에 충실한지 확인할 수 있다. 사또가 기안에서 빠진 춘향에 대해 묻자 수노(首奴)가 춘향은 몽룡과 백년가약을 맺고, 수절하고 있다고 이야기하는데, 이에 대해 변학도는 "이놈 무식한 상놈인들 그게 엇더한 양반이라고 엄부시하요 미장전 도련임이 하방의 작첩ᄒ야 사자할고. 이놈 다시는 그런 말을 입박그 늬여셔난 죄을 면치 못하리라."라고 엄포를 놓는다. 이는 춘향을 두고 떠난 몽룡을 옹호하는 말이다. 그의 말처럼 〈대명률〉에는 양반이 기생첩을 얻었을 경우, 형벌로 장(杖)이 60대이며, 임지에서 그 자식이 그렇게 했을 때도 같은 벌에 처한다고 적혀 있다. 물론 이러한 법이 제대로 시행되지는 않았으나, 원칙적으로는 그러했다는 것이다. 그런데도 몽룡이 춘향과 백년가약을 맺었다면 이는 몽룡에게도 죄를 물어야 할 사안이다. 그러니 변학도는 수노(首奴)의 입막음을 하여 몽룡을 보호하는 것이다.

한편, 그는 유교 사회의 관리로서 치자의 윤리를 익히고 그 덕으로서 백성들을 교화해아 할 존재이다. 그런네 변학노는 '호색한 관료'이다. '호색'과 '유교 관리'의 결합은 유교 사회의 관점에서 볼 때 이율배반적이다. 수기를 치인의 명분으로 삼는 양반이 호색적인 향락을 일삼는다는 것은 자기모순이기 때문이다. 극도의 자기 절제를 요구하는 규범적 윤리와 달리 현실의 양반들에게는 애욕(愛慾)을 분출할 수 있는 안전한 배출구가 있었는데 그것이 바로 기생 집단이었다. 그러나 기생 집단의 존재는 근엄한 체통으로 복종을 이끌어내야 양반 사회에서 드러내놓고 인정하기에는 껄끄러운 부분이었다. 양반 집단에게는 기생 제도를 혁파하거나 개선하여 자기 문제를 극복할 힘이 있었다.

그럼에도 그렇게 하지 않았다는 것은 기생 제도를 방치해 둠으로써 얻는 이익이 컸기 때문이다. 그 이익이란 가문을 위해 혈통의 순수성을 지킬 수 있도록 자기 집단 내의 여성을 보호하면서, 양반 관료 집단의 공기(公器)인 기생을 통해 향락을 제공받을 수 있는 것이다. 양반의 윤리적인 권위를 어느 정도 손상시키지만, 멋과 흥취를 즐긴다는 '풍류'로 포장될 수 있었고, 양반 집단 전체로 보자면 이익이 되기 때문에 양반들은 기생 제도에 큰 변화를 주지 않고 계속 유지한 것이다.

변학도는 여색을 밝히는 정도가 유다르기는 했으나, 기생이라는 공기(公器)를 부릴 수 있는 권한을 가졌으며 그 즐거움을 누린 다른 관료들도 변학도의 호색과 오십보 백보였을 것이다. 몽룡도 마찬가지이다. 그가 춘향을 사랑했다고는 하지만 몽룡 역시 양반 집단의 내부인으로서 자기가 소속된 집단의 이익에 반하거나 집단이 주는 혜택을 버리고서 바깥으로 나올 생각은 못 하였다. 이러한 맥락에서 미장전 도령의 작첩을 금지하고 자기를 따라 서울로 올라올 것을 명령한 몽룡의 부친이나 그 말에 거역하지 못하고 춘향과 헤어질 수밖에 없었던 몽룡 역시 특정 신분의 편에서 다른 신분의 사람을 차별하는 지배적 가치의 대행자라고 할 수 있다. 앞서 변 사또가 몽룡을 보호하려 했듯이, 변 사또와 이들 사이에는, 같은 집단의 사람들로서 자기들의 특권을 수호하기 위한 일종의 공모(共謀)가 있다고 할 것이다. 따라서 변학도의 호색은 단지 개인적인 양태에 불과한 것이 아니라 자기모순적인 양반 집단의 인격적 상징이라고 할 수 있다.

만약 춘향이 변학도의 엄한 요구에 못 이겨 응했더라면, 변학도는 그저 고집 센 풍류남으로 남았을 것이다. 그러나 춘향은 수청을 거부하며 자신의 烈을 주장하였다. 춘향의 의도가 신분 질서에 대한 저항과 공격에는 있지 않았다고 할지라도 춘향은 양반의 위선을 공격한 것이다. 즉, 자기 절제의 윤리를 바탕으로 공적 관료로서 신분 사회의 최상위에 자리 잡을 수 있었던 양반이 오히려 자기가 보편적이라고 강조하면서 복종을 이끌어내는 유교적 가치를 부정하는 위선적 존재이며, 춘향이 공공의 장소에서 떠벌리듯이 '유부녀 간통'이나 일삼는 타락한 존재임을 폭로하는 것이다. 그래서 춘향의 저항은 일개 호색한에 대한 저항이 아니라, 특권 집단으로서 자신들의 존재를 특화시켜 놓고 차별적 신분 제도를 만들어 통치를 가능하게 하는 신분사회 자체에 대한 근본적인 부정이 된다. 이로 인해 춘향은 매를 맞으면서도 오히려 점점 당당해지는데, 때리는 집장사령이 더 가련해 보이고, 논리를 찾지 못하는 변 사또가 더 옹색해 보인다.

강조하건대, 변학도는 그 성품이 나쁜 악인이 아니며, 춘향에 대해서도 개인적인 악의를 품고 있는 것은 아니다. 변학도는 자신의 역할에 충실했고, 개인적 성격보다는 집단적인 성격을 가졌다. 문제는 양반 집단의 성격 자체가 가지고 있는 모순이다. 〈춘향전〉은 이 모순을 드러내기 위해 변 사또로 하여금 춘향의 수절을 비웃고 폭력적으로 제압하게 하였다. 이 과정에서 변 사또는 지배 집단의 위선을 드러내며, 신분 차별적 가치의 모순을 폭로한다. 그래서 춘향은 변 사또라는 폭압적이고 호색적인 일개 관료에 반항하고 있는 것이 아니라, 신분 차별적 질서를 만들고 그 가치를 다른 계층에게 강요하되, 극기(克己)의 윤리 이외에 자신을 제어할 만한 다른 사회적 기제를 갖추지 못한 위선적이며 타락한 양반 집단 전체에 대한 저항이라는 상징적 싸움을 벌이고 있다고 할 수 있다.

## 4) 판소리 서술 전략을 활용한 정서적 유대감의 형성

이 부분에 대한 서술은 일종의 문체론에 해당하는데, 판소리계 소설 〈춘향전〉 문체의 특성 전체를 논하는 것은 이 연구의 영역을 넘어서는 일이다. 여기서는 독자에게 가치를 설득시키고 감화시키는 서술의 전략을 중심으로 논하겠다. 〈춘향전〉은 연행성을 본질로 하는 구비문학인 판소리에 연원을 둔 소설이기 때문에 문체적인 차원에서 특징적인 면모가 다수 발견될 수 있다. 창(唱)과 아니리가 교체되면서 실현되는 판소리의 특징이 소설에도 반영되어 있으며, 연행 현장의 흥미를 배가시키기 위한 '장면극대화'의 판짜기 원리도 소설의 내용에 영향을 끼치고 있다. 그리고 판소리로 연행되면서 창자 자신의 직접적인 목소리도 소설에 삽입되어 있다. 이러한 특수성으로 인해 가치 감화를 위한 서술 전략에서도 특징적인 면모가 발견된다.

가장 먼저 지적할 것은, 선행연구도 주목해 온 바로서, '이중시점적 서술'이다. 이중시점적 서술이란 서술자의 목소리와 등장인물의 목소리가 서로 겹쳐지며, 서술자의 진술임에도 그 인물만이 느끼고 알 수 있는 등장인물의 내면 심리까지 파악하여 제시하는 것이다.[77] 이 연

---

[77] 김병국은 이중시점과 극적 재현, 내적 고백의 사적 시점이 공존하면서 상호침투하는 판소리의 진술방식을 "다성악적"이라고 평하였고(김병국, 「판소리의 문학적 진술방식」, 『국어교육(34)』, 1979, 115~124면), 박일용은 소설사적으로 이중시점적 서술의 등장은 문장체소설의 평면성을 뛰어넘을 수 있는 획기적 진전이라고 평가하였다(박일용, 앞의 책, 234~235면). 류수열은 이중시점에 대하여 서술자가 오히려 자기의 서술의 대상이 되고 있는 인물이 되어 그의 말을 흉내내고 있는 것이라고 설명하면서, 이를 판소리의 연행 상황에서 비롯된 것으로 이해한다. 즉, 판소리에서 춘향, 몽룡, 심청 등 청중들의 기대를 표상하는 인물에 대하여 서술자의 목소리가 인물의 목소리에 삼투하는 현상이 잘 일어나는데, 이는 창자와 청자가 모두 보편 윤리를 구현하는 기대 표상적인 인물의 행복을 열망하고 기대하는 공통의 관심이 있기 때문이라는 것이다(류수열, 「판소리 구연성의 매체언어적 의의」, 『판소리와 매체언어의 국어교과학』, 역락, 2001, 88~100면).

구는 '이중시점적 서술'을 판소리나 판소리계 소설의 문체로 재발견하고, 그 의의를 새롭게 하는 데에 그 목적을 두지 않는다. 그보다는 이 서술 방식이 독자로 하여금 특정 가치를 선호하고, 인물의 가치에 공감하게 하는 데 어떠한 작용을 하는가를 위주로 논하려 한다. 다음 인용은 이중시점적 서술이 이루어지고 있는 장면이다.

> (춘향이가 건너 오난듸 광한누의 갓찬지라.) 도련님 조아라고 자셔이 살펴보니 요요정정하야 월틱화용이 세상의 무쌍이라. 얼골이 조츌ᄒ니 청강의 노닌 학이 셜월의 빗침 갓고 단순호치 반기하니 별도 갓고 옥도 갓다. 연지을 품은 듯 자하상 고은 틱도 어린 안기 셕양의 빗치온 듯 취군이 영농하야 문치는 은하슈 물결 갓다. 연보을 정이 옴겨 천연이 누의 올나 북그러이 셔 잇거날(28)

위 인용문에서 서술자가 관찰적인 태도로 상황을 보고하는 괄호 부분을 제외한 나머지 부분에서는 몽룡의 입장에서 그의 생각과 감정을 가지고 상황을 진술하고 있다. 이 서술 방식은, 가치 판단을 명백히 갖고 있는 서술자가 작중의 상황과 인물을 자신의 관념으로 재난하여 평면적으로 기술하는 방식이나, 가치 판단을 행하고 있지 않는 듯한 관찰자적 태도를 취하여 작중의 상황과 인물을 관조하는 서술 방식과는 확연히 다르다. 서술자가 작중의 세계에 참여하여 그 인물의 시점을 차용하여 그가 본 사상(事象)과 그것에 대한 내면적 반응까지 기술하고 있기 때문이다. 그렇게 함으로써 독자는 재현 대상으로서 인물과 사건을 보고만 받는 것이 아니라 서술자와 함께 인물의 정서적인 움직임에 동참하게 된다. 위 인용문에서도 몽룡이 아름다운 춘향의 외양과 태도를 보고 감탄하는 심정은 그대로 독자에게 전달된다. 이렇게 판소리계 소설의 서술자는 독자로 하여금 인물의 정서적인 상황에 참여하게 하는 방식으로 독자와 인물을 중개하는 것이다. 그렇게 정서적으로 연루된 독자는 서술자와 함께 '우리의 주인공'의 가치 실현과 행복을 기대하고 열망하지 않을 수 없는 상태가 된다.

이중시점 서술과 함께 운율감이 강한 언어로 구성되는 인물의 발화 부분에서도 특정 인물의 편을 들게 하여 그의 가치 실현을 기대하게 하는 효과를 발견할 수 있다. 이는 판소리가 창과 아니리로 교체 실현되며, 창 부분이 판소리 사설을 근간으로 하는 방각본 소설에 그대로 반영된 데에서 연유한다. 노래는 순간적인 감정을 응축시키고 극대화시켜 표현하는데, 그 정서적 감염의 효과가 상당하다. 이를테면 문장체 소설이라면 춘향이 매를 맞으면서 형장 한 대 한 대마다 운율이 있는 말을 하게 하지는 않았을 것이나 판소리는 '십장가'를 슬프고도 결연히 부름으로써 춘향의 비장한 감정을 관객들과 공유하게 한다. 이러한 판소리의 특성은 판소리계 소설에도 반영되는데, 그것이 창으로 불려져 창자의 표현력까지 전달되는 것은 아니지만 낭독으로 향유되던 관습에 비추어 볼 때,[78] 운율감 있는 언어는 특정 상황에 놓인 발화자의 심정에 공감을 용이하게 함을 이해할 수 있다.

특히 창으로 구현되던 운율감을 지닌 언어는 인물의 독백에서 자주 실현되는데 춘향이 옥중에서 몽룡을 그리워하는 장면을 예로 들어 보겠다.

잇찍 춘향이 옥방의서 장탄가로 우든 것시엿다.
이닉 죄가 무삼 죄냐 국곡투식 안이거던 엄형 중장 무삼 일고

---

78 배수찬, 「고전 국문소설의 서술 원리 연구—낭독이 서술에 미친 영향을 중심으로」, 서울대 석사학위논문, 2001.

살인 죄인 안이여든 항쇄, 족쇄 왼 이리며, 역율, 강상 안이여든 사지
결박 왼 이리며

(…) 답답하고 원통하다 날 살이리 뉘 잇슬가.

셔울 게신 우리 낭군 벼살 길노 나려와 이러타시 죽거 갈 제 뇌 목심
을 못 살인가.

"하운은 다기봉"하니 산이 놉파 못 오던가 금강산 상상봉이 평지 되
거든 오랴신가

병풍의 기린 황게, 두 나뤼를 툭툭 치며 사경 일점으 날 식라고 울거
든 오랴신가

이고 이고 뇌일이야. (152~153)


춘향이 옥중에서 탄식하는 위의 대목은 '쑥대머리'라는 창으로도 대
중에게 많이 알려져 있다. 마치 유행가의 가사가 모두 자신의 이야기
를 하는 것처럼 들리듯이 자탄조의 신세 고백은 춘향의 정서에 자기
를 투영하게 하는 효과를 내는 감정적 동일시를 유도한다. 독자들이
임과 이별하고 옥중에 갇혀서 언제 죽을지 모르는 처지는 아닐지라도
자신이 과거에 경험한 슬픈 감정을 환기하거나 현재 처한 상황에서
비롯된 비애감을 춘향과 함께 느끼는 것이다. 일제강점기의 시대 상
황에서 '쑥대머리'가 대중적으로 인기 있었던 까닭도 춘향이 내뱉는
비통한 정서를 자기 슬픔으로 받아들인 데 있는 것이라 추측해볼 수
있다. 이는 재현되는 대상의 핍진성에서 비롯되는 리얼리즘이 아니라
'감정적 리얼리즘'[79]이라는 맥락에서 잘 이해된다. 자탄조로 내뱉는

---

**79** '감정적 리얼리즘'은 앙의 용어로 수용자들이 경험적으로 느끼는 감정을 드라마에서 느
끼는 것을 말한다(I. Ang, *Watching Dallas: Soap opera and the melodramatic
imagination*, Methuen, 1985). 예를 들면, 평범한 인간이 재자가인이 등장하는 〈춘향

인물의 내면 묘사는 대화의 상황에도 확장되어 실현된다.

> 한참 이리 반기다가 임의 형상 자시 보니 엇지 아니 한심하랴. "여보 셔방임 닉 몸 하나 죽는 거슨 셔룬 마음 업소마는 셔방임 이 지경이 웬 이리요." "온야, 춘향아. 셜어 마라. 인명이 직쳔인듸 셜만들 죽을손야."
> 춘향이 져의 모친 불너 "한양셩 셔방임을 칠연 틱한 가문날의 갈민듸 우 기두린들 날과 갓치 자진던가. 신근 남기 썩거지고 공든 탑이 문어 젓네. 가련하다 이닉 신셰 하릴업시 되야쑤나. 어만임, 나 죽은 후의라 도 원이나 업게 하여 주옵소셔. (⋯) 셔방님 닉 말삼 드르시요. 닉일리 본관 사쏘 싱신이라 취즁의 주망나면 날을 올여 칠거시니 형문 마진 달 리 장독이 낫시니 수족인들 놀일손가. (⋯) 셔산의 지난히는 닉일 다시 오럄마는 불상한 춘향이는 한 번 가면 언의쯰 다시 올가. 신원이나 하 여주오. 익고익고 닉 신셰야. 불상한 닉의 모친 날를 일코 가산을 탕진 하면 하릴업시 거린되야 이집 져집 걸식다가 어덕밋틔 조속조속 조울 면셔 자진하야 죽거드면 지리산 갈가무긔 두 날긔을 썩 벌이고 둥덩실 나라드러 까옥까옥 두 눈을 다 파먹근들 언는 자식 잇셔 후여ᄒ고 날여 쥬리. 익고익고." (198~200)

처음에 일상적으로 진행되던 대사는 점차 춘향의 신세 한탄(서산의 지난히는 닉일 다시 오럄마는 불상한 춘향이는 한 번 가면 언의쯰 다시 올가) 과 비통한 감정을 극대화시키는 상상(불상한 닉의 모친 날를 일코 가산을 탕진하면 하릴업시 거린되야 (⋯) 언는 자식 잇셔 후여ᄒ고 날여쥬리)으로 이

---

전) 을 보고 우는 것은 춘향과 자신을 완전히 동일시해서가 아니라, 춘향이 느꼈음직한 감정을 상상함으로 인해 떠올린 자신의 경험적 감정 때문이라는 것이다. 그러니까 춘향 이 불쌍해서 우는 것이 아니라 자신을 불쌍히 여기면서 우는 것이 된다.

어진다. 대화 상대를 앞에 두고 발화한 것이기는 하지만, 신세 한탄이나 상상은 청자를 크게 염두하고 있는 것으로는 보이지 않는다. 박일용은 이를 '장면제시적 대화'와 구분하여 '내면고백적 대화'라고 명명하였다. 내면고백적 대화는 대체로 비극적 상황이 고도로 나타나는 것이 일반적이라고 한다. 비극적 상황에서 비롯된 인물의 처절한 정서가 과장, 부연, 확장되어 내뱉어짐으로써 서정적 감동을 불러일으키는데, 박일용은 이를 비장미, 숭고미와 관련지어 설명한 바 있다.[80] 이러한 내면고백적 대화 역시 인물의 정서를 과장하여 전달함으로써 독자에게 인물의 슬픔에 감정적 동일시를 유발하는 감화적 효과를 갖는다.

이상의 논의와 같이, 특정 인물의 감정과 생각으로 본 장면을 재현하거나 인물의 내면을 서정적으로 표현하는 서술자에 대하여 "자신의 존재를 극히 약화"[81]시킨다고 판단할 수도 있다. 왜냐하면 자기의 목소리를 내기보다는 작중상황 속에 존재하는 인물로 하여금 자신의 목소리를 내게 하고 있기 때문이다. 독자에게 직접 말을 걸기도 하는 서술자가 인물에게 서술자의 자리를 내어주거나 인물로 하여금 내면을 고백하게 할 때, 독자와 서술자, 인물의 심리적 거리(distance)는 매우 가까워진다. 이렇게 가까워진 거리로 인해 독사(혹은 정자)는 인불의 처지와 운명에 정서적인 동참을 하게 된다. 그리고 그렇게 주동적인 인물의 정서를 함께 겪어온 독자들은 그 인물의 가치 실현을 바라는 상태가 되기 쉽다. 인물의 가치에 대한 감정이나 의지도 자연스럽게 독자에게 전이될 수 있기 때문이다. 더욱이, 과장되고 반복되는 인물의 정서 표현은 독자로 하여금 감정적인 동일시를 유도한다. 이러한 방식으로 〈춘향전〉의 서술자는 가치를 추구하는 인물의 감정적 행로

---

**80** 박일용, 앞의 책, 239~240면.
**81** 박일용, 앞의 책, 240면.

에 독자를 연루시킴으로써 자기의 행복을 바라듯 주인공의 행복한 결말을 기대하게 하며 주동 인물의 가치감을 수용자에게 전달하는 서술의 전략을 구사하고 있는 것이다.

## 5) 가치 갈등의 승패에 대한 역사적 전망

내포작가의 가치 판단을 추출하기 위해서는 결말 부분, 즉 몽룡이 암행어사가 되어 남원에 내려와 춘향을 구하여 서울로 데려가는 서사적 전개에 주목하여야 할 것이다. 박일용은 〈춘향전〉의 춘향과 몽룡이 정을 나눈 후 이별하는 단계, 몽룡과 이별 한 후 신관 사또에 저항하여 춘향이 자신의 인간다움을 지켜내는 단계, 그러한 갈등이 해소되는 단계로 나누어 파악하면서 각 단계가 갖는 현실반영적인 의미를 추출한 바 있다. 그의 연구에서는 춘향이 죽음 직전에 '암행어사'가 된 몽룡에 의해 구원을 받는 결말에 대해 현실적인 질곡에서 해방되고자 하는 민중의 꿈이 낭만적인 형태로 표출된 것이라고 파악하면서, 이는 작품의 현실성을 크게 떨어뜨린다고 하였다. 이어서 그는, 〈춘향전〉이 보다 본격적인 현실적 미학을 구현하였다면, 암행어사 출두 대목은 나타나지 않았을 것이며, 당대의 현실로 보아 춘향의 의지는 비극적으로 결말을 맺을 수밖에 없었다고 논한다. 그의 지적처럼 춘향의 죽음으로 작품이 종결되었다면, 비극을 통해 현실의 모순이 총체적으로 드러나거나 춘향의 죽음 이후에 벌어질 수 있는 민중층의 저항 의지가 작품 안에 반영될 수도 있었을 것이다.

본고에서도 암행어사의 등장으로 인해 심각해져 가던 가치 갈등의 문제가 일거에 해결되는 결말에 대하여 민중의 꿈이나 환상이 투영된 낭만적인 설정이라는 의견에 동의한다. 주지하듯, 〈춘향전〉은 한 개인의 고독한 창작의 결실이 아니라 수 세기를 거쳐 적층하며 유동해 온 작품이다. 개인의 창작물이라면 가치 갈등의 문제를 서사적으로 탐구해 본 결과, 애정가치를 지키기 위한 방법으로 춘향의 죽음이라는 귀결밖에 현실적으로 가능한 해결책이 없음을 깨닫고 춘향의 죽음으로써 작품의 결말을 삼았을 수도 있다. 그러나 〈춘향전〉은 공동창작의 결과이며, 수용자의 기대에 부흥해야 하는 연행 예술인 판소리에 그 주된 연원을 두고 있다. 따라서 보다 많은 사람들이 만족해하면서 동의하는 해결책을 서사적으로 마련해야 했다. 그리하여 견고한 신분 질서에 맞서서 싸워 애정가치를 수호한 '우리의 춘향'에게 그에 걸맞은 보상을 하기 위해 몽룡이 암행어사가 되어 춘향을 구해야 한 것이다.

이러한 의미에서 〈춘향전〉의 결말은 문학성의 차원에서보다는 문화적인 의미에서 이해해야 한다. 문화 이론가인 윌리엄스는 19세기 영국의 대중소설을 분석하면서 갑작스런 구원자의 등장으로 인해 서사에서 지금까지 끌고 왔던 모든 문제가 해결되는 방식을 '마술적 해결'이리고 칭하면서 이를 그 시대의 '감성구조(structure of feeling)'로 명하였다. 감성구조란 특정한 집단이나 계급, 사회가 공유하는 감정이나 생각으로서 실제로 그 사회의 성원으로서 살아간 사람들만이 무의식적으로, 의식적으로 느낄 수 있고 알 수 있는 것이다.[82] '마술적 해결'로서 암행어사 출두의 결말은 박일용의 지적처럼 낭만적인 꿈에

---

82 Raymond Williams, *The Long Revolution*, London and New York: Columbia University Press, 1961, 41면. 베넷은 이를 다시 "감성구조란 (…) 특정한 시대, 계급, 집단의 '살아 있는 문화'를 구성하는 전체적인 삶에 의해 형성되거나 그것이 형성하는 정형화된 규칙성을 보이는 공유된 생각이나 감정의 집합"이라고 풀어 서술하였다(Tony Bennett, Popular Culture: Themes and Issues, Open University Press, 1981, 26면).

불과할 수 있다. 그러나 그것을 비판하기보다는 왜 그러한 결말로 귀결될 수밖에 없었는지, 그 '감성구조'를 이해하려는 노력이 선행되어야 할 것이다.

사회적 차원으로 보았을 때는 비극이 낭만적인 결말을 가진 희극보다 훨씬 더 큰 반향을 불러일으킬 수 있다. 〈로미오와 줄리엣〉은 비극적인 죽음을 맞이하였지만 그로 인하여 서로 반목하던 두 가문이 화해를 하듯이, 비극은 문제의 심각성을 보여주며 사회적인 개선을 촉구하기 때문이다. 〈춘향전〉은 애정을 매개로 하여 신분 사회의 질곡을 드러내면서 서사를 진행해 오다가 현실에서는 불가능해 보이는 결말로 주인공에게 행복을 안겨주었다. 갑자기 나타난 구원자인 암행어사가 춘향을 고난에 처하게 한 변 사또를 징치하고, 춘향을 구해내어 춘향이 소망하던 애정가치를 최상의 수준에서 실현시킨다. 그렇다고 이러한 낭만적인 결말이 현실적인 문제를 봉합하고, 다시 제자리에 돌려놓는 것은 아니다. 비록 결말이 낭만적으로 구성되기는 하였으나 싸움의 승자는 춘향이며, 춘향의 승리는 싸움의 정당성을 재확인해주는 것이기 때문에 〈춘향전〉이 제기한 가치 갈등의 문제가 사라지거나 그 심각성이 덜해지는 것은 아니라는 것이다.

〈춘향전〉의 내포작가는 현재 진행되는 가치 갈등의 상황에 대해 서사적 탐구를 행한 결과, 춘향이 구원될 수 없다는 것을 잘 알고 있었다. 그래서 현실적인 문제를 정면 돌파의 방식으로 다루면서, 진행되던 서사와 거리가 있는 암행어사 설화를 변용하여 결말을 구성한 것이다.[83] 이러한 결말 처리에 대해 비현실적이며, 낭만적이라는 평

---

**83** 김종철, 「춘향전의 근원설화」, 『한국문학사의 쟁점』, 집문당, 1986. 김종철은 〈춘향전〉이 관탈민녀 설화를 근간으로 하면서 암행어사 설화 등을 흡수하였다고 보았다. 박일용도 암행어사 모티프가 〈춘향전〉의 결말 부분에 등장한다고 하면서, 이는 "민중의

가를 할 수도 있다. 그러나 다른 측면에서 보면, 민담이 삶에 대한 소박한 낙관을 드러내듯이, 이 결말 또한 가치 갈등의 승패에 대한 확신과 낙관의 표현일 수 있다. 그리고 비록 개인적인 차원에서이지만, 춘향이 정열 부인에 봉해져 몽룡과 정식으로 혼인을 하고 자손을 번창시켰다는 후일담은 가치 갈등의 문제가 해결되었을 때 얼마나 행복할 수 있는가를 보여준다. 그래서 이 후일담 부분은 가치 갈등의 해결 뒤의 전망을 미리 제시하여 신분 차별의 부당성을 다시 한번 강조하는 역할을 한다고 할 수 있다.

그렇지만 춘향의 구원자인 암행어사 역시 양반 관료로서 신분 차별적인 사회 체제의 지배층에 속한다. 지배층이 만들어 놓은 신분 차별적인 질서가 지배층의 힘으로 교정될 리는 만무하기에 암행어사 역시 근본적인 해결책은 되지 못한다. 그러나 그 암행어사는 다름 아닌 춘향이 사랑하는 몽룡이다. 자신의 출세를 위해 춘향과 매몰차게 이별하거나, 여느 기생과 양반의 관계가 그러하듯 소식을 돈절하는 전반부의 몽룡은 신분 차별적인 가치를 몸소 실천하며, 춘향의 적대자 역할을 한다. 몽룡은 이본에 따라 그 성격이 조금씩 달라진다. 예를 들면, 〈신재효본〉에서는 근엄한 양반으로, 〈남원고사〉에서는 호색하며 잔망스러운 인물로 그려질 정도인데, 이는 몽룡이 성격화된 인물이기보다는 춘향의 애정가치의 대상으로 존재하는 기능적인 인물이기 때문이다.[84] 그러나 몽룡의 성격이 조금씩 달라질망정, 대부분의 이본은 '재회' 부분에서 암행어사로 내려오는 몽룡이 춘향을 구하기까지 여러 장소에서 다양한 하층민을 만나는 설정을 공통적으로 갖는다.

---

질곡해방에 대한 꿈을 낭만적 형태로 표현한 설화적 모티프를 반영한 것으로서, 작품의 현실성을 크게 떨어뜨리는 요소"(박일용, 앞의 책, 275면)라고 지적하였다.

**84** 박일용, 앞의 책, 261~262면.

몽룡은 농부들과 방자에게 욕을 듣고 민망해하며, 춘향의 편지를 읽고 눈물을 흘리고, 월매가 자기를 사위라고 생각하고 비는 모습을 보고 자신의 무정함을 반성하며, 옥중의 춘향을 만나서 애정가치의 위력을 확인한다. 결말 부분에서는 이렇게 몽룡이 장소를 바꾸어가며 주로 하층민을 만나는 과정에서 그가 당연하게 여겼던 신분 차별의 가치가 변모하며, 애정 관계에 대해서도 몽룡은 책임성 있는 면모를 띠게 된다. 〈춘향전〉의 내포작가는 암행어사를 동원하여 낭만적인 방식으로 문제를 해결하고 있지만, 그 암행어사는 기생인 춘향과 월매, 노비인 방자, 농부 등의 하층민과의 만남을 통해 자기 신분을 넘어 순수한 인간관계를 소중히 여기는 친민중적 존재로 변모한 몽룡이다. 이처럼 몽룡과 하층민과의 만남이 필요했던 이유는 춘향의 애정가치에 이끌리며, 춘향이 벌이는 싸움의 정당성을 점차 인식해 가는 존재로 몽룡을 각성시키기 위해서이다. 이런 까닭에 춘향전군 작품들은 몽룡이 애정가치의 소중함을 깨닫고, 그 가치 실현에 질곡이 되는 현실의 문제를 인식하도록 변화시키는 장치들을 결말 부분에 집중적으로 마련하는 것이다.

〈춘향전〉 내포작가의 판단은 다른 작품과 비교할 때 그 의미가 선명히 드러난다. 여기서는 〈구운몽〉과 함께, 〈춘향전〉의 이본인 〈옥중화〉를 살피려 한다. 〈구운몽〉에서도 춘향과 같은 기생 신분의 여성이 둘 등장하는데 그들은 바로 적경홍과 계섬월이다. 그런데 이들은 춘향과 달리 기생이라는 신분을 삶의 질곡으로 느끼지 않고, 오히려 기생이 누릴 수 있는 사회적 특권을 누린다. 적경홍은 자신의 판단으로 군자를 만나기 위해 스스로 기생이 되었으며, 계섬월도 일부러 장안의 길목인 낙양에 자리잡고 군자를 기다린다. 또, 이들은 빼어난 미모와 시 감식 능력 및 예악의 교양을 통해 적어도 유흥의 자리에서만은 귀족 남성들보다 우위를 점하고 있다. 한편, 〈구운몽〉의 내포작가는 기생이 절대 넘어서는 안 될 선을 분명히 하고 있다. 그것은 사대부가 규방 처자를 놓아두고 기생을 처로 들일 수 없다는 소유의 말이나 정인인 소유에게 정경패를 천거하는 계섬월의 행위를 통해 분명히 드러나는데, 이는 일대일 관계에서조차 기생과 양반의 대등한 결합은 불가능하다는 신분 차별적 가치에 순응하는 것이라고 할 수 있다. 이렇게 〈구운몽〉의 기생은 당시 사회의 신분 차별적인 질서 안에 안주하면서 지배층의 귀족들을 조정하는 자신의 역할에 자족하고 있는 것으로 이해할 수 있다.[85]

양소유와 知音의 관계를 형성한 후, 이들은 춘향처럼 소유와 만난 후에 수절하였다. 그러나 이들의 수절에 있어서 춘향과 다른 점은 이들에게 수청을 강요하는 다른 귀족이 없었다는 것이다. 본고에서는 이를, 이들의 행운 때문이 아니라 내포작가가 기생이 안고 있는 신분 문제를 가치 갈등이 첨예한 상태로 구성하지 않았기 때문이라고 이해하였다. 이 작품에서 신분 질서의 가치는 부정되지 않고 양반의 윤리적 타락도 지적되지 않는다. 소유는 분명히 신분 질서를 의식하고 있었으며, 그 가치에서 벗어나지 않을 것임을 분명히 하였다. 그러나 계섬월이 관청의 요구를 물리칠 때에도 가치 갈등이 있었을 것이며, 소유가 오래도록 자신을 찾지 않음에도 불구하고 수절하고 있는 자신에게 회의가 들었을 수도 있다. 그리고 미친 행세를 하고, 도사의 복장으로 유랑하기를 결심하기까지 내적인 갈등과 결단의 순간이 있었을 것이다. 이는 모두 섬월이 기생이라는 신분의 여성이었기 때문에 벌어진 일이다. 적경홍도 사대부집 출신으로 군자를 만나기 위해 기생

---

**85** 박종성도 기생의 삶의 방식을 '안주'와 '조정'이라고 논한 바 있다(박종성, 앞의 책, 235~308면).

이 되었다고는 하지만 구슬 서 말에 제후의 후궁으로 팔려버린 비참한 처지이다. 제후의 후궁이 되었을 때에도 군자의 짝이 되겠다던 생각을 떠올리며 현재의 자기 처지를 한탄했을 것이고, 소유를 따라 제후의 천리마를 타고 올 때 목숨의 위험도 느꼈을 것이며, 소유가 자기를 거부할 수도 있다는 불안감도 있었을 것이다. 그러나 〈구운몽〉의 내포작가는 이들이 기생이기 때문에 겪어야 하는 삶의 고난과 그로 인한 감정 등을 부각시켜 드러내지 않음으로써, 기생을 등장시키되 기생 일반의 현실적인 문제들은 은폐하는 가치 판단을 갖고 있는 것이라 이해할 수 있다.

〈옥중화〉는 완판 84장본과 함께 20세기의 초엽에 나온 이본이다.86 두 작품은 모두 춘향전을 이상적인 존재로 그리고 있다는 점에서 공통성을 갖는다. 후대로 갈수록 비기생계 이본이 다수 출연하는 현상으로 보아 춘향은 전승 과정에서 이상화되었으며,87 이 추이를 반영한 두 작품은 적강 화소를 삽입하고, 기생으로서 춘향의 자의식이나 요야한 면모를 축소시키는 등 춘향의 이상화 경향을 수용하고 있다. 이러한 공통점에도 불구하고, 두 작품의 결말을 비교해 보았을 때 변학도의 처리 문제에 대해 차이를 발견할 수 있다. 다른 이본들과 달리 〈옥중화〉에서는 변학도에 대한 징치가 이루어지지 않는다. 직접 나서서 변학도를 감싸는 월매는 다음과 같이 말한다. "우리골 본관 사도 부듸 괄시 마옵소셔. 춘추는 만으시나 마음이 호협ᄒ야 호쥬탐화ᄒ시기는 두목지의 짝이시라 춘향일색 말을 듣고 불너 보니 만고

---

86 김종철은 완판 84장본이 처음 출판된 때는 1906~1911년 사이이며, 〈옥중화〉가 매일신보에 연재된 시기는 1912년 1월에서 3월까지였으니 두 작품이 거의 같은 때에 출판되었다고 한다(김종철, 「〈춘향전〉 교육의 시각」 1, 앞의 책, 147면).

87 춘향은 후대로 갈수록 이상화되었다는 것이 정설이다(김종철, 『판소리사 연구』, 역사비평사, 1996).

일색 욕심이 잔득 나서 달닉여도 안이 듯고 울녀 보되 듯지 안으니 천 가지로 유인하고 만 가지로 달닉다가 종시 듯지 아니ᄒ니 우렵ᄒ면 될 줄 알고 잡아닉여 호령ᄒ니 매몰한 춘향이가 (…) 관정발악"(매일신보, 1912.3.15)을 한 것일 뿐이며, 원래 춘향을 때려죽일 것을 "본관 사도 어진 처분 지금껏 살녓으니 그 은혜 장ᄒ오며 본관 사도 아니시면 춘향수절 어서나리"(매일신보, 1912.3.15)라고 변호하는 것이다. 몽룡도 월매의 논리에 수긍하여 변학도를 용서한다.

자식을 죽기 직전까지 매질하고 그것도 모자라 큰칼을 씌워 옥에 가두었으며, 자기 생일 잔치에서 죽일 생각을 품었던 사람을 이렇게 용서하기는 힘든 일이기에 이는 서사세계에 속한 월매가 한 말이라기 보다는 〈옥중화〉의 내포작가의 의식이 월매의 입을 통해 드러난 것으로 볼 수 있다. 이에 대하여 기존의 〈춘향전〉이 가진 반봉건성이 약화되었으며, 전통윤리를 강조하였던 이해조의 의식이 반영된 것이라고 이해되기도 하였다.[88] 그러나 이 작품이 이미 차별적인 신분 질서가 철폐된 이후에 나온 것이며, 이러한 내용이 이해조의 의식적 변개가 아니라 판소리의 구비 전승 과정에서도 발견되는 것이라고 할 때, 〈춘향전〉의 반봉건성이 약화뇌거나 이해조가 타협적인 태도를 보인 것과는 큰 관련이 없다고 할 수 있다.[89] 이 작품을 가치 갈등의 관점에서 보자면 변학도는 춘향의 애정가치 실현을 위한 보조자의 위치로 내려앉았다고 할 수 있다. 변학도가 현현하고 주창해야 했던 신분 차별의 가치가 그 위력을 잃은 사회에서 생성된 춘향전은 이렇게 애정가치를 빛내기 위한 종속적인 계기로 이미 구시대의 유물이 된 신분 차별의 가치를 활용하고 있을 뿐이다.

---

**88** 졸고, 「춘향전 개작텍스트의 서사 변용 연구」, 서울대 석사학위논문, 1996, 70~74면.
**89** 김종철, 「〈춘향전〉 교육의 시각」 1, 앞의 책, 149면.

## ◉ 4. 愛情과 烈의 갈등

### 1) 〈周生傳〉 제재의 전형성

한 개인이 겪을 수 있는 가치 문제는 반드시 개인과 사회라는 범주 갈등의 형태를 갖지 않는다. 사적이고 친밀한 영역 안에서도 개인마다 가치가 달라 생기는 문제가 있을 수 있으며, 이러한 문제는 우리의 일상에서 가장 많이 발생하는 가치 갈등의 유형이다. 주인공의 애정가치의 실현에 장애로 설정된 집단적 가치인 효, 충, 신분 차별 등의 가치는 두 남녀의 순연한 애정 관계를 파괴하고, 애정가치를 추구하는 주인공에게 시련을 주는 외부적인 힘으로 작용하였다. 그러나 애정으로 인해 형성된 관계가 이렇게 외부적인 요인에 의해 훼방을 받지 않는다면 영원히 지속될 수 있는지에 대해서는 회의적인 태도를 취하게 된다. 자유연애가 보편화된 사회적 환경에서 애정 상대를 스스로 택하여 혼인을 하고도 많은 관계가 파탄이 나게 되는 경우를 볼 때, 애정 관계 내부에서 애정가치 실현에 장애로 작용하는 힘이 존재함을 알 수 있기 때문이다. 주로 애정 관계로 맺어진 두 사람 중 한 사람의 마음이 변하는 경우 애정 관계의 파탄이 초래된다. 이 때 변심의 주체는 주로 남성으로, 애정전기소설이나 조선후기 한문단편 애정소설은 변심 모티프를 다룸으로써 애정 관계 안에서 발생하는 가치 갈등의 문제를 서사적으로 탐구하였다.

앞선 분석에서는 애정 관계를 파괴하려는 외부적인 힘을 애정가치와 갈등하는 사회적 가치이며, 애정 관계를 유지, 지속하려는 인물을 애정가치를 실천하려는 가치 주체로 파악하였다. 그런데 변심의 문제를 다루고 있는 소설의 경우에는 애정 관계를 유지하려는 쪽이 오히려 다른 상대의 애정가치 실현을 제약하는 적대자로서 기능한다. 이렇게 애정 관계의 유지가 애정가치의 실현을 위해 작용하기도 하고, 애정가치 실현에 장애가 되기도 한다는 것을 논리의 파탄으로 볼 수는 없다. 두 남녀 관계의 성격이 다르기 때문이다. 우선 외부적인 가치가 애정 관계에 강제될 경우에 있어서 애정 주체와 가치 대상으로 연접된 관계는, 애정 관계에 속한 두 인물의 의지나 능력 면에서는 차이가 있을지라도, 애정이라는 수평적 작용력으로 맺어진 순정한 관계이다. 그렇지만 이미 한 쪽이 애정을 거두어들인 상황에서 형식적으로 유지되는 남녀 관계는 더 이상 애정 관계로 볼 수 없으며, 나아가 다른 애정 관계를 추구하는 인물의 가치 실현에 장애로 작용한다.

애정이 자연발생적으로 생겨났듯이 그 사라짐 역시 자연발생적이다. 애정 자체는 일종의 에너지로서 어떤 대상에 결부되든지 상관없는 것이다. 그래서 애정이 다른 대상으로 옮아갈 수 있는 것은 외물의 자극에 이리저리 흔들리는 정(情)이 가진 본성의 실현이라고 할 수 있다. 그런데 이렇게 애정이 상대를 바꾸어가며 통제할 수 없이 움직이는 것은 안정적인 남녀의 결합을 바탕으로 후세의 출산과 양육에 적절한 환경을 형성하고 사회재생산을 도모하려는 전체 사회의 의지와 는 배치된다. 그래서 동서를 막론하고 어느 사회이건 이렇게 쉽게 발 현되고 움직이는 충동적이며 열정적인 애정을 통제하여 왔다. 이 통 제는 두 차원에서 이루어졌는데, 그 하나는 남녀 간의 열정적인 애정 이 생길 수 있는 기회를 최대한 차단하는 것이며, 다른 하나는 애정을 지속시킬 수 있는 이념과의 결합을 도모하는 것이다. 전자는 남녀 간 의 자유로운 만남에 있어서 복잡한 사회적인 절차와 형식을 부여하는 문화적인 기제로 실현되었으며, 이는 애정 관계 바깥에서 애정 관계 의 형성과 유지에 질곡이 되는 가치로 애정소설에 현상되었다. 이 절 에서 다루려는 문제는 후자의 경우에 해당한다. 본격적인 논의에 앞 서 애정이 안정적인 사회 재생산이라는 사회적 필요와 결합되어 이념 화되는 과정을 사적(史的)으로 고찰해 볼 필요가 있다.

서구 사회에서는 '열정적 사랑'이 '낭만적 사랑'으로 변모하는 과정 을 통해 본능으로서의 애정이 문화적인 형성물로 바뀜을 확인할 수 있다. 기든스의 논의를 참조하여 이 과정을 설명하면 다음과 같다. '낭만적 사랑(romantic love)'은 사랑, 결혼, 성이라는 세 가지 요소를 밀접하게 관련시켜 '연애결혼'이라는 문화적인 각본을 생성한 특수한 사랑의 형식이다.[90] 기든스는 이 낭만적 사랑은 '열정적 사랑'과 '숭고 한 사랑'의 복합체적 성격이 있다고 논한다. 열정적 사랑은 상대방에 게 첫눈에 반해 눈이 멀어버리는 사랑이다. 소위 "사랑에 빠졌다"는 말은 열정적 사랑의 특징을 잘 말해준다. 서로에게, 혹은 상대에게 맹 목적이 되어 버린 주체를 다른 인간관계나 일상적인 사회적 책무로부 터 단절시키는 열정적 사랑은 대부분의 문화에서 인간을 나약하게 하

---

**90** Anthony Giddens, 김미숙 외 역, 32면 참조.

는 일종의 '열병'으로 취급되었는데, 애정소설에서 자주 등장하는 '상사병'도 이러한 열병 중의 하나라고 볼 수 있다.

이러한 열정적인 사랑은 급작스럽게 시작하고 황급히 끝나는 속성이 있다. 이 사랑이 지속되기 위해서는 종교적이거나 도덕적인 차원의 이념의 개입이 되어야 하는데, 서구의 경우 그 역할을 하였던 것은 바로 '숭고한 사랑'이다. 낭만적 사랑은 기독교도로서 신에 대한 헌신[숭고한 사랑]이라는 윤리를 통해, 귀족 사회에서 혼외적인 '열정적 사랑'이 가지고 있는 충동적이고 에로틱한 성격을 배제함으로써 이루어졌다고 한다. 이렇게 숭고한 사랑은 열정적 사랑의 긴박함을 누그러뜨리고 열정을 사회적으로 순화시키는 역할을 하였다. 이로써 낭만적 사랑은, 충동적이고 욕정과 구별하기 힘든 열정적 사랑과 다르며, 탈속적이며 신성한 숭고한 사랑과도 다른 새로운 것으로 형성되었다. 즉, 낭만적 사랑은 열정적 사랑에서 단 한 사람에게만 빠지는 절대적 유일성과 숭고한 사랑에서 약속되는 영원성을 결합시켜, '유일무이한 대상에 대한 영원한 사랑'이라는 의미를 갖게 된 것이다.[91]

이처럼 '낭만적 사랑'은 근대의 시작과 함께 생겨난, 역사적으로 특수한 사랑의 형식이기는 하지만, 열정적 충동을 순치시켜 사회를 유지, 재생산하려는 문명화된 사회에서 필요한 형식이기도 하다. 특히 낭만적 사랑은 가족이나 신분이라는 외적인 요소가 배제되어 있으면서도 결혼을 전제로 한 진지하며 자율적인 형태의 사랑이라는 점에서, "시민적 가족관계의 원형인 핵가족의 모랄에 근거가 되는 것, 곧

---

**91** Anthony Giddens, *Transformation: Sexuality, Love and Erotism in Modern Societies*, 1992, 배은미·황정미 역, 『현대사회의 성·사랑·에로티시즘』, 새물결, 1996, 81~95면 참조.

근대적 감정생활의 준거점이며 근대성 모랄의 한 핵심"[92]이라고 파악되기도 하였다. 이처럼 서구의 경우, 열정적인 사랑의 승화, 종교적인 감정의 세속화의 결과 만들어진 낭만적 사랑이 근대적 가족 사회를 이루는 기초가 되었다면, 우리의 전통에서 기독교적인 관념으로서 숭고한 사랑을 대체하는 것은 무엇일까 궁금해진다. 이는 서구 역사를 보편으로 삼아 우리의 전통에서 근대화의 계기를 발견하려는 식민주의적인 발상은 아니다. 외적인 자극에 의해 흔들리기 마련인 유동적인 애정을 어떠한 방식으로든 붙들어 맬 수 있는 사회적 기제가 어느 사회에서나 필요했을 것임을 충분히 추측할 수 있기 때문이다.

서구의 경우, 신에 대한 헌신이라는 기독교적인 관념에서 파생된 '숭고한 사랑'이 애정 관계의 지속을 담보해 주는 이념적인 가치가 되었다면, 조선시대에는 유교적인 관념인 열(烈)이 이를 대체하였다고 할 수 있다. 열이 가부장적인 사회를 유지하는 가치로서 여성에게 삶의 질곡으로 작용하였음은 분명한 사실이나 애정의 관점에서 보자면, "사랑하는 이성에게 정신과 육체의 독점적인 헌신을 보이는 것은 의무에 앞서 권리"[93]가 되며, 이는 "규범이라는 사회적 가치 이전에 인간의 보편적 정서와 관련하여 해석할 문제"[94]이기도 하다. 그리고 열은 남성 집단 전체의 이익을 위해 여성에게 강요되었지만 여성 스스로 열 가치를 내면화하여 자발적으로 따르기도 하였으며, 이를 통해 여성들의 '도덕적 주체'로서의 자각이 이루어지기도 하였음도 인정할 수 있다.[95] 또, 무엇보다 열은 인간의 의지와는 상관없이 대상을 바꿔

---


**92** 서영채, 「한국소설과 근대성의 세 가지 파토스」, 『문학동네』, 1999, 여름.

**93** 이인경, 「구비 '烈설화' 연구」, 서울대 박사학위논문, 2000, 176면.

**94** 강진옥, 「삼국 열녀전승의 성격과 그 서사문학적 의의」, 『경산 사재동박사 화갑기념논총』, 중앙문화사, 1995, 419면.

가며 어디로 움직일지 모르는 애정을 한 대상에게 고착시켜 주는 역할을 하였기에 '유일무이한 상대에 대한 영구적 헌신'이라는 근대적인 '낭만적 사랑'의 관념과 유사한 사회적인 기능을 하는 것이라고 볼 수 있다. 즉, 열은 본능적인 애정을 사회적으로 순치시켜 인간관계의 기초 단위인 남녀 관계의 안정성을 도모하여, 사회의 유지, 존속에 기여한다는 점에서 그 긍정성을 인정할 수 있다.

사적 영역의 친밀감을 바탕으로 주장되는 烈은 공적 영역의 공격을 방어하며 애정관계를 지속시키기 위한 수단적 가치로서 개인의 자발적 선택이 될 수 있다. 그리고 이 때의 열은 일종의 권도(權道)로서 더 상위의 가치인 인간성 발현이나 평등한 인간관계 실현에 종속되는 가치라고 할 수 있다. 그러나 사적 영역에서 갈등의 문제는 남성의 마음은 이미 떠났음에도 불구하고 여성이 애정을 이념적으로 승화시켜 열 가치를 고수하는 경우에 발생한다. 이러한 경우, 남녀 관계에는 세 가지 가능성이 있다. 하나는 열 가치를 실천하려는 여성이 적극적으로 남성을 붙드는 경우이며, 다른 하나는 순종적인 자세로 남성의 변심을 받아들이고 자기에 대한 애정이 식은 상대를 위해 정절을 지키는 것, 또 다른 가능성으로 들 수 있는 것은 여성이 변심한 남성을 체념하고 다른 사람과 혼인을 하는 것이다. 이 연구에서는 첫째의 예로 〈주생전〉을, 둘째의 예로 〈심생전〉을, 마지막으로 셋째 경우의 해당하는 것으로 〈앵앵전〉을 들어 세 작품의 가치 판단을 비교하려 한다. 세 경우 모두 애정의 자유로운 움직임을 제약한다는 점에서 열이 초

---

**95** 이러한 시각을 보이는 연구로 다음과 같은 것들이 있다. 이은선, 「유교와 페미니즘, 그 관계맺음의 해석학」, 『유교사상연구』 12, 한국유교학회, 1999; 한국고전여성문학회, 『조선시대 열녀담론』, 월인, 2002; 이화중국여성문학연구회, 『동아시아 여성의 기원: 열녀전에 대한 여성학적 탐구』, 이화여자대학교 출판부, 2002.

래하는 곤경의 상황을 드러내고 있다. 그렇지만 〈주생전〉은 다른 상대에로 애정이 옮겨가는 서사를 전개하여 단순한 변심만을 다루고 있는 것이 아니라 삼각관계를 통해 애정가치와 열 가치의 갈등을 본격적으로 탐구하고 있기에 이 작품을 위주로 검토하며, 〈심생전〉과 〈앵앵전〉은 유사한 삶의 문제를 다루되 다른 해법을 제기하는 작품들로서 〈주생전〉의 가치 판단을 명료하게 하기 위한 보조적 자료로 활용한다.[96]

〈주생전〉이 남녀관계의 사적영역에서 벌어지는 일을 다룬다고 볼 때,[97] 이 작품이 제재로 취하고 있는 애정관계 내의 변심과 항심의 문제는 통시대적인 성격을 갖는다. 애정은 외물의 자극에 따라 변모하기 마련인데, 변심한 정인을 둔 상대는 어떻게 해야 할 것인가, 또는 마음은 이미 떠났는데 여전히 자신에게 헌신적인 상대를 어떻게 대할 것인가라는 문제는 어느 시대와 사회를 막론하고 충분히 있을 수 있기 때문이다. 여기에는 남녀 이합(離合)의 형식을 규정하는 사회적 제도나 문화가 작용한다고는 하지만 〈주생전〉이 다루는 문제는 애정의 본질적인 성격에서 유래하는 것이기 때문에 지역과 사회의 구분을 초월한다고 할 수 있다. 더욱이, 〈주생전〉의 배경은 낭만적 공간이기에 사적영역 안에서 벌어지는 남녀의 감정 문제를 다루기에 적합한 것처럼 보인다.

〈주생전〉의 제재는 다음과 같은 이유로 전형적인 성격을 갖는 것으로 볼 수 있다. 첫째, 항심 주체의 애정이 이념적인 열(烈)의 성격

---

96 〈주생전〉과 〈심생전〉은 공통적으로 신분이 다른 남녀의 애정 문제를 다루고 있기 때문에 이 작품의 애정 갈등을 이해하는 데 있어서 신분 문제가 중요하게 취급될 수 있다. 그렇지만 신분의 차이는 혼전의 남녀 사이에 애정 관계가 성립할 수 있는 조건이 될 수 있기 때문에 남성의 변심의 원인이 반드시 신분 문제에만 있다고는 할 수 없을 것이다.

을 띠고 있기 때문이다. 따라서 〈주생전〉이 다루려는 문제는 사적 영역에 침투해 있는 공적인 가치와 관련된다.[97]둘째, 〈주생전〉은 남성을 변심의 주체로, 여성을 항심의 주체로 삼으면서 남성이 남녀관계의 주도권을 쥐고 있었던 역사적 현실을 반영한다.[98] 변심의 주체

---

**97** 연구사적 흐름에서 이 연구의 시각이 차지하고 있는 위치는 다음과 같다. 〈주생전〉에 대한 연구사는 이미 그 자체가 연구사 논문으로 나올 만큼 축적되었다(송재용, 「주생전」, 『고전소설연구-황패강 교수 정년기념논문집』, 일지사, 1993; 신재홍, 「주생전 연구사」, 『고소설 연구사』, 월인, 2002). 여기서는 이 작품에 대한 주제론적 연구나 작품의 평가와 관련된 논의를 위주로 선행 연구를 검토하려 한다. 김일렬은 이 작품을 세 단계로 나누어 행복에서 불행으로 진행되는 의미 구조를 논하면서 이 작품의 주제는 "인간의 힘으로는 어찌할 수 없는 운명(運命)의 경이(驚異)와 삶의 비극적(悲劇的) 과정(過程)"을 총체적으로 구현하고 있는 것으로 파악하는 한편, 인물의 행동이나 인식 면에서 수준 높은 비극성을 구현하지 못했음을 지적하였다(김일렬, 「주생전의 작품 세계와 비극적 성격」, 앞의 책). 이러한 관점에 이어 정학성은 이 작품은 "사회의 모순과 질곡에 대결하려는 비극적 사랑의 고뇌나 의지를 찾아볼 수 없다."라고 혹평하는 의견을 제시한다(정학성, 「전기소설의 문제」, 『한국문학연구입문』, 지식산업사, 1982). 〈주생전〉은 애정 관계 내에서 발생할 수 있는 문제를 다루었기 때문에 사회 비판적인 면모가 다른 작품에 비해 부각되지 않는 사실을 지적하는 것은 일견 타당하다. 이후, 박일용은 이 작품이 17세기 이후 소외된 지식층의 서술 시각에 의해 지어졌으며, 주생, 배도, 선화의 인물이 전형성을 얻고 있는 사실적 소설이라고 평가하였다. 그러나 소외된 지식층의 서술 시각을 파악하려는 연구의 관심을 가진 이 연구가 애정관계 내부의 문제를 집중적으로 조명하는 것은 아니다. 임형택은 〈주생전〉과 비교하면서 〈위경천전〉을 소개하는 자리에서 "주생전의 작가는 비판적인 시각을 견지하지 못한 나머지 어정쩡한 문인적 취향으로 배도의 비련을 동정하면서 주생의 변심을 긍정하는 모순을 초래하였다." 라고 평가하였다(임형택, 「전기소설의 애정주제와 위경천전」, 『동양학』 220, 단국대 동양학연구소, 1970). 이 역시 김일렬, 정학성의 평가와 궤를 같이 하지만 남녀의 애정문제로 〈주생전〉을 볼 수 있는 단초를 제공한다. 이후, 보다 본격적으로 애정의 관점에서 이 작품을 파악한 연구가 등장한다. 여세주는 주생의 제도권 진입 욕구와 애정 욕구가 맞물려 작품이 구성되었다고 논하며, 세 인물의 성 모랄이 공리주의거나 애정지상주의에 따르는 것이라고 보았다(여세주, 「주생전의 서사구조와 성모랄」, 『영남어문학』 25, 영남어문학회, 1994). 본 연구도 〈주생전〉을 애정관계 내부에서 벌어지는 문제를 다루는 소설로 보고자 한다.

**98** 이러한 시각과 달리, 권도경은 남녀의 욕망과 본능에 성차가 존재하여 변심의 주체가 주로 남성으로 나타난다고 하였다(권도경, 「조선 후기 애정전기 소설의 변심 주지 연구」, 이화여대 박사학위논문, 2002). 그에 따르면, 남성은 본질적으로 여성과의 일시적인 관계를 추구하며, 끊임없이 상대 여성을 바꾸어가며 복수의 여성을 욕망하는 반면, 여성은

가 주로 남성이 된 데에는 남성이 관계의 주도권을 갖게 한 사회적 배경이 크게 작용하였다고 판단되며, 여성이 감정의 교류나 배려를 중시하게 된 까닭도 공적 영역에서 소외된 데 그 원인이 있는 것으로 파악된다. 이처럼 여성과 남성은 생물학적인 분류가 아니라 사회적 역할에 따른 구분이라고 할 수 있다.[99] 따라서 〈주생전〉은 열 가치를 바탕으로 애정관계를 영속화하고자 하는 여성과 애정의 본성을 실현하며 이리저리 상대를 바꾸며 옮아 다니는 남성의 애정사를 제재로 형상화하며 열과 애정의 갈등을 문제 삼고 있는 작품이라고 할 수 있다.

## 2) 사건 구성에 나타난 애정과 열의 갈등

이 연구에서는 상대를 바꾸어 가며 자신을 실현시키려는 유동적인 에너지인 애정이 관계를 지속시키기 위한 사회적 관념인 烈과 갈등하는 관계에 놓여 있다는 관점에서 〈주생전〉의 서사를 분석하려 한다. 그런데 이러한 가치 갈등의 문제는 주생과 배도의 관계에서 발생하기에 둘 간의 애정사를 중심으로 논하도록 하겠다.

---

한 남성과의 지속적인 관계를 추구하며, 정신적으로나 경제적으로 안정감을 줄 수 있는 상대를 원하며, 육체적 관계보다는 감정 교류를 중시하고, 한 상대와의 깊고 지속적인 관계를 추구하는 욕망을 우선시한다고 한다(권도경, 같은 글, 8면).

**99** 본고에서는 배도가 기생이라는 점은 여성이라는 사회적 역할에 종속되는 것으로 보았다. 그러나 기생이라는 사회적 역할은 열 가치를 추구하지 않을 수 없게 하는 특수한 조건으로 기능한다.

▶ **만남과 사랑**

(1.1)　　㉠ 수 차례 과거에 낙방한 주생은 공명을 포기하고 장사를 하
　　　　　 며 다니다가 전당에 이르러 옛 친구인 배도를 만난다.

　　　　　㉡ 배도는 자기 집에 머물기를 바란다.

(1.2)　　㉠ 주생은 배도의 미색에 반한다.

　　　　　㉡ 배도는 자신이 영원히 주생의 곁에 머물겠다고 하며 주생
　　　　　 에게도 맹세의 글을 써줄 것을 원한다.

(1.3)　　㉠ 주생은 배도가 기생 노릇을 하는 것을 불안하게 여긴다.

　　　　　㉡ 배도는 일찍 돌아와 주생을 안심시킨다.


▶ **시련**

(2.1)　　㉠ 주생은 선화를 본 후로 선화와 사랑에 빠진다.

　　　　　㉡ 배도는 주생을 의심하지 않고 선화의 재색에 대한 정보를
　　　　　 제공한다.

(2.2)　　㉠ 주생은 가정교사의 지위로 선화의 집에 머물며 선화와 사
　　　　　 랑을 나눈다.

　　　　　㉡ 선화는 주생에게 신표를 건네면시 영원한 사랑을 약속한다.

(2.3)　　㉠ 주생은 배도에게 학업을 마치지 못하여 돌아오지 못한다
　　　　　 는 거짓말을 하며 선화의 집에 머물고자 한다.

　　　　　㉡ 선화와의 관계를 알게 된 배도는 주생을 협박하며 선화의
　　　　　 집을 떠날 것을 요구하여 주생은 배도의 집으로 돌아간다.

(2.4)　　㉠ 주생이 가르치던 배도의 동생인 국영의 죽음으로 선화와
　　　　　 만날 수 있는 기회가 차단된 주생은 괴로워한다.

　　　　　㉡ 배도는 죽어가면서 자기를 주생이 왕래하는 길에 묻어달
　　　　　 라고 한다.

㉠은 애정가치를 추구하는 주생의 작용이며, ㉡은 애정의 유로에 따라 상대를 바꾸는 주생에 대한 열의 반작용이다. 그런데 주생에 대한 배도의 집착을 과연 열로 이해할 수 있느냐 하는 문제가 발생한다. 이 연구에서는 열을 '한 이성을 위한 변치 않는 헌신'이라는 관점에서 이해하고, 비록 배도가 열 가치를 스스로 내세운 적은 없으나 한 남성을 위해 몸과 마음, 재물까지 바친 기생에 대해 당대의 독자들은 열녀로 수용했을 소지가 충분하기에 배도의 행위를 烈行으로 파악하고자 한다.

주생은 스스로 총명하다는 자부심이 있던 사람으로 태학에 다니면서 과거를 준비했는데 연이어 과거에 낙방하자 공명과 속세에 매어 있지 않을 결심을 하며 장사를 하기 시작한다. 주생은 자유로운 기질의 소유자로 "아침에는 오땅에 저녁에는 초땅에 머물며 오직 돌아다니는 데만 뜻이 있었다.(朝吳暮楚, 惟意所適: 233)"[100] 그러던 어느 날 주생은 술에 취해 배를 풀어놓았는데, 그 배가 밤새 흘러가 어린 시절에 살았던 전당(錢塘)에 도착한다. 이렇게 이리저리 흘러 다니는 주생은 실로 '부평초' 같은 인생을 살고 있다고 할 만하다. 주생은 어린 시절 친구들을 찾으려 하나 그들은 거의 영락하거나 죽고, 이미 고향에는 남아 있지 않았다. 그런데 유일하게 주생을 맞아준 옛 친구가 배도(俳桃)였다. 배도는 다른 사람들이 떠난 전당에 머물렀으며, 재주와 용모가 뛰어났기에 배랑이라 불리며 자신의 터전을 잡은 상태였다. 배도는 주생에게 "낭군은 배로 돌아가지 마시고, 그저 제 집에만 머물러 계세요. 제가 마땅히 당신을 위하여 아름다운 배필을 구해 드리겠

---

100 이하 한문 원문의 인용은 『17세기 애정전기소설』(이상구 역주, 월인, 2002)에 실린 김구경 소장본으로 하며, 이 책에 실린 면수를 따른다. 그리고 번역도 주로 이 책을 참고하였다.

습니다.(願郎君, 不必還舟, 只可留在妾家, 妾當爲君, 求得一佳偶: 234)"
라며 주생이 머물기를 바란다. (1.1)

이 부분에서 본격적인 가치 갈등은 드러나지 않지만 두 가치의 운동 방향이 분명히 나타나 있다고 할 수 있다. 인간의 본능에 속하는 애정은 인간에게 주어진 제1의 자연이다. 이 자연은 홍수나 태풍처럼 인간의 의지로 제어할 수 없이 움직이는 속성이 있기에 인간은 어쩔 수 없이 사랑에 빠진다. 주생이 우연히 전당에 흘러들어오고 우연히 배도를 만난 것처럼 애정은 인간이 보기에는 우연이라고밖에 할 수 없는 움직임의 경로를 갖는다. 그리고 이 여성, 저 여성에게 움직이지만 모든 여성을 다 사랑했다고 고백하는 돈 주앙처럼[101] 애정은 정착되지 않으려는 속성이 있다. 한편, 열은 이러한 애정을 고착화시키는 강력한 힘이다. 한번 사랑에 빠진 상대와 영원히 사랑에 빠진 척 살아가라는 요청을 하는 '낭만적 사랑'과 같이, 열은 남녀의 관계를 영속적으로 만들고자 하는 문화적 관념이다. 이렇게 떠도는 주생과 정착해 있는 배도의 만남과 결연을 통해 이 소설의 도입부는 이들 애정관계의 핵심적 문제를 형상적으로 제기하고 있으며, 이들 애정의 경로를 암시하고 있다고 할 수 있다.

"배도를 본 주생은 배도의 자태가 곱고 농염한 것을 보고 마음 속으로 심취(生亦見桃 姿妍態濃, 心中亦醉: 234)"한 상태가 되어 배도를 사랑하게 된다. 아름다운 외모를 사랑한다고 하여 주생의 애정이 불순한 것은 아니다. 고운 색(色)을 좋아하는 것은 누구나 갖고 있는 본성이며, 주생뿐만 아니라 애정소설의 대부분의 남성은 여성의 아름다움에 반해 첫눈에 사랑에 빠진다. 이러한 주생에게 배도는 "제가 비록

---

101 Albert Camus, Le Mythe de Sisyphe, 1974, 이가림 역, 『시지프의 신화』, 문예출판사, 1990, 94~95면.

천한 몸이지만 한 번 잠자리에 모신 후 영원히 건즐을 받들고자 합니다.(妾雖陋質, 願一薦枕席, 永奉巾櫛: 235)"라고 말하면서, 주생에게 맹세의 글을 청한다. 그래서 주생은 "청산이 늙지 않고 푸른 물이 영원히 흐르듯이 내 마음 변치 않으리라. 만일 나를 못 믿는다면 하늘에 떠 있는 저 밝은 달에 맹세하리라.(靑山不老, 綠水長存, 子不我信, 明月在天: 236)"는 글을 써준다. 이렇게 열 가치는 애정에 휩싸여 있는 주생에게 영원을 맹세하기를 바라면서 움직이려는 애정의 힘을 한 곳에 옭아매는 역할을 하는 것이다. (1.2)

배도는 기생으로서, 관아에는 속해 있지 않지만 귀족가 연회의 자리에 불려나가며 생계를 유지하고 있었다. 그래서 배도가 자신을 청하는 승상의 집에 가는 것은 일상화된 생활이라고 할 수 있다. 그런데 애정의 흐름에 자신을 내맡겨버리는 주생은 배도가 있는 집에 무단으로 잠입하여 배도가 정말 다른 남성을 만나는 것은 아닌지 확인하다가 그 곁에 있는 아름다운 선화를 보고 반한다. 그래서 주생은 배도가 돌아온 후, 배도에게는 자기 행적에 대해 거짓말을 하고 선화에 대한 이야기를 듣고자 한다. 배도는 주생을 믿고 있었기에 주생 앞에서 선화의 재색에 대한 칭찬을 한다. (2.1) 그리고 주생에게 일자리를 찾아주어 정착시키고 싶었던 배도는 주생을 선화 동생인 국영의 가정교사로 천거하여, 주생은 선화의 집으로 가게 된다. 주생의 의도는 선화를 만나는 데 있었기에 열흘이 채 지나지 않아 주생은 선화의 방으로 몰래 들어가 선화와 인연을 맺게 된다. 그런데 선화 역시 주생에게 영원한 사랑을 약속하며 약속의 징표로 거울과 자신을 생각하라는 뜻에서 비단 부채를 준다. 이 역시 변하지 않는 사랑의 약속을 통해 애정을 지속시키려 하는 행위이기에 열 가치의 작용이라고 볼 수 있다. (2.2)

그렇지만 선화가 열 가치에 충실하여 남성의 애정을 믿고 기다리기만 하는 순종적인 여인은 아니다. 선화는 주생의 주머니를 열어 배도가 준 시를 발견하고 먹으로 지우며 자기가 쓴 시를 주머니에 대신 넣는다. 선화는 애정 대상을 배타적으로 독점하고 싶은 애정의 본성에서 비롯된 질투심에 의하여 그렇게 행동한 것이다. 그런데 어느 날 주생이 취하여 잠이 든 사이 배도는 그의 주머니를 열어보고 선화와 주생의 관계를 알게 된다. 이후 배도는 주생에게 선화와의 일을 어머니에게 말하겠다고 협박하며 선화의 집을 떠나 당장 자기 집으로 돌아올 것을 요구한다. 이러한 배도의 행위는 변하는 애정을 용납하지 않고 지금까지 지속해 왔던 가치를 고수하기 위해 취한 것이기에 열 가치의 작용에 해당한다고 할 수 있다. (2.3)

이후, 선화의 동생인 국영이 죽자 주생은 선화와 만날 기회를 얻지 못한 채 선화만 생각하느라고 날로 여위고 수척해진다. 선화 역시 주생 때문에 병이 들었다. 앞서 설명하였다시피, 애정이 유로를 잃고 머물러 있다가 자신에게 작용되어 상사병에 걸리는 것은 다른 애정소설에서도 볼 수 있는 일반적인 일이다. 이러한 주생을 헌신적으로 보살피던 배도 역시 병이 든다. 자신의 애정은 주생에게 향해 있으나 주생의 마음은 이미 다른 여성에게 가 버린 상태에서 유지되던 형식적인 관계가 배도에게 큰 상심(傷心)을 준 것이다. 주생과 해로하고자 했던 소원을 오래 간직하고 있던 배도는 죽어서도 주생이 왕래하는 길가에 묻어주길 바란다. 주생에 대한 원망 없이 죽는 순간까지 "주랑이여, 주랑이여! 부디 귀하신 몸을 소중히 하소서.(周郎, 周郎! 珍重: 243)"라며 주랑의 안위를 걱정한다. 이렇게 배도는 주생이 제문에도 "이름이 비록 기생의 명부에 기록되어 있지만, 뜻은 언제나 그윽한 정절에 있었습니다.(名雖編於樂籍, 志則存於幽貞: 243)"라고 쓴 것처럼 한 남성에 대한 변치 않는 헌신이라는 열 가치를 실현하며 죽어갔다. (2.4)

　자유로운 애정관계를 바라는 남성과 안정적인 관계를 희구하는 여성의 만남이라는 제재가 내포한 가치 문제는 이 전개부에서 본격적인 탐구 대상이 된다. 서사는 이 문제를 분규화시키기 위해 주생으로 하여금 새로운 여성을 만나게 하여 그의 애정을 움직여 놓았으며, 변심한 주생이 어떻게 새로운 애정 관계를 만들어 나가는지, 그리고 그렇게 되었을 때 배도는 어떻게 할 것인지를 서사적으로 추론하면서 주생이 배도에게 거짓말을 하여 선화와 인연을 맺는 일, 그런 주생을 신뢰하는 배도가 주생의 변심을 알았을 때의 반응 등을 구성할 수 있었다. 그렇지만 주생과 배도의 관계에 대한 서사는 다른 애정소설과 달리, '재회'라는 행복한 결말의 구성 단계를 갖지 않는다. 주생, 선화는 상사병에 걸리고, 배도는 상심으로 인해 죽는, 모두가 행복하지 못한 상태에서 서사가 일단락되는 것이다. 이는 자유롭게 움직이는 애정의 본성을 인정하지만, 사회적인 열 가치도 존중받을 필요가 있다는 내포작가의 가치 판단에서 비롯된 것으로 보이는데, 이 문제에 대해서는 이 절의 (5)항에서 본격적으로 검토하기로 하겠다.


## 3) 變心하는 남성과 지속적 애정 관계를 원하는 여성

　주생과 배도의 관계에 있어서 적극적인 행위를 하는 것은 배도이지만, 이 소설 전반에 걸친 주동자는 주생이다. 주생이 비록 애정을 스스로의 가치로 선택하고, 애정가치를 자각하여 적극적으로 애정을 실현하기 위한 행위를 하는 것은 아니지만 자연스러운 인간 본연의 성정에 따르는 삶을 추구하고, 그렇게 살았기에 애정가치의 편에 있는 주체라고 할 수 있다. 주생이 이처럼 자유로운 애정을 추구하는 주동자로서 서사적 기능을 할 수 있었던 것은 그의 사회적 역할과도 무관하지 않다. 그는 배를 가지고 이곳저곳 자유롭게 떠도는 장사꾼으로서 경제적으로 자족적인 생활을 영위할 수 있었다. 사대부인 그가 장사꾼이라는 직업으로 사는 데 대해서도 울분을 갖거나 여한이 남지 않았기에 크게 불만은 없었으며, 오히려 그러한 생활을 즐기고 있었다. 이렇게 주생은 독립된 존재로서 스스로 결정하고 행동할 수 있는 자유를 누릴 수 있었기에 그는 애정관계에 대한 자기결정성을 가치롭게 여기는 것이다. 그리고 주생이 그렇게 될 수 있었던 데에는 남성이라는 문화적 성(gender)도 크게 작용하였다. 여성보다 남성에게 독립적이고 자율적인 삶을 가능하게 하는 사회는 남녀관계에서도 남성에게 주도권을 주었으며, 주생은 이러한 사회적 역할이 마련해준 행위 가능성 안에서 생각하고 느끼고 움직인 것이기 때문이다.

그러한 그가 궁극적으로 원하는 것은 애정가치가 부여된 대상인 선화이다. 그런데 대부분 애정소설의 주인공들이 애정가치의 대상이 되는 인물과 동시에 그 애정 상대와 지속적인 결합을 강렬하게 소망하였던 것과는 달리 주생에게서는 혼인 관계로 애정을 정초하려는 의지가 진지하게 나타나는 것은 아니다. 주생이 선화와 예를 갖추어 정식적인 혼인을 하기 위하여 노력하는 모습을 그리 많이 찾아볼 수 없기 때문에 이러한 평가가 가능하다. 나중에 주생이 선화와 혼사를 의논(議論)하게 된 것은 친척이 우연히 선화의 집안과 통혼하는 관계에 있었기 때문이지 주생의 의지와 노력에 의해서는 아니었다. 이렇게 주생은 선화로 표상되는 애정가치를 추구하는 행위자의 기능을 하되, 적극적으로 자신의 가치를 실현하려는 노력을 하면서 사건의 진행을 주도하는 행위자는 아니라고 할 수 있다.

주생이 애정가치 실현을 위한 주체로서 구비한 양태는 다음과 같이 설명할 수 있다. 무엇보다 주생은 자유로운 삶을 희구하는 특성을 갖는다. 그는 과거를 보아 관료로서 생활을 하는 것보다는 이리저리 장사를 다니면서 자유롭게 사는 삶을 택하였다. 이러한 선택에는 총명하다고 칭찬받았던 자신이 연달아 과거에서 낙방한 충격과 훼손된 자존심의 영향도 있었겠지만, 자유로운 삶에 대한 추구는 이 소설 전반에 걸쳐 의지에 따른 유일한 행동이라고 할 만큼 주생의 대표적인 기질이라고 할 수 있다. 이 기질은 정에 대해서도 스스로 관대하게 하여 애정이 흘러가는 바를 미리 계획하거나 제약하지 않는다. 그래서 주생은 쉽게 애정에 휩싸이고 충동적으로 행동한다.

애정으로 인한 주생의 과도한 행위는 질투심에 배도를 따라 나섰다가 선화를 보는 장면에서 발견된다. 주생은 기생으로서 생업을 유지하기 위해 집을 나서는 배도를 문 밖까지 나와 전송하고 밤을 새지 말라고 서너 번 당부한다. 그러고도 불안한 마음에 배도를 따라가고 선화의 집에 무단으로 출입한다. 그러나 거기서 선화를 보게 된 주생은 "넋이 구름 밖으로 날아가고, 마음이 공중에 뜬 듯 황홀하여, 몇 번이나 미친 듯이 소리를 지르며 달려 들어갈 뻔(魂飛雲外, 心在空中, 幾欲狂叫, 突入者數次: 237)" 하는 상태가 된다. 과도한 질투심에서 새로운 애정 상대에 대한 열망으로 충동적으로 돌변하는 것이다. 그렇게 애정의 요구인 독점적인 소유욕을 실행에 옮기며, 무단 침입한 집에서 소리를 지르고 달려 들어갈 상상을 하는 주생은 스스로 애정을 제약하지 않는 충동적인 면모를 지니고 있다고 할 수 있다.

이러한 충동성은 정의 만족을 쉽게 이루지 못하여 조급해 하는 속성으로도 드러난다. 주생은 선화의 집에 온 지 열흘밖에 되지 않았는데도 "이제 봄도 다하려 하는데, 만남은 아직 이루어지지 않았구나. 사람의 수명이 얼마나 되겠는가? 차라리 당돌하게 담을 넘어 가는 것이 더 나으리라.(今芳春已盡, 奇偶未成, 人壽幾何, 不如昏夜唐突: 239)”
라는 판단을 하고 선화의 방을 찾아갔다. 그리고 우여곡절 끝에 선화
와의 혼인 날짜가 잡혔음에도 불구하고, “만약 늦가을까지 기다렸다가
혼인을 하게 된다면, 아마 황량한 산 속의 시든 풀숲에서나 저를 찾게
될 것입니다.(若待高秋, 以定佳期, 則不如求我於荒山衰草之裏也: 245)”
라는 구절이 담긴 편지를 써 보내려 하였다. 이렇게 자유로움, 충동성,
조급성의 양태를 가진 주생은 열정에 휩싸인 사람들의 일반적인 특성
을 보여주고 있다.

　주생이 선화를 가치 대상으로 추구하는 데 있어서 적대자 기능을
하는 이는 바로 배도이다. 그런데 선화와 애정 행각을 벌이기만 할
뿐, 선화와의 관계를 지속시키기 위한 계획도 세우지 않으며 적극적
인 노력을 하지 않는 주생에게 과연 배도가 적대자 기능을 하는 것인
가 하는 문제를 제기할 수 있다. 그렇지만 협박을 통하여 주생으로 하
여금 선화의 집을 나와 선화와 만날 수 없도록 하는 환경을 만들었으
며, 주생의 자유로운 애정 실현의 의지를 꺾으려 한다는 점에서 배도
는 적대자 기능을 하는 것으로 이해하는 것이 타당하다. 그러나 처음
부터 주생에게 있어서 배도가 적대지였던 것은 아니었다. 도입부의
배도와 주생의 만남에 있어서 배도는 주생의 애정가치가 부여된 대상
이었다. 그러다가 주생이 변심을 한 이후, 선화와의 애정을 실현하는
데 있어서 배도는 주생의 애정 실현을 돕는 보조자 역할을 하기도 했
다. 주생은 배도를 통해 선화의 존재를 알게 되었으며, 배도가 전하는
말과 선화의 시를 통해 선화에 대해 좀더 깊이 이해하게 되었기 때문
이다. 또, 배도를 매개로 하여 선화의 집에 들어가게 되었으니, 배도
는 주생과 선화의 애정 실현을 위한 보조자의 기능도 한 것으로 볼 수
있다.

배도가 추구하는 삶은 사랑하는 주생과 영원히 행복하게 사는 것이다. 배도는 주생이 학업에 정진하여 장차 높은 벼슬을 하여 기생 신분에서 놓여나게 해주어 자신과 해로하기를 소망하였다. 배도가 기획한 낭만적인 미래의 각본은 상대에게 헌신함으로써 애정 관계를 영구히 고착화하려는 열 가치에 근거하여 형성된 것이라고 할 수 있다. 기생인 배도는 지금까지의 삶의 경험을 통해 이미 애정의 속성을 잘 간파하고 있었다. 주생이 지금은 자기의 미모에 반한 상태이지만, '아낙네 잘못 없는데, 사내는 달리 대하네.(女也不爽, 士貳其行: 236)'라는 시경의 구절을 들어 주생의 변심을 예측했다는 것은 배도가 애정을 속성을 잘 알고 있었음을 보여준다. 그래서 배도는 주생에게 맹세의 글을 청하며 그것을 '마음과 피로 봉하듯이' 정성껏 보관한다. 그리고서야 배도는 주생과 인연을 맺는데, 이는 열을 자기뿐만 아니라 상대에게도 요구하는 적극적인 행위라고 파악할 수 있다. 그리고 배도는 이미 주생의 마음이 떠난 상태임에도 불구하고 주생에게 헌신적인 애정을 쏟았다. 자신의 협박에 못 이겨 어쩔 수 없이 자기와 머물게 된 주생을 헌신적으로 구안하고 봉양하였으며, 주생으로 인한 마음의 상처로 죽게 된 순간에 이르기까지 주생을 원망하지 않고, 오히려 그의 안위를 걱정하였다. 이렇게 주생과의 애정 관계를 유지하기 위해 적극적인 행위를 하고, 죽는 순간까지 주생에 대한 애정을 간직한 배도는 열 가치를 바탕으로 안정된 애정 관계를 희구하는 가치 주체라고 할 수 있다.

배도가 그러한 가치 주체로서 서사적으로 적대자 기능을 담당할 수 있는 데에는 배도의 사회적 역할도 큰 작용을 한 것으로 보인다. 배도는 기생이다. 그럼에도 승상 집의 규수인 선화보다 더 열의 이념에 가까운 형상을 갖추고 있다. 먼저, 애정에 눈이 먼 주생이 창문을 열고 자기 방을 찾아오는 것에 대하여 배도는 "어떤 미친 나그네가 어떻게 여기에 왔소?(狂客胡乃至此: 235)"라며 짐짓 화를 내었는데, 선화는 주생이 밖에서 시를 읊는 소리를 들었음에도 못 들은 척 잠자리에 든다. 또, 배도는 주생이 동침을 청하자 애정이 변치 않을 것임을 내용으로 하는 맹세의 글을 써줄 것을 먼저 요구하였는데, 선화는 주생을 별다른 저항 없이 받아들인다. 그리고 배도는 자신을 기적에서 빼어내 주며, 자신과 함께 해로해야 할 것임을 주생에게 요구 조건으로 내걸었는데, 선화는 "설령 한 때의 즐거움을 얻었을지라도 오래 갈 수 없을 것이니, 어찌하면 좋겠습니까?(縱得一時之好, 其奈不久何: 241)"라면서 애정이 사라질까 걱정할 뿐 주생에게 아무 것도 바라지 않는다. 덧붙여, 배도는 선화와 정을 통한 사실을 알고도 차분하게 〈맹자(孟子)〉를 인용하면서, "남의 집 담을 넘어 서로 따르며 구멍을 뚫고 서로 엿보는 짓을 어떻게 군자가 할 수 있습니까?(踰墻相從, 鑽穴相窺, 豈君子所可爲哉: 242)"라며 주생을 다그치는 진지한 인물인 데 비해, 선화는 첫날 밤을 보낸 후, "이제 가신 뒤로는 다시 오지 마세요.(此去後, 勿得再來: 240)"라고 했다가 "아까 말은 장난일 뿐입니다. 화내지 말고, 이따 어두위진 뒤에 오세요.(前言戲耳, 將子無怒, 昏以爲期.: 240)"라고 주생을 놀리기도 하고, 주생을 잡으러 온 것처럼 소리를 내어 두려움에 찬 주생의 모습을 즐기기도 하는 등 정숙한 여성의 상과는 거리가 먼 형상을 취하고 있다.

기사도가 나중에 기사로 편입된 다수 신참 기사에 의해서 정립되었고, 새로이 양반이 된 사람들이 오히려 더 양반의 법도를 강조하는 것처럼 지배층의 윤리는 신참자나 그것을 선망해왔던 사람들에게 더욱 엄격하게 지켜지는 경향이 있다.[102] 문벌 높은 사대부가의 자손인 선화는 이러한 신참자 의식에 구애됨 없이 애정을 자유롭게 표현하는 데에 스스로 제약을 두지 않으며, 자기 애정을 사회적 가치의 잣대로 성찰하지 않는다. 그렇지만 선화는 혼인 이전에 정을 통한 사실이 알려지는 것을 두려워하고 기생집에 더부살이를 하고 있는 한미한 선비인 주생과의 혼인이 현실적으로 힘들 것이라고 생각하였기에 모친에게 주생과의 연분을 말하지 않았다. 이렇게 선화는 귀족 사회의 최소한의 계율을 지키면서 그 안에서 비교적 자유롭게 타고난 기질과 성정을 발휘할 수 있었다. 그러나 배도에게 있어서 유교적 가치는 절대적인 것이었다. 그것이 아니고서는 여염 여성들처럼 살 수 있는 방도가 거의 없었기 때문이다. 자신이 열녀처럼 헌신하지 않는데 어느 남성이 일부러 기생인 자기를 돌아볼 것이며, 기생이라는 신분을 초월하여 도덕적인 주체로서 자기를 대등하게 인정해 줄 것인가라는 문제는 배도에게 매우 절박한 것이었다. 이로 인해 배도는 귀족보다 더 도덕적인 삶을 살아야했다.

그러나 자유로운 애정 성향을 갖고 있는 주생에게 도덕성을 강요하는 배도는 매우 부담스러운 존재였을 것이다. 더욱이, 자신과 유사한 자유로운 애정 성향을 가지고 있는 선화를 마음에 두고 있는 상황에서 자기에게 군자일 것을 요구하며, 스스로를 이념적 주체로서 인식하고 그에 따라 행동하는 배도는 주생의 애정을 구속하는 적

---

102 '호모 노부스(home novus)'[신참자]에 대한 하우저의 다음과 같은 통찰은 조선 후기 새로이 양반으로 편입된 집단에도 적용될 수 있다. "어떤 특권계급에 새로 가담한 사람들은 그 계급의 범절이나 체면에 연관되는 갖가지 문제에 관해서 원래 그 계급의 대표자들보다 훨씬 더 엄격하며 그 계급에 단일성을 부여하고 다른 계급으로부터 구별해주는 온갖 이념을 그 이념 속에서 자라나온 사람들보다 훨씬 강하게 의식한다는 것은 사회 계급의 역사상 흔히 되풀이되는 널리 알려진 현상이다. 아무튼 '호모 노부스(home novus)'는 항상 자리의 열등의식에 대한 과잉 보상을 요구하고 자기가 누리는 특권의 도덕적 전제를 강조하려는 경향이 있다."(Arnold Hauser, *Sozialgeschichte der kunst und Literatur*, Beck'sche Verlagsbuchhandlung, 1953, 백낙청 역, 『문학과 예술의 사회사—고대·중세편』, 창작과비평사, 1976, 230면)

대자일 뿐이다. 그렇지만 주생의 서사적 행로에 있어서 그러한 기능을 한다는 것일 뿐, 배도는 분명 악인은 아니다. 오히려 배도는 당대 사회에서 바람직한 것으로 여기는 가치를 자율적으로 받아들이고, 그것을 일관되게 실천한다는 점에서 매우 도덕적이라고 평가할 수 있다. 배도를 주동자로 설정해본다면, 배도는 안정된 애정관계를 소망하는 가치 주체로서 자신에게 주어진 기생이라는 사회적 역할을 넘어서기 위해 도덕적 양태를 가질 수밖에 없었던 인물로 이해할 수 있다.


## 4) 대상 묘사와 시간 서술의 주관화

상식적으로 보기에 주생은 공감을 얻기 힘든 인물이다. 그럼에도 불구하고, 이 소설을 다 읽은 후, 독자는 주생을 미워하며 주생의 몰락한 처지에 대해 악인의 결말처럼 통쾌하게 여기지는 않는다. 주생의 이야기를 옮긴 작자도 "나는 이미 그 시사(詩詞)를 아름답게 여겼고, 기이한 만남에 감탄하였으며, 아름다운 기약을 슬퍼하였다.(余已艶其詩詞, 歎奇偶而愴佳期: 247)"라고 하였다. 이렇게 그 역시 주생 이야기의 일차적인 청자로서 주생에게 깊은 공감을 느끼고 있는 것이다. 그러나 주생은 도덕적인 인물인 배도를 보조자로 이용하여 선화와 인연을 이루었으며 자기를 믿고 있는 배도에게 수차례나 거짓말을 하였다. 이 항에서는 어떻게 도덕적인 지탄을 받을 수 있는 인물인 주생에게 독자들이 연민을 갖게 하고, 공감할 수 있게 하였는지를 규명한다는 관점에서 가치 감화를 위한 서술 전략을 살펴보겠다.

서술자는 결말 부분에 이 이야기는 주생을 직접 만나서 들은 것임을 밝혔다. "주생은 감히 속이지 못하고 앞에 서술했던 대로 처음부터 끝까지 상세하게 이야기를 하였다."라고 하였음을 볼 때 이 이야기는 비록 삼인칭 전지적인 작가 시점을 취하고 있으나 주생의 시각에서 말해진 것임을 짐작할 수 있다. 주생의 시각에서 재현된 서술이기에 독자는 주생의 관점에서 다른 인물을 보고, 주생에게 중요한 일들로 경험된 사건을 위주로 서사를 쫓아가게 된다.

앞서 논한 대로 주생은 미색(美色)의 자극에 의해 움직이는 애정 자체의 논리를 따르는 인물이다. 따라서 주생의 가치 대상은 우선 그 용모가 아름다워야 한다. 주생에게 가치 대상이 되었던 두 인물인 배도와 선화의 용모를 짐작하게 해주는 표현을 비교해 보기로 한다.

① 배도는 재주와 용모가 전당에서 가장 뛰어나 사람들이 배랑이라고 불렀다.(以才色獨步於錢塘, 人號之爲俳娘: 234)

② 주생은 배도의 자태가 곱고 농염한 것을 보고 마음속으로 심취해 있던 터였다.(生亦見桃 姿姸態濃, 心中亦醉: 234)

③ 나이가 14, 15세 정도 되어 보이는 소녀가 부인 옆에 앉아 있었는데, 구름처럼 고운 머릿결은 푸른빛이 감돌고, 아리따운 뺨에는 붉은 빛이 어리어 있었다. 빛나는 눈동자로 살짝 곁눈질하는 모습은 흐르는 물결에 비친 가을 햇살 같았으며, 어여쁨을 자아내는 아름다운 미소는 봄꽃이 새벽 이슬을 머금은 듯했다. 배도가 그 사이에 앉아 있었는데, 배도는 그 소녀에 비하면 봉황에 섞인 갈가마귀나 올빼미요, 옥구슬에 섞인 모래나 자갈일 뿐이었다.(有少女, 年可十四五, 坐于夫人之側, 雲鬢結綠, 翠臉凝紅, 明眸斜眄, 若流波之映秋日, 巧笑生倩, 若春花之含曉露, 挑坐于其間, 不啻若鴉鶂之於鳳凰, 砂礫之於珠璣也: 237)

④ 선화는 나이가 어리고 몸이 허약해 情事를 감당하지 못하였다. 그러나 옅은 구름 속에서 가랑비 흩날리고, 버들가지가 하늘거리며 꽃이 교태를 부리듯이 향기로운 울음소리로 속삭이는가 하면, 잔잔하게 미소를 짓거나 얼굴을 살짝 찌푸리곤 하였다. 주생은 벌이 꿀을 탐하고 나비가 꽃을 사랑하듯이 정신이 혼미하여 새벽이 다가옴도 깨닫지 못했다.(仙花稚年弱骨, 不堪情事, 微雲細雨, 柳嫩花嬌, 芳啼軟語, 淺笑輕顰, 生蜂貪蝶戀, 意迷神融, 不覺近曉: 240)

위 인용에서 ①, ②는 배도의 용모를 짐작하게 해 주는 표현이며, ③과 ④는 선화의 아름다움을 그려낸 것이다. 길이에서도 알 수 있듯이 배도의 용모는 주생이 공을 들여 묘사할 만큼 대단한 것은 아니었다. 그리고 그 형태를 보자면, ①은 다른 사람들의 평가를 인용한 것이며, ②는 서술자가 주생의 말이나 행위를 설명하면서 이유를 덧붙인 것이지 주생의 관점에서 배도의 용모에 대한 평가를 드러낸 것은 아니다. 이에 비해 ③과 ④는 묘사가 대단히 정교하다. ③에서는 선화의 머릿결에서 얼굴빛, 표정, 미소 등 찬찬히 보고 찬탄하는 주생의 심리가 잘 그려져 있으며, 아름다운 선화에 비하여 배도는 '봉황 속에 갈가마귀나 올빼미, 옥구슬 속의 모래, 자갈'에 비유되고 있다. 배도가 그 지역에서 가장 아름다운 기생이건만 선화의 용모와 비교할 때 아예 유가 다르다고 한다면, 선화의 용모가 얼마나 아름다운 것인지 충분히 짐작할 수 있다. 그리고 ④는 선화와 처음으로 정사를 치른 날, 선화의 반응에 대한 묘사인데, 배도에 대해서는 이러한 묘사가 행해지지 않는다. 이렇게 주생의 시각에서 재현 대상의 아름다움을 묘사함으로써 독자는 이토록 아름다운 상대에게 끌리는 주생의 심정에 공감하며, 애정이란 원래 미색(美色)을 따라 흘러가는 것이라는 생각을 가지게 된다.

그리고 주생에게 초점이 맞추어져 있는 이 소설의 서술은 주생에게 중요한 일로 여겨지지 않는 부분에 대한 서사의 내용은 과감히 생략하는 방식을 취한다. 다음 인용에서 주생이 선화를 만난 시간과 배도와 함께 있었던 시간이 서술되는 방식을 비교해보자.

> 갑자기 국영이 병이 들어 죽었다는 소식을 듣고, 주생은 祭物을 갖추고 가서 국영의 널 앞에서 제사를 올렸다. 선화 또한 주생 때문에 병이 들어 움직일 때마다 다른 사람의 도움을 받아야만 했다. 갑자기 주생이 왔다는 말을 듣고 억지로 자리에서 일어나 소복단장을 하고 홀로 주렴 안에 서 있었다. 주생은 제사를 마친 후 멀리 서 있는 선화에게 눈길로 마음을 보내고 나왔으나, 고개를 숙이고 머뭇거리며 눈동자를 돌린 순간에 이미 선화의 모습은 아득하여 다시 볼 수가 없었다. 몇 개월이 지난 뒤 배도마저 병이 들어 자리에서 일어나지 못하며 죽어갔다. (俄而, 國英病死, 生具祭物往, 尊于柩前. 仙花亦因生致病, 起居須人, 忽見生至, 力疾强起, 淡粧素服, 獨立於簾內, 生尊罷尊, 遙見仙花, 流目送情而出, 低徊顧眄之間, 已杳然無親矣. 後數月, 俳桃得病不起, 將死.: 243)

주생이 배도의 협박으로 배도의 집에 와 살면서 선화 생각으로 날로 수척해지고 수십 일 동안 병을 핑계로 자리에서 일어나지도 않은 상황에서 선화의 동생인 국영이 죽는다. 이제는 주생은 국영을 핑계로 선화를 얻어 볼 수 있는 기회조차 가지기 힘들게 된 것이다. 국영의 제를 올리려 선화의 집을 찾아간 주생은 주렴 뒤의 선화를 잠시 볼 수 있었으나 눈 돌리는 찰나에 선화의 모습을 놓쳐버리게 된다. 이 안타까운 순간이 작중 시간에 비해 자세하고 길게 묘사되다가 서술은 갑자기 몇 개월을 건너뛴다. 주생에게 이 몇 개월은 선화와 애정을 지속하지 못하는 의미 없는 시간이나 배도에게는 괴로워 죽을 만큼 길고 고된 시간이었다. 그간 배도는 주생의 마음을 되돌리려고 무던히도 노력했을 것이며, 별 의미 없는 주생의 작은 행동 하나하나에 기뻐하거나 상처받으면서 이 기간을 지내왔을 것이다. 그러나 주생은 배도가 자신의 변심으로 괴로워했던 시간을 아예 건너뛰면서 독자들이 배도에게 연민을 갖게 하는 것을 차단하고 있다.

이렇게 이 소설은 주생의 시각에서 주관적으로 대상을 묘사하고, 시간도 주생의 의식 세계의 중요도에 따라 그 길이를 달리하여 서술하고 있다.[103] 이로 인해 독자들은 주생의 시선과 그가 주관적으로 느끼는 시간의 흐름에 따라 서사를 경험하게 된다. 이러한 방식은 곧 독자들이 주생의 자리에서 사건을 간접적으로 체험하게 하는 효과를 동반한다. 이로 인해 주생의 의식 속에서 주생과 함께 서사를 진행해간 독자는 자기가 주생의 처지였다고 하더라도 주생과 유사한 선택을 했을 것이라 상상하면서 주생에 대해 비판적 태도를 취하기 어렵게 되는 것이다.

## 5) 자기중심적 가치에 대한 반성

이 항에서는 결말 처리에 함축된 내포작가의 가치 판단을 살피려 한다. 내포작가가 추론적인 구성물에 불과하지만,[104] 헌신적 애정을

103 이러한 서술 전략은 서사학의 용어로 '초점화'라고 한다. 초점화에 대해서는 본고의 각주 214번 참조.

베푸는 여성을 버리고 더 젊고 아름답고 교태로우며 자기와 기질이 유사한 여성을 선택한 변심의 주인공에게 어떤 결말을 마련해줄 것인가 하는 문제는 내포작가의 고민을 유발했을 것으로 상상할 수 있다. 주인공의 행로가 애정의 논리를 따르는 자연스러운 것이라고 해도 인간적인 정리(情理)나 윤리적 관점에서는 비난의 표적이 될 수 있기 때문이다. 내포작가의 가치 판단을 추출하기 위해 세 가지 결말을 검토해야 하는데, 첫째는 배도와의 관계의 결말이며, 둘째는 선화와의 관계의 결말, 셋째는 권필이라고 추정되는 작가와의 만남의 결말이다.

이 소설에서 배도와 주생의 관계의 결말은 배도의 죽음으로 마무리된다. 작품에서 배도가 죽은 원인은 확실히 드러나 있지 않으나 배도의 죽음은 주생의 변심으로 인한 상심 때문임은 쉽게 알 수 있다. 배도는 이미 자기에게서 마음이 떠난 주생을 붙잡고자 했으며, 주생은 배도의 협박에 못 이겨 선화의 집을 나왔다. 그럼에도 주생은 계속 선화만을 그리워하며 살고 있으니 주생과 배도가 형식적으로는 함께 살고 있으나 주생도 불행하고, 배도도 불행한 애정 관계의 심각한 곤경이 초래된 것이다. 배도의 죽음은 일종의 해결책으로서 그 의미가 있다. 배도는 죽음으로써 변심이 초래하는 파국적인 결과를 보지 않고도 자신이 생각하는 것처럼 영원불변한 애정가치를 실현할 수 있었

---

**104** 이 작품의 경우, 작가가 비교적 분명하기에 내포작가라는 개념을 사용하는 것이 부적절하게도 보일 수 있다. 그리고 이 작품의 말미 기록에 대해서 김일렬은 사실 기록으로 보았으며(김일렬, 앞의 책), 박희병도 같은 맥락에서 작가가 주생에게서 '단순한 보고식의 진술'로 들은 이야기에 매개적 인물이나 사건의 정황을 설정하고 삽입시 등을 보태는 방향으로 창작하였을 것으로 파악하였다(박희병, 앞의 책, 1997, 21면). 그렇지만 문학 수용의 관점에서 볼 때, 독자가 추론한 의도의 총체인 내포작가의 개념을 통해 작품의 주제적 의미에 접근하는 것의 타당성을 인정할 수 있으며, 말미 기록의 사실성 여부를 떠나서 그것이 작품 전체와 관련하여 어떤 의미를 갖는지 추출하는 것도 유의미하다고 할 수 있다.

고, 주생으로서는 적어도 선화와의 관계에 있어서 지속적인 애정을 이어나갈 수 있는 가능성이 열렸기 때문이다. 한편 배도의 죽음은 주생의 신의 없는 애정을 반성할 계기를 마련한다. 주생은 배도를 위한 제문(祭文)에서 "이름은 비록 기생의 명부에 기록되어 있지만, 뜻은 언제나 그윽한 정절에 있었습니다. 저는 바람 속의 버들개지처럼 뜻이 방탕했고, 물 위의 부평초처럼 외롭게 떠돌아 다녔습니다.(名雖編於樂籍, 志則存於幽貞, 某也, 蕩志風中之絮, 孤蹤水上之萍)"라고 고백하는 것으로 보아, 배도의 죽음을 통해 정착하지 못하는 자신의 삶의 방식과 그처럼 이리저리 애정 대상을 옮겨 다니는 애정의 방식을 성찰할 수 있게 되었다고 할 수 있다.

선화와의 관계에서 결말을 이해하기 위해 배도의 죽음 이후 서사가 어떻게 진행되었는지 그 경개를 정리할 필요가 있다. 배도가 죽은 후, 전당을 떠난 주생은 다시 친척집을 찾아 유숙하게 된다. 그 집에서도 선화를 못 잊어 날로 병이 깊어가는 주생을 걱정하던 친척은 주생의 사연을 묻고, 선화와의 혼사를 주선한다. 그러나 선화와의 혼사를 기다리던 주생은 임진왜란에 참전하게 된다. 그러던 중 병이 들어 군대를 따르지 못하고 객지에 머무는 신세가 된다. 실세로 권필이 주생이라는 실존 인물을 만났으며 그에게 들은 얘기를 사실대로 기술한 것이라고 해도 〈주생전〉 자체의 작품의 의미를 헤아리기 위해 결말의 의미를 추출할 수 있다고 할 때, 주생이 선화와도 헤어지게 한 내포작가의 의도는 무엇인지 추론하는 것도 유의미한 작업이다.

이 작품에 대해서는 소설 최초로 남녀의 삼각관계를 다룬 것이라는 평가가 존재한다. 주생을 정점으로 하여 배도와 선화가 삼각형의 밑변 꼭지점에 위치해 있다고 볼 수 있기 때문이다. 그러나 이 작품의 삼각관계는 근대 애정소설의 내적형식으로서 삼각관계와 그 의미가 다르다고 할 수 있다. 삼각관계는 전통적인 사회보다는 근대적 세계와 친연성이 있어 보인다. 전통적 가치가 규범으로 강제되어 개인의 선택 권한이 행사될 여지를 축소키는 과거와는 달리, 근대적인 삼각관계는 전통과 규범의 제약에서 벗어나 있는 자유롭고 이성적인 주체의 열린 선택의 가능성을 보장해야 성립할 수 있기 때문이다. 근대적 삼각관계는 〈장한몽〉에 의해서 최초의 형상을 얻었다고 평가되는 바, 이 작품에서 여주인공인 심순애는 정혼자의 도리와 신분 상승의 욕망 사이에서 갈등하는데, 삼각관계의 밑변 꼭지점에 존재하는 이수일과 김중배는 각각 몰락한 봉건 세력과 신흥 부르주아, 정혼과 자유연애, 순정과 성욕이라는 의미론적 대립을 이루고 있다.[105] 순애는 자신의 아름다움의 가치를 알고 있는 인물로서 자신의 미모와 교환할 수 있는 가치로서 김중배가 제공하는 안락한 삶과 이수일이 줄 수 있는 순정적인 사랑을 설정하고 있다. 순애는 어느 쪽을 택하는 것이 자신에게 보다 더 큰 효용 가치가 될지 고민한다.

이에 비해 주생을 꼭지점으로 하는 배도-주생-선화의 삼각관계에서 주생은 둘을 대등한 위상으로 설정하고, 어느 쪽을 선택하는 것이 자신에게 만족을 줄 수 있는지에 대해 갈등하며 번민하지 않는다. 이미 배도에게서 선화에게로 애정이 옮겨 갔으니 배도와 선화는 시간 차이를 두고 주생의 애정 대상이 되는 관계일 뿐, 주생에게 선택의 갈등을 유발하는 관계는 아니라고 할 수 있다. 배도와의 관계를 파국으로 끌어간 내포작가가 만약에 선화와 주생의 관계를 성사시키는 쪽으로 결말을 처리했다면, 삼각관계의 한 점에서 다른 점으로 옮겨간 주생의 변심을 적극적으로 옹호하는 것이 되었을 것이다. 그러나 내포

---

[105] 이미향, 『근대 애정소설 연구』, 푸른사상, 2001, 79~89면 참조.

작가는 이러한 결말을 택하지 않고 선화와 주생의 혼사가 막 이루어지려는 순간에 선화와 주생을 헤어지게 만들고 주생을 타향에서 쓸쓸히 떠돌게 한다. 주생의 애정을 인정한다고 하더라도 주생이 선화와 행복한 결말을 맞게 하는 것은 안 되는 것이다. 주생과 선화의 애정이 이루어진다면, 배도가 보여준 열행의 부정이요, 쉽게 신의를 저버리는 애정을 인정하는 결과가 초래되기 때문이다.

주생은 자신의 이야기를 다 마친 후, 서술자에게 "다른 사람들에게는 말하지 않길 바랍니다.(幸勿爲外人道也: 247)"라고 하였다. 이러한 발언은 "엎드려 바라건대, 존경하는 그대가 이 글을 거두어 세상에 전하여 없어지지 않게 하되, 경박한 사람들의 입에 함부로 전해져 노리갯감으로 삼지 않게 해주시면 참으로 다행이겠습니다.(伏願尊君, 俯拾此藁, 傳之不朽, 而勿浪傳於浮薄之口, 以爲戲翫之資, 幸甚!: 290~291)"라고 청했던 〈운영전〉의 김생과 대조를 이룬다. 작품 전체에서 주생이 배도를 저버린 자신을 자책을 하는 모습은 보이지 않으나, 이러한 발언을 하였다는 것은 인간적 신의를 저버리고 애정의 유로를 따라 이리저리 휩쓸려간 자기 자신에 대한 원망, 자유로운 기질로 인해 부평초처럼 살다가 결국 어디에도 정착하지 못한 채 타국에서 외로이 늙어가는 자신의 인생에 대한 후회, 지켜지지 못한 선화와의 약속에 대한 비탄 등이 주생으로 하여금 자기 경험을 부끄러운 것으로 여기게 하는 것이다.

이상의 결말 처리에 나타난 내포작가의 가치 판단을 종합하면, 애정가치를 긍정하되, 그것이 신의를 바탕으로 상대와 지속적 관계를 유지하지 못할 경우 결국에는 불행을 초래할 것임을 경고하며 애정가치의 자기 갱신을 요구하고 있다고 할 수 있다. 애정 관계의 바깥에서 애정 실현에 장애 요인이 존재하는 애정소설은 사회 현실의 질곡을 문제시할 수 있는 매개항으로 애정을 설정하고 그 실현을 바람직한 것으로 여겼으나, 〈주생전〉과 같이 애정 관계 내에서 발생한 장애를 다루는 애정소설은 애정 자체의 문제적인 속성을 드러내며 애정도 자기결정성 못지않게 스스로의 결정에 책임을 지는 자기개선이 필요함을 분명히 하고 있다. 내포작가의 가치 판단은 다른 작품들의 그것과 비교할 때 선명히 드러난다. 여기서는 〈구운몽〉과 〈심생전〉, 중국소설인 〈앵앵전〉의 경우와 비교해 보도록 하겠다. 〈구운몽〉은 유교 사회에서 변심의 문제에 대한 가장 이상적인 해법을 제공하는 비교 대상으로서 의미가 있으며, 이옥의 〈심생전〉과 중국 소설인 〈앵앵전〉은 사적 영역에서 변심의 문제를 다루되, 각기 다른 해법을 제시한다는 점에서 비교의 의의를 찾을 수 있다.

〈구운몽〉에서 남녀를 막론하고 변심을 하는 경우는 찾아볼 수 없다. 소유는 진채봉과 가장 오랜 시간 헤어져 있었으며, 멸문지화를 당한 채봉을 다시 못 볼 것으로 여겼지만 채봉이 쓴 시를 언제나 품에 넣어가지고 다닐 만큼 인연을 소중히 여기며 신의를 저버리지 않는다. 섬월과 경홍도 소유를 만난 후, 소유에 대한 절개를 지키고 있다가 소유가 출세하고 첩에 관대한 부인들을 얻게 되자 자진하여 소유에게 찾아가 첩이 된다. 이미 처첩이 많은 소유가 이들을 한 때의 인연으로 잊을 수도 있었지만, 섬월과 경홍은 소유의 항심(恒心)을 믿고 직접 찾아가는 것이다. 스스로 인연을 완성하기 위해 소유를 찾아온 또 다른 이들로 심요연과 백능파가 있다. 소유는 전장에서 이들의 도움을 입기는 했으나, 이들이 베푼 은혜와 애정에 보답하고자 이들을 적극적으로 찾아 나서려 하지는 않는다. 그러나 이들은 소유로 하여금 자신들과의 인연을 강렬하게 상기할 장면, 즉 월왕과 풍류를 겨루는 장면에서 화려하게 등장한다. 소유와 격식에 구애 받지 않는 인연을 이루었으나 이들은 소유에게 의리와 책임을 요하며 자신의 애정가치를 실현하는 것이다.

변심이 성립되기 위해서는 유일한 상대에 대한 배타적인 열정이 전제되어야 하는데, 이 소설은 예(禮)에 의해 순치된 애정을 다룸으로써 변심이 일으킬 수 있는 문제를 피해갈 수 있었다. 특히 현숙한 부녀의 예로써 변심과 질투와 경쟁이 생기기 마련인 정의 세계를 조화롭고 완전한 세계로 만드는 데에는 팔선녀의 환생인 두 부인과 여섯 첩이 큰 역할을 하였다. 이 여덟 여성들이 맺는 연대나 공동체적 조화는 주목할 만하다. 이들의 사회적인 위상이나 신분은 공주, 규수, 궁녀나 후궁, 기생, 종, 자객 등으로 다채로우며, 여기에 인간이 아닌 용왕의 딸조차 덧붙여진다. 이들은 소유를 만나기 전에도 서로 얽힌 인연이 있었으며, 소유를 만나고 나서도 그러한 인연은 더욱 강화되거나 서로를 새로운 지기지우(知己之友)로 여기게 된다. 경패와 춘운은 주종 관계로 얽혀있었고, 채봉은 난양 공주를 모시는 궁녀였으며, 섬월과 경홍은 뜻이 맞는 기생이었고, 섬월은 소유에게 경패를 소개하였다. 자객이었던 요연이 전장에 백룡담의 물을 마시라 하고, 또 용왕의 딸인 능파가 이 물의 독을 없앴으니 이들도 친분은 없으나 깊은 인연이 있다고 할 수 있다. 그리고 난양 공주는 신분을 감추고 경패, 춘운과 인연을 맺었으며, 경패와 의형제를 맺고 소유의 첫째 부인이 되게 한다. 이처럼 소유가 아니더라도 다양한 인연으로 얽힌 팔선녀들은 월왕과 풍류를 겨루는 장면에서 모두 합심하고 역할을 분담하여 공동의 과업을 수행하는 공동체로서의 조화를 보이기도 한다.

팔선녀들은 애정 상대에 대해서 맹목적이며 그 밖의 타인에 대해서 배타적인 열정적 사랑을 추구하기보다는 예의 세계로 퇴각하여 애욕이 가져올 수 있는 파국적인 결말을 피해갔다.[106] 그렇게 함으로써 이들은 어느 누구도 유일한 애정 상대와 전일적이며 배타적인 결합이 주는 충족감을 얻지는 못하였다. 그 대신 이들은 신의로운 우정과 풍류로써 정신적인 만족감을 얻을 수 있는 여성들만의 공동체를 이룰 수 있게 되었다. 더 이상 만나야 할 인연이 없는 이 소설의 뒷부분에는 이들 공동체의 활동이 흥미롭게 기술되어 있다. 이들은 서로 협력하여, 경패를 거짓으로 죽었다고 하여 소유를 속이기도 하고, 채봉의 존재를 비밀로 붙인 채 혼인 시킨 후, 소유가 놀라는 모습을 즐기기도 한다. 그리고 월왕과의 풍류 대결에서 이들 공동체의 성원들은 각각의 개성과 능력을 발휘하여 승리를 거두기도 하였다. 이렇게 이들이 보여주는 아기자기한 사랑의 재미와 작은 성취의 기쁨은 이 소설이 주는 큰 즐거움 중의 하나이다. 그리고 남성들이라면 천하의 영웅호걸이며 군자에 비견될 만한 여성들이 모여 있는 공동체는, 아마도 여성들이 사회적인 활동을 하는 데 제약이 심했던 조선 사회의 규방에서 꿈 꿀 수 있는 이상적인 공간이었을 것이다. 이렇게 이 소설은 지혜롭고 예를 아는 여성들로 인해 가시화되거나 잠재되어 있는 변심과 항심의 갈등 요소를 해결하고 없애면서, 애정은 정이 흘러가야 할 마

---

**106** 장파는 이와 같은 예로의 퇴각에 대하여 보존적이며, 중용적인 동양 문화의 특성이라고 확대해석한 바 있다. 그에 따르면, 중국의 많은 시나 소설은 구애자가 예를 초월하여 임을 강렬히 갈구하는 것으로부터 시작하는데, 임은 예를 추구하며 자중하는 경향이 있으므로 구애자는 자신의 행위와 내면을 문화적 이상인 예에 부합되도록 노력하여 애초에 가졌던 반예교적인 욕망은 예로 순치된다고 하였다. 장파는 이를 "정에서 시작되어 예에서 그치는(發乎情, 止乎禮義)" 구애자의 반응 양식이며, 예의 신성성이 온전하게 보존되는 문화적 특성이라고 설명하였다(張法, 『中西美學與文化情神』, 1994, 유중하·백승도·이보경·양태은·이용재 역, 『동양과 서양, 그리고 미학』, 푸른숲, 1999, 169~179). 오태석은 욕망의 추구를 주요 내용으로 하다가 결국에 대단원에 가서는 당시의 윤리의식에 크게 어긋나지 않게 원만한 방식으로 마감되는 '대단원의 낭만성'에 대하여 "욕망과 예교의 이중적 선율 사이에서 욕망으로부터 예교로의 '치고 빠지기 전략'", "욕망과 예교의 이중 변주 사이의 줄타기"로 이해하였다(오태석, 『중국문학의 인식과 지평』, 역락, 2001, 140면).

땅한 길인 예를 따라 하나의 애정 상대를 평화롭게 공유하는 방식으로 실현된다.

〈심생전〉에서도 주생만큼이나 열정적인 남성주인공이 등장한다. 그는 한 달을 매일 밤 월장하여 첫눈에 반한 중인층 여성이 문을 열어주기 기다린다. 심생의 우직하고 확고한 애정을 믿고 여성은 자기 부모의 암묵적 동의 하에 매일 밤 심생을 맞아들인다. 그러나 결연 이후 심생은 부모의 눈치를 살피며 일이 탄로날까봐 걱정하는 등 정인과 지속적인 애정 관계를 형성하는 데 있어서는 소극적인 태도를 보인다. 그러다가 심생은 부모의 명령과 친구들에게 이끌려 절에 가서 공부한다는 핑계로 정인과 관계를 일방적으로 파기한다. 심생이 애정과 효 사이에서 갈등하며, 정인이 중인층 여성의 신분이라는 문제도 있지만 애정관계 내부에서 볼 때 한 쪽은 열 가치를 통해 애정 관계를 지속시키려고 하는데 다른 한 쪽은 타오르던 열정이 쉬이 식어가는 것을 그냥 내버려두었기에 열과 애정의 가치 갈등으로 파악할 수 있다. 이 작품의 결말은 심생의 변심에 절망한 여성의 죽음과 그로 인한 심생의 죽음이다. 만약 정인이 죽지 않았고, 심생에게 뼈아픈 후회를 하게 하는 유서를 전하지 않았더라면, 심생은 부모의 요구내로 절에서 공부하여 출세하고, 옛 추억을 간직한 채 엇비슷한 집안의 여성을 예로써 맞아들였을 것이다. 그러나 한 때 애정을 불태우다가 외부의 제약에 쉽게 포기해 버린 여성의 죽음을 알게 되자 심생은 신의를 저버린 자신을 죽음으로써 자책하였다. 이렇게 이 작품은 〈주생전〉과 비교할 때, 여성이 열을 통해 상대에 대한 헌신성을 보인 것처럼 남성도 애정 관계에 있는 여성에게 신의가 있어야 할 것임을 더욱 강조하고 있는 것으로 보인다.

당(唐)의 유명한 시인인 원진(元稹)의 소설인 〈앵앵전(鶯鶯傳)〉은 남녀의 애정 관계 안에서 변심의 문제를 제기하여 사회적으로 큰 반향을 일으킨 동양의 고전이다.[107] 〈주생전〉에서도 이 작품이 인용되는 등 상호텍스트적인 관계가 발견되며, 변심하는 남성 주인공을 내세운 두 작품의 공통점으로 인하여 이미 두 작품의 비교가 행해진 바 있다.[108] 이 연구에서는 두 소설이 유사한 삶의 문제를 제기하면서도 다른 응답을 하고 있기에 비교해 볼 만한 가치가 있다고 판단하였다. 우선 〈앵앵전〉에서 변심의 문제가 드러나는 양상을 살펴보기로 한다. 〈앵앵전〉의 남성 주인공 장생은 주생처럼 결혼하지 않은 총각이자 과거에 실패한 한미한 선비이다. 장생은 23세가 되도록 여색을 가까이 하지 않다가 앵앵을 한 번 본 후로 그녀에게 온통 마음이 쏠리게 되어 온갖 회유와 설득을 동원하여 앵앵을 취하게 된다. 그런데 장생은 막상 인륜지대사인 혼사를 생각하게 되자, 앵앵처럼 스스로 사랑을 바칠 수 있는 여성을 정식 아내로 맞기에는 적합하지 않다고 판단하고 그녀를 떠나게 된다.

앵앵은 여전히 장생을 위한 애정을 간직하건만 장생이 일방적인 변심을 한 상황은 변하지 않는 애정을 요구하는 열(烈)과, 생성만큼이나 그 소멸도 자연발생적인 애정의 가치 갈등 문제로 파악될 수 있다. 이 역시 열 가치의 편에선 연인이 홀로 남아 괴로워하는 애정 관계의 곤

---

107 〈앵앵전〉이 연희의 대본으로 변용된 〈서상기〉는 15, 16세기에 우리나라에 유입되어 널리 유통되었다고 한다(유탁일, 「15, 16세기 중국소설의 한국 전입과 유통」, 『어문교육학논집』 10, 1988).

108 김현룡은 〈곽소옥전〉과 〈앵앵전〉 등과 〈주생전〉을 비교 고찰하였다. 그는 배도가 주생, 선화를 축복하면서 죽은 것과 장생, 최앵앵이 헤어져 각기 다른 이와 결혼하는 비도덕적인 면을 부정하고 주생, 선화가 혼약하도록 구성한 점을 조선조 윤리관의 영향이라고 보았다(김현룡, 『한중소설설화비교연구』, 일지사, 1976, 301~307면). 이외, 〈앵앵전〉과의 비교 연구로 왕숙의, 「주생전의 비교문학적 연구」(한양대 석사학위논문, 1986)가 있다.

경을 발생시켰다. 그런데 이 소설의 결말은 그렇게 헤어지게 된 두 연인이 각자 다른 사람과 혼인하여 살아가는 것인데, 이는 앵앵이 열 가치를 위해 자신을 희생시키는 선택을 하지 않았기에 가능한 것이다. 그래서 이 작품은 열을 실천함으로써 개인적인 불행이 초래될 경우라면 차라리 애정이 끊임없이 변하고 움직이는 속성을 가지고 있음을 인정하고 자신의 행복을 찾는 게 낫다는 가치 판단을 하고 있는 것이라 할 수 있다.

비교의 결과를 종합해 볼 때, 〈주생전〉의 내포작가는 〈구운몽〉에 비하여 그 대상을 바꿀 수 있는 움직임의 속성이 있는 것으로 애정을 파악하고 있으며, 그러한 애정의 본성은 이념적 가치인 열(烈)이나 남녀 관계의 사회적 형식인 예(禮)로써 제약할 수 없는 것임을 주장하고 있다고 할 수 있다. 〈심생전〉에서처럼 변심의 주체인 남성이 자책하고 죽게 하는 결말로까지 나아가지 않고, 오히려 주생에게 새로운 기회를 줄 수 있었던 것에 대해서는 변심도 애정의 자연스러운 경로라는 인식에 따른 것으로 이해할 수 있다. 그러나 주생이 결국 이국땅에서 떠돌아다니는 신세가 되었으며 자신의 경험을 부끄럽게 생각한다는 결말은 이 작품의 내포작가가 〈앵앵전〉처럼 변심을 적극적으로 옹호하며 신의를 저버린 행동을 스스로 변명하는 데에까지는 이르지 않음을 보여준다. 결국 〈주생전〉의 내포작가는 움직이기 마련인 애정의 본성을 긍정하되, 애정 관계의 유지에 있어서 신의와 책임감이 필요하다는 가치 제안을 하고 있는 것이라 할 수 있다.

# IV.
# 가치경험의 교육내용

애정소설과 가치교육

# ◉ 1. 가치능력 신장을 위한 교육내용

## 1) 제재의 전형성 파악

애정소설에서 다루고 있는 상황인, 귀족 남녀가 담을 넘어 정을 통하는 일, 아름다운 궁녀가 젊은 선비를 연모하는 일, 기생이 선비를 사랑하는 일, 다른 사람을 사랑하게 되는 변심 등은 당대에 다반사로 일어나는 일상적인 일이었을 것이다. 그러나 애정소설의 개별 작가, 혹은 공동 창작자들은 한갓 남녀상열지사(男女相悅之事)가 될 수 있는 상황을 제재로 삼아 지배적 가치를 문제 삼고, 인간의 바람직한 삶의 조건은 무엇인지 통찰하는 소설을 생산할 수 있었다. 그렇게 할 수 있었던 까닭은 그들이 구체적인 현실에서 개념적인 가치 문제를 발견하는 도덕적 지혜를 가졌기 때문이다. 따라서 도덕적 지혜를 바탕으로 발견되고 형상화된 애정소설의 제재는 단지 특수한 상황일 뿐 아니라 그 특수성 안에 보편적인 가치 문제를 담고 있는 전형적인 것이라고 할 수 있다.

소설가는 도덕적 지혜를 바탕으로 구체적 현실에서 개념적인 가치 문제를 발견하고, 이를 다시 특수한 형상으로 독자에게 제시하였다. 독자는 이러한 방향과는 반대로, 형상화된 제재를 먼저 접하고, 그 형상이 담지하고 있는 가치 문제를 감지하며, 가치 문제의 견지에서 다시 구체적 형상의 의미를 구성하는 방향으로 도덕적 지혜를 발휘한다. 이처럼 작가나 독자 모두 특수한 형상을 개념적 가치 문제로 고양하고, 개념의 질서에 따라 대상을 재구성하는 변증법적인 구조의 사유를 진행한다. 따라서 작가가 제재를 형상화하는 것 못지않게, 독자가 제재의 전형성을 파악한다는 것도 도덕적 지혜의 사유를 훈련하는 일이며, 그 사유 형식을 도야하는 것이라고 할 수 있다.

문학 작품의 시공간적 배경으로 존재하는 당대의 역사적 현실에 대한 앎은 제재를 가치 문제로 이해하기 위한 바탕이 된다. 그러한 배경을 바탕으로 제재의 문제 제기적 의미를 파악할 수 있기 때문이다. 이렇게 제재의 전형적 상황을 당대의 현실문맥(context)에 놓아보면서 〈이생규장전〉의 독자는 비로소 '담'은 가문 혹은 부모의 권위의 상징이며, '담 너머를 엿보는[窺牆]' 이생의 행위가 가족 집단의 권위를 넘어서고자 하는 열망의 표현임을 이해할 수 있다. 그럼으로써 독자는 두 귀족 남녀의 담을 넘나드는 애정은 상황과 개별자의 특수성으로 인해 발생한 것이 아니라 현실적 가치 갈등과 관련된 소설적 문제 제기의 형상임을 파악한다면, 〈이생규장전〉의 제재는 다시 '가문 혹은 부모의 반대에도 불구하고 주체적인 애정을 실현하기 위해 자식은 어떻게 해야 하는가?'라는 질문의 형식을 갖고 있는 것으로 재진술될 수 있다.

다른 소설에 대해서도 마찬가지의 방식이 적용된다. 〈운영전〉의 독자는 운영과 김 진사의 애정을 당대의 현실문맥에 놓아 보면서, 중앙집권적인 군주제 사회에서 무소불위의 힘을 가진 권력자가 피치자에게 내면으로부터 순연한 복종인 충을 강요할 때 생기는 가치 문제를 함축하고 있음을 이해하게 된다. 그렇다면 이 작품은 그 제재를 통해 '권력자의 소유물에 해당하는 궁녀가 주군이 아닌 다른 사람에게 애정을 품었다면, 그 애정은 과연 실현될 수 있는가?'라는 식으로 정치 권력이 피치자에게 복종을 강요하는 문제에 대해 따져들고 있는 것으로 이해할 수 있다. 〈춘향전〉의 독자는 기생이 처한 사회적 환경과 양반과 기생의 관계를 이해하면서, 〈춘향전〉의 제재가 '양반과 기생의 구분이 엄연한 신분 사회에서 양반과 기생의 애정이 실현될 수 있는가?'라는 문제 제기적 성격이 있음을 파악하며, 〈주생전〉의 독자는 자유롭고 유동적인 애정을 고착시키려는 사회의 의지가 개인에게 요구되는 상황임을 알고 이 작품의 제재가 '계속 움직이는 애정을 한 곳에 정착시키는 것이 과연 바람직한 일인가?'라는 식의 가치 문제를 함축하고 있다는 것을 깨닫는다.

이렇게 제재의 전형성을 파악한 독자는 다시 개념적인 차원에서 소설의 세부적 형상을 재조명할 수 있게 된다. 담의 상징성을 파악한 독자는 〈이생규장전〉의 제목의 의미를 알고, 나아가 왜 '월장(越牆)'이 이니리, '규장(窺牆)'인지를 상상해 볼 수 있다. 규장은 이생의 욕망뿐 아니라 가족 집단의 요구를 거스르지 못하는 소극성도 함축하고 있는 형상이기 때문이다. 또, 독자는 〈운영전〉의 김 진사와 운영의 만남이 운영의 손등에 우연히 떨어진 먹물 한 방울로 시작되었다는 형상 이면에 본성마저 부정하는 금욕주의적 정치 권력이 견고히 존재함을 알게 되며, 〈춘향전〉에서 기생이라 하니 오라하고, 기생으로 여긴다니 못 가겠다는 몽룡과 춘향의 실랑이에도 기생으로 살 것을 강요하는 사회의 의지와 기생이 아니고 싶은 춘향의 의지가 충돌하는 것을 간파할 수 있다. 그리고 〈주생전〉에서 주생은 왜 이리저리 떠돌며 장사하고, 배도는 한 곳에 정착한 기생으로 설정되었는지 이해하게 된다. 이처럼 제재의 전형성을 파악하는 것은 다시 소설의 세부 형상의 의미를 풍부하게 구성하는 데 기여한다.

그렇지만 독자가 비록 작품이 생성된 당대 현실의 가치 지형도 안에 작품이 제기하는 가치 문제를 발견하였다고 해서 그것을 고정된 실체로 여길 수만은 없다. 수용 과정에서 질문의 방향은 독자에게서 작품으로 향하는 것이지 그 역은 아니기 때문이다. 작품이 전형적 형상을 통해 제기한 가치 문제는 독자가 작품에 질문을 던져 구하고 재구성한 것으로서 그것은 수용 조건과 주체의 가치관 등에 의해 얼마든지 변형될 수 있다. 문학 작품은 교리 문답서와 달리 답변을 전제한 물음을 설정할 것을 요구하지 않는다. 문학 작품은 대화적인 이해의 보다 자유로운 유희 공간에, 그 안에서 질문과 답변의 중재적인 지평에서 아직은 '현시되지 아니한' 의미가 수용을 거쳐 가는 과정에서 계속 구체화되는 유희 공간에 놓여 있기 때문이다.[1] 이에 따라 독자는 같은 작품을 반복해 읽더라도 매번 다른 질문을 설정하여 작품의 새로운 의미를 발견해 내는 해석학적 유희를 향유할 수 있다.

그러나 작품이 제기하는 가치 문제가 독자에게 재구성될지언정 독자가 작품이 제기하는 가치 문제를 발견하는 경험의 형식 자체는 보존된다. 독자는 구체적 형상으로부터 개념적 가치 문제를 발견하며, 가치 갈등의 상황에서 제재를 문제 제기의 형식으로 이해하면서 현상과 개념의 사이에서 왕복 운동을 한다. 도덕적 지혜가 복잡다단한 현상 속에서 가치 문제를 발견하는 정신적인 형식이라고 한다면, 제재의 전형성을 파악한다는 것은 단지 개별 작품의 역사적 의미를 보다

---

1 Hans Robert Jauß, *Literaturgeschichte als Provokation*, Suhrkamp, 1974, 장영태 역, 『도전으로서의 문학사』, 문학과지성사, 1983, 307~309면.

심도 있게 이해하기 위해 소용되는 것뿐 아니라 도덕적 지혜라는 정신적 형식을 도야하게 하는 훈련이 된다. 이렇게 제재의 전형성을 파악하는 과정에서 도덕적 지혜를 도야한 독자는 구체적인 현실로부터 개념적인 가치 문제를 발견하며, 이러한 가치 문제의 관점에서 다시 현실에서 중요한 것과 그렇지 않은 것들을 구분해 낼 수 있는 가치능력을 갖게 된다.

## 2) 사건 구성 방식의 구조화

이 연구는 거시, 미시적으로 사건을 얽고 짜는 구성을 소설의 가치 탐구 방식이라고 파악하였다. 애정소설에서 살펴보았듯이, 소설은 서두에서 형상적 제재를 통해 가치 문제를 제기하고, 이를 분규화시키는 방향으로 이끌어 갔다가 작자도 독자도 판단을 내릴 수밖에 없는 갈등의 극점으로 몰아간 후, 가치 문제에 대한 판단을 구체화하는 대단원을 마련한다. 그리고 소설은 미시적 차원에서 이런 일이 발생하였으니 앞으로 어떤 일이 전개될 것인가, 이 일은 누구에게 어떤 반작용을 불러올 것인가라는 추론을 행하여 미시적인 사건의 연쇄를 만들어 낸다. 이러한 소설의 사건 구성은 소설의 미적 형식일 뿐 아니라 가치 문제를 탐구하는 소설 고유의 방식이라고 할 수 있다.

소설의 사건 구성을 완결된 미적 형식만으로 취급할 수는 없다. 가치 탐구적인 성격을 갖는 사건 구성 방식은 독자가 소설의 가능세계 속의 가치 문제를 소설과 함께 탐구하는 경로가 되기 때문이다. 독자는 플롯과 같은 거시 구조나 사건의 연쇄 같은 미시 구조를 마음 속에 그려보면서 완성된 전체 구조나 이어질 사건에 대한 기대를 가질 수 있으며, 이러한 기대를 가지고 서사의 진행에 동참하며 소설과 함께 가치 문제를 탐구할 수 있다. 독자는 한쪽 가치의 작용이 가져올 다른 쪽 가치의 반작용의 연쇄를 스스로 추론해보아 사건을 이어가는 이야 기꾼의 솜씨에 탄복하기도 하고 실망하기도 하면서 사건의 연쇄를 흥미롭게 좇아간다. 그리고 플롯 개념에 대한 정확한 이해 없이도 자신의 문화에서 익숙한 이야기 구조의 완성을 기대하며 줄거리를 따라 소설을 읽는다. 이렇게 서사의 구성은 독자를 소설이 만들어낸 고유의 가능세계에 몰입하도록 유인하는 동시에 소설의 가치 탐구에 참여시키는 소설적 기제로 역할을 한다고 볼 수 있다.

서사 구성에 대한 심리적 형식을 지니고 작품의 줄거리를 따라가는 독자의 긴장감이 가장 고조되고, 판단이 요구되는 지점은 바로 플롯의 극점(climax)이라고 할 수 있다. 이 극점은 작용과 반작용을 거듭해 가면서 갈등해 온 가치들이 너무 팽팽하게 대립되어 어느 한 쪽의 파멸이 아니라면 상황을 돌파할 해결책이 없을 것 같아 보이는 지점이다. 이러한 극점에서 소설은 가치 문제를 가장 극명하게 드러내며 독자의 판단을 강력히 요청한다. 〈이생규장전〉에서는 이생과 헤어진 최랑이 부모에게 마음을 숨긴 채 상사병으로 죽어가는 상황, 〈운영전〉에서는 안평대군이 김 진사와 운영의 관계를 눈치 챈 후, 탈궁이 아니면 도저히 애정을 실현할 수 없는 상황, 〈춘향전〉에서는 춘향이 동헌에서 맞아 죽을 수도 있는 상황, 〈주생전〉에서는 배도가 주생을 협박하여 선화와 헤어지게 하는 상황이 바로 이에 해당한다.

이러한 상황에서 주인공들의 내적인 갈등도 최고조에 달한다. 최랑은 가문을 욕되이 하지 않고 부모에게 누를 끼치지 않기 위해 그냥 홀로 애태우다 죽을 것이냐, 아니면 자신이 월장한 남성과 통정하였다는 부끄러운 고백을 할 것이냐를 심각하게 고민하고, 운영은 주군의 은혜, 동료들과의 우정, 재산 등을 모두 버리고 애정만을 믿고 김 진사와 함께 도망갈 것이냐, 아니면 주군을 배신하지 않으면서 지금까지 누리던 안락한 생활을 유지할 것이냐로 갈등한다. 춘향의 경우는 처음부터 죽음을 무릅쓰고 변 사또의 수청 요구를 따르지 않으려 했다지만, 몽룡이 자기를 저버릴 수도 있다는 불안감이나 형장의 공포가 전혀 없었다고는 하지 못할 것이다. 주체적인 의지가 별로 없던 주생도 배도가 선화와의 관계를 알리겠다는 협박에 대해 위협을 느끼면서 선화의 곁에 머물고 싶은 마음과 배도의 말을 따라야 한다는 현실적 강제 사이에서 심각한 선택의 순간이 있었을 것이다. 이러한 부분은 소설 내의 인물에게 닥치는 가장 큰 시련으로서 의미를 갖는다.

또한 이 극점 부분은 서사적 가치 탐구와 가치 주장의 절정이라고 할 수 있다. 아마도 소설은 가치 판단으로서 결말이 아니라 극점 부분을 마련하기 위해 서사를 진행시키는 것으로 여겨진다. 서사는 가치 문제가 가장 분명해지고, 가치 판단이 절실히 요청되는 이 극점에서 이미 가치 판단을 하고 있기 때문이다. 아직 결말이 내려지지 않았다고 하더라도 이 극점은 서사적인 가치 판단의 가장 명백한 근거가 된다. 비교적 객관적으로 가치 문제의 서사적 전개를 지켜보던 독자라 할지라도 이 부분에 와서 어느 한 쪽의 편을 들게 된다. 그래서 독자는 상사병으로 죽어가는 최랑을 안타깝게 여기면서 죽어가는 최랑을 살리기 위해서라도 최랑의 애정이 실현되었으면 좋겠다고 여기고, 운영이 죽지 않고 김 진사와 행복해지기를 바라고, 춘향을 죽도록 매질하는 변학도가 징치되기를 강력히 원하며, 어느 한 쪽만의 의지에 따른 주생과 배도의 관계가 어떤 방식으로든 완료되기를 기대한다. 이렇게 극점 부분에서 독자는 주인공의 운명에 동참하게 되고, 주인공을 행복하게 할 수 있는 가치가 실현될 수 있도록 기원하는 상태가 된다. 아직 소설의 가치 판단은 결말로서 완전히 드러나지는 않았지만, 독자로 하여금 그러한 결말을 받아들일 수 있도록 하는 태세를 갖추게 한다는 점에서 극점은 강력한 가치 주장을 하고 있다고 볼 수 있다.

이처럼 소설의 가치 탐구 과정은 독자의 탐구보다 우선권이 있으며, 독자를 특정한 탐구 방식으로 몰고 가 결국 소설이 내린 가치 판단을 바람직한 것으로 받아들이게 한다. 그렇지만 독자에게는 소설이 가치를 탐구하는 방식과는 다른 경로를 상정해 볼 수 있는 자유가 있다. 이를테면, 만약 춘향이 몽룡의 신의를 믿지 않았더라면 춘향은 어떻게 하였을까, 한양에 올라간 몽룡이 춘향을 잊거나, 암행어사가 되지 못해 남원에 내려오지 않았더라면 춘향에게는 무슨 일이 벌어졌을까 등을 추론하면서2 소설이 행한 가치 탐색의 경로와는 다른 사건의 연쇄를 만들고, 그에 따라 소설이 마련한 가치 문제에 대한 해법과는 다른 결말을 만들 수도 있을 것이다. 서사의 새로운 가지가 뻗어나갈 수 있는 부분, 즉, 이야기가 다른 방향으로 흐를 수 있는 지점에서 독자는 이처럼 자신의 추론 방식을 적용해 볼 수 있다. 그렇게 함으로써 소설 읽기는 더욱 흥미로워지고 그 과정에서 필요한 독자의 서사적 추론 형식은 보다 세련되어간다. 이처럼 소설은 서사적 추론의 작용을 알게 해주는 사례가 될 뿐 아니라 학생들로 하여금 직접 서사적 추

---

2 최인훈의 〈춘향뎐〉에서는 몽룡이 남원에 내려오기는 하지만, 그의 신분은 암행어사가 아니라 실로 거지나 다름없었다. 그러했을 때 어떤 일이 벌어질까 상상하는 것은 이야기적 추론, 춘향에게는 어떻게 받아들여질까를 상상하는 것은 인간관계적 추론이라고 할 수 있다. 고전소설의 서사를 변용한 개작텍스트는 바로 이러한 추론을 바탕으로 하고 있다는 점에서 학습자가 고전문학에 대해 어떻게 도덕적 상상력을 발휘해야 할 것인지 보여주는 사례가 된다.

론을 행할 수 있게 하는 대상으로서도 교육적 효용성을 가질 수 있다.

요컨대, 소설이 가치 갈등을 사건 구성의 원리로 취해 내용을 구조화하고 있다면, 독자는 구조적인 질서를 통해 가치 갈등의 서사를 경험하거나 자신의 서사적 추론을 소설에 적용하면서 가치 문제에 대한 서사적인 추론 형식을 익히고 세련시킬 수 있게 된다. 소설의 추론 형식은 이러한 행위를 한다면 누구에게 어떤 일이 발생할 것인가를 예상하고, 한 사태를 발단으로 한다면 이 문제가 어떻게 진행될 수 있을 것이며, 이 문제가 가장 심각한 국면으로 치닫는다면 어떤 상황이 벌어질 수 있을까를 예상하는 구조로 되어 있다. 독자는 소설을 읽으면서 이러한 소설의 서사 구성 방식 자체를 일종의 정신적 형식으로서 배울 수 있다. 이를 통해 자신의 삶에서 생기는 가치 문제에 대해 서사적 추론을 적용해 보아, 이 문제가 어떤 식으로 발전될 수 있으며, 어떤 상황에까지 이를 수 있는가를 미리 예상해 볼 수 있다는 것이다.

도덕 원리를 근거로 하는 도덕적 추론보다 서사적 추론은 가치 판단을 하는 데 있어서 훨씬 더디다. '인간은 평등하다'라는 도덕 원리로 〈춘향전〉을 본다면, 이 작품이 제기하는 '엄연한 신분의 차별이 존재하는 사회에서 기생과 양반의 내등한 결합이 가능한가?'라는 가치 문제에 대하여, '신분이 다른 이들의 애정은 이루어져야 한다'는 결말만 필요할 뿐, 그간 춘향에게 벌어졌던 우여곡절은 오히려 가치 문제를 흐리게 하는 비본질적인 것으로 여겨질 것이다. 그러나 〈춘향전〉은 양반과 대등한 결합을 이루려는 기생 춘향의 소망을 실현시켜 줄 만큼 사회가 그리 호락호락하지 않다는 것을 알기에 가치 문제에 얽힌 여러 인물들을 등장시키고, 이러한 인물들이 만들어내는 온갖 사건을 구성하며, 수용자로 하여금 사회적으로 용인되지 않는 비규범적인 주인공의 소망을 가치 있는 것으로 받아들일 태세가 될 때까지 복잡하게 서사를 진행시킨다.

이러한 서사적 추론이 비록 도덕적 추론보다 느리고 복잡할지라도, 현실의 가치 문제는 항상 보편자에게 발생하는 것이 아니라 개별자에게 일어나는 것이며, 특수한 사회적 환경과 조건화된 인간 관계 안에서 벌어지는 것이라고 할 때, 이렇게 가치 문제의 질적인 차원을 고려하여 상황적 개연성을 구성하는 소설의 가치 탐구 방식이야말로 요긴한 가치 추론의 형식이 될 수 있다. 그리고 무엇보다 서사적 추론이 필요한 이유는 갈등의 극점을 미리 예상하게 해준다는 데 있다. 좋은 삶은 극적인 갈등의 순간에 현명한 선택을 하는 것보다 그러한 극적인 갈등을 피할 수 있게 하는 것이라면 서사적 추론을 통해 미리 극점을 그려보고, 가치와 가치의 정면 충돌, 그로 인한 어느 한 쪽의 파멸이 일어나지 않도록 자기 삶의 서사를 진행시키는 것이야말로 우리에게 서사적 추론이라는 사유 기술이 줄 수 있는 가장 큰 효용이다.


## 3) 인물의 분석적 이해

작가가 인물의 기능, 역할, 양태를 고려하여 인물을 형상화하며, 텍스트의 인물은 이에 따라 분석 가능하지만 독자는 인물을 인격을 가진 전체로서 이해한다. 텍스트의 의미를 실현시키는 인물의 기능에 사회적, 개성적 인간으로서의 면모가 부가되어 있는 것에 불과할 수 있는 인물을 하나의 인격체로 수용한다는 것은 마치 배우가 자신의 역할을 해석해서 하나의 인간으로 체화하는 것과 유사하다. 배우가 하는 작업처럼 수용자는 작가가 인물을 인격체로 수용할 수 있도록 마련한 일련의 정보들을 가지고, 인간에 대한 자신의 직간접적인 이해를 토대로 인물에 대한 공감적인 상상을 작동시켜 작중인물을 살아 있는 인간으로 만들어낸다. 이처럼 소설의 인물은 독자와 작자를 매개해주는 소설 고유의 '관용어법'으로서 의미를 갖는다.

소설이 인물을 만들어내는 방식은 곧 인간을 이해하는 방식이 될 수 있다. 소설이 인물을 구성하는 방식을 인간을 이해하는 방식이라는 관점에서 재해석해 본다면 다음과 같다. 소설 속의 인물은 가치를 지향하기에 다른 인물들과 관계를 맺으며 자신의 가치 목표를 향해 움직여 나아간다. 현실의 가치 지향적인 인간도 소설의 인물처럼 목표가 있고, 그에 따라 '서사의 행로'가 정해지는 서사적인 삶을 살아간다. 이것이 인생의 서사적 행로라면, 대부분의 사람들은 자기 삶의 작고 큰 서사의 완성을 이루기 위해 살아간다고 할 것이다. 그리하여 궁극적으로는 '좋은 삶'의 주인공으로 살기 위한 삶 전체 서사의 완성을 이룬다면 그는 아리스토텔레스적인 의미에서 이성적이고 도덕적인 삶을 산 것이 된다. 이처럼 인간의 가치 지향성과 서사적 삶의 속성을 인정한다면, 자신이나 타인을 각자의 삶의 주동자로 파악하고, 설정한 가치 대상과 그 서사적 행로를 이해하는 것은 인간 이해의 기초가 된다.

그리고 애정소설에서도 확인하였다시피, 인물의 사회적 역할은 가치 문제가 발생하게 되는 근본 원인을 제공하며, 인물의 행위 가능성을 제약하는 요인으로 작용하였다. 권세가의 딸인 최랑, 궁녀인 운영, 기생인 춘향과 배도 등이 맞닥뜨린 문제는 이들의 사회적 역할 속에서 주어진 것이며, 이들은 그 주어진 역할 안의 가능성 안에서 행동한다. 그러나 이들은 그 사회적 역할에만 안주하지 않았다는 데에서 주인공으로서 자격을 얻게 된다. 이들은 부모의 권위 안에 존재하는 자식의 역할을 넘어서, 내면마저 지배당하는 피치자의 지위를 넘어서,

신분에 따른 삶을 강요하는 사회 제도를 넘어서 자신의 가치 실현을 시도한 존재들이기 때문에 문제적 개인이 되는 것이다. 따라서 독자는 인물의 역할을 이해할 때, 주어진 역할이 주는 한계 못지않게 그것을 뛰어 넘어 가치를 실현하려는 주인공의 의지나 능력, 정서적 상태 등을 볼 필요가 있다. 현실 사회의 인간들을 이해할 때도 마찬가지로, 개인을 규정하고 구속하는 사회적 역할에 대한 앎과 더불어 개인의 특수한 양태적 요인들을 고려하여야 할 것이다.

양태는 인물이 가치를 실현하려는 의지, 의무감, 능력, 실천력 등과 관련된 것으로서 독자는 인물의 양태를 이해함으로써 비로소 기호학적 구성물인 인물을 인격체로 받아들이게 된다. 애정소설의 주인공이 모두 애정가치를 추구하였다 하더라도 그 양태는 인물마다 다르다. 특히 남성 주인공들이 애정가치를 추구하는 양태는 편차가 심하기에 이를 중심으로 설명해보겠다. 〈이생규장전〉의 이생은 자유로운 애정 실현을 소망하기는 하였지만, 대담한 최랑에 비하여 걱정하고 불안해하는 마음이 많았다. 그러던 이생은 아버지의 권위적인 명령에 대하여 대꾸도 하지 못한 채 지방에 내려가게 된다. 그러다가 어렵사리 혼인이 성사되자 그 과정의 지난함은 모른 채, 월하노인이 자신들을 맺어준 것이라며 좋아한다. 이처럼 전반부의 이생은 애정가치를 최상의 가치로 두는 것은 아니었으며, 효 가치를 따르는 것을 더욱 중요하다고 생각하였다.

〈운영전〉의 김 진사는 이생에 비해 애정지상주의적인 면모가 두드러진다. 어린 나이에 진사시에 합격하여 장래가 촉망되는 김 진사지만 애정가치를 위해 부모에 대한 효도, 나라에 대한 충성, 자신을 알아주는 안평대군의 믿음과 기대도 모두 버리려 하였으며, 운영이 죽자 그도 따라 죽는다. 한편, 몽룡도 전반부에서는 춘향을 사랑하기는 하였지만 이생처럼 부친의 명을 따라 춘향과 헤어질 정도로 애정가치가 최상의 가치임을 인정하지는 않았다. 그러다가 춘향의 변함없는 애정으로 인해 스스로를 변모시킬 기회를 맞게 되고, 애정 관계를 통해 인간을 평등한 존재로 보는 눈을 갖게 된다. 〈주생전〉의 주생은 애정을 스스로 기획하고 통제하기보다는 흘러가는 애정에 따라 자신을 내맡기는 무절제한 인간이다. 몽룡이 춘향의 헌신성과 신의에 감동했던 것과는 달리, 주생에게 있어서 애정 관계를 고착화시키고 영구히 하려고 하는 배도의 열(烈)은 그의 가치 실현을 제약하는 장애일 뿐이었다. 이처럼 애정소설에서는 애정가치를 추구하는 주인공이 등장하지만 그 양태에 따라 가치를 추구하는 인물이 서로 다른 개성을 지닌 인간으로 수용되는 것이다.

인물의 기능, 역할, 양태 등에 대한 앎은 공감의 전제 조건으로서 중요하게 취급되어야 할 것이다. 사회적 역할 속에서 가치를 지향하며, 그러한 가치를 실현하기 위한 개인적 능력과 특성인 양태를 갖고 있는 인물에 대한 이해로부터 인물의 안으로 들어가 그의 눈으로 세계를 보고 그의 내면에서 유동하는 정서에 대해 공감할 수 있는 조건이 마련되기 때문이다. 공감의 결과는 정서적 반응으로 나타나지만 공감하기까지의 과정에서는 인지적 요인이 크게 작용한다고 한다면, 인물을 분석적으로 이해하는 것이 반드시 인물을 기호학적 대상으로 취급하는 것이라고 할 수 없다. 독자가 인물을 역할, 기능, 양태로 나누어 이해하는 것은 오히려 직관이나 인상에 따라 자기중심적으로 인물을 이해하지 않고 인물의 가치 지향성, 사회적 관계와 역할, 능력과 자질 등을 충분히 고려하여 인격체로 받아들이기 위한 개념적 틀이 될 수 있다.

그렇지만 한 인물을 이해할 수 있게 되었다고 해서, 그와 공감할 수 있는 것은 아니다. 독자는 소설 속 인물 누구와도 공감할 수 있는 자유를 갖는다. 최랑에 대해 공감하기보다는 죽어가는 자식을 살리기 위한 부모의 심정에 더 공감할 수도 있고, 순간의 열정일 수 있는 애정을 위해 위험한 모험을 벌이는 운영보다는 운영을 이해하고 돕지만 현실적인 판단력의 소유자인 자란에 대해 공감하며, 오지 않을지도 모르는 몽룡을 위해 수절하기보다는 변학도의 수청을 들면서 고생을 면하자는 월매가 오히려 합리적이라고 생각하고, 주생의 편에서 그의 애정에 공감하기보다는 배도의 안타까움과 절망에 깊은 공감을 할 수 있다. 이렇게 독자는 소설이 제공한 인물들 안에서 자유롭게 공감 대상을 설정하거나 옮겨다닐 수 있다. 오히려 바람직한 방식은 주인공에게만 공감하는 것이 아니라 보조자, 나아가 적대자마저도 공감할 수 있는 모델로 설정하는 것이 될 수 있다.

독자에게 공감 대상을 바꿀 수 있는 자유가 있다고 하더라도 공감의 전제 조건으로서 인물의 기능과 역할, 양태에 대한 앎은 필수적인 것이다. 독자는 기호학적 모델을 대상으로 기능, 역할, 양태를 분석하며 이해하는 사유의 훈련을 행하고, 이를 바탕으로 특정 인물에 대해 공감하는 경험을 갖게 된다. 이러한 이해의 훈련은 서사적인 삶을 살아가는 현실의 인간을 이해하는 데에도 적용될 수 있다. 특히 소설은 사회적 약자를 주인공으로 내세우며, 그의 초점화된 시각을 통해 세계를 경험하게 하고, 주인공의 내면을 보여주어 자연스럽게 공감하게 하는 서술 전략을 갖는다.[3] 그래서 소설의 주인공과 공감하는 경험은 타인의 고통을 직면하게 하는 사회적 기능을 행하기도 한다. 한의학

---

3 소설은 특정 인물에 대해 공감하게 하는 서술의 기법을 통하여 독자의 공감을 어느 정도 제약하고 있다. 이 문제는 서술 전략의 차원에서 집중적으로 다루어야 할 사항으로 이어지는 항에서 보다 상세히 설명하도록 하겠다.

에서 마비를 설명하는 말이 불인(不仁)이다. 이를 가치교육적인 입장에서 보자면, 측은지심이 없는 사람은 일종의 마비의 상태에 있다고할 수 있을 것이다. 문학은 문제적 개인의 내면으로 들어가 그가 느끼는 것을 함께 느낄 수 있게 함으로써 타인의 고통에 동참하는 훈련을시킨다. 이렇게 문학은 타인의 슬픔과 고통에 참여하게 함으로써 사회적으로 책임감 있는 주체의 형성에 기여한다.[4]

## 4) 서술에 대한 반응과 성찰

소설은 가치 감화적 표현 전략을 축적해 온 문화적 산물로서 설득적인 요소가 강하다. 소설은 명제적인 형태로 특정한 도덕적 가치를강요하려 하지 않으며, 이 가치가 좋다고 직접적인 호오(好惡)의 태도를 드러내는 방식만을 선호하지 않는다. 서술자는 자신을 드러내지않으면서도 독자가 재현 대상이 되는 사건과 인물에 대해 거리를 조정할 수 있는 서술의 권위를 가지고 있는데, 그 작용으로 인해 독자는 소설을 읽으면서 어느덧 주인공의 가치 실현을 바라고 있는 자신을 발견하게 된다. 이렇게 독자를 직간접적으로 설득하고 특정한 가치감을 갖게끔 유도하는 소설의 속성은 자기교육적이라고 이해되기도 한다.

대부분의 소설의 주인공은 세계와 불협화음을 내는 문제적 개인이며 소설은 이러한 사회적 약자의 편에서 가치 문제를 탐색하는 장르적 특성을 갖는다. 애정소설 역시 부모보다는 자식 편에서, 권력자보다는 피치자 편에서, 지배 계급보다는 피지배 계급의 편에서, 규범적

---

**4** 이러한 관점에서 행복한 소설보다 불행한 소설을 읽히는 것도 공감 능력의 계발을 위한 효과적인 교육적 실천이 될 수 있다고 여겨진다.

가치를 지향하는 개인보다는 그렇지 않은 편에서 애정가치를 설득하려 한다. 이렇게 아직 그 정당성을 입증 받지 못한 문제적 가치들을 주장하는 것은 이미 이념적으로 정당화되어 있는 사회적 가치를 인용하는 것보다 더 많은 공(功)이 들어가고, 독자들에게 힘주어 강조해야 했을 것임을 추측할 수 있다. 이러한 까닭에 애정소설에는 다양한 설득의 기법들이 다채롭게 활용되었다.

〈이생규장전〉, 〈운영전〉 등의 애정전기소설에는 인물의 가치감을 미화시키고 특정 인물의 내면에 접근할 수 있게 하는 시(詩)가 많이 삽입되며, 설득적인 인물의 말이 인용되어 서사세계 내의 다른 인물들을 설득시키고 독자를 감화시키는 기능을 한다. 특히 몽유 형식을 취한 〈운영전〉은 공감적 청자를 설정함으로써 인물과 독자 간의 심리적 거리를 가깝게 하는 서술 전략을 구사한다. 이 소설의 본격적인 액자 안의 이야기는 이들의 심정을 충분히 이해하고 그 슬픔에 공감해 줄 수 있는 인물로 유영을 설정한 후 시작된다. 유영이 공감적인 청자로 설정되었기 때문에 이들은 자기에게 일어난 일들을 자기의 관점에서 말할 수 있었다. 이로 인하여 독자들은 가치에 대한 그 인물의 감정과 태도까지 포함되어 있는 인물의 말을 들을 수 있는 위치에 놓이게 된다. 또, 이 소설은 운영이 자신의 마음을 알아준 궁녀인 자란에게 말을 하는 형식으로 서사를 전개시키기도 한다. 마음을 속일 수 없을 정도로 가까운 인물에게 이야기를 하게 하는 서술 전략을 구사함으로써 서술자는 독자가 인물의 가치 감정을 보다 밀도 있게 이해하고 이에 공감하는 효과를 노리는 것이다.

독자와 재현 대상과의 거리를 조정하는 것은 〈춘향전〉도 마찬가지이다. 서술자는 재현 대상을 중개하면서 인물에게 서술자의 자리를 내어주거나 내면을 고백하게 하는 방식으로 독자와 서술자, 인물 사이의 거리를 조정한다. 특히 이 서술자는 독자에게 직접 말을 걸 정도로 가까운 존재이기에 〈춘향전〉은 독자, 서술자, 인물 간의 심리적 거리가 매우 가까운 서술의 형태를 갖는다. 이로써 〈춘향전〉의 독자들은 인물, 서술자, 자신 모두 기대하고 있는 춘향의 가치 실현에 동조하지 않을 수 없는 상태가 되기 쉽게 된다. 〈주생전〉에서도 독자는 변심의 주체인 주생을 탓하고 미워하기 힘든데, 그 까닭은 독자가 주생의 관점에서 변형된 이야기를 들었기 때문이다. 이 작품 역시 들은 이야기를 전한다는 구성의 형식을 취하며, 작품의 전체 서술자는 단지 청자로서 역할을 할 뿐 액자 안의 이야기를 주도하고 있는 이는 주로 주생이다. 따라서 독자는 주생의 눈으로 세계를 보고, 그를 통해 인물을 평가하며, 그와 같은 감정을 갖게 된다.

이처럼 소설은 가치 대상을 미화시켜 독자에게 바람직한 것으로 설득시키며, 특정한 가치 주체에게 독자가 자신의 감정을 연루시키게 하여 주인공의 가치 실현을 기대하게 만든다. 또한, 소설은 특정 가치 주체의 시각에서 서사세계 내에 벌어지는 일들을 중개하여 독자의 가치 판단을 유도하며, 누가 누구에게 말하게 하느냐 하는 말하기의 형태를 통해 서술의 신뢰성을 구축하기도 한다. 그리고 무엇보다 소설은 인물의 내면을 보여주는 것도 선택적으로 조율하여 특정 인물에게 공감을 유발하면서 독자를 감화시킨다. 따라서 소설은 도덕적으로 훌륭한 가치를 갖고 있다는 의미에서가 아니라 가치 감화 작용을 하는 전략을 구사하며 독자에게 특정 가치를 바람직하게 여기게 한다는 점에서 '도덕적 언어'라고 할 수 있다.

텍스트사회학(Textsoziology)의 관점에서 볼 때, 서술의 전략은 담론이 가진 내용이나 이념보다 더욱 이데올로기적 기능을 하는 것으로 여겨진다.[5] 이를테면, 서술 주체가 자기 스스로를 현실, 자연, 신 등과 같은 것과 동일시하고 그것들의 대변자로 행세하면서 자신은 그 뒤로 숨거나,[6] 자신이 선택한 서술 전략을 대상 자체에 내재하는 자연스럽고 필연적인 것으로 '자연화'하는 '동일화 전략'을 가진 것이 이데올로기적 담론이라는 것이다.[7] 이 관점에서 보자면, 대부분의 사실주의 소설은 자의적으로 구성한 것을 독자에게 현실이라고 제시하며, 가치 판단일 뿐인 결론을 자연스럽고 필연적인 것으로 받아들이도록 설득하는 이데올로기적 담론이라고 할 수 있다. 또, 독자와 재현 대상 사이의 거리를 조정하는 그 거리가 자연스러운 것인 양 공적인 목소리를 내고 있는 서술자도 이데올로기적이라고 할 수 있다.

그러나 이 연구의 관심은 이데올로기적인 소설과 그렇지 않은 소설을 분별해 내는 데 있지 않으며, 오히려 모든 소설들은 가치 실천으로서 이데올로기성을 갖고 있다고 파악한다. 사실에 구애될 필요가 없다는 허구성을 인정받은 소설은 다른 종류의 담론에 비하여 다양한 서술 전략을 구사하며 자신의 이데올로기를 실천할 수 있기 때문이다. 그러나 소설의 언어가 가치와 결부된 정서를 불러일으키는 작용을 한다고 해도 독자는 이러한 언어 작용을 성찰하고 소설의 가치 감화 작용을 비판할 수 있어야 한다. 그렇지만 그러한 비판도 소설의 서술 전략이 자신의 가치 형성에 영향을 끼치고 있음을 인지한 뒤에야 이루어질 수 있는 것이기 때문에 소설의 서술 전략에 대한 감수와 인지적 앎은 필수적이다. 학습자는 이를 통해 도덕 언어를 읽고 쓰는 능력, 즉 가치 문해력을 신장시킬 수 있다. 소설의 서술 전략에 대한 분

---

5 Peter V. Zima, *Ideologie und Theorie. Eine Diskurskritik*, 1989, 허창운 역, 『이데올로기와 이론－비판적 인문사회과학을 위하여』, 문학과지성사, 1996, 375면.

6 사르트르는 헤겔의 역사철학을 이러한 맥락에서 비판하고 있다. 헤겔은 결코 우연적 개인으로서 자기 자신의 정체를 드러내지 않는다는 것이다(Peter V. Zima, 앞의 책, 451면).

7 Peter V. Zima, 위의 책, 468면.

석과 성찰은 자신의 현실의 언어의 서술 전략을 분석하고 비판하는 데에도 전이될 수 있는 능력이 되며, 나아가 학습자가 언어로 자신의 가치를 드러내고 실천하는 데 있어서도 유의미하다고 하겠다.

## 5) 상호텍스트적 결말 비교

소설의 결말은 도덕적 상상력의 산물로서 서사적 추론을 통해 가치 문제를 탐구한 소설이 상황맥락적이고 창조적으로 구성한 가치 문제에 대한 해법이다. 그리고 결말은 스스로 제기한 가치 질문에 대한 답변이자 가치 문제가 어떻게 해결되어야 하는가에 대한 내포작가의 가치 판단이라고 할 수 있다. 이 가치 판단의 정당성을 뒷받침해주는 것은 도덕 원리가 아니라 지금까지 가치 문제를 서사적으로 탐구한 과정 자체이기 때문에 결말을 따로 떼어 논하는 것은 무리이다. 그렇지만 결말은 가치 문제에 대한 탐구가 그 답을 구하는 부분인 동시에, 독자에게 응답을 요구하는 가치 제안이 되기에 서사적 추론과 분리하여 논의하는 것도 유의미하다고 판난된다.

내포작가의 가치 판단이 담긴 소설의 결말은 보편적 문제에 적용될 수 있는 도덕 원리를 재확인하는 것은 아니다. 소설의 결말은 독자에게 '나는 이 문제가 이렇게 해결되어야 한다고 생각하는데, 당신이 보기에는 어떻습니까?'하는 식의 가치 제안이지, '이러한 가치 문제라면 반드시 이렇게 결말이 나야 한다, 작가인 나와 등장인물, 그리고 독자 모두가 보편적 정의의 원리에 따라 누구라도 같은 상황에서라면 그렇게 해야 한다.'는 식의 실천 이성의 명령에 따른 판단은 아니다. 아무리 작가가 스스로를 보편자인 양 가장하려고 하여도 작가의 공적 변형인 내포작가의 형상에는 작가 개인에게 속한 고유의 개성과 가치 편향적 속성이 녹아 있다. 따라서 독자는 소설의 결말이 보편적 원리에서 도출된 것이 아니라 내포작가라는 가치 주체의 판단이라는 가정 아래, 그 판단을 다시 판단해 볼 수 있는 입지를 갖게 된다. 이로 인해 소설의 판단은 제아무리 보편타당한 것이라 하더라도 가치 제안의 형태로 수용되는 운명을 갖게 되는 것이다.

독자가 한 소설의 결말을 가치 제안으로 받아들이는 것도 독자의 도덕적 상상력의 확장에 기여하지만 나아가 여러 소설의 결말을 비교해 봄으로써 대안적 가능성을 추가할 수 있다. 그리고 이러한 비교의 과정에서 독자는 작가가 택할 수 있었던 다양한 가능성들은 어떤 것들이었는지 다른 작품을 통해 추론하면서 작품이 택한 결말을 메타적으로 볼 수 있는 시각을 확보할 수 있다. 도덕적 상상력이 가능한 대안을 창출하는 능력과 관련된다면, 작품을 상호텍스트적으로 비교한다는 것은, 독자의 입장에서 볼 때 문제 해결의 다른 가능성을 상상하게 한다는 점에서 도덕적 상상력의 확장에 기여한다. 따라서 독자는 여러 소설을 비교하여 검토하는 과정에서 소설의 도덕적 상상력을 평가할 수 있는 메타적인 시각을 가질 수 있으며, 다른 작품의 결말 처리를 또 다른 도덕적 상상력으로 다루면서 가치 문제에 대한 다른 가능성들을 자신의 도덕적 상상을 위한 참조 목록에 포함시킬 수 있게 되는 것이다.

애정소설군에 속하는 작품들은 유교사회에서 가장 규범적인 도덕적 상상을 보여준 〈구운몽〉과는 다른 상상력의 산물이다. 〈구운몽〉은 환생한 소유가 여덟 명의 여성들과 만나는 인연을 꾸미기 위하여 다양한 갈등 요소를 구성하였지만 이러한 갈등이 심각한 가치 갈등으로 비화되도록 하지 않으며 유교 사회의 도덕이나 윤리, 제도의 가치를 보존하는 방식으로 애정 가치를 실현하였다. 악한 인물이 등장하지 않는 이 소설에서 대부분의 문제는 근본적으로 도심(道心)을 갖고 있는 인간의 덕에 의해 해결되며, 제도적으로 정착된 신분의 문제도 한 개인의 지혜와 용기에 의해 쉽게 극복된다. 이 과정에서 유일무이한 상대와 배타적인 친밀감을 갖는 애정의 강렬함은 다소 약화되어 애정은 정이 흘러가야 할 마땅한 길[道]인 예(禮)를 따름으로써 하나의 애정 상대를 평화롭게 공유하는 방식으로 순화되었다.

이에 비해 애정소설은 〈구운몽〉에서 비중 있게 취급하지 않은 갈등들을 하나씩 중심 제재로 취하여 가치 갈등이 가장 심각해질 국면으로 분규화시키는 서사적인 심사숙고 끝에 결말을 내었다. 대부분의 애정소설이 보여주는 결말은 가치 갈등의 승패를 확연히 가르는 판단으로서 의미를 갖는다. 애정소설은 문화적 규범, 정치 권력, 사회 제도 등과 관련된 애정 문제를 〈구운몽〉처럼 단지 개인의 덕성이나 개심(改心)으로 해결될 수 있는 개인들간의 일이라 여기지 않았기에, 두 가치를 충돌시키고, 그 중 어느 한 쪽의 편을 들어주는 가치 판단을 하고 있는 것이다. 이처럼 애정소설은 〈구운몽〉과는 다른 도덕적 상상력의 산물이라고 할 수 있다.

그리고 애정소설은 한 유형의 가치 문제에 대해서 여러 해법이 존재할 수 있음을 보여준다는 점에서 도덕적 상상력의 확장에 기여한다. 소속 집단과 개인의 갈등을 효와 애정의 갈등의 문제로 다루고 있는 소설의 경우, 〈이생규장전〉은 개인의 주체적인 애정 실현을 옹호하면서 그것이 효 가치를 실현시키는 방법이 될 수 있다는 가치 판단을 하였다. 한편, 〈채봉감별곡〉에서는 자식을 팔아 벼슬을 사려는 부모를 등장시키고, 이 자식은 부모의 횡포에 못 이겨 스스로를 기방에 파는 심각한 양상으로 서사를 진행시키다가 결국 구원자의 우연한 등장으로 인해 모든 문제가 일거에 해결되는 결말을 취한다. 이러한 결말은 역설적으로 효와 애정의 갈등이 매우 심각한 양상으로 치닫는 문화적 곤경의 상황임을 드러내기도 한다.

〈운영전〉의 내포작가는 충의 가치가 강력하게 실현되는 현실에서 애정가치의 실현이 불가능하다는 판단을 운영과 김 진사의 죽음을 통해 제시하였으며, 두 주인공들이 자신의 애정을 정치 권력보다 더 가치로운 것이라고 강조하는 액자 밖 결말을 통해 주제를 강조하였다. 〈운영전〉과 유사한 제재를 취한 〈영영전〉은 주군인 회산군이 죽고 난 후 회산군 부인의 허락을 얻어 두 남녀 주인공이 현세에서 행복한 결합을 이루도록 하였다. 이러한 결말은 한 순간의 열정에 목숨을 버리는 가치 선택이 어리석고 위험한 것이라는 가치 판단이 개입되어 있는 도덕적 상상이라고 할 수 있다.

〈춘향전〉의 내포작가는 진행되던 서사와 거리가 있는 암행어사 설화를 변용하여 결말을 구성하였는데, 이는 신분 사회에서 내에서 춘향에게 닥친 문제에 대한 해결이 어렵다는 상황을 보여주는 것이면서도 가치 갈등의 승패에 대한 확신의 표현일 수 있다. 그리고 춘향이 정열부인이 되었다는 후일담은 가치 갈등의 해결 뒤의 전망을 미리 제시하여 신분 차별의 부당성을 다시 한번 강조하는 역할을 한다고 할 수 있다. 대부분의 춘향전 이본이 이러한 결말을 취하고 있으나, 조금씩 세부적 내용이 달라지는데, 〈옥중화〉는 결말에서 변학도를 징치하고 있는 점이 특이하다. 이러한 결말은 신분 차별이 이미 철폐된 사회에서 춘향의 애정가치를 더욱 강조하는 가치 판단이라고 하겠다.

〈주생전〉의 내포작가는 이 소설에서는 헌신적이었던 배도의 죽음으로 주생과 배도의 관계를 정리하며, 주생의 애정이 옮겨간 선화와

도 결합을 이루지 못하게 하는 결말을 제시하였다. 이로부터 추출할 수 있는 가치 판단은, 애정의 유동성은 긍정하되 신의 없이 애정 관계를 일방적으로 파기한다면 결국 불행해질 것임을 경고하며, 애정도 자기결정성 못지않게 그 결정에 대해 책임을 지는 자기갱신이 필요하다는 것이다. 이와 다른 도덕적 상상력을 보여주는 작품인 〈심생전〉과 〈앵앵전〉에서는 각각 남성의 변심을 비판하고, 애정의 유동성을 인정하는 가치 판단이 함축된 결말을 구성하였다.

이처럼 애정소설은 그 자체가 〈구운몽〉에 대한 반론이면서, 유형적 가치 갈등에 대해 여러 이본이나 유사 제재의 작품을 통해 가치 논쟁을 벌이고 있다고 할 수 있을 정도로 결말이 달라지는 작품을 다수 포괄하고 있다. 독자는 이 결말이 서사의 흐름 속에서 물 흐르듯 자연스럽게 도출된 것이 아니라 내포작가의 가치 판단이라 여기고, 그것은 소통의 상황 속에 놓여지면서 자신의 가치 판단을 기다리는 가치 제안의 속성이 있음을 이해해야 할 것이다. 그리고 독자는 여러 결말들을 비교하며 한 소설의 결말이 여러 선택 가능한 해법 중에 하나였으며, 따라서 그 결말은 가치 판단으로서 의미를 가지고 있음을 알 수 있게 된다. 이렇게 상황맥락적인 대안이 여럿 있을 수 있다는 사실 자체는 우리 삶의 가치 문제에 대해서도 단 하나의 올바른 해법이 아니라 수많은 가치 판단과 결정, 실천이 있을 수 있음을 깨닫게 해준다. 바로 이러한 점으로 인해 가치 문제에 대한 상상이 필요하며 현실의 삶에도 서사적 결말을 내어보는 정신적 형식의 훈련이 요구된다고 할 수 있다.

## ◎ 2. 가치경험의 수행적 절차

### 1) 가치능력의 實踐知적 성격

앞 절에서 가치능력의 신장을 위한 교육내용으로 제시한 '제재의 전형성 파악' 등은 각각 가치능력의 요소인 '도덕적 지혜', '서사적 추론 능력', '공감 능력', '가치 문해력', '도덕적 상상력' 등을 신장시키는 데 기여한다. 이러한 요소를 갖는 가치능력은 일종의 실천지에 해당한다. 여기서는 아리스토텔레스의 실천지 개념에 따라 가치능력이 실천지적인 성격을 갖고 있음을 논증하겠다.

일반적으로 '가치능력'이라고 할 때에는, 가치 문제를 탐구하고 판단하며, 가치를 실천할 수 있는 개별 행위자의 능력을 의미한다. 그리고 이러한 가치능력에 대한 교육은 주로 형식중심 가치교육이 강조하는 교육내용이라고 할 수 있다. 그렇지만 본고에서 논한 가치능력은 어떠한 가치라도 똑같은 방식으로 다룰 수 있는 도구적 기술만은 아니다. 가치능력은 공동체에 속한 존재로서 개인의 좋은 삶을 위해 필요한 가치를 심사숙고할 수 있는 능력이기도 하기 때문이다. 즉, 가치

능력은 개개인의 가치 탐구와 실천에 필요한 정신적 형식이기도 하지만, 자신의 만족과 더불어 사회적인 보람을 느끼는 좋은 삶을 위해 요구되는 가치 내용과 관련된다는 것이다.

이를테면, 도덕적 지혜는 단지 특수한 상황에서 개념적인 가치 문제를 발견하는 능력, 또는 가치 문제의 견지에서 특수한 형상의 전형적인 성격을 이해하는 능력일 뿐만 아니라, 그것이 얼마나 중요한 가치 문제인지를 분별해내는 능력을 포괄한다. 그리고 서사적 추론은 가치 문제를 드러내고 분규화시켜 극점에 이르게 하는 사유 형식에 그치는 것만 아니라 극점에 이르게 하는 과정에서 이미 가치 문제에 대한 판단을 가능하게 할 만큼 특정 가치를 선택하는 것이다. 또, 특정 인물을 공감의 대상으로 선택적으로 구성하며, 독자 편에서 특정 인물을 공감 대상으로 삼는 것에는 이미 가치에 대한 선호가 담겨 있다. 가치 감화적인 서술을 행하거나 이러한 서술을 비판할 수 있는 까닭도 가치의 내용에 대한 태도가 전제되어 있기 때문이다. 그리고 결말을 구성하는 도덕적 상상력 역시 가치에 대한 판단에서 비롯된다.

이처럼 이 연구에서 논하는 가치능력은 단지 객관적인 가치를 탐구하며, 어떤 가치든 실천할 수 있는 능력이라는 데에서 그치는 것이 아니라, 주체가 가치 있다고 여기거나 사회적으로 바람직하게 여기는 가치의 내용과 관련된 것이다. 따라서 본고의 가치능력 개념을 형식 중심 가치교육에서 말하는 가치능력과 구별하여 그 성격을 분명히 할 필요가 있는데, 이 때 유의미한 개념이 바로 '실천지(實踐知)'이다. 실천지는 아리스토텔레스의 개념인 '프로네시스(phronesis)'의 역어(譯語)로서 다음과 같은 의미를 갖는다.

실천지에 관해서는 그것의 소유자가 누군가를 살펴봄으로써 그 참된 뜻에 이를 수 있다. 실천지의 소유자가 갖는 특징은 무엇이 자기 자신에게 좋고 도움이 되는지에 대해 숙고할 수 있는 것으로 여겨진다. 그것은 어떤 특별한 문제, 이를테면 어떤 것이 건강과 체력에 좋은가 하는 것 따위에 관해서가 아니라, 좋은 삶 전체에 대해 좋은 것은 무엇인가에 관해서 훌륭하게 헤아리고 살펴서 안다는 것을 뜻한다. (…) 실천지는 이론지일 수도, 기술지일 수도 없다. 理論知(episteme)일 수 없는 것은 개개의 행위가 다른 방식으로도 행해질 수 있기 때문이고, 技術知(techne)일 수 없는 것은 행위하는 것과 제작하는 것은 다른 종류의 일이기 때문이다. (…) 곧 실천지란 인간을 위해서 좋은 것과 나쁜 것에 관해서 바르고 합리적인 행위의 능력을 갖는 상태라는 것이다.[8]

아리스토텔레스는 실천지를 설명하기 위해 우리가 어떤 사람을 '실천지의 소유자(phronimos)'로 점검하는 것을 논의의 출발점으로 삼았다.[9] 그만큼 실천지는 그 행위자와 밀접한 관련이 있기 때문이다. 이처럼 행위자 및 그가 처한 특수한 상황 맥락과 결부되는 성격으로 인해 실천지는 이론지, 기술지와 구별될 수 있다. 아리스토텔레스는 실천지가 개개의 행위가 다른 방식으로 행해질 수 있기에 이론지와 구별되며, 제작하는 것과는 다른 종류의 일이기 때문에 기술지가 아니라고 하였다. 이론지는 학문적 인식이라고도 이해되는데, 행위자의 특성과 맥락을 초월하는 일종의 객관적 지식이라고 할 수 있다. 그리고 기술지는 기예(技藝)로도 번역되는데, 아리스토텔레스는 이를 통

---

**8** Aristotle, *Nichomachean Ethics*(Book XI), 앞의 책.

**9** 김남두 외, 『아리스토텔레스 〈니코마스 윤리학〉』, 서울대학교 철학사상연구소 편, 2004, 194면.

한 만듦은 그 자체가 아닌 다른 어떤 목적을 가지고 있는데 반하여, 행위의 목적은 잘 행위하는 것 그 자체이기 때문에 기술지와 실천지는 다르다고 하였다.[10]

실천지는 '무엇이 자기에게 좋고 도움이 되는지에 대해 숙고할 수 있는' 개체의 이성적인 능력인 동시에 '인간을 위해서 좋은 것과 나쁜 것을 헤아리고 살필 수 있는' 사회적 속성을 갖고 있기도 하다. 그래서 실천지는 자신의 실천 상황의 특수성을 잘 인식하여 적절한 행위를 스스로 선택, 판단, 결정하는 것이면서 좋은 삶을 위해 유익한 것을 잘 생각하며 분별할 수 있는 능력이 된다.[11] 앞서 논한 바처럼, 본고에서 논한 가치능력도 정신적 형식이자 합리적 사유 방식에 그치는 것이 아니라 그 능력을 운용하고 실천하는 주체의 좋은 삶을 위해 필요한 가치 내용을 선별하고 생성해내는 능력도 포괄한다. 이러한 가치능력의 성격은 실천지의 견지에서 가장 잘 해명될 수 있다. 실천지는 개체가 가치를 탐구하고 판단하는 이성적 능력과 더불어 공동체 전체의 목적(telos)를 추구하는 태도를 강조하기 때문이다. 이로 인해 실천지는 가치교육의 내용중심과 형식중심의 접근법을 통합하는 교육내용으로 적절하다고 할 수 있다.

최근 국어교육 영역에서는 실천지의 교육적 중요성이 부각되고 있다. 김성진은 비평 활동을 통한 독자의 판단과 의견 교환의 과정을 통해 얻고자 하는 '앎'과 '깨달음'을 '지혜'라고 칭하였다.[12] 그가 말하는 지혜는, 알려진 사실을 관조적으로 아는 것이 아니라 어떻게 행동할

---


**10** Aristotle, *Nichomachean Ethics*(Book XI); 김남두 외, 앞의 책, 195면 참조.

**11** 손병석, 「아리스토텔레스에게 있어서 실천지의 적용단계」, 『철학연구』 48, 철학연구회, 2000.

**12** 김성진, 「비평 활동 교육의 내용 연구」, 서울대 박사학위논문, 2004, 145면.

것인지 구체적으로 판단하는 '윤리적 지식'이라는 점에서 '이론적 지식'과 구별되며, 행위자와 특수한 상황 맥락에 따라 지(知)의 운용이 달라진다는 점에서 '방법적 지식'과도 다르다. 이렇게 이해되는 지혜는 실천지와 거의 동일한 내포를 갖는다고 볼 수 있다. 지혜교육은 객관주의적 편향을 교정하면서 진(眞)과 선(善)을 동시에 추구할 수 있게 한다는 점에서 교육적 의의가 강조된다.[13] 본고도 이와 같은 맥락에서 실천지에 주목하되, 문학이라는 대상을 두고 실천지가 실현, 운용될 때에는 작품이 가치를 다루는 방식과 더불어 작품이 제안하는 가치에 대한 주체의 응답을 포괄해야 한다고 판단한다.

가치는 경험의 과정을 통해서만 비로소 가치로 성립한다. 앞서 논한 가치경험의 교육내용은 일종의 실천지로서 그것이 적용되고 쓰이는 과정을 통해서만이 형성되고 실현될 수 있다. 따라서 이 실천지를 교육적인 절차(process) 안에 배치시키고 운용될 수 있게 하는 논의가 뒤따라야 한다. 다시 말하면, 실천지로서 가치능력은 특정한 대상의 가치를 판단하게 하는 데 소용되는 것이지, 그 자체로서 완결되는 것은 아니기에, 실천지가 소설의 의미 내용에 대한 경험을 하게 하는 데 어떻게 관여하며 작용하는지를 보여주어야 앞서 밝힌 교육내용의 실천지로서의 의의가 확인될 수 있다는 것이다. 그리고 이러한 논의는 두 가지 성격의 가치경험이 교육에 있어서 통합적으로 설계되어야 한다는 이 연구의 기본 관점을 재확인하는 성격도 갖는다.

앞서, 소설의 가치경험은 소설의 의미 내용에 대한 경험과 소설의 가치 사유 방식에 대한 경험으로 나뉠 수 있음을 살펴보았다. 이렇게 둘을 나누는 것은 이분법적 발상만은 아니다. 우리는 경험적으로 자

---

[13] 김성진, 앞의 글, 147~149면 참조.

신의 가치관과는 다른 주장을 하고 있는 예술 작품에 대해 그 예술적 완성도에 경탄을 하는 경우나 정치적으로 올바른 메시지를 담고 있지만 가치를 탐구하는 형식적인 진지함이 떨어지는 경우와 종종 조우한다. 따라서 가치 문제를 다루는 예술작품이 가치를 탐구하는 형식에 대한 경험과 그러한 형식을 통해 주장하는 가치의 내용에 대한 경험은 분명히 구분되는 것이다. 이 구분의 문제성을 논하는 것보다는 교육에서 이러한 경험을 통합적으로 고려하여 학습자로 하여금 작품과 자기 삶과의 연관성을 만들어 낼 수 있는가를 논하는 것이 생산적이다.

소설을 읽은 경험이 단지 소설이 무엇에 대해 말하는지, 어떤 주장을 갖고 있는지 확인하는 데에서 그쳐서는 안 된다. 특히 소설은 응답을 요청하는 가치 실천력을 가지기 때문에 소설이 던지는 물음에 대하여 자신의 응답을 마련하는 경험까지 포괄해야 소설이라는 대상에 대한 경험이 완료된다고 할 수 있다. 자신의 응답을 마련한다는 것은 소설이 제안한 가치에 대해 소설의 가치를 판단, 평가하는 것을 넘어 소설이 자기 삶에 어떤 의미가 있는지, 소설을 읽은 경험으로 인해 자신에게 어떤 변화가 생겼는지를 알게 되는 것을 말한다. 이어지는 논의에서는 이러한 자기 응답이 어떤 과정을 거치며, 어떤 활동을 통해 행해질 수 있는 것인지를 위주로 논하도록 하겠다. 이 논제에 대한 본고의 기본 입장은 소설의 가치를 자기화하는 자기 응답의 과정에서도 가치능력이 요구된다는 것이다. 소설의 가치에 대하여 즉각적인 판단을 유보한 채, 자신의 삶에 소설이 다루고 있는 가치 문제를 적용해 보고 소설이 가치를 탐구하며 실천하는 방식 자체에 의문을 품어보는 과정을 거쳐 마련된 자기 응답을 글쓰기를 통해 실천하는 것은 소설을 자기 인격과 삶의 기술로 가치화하는 가치경험의 큰 얼개가 될 수 있다.


## 2) 가치경험의 절차 영역

본고에서는 소설의 내용에 대한 가치경험의 과정에 앞 절에서 논한 가치능력이 관여하고 개입하게 하는 방식으로 가치경험의 수행적 절차를 마련하려 한다. 이를 위해 이 항에서는 가치경험의 절차를 영역별로 구획하는 데 초점을 두어 논하도록 하겠다. 우선 가치경험의 절차를 계획할 때, 가장 문제가 되는 것은 어디까지를 경험이라고 보느냐와 관련된 것이다. 이를 위해 듀이의 '하나의 경험(an experience)'이라는 개념이 유용한 참조가 된다. 하나의 경험은 대립과 갈등을 극복해 온 역경과 노력의 결실이며, 대립과 갈등의 원인을 더욱 의미 깊고, 더욱 고양된 삶의 국면으로 전환시켜 온 노정의 산물이라고 한다.[14] 듀이는 교육을 경험의 성장이라고 볼 만큼 경험을 중시하였다. 여기서 경험은 시작과 과정, 종결의 단계로 이루어진 활동 양식이며, 성장은 이러한 경험이 또 다른 경험으로 이어지는, 즉 경험의 종결이 또 다른 시작이 되는 경험의 연속과 축적을 말한다. 이렇게 경험이 연속되고 축적되는 것이라면 하나의 완성된 경험의 단위는 매우 다양할 것이다.[15]

---

**14** John Dewey, *Art as Experience*, 1934, 이재언 역, 『경험으로서의 예술』, 책세상, 2003, 제3장 하나의 경험을 갖는다는 것. 하나의 경험이 역경과 노력의 결실이기에 하나의 경험이 완성되는 순간, 주체는 전존재를 사로잡는 충만감을 실감하며, 이 때의 회열과 기쁨의 성격은 마치 조물주가 세계를 응시하면서 "보기에 좋았더라."라고 한 것처럼, 무질서에서 질서를, 불화에서 안정을 회복했을 때 향유될 수 있는 심미적 자각이라고 한다(이돈희, 『교육적 경험의 이해』, 교육과학사, 1993, 제3장).

연속적인 삶과 분리해 내어 의미 있는 하나의 경험으로 구획될 수 있는 단위들은 매우 많은데 소설에 대한 가치경험도 마찬가지이다. 소설에 대한 흥미를 가지고 있던 학생이 텔레비전을 안 보고 게임을 하지 않는 등의 자기절제를 행하여 장편소설을 끝까지 읽어내어 스스로를 대견하게 생각하게 되는 것도 하나의 경험이며, 감동적인 소설을 읽고 '저런 주인공처럼 살아야지.' 다짐하여 실제 삶에서 그 주인공의 훌륭한 행위를 준거로 삼아 노력해 스스로 인정할 수 있을 만한 어떤 행위를 하여 만족감을 느꼈다면 그 역시 하나의 경험이다. 이렇게 '하나의 경험'이 이루어질 수 있는 영역을 어디까지로 할 것인가의 문제에 있어서 정답은 없으며, 따라서 어디까지를 경험으로 삼는 것이 교육적으로 유의미한가를 고려하여 경험의 단위를 설정하는 것이 타당한 방식이라고 할 수 있다.

그렇다면 소설교육에서 가치경험의 최대치를 어디까지로 할 수 있을 것인가라는 문제가 제기된다. 이에 대해 분분한 의견이 있을 수 있지만, 이 연구는 개별 소설의 구현하는 의미론적 자질인 가치를 경험하는 것을 넘어서, 소설이라는 유적 대상의 내재적 가치를 경험하게 하는 것이 가장 높은 수준의 경험이라고 파악한다. 그 의미를 좀더 분명하게 드러내기 위해 내재적 가치에 대한 듀이의 논의를 참조해 보도록 하겠다. 소설이 가치 있는 이유는, 소설이 현실에 존재하거나 개인이 소망하는 가치를 다루었다는 의미도 아니며, 소설이 제안하는

---

15 예를 들면, 대학원에 다니면서 한 학기 동안 수업을 받고, 과제물을 발표, 제출하여 스스로 만족해할 만한 학점을 얻은 것으로 완결되는 '하나의 경험'이 있고, 대학원에 입학하여 커리큘럼에 따라 수업을 듣고, 특정한 수행을 할 수 있는 자격을 획득하여, 학위 논문을 완성하는 과정을 거쳐 학자가 되었을 때, 자신의 과거를 학자가 되기 위한 의미 있는 과정으로 여기면서 하나하나의 경험을 통합해 더 큰 '하나의 경험'으로 파악하는 순간이 올 수도 있을 것이다.

가치가 그 자체로서 훌륭해서가 아니다. 듀이의 관점에서 보자면, 소설은 작가가 시간과 열정을 바치는 지난한 과정을 거치면서 비로소 제 요소가 통합된 의미체로 탄생했다는 데에서 그 내재적 가치를 인정할 수 있다. 문학 작품의 생산자는 스스로 삶의 과정이 낭비되지 않고 의미 있는 일에 바쳐졌으며, 그러한 노력들이 경험에서 작용하고 있는 모든 부분과 구성 요소가 아주 조화를 잘 이루어 하나의 통합된 완결 상태에 이르게 되었을 때 삶이 의미 있는 결과를 가져왔다고 느끼면서 자신의 완성품을 보면서 뿌듯해하는 순간이 있는데, 이 때가 바로, "하나의 경험"에서 말하는 내재적 가치를 인식하는 순간이다. 이렇게 소설 자체의 내재적 가치를 경험하는 것은 소설 쓰기를 통해 한 편의 소설을 완성하는 순간에 종결될 수 있는 것이다.

그러나 국가적 차원의 계획과 통제 안에 존재하는 소설교육에 대해 사회가 요구하는 것이 소설가 양성이 아님은 분명하다. 그렇지만 교육의 목표를 설계하는 데 있어서 굳이 척도를 현실에 둘 필요는 없을 것이다. 가장 이상적인 방식으로 이루어질 수 있는 문학교육의 목표를 설계하는 것은 교육적 실천의 큰 원칙을 제공함으로써 목표가 여러 수준의 교육적인 국면에서 변용되더라도 지향하는 방향만은 명료하게 세울 수 있는 이점이 있다. 그리고 학습자가 소설의 내재적 가치를 경험하기 위해 쓰는 소설이 반드시 전문가의 제작품처럼 훌륭해야 할 필요는 없다. 소설의 형식이 아니라 간단한 시나리오로 서사를 구성할 수도 있으며, 사건의 흐름만 따라 가는 간단한 서사물을 생산할 수도 있다. 아니면 전체 소설의 일부에 해당하는 인물의 내면적 독백이나 바꾸어진 결말 부분만 쓸 수도 있다. 이러한 쓰기의 경험은 소설의 내재적 가치를 스스로 경험하게 하는 데 유의미한 활동이며, 소설의 내재적 가치에 대한 경험을 통해 학습자는 자신의 개별적 삶과 소설교육의 연관을 만들어 낼 수 있을 것으로 기대된다. 그래서 이 연구는 가치경험의 시작점은 소설이 구현하고 있는 가치에 대한 수용이라고 보고, 수용된 가치를 학습자가 실제적으로, 혹은 상상적으로 탐구한 결과를 자신의 가치 가능성으로 받아들인 후 자신의 가치를 언어적으로 표상하게 되었을 때까지를 경험의 영역이라고 설정하겠다.

해석학적 경험은 경험이 존재하는 형태보다는 경험이 이루어지는 과정에 대해 시사를 준다. '해석학적 경험(hermeneutical experience)'은 해석학자인 가다머의 개념으로 대상과 주체간의 변증법적인 관계를 잘 보여준다.[16] 가다머는 헤겔의 '경험(Erfarung)' 개념을 수용하여, 경험

---

[16] '해석학적 경험'의 주객(主客)관계를 이해하기 위해 이 개념이 생겨난 배경을 살펴볼 필요가 있다. 일상적인 경험과 다른 '경험'을 학문적 개념으로 명료화한 이는 딜타이이다. 그는 '살다(leben)'라는 동사에 본동사의 의미를 심화시키는 접두사인 er-을 붙여서 '체험(Erlebnis)'라는 조어를 만들어 특수한 의미로 사용하였다. 딜타이는 기계 문명의 과학과 대비되는 정신과학(Geisteswissenschaften)을 정초하려는 포부를 가지고 있었으며, 체험은 정신과학의 출발점으로서 그에게 매우 중요한 개념으로 취급되었다. 그는 의미를 통합할 수 없을 정도로 파편적이고, 이성적 반성에 의해 매개되는 과학적 실험과는 달리, 체험은 "삶의 진행 과정에 있어서 공통된 의미를 통하여 서로 결합되는 삶의 부분들의 포괄적인 통일성", 즉, 공통된 의미를 갖는 단위로 취급하고, 반성적 사고에 앞서 존재하는 직접적이고 무매개적인 성격을 갖는다고 논하였다.
그 후, 딜타이의 정신과학을 해석학의 틀에서 계승한 쉴라이어마흐는 체험의 대상과 방법을 구체화하였다. 쉴라이어마흐는 체험의 대상으로서 텍스트 저자의 정신적 삶을 설정하고, 그것을 재구성하는 것을 '추체험(reexperience)'이라고 명하였다. 이 추체험은 저자의 감정의 동기나 원인을 알아내는 정신분석과는 달리, 저자가 행한 언표에 대한 해석을 통하여 다른 사람의 사상 그 자체를 재구성하는 이해의 기술이라고 할 수 있다. 딜타이와 쉴라이어마흐는 예술 작품을 '내면적 삶의 자발적인 표현(Erlebnisausdrücke)'로 파악하였으며, 그러한 예술 작품을 이해하기 위해서는 텍스트 저자의 내면적 삶 속으로 자신을 옮겨가 그것을 재구성하는 과정이 필요함을 강조하였다.
쉴라이어마흐가 텍스트를 통해 '말하는 사람'을 중시한 데 비하여 가다머는 텍스트가 '말하는 바'에 집중한다. 가다머는 텍스트가 '말하는 바'와 자기와의 만남을 곧 '해석학적 경험(hermeneutical experience)'이라고 한다. 그런데 가다머가 딜타이와 쉴라이어마흐의 '체험', '추체험'의 개념을 부정하고 전혀 새로운 '경험'의 개념을 주창한 것은 아니다. 가다머도 딜타이처럼 주체의 개인사적인 맥락과 시공간적 지평을 중시하였다. 대상은 주체의 조건에 따라 다른 의미로 '말을 걸며' 다른 모습으로 다가오는 것이기 때

이 의식과 대상과의 만남의 산물임을 분명히 하였다. 이 경험은 무엇보다 부정성(negativity), 즉 '아님'을 경험하는 것이다. 대상을 경험하면서 우리는 우리의 가정이 잘못되었다는 깨닫게 되고, 그로 인해 경험 대상은 다른 관점에서 조명되며, 우리 자신도 그 대상을 인식하는 과정에서 변화하게 된다. 가다머는 이처럼 우리가 우리 자신의 용도를 위해 우리의 탐구로부터 얻어낼 수 있는 것이 아니라, 우린 대상으로부터 배울 수 있는 것과 우리가 배운 것에 의해 우리가 어떻게 바뀔 수 있는가를 중시한다.[17] 이렇게 가다머는 대상에 우위를 두는 경험을 중시하는데, 이는 헤겔의 '경험'을 수용하면서도 경험 주체의 의식보다는 경험 대상을 중시하는 면모에서도 확인될 수 있다. 헤겔에게 있어서 경험이란 의식의 자기 대상화이며, 경험의 궁극적인 목적은 절대지(絶對知)에 이르는 것이다. 이에 비해 대상에 우선권을 부여하였던 가다머는 경험의 목적을 새로운 대상에 대한 관용성의 확장과 그로 인한 지혜의 축적으로 파악하였다.[18]

---

문이다. 이는 인간 경험의 전체성과 질적 다양성을 포괄하려 새로이 '체험'이라는 개념을 규정하고, 여기에 개개인의 삶이 스스로를 형성하는 생활사의 의미를 담으려한 딜타이를 계승한 것이라고 할 수 있다. 또한, 가다머는 쉴라이어마흐의 추체험의 방식인 轉位를 받아들인다. 그러나 앞서 언급하였다시피, 자리를 옮겨가야 할 장소는 '말하는 자'의 의식 세계가 아니라 텍스트가 말하는 바의 것을 충실히 들어주는 자의 자리이다.

그렇다면 가다머는 주체중심적인 체험과 경험 대상의 권위를 동시에 인정하고 있다는 것인데, 가다머는 이 문제를 변증법적인 '대화'를 통해 해결한다. 딜타이가 강조한 '경험의 주체'와 쉴라이어마흐가 집중한 '경험 대상'의 문제를 함께 다루려는 가다머가 주체와 대상의 만남을 주선하는 방식은 바로 해석학적 대화이며, 그러한 대화의 과정은 주객이분법을 지양하는 변증법적인 성격을 갖는다(R. E. Palmer, *Hermeneutics: Interpretation Theory in Schleiermacher, Dilthey, Heidegger, Gadamer*, 1969, 이한우 역, 『해석학이란 무엇인가』, 문예출판사, 1988, 제Ⅱ부, 6장, 7장, 12장 참조).

**17** Georgia Warnke, *Gadamer: Hermeneutics, Tradition and Reason*, 1987, 이한우 역, 『가다머: 해석학, 전통 그리고 이성』, 민음사, 1999, 252면.

**18** 가다머의 경험 개념에 대한 설명은 R. E. Palmer, 위의 책, 283~288면 참조.

우리는 소설을 읽고 현실에 대한 완전한 앎을 얻을 수도 없으며, 역사에 대한 절대지에도 도달할 수 없다. 소설은 단지 현실의 다른 가능성을 보여줌으로써 인간의 삶의 가능성을 확충시킬 뿐이다. 이러한 의미에서 경험의 궁극적인 목표를 지혜의 축적이라고 본 가다머의 견해는 소설교육에 시사하는 바가 크다. 그리고 보다 많은 경험은 다른 삶의 가능성에 대한 관용과 자신에 대한 겸손으로 드러난다. 현명한 노인이 보여주는 너그러움도 오랜 시간에 걸쳐 온갖 인간사를 경험해 오면서 형성된 것이라고 할 수 있다. 이렇게 될 수 있기 위해서는 경험 대상을 진정한 '너'[19]로 받아들이는 과정이 반드시 필요할 것이다. 자기중심적으로 살아온 사람은 시간이 갈수록 더 완고해지며, 자신의 가치체계를 바꾸지 않으려는 성향이 있음은 대상에게 주도권을 줄 때만이 '나'와 '너'의 진정한 만남이 이루어지고, 대상으로부터 '배우면서' 나의 변화가 생겨남을 잘 말해주고 있다.[20]

가다머의 해석학적 경험 개념이 주는 가장 큰 시사는 대상에 대한 전폭적인 수용이 경험의 시작이라는 것이다. '나–너 관계'의 대화에서 타자의 '말하는 바'에 대한 경청 없이 그에 대한 응답도 이루어질 수 없는 것처럼, 소설이 구현하는 가치를 진지히게, 그리고 수용적인 자세로 받아들이는 것이 경험을 통해 배울 수 있고, 그로 인해 자신의 성장을 도모할 수 있게 하는 데 가장 큰 역할을 한다. 그렇지만 대화가 일방적인 의사소통이 아니듯이 작품이 말하는 바에 대한 경청만으

---

19 여기서 '너'란 부버가 근원어라고 부른 'du'의 개념에 가깝다. Martin Buber, *Ich und Du*, 1954, 표재명 역, 『나와 너』, 문예출판사, 1990 참조.

20 가다머는 나–너, 즉 주체와 대상과의 관계는 나로부터 의미를 투사하는 관계가 아니며, 나의 요구에 의해서가 아니라 어떤 것이 저절로 말해지도록 하는 관계라고 설명한다 (H. G. Gadamer, J. Weinsheimer, D. Marshall (Trans.), 343면). 이런 관계에서 주체 (나)는 지배하려 하기보다는 들으려고 하며, 기꺼이 타자에 의한 자신의 변형을 감수한다.

로 경험이 완결될 수는 없다. 경청의 끝에는 응답과 또 다른 물음이 생길 수 있으며, 이러한 과정을 통해 일치된 의견을 갖는 것이 대화의 목적이다. 그러나 대화의 결과, 의견이 확연히 다름을 서로 인정하면서 의견의 불일치를 경험할 수도 있을 것이다. 그렇지만 이렇게 가치 문제에 대한 상이한 견해를 갖기 위해서라도 수용의 과정은 반드시 필요하다고 할 수 있다.

한편, '예술작품으로 하여금 네 삶을 변화시키게 하라'는 대상주도적인 가다머의 경험[21]은 누누이 보수적이라는 비판을 받아왔다. 하버마스는 작품과 해석자 간의 해석학적인 대화가 체계적으로 왜곡될 수 있는 가능성을 지적하면서 가다머가 권력과 지배의 문제를 간과하였다고 비판하였으며,[22] 이글턴은, 가다머가 선이해로 인정하는 전통이 균열과 갈등, 모순의 연속체임을 지적하였다.[23] 이러한 비판들이 어

---

[21] 가다머가 예술작품의 경험 과정에서 대상에 주도권을 주고 있다는 점은 '유희(Spiel)'로 예술경험을 이해하는 데에서 잘 드러난다. 유희의 대상주도적 속성에 대해서 이성훈은 다음과 같이 설명한 바 있다. "유희의 '이리저리 운동(die Bewegung des Hin und Her)'에서 누가 혹은 무엇이 이 운동을 수행하는가 하는 점은 중요하지 않다. 여기에 유희의 가장 근원적 의미인 능동적 수동성(der mediale Sinn)이 있다. 유희의 존재양식은 한 주체가 있고 그가 유희의 태도를 취함에 따라 유희가 유희되는 식이 아니다. 유희는 단순히 활동의 한 양식으로 이해될 수 없다. 유희 상황에서 주체가 되는 것은 유희 자체이고 유희자는 단지 유희를 표현할 뿐이다.(강조는 인용자)"(이성훈, 「해석학–진리–예술」, 『철학논집』 10, 영남철학회, 1994, 199면)

[22] 하버마스는 의사소통을 가로막고 왜곡시키는 조건들을 변형할 것을 요구하며, 그러기 위해서는 이해의 과정이 강제와 지배로부터 자유로울 수 있도록 할 필요가 있다고 주장하면서 이를 위해 통찰과 환상, 참된 정보와 왜곡된 정보를 판별할 수 있는 심층 해석학을 요구하였다(이구슬, 「전통과 비판: 가다머와 하버마스의 해석학 논쟁」, 서울대 박사학위논문, 1994 참조).

[23] "가다머에게 실제로 그가 염두에 두고 있는 것이 누구의 어떤 '전통'인지 물어보는 것이 좋겠다. 왜냐하면 그의 이론은 다음과 같은 전제들, 즉 실로 하나의 단일한 '주류' 전통만이 존재하며 모든 '정당한' 작품들은 그 전통에 참여하고 있고, 역사는 결정적인 균열, 갈등, 모순이 없는 끊임없는 연속체를 형성하며 '우리(누구?)'가 '전통'으로부터 물려받은 선입견들은 소중히 여겨져야 한다는 전제들 위에서만 유효하기 때문이다."(Terry

느 정도 타당하다고 해도 대상으로부터 배운다는 경험의 본래적 의미가 크게 손상되는 것은 아니라고 판단된다. 그러나 위 지적들은 대상으로부터 배우되, 주체는 자신이 대상에서 배운 바나 배우게 된 경로에 대해 비판하고 성찰해야 할 것이라는 시사를 한다. 따라서 가치경험의 과정은 대상주도적인 자기형성 못지않게 자기주도적인 대상비판, 혹은 대상구성을 포괄해야 할 것이다.

대상에 대해 배우면서도 대상에 대해 새로운 의문을 가지는 경험의 과정은 고전문학교육에 있어서도 중요하게 다루어진다. 다음 인용문은 우리가 고전으로부터 배울 필요가 있음과 그것에 대해 새로운 물음을 가질 권리가 있음을 잘 보여준다.

> 인간의 삶은 여러 분야에서, 여러 층위에서, 여러 각도에서 최고의 수준에 오를 수 있고, 또한 과거에 누군가 도달한 경지에 후대의 사람은 결코 도달할 수 없는 경우도 있다. 거칠게 말하면 현재의 사람들이 과거의 사람들보다 질적으로 더 잘 살 수 있다는 보장은 결코 없다. 하늘 아래 새로운 삶이 없고, 오늘날 사람들이 옛사람들보다 질적으로 나쁜 삶을 살 위험성이 항존하기 때문에 우리는 고전을 배운다. 우리는 그들이 인생에 대해 질문했던 것을 도외시하고 인생을 논할 수 없고 그들의 해답에 대한 새로운 질문으로 우리의 삶을 꾸려갈 수밖에 없음을 알아야 한다.[24]

Eagleton, *Literary Theory: An Introduction*, 1983, 김명환 외 역, 문학과비평사, 1994, 94면)

[24] 김종철, 「가치 이월과 창조 잠재력을 위한 평가-고전문학교육과 평가」, 『문학과교육』 8, 문학과교육연구회, 1999, 여름호.

위 글은 그간 전통문화의 계승과 창조라는 거창하고 추상적인 고전문학교육의 의의를 논의 가능한 수준으로 끌어와 고전교육의 가치 지향을 비교적 분명히 하고 있다. 이 글의 바탕에는 보편적 인간에 대한 믿음이 깔려 있는데, 하늘 아래 새로운 삶이 없다는 표현에서 이를 확인할 수 있다. 인생과 삶은 어느 시대, 어느 사회를 막론하고 항존적인 속성이 있으나 규범적 전통이 사회적 구속력을 갖지 못하여 개개인이 자신의 행동 규범을 스스로 만들어내어야 할 상황에 처한 현대인들이 오히려 전통적 삶의 방식보다 질적으로 못할 수 있는 경우가 있다는 것이다. 이러한 삶의 위험 부담을 줄이기 위해서 고전을 읽고 배울 필요가 있으며, 고전에서 인생에 대해 질문하고 답을 찾아간 여정은 여전히 가치 있는 것으로서 오늘날 학습자들에게 제시될 수 있다.

그러나 그 궁극적 이유는 학습자들은 고전문학이 행한 질문을 오늘날의 상황에서 다시 시도하며, "새로운 질문으로 우리의 삶을 꾸려"가기 위해서이다. 즉, 학습자는 단지 고전을 통해 배우기만 하는 존재가 아니라 거기에 새로운 의문을 던지면서 자신의 삶을 꾸려나가는 능동적인 주체여야 한다는 것이다. 이렇게 이 인용문은 고전이 말하는 바, 즉 구현하는 가치를 수용하고, 그에 대한 자신의 응답을 마련하거나 그 가치에 대해 새로운 질문을 만들어가는 것이 고전문학교육에 있어서 나―너 관계의 대화로 비유되는 해석학적 경험이 방법적 요체가 되며, 그 방향은 고전작품의 수용, 그것의 적용과 새로운 물음, 이를 바탕으로 하는 창조가 됨을 간명하게 보여준다.

이상의 논의는 가치경험이 이루어지는 범위와 가치경험이 일어나는 방식과 관련된 것이다. 요약하면, 가치경험의 범위에 대해서 듀이의 '하나의 경험' 개념으로 검토해 본 결과, 그 범위는 교육적 계획에 따라 달라질 수 있는 것으로서 이 연구에서는 가치경험이 소설의 읽기로부터 시작하여 가치경험의 최대치이자 종착점으로서 소설 자체의 내재적 가치를 경험하기 위한 소설 쓰기를 통해 완결된다는 입장을 취하였다. 그리고 가다머의 '해석학적 경험' 개념에 의거하여, 가치경험은 작품이 표상하는 가치를 수렴적으로 수용하여, 대상에 주도권을 준 채 자기를 형성하는 과정과 자기주도적으로 대상을 구성하는 과정을 거치면서, 소설의 가치에 대한 판단을 내리는 대화의 구조로 이루어짐을 논하였다. 이러한 논의를 바탕으로 가치경험의 절차 영역을 설정하는 표를 그릴 수 있는데, 가로축은 경험의 범위로서 텍스트에서 현실로 이어지는 선이며, 세로축은 대상주도적인 경험의 방향과 자기주도적 경험의 방향을 나타낸다. 가로축과 세로축을 교차하였을 때, 학습자의 가치경험이 이루어지는 영역은 다음의 표와 같이 도출될 수 있다.

| | |
|---|---|
| ㉠ 몰입과 참여를 통한 이해 | ㉡ 대상중심적 자기형성 |
| ㉣ 글쓰기를 통한 가치 실천 | ㉢ 자기중심적 대상구성 |

    이렇게 가치경험이 절차화 될 수 있다면, 이하의 내용에서는 이러한 절차 영역에 필요한 학습자의 수행 활동은 무엇인지 구체적으로 논의하도록 하겠다.

# 3) 가치경험의 절차에 따른 수행 활동

## (1) 몰입과 참여를 통한 이해

이 단계에서는 언어적 형상과 소설의 형식을 매개로 소설에 구현된 가치를 섬세하게 읽어내고 소설이 제안한 가치를 수용하는 경험이 이루어진다. 이 때 소설의 가치 형상화 방식은 소설의 가치를 경험하기 위한 경로로서 의미가 있으며, 이에 따른 섬세한 읽기와 그로 인한 민활한 반응은 곧 '경청'의 경험이라고 할 수 있다. 이 경험을 위해 학습자는 소설을 분석 대상이 아니라 스스로 말하는 존재인 '너'로 받아들이는 태도가 필요하다. 소설을 '너'로 받아들인다는 것의 의미는 타자로서 소설작품의 존재를 그대로 인정하는 것을 말한다. 여기서 타자는 주체의 목적을 위해 활용되는 도구적 대상도 아니며, 그렇다고 독립적 단위인 자율적인 주체처럼 자기완결성을 갖고 있는 객관적 실체도 아니다. 이 타자는 주체에게 자기의 바람을 말하고 주체에게 영향을 주려 하는, 관계를 지향하는 존재이다. 소설이 관계적인 속성을 갖고 있다는 것은 소설의 자기 완성이 독자에게 읽힘으로 완결된다는 소통적인 운명에 내재되어 있으며, 수많은 고전소설의 이본들이나 한 작품에 대한 다양한 비평은 독자의 응답을 기대하는 소설적인 의도가 실현된 것이라고 할 수 있다.

이 경험의 단계에서 학습자는 스스로를 '너'인 소설에 의해 영향을 받는 존재로 규정된다. 이로 인해 학습자를 수동적 존재로만 여긴다는 비판을 받을 수도 있을 것이다. 그렇지만 학습자가 문학을 통해 무언가를 '배우기' 위한 과정에서 수동성은 오히려 미덕이 된다. 학습자를 능동적이고 자율적인 존재로만 여겨서 대상과의 만남에 있어서 자기 의식을 투사하게 한다면, 학습자가 대상을 경험하게 한 결과 얻게 되는 것은 자기 의식의 재생산일 뿐이다. 그것이 목적이라면 굳이 소설을 읽히지 않아도 될 것이다. 그리고 학습자는 대상의 영향력이 강조되는 이 단계를 거쳐서 대상의 영향에 대한 자신의 판단을 내리는 이후의 단계로 이동하기 때문에 여기서의 수동성만을 보고 일면적인 판단을 할 수는 없을 것이다. 따라서 이 단계에서는 학습자가 소설과의 만남을 통해 자신의 '정신적인 키'가 커졌다는 느낌을 받을 수 있도록 대상에게 주도권을 주는 것이 타당하다.

소설의 가치를 수용하기 위해서는 먼저 소설의 가치를 받아들일 태세가 되어 있어야 할 것이다. 이 때 필요한 것이 삶의 실제적 관심의 환기이다. 애정소설은 다루고 있는 애정이라는 제재로 인하여 학습자의 관심과 흥미의 대상이 될 수 있다. 학습자는 자신의 애정과 관련된 문제를 환기하며 애정소설에서 무언가를 배울 준비를 할 수 있다. 일반적으로 아동 및 청소년의 애정 문제는 학생의 본분에서 벗어난다고 하여 사회로부터 적극적으로 인정되지 않으며, 가르치지 않아도 저절로 알게 되는 것이기에 교육에서도 중요하게 다루어지지 않는다. 그러나 애정 문제는 청소년기의 발달 과업에 속한 문제로서 이 과업의 성공적인 달성은 개인적 행복과 이후 과제에서의 성공에 이르게 하지만, 그렇게 되지 않을 경우 개인적인 불행과 사회적 비난 그리고 이후 과제에서의 실패를 초래하게 될 수 있다고 할 만큼 학습자의 좋은 삶의 관건이 되는 중요한 가치 문제이다.[25]

---

**25** 헤비거스트가 제시한 청소년기의 열 가지의 발달 과업 중 '양성의 동년배들과 새롭고 더욱 성숙한 관계를 맺는 것', '남성 혹은 여성의 사회적 역할을 수행하는 것', '부모 및 다른 성인들로부터 정서적으로 독립하는 것', '결혼과 가정생활을 준비하는 것', '행위의 지침이 되는 일군의 가치들 및 윤리 체계를 지니는 것' 등은 모두 애정과 관련된 삶의 경험과 유의미한 관계를 맺는 것으로서 애정 문제는 청소년의 발달 도정에서 있어서 매

그리고 애정소설에서 다루는 문제는 단지 애정에만 국한된 것이 아니라 애정을 매개로 하여 끌어온 자아와 세계의 불화의 문제를 담지하고 있다. 청소년기의 자아 역시 세계와의 갈등을 겪고 있다. 특히 청소년은 어른과 아이의 이항적 범주 어디에도 속하지 못하고 항상 '물의를 빚는' 이항의 겹치는 영역에 속한다.[26] 그래서 '청소년' 뒤에는 '문제'라는 표현이 자주 붙는다. 우리 사회에서 청소년이 문제인 것처럼 청소년에게도 사회가 문제이다. 청소년기의 자아는 가족, 또래 집단, 학교 등의 집단과 갈등 관계에 놓일 수 있으며, 나아가 기존에 만들어진 세계에 대한 의문과 문제 의식을 가질 수 있다. 특히 청소년기는 사회적 가치들과 교섭하면서 자기의 가치를 갖게 되는 시기이기에 과거에 지녔던 가치와 새로운 가치가 자아 내면에서도 충돌하는 갈등을 겪기도 한다.

이처럼 청소년기의 독자들은 애정소설과 자신의 실제적인 삶의 관심을 접목시킬 수 있는 계기들을 충분히 가지고 있으므로, 학습독자들은 이러한 관심을 환기하여 애정소설의 가치를 받아들일 준비를 할 수 있다. 이러한 준비 과정은 소설의 도덕적 가치를 발견해 내기 위하여 반드시 필요한 과정이다. 그런데 이렇게 실제적인 삶의 관심을 적용하여 소설을 읽는 것은 소설이라는 미적 대상에 대해 미적 거리를 두는 데 실패한 것이라고 평가되기도 한다. 미적 태도로서 거리두기를 강조하는 미학자의 논지에 따르면, 작품에 대해 실제적 삶의 관심

---

우 큰 비중을 차지한다고 할 수 있다. 이 밖에 헤비거스트가 제시한 발달 과업은 '자신의 체격을 수용하고 신체를 효과적으로 활용하는 것', '경제적 독립의 보장을 이룩하는 것', '직업을 선택하고 준비하는 것', '시민으로서의 능력에 필요한 지적 기능과 개념들을 발달시키는 것', '사회적으로 책임 있는 행위를 열망하고 수행하는 것' 등이 있다(Robert J. Havighust, *Human Development and Education*, Mckay, 1953, 2면).

26 박명진 편, 『비판커뮤니케이션과 문화이론』, 나남, 1989, 83면.

을 적용하지 않는 거리두기는 오히려 작품의 세계로의 적극적인 몰입을 위한 전제 조건이라는 것이다.[27]

그러나 실제적인 관심의 적용이 반드시 작품으로의 몰입을 방해하는 것은 아니다. 오히려 그로 인하여 소설에서 제기하는 가치 문제가 무엇이며, 이 소설은 그런 문제에 대하여 어떤 판단을 하고 있는지 주의 깊게 보는 태도를 가질 수 있다. 예를 들어, 〈주생전〉을 읽을 때, 변심한 애인을 둔 사람이 주생의 형상을 통해 변심한 자기 애인을 보았다고 하자. '미적 거리'의 관점에서 보면, 이 사람의 미적 대상에 대한 거리두기를 못하여 관조에 실패한 것이다. 그러나 정작 이 사람은 이 소설을 통해, 움직이기 마련인 애정의 속성을 깨닫고 변심한 애인을 원망하기보다는 스스로의 행복을 위해 어떤 결정을 할 수 있을 것인가 고민하면서 더 나은 삶을 위한 어떤 판단에 도달하는 경험을 하였다면 그 사람의 삶에서 〈주생전〉은 도덕적인 기능을 행한 것이다.[28]

이처럼 몰입에 앞서 삶의 문제와 관련하여 환기된 관심은, 그것이 과도하게 직접적인 것이어서 읽기 자체를 방해하는 경우가 아니라면, 오히려 작품에서 다루고 있는 가치 문제에 집중하고, 문제를 분규화

---

27 벌로프는 거리의 작용을 두 가지로 분석하고 있다. "그것은 소극적인 억제적 측면-사물의 실제적 측면들과 그들에 대한 우리의 태도를 단절시켜 놓는 일-과, 적극적인 측면-금지적인 심적 거리의 행동 때문에 일어난 새로운 기초에 입각하여 경험을 조작하는 일-을 갖는다."(Edward Bullough, "'Psychical Distance', as a Factor in Art and an Aesthetic Principle", Elizabeth Wilkinson(Ed.), *Aesthetics: Lectures and Essays*, Stanford, 1957)

28 변심한 애인은, 질투심에 사로잡힌 남편이 〈오델로〉를 관람하는 벌로프의 예를 변용한 것이다. 만약 그 남편이 거리두기에 실패한다면 "시선이 급작스레 뒤집힘으로써 그 남편은 데스데모나에게 배반당한 오델로를 더 이상 보지 않고, 데스데모나에게서 자기 부인을 오델로에게서 비슷한 처지에 있는 자기 모습을 보게 될 것이다."(Edward Bullough, 위의 글, 99면) 그는 또 거리를 상실한 경우를, 악한이 공격하고 있는 여주인공을 구하기 위해 무대 위로 뛰어 오르는 관객의 예를 들어 설명하였다.

시키고 극점으로 몰아가는 플롯에 주의를 기울이며, 적극적으로 작품의 주제적인 의미를 발견하려고 노력하는 데 도움이 된다. 또, 실제적 관심은 유사한 삶의 문제에 처한 인물에 대해 공감을 용이하게 한다. 공감에는 타자중심적 공감과 자기중심적 공감이 있다고 할 때, 자기를 주인공의 상황과 처지에 놓아보고 자기라면 어떻게 했을지, 어떤 감정을 가졌을지 상상하는 활동은 자기중심적 공감에 해당한다. 이러한 공감이 자신과 유사한 삶의 문제를 갖고 있는 주인공에 대하여 비교적 수월하게 이루어질 수 있음은 충분히 짐작할 수 있다.[29]

삶에서 이끌어진, 가치에 대한 관심은 작품에 대한 우리의 흥미와 즐거움을 높여주어 소설의 서사세계로의 몰입을 촉진할 수 있다. 그렇지만 실제적 관심이 없이도 우리는 문학 작품을 읽으면서 전념하고 몰입할 수 있다. 우리가 전혀 다른 취향이나 이데올로기를 가진 작품을 읽으면서도 즐거움을 얻을 수 있는 이유도 우리가 작품을 읽으면서 어느 정도 자신을 잊고 작품 속의 세계에 몰입할 수 있기 때문이다.[30] 몰입(indulgence)은 어느 정도 자기를 포기하며 작품의 세계에 빠져드는 것이라면, 독자의 참여(engagement)라는 표현은 수용자의 주체적인 활동처럼 보여 이 둘의 관계가 이율배반적인 것으로 여겨질

---

[29] 물론 이러한 자기중심적 공감에 그쳐서는 안 될 것이다. 문학 작품에서 인물을 만나는 과정을 상담의 상황으로 치환해 본다면, 인물에 대한 자기중심적 공감은 "그래요, 나에게도 그런 일이 있었지요."라는 식의 이야기를 하는 경우에 일어나는 것이다. 그러나 메이는 이는 잘못된 상담자의 자세이며, 상담자는 자신을 버리고, 거의 백지 상태로 자기를 내담자에 몰입시켜야 한다고 한다. 이는 위대한 자기 포기이며, 자기 인격의 일시적 부정이지만 그렇게 함으로써 자기 마음속에 백 배로 풍부해진 자기를 발견한다는 것이다(Rollo May, *Art of Counseling*, 1967, 이봉우 역, 『카운슬링의 기술』, 분도출판사, 1999, 89면).

[30] R. E. Palmer, 앞의 책, 25~26면. 팔머는 문학 작품을 읽을 때 우리가 몰입할 수 있는 이유에 대하여 문학 작품은 이해되는 대상이기 이전에 '목소리'이기 때문이라고 설명한다.

수 있다. 그러나 여기서 말하는 참여란 작품의 의미를 공동으로 생산하는 자로서의 참여로서, 소설의 소통 이론으로 말하자면 내포 독자의 위치에 서는 것을 말하며, 가다머의 해석학에 의하자면 해석학적 대화에서 '너'에 해당하는 작품의 목소리에 귀 기울이며 듣는 경청자로서 대화에 참여하는 것을 의미한다. 그렇다고 본고에서 수용자를 수동적인 존재로만 보는 것은 아니다. 내포 독자로서의 경험을 바탕으로 비평적 독자가 될 수 있으며, 경청을 한 결과 그에 대한 자신의 응답을 만들 수 있기 때문이다.

본고는 몰입과 참여로서 읽기의 구체적인 방법으로서 '따라가기(followability)'와 '감염되기(infection)'를 제안하고자 한다. 전자는 리쾨르가 강조한 것으로서 "결말에서 실현되는 어떤 기다림의 안내를 받아 우연적이고 돌발적인 사건들 한가운데로 나아가는 것"[31]을 말한다. 따라가기는 서사세계의 연속적인 행동과 생각, 그리고 감정들이 어떤 특정한 방향을 제시하는 데 따라 그것을 이해하는 것이자, 줄거리의 전개 과정을 통해 앞으로 떠밀려가며 과정 전체의 완성과 결과에 대한 기대를 갖고 제시된 결론을 받아들이는 것이다.[32] 리쾨르는 줄거리를 염두에 두고, 따라가기라는 이해의 전략을 제안하였지만 이 연구는 가치 형상화 방식이 안내하는 경로를 따라 독자의 작품의 의미와 가치의 세계로 몰입하는 것을 따라가기라고 재규정하겠다. 소설의 의미와 가치는 자신의 역동성을 갖고 있는 형상성(image)과 형식을 통해 철저하게 매개되어 있는 것[33]이기 때문에 가치 형상화 방식의

---

**31** P. Ricoeur, *Temps et récit*(I), 1983, 김한식, 이경래 역,『시간과 이야기 1』, 문학과지성사, 1999, 152면.

**32** P. Ricoeur, 앞의 책, 299~302면.

**33** R. E. Palmer, 앞의 책, 341면.

매개를 따르지 않고서 소설이 '말하는 바(what is said)'에 도달할 수 있
는 방법은 없다. 어떤 것을 이해한다고 하는 것은 곧 그것을 분석하고
제어할 수 있다는 게 아니라는,[34] 주객이분법에 대한 비판을 겸허히
받아들이자면, 소설의 가치 형상화 방식은 분석, 비판하기 이전에 우
리가 따라야 할 대상이다. 이렇게 소설이 일으키는 기대와 이끌림을
따라가면서 읽을 때, 소설이 말하는 바는 논증의 대상이자 절차의 합
법성에 따라 평가할 수 있는 것이 아니라 가치 형상화 방식의 내적 일
관성에 뒷받침되며, 그로 인해 우리에게 수용 가능한 것이 된다.

한편, 감염(感染)은 작품에 공감하고, 그 작품을 감상한 다른 사람
들과도 공감을 하고자 하는 태도를 말한다. 톨스토이는 훌륭한 예술
의 감염성으로 인하여 수용자는 예술가와 자신 사이의 구별뿐만 아니
라 같은 예술 작품을 받아들이는 모든 사람들의 구별을 없앨 수 있다
고 한다. 그로 인하여 수용자는 자기가 다른 사람들과 더불어 하나의
감정으로 결합되는 상태가 되는데, 여기에 예술의 중요한 매력과 본
질이 있다는 것이다.[35] 그렇지만 근대적인 주체관에 의해 우리는 다
른 사람에게 영향을 받는 것을 자율적이지 못한 것이며, 그들의 감정
에 감염되는 것은 비이성적이라고 폄하하면서 '자율적 의미 구성'이나
'비판적 읽기'를 중시하게 되었다. 그러나 이렇게만 문학 작품을 읽어
낸다면, 결국 문학 작품은 자기 확인을 위한 자료이거나 이성 훈련의
도구가 될 뿐이다. 문학교육은 문학작품의 감염성을 중심에 두고, 상
상을 통해 다른 사람의 감정적 삶에 참여하게 하며, 보편적 감정을 매
개로 한 인간의 연대를 꿈꿀 수 있게 해야 할 것이다. 이를 위해 문학
작품을 읽는 과정에서 교사는 감염의 중요성을 인지시키고, 대상의

---

**34** P. Ricoeur, 위의 책, 301면.

**35** L. N. Tolstoi, 위의 책, 198면.

작용을 기꺼이 받아들이는 읽기 태도를 강조할 필요가 있다.

### (2) 대상주도적 자기형성

이 단계에서는 소설의 가치에 의해 영향을 받아 주체가 자기를 형성하는 경험이 이루어진다. 앞서 소설을 읽기 전 활동으로 '실제적 삶의 관심의 환기'를 제안한 바 있다. 학습자들은 각자의 선입견을 가지고 소설을 읽지만, 소설의 가치 형상화 방식을 따라 발견한 의미 내용은 자신이 처음에 예상하고 기대했던 것과는 다르게 된다. 소설의 가치 주장은 청소년으로서 학습자가 이미 축적한 경험으로부터 형성한 가치관에 일종의 자극이며 충격이 될 수 있다. 이는 학습자에게 가치 갈등을 유발하게 하는데, 여기서는 학습자가 자신이 이미 가지고 있었던 가치와 소설이 제안하는 가치의 갈등 문제에 대해 어떠한 태도를 취하며, 소설로부터 받은 영향을 어떻게 자기화할 것인지에 대해 논의하려 한다.

결론부터 말하자면, 학습자는 소설이 학습자의 내면에 일으킨 가치 갈등의 상황에 대해서도 실천지를 활용해야 할 필요가 있다는 것이다. 그렇게 하는 것은 소설을 읽은 바를 자신의 인격(character)으로 흡수하기 위해서이다. 만약 어떤 사람이 자신의 가치관과 배리되는 작품을 읽었다고 하자. 이 사람은 따라가기의 전략을 통해 소설이 말하는 바를 충분히 설득력을 가지는 것으로 인정할 수 있었다. 그렇지만 경험이 거기에서 그친 채, '이 소설이 말하는 바는 내 가치관과 다르군.'이라며 소설책을 접는다면, 그가 읽은 소설은 그의 인격, 곧 자기형성에 아무런 영향도 미치지 못했다고 할 수 있다. 즉, 이 사람은 대상으로부터 무언가를 배울 기회를 갖지 못한 채, 자기 의식을 재생산할 뿐이라는 것이다. 물론 이 과정에서 자신의 가치가 좀더 명료하게 보일 수도 있을 것이다. 그러나 보다 생산적인 대화라면, 어느 것이 더 정당한 것인지 심사숙고해 보는 과정을 거쳐 무엇이 다르며 어떤 점에서 일치하는지, 그래서 내가 새롭게 배운 것, 변한 것은 무엇인지를 확인하는 과정이 필요하다.

일반적으로, 소설을 읽고 난 후, 소설을 자신의 인격으로 통합하는 과정은 독자의 내면에서 진행된다. 그러나 학습자의 바람직한 변화를 계획적으로 이끌어주는 교육이라면, 이 정신적 활동이 촉진될 수 있게 하는 수행적 과제(task)를 제시해야 할 것이다. 본고에서 제시하는 학습자의 수행은 하나의 교육적 제안이지 절대적인 것은 아니다. 그리고 경험 대상을 고전소설인 애정소설로 한정하였기에 고전문학교육의 특수성으로 인해 제한된 시각을 가질 수 있다. 그러나 이하에서 논의하는 바는 소설이 제안한 가치를 학습자가 심사숙고하게 하는 절차의 예를 들어준다는 점에서 유의미하다고 판단된다.

소설이 제안한 가치를 수용하여 자기를 형성하기 위해 가장 먼저 필요한 작업은 학습자가 자신이 속한 현실과 자기 삶의 문제로 소설이 다루고 있는 가치 문제를 '번역'하는 것이다. 이러한 작업은 곧 학습자의 현실에서 소설이 행한 질문을 되던지기 위한 과정으로 의미가 있다. 애정소설이 제기한 가치 문제는 그 형태가 변모되어 학습자들의 현실에도 존재하지만 타고난 신분에 따라 인간을 차별하는 제도는 적어도 공식적으로는 이미 타파되었으며, 절대 권력을 휘두르던 군주제도 더 이상 존재하지 않는다. 이 때 애정소설의 학습자들은, 고전소설을 현대어로 번안하듯이, 애정소설이 다루었던 가치 문제를 현재적인 문제로 바꾸어 볼 필요가 있다.

이에 따라, 〈이생규장전〉은 자식의 자율성을 인정하지 않으려 하는 부모의 권위와 자신의 계획 아래 주도적으로 자기의 삶을 꾸려가고자 하는 자식의 주체성이 갈등하는 문제로 치환할 수 있고, 〈운영전〉은 인간의 자연스러운 본성이 억압당하는 사회 또는 상황에서 인간성을 실현하는 의지가 갈등을 빚는 경우로, 〈춘향전〉은 외모, 학벌, 지역, 혈통, 국적 등 여전히 편을 가르며 차별의 횡포를 부리고 있는 사회에서 평등한 관계를 소망하는 인간의 문제로, 〈주생전〉은 자기가 스스로 약속한 바를 지켜야 하는가, 어쩔 수 없는 경우라면 그것을 위반하더라도 더 나은 가치를 추구해야 하는가 하는 자기동일성의 유지와 훼손의 문제로 변형해 볼 수 있다.

이렇게 변형된 문제에 대해 학습자는 소설의 사유 방식을 다시 적용해 볼 수 있다. 즉 도덕적 지혜를 바탕으로 변형된 가치 문제에 해당하는 특수한 사안을 자신의 삶, 혹은 오늘날의 현실에서 찾아내어, 그러한 문제에 처한 행위자를 공감적으로 이해한 상태에서 서사적인 추론을 행해본다. 그러고 난 후, 소설이 제안한 해법을 대입해 보면 다음과 같은 결과를 얻을 수 있을 것이다. 〈이생규장전〉이 다루는 가치 문제를 변용한 현실의 가치 문제에 이 작품에서 행했던 가치 제안을 적용해 본다면, 집단은 성원의 자율적인 삶과 행복해질 권리를 인정해야 하며 성원 또한 집단 전체의 선에 기여하는 가치 공존의 방식을 모색해야 한다는 것이 될 수 있다. 〈운영전〉의 가치를 현실 문제에 적용해 보면, 아무리 선한 의도에서 비롯되었을지라도 인간의 내면이나 사적인 영역에까지 영향을 미치려는 권력 바람직하지 못하다는 가치 판단이 가능할 것이다. 〈춘향전〉의 춘향은 여전히 우리에게 '인간은 모든 차별의 사회적 기제에도 불구하고 평등한 존재이며, 자기 집단의 이익을 위해 상징적, 실제적 구별짓기를 하는 것은 매우 잘못된 일이다. 이미 내가 몸소 보여주었지 않았는가?'라고 하며, 〈주생전)은, '인간은 상황에 따라서 자기동일성을 훼손할 수도 있다. 그러나 그렇게 함으로써 타인에게 고통을 유발하는 결과가 초래된다면 판단과 결정에 보다 신중을 기해야 할 것이다.'라는 가치를 현재의 우리에게 제시하고 있는 것이다.

그러나 애정소설의 해법이 현실의 모든 가치 문제에 보편타당하게 적용되는 것은 아니다. 애정소설 자체에서도 유사한 가치 문제를 다루되, 다른 해법을 제시한 작품이 있었음을 상기할 때, 애정소설의 가치 주장은 하나의 제안일 뿐, 반드시 그에 따라야 할 필요는 없다. 소설이 특수한 상황과 특정 행위자에게 발생한 가치 문제의 질적 특성을 고려하여 가치 갈등을 탐구하고, 상황맥락적인 대안을 창출했던 것처럼 학습자 역시 자기 삶이나 현실의 문제에 있어서 실천지의 사유 방식을 적용해야 한다. 이를테면, 상황에 따라서, 목숨을 내걸고 저항하는 것이 용기일 수 있지만 죽기를 거부하는 것도 용기이며, 자신의 권리를 지키는 것이 주체적 선택인 것이 아니라 자기 패배를 인정하는 것도 주체성의 표징임을 깨닫는 실천지가 필요하다는 것이다. 이렇게 실천지가 운용되는 과정에서 애정소설은 일종의 조언자 역할을 한다. 이하의 내용에서는 문학작품이 삶의 조언자가 되는 의미를 고전문학교육의 관점에서 상술하도록 하겠다.

조선 후기의 애정소설은 현재의 우리가 서 있는 전통을 구성하는 고전문학이다. 고전(古典)이라 함은 옛 것[古]으로서 여전히 현재의 참조 기준[典]이 됨을 의미한다. 글자 형상이 보여주듯 典이 항시 책상 머리에 놓여 있어서 인식과 삶의 규준으로 작용하였던 것처럼 애정소설은 현재의 삶에도 일종의 기준이 될 수 있다.[36] 물론 이 기준은 시간

---

[36] 고전을 지칭하는 용어인 'classic'은 라틴어인 'classicus'에 연원을 두고 있다. 로마인들은 세금을 내는 정도에 따라 시민의 등급을 class로 구분하였으며, 그 형용사형은

의 흐름으로 인해 삶의 조건이 바뀜에 따라 구태의연한 것으로 보이고 불합리한 것으로 평가될 수 있다. 그렇지만 반드시 고전이 제시한 가치 기준에 따라야 한다는 의미에서가 아니라 삶의 시행착오를 줄일 수 있는 참조 자료로서 그러한 기준이 필요한 경우도 있을 것이다.

과거와 현재의 삶의 방식은 많은 차이가 있으며, 그로 인해 시간적 거리를 두고 있는 작품이 제기하는 가치 문제나 제안하는 가치를 그대로 적용하는 것이 불합리해 보일 수 있다. 그러나 사람의 존재 양상, 즉 태어나서 성장하며, 사랑하고, 일을 하며, 병들고, 죽어가는 삶의 과정은 어느 정도 보편적이기에 항존적인 속성이 있다. 또, 그러한 과정을 먼저 겪은 사람들의 삶의 지혜가 반드시 나중에 겪는 사람들보다 뒤떨어진 것은 아니다. 과학기술적인 진보에 있어서 현대인이 확고한 우위를 점하고 있지만 보편적인 삶의 문제를 고민하는 정신의 깊이 면에서는 오히려 뒤떨어지는 경우가 많을 수 있다. 전문가 체계가 정교하게 구축된 현대를 사는 우리들은 자신의 분야에서는 전문가일지라도 다른 분야에 대해서는 문외한이며, 그로 인해 자신의 분야가 아닌 곳에서는 다른 전문가의 조언을 들어야 하는 지식의 분업 체계에 살고 있다.[37] 그로 인하여 우리는 정작 '삶의 *기술*'에 대해 조언

---

classicus는 일등급 시민에게 주로 적용되었다. 이후, 이 말은 일등급 시민이 누리기에 적절한 최상급의 문화물에 적용되었다. 한편, 고전에는 정전의 역할이 부여되는데, 정전이라고 번역되는 'canon'의 본래 뜻은 '척도'이다. 그러니까 정전으로 인정된 고전이 아닌 다른 문헌들은 고전이 담고 있는 내용을 기준으로 가치가 평가된다는 것이다(길회성·최현무 外, 『인문학과 가치관(III): 현대 인문학의 성격과 위기』, 서강대학교 인문과학연구원, 1999, 47~48면 참조). 이렇게 가치의 척도로서 소설이 제안한 가치를 현실에 적용해 보는 것은 보수적이라는 비판에 직면할 수 있는 가능성이 있다. 그렇지만 가치의 '척도'는 반드시 그것이 가장 훌륭하기 때문에 도입되는 것만은 아니다. 尺度는 사전적으로 두 가지 의미를 가지고 있는데, 그 하나는 평가하거나 측정할 때 의거할 모범적인 기준[criterion]이 된다는 것이고, 다른 하나는 자로 재는 길이의 단위[scale]라는 의미이다. 이 연구에서도 이 두 의미가 모두 적용된다.

을 듣기 힘든 처지이다. 이러한 상황에서 우리는 상상적인 인물과 소설이 일러준 삶의 道를 자신의 삶의 조언자나 친구처럼 도입해 볼 수는 있을 것이다.[38]

애정소설이 제안하는 가치는 그것이 처한 역사적 맥락에서 진보적인 계기를 가지고 있다고 평가할 수 있다. 〈이생규장전〉은 외부적 권위에 굴복하지 않는 개인의 주체적 선택권의 중시하였으며, 〈운영전〉은 개인의 내면까지 지배하려 하였던 권력을 비판하며 개인의 존엄성을 강조하였다. 그리고 〈춘향전〉은 자존의식을 가진 동등한 인간으로서 타인을 평등하게 대해야 함을 역설했고, 〈주생전〉은 개체의 정당한 가치 실현에 있어서도 타인에 대한 배려와 자율적인 규제가 필요함을 깨우쳐 주었다.[39] 그러나 애정소설이 제안하고 있는 가치는 어느 정도 상식적이며, 상투적이고 진부하기까지 한 것으로 보일 수 있다. 그 까닭은 이미 그것이 근대적 세계를 사는 우리의 전통이 되었기 때문이다.[40]

전통(tradition)은 한 문화권의 문화적 정체성을 이루며, 그 집단에

---

**37** Anthoy Giddens, *Modernity and Self—Identity*, 1991, 권기돈 역, 『현대성과 자아정체성』, 새물결, 1997, 212면.

**38** 이러한 의미에서 부스는 소설의 도덕적 가치에 대해 논한 저서의 제목을 'The company we keep'으로 붙였다(Wayne C. Booth, *The Company we keep: an ethics of fiction*, University of California, 1988).

**39** 애정소설에 대해 특수한 사회적 배경 하에 산출된 역사적 산물이기에 현재의 애정문제가 갖는 의미와는 다를 수 있다는 점은 반드시 고려되어야 할 것이다. 이를테면, 현재 대중문화에서는 수많은 '춘향'이 만들어지는데 그들 대부분은 춘향이 가졌던 사회비판의식 등 진보적 계기를 상실한 채 신분 상승의 모티프만 취한다.

**40** 애정소설이 당대에 고전으로 인정받지 못하였으나 근대 이후, 〈춘향전〉을 위시한 일련의 애정소설이 고전으로 인정받고 전통에 편입될 수 있었던 까닭은 애정소설이 제안하는 가치인 개인의 주체성과 자유, 인간의 존엄성, 평등, 자율성 등이 근대사회가 바람직하게 여긴 가치였기 때문이다.

속한 사람들의 가치관, 사유 방식, 의사소통 방식 등을 규정한다.[41] 고전문학이 담고 있는 가치가 정치적으로 올바르든 그르든 고전을 받쳐주는 전통의 무게로 인하여 고전문학은 문화적 존재인 우리 자아의 일부가 되어 있다. 이렇게 우리의 안에 있는 전통을 발견함으로써 우리는 우리의 삶이 역사의 흐름 속에 있다는 시간성에 대한 의식을 가질 수 있는데, 이는 단지 과거에 대한 이해일 뿐만 아니라 현재에 대한 이해이자 이러한 연속성이 미래에도 존재할 것이라는 역사성에 대한 이해이기도 하다.[42] 따라서 우리는 낯익은 고전을 통해 스스로를 확인, 재발견하며 역사적인 존재로서 정체성을 가질 수 있다. 그리고 이렇게 개인적 정체성을 유지하고 그것을 더 넓은 사회적 정체성으로 연결시키는 것은 존재론적 안전감을 위해 필수적인 요구 사항이기도 하다.[43]

그러나 한편, 고전은 우리에게 낯선 존재이기도 하다. 운영이 살아

---

[41] 비고츠키의 사회구성주의 관점을 도덕성 발달에 접맥한 테편은 도덕 발달은 모든 사람에게 동일한 순서와 같은 방식으로 일어나는 것이 아니라, 사회, 문화, 역사적 맥락, 즉 전통에 따라 고유한 경향성을 가진다고 하였다. 이렇게 전통은 가치에 대한 사회적 관념을 구성하며, 개인은 이를 바탕으로 도덕성 발달 경로를 제시받아 사회화되는 것이다 (M. Tappan, "Language, culture and moral development", *Journal of Moral Educational Review*(59), 1997, 95면).

[42] T. S. Eliot은 전통에 대한 앎은 과거성에 대한 이해뿐만 아니라 현재성에 대한 이해도 포함한다고 하였다. 그에 따르면 작가는 전통을 통해 자기 세대를 뼛속 깊이 이해하는 동시에, 호머 이래로 유럽 문학 전체와 그 일부를 이루는 자국의 문학 전체가 동시적으로 존재하고 동시적 질서를 이루고 있다는 인식을 갖고 쓸 수 있다고 한다. 이 역사의식은 시간성의 의식이기도 하고 영원성의 의식이기도 한데, 이것이 작가를 전통적으로 만든다는 것이다. 이는 동시에 작가로 하여금 시간 속에서의 그의 위치, 즉 그 자신의 현재성을 가장 날카롭게 의식하게끔 한다(T. S. Eliot, "Tradition and the individual talent", Selected Essays, 1953(3판), D. Lodge, *20th Century Literary Criticism*, Longman, 1972, 윤지관·이동하·김영희 역, 『20세기 문학비평』, 까치, 1984, 71~72면).

[43] Ulrich Beck, Anthony Giddens, and Scott Lash, *Reflexive Modernization*, 1994, 임현진·정일준 역, 『성찰적 근대화』, 한울, 1998, 2장 탈전통사회에서 산다는 것, 124면.

야 했던 군주제의 사회나 춘향, 배도와 같은 기생이 존재하는 신분 차별의 사회는 이미 우리에게는 이미 지나간 과거에 불과하며, 초현실적인 세계를 설정하여 현실 세계에서 추구하던 가치를 이루게 하는 방식이나 몽유자의 꿈 속에서 진행되는 서사, 구원자의 등장으로 인해 모든 문제가 한꺼번에 해결되는 '마술적 해결' 등을 생성한 사유 방식도 현재 우리에게는 익숙하지 않다. 그러나 고전의 교육적 가치는 그 낯설음에서 역시 발견할 수 있다.[44] 낯선 고전에 대한 앎은 우리가 사는 환경이나 현재의 가치가 어떻게 형성되어 왔는지에 성찰을 제공하며,[45] 현재와는 다른 삶의 가능성을 열어 놓는다. 인간은 이러한 성찰적 앎과 삶의 가능성의 확장을 통해 특수한 지역과 시대라는 자신의 한계를 넘어서 자신의 자아를 확장적으로 형성할 수 있는 '자유'를 실현할 수 있으며, 여기에 바로 고전교육의 인문학적, 혹은 인간학적 효용이 있는 것이다.

## (3) 자기주도적 대상구성

이 단계에서는 소설의 가치에 의해 영향을 받던 주체가 소설에 대해 자기를 주장하는 경험이 이루어진다. 고전소설을 자기 삶의 조언

---

44 김흥규는 고전문학 교육이 바로 고전문학이 속한 역사성에서 연유하는 '낯설음'을 깨닫게 하는 교육이어야 한다고 주장한 바 있다(김흥규, 「고전문학 교육과 역사적 이해의 원근법」, 『한국 고전문학과 비평의 성찰』, 고려대학교 출판부, 2002). 그는 이러한 교육은 "우리에게 익숙하지 않은 시대의 사고 방식과 상상 세계를 성숙한 안목으로 이해하도록 하는 훈련"(김흥규, 같은 책, 317면)이라고 한다.

45 너스바움은 "검토된 삶"을 살 수 있는 역량을 갖추는 것을 인문교육의 목적으로 삼아야 한다는 주장을 편다. 그에 따라 고전을 통해서 거슬러 올라갈 수 있는 만큼 올라가 거기서부터 시작하여 인간의 삶 전체를 검토하는 인문교육의 내용이 필요해진다(M. C. Nussbaum, 앞의 책, 1997).

자로 삼는 것은 자신의 가치 지평을 수직적으로 확장시키며 전통문화에 속한 존재로서 자기를 형성하는 경험이다. 이는 자기를 대상에 맞추고 적응시키는 '조절(accommodation)'의 경험이라고도 할 수 있다. 그러나 그러한 경험이 충분히 이루어지고서도 학습자는 새로운 의문을 가질 수 있다. 애정소설을 예로 들면, '순수한 열정에서 비롯된 유일무이하고 영원불변한 애정은 너무나 낭만적인 관념으로, 남에 의해 부추겨진 욕망을 갖는 현대인에게는 비현실적인 것이지 않은가?', '애정을 삶의 가장 중요한 가치로 갖는 것은 지나치게 개인적이며 반사회적이라고 할 수 있지 않나?', '계급이 사회적 신분이라면 이를 극복하기 위해 모든 여성들은 춘향처럼 상위 신분의 사람을 사랑해야 하는가? 그렇다면 신데렐라를 꿈꾸는 여성들은 모두 이 시대의 춘향인가?' 등. 여기서는 이러한 자기주도적인 의문을 대상에 작용하게 하는 수행적 절차를 논하도록 하겠다.

애정소설은 다원화된 사회에서 엄격하게 적용되거나 독단적으로 부여될 수는 없지만 실제적으로 혹은 상상적으로 창조된 사람들이 살았던 삶을 보여줌으로써 우리의 가치 지평을 확장시켜 준다. 그러나 우리에게는 애정소설 이외에도 무수한 서사물이 존재하며, 도덕적 관심을 취해 다른 서사에서 발견한 가치를 이미 자기화하여 갖고 있기도 하다. 그리고 고전문학이 배경으로 하고 있는 사회와 삶의 조건이 다르기 때문에 고전문학을 통해 발견한 가치가 수용자의 삶에 적용될 때에는 어느 정도의 변용이 필요하며 비판이 행해져야 할 때도 있다. 이런 변용과 비판이 가능한 근거는 우리가 고전문학의 전통 안에 있지만, 전통이 제시한 가치들이 현실적으로는 어떻게 적용되고 변용되었는지를 세월의 흐름에 따라 좀더 명료하게 볼 수 있다는 데에서 찾을 수 있다. 이렇게 비록 우리는 거인의 어깨 위에 올라탄 난쟁이에 불과하지만, 그로 인해 거인보다 더 많이 볼 수 있는 조망권을 가질 수 있다. 그래서 우리는 전통적으로 가치롭다고 여겨졌던 덕목에 헌신함으로써 생기는 위험과 함정, 손실을 좀더 균형 있게 보고 평가할 수 있게 되는 것이다.[46]

소설의 가치 탐구 및 실천 방식이 현실의 가치 문제를 탐구하고 가치를 실천할 때에도 유의미한 정신적 형식이 될 수 있었듯이, 소설에 대해서도 이를 적용할 수 있다. 즉, 소설이 가치 문제를 제재화하고 서사적으로 탐구하며, 특정 인물을 공감적으로 제시하며 서술을 통해 독자를 감화시키고, 결말로써 가치 문제에 대한 해법을 마련하는 방식 자체도 독자의 평가 대상이 될 수 있다는 것이다. 이러한 과정은 대상이 주체를 변화시켰던 것처럼 주체가 다시 대상에게 작용하는 대상구성(Objektkonstruktion)의 경험이라고 할 수 있다. 이러한 대상구성이 가능한 근거는 독자가 소설의 가치 형상화 방식에 따라 의미와 가치를 경험하지만, 독자에게는 형상화 방식의 안내를 받는 가치 매개를 거스를 자유가 있다는 데에서 찾을 수 있다. 따라서 독자는 소설의 가치 탐구 및 실천 방식으로부터 배운, 가치에 대한 사유 형식, 즉 실천지를 다시 소설에 적용하여 소설을 평가할 수 있다.

앞서 논한 '가치의 경청적 수용'의 경험 과정에서 역시 소설의 가치를 경험하기 위해서는 소설이 가치를 탐구, 실천하는 방식의 안내를 받아 대상에 몰입하고 그 가치를 경청하는 수동적인 태도가 필요하였다. 그리고 '대상주도적 자기형성'의 경험 과정에서에서는 자기 삶의 가치 문제가 도입되기는 하여도 그것은 소설의 영향권 안에 놓여있는 것일 뿐 자기를 주장하기 위해 소용되는 것은 아니었다. 그러나 이 단

---

46 John Kekes, "Pluralism, moral imagination, moral education", J. M. Halstead & T. H. MaLaughlin(eds.), *Education in Morality*, Routledge, 1999, 176면 참조.

계에 이르러서 학습독자는 대상을 통해 변한 자신을 다시 대상에게 작용하여, 대상을 자신의 인지구조에 따라 변경하는 '동화(assimilation)' 작용을 행하게 된다.

이를테면, 독자는 도덕적 지혜를 발휘하여 소설이 형상화한 제재가 현실의 가치 문제를 포괄하지 못하고, 지엽적이고 지나치게 사적인 문제를 다루고 있다고 비판할 수 있고, 소설의 서사적 추론이 너무 단순화되어 사태의 특수한 질을 놓쳐버린다고 할 수 있으며, 인물의 사회적 역할이 공허하게 구성되었다든지 주인공이 공감 대상으로서 양태가 풍부하지 못 하다는 평가를 할 수 있다. 또는, 소설의 서술자가 개인의 자의적 판단을 보편적인 것인 양 발화하는 표현 방식이나 선악 이분법에 근거하여 가치 감화 작용을 하고 있는 서술이 이데올로기적이라고 비판할 수 있다. 그리고 소설의 결말 처리가 너무 상식적이고 도식적이어서 도덕적 상상력을 자극하지 못한다는 비판도 가능하다.

그러한 비판이 생긴다면, 학습자는 자기라면 어떻게 했을지 상상해 볼 수 있는데, 이러한 상상이 바로 대상구성의 요체이다. '내가 작가라면 몽룡이 암행어사가 되어 내려오는 것으로 결말을 구성하지 않고 춘향이 옥중에서 죽는 것으로 마무리하겠다. 그럴 때 〈춘향전〉이 신분 차별의 질서에 저항하는 의미가 더 부각될 수 있기 때문이다.', 혹은 '내가 서술자라면 〈주생전〉과는 달리 배도의 절망과 슬픔을 부각시킬 것이다. 주생이 인간의 신의를 배반한 것은 분명 잘못된 일이기 때문이다.', 또는 '내가 운영이라면 자살은 하지 않았을 것이다. 안평대군도 운영의 일을 겪고 난 후, 분명 변화될 수 있을 것이며 자식 같은 운영의 행복을 위해 아량을 베풀 수 있는 존재일 수 있기 때문이다.' 등 수용자는 소설 안에 존재하는 다양한 가치 주체

에 대해 자신을 대입해 보면서 자기주도적 대상구성의 경험을 수행
할 수 있다.[47]

특정 소설에 대해 자기주도적인 의문을 가지고 탐구하는 것도 대상
구성이라고 할 수 있지만, 보다 확장적으로는 전통 자체도 구성될 수
있는 것으로 보게 하는 시야를 갖게 하는 것도 교육적으로 필요하다.
전통은 계승되는 것이면서도 창조되어야 하는 것임을 상기할 때, 전
통 자체를 구성하는 주체가 바로 학습자임을 깨닫게 하는 것도 중요
한 교육적 실천이기 때문이다. 최근에는 '아시아적 가치'라고 하여 충,
효, 열과 같은 유교적 가치의 복권과 부활이 활발하게 논의되고 있
다.[48] '아시아적 가치'에 대한 활발한 논의는 높은 교육열을 바탕으로
고도의 경제 성장을 이룰 수 있었던 동아시아의 문화적 전통에 대한
관심에서 촉발된 것이다. 논자들은 유교가 불교, 도교와 함께 한국인
을 한국인답게 만들어온 중요한 전통이며, 이 전통을 새롭게 해석할
필요가 있다고 강조하며, 미래의 도덕적, 전통적 상징을 제공할 수 있

---

**47** 소설의 가치에 대한 평가는 긍정과 부정 사이의 스펙트럼 안의 다양한 지점에 존재할 수
있는 것으로서 반드시 반론으로서의 판단만이 자율성이나 비판성의 표지가 될 수 있는
것은 아니라는 사실은 유념해야 할 것이다. 근대적 자아는 전통에 대한 비판을 통해 자
율적 주체이자 전통의 선입견을 반성할 수 있는 이성적 주체로서 자기를 새롭게 정립할
수 있었다. 이러한 역사적인 의의를 부정하는 것은 아니지만 자율적 주체의 자기 기획이
공동체의 선에 기여하지 않을 수 있으며, 그로 인하여 개인이 추구하는 행복도 충분히
만족스럽지 않을 수 있다. 그리고 전통은 일종의 사회적 자산이다. 자신의 한계를 인정
하는 성숙한 자율적 주체라면 이 공공재(公共財)를 무조건 부정하기보다는 전통과의 소
통 방식이나 전통의 활용 방안에 대하여 숙고하는 태도를 가져야 할 것이다.

**48** 대표적으로, 유교문명의 사회구조적 특징을 갖는 한국사회의 가치관 혼란의 상황에서
뒤르케임의 사회학에 근거하여 전통 윤리로 새로운 도덕성을 확립하려는 시론적 연구
(민문홍, 『에밀 뒤르케임의 사회학』, 아카넷, 2001)와 아시아적 발전 모델은 경제 위기
의 상황에서도 여전히 유효하며, 공동체주의, 가족주의, 교육의 숭상 등은 보편적인 가
치로 존중되어야 함을 주장하는 함재봉, 김병국 등의 『전통과 현대』 동인들의 논의가
있다.

는 것으로 본다.[49] 이는 전통을 구성하는 한 예가 될 수 있다.

그렇지만 '아시아적 가치'가 국가주의 담론과 결합하여 비민주적인 관행을 전통이란 이름으로 용인하게 하거나 권위주의적인 인간관계를 강요할 수 있는 가능성이 있으며, 애정소설은 바로 이에 대해 비판을 행한 것임을 상기해야 할 것이다. 이에 따라, 우리는 유교적 가치를 우리가 되살려야 할 전통적 가치라고 받아들이기 전에 애정소설이 행한 유교적 가치에 대한 비판에 귀를 기울여 볼 수 있다. 이처럼 '전통'임을 자처하는 현재의 문화에 대한 비판의 근거도 전통이 제공한다. 이러한 점은 전통이 단일한 흐름이 아니라 다양한 연원의 문화를 포괄한 '전통들'이며, 그 안에서도 끊임없는 헤게모니 쟁탈전이 벌어지는 것으로 보아야 할 필요성을 제기한다. 이렇게 전통은 행위자의 정당성을 주장하기 위해 역동적으로 재구성되고 변모되는 것으로서, 그렇게 하는 주체는 바로 자신일 수 있다는 생각을 하게 하는 것이야말로 학습자의 자기주도적 대상구성이 갖는 교육적 의의이다.


## (4) 글쓰기를 통한 가치 실천

대상주도적 자기형성과 자기주도적 대상구성은 소설에 대한 자기응답을 하기 위해 필요한 절차이다. 소설을 자기 삶에 끌어와 자기를 변화시키는 조절과 자기가 소설의 세계를 주도해보는 동화의 과정을 거쳐 비로소 학습자는 소설에 대한 자기 응답을 마련할 수 있다. 이 응답은 학습자의 마음속에서 명제적 형태로 내려지는 것이 아니라 글쓰기로 실천되어야 한다. 앞서, 가치경험의 단계를 설정하는 데 있어

---

**49** 「이재열 교수와 로저 에임스(Roger Ames) 교수의 대화」, 『조선일보』, 2001년 2월 12일.

서 소설 쓰기를 경험의 종결점이라고 한 바 있다. 학습자가 쓰는 소설이 전문가적인 수준의 완성도나 출판물의 형태를 갖출 필요는 없다. 그렇지만 학습자는 가치를 탐구하고 실천하는 문화적 산물인 소설을 씀으로써 언어로 가치를 다루는 능력을 신장시킬 수 있으며, 자기 가치에 대한 권위 의식(moral authority)을 가질 수 있다.[50] 특히 고전문학이 제안한 가치에 대하여 소설적인 응답을 해봄으로써 학습자는 전통문화가 어떻게 구성되고 변용되는지 이해하게 되는 동시에 문화를 변화시키는 주체로서 실천력을 갖게 된다.

지금까지 문학교육에서는 문학 감상 결과를 쓰기를 통해 외화, 강화하고자 할 때, 대표적으로 두 가지 글쓰기 형태를 제안하였다. 그 하나는 '비평적 글쓰기'[51]이다. 이 류(類)에 대표적인 '비평적 에세이'는 형식에 구애됨 없이 문학 작품에 대해 자신이 사고한 바를 쓴 글을 말한다. 그러나 가치경험의 연속적 단계에서 비평적 글쓰기를 학습자의 수행으로 제시할 때에는 교육적인 제한이 필요하다. 이를테면, 소

---

[50] 특히 쓰기는 '도덕적 권위'를 갖게 하는 데 유용한 전략이 된다. 테판은 개인이 도덕적 경험을 숙고하여 서사적 형식으로 표현할 때 개인의 도덕적 주체 의식이 높아진다고 보았다. 글쓰기의 과정에서 익혀지는 '저자의식(authorship)'은 자신의 도덕적 관점을 분명히 인지하고 표현할 수 있게 하며, 도덕적 문제나 갈등에 직면하여 개인이 생각하고 느끼고 행위하는 것에 대한 존중과 권한을 부여해주며, 자신의 도덕적 행위에 책임감을 가지게 하는 '도덕적 권위'를 배양한다(M. Tappan, "Narrative, Authorship and Development of Moral Authority", M. Tappan & M. Packer(Eds.), *Narrative and Storytelling: Implications for understanding moral development*, Jossey-Bass, 1991, 7면).

[51] 비평적 글쓰기의 대표적인 것으로 비평적 에세이 쓰기가 있다. 비평적 에세이는 문학 작품에 대해 자신이 사고한 바를 깊이 있게 쓴 글로, 주어로 '내'가 등장하는 사적인 글쓰기도 허용하며, 일정한 형식이나 틀을 제한하지 않는다(김대행 외, 앞의 책, 2000, 445~456면). 서유경은 주어진 문학 작품에 대한 어떠한 메타적 인식과 비평 의식이든, 짧게든 길게든, 가볍게든 깊이 있게든 수용자의 주관적 의식을 표현하는 글쓰기를 총칭하는 것으로서 '비평적 글쓰기'를 제안하였다(서유경, 「공감적 자기화를 통한 문학교육 연구」, 서울대 박사학위논문, 2002, 135~136면).

설의 가치가 형상화 방식을 통해 총체적으로 매개된 것으로서 명제적 형태로 이해하기 힘든 것임을 인지시키고, 소설의 가치를 평가, 판단할 때에도 도덕 원리에 의해 '옳다, 그르다'라고 판정하는 것이 아니라 소설적 사유 방식을 동원해야 함을 강조해야 할 것이다.

이러한 제한은 학습자의 글쓰기에 제약으로 작용하지 않는다. 오히려 비평적 글쓰기의 내용과 형태를 다채롭게 구성하게 하는 아이디어를 제공할 수 있을 것이다. 예컨대, 학습자는 인물의 심경 고백, 적대자로 설정된 인물의 자기 변론, 내포작가와의 대화 등 대상과 관련 하에서도 얼마든지 주관적 의식을 표출하는 글을 쓸 수 있을 것이다. 특히 경험이 대상을 두고 이루어지는 대화적인 것이라면, 경험의 결과는 이러한 글쓰기를 통해 보다 잘 드러날 수 있을 것이라고 판단된다. 더욱이, 글쓰기가 주관적 의식을 외화하는 것에 불과한 것이 아니라 그것을 생산해 내기도 하는 것일진대, 특정한 글쓰기 형식을 제시하는 것은 학습자의 자기화된 의미를 구성하게 하는 자극이 될 수 있다는 점에서 무정형적인 비평적 글쓰기는 교육적으로 보다 정교화되어야 할 것으로 보인다.

다른 하나는 개작 텍스트 쓰기이다. 개작 텍스트는 소설이 제안한 가치를 다시 소설의 가치 사유 방식으로 실험하면서 학습자의 가치판단과 소설 가치에 대한 응답을 가능하게 해주기에 형식중심 가치경험의 교육내용과 내용중심 가치경험의 교육내용을 포괄적으로 결합시킬 수 있는 유용한 교육방법이 될 수 있다. 개작 텍스트 쓰기는 소설의 가치에 대한 판단과 비평의 실천이며, 소설의 가치 사유 방식을 다시 대상에게 적용하여 대상을 재구성하는 형식 실험이다. 이러한 교육적 의의가 강조된 개작 텍스트 쓰기는, 그것을 쓰고 나서도 자신의 행위가 무엇을 의미하는지 파악하지 못한 채 개작을 단지 소설 이해의 보조적 방식이라고 여기게 하는 교육과는 달리, 개작 행위가 자신에게 어떤 의미가 있는지 스스로 설득하게 함으로써 보다 큰 교육적 효과를 기대할 수 있을 것이다.

소설에 대한 자기 응답을 글쓰기로 실현하는 활동의 중요성은 이미 앞서 검토한 애정소설들이 잘 보여주고 있다. 문학작품 자체가 담고 있는 가치는 이미 우리에게 진부한 상식이 된 것이라고 할지라도 이러한 가치들은 과거의 문학 작품에 대한 반론이며, 당대의 현실에 대한 문제 제기에서 비롯된 것일 경우가 많다. 〈구운몽〉에 대한 반론을 펼치며 〈구운몽〉과는 다른 삶의 가치를 제안한 애정소설이나 하나의 이야기에 대해 다른 가치 판단을 적용하여 새로운 이본을 생성한 경우, 유사한 제재를 다루면서도 다른 결말을 맺음으로써 상호텍스트적인 응답과 반론을 행하였던 고전소설의 향유 문화는 수용자의 응답이 전통을 창조적으로 계승하는 근원적인 동력임을 잘 보여준다.

우리가 문학사에 있어서 혁신을 이룩한 작품이라고 평가하는 〈무정〉도 전통적으로 존재하는 애정소설에 대한 응답이라고 할 수 있다. 영채는 〈채봉감별곡〉의 채봉처럼 자신의 몸을 팔아 부모를 구하려 했으며, 춘향처럼 기생이 되어서도 한 남성에 대한 순정을 잃지 않았다. 애정소설이라면 형식은 〈채봉감별곡〉의 필성처럼 영채의 정절을 의심하지 않고 영채를 한결같이 사랑해야 하며, 몽룡이 춘향에게 그러하였듯이, 영채의 열(烈)에 감명 받고 영채를 구원해야 한다. 그러나 형식은 필성처럼 애정가치를 절대적으로 믿기에는 현실적 욕망이 컸으며, 몽룡 같이 구원자 역할을 하기에는 미약한 사회적 힘을 가졌다.[52] 형식은 영웅소설의 주인공과 같은 행로를 겪지만 그는 몽룡이

---

52 형식은 영웅소설의 주인공과 같은 행로를 겪지만 그는 몽룡이 될 수 없었다. 고아에서 박 진사의 구원을 받고, 고난을 겪다가 동경 유학을 했지만 그는 몽룡과 같은 지위로 출

될 수 없었다. 영채를 중심으로 보았을 때, 영채에게 가해지는 시련이 가장 심각하게 드러나는 부분은 정절을 잃은 영채가 대동강에 빠져 죽으려고 결심하는 곳이다.[53] 〈소학〉과 〈열녀전〉을 통해 전통적인 윤리를 가치화한 영채의 서술 행로를 자연스럽게 따르자면, 영채는 대동강에서 비극적인 최후를 맞으며 인륜성을 상실한 '무정'한 세상을 비판해야 했을 것이다. 그러나 이 소설의 내포작가는 영채를 살려내는 방향으로 서사를 진행한다. 아무리 근대적 애정관이 소중하다고 하여도 전통적 가치를 믿고 실천한 인간의 파멸을 그려낼 수 없었기 때문이다.

내포작가의 가치 혼란은 형식의 내면적 가치 갈등에도 드러난다. 형식은 정절을 훼손당한 뒤, 영채가 대동강에 빠져 죽으러 간 것에 대하여 "이론으로는 영채의 행위를 그르다 하면서도 정으로는 영채를 위하여 울지 아니하지 못하였다."라는 불분명한 태도를 보인다. 그래서 형식은 영채를 '순결, 열렬한 구식 여자'라고 하였다. '순결, 열렬'하다는 것은 전통 사회의 윤리에 따른 평가이며, '구식'이라고 하는 것은 그것이 새로운 시대에는 어울리지 않는 것임을 의미한다. 영채에 대

---

세할 수는 없는 것이 당대의 현실이기 때문이다.

**53** 〈무정〉의 서술자도 그러한 점을 의식했던지 독자를 향해 직접 발화하며 다음 이야기가 어떻게 전개될지에 대한 긴장감을 유발한다. "독자 여러분 중에는 아마 영채의 죽은 것을 슬퍼하며 눈물을 흘리신 이도 있겠지요, 고래로 무슨 이야기책에나 나오듯, 늦도록 일점 혈육이 없던 사람이 아들 아니 낳은 자 없고, 아들을 낳으면 귀남자 아니 되는 법 없고, 물에 빠지면 살아나지 않는 법 없는 모양으로, 영채도 아마 대동강에 빠지려 할 때에 어떤 귀인에게 건짐이 되어 어느 암자의 승이 되어 있다가 장차 형식과 서로 만나 즐겁게 백년가약을 맺어, 수부귀다남자하려니 하고, 소설 짓는 사람의 좀된 솜씨를 넘겨보고 혼자 웃으신 이도 있으리라."(이광수, 『(바로잡은) 〈無情〉』, 김철 校註, 문학동네, 2003, 508~509면) 고전소설의 여주인공이 정절을 잃은 적은 한 번도 없다. 그렇다고 그들에게 위기의 순간이 없는 것은 아닌데, 이들이 주로 택하는 방법은 주로 자살이다. 그러나 이들은 절대로 죽지 않고 구원자에 의해 다시 살아나게 된다. 〈무정〉의 서술자는 이러한 고전소설의 '문법'을 잘 요약하고 있다.

한 형식의 태도는 이처럼 양가적이라고 할 수 있다. 이러한 양가성(兩價性)은 〈무정〉이 전통과 근대의 가치 갈등을 바탕으로 쓰여진 소설임을 시사한다. 전통적 가치는 영채로 표상되는 구식 여자로, 근대적 가치는 기독교 집안에서 근대 교육을 받은 신식 여자인 선형으로 나타나 가치 갈등의 주체인 형식을 정점으로 삼각관계를 형성한다. 그리고 이 두 인물로 나타나는 선택항은 형식에 있어서는 윤리적 당위와 개인적 욕망이기도 하다.[54] 따라서 작품의 문면에 나타난 애정 삼각관계는 그 심층에 존재하는 전근대적인 가치와 근대적 가치, 당위적 가치와 개인적 가치가 의미론적으로 갈등하는 데에서 취해진 소설적인 형상이라고 이해할 수 있다.

이렇게 〈무정〉은 애정을 매개로 하여 새로운 시대의 가치와 전통적인 가치, 당위적 가치와 욕망의 가치의 갈등을 문제 삼은 소설이다. 결론적으로 형식은 '구식 여자'인 영채를 버리고 선형을 택하였으며, 삼랑진의 수해 현장에서 세 사람은 극적으로 화해한다. 이로 보건대 이 소설에서 가치 갈등에 대한 판단은 근대적 가치를 옹호하는 것이며, 당위와 욕망의 갈등을 '민족의 계몽'이라는 더 보편적인 당위로 해소하는 것이라 할 수 있다. 이러한 결론이 애정소설에 대한 반론이라고 할 때, 내포작가가 내린 가치 판단은 다음과 같이 정리될 수 있다. 새로운 시대에 전통적인 가치는 어울리지 않는 낡은 옷이다, 애정소설의 주인공처럼 살려고 하다가는 무정한 세계의 희생자가 될 뿐이다, 영채가 병욱을 만나 깨달음을 얻고 형식의 계몽적 의지에 감화되어 근대적 주체로 거듭나게 된 것처럼 독자들도 변해야 하지 않겠는가라는 가치 제안을 하는 것이다.

---

54 서영채, 「〈무정〉과 소설적 근대성」, 『문학사상』, 1992.2.

이처럼 〈무정〉은 애정소설이 제안한 가치를 영채와 형식의 운명을 매개로 현실에 적용해 보면서 서사적 실험을 행한 결과, 전통적 가치를 맹종하는 태도는 근대적 주체로서 살아가는 데 있어서 극복해야 할 것이라는 판단을 할 수 있었다. 그런데 여기서 〈무정〉을 예로 들어 설명한 까닭은 이 소설이 애정소설을 이해한 바가 적실하고 타당해서가 아니며,55 〈무정〉의 가치 판단이 그 시대에 가장 올바른 것이었기 때문도 아니다. 그러나 〈무정〉은 애정소설이 제기한 문제와 가치 척도를 당대에 적용하여 그 시대의 가치 갈등을 탐구하고 동시대의 독자들과 함께 소설의 내용을 화두로 삼아 그 시대의 문제에 대해 심각한 고민을 행할 수 있었다. 그리고 이 소설은 전 시대의 애정소설과는 다른 도덕적 상상력을 발휘하여 가치 갈등의 문제에 대한 해법을 마련하고, 그러한 가치 판단을 수용자에게 설득시키면서 당대 현실에 대한 진단과 전망을 창출하였다. 〈무정〉이 근대소설의 효시라는 지위를 얻은 것도 바로 이러한 면모에서 기인한다.

작가는 자신이 속한 공동체의 전통 안에서 창작 행위를 함으로써 동시대의 주요한 가치 갈등의 문제를 공론화시키고 그 해법을 탐구하여 하나의 가능성으로 제시할 수 있다. 〈무정〉의 경우, 표면적으로는 전통적인 가치를 부정하는 토대 위에서 근대적 가치를 설파하여 전통과의 단절을 주장하는 것처럼 보이지만, 이 소설 역시 전통 안에 존재하는 애정소설에 대한 반론이자 응답이라는 점에서 전통과 관계를 맺는 특수한 방식을 실현한 것이라고 볼 수 있다. 이광수의 시대는 기존

---

55 김종철은 이 작품에 대하여 "〈무정〉은 〈춘향전〉의 전통을 이었으면서도 〈춘향전〉이 갖는 진보적 계기들을 거의 상실했으며 이로 인해 〈춘향전〉을 심각할 정도로 통속화시켰다."라고 평가하였다. 춘향은 인물 좋고 재주 좋지만 의식은 전혀 없는 하고 많은 기생 중의 하나로 전락해 있으며, 이 도령도 마찬가지라는 이유에서이다(김종철, 「무정의 계보」, 『선청어문』 16·17 합본호, 1988, 802면).

의 전통의 흐름에 서구의 전통이 합류되기 시작한 본격적인 근대화의 시기로서 두 상이한 연원을 갖는 전통을 조화시키면서 사회적 전망을 창출할 만큼 완숙한 시각을 갖기 힘들었다. 따라서 〈무정〉은 당대의 심각한 가치 갈등을 소설적 형상으로 탐구하는 데에는 성공을 거두어서 소설사의 혁신을 이룰 수 있었지만, 〈무정〉의 전통 비판과 과도한 계몽주의는 현재의 수용자에게 또 다른 반론으로서 글쓰기를 요청하는 바이다.

학습자는 소설의 가치경험을 위한 수행 절차의 마지막 단계에서 소설 쓰기를 할 수 있다. 이러한 소설 쓰기에 대한 교육은 예술교육이라기보다는 소설을 통해 가치를 탐구, 실천하며 소통하는 '삶의 방식'에 입문(入門)시키는 성격을 갖는다. 예술을 위한 예술, 소수의 미적 취향을 위한 예술을 부정하면서 '인간의 성찰과 자각을 통한 도덕적 자기 완성'의 문제를 화두로 삼아 창작 활동을 해왔던 톨스토이는 "미래의 예술은 자기 예술에 대해서 보수를 받고 자기 예술 이외의 일에 대해선 아무 것도 하지 않는 전문 예술가에 의해 제작되는 것이 아니라, 각층의 대중(people)에 의해 제작되고, 그들은 그러한 일에 욕구를 느낄 때에만 예술에 종사하게 될 것"[56]이라고 하였다. 그리고 예술과 문학 일반을 예술사적, 사회학적 시각으로 통찰한 하우저도 예술은 심미주의자들을 위해 있는 것이 아니라 미적인 감각과 질감을 지니고 실제적인 생활을 영위하는 사람들을 위해 있는 것이라고 강조한 바 있다.[57] 이러한 의미에서, 학습자에게 소설 쓰기를 통해 가치 문제를 탐구하고 자신의 가치를 실천하기 위한 필요성을 느끼게 하는 공교육

---

56 L. N. Tolstoi, 앞의 책, 243면.

57 Arnold Hauser, *Soziologie der Kunst*, 1953, 최성만, 이병진 역, 『예술의 사회학』, 한길사, 1983, 34면.

은 학습자 개개인의 '좋은 삶', 나아가 사회 전체의 이념적 성숙에 이바지하는 '만인을 위한 예술'로서 문학의 사회적 효용성을 높이는 데에도 기여할 수 있을 것이다.

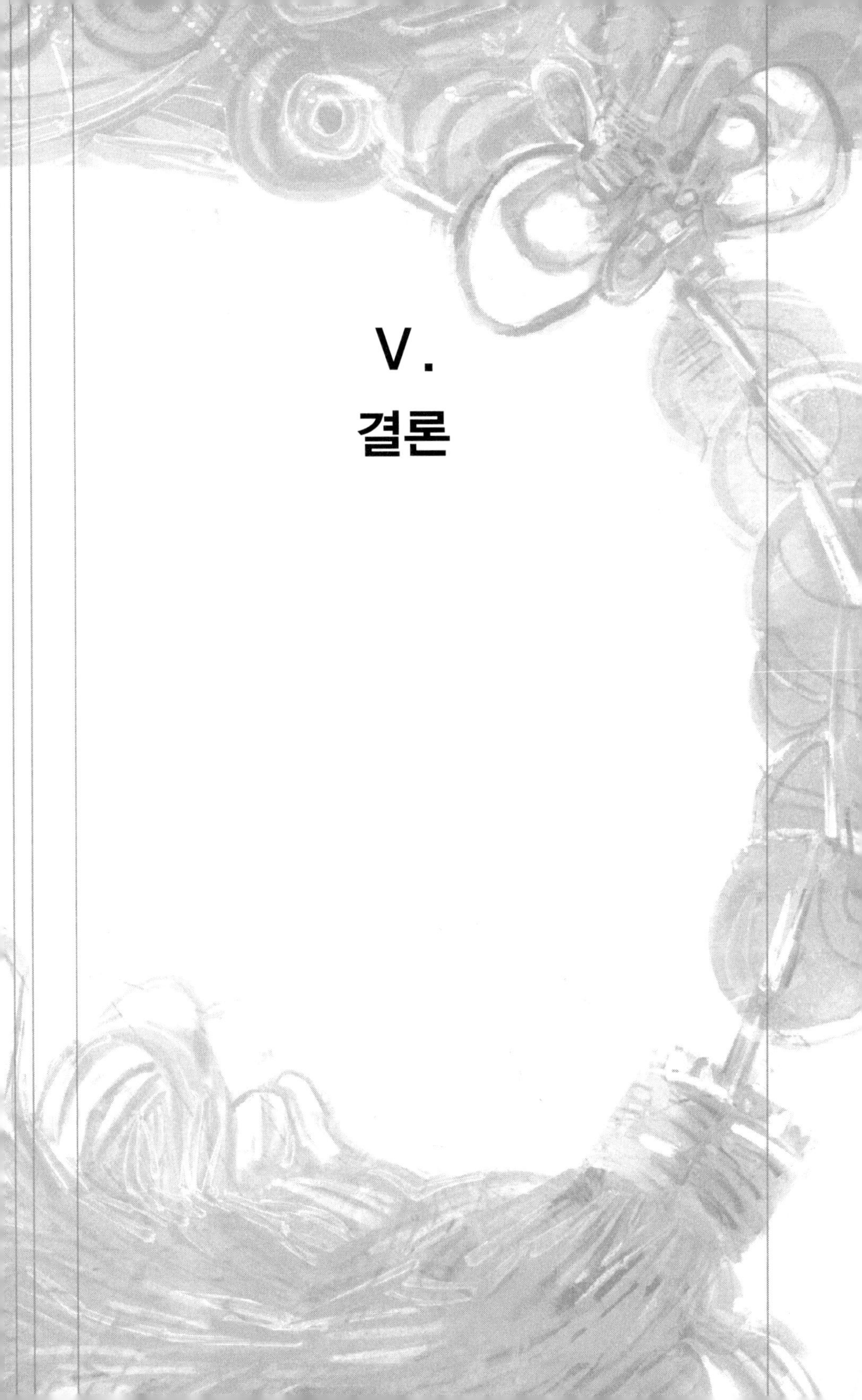

# V.
## 결론

애정소설과 가치교육

이 연구는 소설을 도덕적 가치를 지닌 대상으로 파악한다. 도덕이 '좋은 삶(good life)'을 영위하기 위해 필요하다고 할 때, 소설은 좋은 삶의 지표가 되는 가치를 그 내용으로 하며, 좋은 삶을 위한 기술이 될 수 있는, 가치를 다루는 고유의 방식을 갖고 있다는 점에서 도덕적이다. 그러나 소설이 아무리 도덕적인 대상이라고 하더라도 소설의 가치는 학습자의 경험을 통해 가치화되는 과정을 거쳐야만 가치가 될 수 있다. 따라서 이 연구는 학습자가 소설의 가치를 어떻게 경험하게 하느냐를 연구 주제로 하여 소설교육의 가치경험을 위한 교육내용을 마련하려 하였다.

Ⅱ장 1절에서는 교육내용으로서 가치경험의 의미와 구조를 밝혔다. '가치'는 대상의 속성과 주체의 관심이 결합된 결과이며, '경험'은 대상과의 만남과 교섭을 통한 주체와 대상의 변증법적 변화를 의미한다. 그리고 '가치경험'이란 대상 가치와의 만남과 교섭을 통해 주체가 변화하는 일련의 과정을 말한다. 소설이라는 특수한 대상과 관련하여 가치경험은 소설이 가치를 매개하는 고유한 방식으로 소설이 독자에게 가치를 매개하는 고유한 방식으로 형성되는 경험과 소설이 의미 내용으로 삼고 있는 가치의 내용에 대한 경험으로 나뉠 수 있다.

가치교육은 도덕의 내용을 주입 또는 내면화시켜 도덕적 행동을 이끌어내는 내용중심의 가치교육과 주체의 판단과 자율적 가치 선택에 중점을 두어 가치능력을 신장시키는 형식중심의 가치교육으로 대별된다. 이 연구는 이러한 두 접근법이 통합적으로 소설교육의 장에서 행해져야 한다고 판단한다. 그 이유는 첫째, 소설은 가치의 실천태로서 독자에게 가치를 설득하고 제안하는 기능을 행하되, 독자로 하여금 특정 가치를 보다 바람직한 것으로 받아들이게 하는 고유의 형식 언어를 가진다는 점, 둘째, 독자가 소설이 제안한 가치를 판단하는 데 있어서도 소설이 가치를 사유하는 방식이 요구되는 동시에 성찰의 대상이 된다는 점, 셋째, 독자가 가치에 대한 제 경험을 글쓰기를 통해 외화하며 가치를 실천하는 데 있어서도 소설의 가치 탐구 방식이 활용된다는 점 등이다.

Ⅱ장 2절은 가치교육 제재로서 소설의 의의와 속성을 밝혔다.

(1)항에서는 가치교육의 궁극적인 목표인 '도덕적 인간 형성'에 소설이 기여할 수 있는 이유를 논하였다. 그 결과, 다음과 같은 근거에서 소설의 도덕성을 철학적 수준에서 논할 수 있다고 판단하였다. 첫째, 소설이 다루고 있는 재제로서의 가치가 특정 행위자에 속한 사적인 것이라 하더라도 그것이 서사적으로 검증받는 과정에서 공적인 성격을 부여받으며, 독자와의 소통 과정에서 간주관적으로 합의된다. 따라서 독자는 이러한 소설의 가치에 익숙해짐으로써 자기중심적 가치를 교정 받게 된다. 둘째, 소설은 타인의 삶에 관심을 기울이게 하며, 타인을 자기와 같은 동등한 인간으로 여기게 하는 공감 능력을 계발시킨다. 이로 인해 소설의 독자는 타인의 처지와 이해 관계를 자신의 것 못지않게 중요하게 여기는 역지사지(易地思之)의 도덕적 태도를 갖게 된다. 셋째, 소설은 심미적 이성의 산물로서 독자로 하여금 구체적 형상 속에서 보편적 의미를, 감각의 세계에서 질서와 형식을 사유하게 한다. 이로 인해 독자는 소설을 통해 독자는 자신의 감정과 욕구를 이성적으로 조절할 수 있는 능력을 함양하게 된다.

Ⅱ장 2절의 (2)항에서는 가치교육의 관점에서 중요한 교육내용으로 다루어지는 가치능력의 요소와 관련된 소설의 속성을 점검하였다. 그 결과를 요약하면 다음과 같다.

첫째, 소설은 도덕적 지혜를 바탕으로 가치 문제가 될 만한 현상을 발견하여 제재로 삼는다. 작가는 일상적인 삶을 살아가는 대부분의 사람들이 중요한 가치 문제로 인식하지 않았던 갈등을 제재로 취하여 그것이 서사적 탐구를 행해야 할 만큼 해결하기 어려운 문제이며, 우리에게 중요한 것임을 인식시킨다. 그리고 그 문제에 대한 판단이 단지 상황의 긴급한 요구나 개인적 이해 관계에서 이루어지는 것이 아니라 세계관, 이데올로기 등의 이념적 차원에 바탕을 둔 것임을 전체 서사를 통해 설득력 있게 제시한다.

둘째, 소설은 도덕 원리에 의한 추론 방식을 취하지 않고 서사적 추론을 행하며 가치를 탐구한다. 특수한 시공간적 조건 속에서 행위자와 관련된 인간화된 가치의 질적인 특성을 고려하기 때문이다. 따라서 소설의 가치 탐구는 도덕 원리에 의한 추론처럼 도덕 원리를 적용할 수 있도록 특수한 것들을 가지쳐내는 것이 아니라 현실의 시공간적 조건과 인간관계적인 제약을 섬세히 고려할 수 있게 해준다.

셋째, 소설은 공감 대상으로서 유인력 있는 인물, 공감을 통해서만 이해할 수 있는 인물을 등장시킴으로써 독자의 공감을 유발한다. 소설에서 가치는 추상적인 원리로 존재하는 것이 아니라 주체의 서사적인 삶 속에서 가치에 대한 행위자의 감정과 태도, 그의 심사숙고와 용기 있는 선택 등과 분리될 수 없는 인간화된 것으로 형상화된다. 또, 소설의 인물이 겪는 외적인 갈등은 인물 내면으로 파고들어 가치 갈등에 대한 행위자 고유의 번뇌와 망설임 등의 감정을 갖게 한다. 바로 이러한 점으로 인해 소설의 인물은 공감을 통해서만 제대로 이해할 수 있는 대상이 된다.

넷째, 소설은 가치 주체인 서술자에 의해 사건이 중개됨으로써 가치 감화적인 기능을 행한다. 도덕 언어를 명제화된 규범의 형태로 표현된 것에 한정하는 것이 아니라, 타인의 동의를 이끌어내며 가치 감화 작용을 하는 모든 언어로 확장시켜 본다면, 특정 가치 내용을 주장,

호소, 설득하는 소설의 언어는 가치 감화적인 도덕적 기능을 행하는 도덕 언어로 이해할 수 있다.

다섯째, 소설은 특정한 도덕적 상황에 대해 다양한 가능성들을 상상적으로 구성하는 능력인 도덕적 상상력을 통해 가치 문제에 대한 판단을 제시한다. 소설이 상상을 통해 가치 문제를 파악하고 탐색하는 목표는 가치 판단을 위해서이다. 따라서 특수한 상황의 행위자에게 닥친 가치 문제에 대한 도덕적 상상력은 결말의 가치 판단을 위해 소용되며, 가치 문제에 대한 사려 깊은 탐구의 자취는 결말 부분에 와서 그 결실을 맺는다.

Ⅱ장 2절의 (3)항에서는 소설의 가치 형상화 방식을 논하였다. 이는 앞서 밝힌 '도덕적 지혜에 의한 가치 문제의 발견', '서사적 가치 추론을 통한 가치 갈등의 탐구', '인물에 대한 공감 유발', '서술을 통한 가치 감화', '도덕적 상상력에 의한 가치 판단' 등의 소설의 속성이 텍스트 차원에서 실현되는 방식이 된다. 논의의 결과를 정리하면 다음과 같다.

첫째, '도덕적 지혜'는 감각적인 현실로부터 개념적인 가치 문제를 취하여 작품에 반영하는 소설의 가치 형상화 방식으로 실현된다. 문학 작품의 제재는 날재료로서 존재하는 현실의 소재와는 달리, 작품에 반영되어 형상화된 것이다. 반영론이 통찰하였듯, 문학의 제재는 가치 주체인 작가가 언어를 매개로 하는 의미화 실천을 행하는 과정에서 주체에 의해, 그리고 언어에 의해 이중적으로 변형되어 의미를 부여받는다. 문학 작품을 도덕적 관심으로 대하여 예술 가치보다는 도덕적 가치를 발견하려는 이 연구의 관점에서 볼 때, 소설의 제재는 작가가 탐구하려는 현실의 가치 문제가 형상을 취하여 문학 작품에 반영된 것으로 이해할 수 있다.

둘째, 소설이 서사적으로 가치를 탐구하는 속성은 텍스트 차원에서 플롯과 사건들의 연쇄로 실현된다. 이야기의 척추에 해당하는 플롯은 갈등 상황을 노출시키고, 이 상황을 좀더 복잡하게 만드는 분규를 진행하다가 갈등의 최고조인 극점에 다다르며, 이 갈등이 해소 혹은 안정되는 대단원에 이르는 과정을 갖는다. 그리고 소설은 비등한 힘을 가진 가치의 갈등을 다루기에 대립하는 두 가치 사이를 왕복하는 듯한 서사 진행의 경로를 구성한다. 이처럼 소설의 플롯은 가치 갈등에 대한 물음과 탐구 및 응답의 구조에 상응하며, 소설의 연쇄된 사건은 갈등하는 가치의 작용과 반작용이라는 짝으로 구성된다.

셋째, 독자가 작중인물을 인격체로 받아들여 공감할 수 있게 하게 하는 소설의 속성은 텍스트 차원에서 인물을 구성하는 방식으로 실현된다. 인물은 서사 프로그램 속에서 자신의 서사 행로를 갖고 움직이는 '기능', 그리고 기능을 행하기 위한 특성과 자질인 '양태', 사회적, 문화적으로 조건화된 '역할' 등으로 구성된다. 작가는 소설 속의 인물이 독자에게 생생한 인격체로 수용될 수 있도록 인물의 기능, 역할, 양태를 부여하며, 독자는 작가에 의해 구성된 인물을 공감의 대상인 인격체로 수용한다.

넷째, 소설이 서술을 통해 가치를 감화하는 속성은 텍스트 차원에서 가치 감화를 위한 서술 전략으로 실현된다. 서술 차원에서 가치 감화의 전략은 서술자의 시점이나 시각, 초점화 등으로만은 규정할 수 없는 넓은 영역에 걸쳐서 진행되며, 문면에 드러난 서술자의 존재뿐만 아니라 드러나지 않은 서술자가 다양한 국면에서 행하는 활동까지 포함한다. 따라서 이 연구는 독자에게 특정한 가치감과 가치 태도를 갖게 하는 서술적 차원의 기법들을 파악하기 위해 서술 전략이라는 보다 추상적인 개념을 설정할 것을 제안하였다.

다섯째, 도덕 원리를 절대적인 판단 근거로 활용하지 않는 상상력을 바탕으로 창조적 대안을 마련하는 소설의 속성은 진행되던 서사를 결말짓는 방식이라는 소설의 텍스트성으로 구현된다. 이 연구에서는 소설의 결말을 처리하는 '도덕적 상상력'의 소유자를 '내포작가'라고 이해하였다. 작가는 소설 안에서만 유효한 공적 자아인 내포작가로 자신을 변형시켜 내포작가의 것으로서 가치 문제에 대한 판단을 제시하는데, 이 판단은 소설의 결말에 집약적으로 드러난다. 독자는 결말 부분에서 추출한 내포작가의 가치 판단을 매개로 하여 소설의 주제적 의미를 이해하게 된다.

Ⅲ장에서는 조선시대 애정소설이 가치를 탐구하고 실천하는 양상을 서술하였다. 애정소설에는 당대의 지배 이념으로 성립된 공적 가치와 개인의 내면에서 가장 소중하게 인식되고 느껴지는 애정이 각각의 정당성을 가지고 팽팽히 대립하고 있다. 그래서 애정소설은 인물과 사건 구성에서 가치 갈등의 추이를 매우 밀도 있게 그려내며, 당대로서는 아직 그 정당성을 추인받지 못한 애정 가치를 독자에게 설득하기 위해 다양한 서술 전략을 구사한다. 이로 인해 애정소설은 가치 문제를 진지하고 심도 있게 다루는 모델로서 학습자가 가치에 대한 사유 방식을 경험하는 유의미한 대상이 될 수 있다. 유형적 가치 갈등을 다루고 있는 작품들이 가치 형상화 방식을 통해 구현하고 있는 의미를, 작품이 제기하고 있는 가치 문제와 그에 대해 제안한 가치 판단을 중심으로 소개하면 다음과 같다.

유교 사회에서 가장 지배적인 가치였던 孝와 애정의 갈등을 다루는 소설들은 애정이 개인의 자발적 선택임을 분명히 하였다. 〈이생규장전〉에서는 부모에 의한 애정 대상의 선택, 즉 부모에 의한 정혼의 방식을 따르는 것이 아니라, 스스로 발견하여 애정가치를 부여한 대상과의 결합을 추구하는 주인공이 등장한다. 애정은 타인이나 사회에 의해 제시된 가치가 아니라 개인이 스스로 가치화한 것으로서 가치 주체에게 가장 절박하게 여겨진다. 그러한 애정의 실현은 내면성과 개성을 가진 개체적인 인간으로서 자기를 정립하는 과정이 된다. 효와 애정이 가치 갈등을 하는 문제적인 상황을 유형적으로 그려내는 애정소설은 사적인 가치 실현을 위한 삶과 자신이 속한 집단이나 부모 등의 타인의 가치 실현을 위한 삶 중 어느 편이 개인에게 행복을 줄 수 있는가라는 문제를 제기하고, 이에 대해 사회적 가치보다는 애정가치의 실현이 더 소중하다는 응답을 내린다. 이는 집단의 윤리가 개인에게 강제되는 현실에서 개인의 주체적 가치 추구에 대한 적극적인 옹호로서 의미를 갖는다.

유교 사회를 지탱하던 지배 이념이었던 충과 애정의 갈등을 다루는 〈운영전〉은 애정의 자연발생적인 속성을 바탕으로 사적인 情의 영역에까지 지배권을 가지려는 절대 권력을 문제시하였다. 〈운영전〉은 공적 권력이 인간의 애정까지 지배할 수 있는가라는 문제 제기를 하고, 이에 대하여, 인간의 가장 기본적인 본성에 속하는 애정은 어떠한 억압적인 환경에서도 자연발생적으로 발현하며, 그것은 매우 정당하다는 스스로의 답변을 마련하였다. 이 작품에서 애정은 그것이 발현될 수 없는 환경, 즉, 주군이 마치 신처럼 군림하는 수성궁 안에서 생겨났다는 자체만으로도 큰 의미를 갖는다. 그리고 이 작품은 자애롭고 현명한 안평대군을 등장시킴으로써 폭압적 권력에 대한 항거를 넘어 인간의 자유란 어떤 것인지 생각해 보게 한다. 아무리 선한 권력이라고 할지라도 그것이 인간의 내면까지 지배하려 들 때, 그것은 자유를 추구하는 인간을 불행하게 하는 위선적인 것이 될 수밖에 없음은 이 작품이 시대를 초월하여 갖는 주제적인 의미라고 할 수 있다.

조선 사회는 타고난 신분에 따라 인간의 종류가 결정되고, 그에 따라 사는 것이 의(義)라는 논리를 바탕으로 양반 집단의 지배를 정당화하였으며, 피치자의 자발적인 예종을 이끌어내면서 이데올로기적인 통치를 하였다. 기생인 춘향과 양반인 몽룡의 애정을 다룬 〈춘향전〉은 신분이 다른 인간이 대등한 애정 관계로 결합될 수 있는가라는 문제 제기를 하고, 이에 대하여 애정은 인간을 차별하는 어떠한 제도나 편견도 뛰어넘을 수 있다는 답변을 하고 있다. 춘향은 애정 관계를 통해 몽룡과의 대등한 결합을 꿈꾸며, 그것을 실현시키기 위해 신분 차별의 가치를 강요하는 변 사또에 용감히 맞설 수 있었고, 몽룡은 정의 수평적인 주고받음으로 형성된 '순수한 관계'를 통해 대등한 인간으로서 다른 인간의 처지에 공감하며, 그로 인해 자신의 계급적 한계를 초월할 수 있었다. 이렇게 이 작품은 애정을 통해 차별적 사회 기제를 비판함으로써 당대의 민중들에게 큰 호응을 얻을 수 있었다.

애정 관계는, 자체 내에 갈등의 여지가 전혀 없는 순정한 것으로서 사회적인 가치의 개입으로만 시련을 맞는 절대선은 아니다. 애정 관계 안에서도 남녀 주인공들이 가치화한 내용이 달라짐으로써 애정가치를 추구하는 태도에 있어서 차이를 보이며 문제가 발생하는 경우가 있다. 〈주생전〉은 변심과 관련하여 '애정은 변하는 속성이 있는데 열이라는 이념으로 애정 관계를 영속화해야 하는가?'라는 문제를 제기하고, 이 문제에 대하여 애정이 쉽게 옮겨 다니는 속성이 있음은 긍정하되, 신의를 바탕으로 상대와 지속적인 애정 관계를 유지하지 못할 경우 결국 불행해질 것임을 경고하며, 애정도 자기결정성 못지않게 그 결정에 대해 책임을 지는 자기갱신이 필요하다는 가치 제안을 한다. 애정 관계의 바깥에서 애정 실현에 장애 요인이 존재하는 애정소설은 사회 현실의 질곡을 문제시할 수 있는 매개항으로 애정을 설정하고 그 실현을 바람직한 것으로 여겼으나, 〈주생전〉과 같이 애정 관계 내에서 발생한 장애를 다루는 애정의 본성 자체를 문제 삼음으로써 초시대적인 의미를 갖는다.

Ⅳ장은 학습자가 대상에 속한 가치를 경험하기 위한 방식을 교육내용으로 구안하기 위해 마련되었다. 가치경험의 교육내용은 두 차원으로 설계될 수 있는데, 그 하나는 소설이 가치를 탐구하며 실천하는 방식을 학습자의 가치능력으로 전이시키기 위해 필요한 교육내용이고, 다른 하나는 가치능력을 바탕으로 소설의 의미 내용을 가치화하는 교육내용이다. Ⅳ장 1절에서는 학습자의 가치능력을 신장시키는 교육내용을 마련하였다. 그 결과를 정리하면 다음과 같다.

첫째, 독자는 소설의 제재가 갖는 전형성을 파악함으로써 도덕적 지혜를 도야할 수 있다. 소설가는 도덕적 지혜를 바탕으로 구체적 현실에서 개념적인 가치 문제를 발견하고, 이를 다시 특수한 형상으로 독자에게 제시하였다. 독자는 이러한 방향과는 반대로, 형상화된 제재를 먼저 접하고, 그 형상이 담지하고 있는 가치 문제를 감지하며, 가치 문제의 견지에서 다시 구체적 형상의 의미를 구성하는 방향으로 도덕적 지혜를 발휘한다. 이처럼 작가나 독자 모두 특수한 형상을 개념적 가치 문제로 고양하고, 개념의 질서에 따라 대상을 재구성하는 변증법적인 사유의 구조를 갖는다. 따라서 작가가 제재를 형상화하는 것 못지않게, 독자가 제재의 전형성을 파악한다는 것도 도덕적 지혜의 사유를 훈련하는 일이며, 그 사유 형식을 도야하는 것이라고 할 수 있다.

둘째, 소설이 가치 갈등을 사건 구성의 원리로 취해 내용을 구조화하고 있다면, 독자는 구조적인 질서를 통해 가치 갈등의 서사를 경험하거나 자신의 서사적 추론을 소설에 대해 적용하면서 가치 문제에 대한 서사적인 추론 형식을 익히고 세련시킬 수 있게 된다. 소설의 추론 형식은 이러한 행위를 한다면 누구에게 어떤 일이 발생할 것인가를 예상하고, 한 사태를 발단으로 한다면 이 문제가 어떻게 진행될 수 있을 것이며, 이 문제가 가장 심각한 국면으로 치닫는다면 어떤 상황이 벌어질 수 있을까를 예상하는 구조로 되어 있다. 독자는 소설을 읽으면서 이러한 소설의 서사 구성 방식 자체를 일종의 정신적 형식으로서 배울 수 있다. 이를 통해 자신의 삶에서 생기는 가치 문제에 대해 서사적 추론을 적용해 보아, 이 문제가 어떤 식으로 발전될 수 있으며, 어떤 상황에까지 이를 수 있는가를 미리 예상해 볼 수 있다는 것이다.

셋째, 독자는 기호학적 모델을 대상으로 기능, 역할, 양태를 분석하며 이해하는 사유 훈련을 행하고, 이를 바탕으로 특정 인물에 대해 공감하는 경험을 갖게 된다. 이러한 이해의 훈련은 서사적인 삶을 살아가는 현실의 인간을 이해하는 데에도 적용될 수 있다. 특히 소설은 사회적 약자를 주인공으로 내세우며, 그의 초점화된 시각을 통해 세계를 경험하게 하고, 주인공의 내면을 보여주어 자연스럽게 공감하게 하는 서술 전략을 갖는다. 그래서 소설의 주인공과 공감하는 경험은 타인의 고통을 직면하게 하는 사회적 기능을 행하기도 한다. 문학은 문제적 개인의 내면으로 들어가 그가 느끼는 것을 함께 느낄 수 있게 함으로써 타인의 고통에 동참하는 훈련을 시킨다. 이렇게 문학은 타인의 슬픔과 고통에 참여하게 함으로써 사회적으로 책임감 있는 주체의 형성에 기여한다.

넷째, 소설의 언어가 가치와 결부된 정서를 불러일으키는 작용을 한다고 해도 독자는 이러한 언어 작용을 성찰하고 소설의 가치 감화 작용을 비판할 수 있어야 한다. 그렇지만 그러한 비판도 소설의 서술 전략이 자신의 가치 형성에 영향을 끼치고 있음을 인지한 뒤에야 이루어질 수 있는 것이기 때문에 소설의 서술 전략에 대한 감수와 인지적 앎은 필수적이다. 학습자는 이를 통해 도덕 언어를 읽고 쓰는 능력, 즉 가치 문해력을 신장시킬 수 있다. 소설의 서술 전략에 대한 분석과 성찰은 자신의 현실의 언어의 서술 전략을 분석하고 비판하는 데에도 전이될 수 있는 능력이 되며, 나아가 학습자가 언어로 자신의 가치를 드러내고 실천하는 데 있어서도 유의미하다고 하겠다.

다섯째, 한 소설의 결말을 가치 제안으로 받아들이는 것도 독자의 도덕적 상상력의 확장에 기여하지만, 나아가 독자는 여러 소설의 결말을 상호텍스트적으로 비교해 봄으로써 대안적 가능성을 추가할 수 있다. 그리고 이러한 비교의 과정에서 독자는 작가가 택할 수 있었던 다양한 가능성들은 어떤 것들이었는지 다른 작품을 통해 추론하면서 작품이 택한 결말을 메타적으로 볼 수 있는 시각을 확보할 수 있다. 도덕적 상상력이 가능한 대안을 창출하는 능력과 관련된다면, 작품을 상호텍스트적으로 비교한다는 것은, 독자로 하여금 문제 해결의 다른 가능성을 상상하게 한다는 점에서 도덕적 상상력의 확장에 기여한다.

IV장 2절에서는 가치능력을 바탕으로 소설의 가치를 경험하기 위한 교육내용을 수행적 절차로 제시하였다.

2절의 (1)항에서는 가치능력이 실천지적인 성격을 갖고 있음을 밝히고, 소설의 가치경험을 위해서 수행적 절차가 필요한 이유를 논하였다. 실천지는 '무엇이 자기에게 좋고 도움이 되는지에 대해 숙고할 수 있는' 개체의 이성적인 능력인 동시에 '인간을 위해서 좋은 것과 나쁜 것을 헤아리고 살필 수 있는' 사회적 속성을 갖고 있기도 하다. 이 연구에서 논하는 가치능력은 개개인의 가치 탐구와 실천에 필요한 정신적 형식이기도 하지만, 자신의 만족과 더불어 사회적인 보람을 느끼는 좋은 삶을 위해 요구되는 가치 내용과 관련되기에 실천지적인 성격이 있다고 할 수 있다. 그리고 실천지는 그것이 운용되는 과정을 통해서만 형성되고 실현될 수 있는 특성을 갖는다. 따라서 이 실천지를 교육적인 절차(process) 안에 배치시키고 운용될 수 있게 하는 가치경험의 수행적 절차를 설계할 필요가 있다.

2절의 (2)항에서는 가치경험의 절차 영역을 구획하였다. 이 연구는 두 가지 기준으로 영역을 설정하였는데, 두 기준은 가치 경험이 이루어지는 범위 및 가치 경험이 일어나는 방식과 관련된 것이다. 가치 경험의 범위는 대해서 듀이의 '하나의 경험' 개념으로 검토해 본 결과, 그 범위는 교육적 계획에 따라 달라질 수 있는 것으로서 이 연구에서는 가치 경험이 소설의 읽기로부터 시작하여 가치 경험의 최대치이자 종착점으로서 소설 자체의 내재적 가치를 경험하기 위한 소설 쓰기를 통해 완결된다는 입장을 취하였다. 그리고 가다머의 '해석학적 경험'에 따라, 가치경험은 작품이 표상하는 가치를 수렴적으로 수용하여, 대상에 주도권을 준 채 자기를 형성하는 과정과 자기주도적으로 대상을 구성하는 과정을 거치면서, 소설의 가치에 대한 자기 응답을 마련하는 대화의 구조로 이루어짐을 논하였다.

2절의 (3)항에서는 가치경험의 절차에 따른 학습자의 수행 활동을 제시하였다. 그 결과를 요약적으로 제시하면 다음과 같다.

첫째 절차에 따른 수행은 '몰입과 참여를 통한 이해'이다. 이를 위해 본고는 소설을 읽기 전 활동으로 실제적 관심의 환기 및 읽는 중 활동으로 '따라가기'와 '감염(感染)되기'를 제안하였다. 삶에서 이끌어진, 가치에 대한 관심은 작품에 대한 우리의 흥미와 즐거움을 높여주어 소설의 서사세계로의 몰입을 촉진할 수 있다. 그리고 '따라가기'는 가치 형상화 방식이 안내하는 경로를 따라 독자의 작품의 의미와 가치의 세계로 몰입하는 것을 의미한다. 소설이 일으키는 기대와 이끌림을 따라가면서 읽을 때, 소설이 말하는 바는 논증의 대상이자 절차의 합법성에 따라 평가할 수 있는 것이 아니라 가치 형상화 방식의 내적 일관성에 뒷받침되며, 그로 인해 우리에게 수용 가능한 것이 된다. '감염되기'는 작품에 공감하고, 그 작품을 감상한 다른 사람들과도 공감을 하고자 하는 태도와 관련된다. 문학교육은 문학작품의 감염성을 중심에 두고, 상상을 통해 다른 사람의 감정적 삶에 참여하게 하며, 보편적 감정을 매개로 한 인간의 연대를 꿈꿀 수 있게 해야 할 것이다.

둘째 절차에 따른 수행은 '대상주도적 자기형성'이다. 소설의 가치 주장은 청소년으로서 학습자가 이미 축적한 경험으로부터 형성한 가치관에 일종의 자극이며 충격이 될 수 있다. 이는 학습자에게 가치 갈등을 유발하게 하는데, 이 절차 영역에서는 학습자가 자신이 이미 가지고 있었던 가치와 소설이 제안하는 가치의 갈등 문제에 대해 어떠한 태도를 취하며, 소설로부터 받은 영향을 어떻게 자기화할 것인지에 대해 논하였다. 소설이 제안한 가치를 수용하여 자기를 형성하기 위해 가장 먼저 필요한 작업은 학습자가 자신이 속한 현실과 자기 삶의 문제로 소설이 다루고 있는 가치 문제를 '번역'하는 것이다. 그리고 이렇게 변형된 문제에 대해 학습자는 소설의 사유 형식을 다시 적용해 볼 수 있다. 즉, 도덕적 지혜를 바탕으로 변형된 가치 문제에 해당하는 특수한 사안을 자신의 삶, 혹은 오늘날의 현실에서 찾아내어, 그러한 문제에 처한 행위자를 공감적으로 이해한 상태에서 서사적인 추론을 행해본다. 그리고 난 후, 소설이 제안한 해법을 대입해 보면서 소설을 자기 삶의 조언자나 친구로 삼을 수 있다.

셋째 절차에 따른 수행은 '자기주도적 대상구성'이다. 고전소설을 자기 삶의 조언자로 삼는 것은 자신의 가치 지평을 수직적으로 확장시키며 전통문화에 속한 존재로서 자기를 형성하는 경험이다. 그러나 그러한 경험이 충분히 이루어지고서도 학습자는 새로운 의문을 가지고 대상을 구성하는 적극적인 활동을 할 수 있다. 소설이 가치 문제를 제재화하고 서사적으로 탐구하며, 특정 인물을 공감적으로 제시하며 서술을 통해 독자를 감화시키고, 결말로써 가치 문제에 대한 해법을 마련하는 방식 자체도 독자의 평가 대상이 될 수 있다. 이러한 과정은 대상이 주체를 변화시켰던 것처럼 주체가 다시 대상에게 작용하는 대상구성의 경험이라고 할 수 있다. 이러한 대상구성이 가능한 근거는 독자가 소설의 가치 형상화 방식에 따라 의미와 가치를 경험하지만, 독자에게는 형상화 방식의 안내를 받는 가치 매개를 거스를 자유가 있다는 데에서 찾을 수 있다. 따라서 독자는 소설의 가치 탐구 및 실천 방식으로부터 배운, 가치에 대한 사유 형식을 다시 소설에 적용하여 소설을 평가할 수 있다.

넷째 절차에 따른 수행은 '글쓰기를 통한 가치 실천'이다. 대상주도적 자기형성과 자기주도적 대상구성은 소설에 대한 자기 응답을 하기 위해 필요한 절차이다. 소설을 자기 삶에 끌어와 자기를 변화시키는 '조절'과 자기가 소설의 세계를 주도해보는 '동화'의 과정을 거쳐 비로소 학습자는 소설에 대한 자기 응답을 마련할 수 있다. 이 응답은 학습자의 마음속에서 명제적 형태로 내려지는 것이 아니라 글쓰기로 실천되어야 한다. 앞서 가치경험의 단계를 설정하는 데 있어서 소설 쓰기를 경험의 종결점이라고 한 바 있다. 학습자가 쓰는 소설이 전문가적인 수준의 완성도나 출판물의 형태를 갖출 필요는 없다. 그렇지만 학습자는 가치를 탐구하고 실천하는 글쓰기를 통해 언어로 가치를 다루는 능력을 신장시킬 수 있으며, 자기 가치에 대한 권위 의식(moral authority)을 가질 수 있다. 특히 고전문학이 제안한 가치에 대하여 소설적인 응답을 해봄으로써 학습자는 전통문화가 어떻게 구성되고 변용되는지 이해하는 동시에 문화를 변화시키는 주체로서 실천력을 갖게 된다.

※

첨단의 과학기술이 신의 영역이라고 여겨지던 생명의 문제에까지 영향력을 행사하는 이 시대에 여전히 문학과 문학교육이 필요한 까닭은 삶의 조건은 변했을지언정 사람 사는 일과 인간 자체는 과거와 크게 다르지 않다는 데 있다. 문학은 우리가 살아보지 못한 세계와 경험하지 못한 사물(事物), 만나보지 못한 인간을 우리의 상상적 삶에 풍부하게 도입하게 함으로써 존재의 지평을 수직적으로 끌어올리며 삶의 가능성을 수평적으로 확장시킨다. 특히 문학은 어떻게 살아야 하는가에 대하여 탐구하며 독자를 향해 가치를 실천한다. 이러한 문학을 통해 우리는 좋은 삶을 위해 필요한 바람직한 삶의 가치와 덕성을 체득하며, 가치를 사유하는 정신적 형식을 도야하여 가치능력을 신장시킬 수 있게 된다. 이와 같은 문학의 효용이 실현된다면, 문학은 가치를 추구하는 삶의 조언자, 가치에 대한 사유의 방식을 일러주는 안내자가 될 수 있으며, 나아가 개개인이 이념적 차원에서 세계와 교섭하는 실천 방식이 될 수 있을 것이다.

애정소설과 가치교육

# 자료 및 참고 문헌

## 1. 자료

〈李生窺墻傳〉:《금오신화》의 조선 목판본, 심경호 역,『매월당 김시습 금오신화』, 홍익출판사, 2000.

〈柳泳傳 卽 雲英傳〉: 국립도서관본, 이상구,『17세기 애정전기소설』, 월인, 2002.

〈열여춘향수절가〉: 구자균 校註,『춘향전』, 민중서관, 1970.

〈周生傳〉: 김구경 소장본, 이상구,『17세기 애정전기소설』, 월인, 2002.

〈九雲夢〉: 정병욱, 이승욱 校註,『구운몽』, 민중서관, 1972.

일연,〈三國遺事〉(개정판), 이재호 역, 솔, 2002.

김부식,〈三國史記〉, 최호 역, 홍익문화사, 1994.

강한영 校註,『신재효 판소리사설집』, 이병기·이희승·이숭녕·구자균 編, 민중서관, 1971.

이광수,『(바로잡은)〈無情〉』, 김철 校註, 문학동네, 2003.

박희병 校註,『韓國漢文小說 校合句解』, 소명출판, 2005.

정태현 譯註,〈孝經大義〉, 전통문화연구회, 1996.

성백효 譯註,〈孟子集註〉, 전통문화연구회, 1991.

성백효 譯註,〈論語集註〉, 전통문화연구회, 2005.

〈禮記〉, 보경문화사, 1990.

韓愈,〈原道〉,『唐宋八家百選』, 학민문화사, 2003.

〈荀子〉, 김학주 譯, 을유문화사, 2001.

## 2. 참고문헌

**【국내 단행본】**

김남두 외,『아리스토텔레스 〈니코마스 윤리학〉』, 서울대학교 철학사상연구소
　　　편, 2004.

김 호,『허준의 동의보감 연구』, 일지사, 2000.

김기동,『이조시대 소설론』, 정연사, 1959.

김대행,『시가 시학 연구』, 이대출판부, 1991.

김대행,『국어교과학의 지평』, 서울대출판부, 1995.

김대행 외,『문학교육원론』, 서울대출판부, 2000.

김성도,『구조에서 감성으로』, 생각의나무, 2003.

김열규,『한국민속과 문학연구』, 일조각, 1971.

김일렬,『조선조 소설의 구조와 의미』, 형설출판사, 1984.

김종철,『판소리사 연구』, 역사비평사, 1996.

김중신,『소설감상방법론 연구』, 서울대출판부, 1995.

김천혜,『소설 구조의 이론』, 문학과지성사, 1990.

김태길,『소설문학에 나타난 한국인의 가치관』, 일지사, 1977.

김태준,『증보조선소설사』, 박희병 校注, 한길사, 1990.

김현룡,『한중소설설화비교연구』, 일지사, 1976.

남궁달화,『가치탐구교육론』, 철학과현실사, 1994.

남궁달화,『콜버그의 도덕교육론』,철학과현실사, 1995.

민문홍,『에밀 뒤르케임의 사회학』, 아카넷, 2001.

박명진 편,『비판커뮤니케이션과 문화이론』, 나남, 1989.

박병기 · 추병완,『윤리학과 도덕교육』, 인간사랑, 1996.

박용옥 편,『여성: 역사와 현재』, 국학자료원, 2001.

박일용,『조선시대의 애정소설』, 집문당, 1993.

박종성,『백정과 기생−조선천민사의 두 얼굴』, 서울대출판부, 2003.

박태상,『조선조 애정소설 연구』, 태학사, 1996.

박희병,『한국전기소설의 미학』, 돌베개, 1997.

서울대학교국어교육연구소 편,『국어교육학사전』, 대교출판, 1999.

설성경, 박태상,『고소설의 구조와 의미』, 새문사, 1986.

소재영,『고소설통론』, 이우출판사, 1983.

신기형,『한국소설발달사』, 창문사, 1960.

심성보,『도덕교육의 담론』, 학지사, 2000.

오태석,『중국문학의 인식과 지평』, 역락, 2001.

우쾌제 외,『고소설연구사』, 월인, 2002.

우한용,『문학교육과 문화론』, 서울대출판부, 1998.

유재봉,『현대교육철학탐구』, 교육과학사, 2002.

이돈희,『교육적 경험의 이해』, 교육과학사, 1993.

이미향,『근대 애정소설 연구』, 푸른사상, 2001.

이상구,『17세기 애정전기소설』, 월인, 2002.

이상익 외,『고전소설 어떻게 가르칠 것인가』, 집문당, 1994.

이상익 외,『고전산문교육의 이론』, 집문당, 2000.

이상택,『한국고전소설의 탐구』, 중앙출판, 1981.

이양호,『막스 셸러의 철학』, 이문출판사, 1996

이왕주 외,『서사와 도덕교육』, 부산대학교출판부, 2003.

정병헌,『한국 고전문학의 교육적 성찰』, 숙명여대 출판국, 2003.

정성희,『조선의 성풍속』, 가람기획, 1998.

정출헌,『고전소설사의 구도와 시각』, 소명출판, 1999.

조남현,『소설원론』, 고려원, 1992.

지승종,『조선전기노비신분연구』, 일조각, 1997.

한국고소설연구회 편,『한국고소설론』, 아세아 문화사, 1991.

한국교육대학교 도덕교육연구소 편,『도덕과 교육』, 형설출판사, 1974.

矢野尊義,『한일고대혼인설화와 정조관』, 보고사, 2002.

김기동,『한국고전소설연구』, 교학연구사, 1983.

조동일,『한국문학통사(3)』, 지식산업사, 1986.

조동일,『소설의 사회사 비교론(2)』, 지식산업사, 2001.

【국내 논문】

강진옥,「삼국 열녀전승의 성격과 그 서사문학적 의의」,『경산 사재동박사 화
　　　　갑기념논총』, 중앙문화사, 1995.

고미숙,「우리의 삶을 이야기하는 서사적 접근의 도덕교육」,『교육철학』24, 2000.

권도경,「조선 후기 애정전기 소설의 변심 주지 연구」, 이화여대 박사학위논문,
　　　　2002.

권오현,「문학소통이론 연구」, 서울대 박사학위논문, 1992.

길희성·최현무 外,「인문주의, 인문학, 그리고 고전」,『인문학과 가치관(Ⅲ):
　　　　현대 인문학의 성격과 위기』, 서강대학교 인문과학 연구원, 1999.

김낙효,「영영전 연구」,『고전소설과 문학교육』, 박이정, 1996.

김대행,「내용론을 위하여」,『국어교육연구』10, 서울대 국어교육연구소, 2002.

김대행,「인간교육과 문학교육」,『선청어문』32, 서울대 국어교육과, 2004.

김대행,「靑山別曲과 國語敎科學」,『고전문학과 교육』7, 한국고전문학교육학
　　　　회, 2004.

김동욱,「이조기녀사서설(사대부와 기녀): 이조 사대부와 기녀에 대한 풍속사
　　　　적 접근」, 숙명여자대학교 아세아여성문제연구소 편,『아세아여성연
　　　　구』5, 1966.

김두헌,「조선 가족제도 연구」, 서울대 박사학위논문, 1952.

김병국,「판소리의 문학적 진술방식」,『국어교육』34, 1979.

김봉군,「문학교육과 윤리의 문제」,『문학교육학』1, 1997.

김상욱,「소설 담론의 이데올로기 분석 방법 연구」, 서울대 박사학위논문, 1995.

김성진,「비평 활동 교육의 내용 연구」, 서울대 박사학위논문, 2004.

김윤식,「완결의 형식과 출발의 형식」,『현대문학』188, 현대문학, 1970.

김은성,「국어에 대한 태도 교육 연구」, 서울대 석사학위논문, 1999.

김일렬,「운영전 攷(1)－주로 심리학적 입장에서」,『어문논총』6, 경북대 국어
　　　　국문과, 1971.

김일렬,「고전소설에 나타난 가족 의식」,『동양문화연구』1, 경북대학교 동양
　　　　문화연구소, 1974.

김재용,「전형성을 획득하여 도식성을 극복하자－80년대 후반 우리 소설의 반
　　　　성과 90년대의 전망」, 실천문학 편집위원회,『다시 문제는 리얼리즘이
　　　　다』, 실천문학사, 1992.

김정자, 「필자의 표현 태도 연구」, 서울대 박사학위논문, 2001.

김종철, 「춘향전의 근원설화」, 『한국문학사의 쟁점』, 집문당, 1986.

김종철, 「무정의 계보」, 『선청어문』 16·17 합본호, 서울대학교, 1988.

김종철, 「금오신화 교육의 몇 국면」, 이상익 외, 『고전소설 어떻게 가르칠 것인가』, 집문당, 1994.

김종철, 「〈춘향전〉 교육의 시각(1)」, 『고전문학과 교육』 1, 한국고전문학교육학회, 1999.

김종철, 「가치 이월과 창조 잠재력을 위한 평가–고전문학교육과 평가」, 『문학과교육』 8, 문학과교육연구회, 1999, 여름호.

김종철, 「소설의 사회·문화적 위상과 소설교육」, 『국어교육』 101, 한국어교육학회, 2000.

김항인, 「초등학교 도덕이야기하기 수업의 한 사례 연구」, 『초등도덕교육』 2, 2003.

김현식, 「수성궁몽유록과 상사동기의 비교연구」, 『홍익어문』 14, 홍익대학교 사범대학 홍익어문연구회, 1995.

김현돈, 「미학적 범주로서의 전형성과 총체성」, 『인문학연구』 1, 제주대학교 인문과학연구소, 1995.

김혜숙, 「조선시대의 권력과 성: 예치 개념을 중심으로」, 여성철학연구모임 편, 『한국여성철학』, 한울, 1995.

김흥규, 「고전문학 교육과 역사적 이해의 원근법」, 『한국 고전문학과 비평의 성찰』, 고려대학교 출판部, 2002.

노찬옥, 「다원주의 사회에서의 세계 시민성과 시민교육적 함의에 관한 연구」, 서울대 박사학위논문, 2003.

大谷森繁, 「운영전 소고」, 『조선후기소설독자연구』, 고려대 민족문화연구소, 1985.

도홍찬, 「도덕교육 방법으로서 내러티브 접근법에 관한 연구」, 서울대 석사학위논문, 1999.

도홍찬, 「문학교육과 도덕교육의 연계 방안」, 『문학교육학』 14, 문학교육학회, 2004.

류수열, 「판소리 구연성의 매체언어적 의의」, 『판소리와 매체언어의 국어교과학』, 역락, 2001.

민 찬, 「여성영웅소설의 출현과 후대적 변모」, 서울대 박사학위논문, 1986.

박인기, 「문학교육의 목표설정에 관한 연구」, 서울대 석사학위논문, 1985.

박인기, 「소설 텍스트 수용의 내면화 구조」, 『청주교대논문집』 29, 청주교대, 1992.

박인기, 「문학교육과정의 구조에 관한 연구」, 서울대 박사학위논문, 1994.

박인기, 「제7차 국어과 교육과정의 목표에 대한 검토」, 『한국초등국어교육』 16, 한국초등국어교육학회, 2000.

박일용, 「운영전과 상사동기의 비극적 성격과 그 사회적 의미」, 『국어국문학』 98, 국어국문학회, 1987.

박일용, 「금오신화와 전등신화에 나타난 애정 모티프 형상화 방식과 그 의미」, 『민족문화연구』 35, 민족문화연구회, 2001.

박 주, 「朝鮮時代의 旌表政策에 대한 연구」, 서울대 박사학위논문, 1989.

박철홍, 「교육과 삶의 내적 관련에 비추어 본 교육의 내재적 가치-경험 중심 교육과정에서 내재적 가치」, 『교육철학』 19, 교육철학회, 1998.

박철홍, 「질성적 사고의 성격에 비추어 본 지식의 총체성-지식의 형식과 선험적 정당화에 대한 비판적 고찰」, 『교육철학』 22, 교육철학회, 1999.

박희병, 「춘향전의 역사적 성격 분석」, 『전환기의 동아시아 문학』, 창작과비평사, 1985.

반성완, 「루카치와 바흐찐의 소설이론의 공통점과 차이점」, 『외국문학』, 열음사, 1990, 봄.

배수찬, 「고전 국문소설의 서술 원리 연구-낭독이 서술에 미친 영향을 중심으로」, 서울대 석사학위논문, 2001.

배원룡, 「운영전과 영영전의 비교고찰」, 『국제어문』 2, 국제어문학회, 1981.

서영채, 「〈무정〉 연구」, 서울대 석사학위논문, 1992.

서영채, 「〈무정〉과 소설적 근대성」, 『문학사상』, 문학사상사, 1992.

서영채, 「한국소설과 근대성의 세 가지 파토스」, 『문학동네』, 1999, 여름.

서영채, 「한국 근대소설에 나타난 사랑의 양상과 의미에 관한 연구-이광수, 염상섭, 이상을 중심으로」, 서울대 박사학위논문, 2002.

서유경, 「공감적 자기화를 통한 문학교육 연구」, 서울대 박사학위논문, 2002.

성현경, 「남원고사본 춘향전의 구조와 의미」, 『고전소설 연구의 방향』, 새문사, 1985.

성현경, 「운영전」, 『고선소설연구』, 일지사, 1990.

소인호, 「금오신화 연구의 성과와 전망」, 『고소설연구사』, 월인, 2002.

소재영, 「운영전 연구－운영의 비극을 중심으로」, 『아세아연구』 41, 고려대아세아문제연구소, 1972.

손병석, 「아리스토텔레스에게 있어서 실천지의 적용단계」, 『철학연구』 48, 철학연구회, 2000.

송성욱, 「혼사장애형 대하소설의 서사문법 연구－단위담의 전개양상과 결합방식을 중심으로」, 서울대 박사학위논문, 1997.

송재용, 「주생전」, 『고전소설연구－황패강 교수 정년기념논문집』, 일지사, 1993.

신경숙, 「운영전의 반성적 검토」, 『한성어문학』 9, 한성대 국어국문과, 1990.

신동흔, 「운영전에 대한 문학적 반론으로서의 영영전」, 『고전산문의 계보적 연구』, 국학자료원, 2001.

신재홍, 「주생전 연구사」, 『고소설 연구사』, 월인, 2002.

신재홍, 「운영전의 삼각관계와 숨김의 미학」, 『고전문학과 교육』 8, 한국고전문학교육학회, 2004.

심치열, 「운영전의 서사 체계와 주제 의식」, 『어문연구』 25, 한국어문교육연구회, 1996.

양승민, 「운영전의 연구 성과와 그 전망」, 『고소설연구사』, 월인, 2002.

여세주, 「주생전의 서사구조와 성모랄」, 『영남어문학』 25, 영남어문학회, 1994.

염은열, 「고전분학교육과 ‘전통’－초등학교에서 ‘과거의 문학’이 지닌 의미」, 『초등교육연구』 11, 청주교육대학교 초등교육연구소, 2001.

오춘택, 「한국고소설비평사연구」, 고려대 박사학위논문, 1990.

오출세, 「孝의 의미와 실천의 두 모습」, 『동악어문론집』 36, 동악어문학회, 2000.12.

왕숙의, 「주생전의 비교문학적 연구」, 한양대 석사학위논문, 1986.

우한용, 「채만식의 탁류론－민족적 희생제의」, 『탁류 주해』, 서울대출판부, 1997.

우한용, 「문학교육의 윤리적 연관성」, 『사대논총』 41, 서울대학교 사범대학, 1999.

우한용, 「문학교육과 도덕성 발달의 의미망」, 『문학교육학』 14, 한국문학교육학회, 2004.

유준경, 「한문본 〈춘향전〉의 작품 세계와 문학사적 위상」, 서울대 박사학위논문, 2003.

유탁일, 「15,16세기 중국소설의 한국 전입과 유통」, 『어문교육학논집』 10, 어문교육학회, 1988.

윤건영, 「정보사회에 윤리교육 목적으로서의 도덕적 상상력」, 『동서철학연구』 20, 한국동서철학회, 2000.

이강옥, 「〈구운몽〉에 나타난 환생과 思念實現의 의미」, 『우리말글』 27, 우리말글학회, 2003.

이구슬, 「전통과 비판: 가다머와 하버마스의 해석학 논쟁」, 서울대 박사학위논문, 1994.

이병직, 「운영전의 성 억압과 그 의미」, 『한국문학논총』 21, 한국문학회, 1997.

이상구, 「이생규장전의 갈등구조와 작가의식」, 『어문연구』 35, 고대어문연구회, 1996.

이상구, 「운영전의 갈등양상과 작가의식」, 『고소설연구』 5, 한국고소설학회, 1998.

이상인, 「시민의 德으로서 正義: 타자 중심의 윤리를 바탕으로」, 서울대 석사학위논문, 2003.

이상택, 「춘향전 연구」, 서울대 석사학위논문, 1966.

이성훈, 「해석학-진리-예술」, 『철학논집』 10, 영남철학회, 1994.

이소영, 「중학교 도덕과 교육에서 이야기(Story-telling) 지도기법의 적용에 관한 연구」, 서울대 석사학위논문, 2005.

이숙인, 「동양적 여성철학의 모색: 공자의 여자 이야기」, 김혜숙 외, 『여성과 철학』, 철학과현실사, 1999.

이승복, 「화산기봉 고」, 『선청어문』 24, 서울대학교 국어교육과, 1996.

이원주, 「고전소설 독자의 성향-경북 북부 지역을 중심으로」, 『한국학논집』 3, 계명대한국학연구소, 1980.

이은선, 「유교와 페미니즘, 그 관계맺음의 해석학」, 『유교사상연구』 12, 한국유교학회, 1999.

이인경, 「구비 '烈설화' 연구」, 서울대 박사학위논문, 2000.

이인재, 권충복, 윤완근, 「교훈적 이야기를 활용한 수업의 효율화 방안」, 『초등교육연구(14)』, 광주교육대학교 초등교육연구소, 1999.

이주영, 「구운몽 연구의 현황과 과제」, 『국문학연구』 9, 태학사, 2003.

이창헌, 「고전소설의 혼사장애 구조와 유형에 관한 연구」, 서울대 석사학위논문, 1987.

이화중국여성문학연구회, 『동아시아 여성의 기원: 열녀전에 대한 여성학적 탐구』, 이화여자대학교 출판부, 2002.

임형택, 「전기소설의 애정주제와 위경천전」, 『동양학』 220, 단국대 동양학연구소, 1970.

장병인, 「조선초기 혼인제 연구」, 서울대 박사학위논문, 1993.

장춘석, 「한국효자고사집 연구」, 『호남문화연구』 29, 전남대학교 호남문화연구소, 2001.

장효현, 「고전소설 연구와 원전비평의 문제」, 『고전문학연구의 쟁점적 과제와 전망』 上, 월인, 2003.

정규복, 「구운몽」, 『고전소설연구』, 일지사, 1993.

정운채, 「심청전의 구조적 특성과 심청의 효성에 대한 문화론적 고찰」, 이상익 외, 『고전산문교육의 이론』, 집문당, 2000.

정재찬, 「문학교육과 도덕적 상상력」, 『문학교육학』 14, 한국문학교육학회, 2004.

정하영, 「〈춘향전〉 주제론 재고」, 『춘향전의 종합적 고찰』, 아세아 문화사, 1991.

정학성, 「전기소설의 문제」, 『한국문학연구입문』, 지식산업사, 1982.

조광국, 「기녀담·기녀등장소설의 기녀 自意識 구현 양상에 관한 연구」, 서울대 박사학위논문, 2000.

조동일, 「갈등에서 본 춘향전의 주제」, 『계명논총』 6, 계명대, 1970.

차옥덕, 「여성 자매애에 대한 일 고찰-〈운영전〉을 중심으로」, 『여성연구논총 (1)』, 성신여대, 2000.

최경희, 「문학 경험이 아동의 가치 형성에 미치는 영향」, 『문학교육학』 14, 한국문학교육학회, 2004.

최기숙, 「'사랑'의 담론화 방식과 의미론적 경계: 18·19세기 야담집 소재 '사랑 이야기'를 중심으로」, 『열상고전연구』 18, 열상고전연구회, 2003.

최명선, 「'대화'의 교육적 의미: Gadamer의 해석학적 지식론의 경우」, 숙명여대 박사학위논문, 1994.

최용성, 「도덕성 형성에 있어서 인지와 정서의 통합적 관계에 관한 연구」, 부산대 박사학위논문, 2001.

추정훈, 「가치교육의 단계적 접근」, 『사회와 교육』 26, 한국사회과교육학회, 1998.

한국고전여성문학회, 『조선시대 열녀담론』, 월인, 2002.

황경식, 「이기적 불신의 비합리성과 시민공동체의 유대」, 『한국의 시민윤리』, 아산사회복지사업재단, 1991.

황윤실, 「17세기 애정전기소설에 나타난 여성주체의 욕망발현 양상」, 한양대 박사학위논문, 2001.

황패강, 「춘향전 연구」, 『동양학』 8, 단국대학교 동양학연구소, 1978.

황혜진, 「〈雙美奇峰〉에 형상화된 애정의 양상과 의미 연구」, 『고전문학과 교육』 8, 한국고전문학교육학회, 2004.

황혜진, 「독자비평 자료를 통해 본 고전소설의 효용 연구」, 『문학교육학』 15, 한국문학교육학회, 2004, 겨울.

황혜진, 「전승사의 관점에서 본 채만식의 〈沈봉사〉 연구」, 『고전문학과 교육』 7, 한국고전문학교육학회, 2004.

황혜진, 「춘향전 개작텍스트의 서사 변용 연구」, 서울대 석사학위논문, 1996.

황희종, 「소설텍스트의 윤리적 이해 방법에 대한 연구−서술의 중개성을 중심으로」, 서울대 석사학위논문, 2000.

【국외 단행본】

Ang, I., *Watching Dallas: Soap opera and the melodramatic imagination*, Methuen, 1985.

Arendt, H., *Eichmann in Jerusalem*, The Viking Press, 1963.

Ariès, Philippe et Duby, Georges eds., *Histoire de la vie privée*(3), 1986, 이영림 역, 『사생활의 역사』, 새물결, 2002.

Aristotle, *Nichomachean Ethic*, J. E. C. Welldon, Trans. Prometheus Books, 1987.

Bakhtin, Mikhail M., *Voprosy literatury i estetiki*, 1975, 전승희 외 역, 『장편소설과 민중언어』, 창작과비평사, 1988.

Bauman, Z. & Tester, K., *Conversations with Zygmunt Bauman*, Polity, 2001.

Bauman, Z., *Life in Fragments: Essay in Postmodern Morality*, BlackWell, 1995.

Beck, Ulrich, Giddens, Anthony and Lash, Scott, *Reflexive Modernization*, 1994, 임현진, 정일준 역, 『성찰적 근대화』, 한울, 1998.

Bennett, Tony, *Popular Culture: Themes and Issues*, Open University Press, 1981.

Bettelheim, Bruno, *The Uses of Enchantment: The Meaning and Importance of Fairy Tales*, Vintage Book Editions, 1989, 김옥순·주옥 역, 『옛이야기의 매력 1, 2』, 시공주니어, 1998.

Booth, Wayne C., *The Rhetoric of fiction*, University of Chicago Press, 1961, 최상규 역, 『소설의 수사학』, 예림기획, 1999.

Booth, Wayne C., *The Company we keep: an ethics of fiction*, University of California, 1988.

Bourdieu, P., *La distinction*, 1979, 최종철 역, 『구별짓기(下)』, 새물결, 1996.

Brooks, Cleanth & Penn, Robert, *Understanding Fiction*, Prentice Hall, 1979.

Bruner, Jerome, *Actual Minds, Possible Worlds*, Harvard University Press, 1986.

Buber, Martin, *Ich und Du*, 1954, 표재명 역, 『나와 너』, 문예출판사, 1990.

Bullock, Alan, *A language for life: Report of the Committee of Inquiry appointed by the Secretary of State for Education and Science under the chairmanship of Sir Alan Bullock*, London: HMSO, 1975.

Calinescu, Matei, *Five Faces of Modernity: Modernism, Avant–Garde, Decadence, Kitsch*, Postmodernism, Duke University Press, 1987, 이영욱 외 역, 『모더니티의 다섯 얼굴』, 시각과 언어, 1993.

Camus, Albert, *Le Mythe de Sisyphe*, 1974, 이가림 역, 『시지프의 신화』, 문예출판사, 1990.

Chatman, S., *Story and Discourse: Narrative Structure in Fiction and Film*, Cornell University Press, 1978, 김경수 역, 『영화와 소설의 서사구조』, 민음사, 1990.

Chazan, B., *Contemporary Approaches to moral Education*, Teachers College Press, 1985.

Courté, Joseph, *Introduction à la Sémiotique Narrative et Discursive*, Classique Hachette, 1980, 오원교 역, 『기호학 입문』, 신아사, 1992.

Dewey, John, *Art as Experience*, 1934, 이재언 역, 『경험으로서의 예술』, 책세상, 2003.

Durkheim, Émille, *On morality and society*, Robert N. Bellha (Ed.), University Chicago Press, 1973.

Eagleton, Terry, *Criticism and Ideology: A Study in Marxist Literary Theory*, New Left Books, 1976.

Eagleton, Terry, *Marxism and Literary Criticism*, Methuen, 1976.

Eagleton, Terry, *Literary Theory: An Introduction*, 1983, 김명환 외 역, 『문학이론입문』, 문학과비평사, 1994.

Easthope, Antony, *Literary into Cultural Studies*, Routledge, 1991, 임상훈 역, 『문학에서 문화연구로』, 현대미학사, 1994.

Fesmire, Steven, *John Dewey and Moral Imagination: Pragmatism in Ethics*, Indiana University Press, 2003.

Freud, S., *Civilization and Its Discontents*, 김석희 역, 『문명 속의 불만』, 열린책들, 2003.

Gadamer, H. G., *Warheit und Methode*, 1960, 이길우 외 역, 『진리와 방법(1)』, 문학동네, 2000.

Gadamer, H. G., *Warheit und Methode*, 1960, Weinsheimer, J., Marshall, D., (Trans.), Truth and Method (2nd edition), The Crossroad Publishing Company, 2002.

Giddens, Anthony, *Sociology*, Blackwell, 1989, 김미숙 외 역, 『현대사회학』, 을유문화사, 1994.

Giddens, Anthony, *Transformation: Sexuality, Love, and Erotism in Modern Societies*, 1992, 배은미·황정미 역, 『현대사회의 성·사랑·에로티시즘』, 새물결, 1996.

Giddens, Anthoy, *Modernity and Self-Identity*, 1991, 권기돈 역, 『현대성과 자아정체성』, 새물결, 1997

Gillagan, C., *In a different voice: Psychological theory and women's development*, Harvard University Press, 1982.

Girard, René, *Mensonge romantique et Vérité romanesque*, 1961, 김치수·송의경 역, 『낭만적 거짓과 소설적 진실』, 한길사, 2001.

Gutmann, A., *Democratic education*, Princeton University Press, 1987.

Hare, R. M., *The Language of Morals*, Open University Press, 1952.

Hauser, Arnold, *Sozialgeschichte der kunst und Literatur*, 1953, 백낙청 역, 『문학과 예술의 사회사—고대 · 중세편』, 창작과비평사, 1976.

Hauser, Arnold, *Soziologie der Kunst*, 1978, 최성만, 이병진 역, 『예술의 사회학』, 한길사, 1983.

Havighust, Robert J., *Human Development and Education*, Mckay, 1953.

Hegel, *Ästhetik*, Fr. Bassenge(Eds.), 1955.

Harris. C. E., *Applying Moral Theories*, Wadsworth Publishing Company, 1986, 김학택 · 박우현 역, 『도덕이론을 현실문제에 적용시켜보면』, 서광사, 1994.

Hessen, J., *Lehrbuch der Philosophie*, Wertlehre, 1959, 진교훈 역, 『가치론』, 서광사, 1992.

Hume, David, *An Enquiry concerning the Principles of Morals*, 1751, Oxford University Press, 1998,

Jauß, Hans Robert, *Literaturgeschichte als Provokation*, Suhrkamp, 1974, 장영태 역, 『도전으로서의 문학사』, 문학과지성사, 1983.

Jessup, B. & Rader, M., *Art and Human Values*, Prentice—Hall, 1976, 김광명 역, 『예술과 인간가치』, 이론과 실천, 1990.

Johnson, Mark, *Moral Imagination; Implications of Cognitive Science for Ethics*, University of Chicago Press, 1993.

Kant, Immanuel, *Kritik der Urterilskraft*, 1799, 이양윤 역, 『판단력비판』, 전영사, 1974.

Kekes, John, *The Morality of Pluralism*, Princeton University Press, 1993.

Kekes, John, *Moral Wisdom and Good Life*, Cornell University Press, 1995.

Kirschenbaum, Howard, *100 Ways to Enhence Value and Morality in Schools and Youth Settings*, Allyn & Bacon, 1995.

Kohlberg, L., *The Philosophy of moral development: moral stages and idea of Justice*, 김봉소 · 김민남 역, 『도덕발달의 철학』, 교육과학사, 1985.

Kohlberg, L., *Child psychology and Childhood Education: A cognitive developmental view*, Longman, 1987.

Lapsley, D. K., *Moral psychology*, Westview Press, 1996, 문용린 역,『도덕 심리학』, 중앙적성출판사, 2000.

Lefèbvre, Henry, *La vie quotidienne dans le monde moderne*, 박정자 역,『현대 세계의 일상성』, 세계일보, 1992.

Lukács, G., *Die Theorie des Romans*, Lutherhand, 1971, 반성완 역,『소설의 이론』, 심설당, 1993.

Macherey, Pierre, *Pour une theorie de la Production Litteraire*, 1966, 배영달 역, 백의, 1994.

MacIntyre, A., *After Virtue*(2nd edition), Notre Dame University Press, 1984, 이진우 역,『덕의 상실』, 문예출판사, 1997.

Marcuse, Herbert, *Eros and Civilization: A Philosophical Inquiry into Freud*, The Beacon Press, 1955, 김인환 역,『에로스와 문명-프로이트 이론의 철학적 탐구』, 나남출판, 2002.

May, Rollo, *Art of Counseling*, 1967, 이봉우 역,『카운슬링의 기술』, 분도출판사, 1999.

McLuhan, Marshall, *Understanding Media: The Extensions of Man*, 1965, 박정규 역,『미디어의 이해』, 커뮤니케이션북스, 1997.

Mead, G. H., *Mind, Self, and Society from the Standpoint of a Social Behaviorist*, University of Chicago Press, 1934.

Milo, R. D., *Immorality*, Princeton University Press, 1984.

Newton, Adam. Z., *Narrative Ethics*, Harvard University Press, 1995.

Nussbaum, Martha C., *Love's Knowledge: Essays on Philosophy and Literature*, Oxford University Press, 1990.

Nussbaum, Martha C., *Poetic Justice: The Literary Imagination and Public Life*, Beacon Press, 1995.

Nussbaum, Martha C., *Cultivating Humanity -A Classical Defence of Reform in Liberal Education*, Harvard University Press, 1997.

Palmer, R. E., *Hermeneutics: Interpretation Theory in Schleiermacher, Dilthey*, Heidegger, Gadamer, 1969, 이한우 역,『해석학이란 무엇인가』, 문예출판사, 1988.

Perry, R. B., *General Theory of Value*, Longmans, Green & Co., 1926.

Person, James E., *Russell Kirk: a critical biography of a conservative mind*, Madison Books, 1999.

Piaget, J., *The Moral Judgement of the Child*, The Free Press, 1965.

Raths, L. E., Harmin, M., Simon, S. B., *Values and Teaching—Working with Values in Classroom*, 1966, 정선심·조성민 역,『가치를 어떻게 가르칠 것인가—가치 명료화 이론과 교수 전략』, 철학과현실사, 1994.

Ricoeur, P., *Temps et récit*( Ⅰ ), 1983, 김한식·이경래 역,『시간과 이야기 1』, 문학과지성사, 1999.

Rimmon-Kenan, Shlomith, *Narrative Fiction: Contemporary Poetics*, Methuen, 1983.

Robert, M., *Roman des origines et origines du roman*, Gallimard, 1972, 김치수·이윤옥 역,『기원의 소설, 소설의 기원』, 문학과지성사, 1999.

Schilds, E., *Tradition*, Faber, 1981.

Scholes, Robert E., *Structuralism in Literature: An Introduction*, Yale University Press, 1974, 위미숙 역,『문학과 구조주의』, 새문사, 1992.

Scholes, Robert, *Fabulation and Metafiction*, University of Illinois Press, 1979.

Sontag, Susan, *Regarding the Pain of Others*, Picador, 2003, 이재원 역,『타인의 고통』, 이후, 2004.

Spaemann, R., *Moralisch Grundbegriffe*, Verlag C. H. Beck oHG, München, 1999, 박찬구·류지한 역,『도덕과 윤리에 관한 철학적 사유』, 철학과현실사, 2001.

Stanzel, Franz Karl, *Theorie des Erzählens*, 1979, 김정신 역,『소설의 이론』, 탑출판사.

Stendhal, *De l'amour*, 1822, 권오석 역,『연애론』, 홍신문화사, 1990.

Stevenson, C. L., *Ethics and Language*, Yale University Press, 1944.

Straughan, Roger, *Can We Teach Children to be good?*, Open University Press, 1988, 남궁달화 역,『도덕철학과 도덕교육: 우리는 아이들을 선하게 가르칠 수 있는가』, 교육과학사, 1998.

Tatarkiewicz, Wladyslaw, *A History of Six Ideas: An Essay In Aesthetics*, 1980, 손효주 역,『미학의 기본 개념사』, 미술문화, 1999.

Tolstoi, L. N., *Что такое искусство*, 1897, 이철 역,『예술이란 무엇인가』
(2판), 범우사, 1998.

Toolan, Michael J., *Narrative: A Critical Linguistic Introduction*, Routledge,
1988, 김병욱·오연희 역,『서사론』, 형설출판사, 1993.

Vygotsky, L. S., *Mind in Society: The development of higher Psychological
processes*, M. Cole, V. J. Steiner, S. Scribner & E. Souberman (Eds.
& Trans.), Harvard University Press, 1978, 조희숙 외 역,『사회 속의
정신: 고등심리과정의 발달』, 성원사, 1994.

Warnke, Georgia, *Gadamer: Hermeneutics, Tradition and Reason*, 1987, 이한
우 역,『가다머: 해석학, 전통 그리고 이성』, 민음사, 1999.

Werhane, Patricia H., *Moral Imagination and Management Decision—Making*,
Oxford University Press, 1999.

Williams, Raymond, *Long Revolution*, Columbia University Press, 1961.

Zima, Peter V., *Ideologie und Theorie. Eine Diskurskritik*, 1989, 허창운 역,
『이데올로기와 이론—비판적 인문사회과학을 위하여』, 문학과지성사,
1996.

島田虔次,『朱子學と陽明學』, 1967, 김석근, 이근우 역,『주자학과 양명학』, 까
치, 1986.

張法,『中西美學與文化情神』, 1994, 유중하, 백승도, 이보경, 양태은, 이용재
역,『동양과 서양, 그리고 미학』, 푸른숲, 1999.

朱佰崑,『先秦倫理學槪論』, 1984, 전명용 외,『중국고대윤리학』, 이론과실천,
1990.

【국외 논문】

Barnett, M., "Empathy and related responses in children", N. Eisenberg and
J. Strayer (Eds.), *Empathy and Its Development*, Cambridge University
Press, 1987.

Blatt, M. & Kohlberg, L., "The Effect of Classroom moral discussion upon
children's moral judgment", *Journal of Moral Education*(4), 1975.

Bouchard, N., "A narrative approach to moral experience using dramatic play
and writing", *Journal of Moral Education*(31), 2002.

Bullough, Edward, "'Psychical Distance', as a Factor in Art and an Aesthetic Principle", Elizabeth Wilkinson(Ed.), *Aesthetics: Lectures and Essays*, Stanford, 1957.

Clare, L., R. Gallimore, G. Patthey–Chavez, "Using Moral Dilemmas in Children's Literature as Vehicle for moral Education", *Journal of Moral Education*(25), 1996.

Cooper, N., "'Oughts and wants' and 'Further thoughts on oughts and wants'", G. W. Mottimore(Ed.), *Weakness of Will*, Macmillan, 1971.

Coutu, W., "Role–playing vs. Role–taking: An Appeal for Clarification", *American Sociological Review*(16), 1981.

Day, J. M., "Narrative, Psychology, and Moral Education", *American Psychologist*(46), 1991.

Dewey, John, "Qualitative Thought", 1930, Jo Ann Boydston (Ed.), *The Collected Works of John Dewey–The Later Works*(5), Southern Illinois Press, 1984.

Eliot, T. S., "Tradition and the individual talent", Selected Essays, 1953(3판), D. Lodge, *20th Century Literary Criticism*, Longman, 1972, 윤지관·이동하·김영희 역, 『20세기 문학비평』, 까치, 1984.

Guroian, Vigen, "Moral Imagination, Humane Letters, and the Renewal of Society", Heritage Lecture#636, May12, 1999, (http://www.heritage.org/Research/PoliticalPhilosophy/HL636.cfm)

Hare, R. M., "Language and moral education", *New Essays in the Philosophy of Education*, G. Langford and D. J. O'Conner(Eds.), Routledge & Kegan Paul, 1973.

Hermans, H., & H. Kempen, "The dialogical self; beyond individualism and rationalism", *American Psychologist*(47), 1992.

Hoffman, M. L., "Development of prosocial motivation: empathy and guilt", N. Eisenberg (Ed.), *The Development of Prosocial Behavior*, Academic Press, 1982.

Hoffman, M. J., "The interview as text: Hermeneutics considered as a model for analysing the clinically informed research interview", *Human Development*(30), 1987.

Hoffman, M., "Empathy, social cognition, and moral action", W. M. Kurtines & J. L. Gewirts (Eds.) *Handbook of Moral Behavior and Development*(1), Lawlence Erlbaum, 1991.

Kekes, John, "Pluralism, moral imagination, moral education", J. M. Halstead & T. H. MaLaughlin(Eds.), *Education in Morality*, Routledge, 1999.

Kirschenbaum, Howard, "Beyond Values Clarification", S. B. Simon &, H. Kirschenbaum (Eds.), *Readings in Values Clarification*, Winston Press, 1973.

Kohlberg, L. & Levine, C. & Hewer, A., "Moral Stage: A Current Formulation and a Response to Critics", In J. A. Meacham(Ed.), *Contributions to human development*(Vol.10), Karger. 1983, 문용린 역, 『도덕성 발달 이론』, 아카넷, 2000.

Noddings, L., "Conversation as Moral education", *Journal of Moral Education*(23), 1994.

Tappan, M. & Brown, L., "Stories told and Lessons Learned: Toward a narrative approach to moral education", *Harvard Educational Review*(59), 1989.

Tappan, M., "Language, Culture and Moral Development, a Vygotskian perspective", *Developmental Review*(17), 1990.

Tappan, M., "Narrative, authorship and development of Moral Authority", M. Tappan & M. Packer (Eds.) *Narrative and Storytelling: Implications for understanding moral development*, Jossey−Bass, 1991.

Tappan, M., "Language, Culture and Moral development", *Journal of Moral Educational Review*(59), 1997.

Vitz, Paul C., "The Use of Stories in Moral Development: New Psychological Reasons for an Old Education Method", *American Psychologist*(45), June, 1990.

## 저자 | 황혜진

서울대학교 사범대학 국어교육과 졸업(1995).
서울대학교 사범대학 국어교육과 대학원 석사(1997), 박사(2006) 졸업.
서울대, 아주대, 경인교대, 청주교대, 한양대, 서울여대 강사를 거쳤으며,
현재 건국대학교 국어국문학과 교수로 재직 중.

▶ 저서
『최척전: 어지러운 세상 인연의 배를 띄워』(나라말, 2006)
『춘향전의 수용문화』(월인, 2007)
『고전소설과 서사론』(월인, 2007) 등.

애정소설과 가치교육

## 애정소설과 가치교육

초판 인쇄 | 2012년 1월 16일
초판 발행 | 2012년 1월 30일

저　　자　　황혜진

책임편집　　윤예미

발 행 처　　도서출판 지식과교양
등록번호　　제 2010-19호
주　　소　　서울시 도봉구 창5동 262-3번지 3층
전　　화　　(02) 900-4520 (대표)/ (02) 900-4521(편집부)
팩　　스　　(02) 900-1541
전자우편　　kncbook@hanmail.net



ISBN　978-89-94955-57-5　93810　　　　　　　정가　29,000원



이 도서의 국립중앙도서관 출판도서목록(CIP)은 e-CIP홈페이지(http://www.nl.go.kr/ecip)에서
이용하실 수 있습니다. (CIP제어번호: CIP2012000197)